CLIVE CUSSLER

Eisberg

Der Todesflieger

Clive Cussler, geboren in Alhambra/Kalifornien, war Pilot bei der US Air Force, bevor er als Funk- und Fernsehautor bekannt wurde. Er nahm an einer Expedition teil, die in den Wüsten des amerikanischen Südwestens nach vergessenen Goldminen suchte, und beteiligte sich an einem Unternehmen, das an der englischen Küste nach versunkenen Schiffen forschte. Er lebt heute mit Frau und Kindern in Denver/Colorado.

Außer dem vorliegenden Band sind von Clive Cussler als Goldmann-Taschenbücher erschienen:

Die Ajima-Verschwörung. Roman (42188)
Das Alexandria-Komplott. Roman (41059)
Eisberg. Roman (3513)
Hebt die Titanic! Roman (3976)
Im Todesnebel. Roman (8497)
Inka-Gold. Roman (43742)
Operation Sahara. Roman (42802)
Tiefsee. Roman (8631)
Der Todesflieger. Roman (3657)
Der Todesflug der Cargo 03. Roman (6432)
Um Haaresbreite. Roman (9555)

Clive Cussler

Eisberg

Der Todesflieger

Zwei Thriller in einem Band

GOLDMANN

Ungekürzte Ausgabe

Umwelthinweis:
Alle bedruckten Materialien dieses Taschenbuches
sind chlorfrei und umweltschonend.
Das Papier enthält Recycling-Anteile.

Der Goldmann Verlag
ist ein Unternehmen der Verlagsgruppe Bertelsmann GmbH.

Einmalige Sonderausgabe Juni 2000
Eisberg
Originaltitel: Iceberg
Originalverlag: Dodd, Mead & Company, New York

Der Todesflieger
Originaltitel: The Mediterranean Caper
Originalverlag: Pyramid Communications, Inc., New York

Umschlagentwurf: Design Team München
Umschlagfoto: Premium/Marion
Druck: Elsnerdruck, Berlin
Verlagsnummer: 13282
Herstellung: Heidrun Nawrot
Made in Germany
ISBN 3-442-13282-7

1 3 5 7 9 10 8 6 4 2

Eisberg

Aus dem Amerikanischen
von Tilman Burkhard

Prolog

Der durch Drogen verursachte Schlaf verflüchtigte sich allmählich, und in qualvollem Kampfe erwachte das Mädchen zum Bewußtsein. In ihre sich langsam öffnenden Augen floß ein trübes und milchiges Licht, und in ihre Nase stieg ein abscheulicher fauliger Gestank. Sie war nackt, ihr bloßer Rücken war an eine feuchte, gelbe, mit Schleim überzogene Wand gepreßt. Es ist nicht wahr, es ist einfach unmöglich, versuchte sie sich während des Erwachens einzureden. Es mußte eine Art entsetzlicher Alptraum sein. Noch bevor sie jedoch die in ihr aufsteigende Panik niederzukämpfen vermochte, wuchs plötzlich noch viel mehr gelber Schleim vom Boden hoch und kroch die Schenkel ihres wehrlosen Körpers empor. Völlig außer sich vor Schrecken, begann sie zu schreien, wahnsinnig zu schreien, während der abscheuliche Schleim ihre nackte, schweißnasse Haut überzog. Ihre Augen quollen aus den Höhlen und sie wehrte sich verzweifelt. Es war zwecklos – ihre Hand- und Fußgelenke waren fest an die schlammbedeckte Wand gekettet. Langsam und stetig kroch der widerliche Schleim über ihre Brüste. Und gerade als er die Lippen des Mädchens berührte, hallte ein entsetzlicher Lärm durch das Dunkel des Zimmers, und eine unsichtbare Stimme sagte: »Es tut mir leid, daß ich Ihre interessante Lektüre unterbrechen muß, Lieutenant, aber die Pflicht ruft.«

Lieutenant Sam Neth klappte das Buch, das er in seiner Hand hielt, zu. »Verdammt, Rapp«, sagte er zu dem säuerlich dreinblikkenden Mann, ebenfalls ein Lieutenant, der neben ihm im dröhnenden Cockpit saß, »jedesmal, wenn ich an eine spannende Stelle komme, mischen Sie sich ein.«

Rapp deutete auf das Buch. Auf dem Umschlag war ein Mädchen zu sehen, das in einem Becken voll gelben Schlamms steckte und, wie Rapp folgerte, durch ein Paar riesige Brüste vorm Untergehen bewahrt wurde. »Wie können Sie diesen Schwachsinn nur lesen?«

»Schwachsinn?« Neth verzog sein Gesicht schmerzlich. »Sie mischen sich nicht nur in meine Privatangelegenheiten, Lieutenant, Sie gefallen sich auch noch in der Rolle meines persönlichen Buchkritikers!« Er rang in gespielter Verzweiflung die Hände. »Warum spannt man mich nur immer mit einem Copiloten zusammen, dessen primitives Gehirn sich weigert, den Bildungsstand unserer Zeit zu akzeptieren?« Neth legte das Buch auf ein primitiv zusammengebautes Gestell, das in einem Seitenfach an einem Kleiderhaken aufgehängt war. Einige zerlesene Zeitschriften, die nackte Mädchen in zahlreichen verführerischen Posen zeigten, lagen ebenfalls auf dem Gestell und ließen erkennen, daß Neth, was die Literatur betraf, nicht unbedingt auf die Klassiker eingeschworen war.

Neth seufzte, dann richtete er sich in seinem Sitz auf und blickte durch die Windschutzscheibe hinunter auf das Meer.

Das Patrouillenflugzeug der U.S.-Küstenwache war nun schon seit vier Stunden und zwanzig Minuten auf einem langweiligen achtstündigen Routineflug, um einen Eisberg zu überwachen, dessen Weg kartographisch festgehalten werden sollte. Die Sicht war, bei wolkenlosem Himmel, glasklar, und es herrschte eine sanfte Dünung – für den Nordatlantik Mitte März selten gute Bedingungen. Im Cockpit kümmerte sich Neth mit vier Mitgliedern der Crew um die Steuerung und Navigation der riesigen vierstrahligen Boeing, während die restlichen sechs Mann im Laderaum Dienst taten und den Radarschirm sowie andere wissenschaftliche Instrumente überwachten. Neth schaute auf seine Uhr, wendete das Flugzeug in einem weiten Bogen und brachte es auf direkten Kurs zur Küste von Neufundland.

»Genug für heute.« Neth lehnte sich zurück und griff wieder nach seiner Horrorgeschichte. »Bitte, Rapp, beweisen Sie ein bißchen Selbständigkeit. Bis wir in St. John's sind, möchte ich nicht mehr gestört werden.«

»Ich werd's versuchen«, antwortete Rapp. »Übrigens, wenn das Buch wirklich so spannend ist, können Sie es mir vielleicht leihen, wenn Sie damit fertig sind?«

Neth gähnte. »Tut mir leid, ich verleihe aus Prinzip keine Bücher.« Plötzlich knackte es in den Kopfhörern, und er griff nach dem Mikrophon. »Okay, Hadley, was haben Sie auf dem Herzen?«

Hinten, im schwach erleuchteten Rumpf der Maschine, starrte der Obergefreite Buzz Hadley angestrengt auf den Radarschirm, das Gesicht vom unwirklichen, grünen Schimmer des Schirms übergossen. »Ich habe ein seltsames Signal, Sir. Achtzehn Meilen von hier, Richtungskoordinaten drei-vier-sieben.«

Neth schaltete das Mikrophon ein. »Immer mit der Ruhe, Hadley. Was meinen Sie mit seltsam? Beobachten Sie einen Eisberg oder empfangen Sie auf Ihrem Gerät einen alten Draculafilm?«

»Vielleicht hat er ebenfalls Ihre Horrorgeschichte gelesen«, grunzte Rapp.

Hadley meldete sich wieder: »Wenn man nach Aussehen und Größe urteilt, ist es ein Eisberg, aber für gewöhnliches Eis ist das Signal viel zu stark.«

»Na gut«, seufzte Neth. »Wir werden uns die Sache einmal ansehen.« Er wandte sich mißmutig an Rapp: »Seien Sie so nett und bringen Sie uns auf Kurs drei-vier-sieben.«

Rapp nickte, zog das Steuer herum und brachte die Maschine auf den neuen Kurs. Das Flugzeug, das vom ständigen Dröhnen der vier Pratt-Whitney-Motoren vibrierte, ging sanft in die Kurve, dem neuen Ziel entgegen.

Neth nahm das Fernglas und richtete es auf die unendliche Wasserfläche. Er stellte die Brennweite ein und hielt das Glas so ruhig, wie es ihm das Vibrieren der Maschine erlaubte. Dann erblickte er ihn – ein weißer unbewegter Fleck inmitten einer türkis schimmernden See. Langsam wuchs der Eisberg in seinem Fernglas an, als das Flugzeug sich ihm näherte. Neth ergriff das Mikrophon: »Was meinen Sie dazu, Sloan?«

Lieutenant Jonis Sloan, an Bord zuständig für Eisberge und ihre Beobachtung, musterte den Berg durch die halbgeöffnete Tür des Laderaums hinter der Kontrollkabine.

»Nichts Besonderes, normaler Durchschnitt«, hörte man Sloans Stimme im Kopfhörer. »Ein Tafelberg mit ebener Spitze. Ich schätze: Sechzig Meter hoch und vielleicht eine Million Tonnen schwer.«

»Durchschnitt?« Neth schien ziemlich überrascht. »Nichts Besonderes? Ich bedanke mich für Ihre äußerst aufschlußreichen Bemerkungen, Sloan. Ich kann es kaum erwarten, bis ich ihn zu Gesicht kriege.« Er wandte sich an Rapp: »Wie hoch sind wir?«

Rapp schaute starr geradeaus. »Dreihundertfünfzig Meter. Dieselbe Höhe, in der wir schon den ganzen Tag fliegen... und gestern auch... und vorgestern...«

»Ich wollte mich bloß vergewissern. Danke«, unterbrach ihn Neth sarkastisch. »Sie werden es nie erfahren, Rapp, wie sehr Ihre enormen Talente an den Kontrollgeräten mir in meinem Alter ein Gefühl der Sicherheit vermitteln.« Er setzte eine verbeulte Fliegerbrille auf, schützte so seine Augen gegen den eisigen Wind und öffnete das Seitenfenster, um den Eisberg genauer zu beobachten. »Da ist er!« schrie er Rapp zu. »Fliegen Sie ein paarmal über ihn weg, dann werden wir schon entdecken, was es zu entdecken gibt!«

Es dauerte nur ein paar Sekunden, und Neth hatte das Gefühl, sein Gesicht wäre so zerstochen wie ein Nadelkissen. Die eisige Luft riß an seiner Haut, bis sie völlig taub war. Er biß die Zähne zusammen und richtete seinen Blick fest auf den Berg.

Die riesige Eismasse sah aus wie ein aufgetakeltes Geisterschiff, als sie majestätisch unter dem Fenster des Cockpits dahintrieb. Rapp nahm das Gas zurück, zog vorsichtig den Steuerknüppel nach links und sanft kurvte die Maschine nach Backbord ein. Er ignorierte den Richtungsanzeiger und riskierte einen Blick über Neths Schulter auf die glitzernde Eismasse. Er umkreiste den Berg dreimal und wartete auf das Zeichen Neths, wieder auf Geradeausflug zu gehen. Schließlich zog Neth den Kopf in die Kabine zurück und nahm das Mikrophon zur Hand: »Hadley! Der Berg ist so blank wie der Hintern eines Neugeborenen!«

»Es muß etwas dort sein, Lieutenant«, war Hadleys Stimme zu vernehmen. »Ich habe ein wundervolles Echozeichen auf meinem...«

»Ich glaube, ich habe ein dunkles Objekt ausgemacht, Käpt'n«, schaltete Sloan sich ein. »Knapp über der Wasserlinie auf der Westseite.«

Neth wandte sich Rapp zu: »Gehen Sie auf sechzig bis siebzig Meter runter!«

Rapp reagierte wie befohlen. Er umkreiste den Berg noch einmal einige Minuten lang, wobei er die Geschwindigkeit nur knapp dreißig Stundenkilometer über dem Punkt hielt, wo die Maschine abschmieren würde.

»Näher«, murmelte Neth gespannt. »Noch mal dreißig Meter.«

»Warum landen wir eigentlich nicht auf dem verdammten Ding?« bot Rapp beiläufig an. Wenn seine Nerven auch aufs äußerste angespannt waren, so ließ er sich doch nichts anmerken. Er sah aus, als wollte er gleich in tiefen Schlaf fallen. Nur die winzigen Schweißperlen über seinen Augenbrauen verrieten die totale Konzentration, die für diesen riskanten handgesteuerten Flug nötig war. Die blauen Wellen schienen so nah, daß er das Gefühl hatte, er könnte Neth über die Schulter langen und sie mit Händen greifen. Und um seine Anspannung noch zu erhöhen, türmten sich jetzt die Wände des Eisbergs hoch über dem Flugzeug auf, und der Gipfel verschwand vollständig über dem Rahmen des Cockpitfensters. Ein einziger Ruck, dachte er, eine kurze heimtückische Bö, und die Spitze des Backbordflügels taucht in einen Wellenkamm und die ganze großartige Maschine verwandelt sich augenblicklich in einen wirbelnden Trümmerhaufen.

Endlich entdeckte Neth etwas... etwas Undeutliches, Schemenhaftes, an der Grenze zwischen Wirklichkeit und Einbildung. Langsam nahm es feste Formen an; es schien von Menschenhand zu stammen. Schließlich – Rapp kam es wie nach einer Ewigkeit vor – schloß Neth das Fenster wieder und schaltete das Mikrophon ein.

»Sloan? Haben Sie es gesehen?« Die Worte klangen dumpf und unklar, als ob Neth in ein Kissen spräche. Zuerst dachte Rapp, daß Neths Kiefer und Lippen eingefroren wären, doch als er ihn verstohlen musterte, bemerkte er verblüfft, daß Neths Gesicht nicht vor Kälte, sondern aus purem Entsetzen erstarrt war.

»Ich habe es gesehen.« Wie ein mechanisches Echo kam Sloanes Stimme über die Bordanlage. »Aber ich kann es einfach nicht glauben.«

»Ich auch nicht«, erwiderte Neth. »Aber es ist dort unten – ein Schiff, ein Geisterschiff, das im Eis verpackt ist.« Er wandte sich an Rapp und schüttelte den Kopf, als traute er seinen eigenen Worten nicht. »Ich konnte keine Einzelheiten erkennen... nur die verwischten Umrisse des Bugs oder möglicherweise des Hecks, das war nicht sicher auszumachen.«

Er setzte die Brille ab und deutete mit dem rechten Daumen in die Höhe, für Rapp das Zeichen, die Maschine hochzuziehen. Dankbar atmete Rapp auf und schuf endlich wieder einen beruhigenden Abstand zwischen der Maschine und dem kalten Atlantik.

»Entschuldigen Sie, Lieutenant«, ließ sich Hadley über den Kopfhörer vernehmen. Er beugte sich über sein Radargerät und beobachtete sorgfältig einen kleinen weißen Punkt, der sich fast genau in der Mitte des Schirms befand. »Die Gesamtlänge dieses Dings im Berg beträgt ungelogen vierzig Meter.«

»Höchstwahrscheinlich ein verlassener Fischkutter.« Neth massierte intensiv seine Wangen, wobei er Schmerzen verspürte, als das Blut wieder zu zirkulieren begann.

»Soll ich mich mit dem District Headquarters in New York in Verbindung setzen und eine Rettungsmannschaft anfordern?« fragte Rapp sachlich.

Neth schüttelte den Kopf. »Es ist nicht nötig, ein Rettungsschiff hierherzuhetzen. Ganz offensichtlich gibt es keine Überlebenden. Wir werden einen genauen Bericht verfassen, wenn wir in Neufundland zurück sind.«

Es entstand eine Pause. Dann bat Sloan: »Fliegen Sie noch mal über den Eisberg, Käpt'n. Ich möchte ihn farbig markieren, damit wir ihn rascher wiederfinden.«

»Sie haben recht, Sloan. Werfen Sie die Markierung ab, wenn ich Ihnen ein Zeichen gebe.« Neth wandte sich Rapp zu: »Überfliegen Sie den Berg in hundert Meter Höhe.«

Die Boeing, deren vier Motoren immer noch mit gedrosselter Kraft liefen, schwebte wie ein ungeschlachter Vogel aus dem Mesozoikum, der auf Nestsuche war, über den imposanten Eisberg. Am Rumpfende des Laderaums hob Sloan seinen Arm und wartete. Dann warf er auf Neths Kommando ein Gurkenglas voll roter Farbe hinaus. Das Glas wurde kleiner und kleiner, schrumpfte zu einem winzigen Punkt zusammen und schlug endlich auf der glatten Oberfläche des Zieles auf. Ein zinnoberrot leuchtender Fleck breitete sich langsam auf der Millionen von Tonnen schweren Eismasse aus.

»Genau getroffen.« Neths Stimme klang beinahe heiter. »Die

Rettungsmannschaft wird ihn ohne Schwierigkeiten finden.« Dann verdüsterte sich sein Gesicht plötzlich und er starrte auf den kleinen Fleck hinab, wo das Schiff eingesargt lag. »Arme Teufel! Ich frage mich, ob wir jemals erfahren, was ihnen zugestoßen ist.«

Rapps Blick wurde nachdenklich. »Sie hätten sich jedenfalls keinen größeren Grabstein aussuchen können.«

»Der wird aber nicht lange halten. Zwei Wochen, nachdem dieser Berg im Golfstrom treibt, wird von ihm so wenig übrig sein, daß es nicht einmal reicht, ein paar Dosen Bier zu kühlen.«

In der Kabine breitete sich Schweigen aus, eine Stille, die durch das ununterbrochene Dröhnen der Maschine nur noch unterstrichen wurde. Einige Minuten lang sprach niemand, jeder war in seine eigenen Gedanken versunken. Sie konnten lediglich gebannt auf die weiße Bergspitze starren, die unheildrohend aus dem Meer emporragte, und Vermutungen über das Geheimnis anstellen, das unter ihrem Eismantel begraben lag.

Schließlich lehnte Neth sich in seinen Sessel zurück, bis er fast waagrecht lag, und gab sich wieder als der alte, durch nichts aus der Ruhe zu bringende Kapitän: »Ich würde vorschlagen, Lieutenant, daß Sie uns heimfliegen, bevor die Benzinuhren auf Null stehen. Es sei denn, Sie haben ein unbezwingliches Verlangen, mit dieser Klapperkiste zu wassern.« Er grinste anzüglich. »Und bitte, keine Verzögerungen mehr.«

Rapp warf Neth einen vernichtenden Blick zu, dann zuckte er die Achseln und brachte das Patrouillenflugzeug zum zweiten Mal auf Kurs Neufundland.

Als die Maschine der Küstenwache verschwunden und das gleichmäßige Dröhnen ihrer Motoren in der kalten, salzigen Luft verklungen war, lag der turmhohe Eisberg wieder eingehüllt in Totenstille, wie während des ganzen Jahres, das vergangen war, seit er an der Westküste Grönlands von einem Gletscher ins Meer geglitten war.

Plötzlich bewegte sich aber knapp über der Wasserlinie etwas. Zwei verwischte Schatten verwandelten sich unmerklich in zwei Männergestalten, die sich langsam erhoben und in Richtung des Flugzeugs, das verschwunden war, blickten. Für das bloße Auge waren sie aus einer Entfernung von mehr als zwanzig Schritten schon nicht mehr erkennbar – beide trugen weiße Schneeanzüge, die vollkommen vor dem farblosen Hintergrund verschwanden.

Sie standen lange Zeit da, warteten und horchten geduldig. Dann, als sie sicher waren, daß das Flugzeug nicht zurückkehren würde, kniete einer der beiden Männer sich nieder, scharrte das Eis beiseite und holte ein kleines Funkgerät hervor. Er zog die drei Meter lange Teleskopantenne aus, stellte die Frequenz ein und fing an zu kurbeln. Er brauchte sich weder besonders kräftig, noch besonders ausdauernd zu bemühen. Irgendwo wurde sein Sender ständig überwacht; die Antwort ließ jedenfalls nicht lange auf sich warten.

1. Kapitel

Lieutenant Lee Koski klemmte den Stiel seiner Maiskolbenpfeife noch fester zwischen die Zähne, schob seine derben Fäuste noch fünf Zentimeter tiefer in seine pelzbesetzte Windjacke und zitterte trotzdem in der eisigen Kälte. Der einundvierzig Jahre und zwei Monate alte Koski, der schon achtzehn Jahre seines Lebens im Dienst der U.S.-Küstenwache verbracht hatte, war klein, sehr klein, und die schwere, dicke Kleidung ließ ihn fast so breit wie hoch erscheinen. Die blauen Augen unter dem schütteren weizenblonden Haar leuchteten mit einer Kraft, die anscheinend von nichts getrübt werden konnte, ganz gleich, wie er gelaunt war. Er besaß die Selbstsicherheit, die alle Perfektionisten auszeichnet, eine Eigenschaft, die nicht unwesentlich zu seiner Berufung als Kommandant des neuesten Schnellboots der Küstenwache, der *Catawaba*, beigetragen hatte. Er stand auf der Brücke wie ein Kampfhahn, breitbeinig, und dachte nicht im Traum daran, den Koloß von einem Mann, der neben ihm stand, anzusehen, als er mit ihm sprach.

»Sogar mit Radar werden sie sich schwertun, uns bei diesem Wetter zu finden.« Der Klang seiner Stimme war ebenso schneidend und durchdringend wie die kalte Atlantikluft. »Die Sichtweite beträgt kaum eine Meile.«

Langsam und bedächtig warf Lieutenant Amos Dover, der stellvertretende Kommandant auf der *Catawaba*, eine Zigarettenkippe in die Luft und betrachtete mit wissenschaftlichem Interesse, wie der rauchende weiße Stummel vom Wind über die Schiffsbrücke weit hinaus in die bewegte See gerissen wurde.

»Es würde auch nichts ändern, wenn sie es schafften«, quetschte er undeutlich zwischen den Lippen hervor, die in dem eisigen Wind blau angelaufen waren. »So wie wir hier herumschlingern, müßte der Hubschrauberpilot entweder strohdumm oder stinkbesoffen oder beides sein, wenn er auch nur im entferntesten daran dächte, hier herunterzugehen.« Dabei deutete er mit dem Kinn auf die Landeplattform der *Catawaba*, die von der sprühenden Gischt völlig naß war.

»Manchen Leuten ist es gleich, wie sie sterben«, sagte Koski ernst.

»Niemand kann behaupten, sie wären nicht gewarnt worden.« Dover sah nicht nur aus wie ein großer Bär, auch seine Stimme schien tief aus dem Leib zu kommen, so daß sie wie ein Brummen klang. »Ich habe den Hubschrauber benachrichtigt, gleich nachdem er von St. John's abgeflogen war, und ihm mitgeteilt, daß ich ihm wegen des starken Seegangs von einem Rendezvous dringend abriete. Alles, was der Pilot darauf antwortete, war ein freundliches Dankeschön.«

Es begann nun zu nieseln, und die fünfundzwanzig Knoten schnelle Brise peitschte den Regen derart über das Schiff, daß alle Männer, die auf Deck Dienst taten, schleunigst ihr Ölzeug holten. Die *Catawaba* und ihre Crew hatten Glück. Die Lufttemperatur lag gerade noch ein paar Grad über dem Gefrierpunkt, sonst wäre das Schiff bald mit einer Eisschicht überzogen gewesen.

Koski und Dover hatten eben ihr Ölzeug angezogen, als der Lautsprecher auf der Brücke metallisch knackte: »Käpt'n, wir haben eben den Vogel im Radar reingekriegt und leiten ihn her.«

Koski griff zu seinem Sprechfunkgerät und bestätigte den Empfang: »Ich fürchte, da braut sich ein Unwetter zusammen.«

»Sie wollen wissen, wieso wir eigentlich unbedingt Passagiere an Bord nehmen sollen?«

»Wollen Sie es nicht wissen?«

»Allerdings. Und ich möchte weiter wissen, warum der Befehl, sich zur Verfügung zu halten und einen Zivilhubschrauber an Bord zu nehmen, direkt aus dem Hauptquartier in Washington und nicht von unserer eigenen Bezirkszentrale kam.«

»Es war verdammt unklug vom Kommandanten«, brummte Koski, »uns nicht zu erzählen, was diese Leute wollen. Eines ist sicher: Eine Vergnügungsreise nach Tahiti ist das nicht.«

Koski erstarrte plötzlich und horchte in die Richtung, aus der das unverkennbare Knattern der Rotorblätter eines Helikopters ertönte. Eine halbe Minute lang blieb er noch unsichtbar hinter den Wolken, dann erblickten ihn die beiden Männer gleichzeitig. Der Hubschrauber kam von Westen durch den dünnen Regen und hielt direkt auf das Schiff zu. Koski identifizierte ihn sofort als die zweisitzige zivile Version des Ulysses Q-55, einer Maschine, die über vierhundertfünfzig Kilometer in der Stunde fliegen konnte.

»Er ist verrückt, wenn er es versucht«, erklärte Dover trocken.

Koski sagte nichts. Er griff erneut nach seinem Walkie-Talkie und schrie: »Setzen Sie sich mit dem Piloten des Helikopters in Verbindung und sagen Sie ihm, er soll nicht versuchen zu landen, solange wir durch drei Meter hohe Wellen stampfen. Sagen Sie ihm, daß ich jede Verantwortung für sein Wahnsinnsunternehmen ablehne.«

Koski wartete ein paar Sekunden und ließ den Hubschrauber nicht aus den Augen: »Also?«

Es krachte im Lautsprecher: »Der Pilot sagt, er wäre Ihnen für Ihre Anteilnahme äußerst dankbar, Käpt'n. Ferner läßt er fragen, ob Sie ein paar Männer zur Hand haben, die das Fahrgestell sichern, sobald er auf dem Landeplatz aufsetzt.«

»Er ist ein liebenswürdiger Scheißkerl«, grunzte Dover. »Das muß man ihm zugute halten.«

Koski schob sein Kinn vor und umklammerte den Stiel seiner Pfeife mit der Gewalt eines Schraubstocks. »Zur Hölle mit seiner Liebenswürdigkeit! Die Chancen stehen ausgezeichnet, daß dieser Idiot mir ein gutes Stück von meinem Schiff zertrümmert.« Er zuckte resigniert die Achseln, ergriff ein Megaphon und schrie in das Mundstück: »Inspizient Thorp! Halten Sie Ihre Leute bereit, um diesen Vogel bei der Landung zu sichern. Aber lassen Sie sie um Gottes willen so lange in Deckung bleiben, bis er sicher aufgesetzt hat – und halten Sie auch eine Rettungsmannschaft bereit!«

»Ich würde in diesem Augenblick um keinen Preis mit den Burschen dort oben tauschen«, meinte Dover mit seiner Bärenstimme, »selbst wenn ich dafür alle Schönheitsköniginnen Hollywoods bekäme.«

Die *Catawaba* durfte auf keinen Fall geraden Kurs mit dem Wind halten, überlegte Koski, sonst würden die durch die Schiffsaufbauten verursachten Turbulenzen den Hubschrauber ins sichere Verderben schleudern. Wenn er das Schiff andererseits quer zum Wind stellte, würde es viel zu stark rollen, um eine sichere Landung auf der Plattform zu erlauben. Seine jahrelangen Erfahrungen und sein Urteilsvermögen, gepaart mit dem Wissen um die Eigenheiten der *Catawaba*, ließen seinen Entschluß fast zu einer Routineentscheidung werden. »Wir werden ihn mit Rückenwind herlotsen, mit dem Bug gegen die See. Drosseln Sie die Geschwindigkeit und veranlassen Sie den nötigen Kurswechsel.«

Dover nickte und verschwand im Ruderhaus. Etwas später erschien er wieder. »Befehl ausgeführt. Das Schiff liegt mit der See und läuft so gleichmäßig, wie es der Seegang erlaubt.«

Gebannt starrten Koski und Dover auf den hellgelben Helikopter. Er schwebte durch den Nebel heran und näherte sich in einem Dreißig-Grad-Winkel zu dem gischtenden Kielwasser dem Heck der *Catawaba.* Obwohl der Wind die Ulysses arg herumstieß, gelang es dem Piloten, die Maschine auf gleicher Höhe zu halten. Nach etwa hundert Metern ging er allmählich mit der Geschwindigkeit herunter, bis er schließlich wie ein Kolibri über der auf und ab schaukelnden Plattform in der Luft stand. Der Helikopter – Koski kam es wie eine Ewigkeit vor – behielt noch immer seine Höhe bei; der Pilot versuchte abzuschätzen, wie hoch sich das Heck des Schnellboots mit jedem Wellenberg hob. Als die Landeplattform sich wieder einmal auf dem Gipfelpunkt befand, nahm er plötzlich Gas weg, und die Ulysses setzte sauber auf der *Catawaba* auf, nur einen Augenblick, bevor das Heck wieder in das nächste Wellental sackte.

Die Kufen hatten kaum die Plattform berührt, als auch schon fünf Männer der Schiffscrew über das schwankende Deck flitzten und im Kampf mit dem Sturm begannen, den Helikopter abzusichern, ehe dieser ins Wasser gefegt wurde. Der Motor erstarb, die Rotorblätter hörten auf sich zu drehen, und an der Seite des Cockpits öffnete sich eine Tür. Zwei Männer sprangen herunter, mit eingezogenen Köpfen, gegen den peitschenden Sprühregen.

»Dieser Hundesohn!« murmelte Dover verblüfft. »Es sah aus, als wäre es eine Routinesache!«

Koskis Gesicht verhärtete sich. »Ich kann den beiden nur wünschen, daß sie ein erstklassiges Empfehlungsschreiben haben. Und daß ihr Amtssitz das Hauptquartier der Küstenwache in Washington ist.«

Dover lächelte. »Vielleicht sind es Mitglieder des Kongresses, die sich auf einer Inspektionsreise befinden.«

»Unwahrscheinlich«, erwiderte Koski kurz.

»Soll ich sie in Ihre Kabine bringen?«

Koski schüttelte den Kopf. »Nein. Überbringen Sie ihnen meine Empfehlungen und schaffen Sie sie in die Offiziersmesse.« Dann grinste er verschlagen. »Im Moment ist das einzige, was mich interessiert, eine Tasse Kaffee.«

Nach genau zwei Minuten saß Commander Koski an einem Tisch in der Offiziersmesse und umfaßte mit seinen durchgefrorenen Händen dankbar einen Becher mit dampfendem Kaffee. Er hatte ihn fast zur Hälfte geleert, als sich die Tür öffnete und Dover den Raum betrat, gefolgt von einem rundlichen Menschen mit einer großen randlosen Brille, die auf einem kahlen, von wirrem weißen Haar umkränzten Kopf saß. Auf den ersten Blick wirkte er auf Koski wie der berühmte zerstreute Professor. Sein Gesicht war rund, sein Ausdruck gütig, und in seinen braunen Augen steckte ein verschmitztes Lächeln. Der Neuankömmling erblickte den Commander, ging auf seinen Tisch zu und streckte ihm die Hand entgegen.

»Commander Koski, nehme ich an. Hunnewell ist mein Name – Dr. Bill Hunnewell. Es tut mir leid, daß ich Sie so belästige.«

Koski erhob sich und schüttelte Hunnewell die Hand. »Willkommen an Bord, Doktor. Bitte setzen Sie sich doch und trinken Sie eine Tassc Kaffee.«

»Kaffee? Ich kann dieses Zeug nicht ausstehen«, erwiderte Hunnewell düster. »Aber ich würde für mein Leben gern eine Tasse heißen Kakao trinken.«

»Kakao haben wir da«, erklärte Koski liebenswürdig. Er lehnte sich in seinen Stuhl zurück und rief: »Brady!«

Ein Steward in einer weißen Jacke kam aus der Kombüse zum Vorschein. Er war groß und mager und seinen Gang konnte er sich nur in Texas angeeignet haben. »Ja, Sir? Was darf es sein?«

»Eine Tasse Kakao für unseren Freund und zwei weitere Becher Kaffee für Lieutenant Dover und...« Koski hielt inne und schaute fragend hinter Dover. »Ich glaube, Doktor Hunnewells Pilot fehlt noch?«

»Er ist in einer Minute da.« Dover sah unglücklich aus. Es schien, als wollte er Koski warnen. »Er wollte sich erst noch vergewissern, daß der Hubschrauber auch sicher vertäut ist.«

Koski blickte Dover durchdringend an, dann wandte er sich ab. »Das ist alles, Brady. Bringen Sie gleich die ganze Kanne. Ich kann auch noch einen Becher Kaffee vertragen.«

Brady nickte bestätigend und kehrte in die Kombüse zurück.

»Es ist wirklich angenehm«, meinte Doktor Hunnewell, »wieder vier feste Wände um sich zu haben. In dieser Schaukelkiste zu sitzen und nur durch eine Plastikwand von den Naturgewalten getrennt zu sein, genügt, um graue Haare zu bekommen.« Er fuhr sich über den schütteren weißen Haarkranz und grinste.

Koski setzte seinen Becher ab und sah Hunnewell ernst an. »Ich glaube, Sie haben nicht bemerkt, Dr. Hunnewell, wie dicht Sie daran waren, nicht nur Ihre wenigen Haare zu verlieren, sondern gleich Ihr Leben. Es war überaus leichtfertig von Ihrem Piloten, bei diesem Wetter überhaupt an einen Flug zu denken.«

»Ich kann Ihnen versichern, Sir, daß dieser Ausflug notwendig war.« Hunnewell sprach in einem wohlwollend freundlichen Ton, wie er vielleicht einen Schuljungen belehrt hätte. »Sie, Ihr Schiff und Ihre Mannschaft haben eine hochwichtige Aufgabe zu erfüllen, und alles kommt auf eine pünktliche Erledigung an. Wir können es uns nicht leisten, auch nur eine Minute zu verlieren.« Er zog einen Stoß Papiere aus seiner Brusttasche und schob sie Koski über den Tisch zu. »Ich muß Sie bitten, sofort Kurs auf dieses Gebiet zu nehmen. Inzwischen erkläre ich Ihnen unser Erscheinen hier.«

Koski nahm die Papiere an sich, ohne sie durchzusehen. »Verzeihen Sie, Doktor Hunnewell, aber ich bin nicht befugt, Ihren Wünschen zu entsprechen. Der einzige Befehl, den ich von der Zentrale erhalten habe, ist der, zwei Passagiere an Bord zu nehmen. Es wurde nichts davon erwähnt, daß Sie das Kommando über mein Schiff zu übernehmen hätten.«

»Sie verstehen nicht.«

Koski warf Hunnewell über seinen Kaffeebecher hinweg einen durchbohrenden Blick zu. »Das, Doktor, ist einigermaßen untertrieben. In welcher Eigenschaft kommen Sie? Weshalb sind Sie hier?«

»Beruhigen Sie sich, Commander. Ich bin kein feindlicher Agent, der auf Ihrem wertvollen Schiff Sabotage treiben will. Ich habe meinen Dr. phil. in Ozeanographie gemacht, und zur Zeit bin ich bei der National Underwater and Marine Agency beschäftigt.«

»Ich wollte Sie nicht kränken«, erwiderte Koski ruhig. »Aber trotzdem bleibt noch eine Frage offen.«

»Vielleicht kann ich sie Ihnen beantworten.« Die neue Stimme hörte sich sanft an, doch schwang in ihr eine selbstbewußte Sicherheit mit.

Koski richtete sich in seinem Stuhl auf und drehte sich nach einem großen, gut aussehenden Mann um, der lässig im Türrahmen lehnte. Das von Wind und Wetter gegerbte Gesicht, die harten, beinahe brutalen Züge und die durchdringenden grünen Augen, all das ließ darauf schließen, daß dieser Mann sich nicht auf der Nase herumtanzen ließ. Er trug die blaue Fliegerkombination der Air Force, blickte gelangweilt durch den Raum, und dann grinste er Koski herablassend an.

»Ah, da sind Sie ja«, sagte Hunnewell laut. »Commander Koski, darf ich Ihnen Major Dirk Pitt, den Leiter des Sonderdezernats der NUMA, vorstellen?«

»Pitt?« wiederholte Koski verblüfft. Er starrte Dover an und zog eine Augenbraue hoch. Dover zuckte nur die Achseln und sah aus, als fühlte er sich nicht recht wohl in seiner Haut. »Etwa derselbe Pitt, der letztes Jahr den Unterwasserschmuggel in Griechenland aufgedeckt hat?«

»Es waren wenigstens zehn Leute, die mehr als ich dazu beigetragen haben«, meinte Pitt.

»Ein Offizier der Luftwaffe, der an einem ozeanographischen

Projekt arbeitet«, sagte Dover. »Das ist ja nicht gerade Ihr Metier, Major.«

Die Falten um Pitts Augen wurden zur Basis eines Lächelns. »Es ist genausowenig mein Metier, wie es für die Leute von der Marine ihr Metier war, zum Mond zu fliegen.«

»Da haben Sie allerdings recht«, pflichtete ihm Koski bei.

Brady erschien und servierte den Kaffee und den Kakao. Er ging wieder, tauchte jedoch gleich noch einmal auf mit einem Tablett voller Sandwiches, um dann endgültig zu verschwinden.

Koski war es höchst ungemütlich zumute. Ein Wissenschaftler von einer einflußreichen Regierungsbehörde – das konnte kaum etwas Gutes bedeuten. Ein Offizier, der aus einer völlig anderen Waffengattung stammte und für seine gefährlichen Eskapaden bekannt war – das war ausgesprochen schlecht. Und wenn gar beide zusammen auftraten, ihm hier am Tisch gegenübersaßen und ihm vorschrieben, was er zu tun und zu lassen hatte, so war das fast schlimmer als die Pest.

»Wie gesagt, Commander«, sagte Hunnewell ungeduldig, »wir müssen so schnell wie möglich Kurs auf das von mir genannte Gebiet nehmen.«

»Nein«, lehnte Koski brüsk ab. »Es tut mir leid, wenn ich starrköpfig erscheine, doch Sie müssen mir zustimmen, daß es mein Recht ist, die Ausführung Ihrer Befehle zu verweigern. Als Kapitän dieses Schiffes bin ich lediglich verpflichtet, den Anweisungen zu gehorchen, die entweder von der Bezirksleitung der Coast Guard in New York oder aus der Zentrale in Washington kommen.« Er legte eine Pause ein, um sich eine neue Tasse Kaffee einzugießen. »Und meine Befehle lauten, zwei Passagiere an Bord zu nehmen, nicht mehr und nicht weniger. Ich habe diesem Befehl entsprochen, und jetzt setze ich meinen ursprünglichen Patrouillenkurs fort.«

Pitts Augen musterten Koskis steinerne Gesichtszüge ebenso, wie ein Metallurg einen hochwertigen Stahlguß auf Fehler untersucht hätte.

Plötzlich stand er auf. Er ging bedächtig zur Kombüsentür hinüber und warf einen Blick in die Küche hinein. Brady war gerade dabei, einen großen Sack Kartoffeln in einen Dampftopf zu schütten. Dann wandte Pitt sich, immer noch schweigend, um und inspizierte den Korridor vor der Messe. Sein kleiner Trick funktionierte; Koski und Dover tauschten verwirrte Blicke aus, während sie seine Bewegungen verfolgten. Als er sicher zu sein schien, daß sie keine Lauscher hatten, ging Pitt zum Tisch, setzte sich und beugte sich zu den beiden Offizieren der Coast Guard hinüber. Seine Stimme war nur noch ein Flüstern: »Meine Herren, es handelt sich um folgendes: Die Papiere, die Dr. Hunnewell Ihnen gegeben hat, beschreiben den ungefähren Standort eines Eisbergs, der für uns von größter Bedeutung ist.«

Koski stieg eine leichte Röte in die Wangen, aber es gelang ihm, eine gelassene Miene zu bewahren. »Und was, wenn ich die törichte Frage stellen darf, bezeichnen Sie als einen Eisberg von höchster Wichtigkeit?«

Pitt machte eine bedeutungsvolle Pause. Dann sagte er: »Einen, in dem die Überreste eines Schiffes eingeschlossen sind. Eines russischen Kutters, um genau zu sein, der mit den neuesten und raffiniertesten Aufklärungsgeräten ausgerüstet ist, die die Sowjets bisher entwickelt haben. Zudem beherbergt er den Code und die Daten für ihr gesamtes Aufklärungsprogramm in der westlichen Hemisphäre.«

Koski blinzelte nicht einmal. Ohne seine Augen von Pitt zu wenden, holte er unter seiner Jacke einen Tabaksbeutel hervor und begann seelenruhig seine Maiskolbenpfeife zu stopfen.

»Vor sechs Monaten«, fuhr Pitt fort, »kreuzte ein russischer Kutter namens *Nowgorod* einige Meilen vor der Küste Grönlands und überwachte die U.S.-Air-Force-Raketenbasis in Disko Island. Luftaufnahmen ergaben, daß die *Nowgorod* mit allen bisher bekannten elektronischen Empfangsantennen ausgerüstet war und auch noch einige zusätzliche, bisher unbekannte besaß. Die Russen agierten äußerst klug. Der Kutter mitsamt seiner Besatzung, 35 hervorragend ausgebildeten Männern und auch einigen Frauen, verirrte sich nie in grönländische Hoheitsgewässer. Unsere Piloten waren sogar ganz froh über ihn; sie benutzten ihn als Orientierungspunkt bei schlechtem Wetter. Die meisten russischen Spionageboote werden nach dreißig Tagen abgelöst, doch dieses behielt seine Position gut drei Monate lang bei. Unsere Marineaufklärung begann sich schon über den langen Aufenthalt zu wundern. Dann war die *Now-*

gorod an einem stürmischen Morgen verschwunden. Das geschah fast drei Wochen, bevor das Schiff erschien, das sie ablösen sollte. Diese Verzögerung machte die ganze Angelegenheit noch mysteriöser – bis dahin war es noch nie passiert, daß die Russen ein Aufklärungsschiff zurückzogen, ehe nicht die Ablösung an Ort und Stelle war.«

Pitt schnippte die Asche von seiner Zigarette. Dann fuhr er fort: »Es gibt nur zwei Routen, die die *Nowgorod* auf ihrem Heimweg benutzen konnte. Die eine führt über die Ostsee nach Leningrad und die andere durch die Barentssee nach Murmansk. Die Norweger und die Briten haben jedoch aufs bestimmteste versichert, daß die *Nowgorod* keine von beiden befahren hat. Kurz gesagt: Irgendwo zwischen Grönland und Europa ist die *Nowgorod* mit Mann und Maus verschwunden.«

Koski setzte seinen Becher ab und starrte nachdenklich auf den schmutzigen Boden. »Es berührt mich merkwürdig, daß die Küstenwache darüber nicht informiert wurde. Ich weiß bestimmt, daß wir nie einen Bericht über einen vermißten russischen Kutter erhalten haben.«

»Das kam Washington ebenfalls spanisch vor. Warum sollten die Russen den Verlust der *Nowgorod* geheimhalten? Die einzig logische Antwort war, daß sie vermeiden wollten, daß irgendeine westliche Nation die Spuren ihres modernsten Spionageschiffs entdekken könnte.«

Koskis Lippen verzogen sich zu einem sarkastischen Lächeln. »Und Sie meinen, ich kaufe Ihnen ein sowjetisches Spionageschiff, das in einen Eisberg eingeschlossen ist, ab? Kommen Sie, Major! Seit ich entdeckt habe, daß am Ende eines Regenbogens nie ein Topf voll Gold steht, glaube ich an keine Märchen mehr.«

Pitt lächelte zurück. »Sei's drum. Auf jeden Fall hat eine Ihrer eigenen Patrouillenmaschinen in einem Eisberg ein Schiff entdeckt, das genau wie ein Kutter aussieht, und zwar in 47 Grad 36 Minuten nördlicher Breite und 43 Grad 17 Minuten westlicher Länge.«

»Es stimmt«, erwiderte Koski kühl, »die *Catawaba* ist das Wachschiff, das dieser Position am nächsten steht. Aber warum habe ich den Befehl, die Angelegenheit zu überprüfen, nicht direkt von der New Yorker Bezirkszentrale erhalten?«

»Das ist bei Spionageaffären immer so«, antwortete Pitt. »Das letzte, was die Jungs in Washington wollen, ist ein öffentlicher Verkehr über Funk. Zum Glück hat der Pilot der Maschine, die den Eisberg entdeckt hat, bis zu seiner Landung gewartet und erst dann einen genauen Lagebericht gegeben. Wir stellen uns natürlich vor, daß wir uns den Kutter schnappen, bevor die Russen überhaupt Wind davon kriegen. Ich glaube, Sie können sich denken, Commander, wie unschätzbar wertvoll jede geheimdienstliche Information, welche die russischen Spionageschiffe betrifft, für unsere Regierung ist.«

»Ich hielte es für vernünftiger, einige Geheimdienstleute zu dem Eisberg zu schicken, die eine Ahnung von Elektronik und vom Knacken eines Geheimcodes haben.« Die fast unmerkliche Änderung in Koskis Stimme konnte kaum als Einlenken bezeichnet werden, doch sie war nicht zu überhören. »Ich hoffe, es macht Ihnen nichts aus, wenn ich sage, ein Pilot und ein Ozeanograph scheinen mir hier ein bißchen fehl am Platze.«

Pitt sah Koski durchdringend an, schaute kurz zu Dover hinüber und fixierte dann wieder Koski. »Das ist nur Tarnung«, erklärte er gedämpft. »Und zwar aus folgendem Grund. Die Russen sind nicht auf den Kopf gefallen, was Spionage betrifft. Sie müssen einfach mißtrauisch werden, wenn sich eine Militärmaschine in einem Gebiet über der offenen See herumtreibt, das nur wenige, wenn überhaupt irgendwelche Schiffe passieren. Die Flugzeuge der Nationalen Tiefsee- und Marinebehörde dagegen sind allgemein dafür bekannt, daß sie wissenschaftliche Projekte in abgelegenen Teilen der Meere durchführen.«

»Und wofür sind Sie qualifiziert?«

»Ich kann einen Hubschrauber bei arktischem Wetter fliegen, und Dr. Hunnewell ist zweifellos die größte Kapazität auf dem Gebiet der Glaziologie«, antwortete Pitt.

»Ich verstehe«, meinte Koski langsam. »Dr. Hunnewell untersucht den Eisberg, bevor die Jungs vom Geheimdienst die Gesellschaft hochgehen lassen.«

»Sie haben es erfaßt«, bestätigte Hunnewell. »Wenn wirklich die *Nowgorod* unter dem Eis liegt, dann ist es meine Aufgabe, die günstigste Methode herauszufinden, um den Schiffsrumpf freizulegen.

Sie wissen sicher, daß mit einem Eisberg umzugehen einem Lotteriespiel gleicht. Es ist ähnlich wie beim Zerschneiden von Diamanten; *eine* falsche Berechnung des Schleifers, und alles ist aus. Zuviel Dynamit an der falschen Stelle, und das Eis springt und splittert auseinander. Oder man schmilzt zu stark und zu rasch ab, der Schwerpunkt verschiebt sich, und der ganze Berg kippt um. Sie sehen also, daß es unbedingt notwendig ist, das Eis gründlich zu untersuchen. Sonst bekommt man die *Nowgorod* nie frei.«

Koski lehnte sich zurück und entspannte sich. Sein Blick ruhte einen Moment lang auf Pitt, dann lächelte er. »Lieutenant Dover!«

»Sir?«

»Bitte erfüllen Sie das Begehren dieser Herrschaften und nehmen Sie Kurs auf 47 Grad 36 Minuten Nord, 43 Grad 17 Minuten West, volle Kraft voraus. Und benachrichtigen Sie die Bezirksleitung in New York, daß wir unsere Position verlassen.«

Er schaute, ob sich irgend etwas in Pitts Miene veränderte. Aber dieser blieb unbewegt. »Nicht, daß ich Ihnen zu nahe treten wollte«, meinte er allerdings. »Aber ich schlage vor, daß Sie Ihre Bezirksleitung lieber nicht unterrichten.«

»Ich bin nicht mißtrauisch oder so etwas, Major«, entgegnete Koski entschuldigend. »Es gehört nur nicht zu meinen Gewohnheiten, den ganzen Atlantik zu durchkreuzen und dabei die Coast Guard im ungewissen zu lassen, wo ihr Schiff geblieben ist.«

»Okay, aber ich wäre Ihnen dankbar, wenn Sie unser Ziel nicht nennen wollten.« Pitt drückte seine Zigarette aus. »Und bitte benachrichtigen Sie das Marineministerium, daß Dr. Hunnewell und ich sicher auf der *Catawaba* gelandet sind und unseren Flug nach Reykjavik fortsetzen, sobald sich das Wetter aufklärt.«

Koski zog die Augenbrauen hoch. »Reykjavik? Island?«

»Ganz richtig. Das ist unser Ziel«, bestätigte Pitt.

Koski wollte etwas sagen, dann überlegte er es sich anders und zuckte nur die Achseln. »Ich sollte Ihnen Ihre Quartiere zeigen, meine Herren.« Er wandte sich an Dover: »Dr. Hunnewell kann in der Kabine des Maschinisten schlafen. Major Pitt kann mit Ihnen zusammenziehen, Lieutenant.«

Pitt grinste Dover an, dann wandte er sich wieder an Koski: »Sie wollen mich im Auge behalten?«

»Das haben Sie gesagt, nicht ich«, erwiderte Koski lakonisch.

Vier Stunden später lag Pitt vor sich hindösend auf dem Feldbett, das man in die eiserne Höhle gequetscht hatte, die Dover seine Kabine nannte. Er war zu Tode erschöpft, doch es gingen ihm zu viele Gedanken durch den Kopf, als daß er hätte einschlafen können. Vor einer Woche hatte er um diese Zeit noch auf der Terrasse des *Newport Inn* gesessen, zusammen mit einer wundervollen rothaarigen Nymphomanin, und hatte die herrliche Aussicht auf die Küste von Newport Beach, Kalifornien, genossen. Er erinnerte sich voller Begeisterung, wie er mit der einen Hand das Mädchen gestreichelt und in der anderen einen Whisky on the Rocks gehalten und wie er die im mondbeschienenen Hafen gespenstergleich dahingleitenden Yachten beobachtet hatte, einig mit sich und der Welt. Nun war er allein und lag auf einem bretthartten Faltbett in einem schlingernden Kutter der Coast Guard, der irgendwo auf dem eiskalten Atlantik dahinfuhr. Ich muß ein ausgesprochener Masochist ein, daß ich mich freiwillig zu jedem idiotischen Unternehmen melde, das Admiral Sandecker ausheckt. Admiral James Sandecker, Generaldirektor der National Underwater and Marine Agency, wäre bei dem Ausdruck »idiotisches Unternehmen« zusammengefahren – er hätte es eher eine verdammt harte Geschichte genannt.

Wie hatte er doch vor wenigen Tagen, als er das Kommando zu diesem Unternehmen gegeben hatte, gesagt?

»Es tut mir leid, daß ich Sie aus dem sonnigen Kalifornien holen muß. Aber es geht um eine verteufelt schwierige Sache.«

Sandecker, ein kleiner, rothaariger Mann mit dem Gesicht einer Bulldogge, schwang seine fünfzehn Zentimeter lange Zigarre wie ein Dirigent durch die Luft. »Wir sind damit beauftragt, eine wissenschaftliche Forschungsarbeit unter Wasser durchzuführen. Warum ausgerechnet wir? Warum nicht die Marine? Man sollte annehmen, die Küstenwache könnte ihre Probleme selbst lösen.« Er schüttelte irritiert seinen Kopf und zog an seiner Zigarre. »Jedenfalls haben sie uns die Angelegenheit aufgehalst.«

Pitt hatte zu Ende gelesen und legte den gelben Aktenordner mit der Aufschrift »Vertraulich« auf den Schreibtisch des Admirals zurück. »Ich hätte nicht gedacht, daß sich ein Schiff in einen Eisberg einfrieren läßt.«

»Es ist auch höchst unwahrscheinlich, doch Dr. Hunnewell hat mir versichert, daß es vorkommen kann.«

»Den richtigen Berg zu finden könnte sich schon als schwierig erweisen. Es ist immerhin vier Tage her, daß ihn die Küstenwache gesichtet hat. Dieser entzückende Eiswürfel könnte inzwischen die halbe Strecke zu den Azoren zurückgelegt haben.«

»Dr. Hunnewell hat seine Position aufgrund der Strömungsgeschwindigkeiten und seiner Drift auf ein 100 Quadratkilometer großes Gebiet eingegrenzt. Wenn die Sicht gut ist, sollte es Ihnen nicht schwerfallen, den Berg zu finden, vor allem, weil die Küstenwache ihn rot markiert hat.«

»Ihn aufzuspüren ist eine Sache«, sagte Pitt nachdenklich. »Auf ihm zu landen eine andere. Wäre es nicht klüger und auch ungefährlicher, mit einem ...«

»Nein!« unterbrach ihn Sandecker. »Keine Schiffe. Wenn das Ding in dem Eisberg so brisant ist, wie ich vermute, möchte ich, daß ihm keiner außer Ihnen und Dr. Hunnewell näher als 100 Kilometer kommt.«

»Es mag Sie überraschen, Admiral, aber ich bin bisher noch nie mit einem Hubschrauber auf einem Eisberg gelandet.«

»Wahrscheinlich hat das auch noch kein anderer gewagt. Eben darum habe ich Sie in Ihrer Funktion als Leiter des Sonderdezernats hierhergebeten!« Sandecker lächelte boshaft. »Sie haben das – sagen wir einmal: ärgerliche – Geschick, stets erfolgreich zu sein.«

»Ich darf mich diesmal«, fragte Pitt zweideutig, »sicher wieder freiwillig melden?«

»So kann man es ausdrücken.«

Pitt zuckte hilflos die Achseln. »Ich weiß nicht, warum ich Ihnen immer so leicht nachgebe, Admiral. Ich fange an zu glauben, daß Sie einen erstklassigen Narren aus mir gemacht haben.«

Ein breites Grinsen zog über Sandeckers Gesicht. »Das haben Sie gesagt, nicht ich.«

Pitts Erinnerungen an sein Rendezvous mit dem Admiral Sandecker machten ihm nur teilweise Spaß. Nun sah er sich gestört.

Die Klinke wurde nämlich heruntergedrückt, und die Tür ging auf. Pitt öffnete träge ein Auge, es war Dr. Hunnewell. Der übergewichtige Doktor vollzog einen Balanceakt, als er versuchte, sich zwischen Pitts Liege und Dovers Spind hindurchzumanövrieren, und landete endlich auf einem kleinen Stuhl neben dem Schreibtisch. Sein lautes Stöhnen vermischte sich mit dem Ächzen des Stuhls, als er seinen massigen Körper zwischen die Lehnen fallen ließ.

»Wie um Himmels willen kann sich nur so ein Riese wie Dover in so einen kleinen Stuhl zwängen?« fragte er ungläubig, mehr zu sich selbst als zu Pitt gewandt.

»Sie kommen spät«, gähnte Pitt. »Ich habe Sie schon vor Stunden erwartet.«

»Ich konnte ja nicht um die Ecken schleichen oder durch die Ventilatoren schlüpfen, als wäre ich selbst ein Spion. Ich mußte auf einen guten Vorwand warten, um mit Ihnen zu sprechen.«

»Einen Vorwand?«

»Ja. Schöne Grüße von Commander Koski. Das Dinner ist serviert.«

»Warum diese ganze Heimlichtuerei?« fragte Pitt mit einem gerissenen Grinsen. »Wir haben nichts zu verbergen.«

»Nichts zu verbergen! Nichts zu verbergen! Sie liegen da wie eine unschuldige Jungfrau, die keine Sünde kennt, und sagen seelenruhig, wir hätten nichts zu verbergen!« Hunnewell schüttelte verzweifelt den Kopf. »Wir kommen beide vor ein Militärgericht, wenn die von dem faulen Trick erfahren, mit dem wir ihnen eines ihrer neuen Küstenboote entführt haben.«

»Hubschrauber haben die dumme Angewohnheit, daß sie nicht mit Luft im Tank fliegen«, meinte Pitt sarkastisch. »Wir brauchen einen festen Standort für unser Unternehmen und einen Platz, wo wir auftanken können. Die *Catawaba* ist das einzige Schiff in dieser Gegend, das alle nötigen Voraussetzungen erfüllt. Und nebenbei waren *Sie* es, der den getürkten Funkspruch aus dem Coast-Guard-Hauptquartier gesendet hat. Dafür sind also Sie verantwortlich.«

»Und dieses Märchen von dem vermißten russischen Kutter? Sie können nicht abstreiten, daß das von Anfang bis Ende Ihre Idee war.«

Pitt verschränkte die Hände hinter dem Kopf und starrte an die Decke. »Ich dachte, sie würde jedem gefallen.«

»Das muß ich Ihnen lassen: Es war der großartigste Schwindel, bei dem mitmachen zu müssen ich das Pech habe.«

»Ich weiß. Es gibt Zeiten, da hasse ich mich selbst.«

»Haben Sie sich überlegt, was passieren könnte, wenn Commander Koski hinter Ihr reizendes Täuschungsmanöver kommt?«

Pitt erhob sich und streckte sich. »Wir tun ganz einfach, was jeder durchschnittliche amerikanische Betrüger auch täte.«

»Und das wäre?« fragte Hunnewell zweifelnd.

Pitt lächelte. »Wir werden es reuevoll bedauern, wenn es soweit ist.«

2. Kapitel

Von allen Meeren ist der Atlantik am unberechenbarsten. Der Pazifik, der Indische Ozean, selbst die Arktis haben zwar alle ihre charakteristischen Tücken, doch eins ist ihnen gemeinsam: sie künden einen Wetterumschwung in der Regel lange vorher an. Nicht so der Atlantik, besonders nördlich des 15. Breitengrades. Innerhalb weniger Stunden kann sich eine spiegelglatte See in einen schäumenden Hexenkessel verwandeln, der von einem mit Windstärke 12 dahinrasenden Hurrikan aufgerührt wird. Ein andermal verhält sich die launische Natur des Atlantiks gerade umgekehrt. Sturm und eine schwere See während der Nacht scheinen sichere Anzeichen für ein drohendes Unwetter, doch wenn es dämmert, ist nichts außer einer azurblauen, spiegelglatten Wasserfläche unter dem blanken Himmel zu sehen. So erging es den Männern der *Catawaba,* als der Morgen gemütlich über einer friedlichen See heraufdämmerte.

Pitt erwachte langsam. Sein erster Blick fiel auf das Hinterteil einer riesigen, weißen Hose, die voll und ganz von Dover ausgefüllt wurde. Der Lieutenant beugte sich gerade über ein kleines Waschbecken und putzte sich die Zähne.

»Sie haben nie hübscher ausgesehen«, begrüßte ihn Pitt.

Dover drehte sich um. Die Zahnpaste lief ihm über das Kinn. »Wie bitte?«

»Ich sagte: guten Morgen.«

Dover nickte nur, murmelte irgend etwas Unverständliches durch die Zähne und drehte sich wieder dem Waschbecken zu.

Pitt setzte sich auf und horchte. Nur das Dröhnen der Maschinen war zu hören und das Surren des Ventilators, der warme Luft in die Kabine blies. Die Bewegung des Schiffes war so sanft, daß man sie kaum spürte.

»Ich möchte nicht als ein unhöflicher Gastgeber erscheinen, Major«, sagte Dover; »aber ich würde vorschlagen, daß Sie sich erheben. In etwa anderthalb Stunden müßten wir in dem Gebiet sein, das Sie absuchen wollen.«

Pitt warf die Decken beiseite und stand auf. »Zunächst einmal das Wichtigste: Wie ist eigentlich das Frühstück in Ihrem Etablissement?«

»Im Guide Michelin würde es zwei Sterne haben«, erwiderte Dover fröhlich. »Ich will es gerade zu mir nehmen.«

Pitt wusch sich flüchtig, beschloß, sich nicht zu rasieren, und zog schnell seine Fliegerkombination über. Er folgte Dover über den Korridor, voller Verwunderung, wie ein Mann von der Größe dieses Lieutenants sich auf dem Schiff bewegen konnte, ohne sich nicht wenigstens zehnmal am Tag den Kopf an den niedrigen Schotts einzustoßen.

Sie hatten eben das Frühstück beendet, das nach Pitts Schätzung in jedem besseren Hotel wenigstens fünf Dollar gekostet hätte, als ein Matrose heraufkam und ausrichtete, Commander Koski bitte sie in den Kontrollraum auf der Brücke. Dover folgte ihm; Pitt, eine Tasse Kaffee in der Hand, blieb einige Schritte hinter ihnen zurück. Der Commander und Dr. Hunnewell waren über einen Kartentisch gebeugt, als sie eintraten.

Koski blickte auf. Sein vorgeschobenes Kinn sah nicht mehr ganz so aus wie der Bug eines Eisbrechers, und seine leuchtenden blauen Augen schienen ziemlich friedlich. »Guten Morgen, Major. Gefällt es Ihnen an Bord?«

»Die Unterbringung ist etwas eng, aber das Essen ist ausgezeichnet.«

Ein hartes, aber aufrichtiges Lächeln überzog Koskis Gesicht. »Was halten Sie von unserem kleinen elektronischen Wunderland?«

Pitt machte eine 360-Grad-Umdrehung im Kontrollraum. Dieser hätte aus einem Science-fiction-Film stammen können. Vom Boden bis zur Decke waren die vier Stahlschotts von einer Unmenge Rechnern, Fernsehschirmen und Instrumenten bedeckt. Endlose Reihen von beschrifteten Schaltern und Knöpfen zogen sich quer über die Anlagen, die mit so vielen farbigen Kontrollämpchen versehen waren, daß sie ausgereicht hätten, die Fassade eines Casinos in Las Vegas zu beleuchten.

»Sehr eindrucksvoll«, meinte Pitt und nippte an seinem Kaffee. »Ein Radarabtaster für Luft- und Bodenaufklärung, das neueste Navigationssystem für Mittel- und Kurzwelle und UKW, Typ Loran, die Mitkoppelung eines Computers nicht zu vergessen.« Pitt sprach mit der lässigen Miene eines Public-Relations-Managers, der bei der Heimatwerft der *Catawaba* beschäftigt war. »Die *Catawaba* ist vom Hersteller mit umfangreicheren Anlagen für Ozeanographie, Nachrichtentechnik, Navigation, Aerologie und Aufklärung ausgestattet worden als jedes vergleichbare Schiff der Welt. Eigentlich ist Ihr Schiff, Commander, dafür vorgesehen, auf hoher See unter allen nur denkbaren atmosphärischen Bedingungen als Wetterstation zu dienen, Such- und Rettungsaktionen durchzuführen und bei ozeanographischen Forschungsarbeiten zu assistieren. Ich könnte hinzufügen, daß die Besatzung aus 17 Offizieren und 160 Männern besteht und daß es zwischen zwölf und dreizehn Millionen Dollar gekostet hat, sie auf der Northgate Werft in Wilmington, Delaware, zu bauen.«

Koski, Dover und die übrigen Männer im Kontrollraum, Hunnewell ausgenommen, der weiter die Karte studierte, standen überrascht da. Wäre Pitt der erste Marsmensch gewesen, der die Erde betreten hätte, er hätte kein ungläubigeres Erstaunen erregen können.

»Seien Sie nicht überrascht, meine Herren«, fuhr deshalb Pitt fort, der das schöne Gefühl der Zufriedenheit mit sich selbst in sich aufsteigen fühlte. »Ich habe nur die Angewohnheit, meine Hausaufgaben zu erledigen.«

»Ich verstehe«, sagte Koski grimmig. Es war aber offensichtlich, daß er überhaupt nichts verstand. »Vielleicht könnten Sie uns einen Hinweis geben, warum Sie Ihre Lektion so gewissenhaft gelernt haben...«

Pitt zuckte die Achseln. »Wie gesagt, es ist eine Angewohnheit von mir.«

»Aber eine verwirrende.« Koski sah Pitt an, als fühlte er sich nicht sonderlich wohl in seiner Haut. »Ich möchte zu gern wissen, ob Sie wirklich so sind, wie Sie sich geben.«

»Dr. Hunnewell und ich sind redliche Leute«, beruhigte ihn Pitt.

»In genau zwei Minuten werden wir es wissen.« Koskis Stimme klang plötzlich sarkastisch. »Ich erledige ebenfalls gern meine Hausaufgaben.«

»Sie vertrauen mir nicht«, erwiderte Pitt trocken. »Schade. Sie machen sich völlig unnötige Sorgen. Dr. Hunnewell und ich haben weder die Absicht, geschweige denn die Mittel, die Sicherheit Ihres Schiffs oder Ihrer Mannschaft zu gefährden.«

»Sie haben mir auch keine Möglichkeit gegeben, Ihnen zu vertrauen.« Koskis Blick war nun eisig, seine Stimme klang scharf. »Sie haben keine schriftliche Order bei sich, ich habe keinen Funkspruch von Ihrer Behörde erhalten, nichts... Nichts außer einer ungenauen Nachricht aus dem Coast-Guard-Headquarter, die Ihre Ankunft ankündigte. Ich möchte betonen, daß diesen Funkspruch jeder gesendet haben könnte, der unser Rufzeichen kennt.«

»Nichts ist unmöglich«, erwiderte Pitt. Er mußte Koskis Scharfsinn bewundern. Der Commander hatte den Nagel genau auf den Kopf getroffen.

»Sie spielen ein falsches Spiel, Major, und ich habe keine Lust, mitzuspielen...« Koski brach ab. Ein Matrose brachte ihm einen Funkspruch. Er las ihn sorgfältig durch, was einige Zeit dauerte. Sein Gesicht nahm einen seltsam nachdenklichen Zug an. Er runzelte die Stirn, als er das Blatt Pitt reichte. »Sie sind anscheinend eine nie versiegende Quelle von Überraschungen.«

Wenn Pitt sich seine Unruhe auch nicht anmerken ließ, innerlich schwitzte er sicher. Er hatte schon längst damit gerechnet, daß der Schwindel aufflog, und er hatte genügend Zeit gehabt, sich darauf vorzubereiten. Trotzdem hätte er keine plausible Geschichte auftischen können, mit der es ihm möglich gewesen wäre, sich aus der Affäre zu ziehen. Er entschied sich deshalb schnell, daß er nichts weiter tun konnte, als dem Commander das Blatt aus der Hand zu nehmen und sich möglichst unbeteiligt zu geben. Der Text lautete folgendermaßen:

»Betrifft Ihre Anfrage bezüglich Dr. William Hunnewell und Major Dirk Pitt. Dr. Hunnewell hat ausgezeichnete Referenzen. Er ist der Direktor des Ozeanographischen Instituts in Kalifornien. Major Pitt ist Leiter des Sonderdezernats der National Underwater and Marine Agency. Er ist der Sohn des Senators George Pitt. Diese Männer sind mit einer ozeanographischen Forschungsarbeit beauftragt, die für die Interessen unserer Regierung von höchster Bedeutung ist. Es soll ihnen jede Art von Hilfe und Unterstützung gewährt werden. Ich wiederhole: Es soll ihnen jede Art von Hilfe und Unterstützung gewährt werden. Informieren Sie bitte auch Major Pitt, daß Admiral Sandecker ihn bittet, sich vor frigiden Frauen in acht zu nehmen.«

Das Telegramm war vom Kommandanten der Küstenwache unterzeichnet.

»Jetzt bin ich wohl genügend legitimiert«, sagte Pitt. Er ließ jede Silbe auf der Zunge zergehen. Sandecker, der alte Fuchs, hatte seinen ganzen Einfluß geltend gemacht und den Kommandanten der Küstenwache breitgeschlagen, das Spiel mitzuspielen. Pitt tat einen tiefen Atemzug und gab Koski den Funkspruch zurück.

»Es muß schön sein, Freunde in so hoher Position zu haben«, meinte Koski. Seine Stimme klang ärgerlich.

»Es ist gelegentlich ganz hilfreich.«

»Ich habe keine andere Wahl, als mich damit zufriedenzugeben«, fuhr Koski mißmutig fort. »Der letzte Abschnitt, wenn ich damit nicht an ein großes Geheimnis rühre, war offensichtlich verschlüsselt?«

»Das ist kein großes Geheimnis«, antwortete Pitt. »Admiral Sandecker hat uns nur mitgeteilt, daß Dr. Hunnewell und ich unsere Reise nach Island fortsetzen sollen, wenn die Untersuchung des Eisbergs beendet ist.«

Koski stand einen Moment sprachlos da. Dann schüttelte er verwirrt den Kopf. Er tat das so lange, bis Dr. Hunnewell plötzlich mit der Faust auf den Kartentisch haute.

»Da ist er, meine Herren! Der Standort unseres Geisterschiffs – auf ein paar Quadratkilometer genau!« Hunnewell war großartig.

Mochte er die Spannung, die einige Augenblicke zuvor im Kontrollraum geherrscht hatte, auch gespürt haben, er ließ es sich auf jeden Fall nicht anmerken. Er faltete die Karte zusammen und steckte sie in die Tasche seiner Windjacke. »Major Pitt, ich glaube, es ist das beste, wenn wir so schnell wie möglich starten.«

»Wie Sie wünschen, Doc«, stimmte Pitt zu. »In zehn Minuten habe ich die Maschine aufgewärmt und startklar.«

»Gut«, nickte Hunnewell. »Wir sind jetzt exakt in dem Gebiet, wo der Eisberg von dem Patrouillenflugzeug gesichtet wurde. Nach meinen Berechnungen müßte er bei seiner gegenwärtigen Drift morgen den Rand des Golfstroms erreichen. Wenn die Größe, auf den ihn die Patrouille geschätzt hat, stimmt, hat er bereits angefangen zu schmelzen, und zwar mit einer Geschwindigkeit von mehreren tausend Tonnen in der Stunde. Sobald er in das wärmere Wasser des Golfstroms gerät, existiert er keine zehn Tage mehr. Die einzig offene Frage ist, wann das Schiffswrack frei wird. Möglicherweise ist es bereits gesunken. Aber man soll die Hoffnung nicht aufgeben. Vielleicht bleibt es noch ein paar Tage über Wasser.«

»Wie weit, meinen Sie, müssen wir fliegen?« fragte Pitt.

»Schätzungsweise 160 bis 170 Kilometer«, entgegnete Hunnewell.

Koski sah zu Pitt hinüber. »Sobald Sie abgehoben haben, nehme ich die Geschwindigkeit auf ein Drittel zurück und halte einen Kurs von 1-0-6 Grad ein. Wie lange werden Sie brauchen, bis wir wieder zusammentreffen?«

»Dreieinhalb Stunden sollten genügen«, erwiderte Pitt.

Koski sah gedankenvoll vor sich hin. »Vier Stunden – nach vier Stunden nehme ich Kurs auf den Eisklotz, um nach Ihnen zu suchen!«

»Danke, Commander«, sagte Pitt. »Glauben Sie mir, ich bin Ihnen für Ihre Besorgnis sehr dankbar.«

Koski glaubte ihm. »Sind Sie sicher, daß ich die *Catawaba* nicht näher an Ihr Suchgebiet heranbringen soll? Wenn Sie einen Unfall auf dem Berg haben oder notwassern müssen, bezweifle ich, daß ich rechtzeitig bei Ihnen bin. In fünf Grad kaltem Wasser hat ein Mensch in voller Kleidung nur eine Lebenserwartung von 25 Minuten.«

»Wir müssen es riskieren.« Pitt nahm einen letzten Schluck Kaffee und starrte gedankenverloren in die leere Tasse. »Die Russen könnten schon Lunte gerochen haben. Unter Umständen hat eines ihrer Boote die Küstenwache an einem Sonntag außerhalb ihres regulären Postens herumkreuzen sehen. Darum fliegen wir auch mit einem Hubschrauber. Wir können uns tief genug halten, um von deren Radar nicht erfaßt zu werden, und haben immer noch einen guten Überblick. Die Zeit ist ebenfalls ein wichtiger Faktor. Ein Hubschrauber kann zehnmal so schnell wie die *Catawaba* in die Nähe der *Nowgorod* gelangen und sich auch ebenso schnell wieder entfernen.«

»Okay«, seufzte Koski. »Es ist Ihr Bier. Achten Sie nur darauf, daß Sie auf der Landeplattform um...« Er zögerte und schaute auf seine Uhr. »...daß Sie nicht später als zehn Uhr dreißig zurück sind.« Er grinste. »Wenn Sie brav sind und rechtzeitig zurückkommen, habe ich einen guten Johnny Walker für Sie da.«

Pitt lachte. »Das nenne ich ein gutes Lockmittel!«

»Die Sache gefällt mir nicht«, versuchte Hunnewell den Hubschraubermotor zu überschreien. »Wir müßten ihn schon längst gesichtet haben.«

Pitt warf einen Blick auf seine Uhr. »Wir sind noch innerhalb unseres Limits. Wir haben noch über zwei Stunden Zeit.«

»Können Sie nicht höher gehen? Wenn wir unsere Sichtweite verdoppeln, verdoppeln sich auch unsere Chancen, den Eisberg auszumachen.«

Pitt schüttelte den Kopf. »Das kann ich nicht machen. Wir würden nämlich auch die Wahrscheinlichkeit verdoppeln, entdeckt zu werden. Es ist sicherer, auf einer Höhe von 50 Metern zu bleiben.«

»Wir müssen ihn unbedingt heute finden«, sagte Hunnewell. Ein ängstlicher Ausdruck trat in sein pausbäckiges Gesicht. »Morgen kann es für einen zweiten Versuch zu spät sein.« Er studierte kurz die Karte, die über seine Knie gebreitet lag, dann nahm er sein Fernglas und richtete es nach Norden, wo eine Gruppe von Eisbergen trieb.

»Haben Sie schon irgendeinen Eisberg entdeckt, auf den unsere Beschreibung passen würde?« fragte Pitt.

»Vor etwa einer Stunde haben wir einen überflogen, dessen Größe und Aussehen gestimmt hätten. Aber er war nicht rot markiert.« Hunnewell suchte mit dem Fernglas die ganze unruhige Oberfläche des Ozeans ab, der mit Hunderten von gewaltigen Eisbergen übersät war. Einige von ihnen waren scharfkantig und zerklüftet, andere abgeschliffen und glatt und erinnerten an schneeweiße geometrische Körper, die jemand wahllos über das blaue Meer verstreut hatte.

»Mein Selbstbewußtsein ist ruiniert«, meinte Hunnewell düster. »Seit dem Trigonometrieunterricht in der High School habe ich mich nicht mehr so verrechnet.«

»Vielleicht hat der Wind gedreht, und der Eisberg driftet in eine ganz andere Richtung.«

»Wohl kaum«, meinte Hunnewell verdrossen. »Die Masse eines Eisbergs, die sich unter Wasser befindet, ist siebenmal so groß wie sein sichtbarer Teil. Wohin er treibt, hängt ausschließlich von der jeweiligen Meeresströmung ab. Selbst ein Sturm von vierzig oder fünfzig Stundenkilometern hat darauf keinen Einfluß.«

»Ein Eisberg ist also völlig unbeweglich und zugleich von einer Gewalt, die von nichts gebändigt werden kann.«

»Das und noch mehr – das verdammte Ding ist auch fast unzerstörbar.« Dr. Hunnewell schaute, während er sprach, unverwandt durch den Feldstecher. »Natürlich brechen sie auseinander und schmelzen, sobald sie im Süden in wärmere Gewässer getrieben werden. Aber während ihrer Reise zum Golfstrom kann weder ein Sturm noch der Mensch etwas gegen sie ausrichten. Man hat versucht, sie mit Torpedos, mit Granaten mit einem Kaliber von acht Inch und mit riesigen Mengen von Thermitbomben in die Luft zu sprengen. Man hat Tonnen von Kohlenstaub über sie geschüttet, damit die Sonnenstrahlung rascher absorbiert wird und sich der Schmelzvorgang beschleunigt. Die Resultate könnte man mit dem Schaden vergleichen, den eine Herde Elefanten durch ein Steinschleuderbombardement eines Stammes blutarmer Pygmäen erleidet.«

Pitt riß den Hubschrauber jäh herum, um den hoch aufragenden Wänden eines Eisberges auszuweichen, ein Manöver, bei dem Hunnewell Bauchschmerzen bekam.

Hunnewell kontrollierte von neuem seine Karte. Sie hatten bereits ein Gebiet von 300 Quadratkilometern überflogen und nichts entdeckt. »Versuchen wir es einmal 15 Minuten lang weiter im Norden«, schlug er endlich vor. »Dann fliegen wir nach Osten, auf den Rand dieser Eisbergformation zu. Anschließend versuchen wir es zehn Minuten lang im Süden, bevor wir wieder in westliche Richtung gehen.«

»Also nach Norden«, stimmte Pitt zu. Er zog sacht das Steuer herum und schwenkte auf Nordkurs ein, bis der Kompaß auf null Grad stand.

Die verrinnenden Minuten summierten sich. Tiefe Ringe unter Hunnewells Augen zeigten, daß er sich erschöpft fühlte. »Wie steht es mit dem Benzin?«

»Darum müssen wir uns die wenigsten Sorgen machen«, erwiderte Pitt. »Was wir viel nötiger brauchen, sind Zeit und Optimismus.«

»Sie haben recht«, pflichtete ihm Hunnewell müde bei. »Leider ist mir der Optimismus vor einer Viertelstunde vergangen.«

Pitt griff nach Hunnewells Arm. »Nicht aufgeben, Doc. Ihr Eisberg kann schon hinter der nächsten Ecke auftauchen.«

»Wenn das der Fall ist, sind alle Strömungsgesetze widerlegt.«

»Die rote Markierung! Könnte sie vielleicht der Sturm von gestern weggewaschen haben?«

»Glücklicherweise nicht. Die Markierung enthält Kalziumchlorid, einen wichtigen Zusatz, um die Farbe tief eindringen zu lassen. Es braucht Wochen, manchmal sogar Monate, um sie abzuschmelzen.«

»Dann gibt es nur noch eine Möglichkeit...«

»Ich weiß, was Sie denken«, sagte Hunnewell. »Und Sie können die Idee gleich wieder vergessen. Ich arbeite seit dreißig Jahren mit der Küstenwache zusammen, und ich habe nie erlebt, daß sie bei der Vermessung eines Eisbergs einen Fehler gemacht hätten.«

»Ich habe die Lösung. Ein Millionen Tonnen schwerer Eisklotz verdampfte in –« Pitt ließ den Satz unvollendet, zum einen, weil der Helikopter vom Kurs abgekommen war, und zum anderen, weil er etwas entdeckt hatte.

Hunnewell richtete sich plötzlich in seinem Sitz auf und beugte sich nach vorn, den Feldstecher an die Augen gepreßt. »Ich habe ihn!« schrie er.

Pitt wartete nicht auf ein Kommando. Er ging mit dem Hubschrauber hinunter und hielt auf die Richtung zu, in die auch Hunnewell Fernglas zeigte.

Hunnewell reichte Pitt das Glas. »Hier, schauen Sie einmal durch. Ich sehe doch keine Fata Morgana!«

Pitt balanciert kunstvoll mit Fernglas und Steuer, um die Vibrationen des Motors auszugleichen, während er gleichzeitig den Feldstecher scharf einzustellen versuchte.

»Können Sie die rote Farbe erkennen?« fragte Hunnewell gespannt.

»Wie ein Klacks Erdbeeren mitten auf einer Kugel Vanilleeis.«

»Ich verstehe das nicht.« Hunnewell schüttelte den Kopf. »Der Berg dürfte gar nicht hier sein. Nach allem, was über die Strömungen hier in diesem Gebiet bekannt ist, müßte er wenigstens 150 Kilometer weiter südöstlich treiben.«

Aber der Eisberg war da. Vor dem Horizont türmte sich deutlich ein gewaltiger Block auf, von der Natur wunderbar herausgemeißelt und von menschlichen Chemikalien seltsam verunstaltet. Gerade als Pitt den Feldstecher absetzen wollte, spiegelte sich die Sonne in den blitzenden Eiskristallen. Durch die Linsen des Fernglases noch verstärkt, versengte es ihm fast die Augen. Geblendet zog er die Maschine hoch und änderte den Kurs um einige Grad, um dem Gleißen auszuweichen. Es dauerte beinahe eine Minute, bis die Sterne in seinen Augen erloschen.

Plötzlich bemerkte Pitt einen undeutlichen Schatten im Wasser. Er hatte kaum Zeit, die dunkle Form zu erkennen, als der Helikopter über die blauen Wellen dahinschwebte, die sich keine 90 Meter unter seinen Kufen befanden. Der Eisberg war immer noch gut 10 Kilometer entfernt, als Pitt einen weiten Halbkreis zog und wieder den Kurs nach Osten auf die *Catawaba* aufnahm.

»Was in aller Welt ist in Sie gefahren?« wollte Hunnewell wissen.

Pitt überhörte die Frage. »Ich fürchte, wir haben ungebetene Gäste bei unserer Party.«

»Unsinn! Es ist weit und breit kein Schiff oder Flugzeug zu sehen.«

»Sie kommen durch den Keller zur Veranstaltung.«

Hunnewells Augenbrauen hoben sich fragend. Dann ließ er sich langsam in seinen Sitz zurücksinken. »Ein U-Boot?«

»Ein U-Boot.«

»Es ist doch gut möglich, daß es eins von uns ist.«

»Tut mir leid, Doc, aber da ist der Wunsch der Vater des Gedankens.«

»Dann waren die Russen schneller als wir.« Hunnewell verzog den Mund. »Um Gottes willen, wir kommen zu spät.«

»Noch nicht.« Pitt wendete den Hubschrauber in einem großen Bogen und flog wieder auf den Eisberg zu. »In vier Minuten können wir landen. Das U-Boot braucht wenigstens eine halbe Stunde, um dort anzukommen. Mit ein bißchen Glück finden wir, was wir suchen, und können die Höhle des Löwen schon wieder verlassen, bevor die Russen landen.«

»Das ist ein bißchen knapp.« Hunnewells Stimme klang nicht besonders zuversichtlich. »Wenn die uns auf dem Berg herumlaufen sehen, kommen sie bestimmt nicht unbewaffnet.«

»Ich wäre überrascht, wenn sie das täten. Der Kapitän dieses russischen U-Bootes verfügt ohnehin über genügend Waffen, um uns jetzt schon in der Luft abzuschießen, wenn er Lust dazu hat. Aber ich wette, er nimmt diese Gelegenheit nicht wahr.«

»Was hat er denn zu verlieren?«

»Nichts. Aber er würde damit eine hübsche internationale Krise heraufbeschwören. Jeder Kommandant, der als solcher auch nur einen Rubel wert ist, weiß, daß wir in ständigem Funkkontakt mit unserer Heimatbasis stehen, daß wir diese über den Standort des U-Boots informieren und beim ersten Schuß sofort Zeter und Mordio schreien würden. Diese Seite des Atlantiks ist unser Revier, und das weiß der Russe. Dieser Platz ist zu weit von Moskau entfernt, um sie den starken Mann spielen zu lassen.«

»Schon gut, schon gut«, sah Hunnewell ein. »Fliegen Sie weiter und landen Sie. Ich glaube, sogar erschossen zu werden ist besser, als auch nur eine Minute länger in dieser knatternden Kaffeemühle zu sitzen.«

Pitt sagte nichts mehr. Schon beim ersten Versuch landete er ohne Schwierigkeiten auf einer kleinen Eisfläche, die nicht mehr als sechs mal vier Meter maß. Noch ehe die Rotorblätter endgültig zur Ruhe gekommen waren, sprangen er und Hunnewell aus dem Cockpit. Sie standen auf dem schweigenden Berg, fragten sich, wann das russische U-Boot wohl auftauchen würde und was sie unter der Hülle des Eises, das sie von dem kalten, feindlichen Wasser trennte, finden würden.

Aber es war kein Hauch von Leben zu sehen und zu spüren. Ihre Wangen wurden von einer kühlen Brise umfächelt, doch sonst gab es nichts, rein gar nichts zu bemerken.

3. Kapitel

Einige spannungsgeladene Minuten verstrichen in völligem Schweigen. Pitt konnte sich nicht überwinden, irgend etwas von Bedeutung zu sagen. Als er es endlich doch tat, kam ihm seine Stimme wie ein heiseres Flüstern vor. Wieso flüstere ich? dachte er. Zehn Meter von ihm entfernt untersuchte Hunnewell das Eis; das russische U-Boot, das inzwischen aufgetaucht war, lag bewegungslos einen halben Kilometer von der Nordseite des Eisberges entfernt. Endlich gelang es Pitt, Hunnewell auf sich aufmerksam zu machen. Seine Stimme wurde von der Friedhofsstille regelrecht verschluckt.

»Unsere Zeit läuft ab, Doc.« Es kam ihm immer noch so vor, als könnten sie belauscht werden, obwohl die Russen selbst dann kein Wort vernommen hätten, wenn er mit voller Lautstärke geschrien hätte.

»Ich bin nicht blind«, schnauzte ihn Hunnewell an. »Wie lange dauert es noch, bis die da sind?«

»Um ein Boot zu wassern, hierher zu rudern und an Land zu gehen, brauchen sie nach meiner Schätzung zwischen fünfzehn und zwanzig Minuten.«

»Wir dürfen keine Zeit verlieren«, erklärte Hunnewell ungeduldig.

»Haben Sie schon Glück gehabt?«

»Nein«, antwortete Hunnewell mürrisch. »Das Wrack muß tiefer liegen, als ich dachte.« Er stieß seine Sonde in fieberhafter Eile in das Eis. »Es ist aber hier, es muß hier sein! Ein vierzig Meter langes Schiff kann doch nicht einfach verschwinden!«

»Vielleicht hat die Küstenwache ein Geisterschiff gesehen.«

Hunnewell antwortete nicht gleich und rückte seine Sonnenbrille zurecht. »Augen können sich täuschen, ein Radargerät jedoch nicht«, erwiderte er dann.

Pitt ging auf die offene Tür des Helikopters zu. Er sah Hunnewell an, dann schaute er wieder hinaus aufs Meer zu dem U-Boot. Eine Sekunde später hatte er den Feldstecher vor den Augen. Aus der Luke des U-Boots, das sich flach gegen den Hintergrund abhob, krochen winzige Gestalten und kletterten hastig über das nasse Deck. In weniger als drei Minuten hatte man ein großes Sechs-Mann-Schlauchboot, in dem eine Handvoll Männer, ausgerüstet mit verschiedenen Waffen, saß, aufgepumpt und neben dem Bootsrumpf zu Wasser gelassen. Dann drang ein undeutlich knallendes Geräusch über das blaue Wasser herüber. Dieses Geräusch genügte Pitt, um seine ursprüngliche Zeiteinschätzung gründlich zu revidieren.

»Sie kommen. Fünf, vielleicht auch sechs Mann. Ich kann es noch nicht sicher sagen.«

»Sind sie bewaffnet?«

Dr. Hunnewells Stimme klang sehr besorgt.

»Bis an die Zähne!«

»Um Himmels willen!« rief Hunnewell nervös. »Mann, stehen Sie hier nicht bloß herum! Helfen Sie mir, das Schiffswrack zu suchen!«

»Vergessen Sie es.« Pitts Stimme klang gelassen. »Innerhalb von fünf Minuten sind die hier.«

»Fünf Minuten? Sagten Sie nicht...«

»Ich hatte nicht einkalkuliert, daß ihr Schlauchboot einen Motor haben wird.«

Hunnewell starrte betroffen auf das U-Boot. »Wie haben die Russen bloß das Wrack entdeckt? Auf welche Weise haben sie den Standort ermittelt?«

»Das ist kein großes Kunststück«, antwortete Pitt. »Einer ihrer KGB-Agenten in Washington hat den Bericht der Coast Guard in die Finger bekommen – er war kaum eine geheime Verschlußsache –, und dann haben sie jeden Fischkutter und jedes Unterseeboot, das sich in diesem Teil des Atlantiks aufhielt, auf die Suche geschickt. Für uns ist es ein unglücklicher Zufall, aber für sie bedeutet es ein großes Glück, daß wir beide den Eisberg zur selben Zeit entdeckt haben.«

»Es sieht so aus, als hätten wir den kürzeren gezogen«, meinte Hunnewell düster. »Sie haben gewonnen, und wir haben verloren. Verdammt, wenn wir nur den Rumpf des Wracks orten könnten! Dann könnten wir es wenigstens mit Thermitbomben zerstören, und die Russen gingen gleichfalls leer aus.«

»Die Beute gehört dem Gewinner«, murmelte Pitt. »Eine Million Tonnen des besten, reinsten, echtesten Grönlandeises mitten im Atlantik.«

Hunnewell war verwirrt, aber er sagte nichts. Er konnte sich keinen Reim auf Pitts offensichtliche Gleichgültigkeit machen.

»Sagen Sie, Doc«, fuhr Pitt fort, »welches Datum haben wir heute?«

»Welches Datum?« fragte Hunnewell verdutzt. »Mittwoch, den 28. März.«

»Wir sind zu früh dran«, fuhr Pitt fort. »Drei Tage zu früh für den 1. April.«

Hunnewells Antwort klang verdrossen. »Es ist jetzt kaum die Zeit noch der Ort für faule Witze.«

»Warum nicht? Jemand hat sich mit uns und diesen Kerlen da draußen einen Riesenspaß erlaubt.« Pitt deutete auf den sich schnell nähernden Landetrupp. »Sie, ich, die Russen – wir alle sind die Hauptdarsteller des größten Klamauks, den man seit langem auf dem Nordatlantik erlebt hat. Und der Höhepunkt des Schlußaktes wird sein, wenn wir alle einsehen, daß es hier gar kein Wrack gibt.« Er hielt inne; sein Atem bildete eine weiße Dampfwolke. »Daß es hier auch nie eins gegeben hat.«

Hunnewell begriff überhaupt nichts, doch eine leise Hoffnung keimte auf. »Fahren Sie fort«, bat er Pitt.

»Die Besatzung der Patrouillenmaschine hat berichtet, daß sie das Schiff nicht nur auf dem Radarschirm, sondern auch mit bloßem Auge ausgemacht habe. Wir hingegen haben bis zu unserer Landung nichts gesehen. Das ist noch nicht alles. Die Patrouille benutzte ein Flugzeug, das wahrscheinlich mit der üblichen Geschwindigkeit von 350 Kilometern in der Stunde flog. Wenn es dieses Schiff je gegeben hat, hätten wir es aus unserem fast stehenden Hubschrauber sehr viel besser erkennen müssen.«

Hunnewell sah nachdenklich aus. Er schien über das, was Pitt gesagt hatte, seine Überlegungen anzustellen. »Ich bin nicht sicher, worauf Sie hinauswollen.« Dann lächelte er und war plötzlich wieder ganz der alte Hunnewell. »Aber mir geht langsam ein Licht auf. Sie haben noch irgendeinen Trumpf in der Hinterhand?«

»Es ist nichts Besonderes. Sie haben es selbst schon festgestellt: Nach allem, was wir über die hier herrschenden Strömungen wissen, mußte dieser Eisberg neunzig Meilen weiter südwestlich treiben.«

»Das ist wahr.« Hunnewell sah Pitt respektvoll an. »Und was folgt daraus? Woran denken Sie?«

»Nicht woran, sondern an wen, Doc. Jemand hat uns an der Nase herumgeführt. Irgend jemand hat die rote Farbe von dem Eisberg entfernt, in dem das vermißte Schiff eingeschlossen ist, und hat mit der gleichen Farbe einen Köder markiert, der neunzig Meilen entfernt davon schwimmt.«

»Jetzt habe ich's! Der Eisberg, den wir vor ein paar Stunden überflogen haben – die richtige Größe, die richtige Gestalt, nur die rote Farbe fehlte!«

»Dort werden wir unser geheimnisvolles Schiff finden«, meinte Pitt. »Genau da, wo es Ihren Berechnungen nach liegen müßte.«

»Aber wer hält uns hier zum Narren?« fragte Hunnewell nachdenklich. »Die Russen sind es offensichtlich nicht. Die durchschauen die Sache genausowenig wie wir.«

»Das ist im Augenblick nebensächlich«, meinte Pitt. »Das Wichtigste ist, daß wir diesem schwimmenden Eispalast Lebewohl sagen und uns schnellstens aus dem Staub machen. Unsere ungebetenen Freunde sind da.« Er deutete mit dem Kopf den Abhang hinunter. »Oder haben Sie das noch nicht bemerkt?«

Es war Dr. Hunnewell in der Tat entgangen. Jetzt sah er aber, wie die Männer des Landetrupps auf das Eis sprangen. In wenigen Sekunden kamen fünf von ihnen den Berg herauf; sie näherten sich rasch. Sie waren von Kopf bis Fuß schwarz gekleidet – die Uniform der russischen Marine – und schwer bewaffnet. Selbst auf die Entfernung von hundert Metern konnte Pitt erkennen, daß es sich hier eindeutig um Männer handelte, die genau wußten, worauf sie aus waren.

Pitt kletterte rasch in den Hubschrauber, schaltete die Zündung ein und drückte den Starter. Noch bevor die Rotorblätter sich zu drehen begannen, hatte es sich auch Dr. Hunnewell im Passagiersitz bequem gemacht und war sicher angeschnallt.

Bevor Pitt die Tür des Cockpits schloß, lehnte er sich hinaus, formte mit den Händen einen Trichter vor seinem Mund und rief den herankommenden Russen zu: »Ich wünsche Ihnen einen angenehmen Aufenthalt! Aber vergessen Sie nicht, Ihren Abfall zu beseitigen!«

Der Offizier, der die Männer des U-Boots anführte, lauschte, dann zuckte er verständnislos die Achseln. Er konnte nur raten, was Pitt ihm zugerufen hatte. Er senkte aber seine Automatik, als ob er den Insassen des Hubschraubers seine friedlichen Absichten demonstrieren wollte. Grüßend winkte er zu Pitt und Hunnewell hinauf, als sie den Eisberg verließen und in den strahlendblauen Himmel davonflogen.

Pitt ließ sich Zeit. Er flog sehr langsam Richtung Norden. Als sie nach einer Viertelstunde außer Sicht und auch außerhalb der Reichweite des Radars waren, wendete er in einem großen Bogen Richtung Südwest, und um elf Uhr fünfzehn hatten sie das Wrack gefunden.

Als sie auf den Eisgiganten zusteuerten, spürten Hunnewell und Pitt ein seltsames Gefühl der Leere in sich. Daran konnte nicht schuld sein, daß die langen Stunden der Unsicherheit nun ein Ende gefunden hatten (sie hatten das Zeitlimit, das Commander Koski ihnen gesetzt hatte, längst überschritten). Aber es wirkte die unheimliche Erscheinung des geheimnisvollen Schiffes auf sie. Noch nie hatte jemand etwas Ähnliches gesehen. Die trostlose Atmosphäre, die den Berg umgab, schien nicht der Erde, sondern einem toten und weit entfernten Planeten anzugehören. Nur die Sonnenstrahlen brachen durch die Leblosigkeit. Sie durchdrangen das Eis und ließen die Umrisse des Schiffsrumpfes und der Aufbauten in unablässig sich ändernden, bizarren Schatten erkennen. Der Anblick war so unwirklich, daß Pitt nur mit Mühe glauben mochte, daß das Schiff wirklich existierte. Als er das Steuer herumzog und mit dem Hubschrauber niederging, erwartete er fast, daß das eingeschlossene Schiff verschwand.

Pitt versuchte auf einer planen Fläche nahe dem Bergabhang zu landen, doch der Neigungswinkel war zu groß. Deshalb setzte er die Maschine direkt über der Wrackspitze auf. Hunnewell sprang aus dem Helikopter, noch ehe die Kufen das Eis berührt hatten, und als Pitt zu ihm trat, hatte er das Wrack schon vom Bug bis zum Heck abgeschritten.

»Merkwürdig«, murmelte er. »Wirklich merkwürdig. Es ragt überhaupt nichts über die Oberfläche hinaus, nicht einmal die Masten und die Radarantenne. Jeder Quadratzentimeter ist sauber mit Eis bedeckt.«

Pitt holte ein Taschentuch aus seiner Fliegerjacke und putzte sich die Nase. Dann sog er die Luft ein, als wollte er sie prüfen. »Riechen Sie irgend etwas Ungewöhnliches, Doc?«

Hunnewell legte seinen Kopf zurück und atmete langsam ein. »Es liegt irgendein Geruch in der Luft. Aber er ist zu schwach. Ich kann ihn nicht definieren.«

»Sie halten sich nicht in der richtigen Umgebung auf«, meinte Pitt und lächelte. »Wenn Sie öfter aus ihrem Laboratorium herauskämen und das normale Leben ein bißchen besser kennenlernten, würden Sie feststellen, daß es deutlich nach verbranntem Müll riecht.«

»Wo kommt das her?«

Pitt deutete mit dem Kopf auf das Wrack unter seinen Füßen. »Von wo anders als von dort unten?«

Hunnewell schüttelte den Kopf. »Auf keinen Fall. Es ist wissenschaftlich erwiesen, daß der Geruch einer anorganischen Substanz nicht einen Eisblock durchdringt.«

»Mein alter Rüssel betrügt mich nicht.«

Die Mittagswärme verdrängte allmählich die Kälte des Eises, und Pitt zog seine Fliegerjacke aus. »Es muß ein Loch im Eis geben.«

»Sie und Ihre berühmte Nase«, erwiderte Hunnewell geringschätzig. »Ich schlage vor, Sie hören jetzt auf, den Bluthund zu spielen, und fangen an, die Thermitladungen anzubringen. Der einzige

Weg, zu dem Wrack zu gelangen, ist, den Eismantel abzuschmelzen.«

»Wir gehen damit ein gefährliches Risiko ein.«

»Vertrauen Sie mir«, sagte Hunnewell milde. »Ich habe nicht vor, den Eisberg in Stücke zu schlagen und das Wrack, den Hubschrauber und unser Leben aufs Spiel zu setzen. Wir fangen mit bescheidenen Ladungen an und bahnen uns Schritt für Schritt den Weg nach unten.«

»Ich habe nicht an den Eisberg gedacht, sondern an das Wrack. Es ist verdammt leicht möglich, daß die Bunker leck sind und deshalb jetzt im ganzen Kiel Dieselöl herumschwappt. Wenn wir uns verkalkulieren und auch nur ein Tropfen Feuer fängt, geht das ganze Wrack in einer riesigen Explosion in die Luft.«

Hunnewell stampfte mit dem Fuß auf das harte Eis. »Wie wollen Sie sonst da durchkommen? Mit einem Eispickel?«

»Dr. Hunnewell«, erwiderte Pitt ruhig, »ich bezweifle nicht, daß Ihr Rang als Wissenschaftler weit und breit anerkannt ist. Aber es fehlt Ihnen leider, wie den meisten Genies, der Sinn fürs Praktische. Thermitladungen und Eispickel, sagen Sie. Warum sollen wir es auf eine so komplizierte und aufwendige Weise versuchen, wenn wir auch ganz einfach nach dem Sesam-öffne-dich-Prinzip in den Berg kommen?«

»Sie stehen auf Gletschereis«, beharrte Hunnewell auf seinem Standpunkt. »Es ist hart und massiv. Wollen Sie da einfach durchspazieren?«

»Tut mir leid, mein Freund, aber Sie täuschen sich gewaltig«, entgegnete Pitt.

Hunnewell betrachtete ihn argwöhnisch. »Wie wollen Sie es dann anstellen?«

»Ich gehe davon aus, daß die Arbeit bereits getan ist. Unser Machiavelli und seine kuriosen Helfer waren offensichtlich schon vor uns da.« Er zeigte mit einer theatralischen Geste nach oben. »Bitte, sehen Sie selbst.«

Hunnewell hob spöttisch eine Augenbraue, sah nach oben und studierte aufmerksam die breite Oberfläche des jäh abfallenden Hanges aus Eis. An den Außenseiten und am Fuß der Wand, nur ein paar Meter von Pitt und Hunnewell entfernt, war das Eis glatt und ebenmäßig. Doch vom Gipfel bis etwa zur Mitte der Wand war es so zerklüftet wie die Rückseite des Mondes.

»Nun ja«, gab Hunnewell zu, »es sieht so aus, als hätte sich jemand sehr viel Mühe gegeben, die rote Farbe der Coast Guard zu entfernen.« Er sah die hoch aufragende Eisspitze lange mit ausdrucksloser Miene an, dann wandte er sich wieder Pitt zu: »Warum kratzt jemand die Farbe mit der Hand weg, wenn es mit Sprengstoff viel leichter ginge?«

»Das kann ich Ihnen auch nicht beantworten«, erwiderte Pitt. »Vielleicht hatten sie Angst, der Berg könnte auseinanderbrechen, oder vielleicht hatten sie keinen Sprengstoff – wer weiß? Ich möchte allerdings ein Monatsgehalt verwetten, daß unsere schlauen kleinen Freunde mehr getan haben, als nur das Eis abzukratzen. Sie haben ganz sicher einen Weg entdeckt, um zu dem Wrack zu gelangen.«

»Also brauchen wir uns nur nach einer Hinweistafel umzusehen, auf der in Leuchtbuchstaben ›Eingang‹ steht.« Hunnewells Ton war sarkastisch. Er war es nicht gewohnt, auf den Arm genommen zu werden, und seine Miene zeigte deutlich an, daß er das auch nicht gern hatte.

»Das Eis ein bißchen zu erforschen wäre klüger.«

»Ich vermute«, meinte Hunnewell, »Sie denken an eine getarnte Luke über einer Art Eistunnel.«

»Genau daran dachte ich.«

Der Doktor sah Pitt über den Rand seiner Brille an. »Fangen wir also an. Wenn wir noch länger hier herumstehen und reden, frieren mir noch die Eier ab.«

Eigentlich hätte es ganz einfach sein müssen. Aber ihre Suche verlief längst nicht so glatt, wie Pitt sich das vorgestellt hatte. Zunächst geschah etwas, das keiner von ihnen vorausgesehen hatte. Hunnewell glitt auf dem Abhang aus und schlitterte hilflos auf ein abschüssiges Sims zu, das steil in die eisige See abfiel. Er stürzte kopfüber hinunter und krallte sich verzweifelt in das Eis, doch seine Nägel brachen auf der glasharten Oberfläche einfach ab. Für einen Augenblick rutschte er langsamer, doch keineswegs langsam genug. Er rutschte so schnell, daß seine Füße bereits über den Rand des zehn Meter tiefen Abgrundes scharrten, ehe er überhaupt dazu kam, um Hilfe zu rufen.

Pitt untersuchte gerade einen losen Eisbrocken, als er den Schrei hörte. Er drehte sich sofort um, erkannte Hunnewells verzweifelte Situation, überlegte sekundenschnell, daß die Rettung unmöglich sein würde, wenn der Doktor erst einmal in das eiskalte Wasser gefallen war, riß sich blitzartig die Fliegerjacke herunter und schlitterte selbst den Abhang hinab, die Füße voraus und komisch in die Luft gestreckt.

Hunnewell kam in seiner Panik Pitts Handeln wie das eines Wahnsinnigen vor. »Um Himmels willen, nein, nein!« schrie er. Doch er konnte nichts tun, als Pitt hilflos zuzusehen, der wie ein Schlitten auf ihn zukam. Vielleicht hätte es noch eine Chance gegeben, fuhr es ihm durch den Kopf, wenn Pitt oben geblieben wäre. Nun schien es unausweichlich, daß sie beide in dem eisigen Salzwasser umkamen. 25 Minuten, so hatten Commander Koskis Worte gelautet, höchstens 25 Minuten hält es ein Mensch in fünf Grad kaltem Wasser aus – und selbst wenn sie es viel länger ausgehalten hätten, sie hätten es doch nie geschafft, sich an den nackten Wänden des Eisberges wieder hochzuziehen.

Wenn er genug Zeit gehabt hätte, um ähnliche Überlegungen anzustellen, wäre Pitt zweifellos zu demselben Ergebnis gekommen wie Hunnewell. Er sah gewiß wie ein Wahnsinniger aus, als er, die Füße hoch über dem Kopf, das Eis herabgeschlittert kam. Als ihn nur noch eine Beinlänge von einem Zusammenstoß mit Hunnewell trennte, hieb Pitt plötzlich seine Füße mit solcher Gewalt in das Eis, daß er selbst unter diesen verzweifelten Umständen vor Schmerz aufstöhnte. Seine Fersen krachten in das Eise, gruben sich ein und brachten ihn mit zerrenden Muskeln zum Halten. Dann warf er, wie von einem Instinkt geleitet, Hunnewell seinen Jackenärmel zu.

Der völlig kopflose Wissenschaftler mußte nicht lange überredet werden. Er packte den Nylonärmel mit der Kraft eines Schraubstocks. Fast eine Minute lang blieb er zitternd daran hängen und wartete darauf, daß sein fünfzig Jahre altes Herz seine normale Schlagfolge wiedergewann. Ängstlich sandte er einen kurzen Blick zur Seite. Sein betäubter Verstand vermochte es nicht zu fassen – mit halbem Körper hing er bereits über dem Rand des Eises.

»Wenn Sie sich wieder gefangen haben«, sagte Pitt mit ruhiger

Stimme, in der jedoch unverkennbar eine Spur Erregung mitschwang, »dann versuchen Sie, sich zu mir herzuziehen.«

Hunnewell schüttelte den Kopf. »Ich kann nicht«, flüsterte er heiser. »Alles, was ich kann, ist, mich festhalten.«

»Können Sie nicht irgendwo Fuß fassen?«

Hunnewell antwortete nicht. Er schüttelte nur erneut den Kopf.

Pitt beugte sich über seine gestreckten Beine und verstärkte seinen Griff um die Jacke. »Wir sitzen hier nur, weil uns das zwei Hartgummisohlen – keine Stahlnägel! – netterweise erlauben. Es braucht nicht viel, und das Eis um sie herum bricht.« Er grinste Hunnewell ermutigend an. »Machen Sie keine plötzlichen Bewegungen. Ich ziehe Sie über den Rand.«

Diesmal nickte Hunnewell. Er hatte wahnsinnige Schmerzen in der Bauchgegend, in seinen aufgerissenen Fingerspitzen pochte es, und in seinem schweißüberströmten Gesicht spiegelten sich sein Entsetzen und seine Schmerzen wider. Eines, nur eines drang ihm durch den Nebel seiner Angst ins Bewußtsein: die Entschlossenheit in Pitts Augen. Hunnewell starrte auf das hagere, wettergegerbte Gesicht, und im selben Moment wußte er, daß seine vor Angst zitternde Seele an Pitts innerer Stärke und Sicherheit einen Halt fand.

»Hören Sie auf, so idiotisch zu grinsen«, sagte er schwach, »und fangen Sie an zu ziehen.«

Vorsichtig zog Pitt Hunnewell Zentimeter um Zentimeter in die Höhe. Es dauerte sechzig qualvoll lange Sekunden, bis Hunnewells Kopf sich zwischen seinen Knien befand. Dann ließ Pitt mit einer Hand die Jacke los und griff Hunnewell unter die Achseln.

»Das war der einfache Teil«, meinte er. »Jetzt sind *Sie* dran.«

Da er seine Hände frei hatte, wischte sich Hunnewell mit seinem Ärmel über die schweißnasse Stirn. »Ich kann für nichts garantieren.«

»Haben Sie Ihre Zirkel bei sich?«

Hunnewell wurde um einen Grad bleicher. Dann nickte er. »In der Brusttasche.«

»Gut«, murmelte Pitt. »Klettern Sie jetzt über mich hinüber und legen Sie sich lang hin. Wenn Ihre Füße sicher auf meinen Schultern stehen, nehmen Sie die Zirkel heraus und rammen sie in das Eis.«

»Wie Kletterhaken!« rief Hunnewell, der plötzlich begriff. »Sie sind ein raffinierter Fuchs, Major!«

Hunnewell zog sich über Pitts ausgestreckten Körper in die Höhe. Er keuchte wie eine Dampflokomotive, die die Rocky Mountains erklimmt, aber er schaffte es. Dann – Pitts Hände hatten sich fest um Hunnewells Knöchel geklammert – zog er aus der Tasche die beiden Stechzirkel heraus, mit denen er normalerweise Entfernungen auf Karten abmaß, und stach sie tief in das Eis.

»Okay«, murmelte er am Ende der Operation.

»Jetzt wiederholen wir das Ganze«, erklärte Pitt. »Können Sie sich festhalten?«

»Beeilen sie sich«, antwortete Hunnewell. »Meine Hände sind schon ganz taub.«

Versuchsweise, eine Ferse noch immer zur Sicherheit in das Eis gestemmt, hing Pitt sich mit seinem ganzen Gewicht an Hunnewells Beine. Die Zirkel hielten. Mit der raschen Geschmeidigkeit einer Katze kroch Pitt nun an Hunnewell vorbei, ertastete den Rand des Abhangs, der dort wieder in die Waagrechte überging, und wälzte sich auf den sicheren Boden. Er verlor keine Sekunde. Gleich darauf, so schien es jedenfalls Hunnewell, warf Pitt aus dem Hubschrauber ein Nylonseil herunter. Eine halbe Minute später saß der bleiche, keuchende Ozeanograph auf dem Eis zu Pitts Füßen.

Hunnewell seufzte tief und schaute seinem Retter in das erleichterte Gesicht. »Wissen Sie, was ich als erstes tue, sobald wir unseren Fuß wieder in eine zivilisierte Gegend setzen?«

»Ja«, erwiderte Pitt lächelnd. »Sie laden mich zu dem besten Essen ein, das in Reykjavik zu kriegen ist, schaffen so viel Fusel herbei, wie ich ihn nur trinken kann, und machen mich mit einer wundervollen mannstollen Frau bekannt.«

»Das Essen und der Schnaps sind Ihnen sicher – ich stehe tief in Ihrer Schuld. Die Frau hingegen kann ich Ihnen nicht versprechen. Es sind schon so viele Jahre vergangen, seit ich das letzte Mal eine Frau zu irgendwas herumzukriegen versucht habe, daß ich glaube, ich habe jegliches Geschick dafür verloren.«

Pitt lachte, klopfte Hunnewell auf die Schulter und half ihm auf die Beine. »Geraten Sie nicht ins Schwitzen, alter Freund. Mädchen sind meine Spezialität.« Er unterbrach sich und sagte kritisch: »Ihre

Hände sehen aus, als hätten Sie sie gegen einen Schleifstein gehalten.«

Hunnewell hob seine Hände und betrachtete gleichmütig die blutenden Finger. »Es ist nicht so schlimm, wie es aussieht. Ein bißchen Jod und ein bißchen Maniküre und sie sind wieder so gut wie neu.«

»Kommen Sie«, forderte ihn Pitt auf. »Im Helikopter haben wir einen Erste-Hilfe-Kasten. Ich werde Sie versorgen.«

Einige Minuten später, als Pitt gerade die letzte kleine Binde festzog, fragte Hunnewell: »Haben Sie irgendein Anzeichen von einem Tunnel entdeckt, bevor ich gestürzt bin?«

»Es ist eine rutschige Angelegenheit«, entgegnete Pitt. »Rund um den Eingang ist das Eis abgeschrägt, und die Pforte selbst ist so perfekt abgedeckt, daß sie von dem übrigen Eis nicht zu unterscheiden ist. Wenn nicht irgendwer so unvorsichtig gewesen wäre und einen kleinen Handgriff in das Eis gehauen hätte, wäre mir das Loch glatt entgangen.«

Pitt ging ein Stück beiseite und hob eine runde Eisplatte von etwa einem Meter Durchmesser und zehn Zentimeter Dicke hoch. Damit legte er einen roh ausgehauenen Tunnel frei, durch den gerade ein Mann kriechen konnte. Instinktiv drehte er den Kopf weg – ein intensiver beißender Gestank nach verbrannter Farbe, Leinwand und Öl, vermischt mit dem Geruch von geschweißtem Metall, wehte ihm ins Gesicht.

»Das sollte Beweis genug sein, daß ich solche Düfte auch durch Eis riechen kann«, sagte Pitt.

»Ja. Sie haben den Nasentest bestanden«, stimmte ihm Hunnewell teilweise zu. »Aber mit Ihrer Thermitladungstheorie haben Sie sich gewaltig geirrt. Dort unten liegt nichts weiter als ein ausgebrannter Schiffsrumpf.« Er unterbrach sich, um Pitt schulmeisterlich über seine Brillenränder anzusehen. »Wir hätten bis zum nächsten Sommer sprengen können, ohne dem Wrack noch einen zusätzlichen Schaden, der ins Gewicht gefallen wäre, zuzufügen.«

Pitt zuckte die Achseln. »Ein bißchen gewonnen, ein bißchen verloren.« Er gab Hunnewell eine kleine Taschenlampe. »Ich gehe zuerst. Warten Sie fünf Minuten und kommen Sie dann nach.«

Hunnewell beugte sich über den Rand, als Pitt sich hinkniete, um hineinzukriechen.

»Zwei. Ich gebe Ihnen zwei Minuten, nicht mehr! Dann komme ich hinterher!«

Der Gang, der von dem Sonnenlicht, das durch das Eis drang, erhellt war, führte in einem 30-Grad-Winkel sechs Meter weit nach unten und endete vor den schwarzen Stahlplatten des Schiffsrumpfes, die von Schneidbrennern angesengt und verbogen waren. Der Geruch war jetzt so intensiv, daß sich Pitt zu jedem Atemzug zwingen mußte. Er versuchte, den beißenden Gestank zu vergessen. Im Abstand von etwa einem halben Meter von dem zerstörten Metall tastete er sich weiter vorwärts. Dabei entdeckte er, daß der Tunnel eine Kurve machte und etwa drei Meter weit parallel zu dem Rumpf verlief. Er endete schließlich vor einer offenen Luke, die wüst verbogen und verbeult war. Es war Pitt ein Rätsel, woher wohl die höllische Glut, die das zustande gebracht hatte, gestammt haben mochte.

Er kroch über die schartige Kante der Luke, richtete sich auf und tastete mit dem Strahl seiner Taschenlampe die von der Hitze zerstörten Wände ab. Es ließ sich unmöglich feststellen, wozu dieser Raum einmal gedient hatte. Jeder Quadratzentimeter war von der furchtbaren Gewalt des Feuers verwüstet worden. Pitt empfand plötzlich Furcht vor etwas Unbekanntem. Er stand einige Augenblicke völlig regungslos da und zwang seine Vernunft, wieder die Kontrolle über seine Gefühle zu gewinnen, bevor er über die Trümmer hinweg der Tür zustrebte, die zum Korridor führte. Mit der Taschenlampe versuchte er die dahinterliegende Finsternis zu durchdringen.

Der Lichtstrahl erhellte den schwarzen Korridor in seiner ganzen Länge und traf schließlich auf eine Treppe, die zum Unterdeck führte. Bis auf die verkohlten Überreste eines Teppichs war der Korridor vollkommen leer. Es herrschte eine unheimliche Stille. Keine knirschenden Metallplatten, keine stampfenden Maschinen, kein Wasser, das gegen die mit Tang bewachsenen Schiffswände schlug – nichts, nur die völlige Ruhe absoluter Leere. Pitt zögerte eine Weile vor dem Korridor. Ihm drängte sich der nicht abzuweisende Gedanke auf, daß irgend etwas in Admiral Sandeckers Plänen entsetzlich schiefgegangen sein mußte. Das hatten sie ganz und gar nicht erwartet.

Hunnewell kam durch die Luke gekrochen. Er stellte sich neben Pitt und starrte auf die verrußten Wände, auf das verzogene und in bizarren Formen erstarrte Metall und auf die geschmolzenen Scharniere, in denen einst eine Holztür gehangen hatte. Er lehnte sich erschöpft gegen den Türrahmen, hielt die Augen halb geschlossen und schüttelte den Kopf, als erwache er aus einem bösen Traum.

»Wir werden nicht viel finden, was uns weiterbringen könnte.«

»Wir werden überhaupt nichts finden«, erwiderte Pitt mit Bestimmtheit. »Was vom Feuer möglicherweise verschont wurde, haben sicher unsere unbekannten Freunde schon beiseite geschafft.« Als ob er seine Worte unterstreichen wollte, ließ er den Lichtstrahl über das Deck wandern. In der dicken Rußschicht waren zahlreiche Fußspuren zu sehen, die von der offenen Luke weg- und wieder zu ihr hinführten.

»Schauen wir uns einmal an, was die hier gemacht haben.«

Sie betraten den Korridor, stiegen über die Trümmer und die Asche auf dem Deck, erreichten den nächsten Raum und inspizierten ihn. Es war der Funkraum gewesen. Die meisten Reste waren nun kaum mehr zu erkennen. Von den Kojen und den Möbeln waren nur noch verkohlte Holzgerippe geblieben, und von den Funkgeräten war nichts als ein zusammengeschmolzener Metallklumpen und ein paar verspritzte Tropfen von verfärbtem Lötzinn übrig. Pitt und Hunnewell hatten sich inzwischen an den infernalischen Gestank und die seltsam verkohlte Umgebung gewöhnt; aber sie waren nicht im geringsten auf die grauenhaft verwüstete Gestalt eines Menschen auf dem Deck vorbereitet.

»Um Gottes willen!« keuchte Hunnewell. Er ließ seine Taschenlampe fallen. Sie rollte über das Deck und blieb vor den entsetzlich entstellten Überresten eines Kopfes liegen. Zwischen Fetzen verbrannten Fleisches lagen Schädeldecke und Zähne bloß.

»Ich beneide ihn nicht um seinen Tod«, murmelte Pitt.

Der grauenvolle Anblick war zuviel für Hunnewell. Er wankte in eine Ecke und übergab sich. Als er sich endlich wieder zu Pitt gesellte, sah er aus, als käme er geradewegs aus dem Grab. »Tut mir leid«, sagte er stumpf. »Ich habe bisher noch nie einen verbrannten menschlichen Körper gesehen. Ich hatte nicht die geringste Ahnung, wie so etwas aussieht – ich habe auch nie darüber nachgedacht. Es ist kein schöner Anblick...«

»Wir werden hier kaum irgend etwas Schönes entdecken«, sagte Pitt. Auch er spürte Übelkeit in sich aufsteigen. »Wenn ich diesen Aschenhaufen richtig deute, finden wir wenigstens noch vierzehn verbrannte Leichen.«

Hunnewell zog eine Grimasse, als er sich bückte und die Taschenlampe aufhob. Dann nahm er ein Notizbuch aus der Tasche, klemmte die Taschenlampe unter den Arm und überflog einige Seiten. »Ja, Sie haben recht. An Bord waren die sechsköpfige Mannschaft und neun Passagiere: fünfzehn Leute im ganzen.« Er blätterte ein bißchen und blieb anderswo hängen. »Dieser arme Teufel muß der Funker gewesen sein. Svendborg, Gustav Svendborg.«

»Vielleicht, vielleicht auch nicht. Der einzige, der uns das sicher sagen könnte, wäre sein Zahnarzt.« Pitt starrte auf das, was einmal ein lebendiger Mensch aus Fleisch und Blut gewesen war, und versuchte sich vorzustellen, wie sein Ende wohl gewesen sein mochte. Eine Wand aus roten und orangefarbenen Flammen, eine Glut wie von einem Hochofen, ein kurzer, schauerlicher Schrei, die rasenden Schmerzen, die sich von allen Seiten in ihn fraßen und ihn wahnsinnig machten, die Glieder, die im Todeskampf wild um sich schlugen. Zu verbrennen, überlegte er, die letzten Sekunden seines Lebens solche unbeschreiblichen Qualen zu erleiden, das war eine Todesart, vor der jeder lebende Mensch und jedes Tier panische Angst haben mußten.

Pitt kniete sich nieder und untersuchte den Körper genauer, die Augen zusammengekniffen und den Mund fest geschlossen. Es mußte sich so ähnlich abgespielt haben, wie er vermutete, mit einer Abweichung: Die verbrannte Gestalt war wie ein Embryo zusammengekrümmt, die Knie waren fast bis zum Kinn hochgezogen und die Arme fest an die Seiten gepreßt. Durch die starke Hitze war das Fleisch geschrumpft. Aber es war etwas anderes, das Pitts Aufmerksamkeit erregte. Er richtete den Strahl seiner Taschenlampe auf das Deck neben dem Körper. Unmittelbar neben der Leiche ragten die verbogenen Stahlbeine des Funkersessels in die Höhe.

»Was finden Sie an dieser gräßlichen Sache so interessant?« fragte Hunnewell heiser.

»Schauen Sie einmal«, erklärte Pitt. »Es sieht so aus, als ob der arme Gustav hier gesessen ist, während er starb. Sein Stuhl muß im wahrsten Sinne des Wortes unter ihm ausgebrannt sein.«

Hunnewell sagte nichts, sondern sah Pitt nur fragend an.

»Finden Sie es nicht seltsam«, fuhr Pitt fort, »daß ein Mensch völlig ruhig sitzen bleibt, während er stirbt, und keinen Versuch unternimmt, aufzustehen oder zu fliehen?«

»Ich finde es nicht seltsam«, erwiderte Hunnewell steinern. »Das Feuer verschlang ihn wahrscheinlich, als er gerade über sein Sendegerät gebeugt saß und SOS funkte.« Von neuem mußte Hunnewell mit Übelkeit kämpfen. »Mein Gott, unsere Vermutungen helfen ihm auch nicht mehr. Verziehen wir uns und durchsuchen wir das restliche Schiff, solange ich mich noch aufrecht halten kann.«

Pitt nickte, und sie gingen auf den Korridor zurück. Gemeinsam untersuchten sie das Innere des Wracks. Im Maschinenraum, in der Kombüse, im Salon, überall stießen sie auf dasselbe grauenhafte Bild des Todes. Als sie den dreizehnten und den vierzehnten Leichnam im Ruderhaus entdeckten, hatte sich Hunnewell langsam an den Anblick gewöhnt. Er zog sein Notizbuch noch ein paarmal zu Rate und kennzeichnete bestimmte Seiten mit seinem Bleistift, bis nur noch ein Name übrigblieb, der nicht durchgestrichen war. »Das wär's«, sagte er und klappte das Buch zu. »Wir haben alle gefunden, außer dem Mann, dessentwegen wir hier sind.«

Pitt zündete sich eine Zigarette an, blies eine dicke Wolke blauen Rauchs in die Luft und schien einen Moment zu überlegen. »Die Leichen sind alle bis zur Unkenntlichkeit entstellt. Warum soll er nicht darunter sein?«

»Er ist es nicht«, erklärte Hunnewell überzeugt. »Der richtige Körper wäre leicht zu identifizieren gewesen, wenigstens für mich.« Er machte eine Pause. »Ich kenne unsere Jagdopfer recht genau.«

Pitt zog seine Augenbraue hoch. »Das wußte ich nicht.«

»Es ist wirklich kein Geheimnis.«

Hunnewell hauchte die Gläser seiner Brille an, polierte sie mit einem Taschentuch und fuhr fort: »Der Mann, für den wir gelogen, Pläne ausgeheckt und unser Leben riskiert haben, um ihn zu finden – und der jetzt leider tot ist, wie sich wahrscheinlich herausstellen wird –, besuchte vor sechs Jahren eine meiner Klassen im Ozeanographischen Institut. Er war ein toller Bursche.« Er deutete auf die beiden verkohlten Gestalten auf dem Deck. »Es wäre wirklich schade, wenn er so geendet hätte.«

»Wie können Sie so sicher sein, daß Sie ihn eindeutig zu identifizieren vermögen?« fragte Pitt.

»An seinen Ringen. Er war auf Ringe versessen. Er trug an jedem Finger einen, außer am Daumen.«

»Ringe sind kein eindeutiges Erkennungszeichen.«

Hunnewell lächelte flüchtig. »Ihm fehlte außerdem ein Zeh am linken Fuß. Reicht das?«

»Es würde reichen«, meinte Pitt nachdenklich. »Aber wir haben keinen Leichnam gefunden, auf den diese Merkmale zutreffen. Und wir haben bereits das gesamte Schiff durchsucht.«

»Noch nicht.«

Hunnewell nahm ein Stück Papier aus seinem Notizbuch und faltete es im Schein der Taschenlampe auseinander. »Das ist eine Skizze dieses Kahns. Ich habe eine Kopie des Originals in den Archiven der Marine aufgetrieben.« Er zeigte auf das zerknitterte Papier. »Sehen Sie hier, genau hinter dem Kartenhaus. Eine kleine Leiter führt zu einem Raum, der direkt unter einem falschen Schornstein liegt. Die Leiter ist der einzige Zugang.«

Pitt studierte die grobe Zeichnung. Dann wandte er sich um und verließ das Kartenhaus. »Richtig, der Einstieg ist hier. Die Leiter ist total verbrannt. Aber wir können an den Verstrebungen hinunterklettern.«

Der abgeschlossene Raum – er lag genau in der Mitte des Rumpfes und besaß darum keine Öffnung nach außen – war noch schlimmer als die anderen Räume verwüstet. Die Stahlplatten hatten sich nach außen gebogen und waren so verzogen wie eine abgeblätterte Tapete. Der Raum schien leer zu sein. Das Feuer hatte nichts, was auch nur entfernt an irgendeine Einrichtung erinnerte, übriggelassen. Pitt hatte sich gerade niedergekniet und stocherte in der Schlacke herum, als Hunnewell rief.

»Hier!« Er ließ sich auf die Knie fallen. »Da hinten in der Ecke!«

Hunnewell richtete seine Taschenlampe auf die Umrisse dessen, was einmal ein Mensch gewesen und nun ein kaum unterscheidbarer Haufen verkohlter Knochen war. Nur ein Teil des Kieferknochens und des Beckens waren zu erkennen. Dann beugte Hunnewell sich tiefer hinunter und wischte vorsichtig einen Teil der Asche beiseite. Als er sich wieder aufrichtete, hielt er mehrere Stücke verbogenen Metalls in der Hand. »Vielleicht kein eindeutiger Beweis. Aber noch mehr Gewißheit werden wir nie erlangen.«

Pitt nahm die geschmolzenen Metallstücke und richtete den Strahl seiner Taschenlampe darauf.

»Ich erinnere mich recht gut an die Ringe«, bemerkte Hunnewell. »Die Fassungen waren wundervolle Handarbeit, und jeder Ring trug eine Gemme aus isländischem Halbedelstein, mit dem Porträt eines alten nordischen Gottes.«

»Das klingt beachtlich, aber auch ein wenig protzig«, meinte Pitt.

»Für Sie vielleicht, der Sie ihn nicht gekannt haben«, entgegnete Hunnewell leise. »Aber wenn Sie ihn gekannt hätten...« Seine Stimme versagte.

Pitt betrachtete Hunnewell nachdenklich. »Verbinden Sie immer so gefühlsbetonte Beziehungen mit Ihren Schülern?«

»Er war ein Genie, ein Abenteurer und geborener Wissenschaftler. Noch ehe er fünfundzwanzig Jahre alt war, war er der zehntreichste Mann der Welt. Er war sympathisch und liebenswürdig und wurde von seinem Glück und seinem Reichtum überhaupt nicht negativ beeinflußt. Ich bin sicher, daß eine Bekanntschaft mit Kristjan Fyrie ohne weiteres in einer tiefen Freundschaft enden konnte.«

Wie seltsam, dachte Pitt. Es war das erstemal, daß der Wissenschaftler Fyries Namen erwähnte, seit sie Washington verlassen hatten. Und Hunnewell hatte ihn leise, fast ehrfürchtig ausgesprochen. In demselben Tonfall, erinnerte sich Pitt, der auch dem Admiral Sandecker eigen gewesen war, als er von dem Isländer gesprochen hatte.

Pitt spürte aber keinerlei Ehrfurcht, als er vor den traurigen irdischen Überresten des Mannes stand, der einst eine der einflußreichsten Figuren der internationalen Hochfinanz gewesen war. Als Pitt so dastand und zu Boden starrte, konnte er die Asche zu seinen Füßen einfach nicht mit dem Menschen aus Fleisch und Blut in Verbindung bringen, den die Zeitungen der ganzen Welt als die Verkörperung eines der größten Lieblinge der Götter gefeiert hatten. Wenn er dem berühmten Kristjan Fyrie einmal begegnet gewesen wäre, hätte sich jetzt vielleicht so etwas wie ein Gefühl in Pitt geregt. Doch dann bezweifelte Pitt das wieder. Er war nicht so leicht zu beeindrucken. Nimm dem berühmtesten lebenden Mann seine Kleider weg, hatte sein Vater ihn einst gelehrt, und du hast ein verlegenes, nacktes, wehrloses Tier vor dir.

Pitt blickte einen Moment lang auf die verzogenen Metallringe und gab sie dann Hunnewell zurück. Im selben Augenblick hörte er ein schwaches Geräusch irgendwo auf dem Deck über ihnen. Er erstarrte und horchte angestrengt. Aber schon war das Geräusch wieder in der Finsternis erstorben. Die Stille, die in der verwüsteten Kabine herrschte, hatte etwas Unheimliches an sich – Pitt hatte das Gefühl, daß jemand alle ihre Bewegungen beobachtete und jedes ihrer Worte belauschte. Er raffte sich auf, um sich zu verteidigen, doch es war bereits zu spät. Ein blendender Lichtstrahl durchschnitt vom Ende der Leiter aus die Dunkelheit und der grelle Schein machte Pitt sekundenlang blind.

»Tod und Teufel, meine Herren. Ich glaube, Sie sind zu allem fähig.« Das Gesicht war hinter dem Licht nicht zu erkennen, doch die Stimme gehörte zweifellos Commander Koski.

4. Kapitel

Ohne sich zu bewegen und ohne zu antworten, stand Pitt in der Mitte der verbrannten Kabine. Er stand so, wie ihm schien, zehn Jahre lang, während sein Gehirn angestrengt nach einer Erklärung für Koskis Anwesenheit suchte. Er hatte wohl damit gerechnet, daß der Commander eventuell am Ort des Geschehens auftauchen würde, aber frühestens in drei oder vier Stunden. Jetzt war klar, daß der Commander, anstatt den vereinbarten Zeitpunkt für ihre Rückkehr abzuwarten, den Kurs geändert hatte. Mit voller Kraft hatte er die *Catawaba* entlang der Route, die Hunnewell abgesteckt hatte, in das Eisfeld gesteuert, sobald der Helikopter außer Sicht gewesen war.

Koski richtete den Strahl seiner Taschenlampe auf die Leiter, und Dovers Gesicht wurde neben dem seinen sichtbar. »Wir haben eine Menge zu besprechen. Major Pitt, Dr. Hunnewell, darf ich bitten?«

Pitt suchte krampfhaft nach einer schlagfertigen Antwort, doch es fiel ihm nichts ein. Statt dessen sagte er: »Lecken Sie mich am Arsch, Koski! Sie kommen herunter! Und bringen Sie diesen ungeschlachten Gorilla von einem Ersten Steuermann mit, wenn Sie sich nicht allein trauen!«

Fast eine Minute herrschte gespanntes Schweigen. Dann erwiderte Koski: »Sie sind kaum in der Lage, noch irgendwelche Forderungen zu stellen.«

»Warum nicht? Für Dr. Hunnewell und mich steht viel zuviel auf dem Spiel, als daß wir hier sitzen und Daumen lutschen könnten, während Sie sich als Amateurdetektiv versuchen.« Pitt wußte, wie arrogant seine Worte klangen, aber er durfte sich von Koski nicht einschüchtern lassen.

»Sie brauchen nicht gleich ausfallend zu werden, Major. Eine aufrichtige Erklärung würde schon genügen. Seit Sie den Fuß auf mein Schiff gesetzt haben, haben Sie gelogen. Das also soll die *Nowgorod* sein! Der grünste Kadett von der Coast-Guard-Schule würde nicht im Traum daran denken, dieses Wrack für ein russisches Spionageschiff zu halten. Die Radarantennen, die hochentwickelte elektronische Ausrüstung, die Sie so wundervoll beschrieben haben – ist das alles verdampft? Ich habe Ihnen und Hunnewell von Anfang an mißtraut; aber Ihre Geschichte klang überzeugend, und mein eigenes Hauptquartier hat Ihre Ausführungen seltsamerweise noch bestätigt. Sie haben mich einfach benutzt, Major, meine Mannschaft, mein Schiff, wie Sie eine Straßenbahn oder ein Taxi benutzen würden. Ich glaube, es ist nicht zuviel verlangt, wenn ich um eine Erklärung bitte. Wenigstens sollten Sie mir Antwort auf eine einfache Frage geben: Was wird hier eigentlich gespielt?«

Koski fühlt sich in die Enge getrieben, dachte Pitt. Der kleine forsche Commander forderte nichts mehr, er stellte bloß noch Fragen.

»Steigen Sie ruhig zu uns herunter«, erwiderte Pitt. »Einen Teil der Antwort finden Sie hier in der Asche.«

Die beiden zögerten einen Moment, dann kamen sie der Aufforderung nach. Koski, von dem ungeschlachten Riesen Dover gefolgt, kletterte die Leiter herunter und sah Pitt und Hunnewell an. »Okay, meine Herren. Fangen wir an!«

»Sie haben sich das Schiff angesehen?« fragte Pitt.

Koski nickte. »Zur Genüge. Ich bin seit achtzehn Jahren im Seenotrettungsdienst tätig, aber noch nie habe ich ein Schiff gesehen, das so zugerichtet gewesen wäre wie das hier.«

»Können Sie es identifizieren?«

»Unmöglich. Es ist ja kaum noch etwas übrig, woran man es erkennen könnte. Es war ein Vergnügungsschiff, eine Yacht. Soviel ist sicher. Alles andere sind reine Spekulationen.« Koski sah Pitt an; seine Augen verrieten eine leichte Verwunderung. »Eigentlich hatte *ich* um Auskunft gebeten. Worauf wollen Sie hinaus?«

»Die *Lax.* Haben Sie jemals von ihr gehört?«

Koski nickte.

»Die *Lax* verschwand vor einem Jahr, spurlos, mit Mann und Maus, einschließlich des Besitzers, des isländischen Bergbauunternehmers –« er zögerte, dann fiel ihm der Name wieder ein –, »Fyrie, Kristjan Fyrie. Du liebe Zeit! Die halbe Coast Guard war monatelang auf der Suche nach ihm. Man hat nicht den kleinsten Anhaltspunkt gefunden. Was ist mit der *Lax?*«

»Sie befinden sich auf der *Lax*«, erwiderte Pitt betont langsam, um seinen Worten Nachdruck zu verleihen. Er richtete den Strahl seiner Taschenlampe auf den Boden. »Und diese verbrannten Reste sind alles, was von Kristjan Fyrie übriggeblieben ist.«

Koskis Augen weiteten sich, und er wurde totenblaß. Er machte einen Schritt vorwärts und starrte entsetzt auf die verkohlte Leiche in der Mitte des gelben Lichtkegels. »Um Gottes willen, sind Sie sicher?«

»Es ist bestimmt keine Untertreibung, wenn man behauptet, dieser Körper da sei bis zur Unkenntlichkeit verbrannt. Aber Hunnewell ist auf Grund von ein paar persönlichen Dingen zu neunzig Prozent davon überzeugt, daß es sich um Fyrie handelt.«

»Die Ringe. Ich habe es gehört.«

»Das ist vielleicht nicht viel, aber es ist wesentlich mehr, als was wir bei den übrigen Leichen gefunden haben.«

»Ich habe so etwas noch nie gesehen«, erklärte Koski fassungslos. »Das kann einfach nicht wahr sein. Ein Schiff dieser Größe kann doch nicht ein Jahr lang von der Bildfläche verschwinden und dann völlig ausgebrannt mitten in einem Eisberg wieder auftauchen.«

»Es sieht aber so aus, als wäre es genau so gewesen«, erwiderte Hunnewell.

»Entschuldigen Sie, Doc«, sagte Koski und sah Hunnewell in die Augen. »Obwohl ich nicht zögere zuzugeben, daß ich Ihnen, was die Wissenschaft von der Entstehung der Eisberge anbelangt, nicht das Wasser reichen kann, so bin ich doch lange genug im Nordatlantik herumgeschippert, um wenigstens etwas Bescheid zu wissen. Ein Eisberg kann unter bestimmten, ziemlich unwahrscheinlichen Umständen durch Meeresströmungen von seinem Kurs abgebracht werden und sich dann im Kreise drehen oder bis zu drei Jahren vor der Küste von Neufundland treiben – reichlich Zeit für die *Lax*, um eingeschlossen und begraben zu werden. Aber diese Annahme ist doch sehr weit hergeholt.«

»Sie haben vollkommen recht, Commander«, stimmte ihm Hunnewell zu. »Die Chancen für ein solches Vorkommnis sind äußerst gering. Aber ausgeschlossen ist die Möglichkeit nicht. Wie Sie wissen, braucht ein ausgebranntes Schiff Tage, um abzukühlen. Wenn zufällig Wind oder Seegang das Wrack gegen einen Eisberg gepreßt haben, war es binnen 48 oder noch weniger Stunden vollständig eingeschmolzen. Das ist, wie wenn Sie einen rotglühenden Schürhaken gegen einen Eisblock halten. Der Schürhaken dringt so lange in den Block ein, bis er abgekühlt ist. Dann friert das Eis wieder zu, und der Haken ist von allen Seiten fest eingeschlossen.«

»Okay, Doc, im Prinzip mögen Sie recht haben. Einen wichtigen Faktor haben Sie allerdings übersehen.«

»Und der wäre?« wollte Pitt wissen.

»Der Kurs, den die *Lax* zuletzt steuerte«, erklärte Koski bestimmt.

»Was sollte mit dem Kurs sein?« fragte Pitt. »Es stand damals in allen Zeitungen. Fyrie verließ Reykjavik mit seiner Mannschaft und den Passagieren am 10. April letzten Jahres und nahm direkten Kurs auf New York. Er wurde zuletzt von einem Tanker der Standard Oil 1000 km vor Cape Farewell in Grönland gesichtet. Danach hat man von dem Schiff nie wieder etwas gesehen oder gehört.«

»So weit gut.« Koski schlug den Kragen seines Mantels über die

Ohren und versuchte, ein Zähneklappern zu unterdrücken. »Nur – der Punkt, wo man die *Lax* zuletzt gesichtet hat, liegt nahe dem 50. Breitengrad, weit südlich der Eisberggrenze.«

»Ich möchte Sie daran erinnern, Commander«, wandte Hunnewell ein und zog mißbilligend eine Augenbraue hoch, »daß Ihre eigene Coast Guard im Lauf nur eines Jahres insgesamt eintausendfünfhundert Berge südlich des 48. Breitengrades gesichtet hat.«

»Und ich darf Sie daran erinnern, Doc«, widersprach Koski, »daß während des Jahres, in dem die *Lax* verschwand, südlich des 48. Breitengrades überhaupt kein Eisberg gesichtet wurde.«

Hunnewell zuckte nur die Achseln.

»Es wäre sehr aufschlußreich, Dr. Hunnewell, wenn Sie erklären könnten, wieso ein Eisberg dort auftaucht, wo es gar keine gibt, und wie er dann mit der eingefrorenen *Lax*, entgegen allen Meeresströmungen, die dort während elfeinhalb von zwölf Monaten vorherrschen, vier Grad nach Norden schwimmt, während sonst jeder Eisberg im Atlantik mit einer Geschwindigkeit von drei Knoten in der Stunde nach Süden driftet.«

»Ich kann es nicht erklären«, sagte Hunnewell schlicht.

»Sie können es nicht?« Auf Koskis Gesicht spiegelte sich reines Staunen wider. Er sah Hunnewell an, dann wanderte sein Blick zu Pitt und von diesem wieder zurück zu Hunnewell. »Ihr verdammten Schweine!« sagte er wild. »Lügt mich nicht an!«

»Das ist eine ziemlich ausfallende Ausdrucksweise, Commander«, wies ihn Pitt scharf zurecht.

»Was zum Teufel erwarten Sie? Sie sind beide hochintelligente Leute, aber Sie tun so, als hätten Sie den Verstand verloren. Nehmen wir Dr. Hunnewell. Er ist ein international anerkannter Wissenschaftler, und trotzdem kann er nicht erklären, wie ein Eisberg gegen den Labradorstrom nach Norden zu treiben in der Lage ist. Entweder sind Sie ein Schwindler, Doc, oder Sie sind der dümmste Professor, den ich je getroffen habe. Die einfache Wahrheit ist doch, daß dieser Eisberg ebenso unmöglich gegen die Strömung gedriftet sein kann, wie ein Gletscher nicht bergauf rutscht.«

»Niemand ist vollkommen«, erwiderte Hunnewell leise und zuckte hilflos die Achseln.

»Sie wollen mir keine ehrliche Auskunft geben. Ist es das?«

»Es geht hier nicht um Ehrlichkeit«, erklärte Pitt. »Wir haben ebenso unsere Befehle wie Sie die Ihren. Bis vor einer Stunde sind Hunnewell und ich nach einem genauen Plan vorgegangen. Dieser Plan ist jetzt hinfällig geworden.«

»Großartig! Und wie sieht der nächste Schritt in Ihrem Versteckspiel aus?«

»Wir können wirklich nicht alles erklären«, sagte Pitt. »Im Grunde sogar verdammt wenig. Ich will Ihnen erzählen, was Dr. Hunnewell und ich wissen. Ziehen Sie Ihre eigenen Schlüsse daraus.«

»Sie hätten mich von Anfang an als Ihresgleichen behandeln sollen!«

»Das war nicht möglich«, entgegnete Pitt. »Als Kapitän Ihres Schiffes besitzen Sie eine uneingeschränkte Befehlsgewalt. Sie dürfen sogar Anordnungen Ihrer Vorgesetzten mißachten oder in Zweifel ziehen, wenn Sie glauben, daß Ihre Mannschaft oder Ihr Schiff in Gefahr ist. Darauf konnte ich es nicht ankommen lassen. Ich mußte Sie mit irgendwelchen Geschichten dahin bringen, daß Sie uns voll unterstützen. Nebenbei: Wir haben den Befehl der striktesten Geheimhaltung. Ich handle im Augenblick ganz gegen meine Order.«

»Das könnte schon wieder ein neues Märchen sein.«

»Möglicherweise«, meinte Pitt lächelnd. »Aber wie groß ist die Wahrscheinlichkeit? Hunnewell und ich haben nichts mehr zu gewinnen. Wir lassen den ganzen Schlamassel hier liegen und nehmen Kurs auf Island.«

»Wollen Sie mir diese Geschichte hier aufhalsen?«

»Warum nicht? Verlassene, durch die Meere treibende Wracks sind Ihr Metier. Erinnern Sie sich an Ihren Wahlspruch? *Semper paratus*, allzeit bereit. Die Coast Guard – dein Freund und Helfer, und all dieser Kram.«

Der wütende Ausdruck auf Koskis Gesicht war köstlich. »Ich würde es vorziehen, wenn Sie zur Sache kämen und Ihre geschmacklosen Bemerkungen unterließen.«

»In Ordnung«, erwiderte Pitt gelassen. »Die Geschichte, die ich Ihnen auf der *Catawaba* verzapft habe, war bis auf einen Punkt wahr – ich habe die *Lax* durch die *Nowgorod* ersetzt. Fyries Yacht besaß natürlich keine hochwertige elektronische Ausrüstung und auch keine anderen getarnten technischen Einrichtungen für Spionagezwecke. Die Ladung bestand aus acht erstklassigen Ingenieuren und Wissenschaftlern der *Fyrie Mining Limited*, die auf dem Weg nach New York waren, um geheime Verhandlungen mit zwei hochgestellten Leuten der Abwehr zu führen. Irgendwo an Bord – vielleicht in diesem Raum – befand sich eine Mappe mit wichtigen Unterlagen, einem wissenschaftlichen Forschungsbericht über den Meeresboden. Was Fyries Leute auf dem Meeresgrund entdeckt hatten und wo das geschehen war, ist unbekannt. Aber offensichtlich war es für viele von höchster Bedeutung. Unsere eigene Abwehr war wild darauf, Fyries Material in die Hände zu bekommen. Und die Russen genauso; sie scheuten keine Anstrengung, um in den Besitz desselben zu gelangen.«

»Die letzte Bemerkung erklärt eine ganze Menge«, warf Koski ein.

»Wie meinen Sie das?«

Koski wechselte einen wissenden Blick mit Dover. »Wir waren eines der Schiffe, die damals nach der *Lax* suchten – es war die erste Patrouille der *Catawaba*. Dabei kreuzten wir alle Nase lang das Kielwasser eines russischen Schiffes. Wir waren allerdings so eitel anzunehmen, daß die bloß beobachten wollten, wie unser Suchkommando arbeitete. Jetzt stellt sich heraus, daß sie ebenfalls hinter der *Lax* her waren.«

»Der Grund, weshalb wir uns in Ihre Arbeit hier eingemischt haben, hängt übrigens eng damit zusammen«, ergänzte Dover. »Zehn Minuten, nachdem Sie und Dr. Hunnewell die Landeplattform verlassen hatten, erhielten wir eine Nachricht vom Hauptquartier der Coast Guard, daß ein russisches U-Boot sich in der Gegend des Eisfeldes herumtreibt. Wir wollten Sie warnen, aber haben Sie nicht mehr erreicht.«

»Das ist kein Wunder«, unterbrach ihn Pitt. »Wir mußten unbedingt völlige Funkstille einhalten, nachdem wir Kurs auf das Wrack genommen hatten. Zur Sicherheit habe ich das Funkgerät abgeschaltet. Wir konnten weder senden noch empfangen.«

»Nachdem Commander Koski das Hauptquartier unterrichtet hatte, daß wir Ihren Hubschrauber nicht erreichen konnten«, fuhr

Dover fort, »gab man uns strengen Befehl, Ihnen zu folgen. Wir sollten Sie unterstützen, falls das U-Boot sich mausig machte.«

»Wie haben Sie uns gefunden?« fragte Pitt.

»Wir waren noch an keinen zwei Eisbergen vorbei, als wir schon Ihren gelben Helikopter entdeckten. Er stand wie ein Kanarienvogel auf einem Bettuch da.«

Pitt und Hunnewell sahen einander an und begannen zu lachen.

»Was gibt es zu lachen?« fragte Koski neugierig.

»Sie hatten Glück, ein einfaches, gewöhnliches, unwahrscheinliches Glück«, sagte Pitt heiter. »Wir sind drei Stunden lang wie die Verrückten durch die Gegend geflogen, bevor wir diesen schwimmenden Eispalast gefunden haben. Und Sie haben ihn fünf Minuten, nachdem Sie zu suchen begonnen haben, entdeckt.« Pitt unterrichtete Koski und Dover kurz über den Eisberg, mit dem man sie geködert hatte, und über das Zusammentreffen mit den Russen.

»Grundgütiger Himmel«, murmelte Dover. »Wollen Sie damit sagen, daß wir nicht die ersten sind, die den Fuß auf diesen Eisberg setzten?«

»Das sind wir auf keinen Fall«, erwiderte Pitt. »Die Farbmarkierung der Eispatrouille ist abgekratzt worden, und Hunnewell und ich haben in fast jeder Kabine des Schiffes Fußspuren gefunden. Und dann, was dem Ganzen seinen makabren Anstrich gibt...«

»Das Feuer?«

»Das Feuer.«

»Kann das kein Zufall sein? Feuer ist auf Schiffen ausgebrochen, schon als die ersten Schilfboote vor Tausenden von Jahren herumschwammen.«

»Mord hat es noch weit früher gegeben.«

»Mord!« wiederholte Koski zögernd. »Sagten Sie Mord?«

»Mit einem dicken, großen M.«

»Wenn man von dem ganz ungewöhnlichen Ausmaß der Zerstörung absieht, dann habe ich nichts beobachtet, was ich während meiner Dienstzeit bei der Coast Guard nicht auf wenigstens acht anderen ausgebrannten Schiffen gesehen habe – Leichen, ausgeglühter Stahl und all solcher Krempel. Natürlich respektiere ich Ihre Meinung als Offizier der Air Force; aber wie kommen Sie zu der Ansicht, dieses Schiff unterscheide sich von anderen?«

Pitt überhörte Koskis spitze Bemerkung. »Es ist alles zu perfekt. Der Funker liegt im Funkraum, die beiden Maschinisten liegen im Maschinenraum, der Kapitän und ein Maat auf der Brücke, die Passagiere entweder in ihren Kabinen oder im Salon, und selbst der Koch liegt in der Kombüse. Jeder befindet sich genau dort, wo er hingehört. Erklären Sie mir folgendes, Commander, Sie sind der Experte: Was, zum Teufel, ist das für ein Feuer, das durch das ganze Schiff rast und jeden zu einem traurigen Häufchen Asche röstet, ohne daß einer auch nur den leisesten Versuch unternimmt, sich zu retten?«

Koski zupfte sich gedankenvoll am Ohr. »Es liegen keine Schläuche in den Gängen herum. Offensichtlich hat niemand versucht, das Feuer zu löschen.«

»Die Leiche, die einem Feuerlöscher am nächsten ist, liegt sechs Meter von ihm entfernt. Die Mannschaft hätte gegen alle Gesetze der menschlichen Natur gehandelt, wenn jeder in letzter Minute wild entschlossen an seinen Kommandoplatz gestürzt wäre, um dort zu sterben. Ich kann mir keinen Koch vorstellen, der lieber in der Kombüse umkommt, als daß er sein Leben rettet.«

»Das beweist doch nichts. Panik könnte...«

»Was für Beweise wollen Sie denn noch haben, Commander? Einen zertrümmerten Schädel und einen Baseballschläger daneben? Erklären Sie mir das Verhalten des Funkers. Er starb in seinem Sessel, aber bekanntlich ist zu dieser Zeit weder von der *Lax* noch von irgendeinem anderen Schiff im Nordatlantik ein SOS-Ruf empfangen worden. Ich kann nicht glauben, daß er nicht wenigstens zwei oder drei Funksignale zustande gebracht haben soll.«

»Fahren Sie fort«, sagte Koski ruhig. In seinen durchdringenden Augen glomm Interesse auf.

Pitt zündete sich eine Zigarette an und blies eine dicke Wolke blauen Rauches in die eisige Luft. Er schien einen Moment zu überlegen. »Schauen wir uns den Zustand des Schiffes an. Sie haben gesagt, Commander, Sie hätten noch nie ein Schiff gesehen, das so gräßlich zugerichtet gewesen wäre wie das hier. Warum? Es hatte weder Sprengstoff noch sonst eine feuergefährliche Ladung an Bord. Die Treibstoffvorräte haben dem Feuer wohl Nahrung gegeben, aber das hätte nicht gereicht, das Schiff bis in den letzten Winkel zu verwüsten. Wovon hätte jeder Quadratzentimeter so lichterloh brennen sollen? Der Rumpf und die Aufbauten bestehen aus Stahl. Und neben Wasserschläuchen und Feuerlöschern besaß die *Lax* auch eine Sprinkleranlage.« Er hielt inne und zeigte auf zwei unförmige Befestigungsvorrichtungen, die von der Decke hingen. »Ein Feuer auf See bricht normalerweise an einer Stelle aus, im Maschinenraum oder in einem Fracht- und Laderaum, und von dort frißt es sich allmählich weiter. Es dauert Stunden, manchmal sogar Tage, bis das ganze Schiff brennt. Ich wette jede Summe, daß ein Brandmeister sich den Kopf kratzen und das hier als eine seltsame Feuerexplosion bezeichnen würde. Eine Explosion, die im Nu das ganze Schiff erfaßte, damit einen neuen Rekord aufstellte und durch unbekannte Ursachen und Personen ausgelöst wurde.«

»An was für Ursachen denken Sie?«

»An einen Flammenwerfer«, antwortete Pitt.

Eine Minute herrschte betroffenes Schweigen.

»Wissen Sie, was Sie damit sagen?«

»Sie haben verdammt recht: Das will ich damit sagen«, beharrte Pitt. Er fuhr fort: »Alles paßt dazu: Die gewaltige Druckwelle der verzehrenden Flamme, das gräßliche Zischen der Düsen, der furchtbare Gestank verbrannten Fleisches. Ob es Ihnen gefällt oder nicht: Ein Flammenwerfer ist die einzig mögliche Erklärung.«

Die anderen hörten seinen Ausführungen ebenso fasziniert wie entsetzt zu. Hunnewell gab ein würgendes Geräusch von sich, als würde ihm gleich wieder übel.

»Es ist grausam, unvorstellbar«, murmelte Koski.

»Die ganze Geschichte ist unvorstellbar grausam«, sagte Pitt.

Hunnewell starrte Pitt bleich an. »Ich kann mir nicht vorstellen, daß jeder wie ein Schaf stillhielt und sich in eine lebende Fackel verwandeln ließ.«

»Begreifen Sie denn nicht?« fragte Pitt. »Unser teuflischer Freund hat die Passagiere und die Crew irgendwie betäubt oder vergiftet. Wahrscheinlich mischte er eine gewaltige Dosis Chloralhydrat ins Essen oder in die Getränke.«

»Vielleicht sind sie auch erschossen worden«, wandte Dover ein.

»Ich habe einige Überreste untersucht.« Pitt schüttelte den Kopf.

»Nichts deutete auf Kugeln oder zerschmetterte Knochen hin.«

Koski sagte: »Also hat er gewartet, bis das Gift sie alle niedergestreckt hatte – ich stelle mir lieber vor, daß sie schon völlig tot waren – anschließend hat er sie über das Schiff verteilt, ist mit einem Flammenwerfer von Raum zu Raum gegangen...« Koski ließ seinen Satz unvollendet. »Aber dann? Wohin ist der Mörder von hier aus geflohen?«

»Bevor wir dieser Frage nachgehen«, sagte Hunnewell müde, »erklärt mir einer der Herren vielleicht, wie der Mörder hier überhaupt auftauchen konnte. Er war offensichtlich weder Passagier, noch gehörte er zur Besatzung. Die *Lax* trat ihre Fahrt mit fünfzehn Menschen an Bord an, und jetzt liegt sie hier mit fünfzehn Leichen an Bord. Die logische Folgerung ist: Das hier ist das Werk eines Mannes – vielleicht auch Teams –, der die *Lax* von einem zweiten Schiff aus bestiegen hat.«

»Das ist nicht möglich«, sagte Koski. »Jeder Leutewechsel auf offener See muß gemeldet werden. Selbst wenn die *Lax* Überlebende eines vorgetäuschten Schiffbruchs aufgenommen hätte, hätte der Kapitän das sofort per Funk weitergegeben.« Koski lächelte plötzlich. »Soweit ich mich erinnern kann, bat Fyrie in seinem letzten Funkspruch, man möchte ihm eine Suite im Dachgeschoß des New Yorker Hilton reservieren.«

»Das arme Schwein«, meinte Dover nachdenklich. »Wenn das alles ist, was einem von Geld und Erfolg bleibt, dann verzichte ich lieber.« Er schaute auf den verkohlten Leichnam zu seinen Füßen und wandte sich schnell wieder ab. »Was für ein Verrückter muß das bloß gewesen sein, der fünfzehn Menschen auf einen Streich ermordet hat? Der fünfzehn Leute systematisch vergiftet und dann seelenruhig mit einem Flammenwerfer verbrannt hat?«

»Andere Verrückte sprengen Flugzeuge der Versicherungsprämie wegen in die Luft«, erwiderte Pitt. »Es gibt Menschen, die andere Menschen ohne die geringsten Gewissensbisse umbringen, so wie Sie eine Fliege zerquetschen. Hier ist das Motiv offensichtlich Gewinnsucht. Fyrie und seine Leute haben eine höchst wertvolle Entdeckung gemacht. Die Vereinigten Staaten wollten sie haben, die Russen wollten sie haben; doch jetzt ist ein großer Unbekannter damit verschwunden.«

»War die Entdeckung denn ein solches Grauen wert?« fragte Hunnewell. Er sah ganz elend aus.

»Dem sechzehnten Mann war sie es wert.« Pitt starrte auf die entsetzlichen Überreste auf dem Boden. »Diesem unbekannten Eindringling, der der ganzen Mannschaft den Tod brachte.«

5. Kapitel

Island, das Land aus Eis und Feuer, das Land der zerklüfteten Gletscher und schwelenden Vulkane. In seiner Farbenpalette mischt sich das Rot der Lavaströme mit dem Grün der windüberwehten Tundra und dem tiefen Blau der stillen Seen, überglänzt vom goldenen Schein der Mitternachtssonne. Vom Atlantischen Ozean umspült, im Süden vom Golfstrom und im Norden von den eisigen Wassern des Polarmeeres begrenzt, liegt Island, folgt man der Luftlinie, zwischen Moskau und New York genau auf halber Strecke. Es ist ein merkwürdiges Land, reich an Abwechslungen und bei weitem nicht so kalt, wie der Name vermuten läßt. Die Durchschnittstemperatur während des kalten Monats Januar sinkt selten unter die der amerikanischen Küste bei Neuengland. Dem, der Island zum erstenmal erblickt, kommt die Insel wie ein einmaliges Wunder an Schönheit vor.

Pitt beobachtete, wie die schneebedeckten, zerrissenen Gipfel der Insel aus dem Dunst auftauchten und wie die Farbe des glitzernden Wassers unter der *Ulysses* vom dunklen Blau des tiefen Ozeans in das intensive Grün der Brandung nahe der Küste überging. Er bediente das Steuer. Der Helikopter verlor an Höhe, um dann auf einen Kurs parallel zu den Lavaklippen einzuschwenken, die jäh aus der See ragten. Sie überflogen ein winziges Fischerdorf, das sich in eine halbkreisförmige Bucht schmiegte und dessen Dächer in den verschiedensten Farbtönen, von Ziegelrot bis Pastellgrün, leuchteten – ein einsamer menschlicher Vorposten am Tor zum Polarkreis.

»Wie spät ist es?« fragte Hunnewell, der gerade aus einem Schlummer aufwachte.

»Zehn nach vier in der Frühe«, antwortete Pitt.

»Mein Gott! Wenn man sich die Sonne anschaut, könnte man glauben, es ist vier Uhr nachmittags.« Hunnewell gähnte und machte den vergeblichen Versuch, sich in dem engen Raum des Cockpits zu strecken. »Ich würde meinen rechten Arm dafür geben, wenn ich in den Federn eines schönen weichen Bettes liegen dürfte.«

»Schlafen Sie nicht wieder ein. Es dauert nicht mehr lange.«

»Wie weit ist es noch bis Reykjavik?«

»Eine halbe Stunde.« Pitt machte eine Pause, um die Instrumente zu überprüfen. »Ich hätte schon früher nach Norden abbiegen können, aber ich wollte mir die Küste anschauen.«

»Wir haben die *Catawaba* vor sechs Stunden und 45 Minuten verlassen. Keine schlechte Leistung!«

»Wir hätten wahrscheinlich noch viel weniger Zeit gebraucht, wenn uns der zusätzliche Benzintank nicht so behindert hätte.«

»Ohne ihn wären wir jetzt irgendwo dahinten und würden versuchen, die fehlenden 750 Kilometer bis zur Küste zu schwimmen.«

Pitt grinste »Wir hätten immer noch der Coast Guard einen Seenotruf schicken können.«

»Nach der Laune zu urteilen, die Commander Koski hatte, als wir abflogen, bezweifle ich ein für allemal, daß er auch nur einen Finger für uns rühren würde, selbst wenn wir in einer Badewanne ertränken und er den Stöpsel in der Hand hätte.«

»Ganz egal, was Koski von mir hält, ich würde sofort für ihn als Admiral stimmen. Ich halte ihn für einen verdammt ordentlichen Kerl.«

»Sie haben eine drollige Art, Ihre Bewunderung auszudrücken«, bemerkte Hunnewell trocken. »Bis auf Ihre scharfsinnige Schlußfolgerung mit dem Flammenwerfer – ich fand das übrigens fabelhaft – haben Sie ihm doch nicht das geringste erzählt.«

»Wir haben ihm, soweit es ging, die Wahrheit gesagt. Alles andere wäre zu fünfzig Prozent reine Spekulation gewesen. Die einzige handgreifliche Tatsache, die wir ihm verschwiegen haben, war der Name von Fyries Entdeckung.«

»Zirkonium.« Hunnewell sah gedankenverloren in die Ferne. »Ordnungszahl 40!«

»Ich bin mit knapper Not durch meine Geologieklasse gekommen«, gestand Pitt lächelnd. »Warum Zirkonium? Warum ist es einen Massenmord wert?«

»Aufbereitetes Zirkonium ist für den Bau von Atomkraftwerken von großer Bedeutung. Es absorbiert so gut wie keine Strahlung. Jedes Land der Erde, das Atomforschung betreibt, würde wer weiß was darum geben, waggonweise darüber verfügen zu können. Admiral Sandecker ist sicher, wenn Fyrie und seine Crew tatsächlich eine reiche Zirkoniumfundstelle entdeckt haben, dann liegt sie so dicht unter der Meeresoberfläche, daß sie wirtschaftlich ausgebeutet werden kann.«

Pitt drehte sich zur Seite und schaute aus der Kugel des Cockpits auf das Ultramarinblau, das sich wie dunkle Seide gegen Süden erstreckte. Ein Fischkutter, gefolgt von mehreren kleinen Booten, stach in See. Die kleinen Schiffe bewegten sich so ruhig, als glitten sie über einen blau getönten Spiegel. Pitt nahm sie kaum wahr, so sehr kreisten seine Gedanken um das seltsame Element, das dort unten unter dem kalten Wasser lag. »Ein Wahnsinnsunternehmen«, sagte er, gerade noch laut genug, daß ihn Hunnewell über dem Dröhnen der Maschine verstand. »Roherze aus dem Meeresboden zu fördern bringt wahnsinnige Probleme mit sich.«

»Aber sie sind nicht unüberwindlich. *Fyrie Limited* hat die führenden Fachleute der Welt für Unterwasserbergbau unter Vertrag. Damit hat Kristjan Fyrie sein Imperium begründet: Er hat vor der Küste Afrikas nach Diamanten geschürft.« In Hunnewells Stimme klang Bewunderung mit. »Er war erst achtzehn Jahre alt und Matrose auf einem alten griechischen Frachter, als er in Beira, einem kleinen Hafen an der Küste von Mozambique, von Bord ging. Es dauerte nicht lange, da packte ihn das Diamantenfieber. Es herrschte damals ein großer Diamantenboom, aber die großen Trusts hatten alle ergiebigen Fundstätten aufgekauft. Fyrie war jedoch anders als die anderen; er war klug und kreativ. Wenn man Diamanten an Land keine drei Kilometer von der Küste entfernt findet, überlegte er sich, warum soll es dann keine unter Wasser auf dem Festlandsockel geben? Also tauchte er fünf Monate lang täglich im warmen Wasser des Indischen Ozeans, bis er ein Stück Meeresboden gefunden hatte, das erfolgversprechend aussah. Nun drehte es sich darum, Geld aufzutreiben, um die nötige Schürfausrüstung zu finanzieren. Als Fyrie in Afrika an Land ging, besaß er nichts außer den Kleidern, die er auf dem Leib trug. Sich an die einheimischen weißen Kapitalisten zu wenden, wäre das Allerdümmste gewesen. Sie hätten alles an sich gerissen und ihm nichts übriggelassen.«

»Ein Prozent von etwas ist oft besser als neunundneunzig Prozent von nichts«, warf Pitt ein.

»Kristjan Fyrie war da andrer Meinung«, entgegnete Hunnewell. »Er besaß den echt isländischen Sinn für Prinzipien – Gewinne sollten geteilt, aber nicht verschenkt werden. Er wandte sich an die schwarzen Bewohner Mozambiques und bewog sie dazu, ihre eigene Diamanten-Gesellschaft zu gründen, natürlich mit Kristjan Fyrie als Präsidenten und Generalmanager. Nachdem die Schwarzen das Geld für die Förder- und Schürfausrüstung aufgetrieben hatten, arbeitete Fyrie zwanzig Stunden am Tag, bis das ganze Unternehmen so perfekt wie ein IBM-Computer lief. Die fünf Monate Tauchen machten sich bezahlt – fast von Anfang an förderten sie hochwertige Diamanten. Nach zwei Jahren war Fyrie 40 Millionen Dollar schwer.«

Pitt bemerkte einen dunklen Punkt am Himmel, etwa tausend Meter höher als die *Ulysses* und direkt vor ihr. »Sie scheinen sich in Fyries Geschichte gut auszukennen.«

»Ich weiß, es klingt seltsam«, erzählte Hunnewell weiter, »aber Fyrie hielt es selten länger als ein oder zwei Jahre bei einem Projekt aus. Die meisten hätten das Lager bis zum letzten Diamanten ausgebeutet. Nicht so Kristjan. Nachdem er ein Vermögen gemacht hatte, das seine kühnsten Träume weit überstieg, übertrug er das ganze Geschäft den Leuten, die das Unternehmen finanziert hatten.«

»Er gab es total aus der Hand?«

»Bis auf den letzten Cent. Er teilte das Geschäftskapital auf die eingeborenen Aktionäre auf, setzte eine schwarze Geschäftsführung ein, die auch ohne ihn effektiv arbeitete, und nahm das nächste Schiff nach Island. Unter den wenigen weißen Männern, die in Afrika ein hohes Ansehen genießen, steht der Name Kristjan Fyrie an erster Stelle.«

Pitt beobachtete, wie sich der schwarze Punkt am nördlichen Horizont in eine gleißende Düsenmaschine verwandelte. Er lehnte sich nach vorn und kniff seine Augen gegen den blendenden blauen Himmel zusammen. Das fremde Flugzeug war einer der neuen Jagdbomber, die die Engländer bauten, schnell, zuverlässig und dazu in der Lage, zwölf Passagiere innerhalb von Stunden um die halbe Welt zu fliegen, ohne einmal aufzutanken. Pitt hatte kaum Zeit festzustellen, daß die Maschine von der Spitze bis zum Heck ebenholzschwarz angestrichen war, als sie auch schon außerhalb seines Gesichtsfeldes in der entgegengesetzten Richtung weiterflog. »Und welche Wunderdinge vollbrachte Fyrie dann?« fragte er.

»Er baute Mangan auf Vancouver Island in Britisch Kolumbien ab, und er erschloß ein Erdölfeld vor der Küste Perus, um nur zwei Dinge zu nennen. Es gab keine Fusionen, und es wurden auch keine Tochtergesellschaften gegründet. Fyrie baute *Fyrie Limited* zu einem Industriegiganten aus, der sich auf submarinen Bergbau spezialisierte, das war alles.«

»Hatte er Familie?«

»Nein. Seine Eltern kamen bei einem Feuer um, als er noch ein Kind war. Er hatte lediglich eine Zwillingsschwester, eineiig übrigens. Ich weiß wirklich nicht viel über sie. Fyrie steckte sie in ein Mädchenpensionat in der Schweiz, und sie wurde später, wie es heißt, Missionarin irgendwo in Neuguinea. Anscheinend hat der Reichtum ihres Bruders ihr nichts...«

Hunnewell vollendete den Satz nicht. Er wurde plötzlich zur Seite gerissen. Er starrte Pitt an, Augen und Mund vor Entsetzen weit offen, doch er brachte kein Wort heraus. Pitt hatte kaum Zeit, den alten Mann nach vorn fallen zu sehen, allem Anschein nach tot, als die Plexiglaskugel, die das Cockpit umschloß, in tausend spitze Scherben zersplitterte. Pitt drehte sich zur Seite und hielt einen Arm vors Gesicht, um sich gegen die Wand aus kalter Luft, die mit Urgewalt in das Cockpit einbrach, zu schützen, und verlor so einen Moment lang die Kontrolle über den Hubschrauber. Dessen Aerodynamik änderte sich mit einem Schlag. Die *Ulysses* kippte ab, bis sie fast senkrecht stand. Pitt und der bewußtlose Hunnewell wurden hart in ihre Lehnen gepreßt. Dann wurde sich Pitt bewußt, daß auf den Rumpf hinter den Sitzen Maschinengewehrkugeln aufprallten.

Das plötzliche unkontrollierte Manöver rettete ihnen das Leben; der Schütze des schwarzen Jagdbombers war nicht wachsam genug gewesen; er hatte seine Schußrichtung zu spät geändert und in die leere Luft gefeuert.

Da er nicht in der Lage war, ebenso langsam wie der Helikopter zu fliegen, ohne abzustürzen, jagte die Düsenmaschine seitlich vorbei und schwang in einem weiten Halbkreis herum, um noch einmal anzugreifen, diesmal von vorn. Die Schweinehunde müssen in einem engen Kreis gewendet haben, ehe sie von hinten angriffen, rechnete sich Pitt aus, während er sich verzweifelt bemühte, den Hubschrauber wieder unter Kontrolle zu bekommen. Bei dem Luftstrom, der ihm mit einer Geschwindigkeit von dreihundert Stundenkilometer in die Augen biß, war das eine fast unlösbare Aufgabe. Er drosselte die Geschwindigkeit und versuchte mit letzter Anstrengung, die unsichtbare Kraft zu verringern, die seinen Körper in den Sitz preßte.

Der schwarze Jäger kam wieder herangerast, doch diesmal war Pitt darauf vorbereitet. Er bremste die *Ulysses* abrupt ab, blieb einen Augenblick in der Luft stehen und stieg dann unvermittelt in die Höhe. Der Trick funktionierte. Der Jäger schoß unter Pitt vorbei und schaffte es nicht, das Maschinengewehr neu einzustellen. Pitt gelang es noch zweimal, seinen Verfolger abzuschütteln, doch es war nur eine Frage der Zeit, bis die technische Überlegenheit des Jägers die sich rapide erschöpfende Trickkiste Pitts aufwog.

Pitt machte sich nichts vor. Es gab kein Entkommen; der Jäger hatte alle Vorteile auf seiner Seite. Ein grimmiger Ausdruck machte Pitts Augen stahlhart, als er mit dem Helikopter auf eine Höhe von nur sechs Metern über der Wasseroberfläche ging. Es gibt keine Hoffnung auf einen Sieg; aber es gibt eine winzige Chance, eine von eins zu einer Million, dachte Pitt, für ein Unentschieden. Er musterte das tintenschwarze Flugzeug, als er sich für die letzte Runde bereit machte. Jetzt war nichts mehr zu hören als der ungesunde Klang von Stahlmantel-Geschossen, die durch die dünne Haut der *Ulysses* peitschten. Pitt brachte den kleinen wehrlosen Hubschrauber in eine ruhige Lage und schwebte, als der Jet wie ein Raubvogel auf ihn herabstieß, direkt auf ihn zu.

Der Schütze, der bäuchlings aus einer offenen Tür des Laderaums schoß, blieb diesmal eiskalt. Er feuerte einfach eine Garbe nach der anderen in die Luft und wartete, bis der Abstand zwischen dem Jäger und der *Ulysses* sich so verringert hatte, daß der Hubschrauber automatisch getroffen werden mußte. Die Schwelle zum Tod war nur noch dreißig Meter entfernt. Pitts Körper spannte sich in Erwartung des Zusammenpralls; dann warf er die *Ulysses* direkt in das angreifende Flugzeug hinein. Die Rotorblätter zerbarsten, als sie durch das Höhenruder des Jägers schnitten. Pitt schaltete instinktiv die Zündung aus, als die Turbine, von den Rotorblättern nicht mehr gebremst, wie wild aufheulte. Dann verstummte der Lärm, und am Himmel herrschte Ruhe; nur der Wind pfiff noch um Pitts Ohren.

Er sah den Jäger ein letztesmal, bevor dieser kopfüber ins Meer stürzte, während das Heck wie ein gebrochener Arm herabhing. Pitt und der bewußtlose Dr. Hunnewell waren nicht viel besser dran. Alles, was sie tun konnten, war zu warten, bis der verstümmelte Hubschrauber wie ein Stein in das kalte Wasser des Atlantiks stürzen würde.

Der Aufprall war weit schlimmer, als Pitt angenommen hatte. Die *Ulysses* stürzte seitlich in die Brandung, knapp ein halbes Fußballfeld von der Küste entfernt. Das Wasser war hier zwei Meter tief. Pitts Kopf wurde zur Seite geschleudert, prallte an den Türrahmen, und Pitt fiel in den Strudel der Dunkelheit. Zum Glück brachte ihn der qualvolle Schock des eisigen Wassers halb wieder zum Bewußtsein. Ihn überliefen Wellen von Übelkeit, und er wußte, daß er nur um Haaresbreite davon entfernt war, alles zur Hölle zu wünschen und für immer einzuschlafen.

Mit schmerzverzerrtem Gesicht löste Pitt seinen Gurt und die Schultersicherung, holte gerade noch einmal tief Luft, bevor der Hubschrauber von einem großen Brecher überrollt wurde, dann machte er schnell den ohnmächtigen Hunnewell los und hob seinen Kopf über das brodelnde Wasser. In diesem Moment glitt Pitt aus, verlor das Gleichgewicht, und eine gewaltige Welle stieß ihn aus dem Helikopter in die Brandung. Er hielt Hunnewell mit einem Rettungsgriff am Mantelkragen gepackt und kämpfte mit der rollenden Woge, die ihn auf die Küste zuspülte und ihn immer wieder auf den felsigen Meeresgrund stieß.

Sollte Pitt sich jemals überlegt haben, wie es wohl sein müßte zu ertrinken, jetzt hatte er eine handfeste Vorstellung davon. Das eiskalte Wasser brannte auf seiner Haut wie die Stiche von einer Million Bienen, seine Trommelfelle platzten beinahe, in seinem Kopf tobte ein riesiger quälender Schmerz; seine Nase füllte sich mit Wasser, das wie ein Messer in seine Stirnhöhle stach, und das dünne Gewebe seiner Lungen fühlte sich an, als wäre es in Salpetersäure getaucht worden. Endlich, nachdem seine Knie an den Steinen aufgeschlagen waren, gelang es ihm unter großer Anstrengung, sich aufzurichten. Er streckte seinen Kopf dankbar in die reine isländische Luft. Im selben Augenblick schwor er sich, sich, falls er jemals Selbstmord begehen würde, auf keinen Fall zu ertränken.

Er wankte aus dem Wasser. Halb trug er Hunnewell, halb schleppte er ihn hinter sich her, wie ein Betrunkener einen anderen führt. Am kiesigen Strand, ein paar Schritte hinter der Wasserlinie, legte er seine Last ab und prüfte Puls und Atmung des Doktors; beide gingen schnell, aber regelmäßig. Dann sah er Hunnewells linken Arm. Er war durch die Gewehrkugeln am Ellenbogen völlig zerfetzt. So schnell, wie sein noch immer umnebelter Verstand es ihm erlaubte, zog Pitt sein Hemd aus, riß die Ärmel ab und zog sie fest um die Wunde, um die Blutung zu stillen. Wenn die Wunde auch sehr übel aussah, so deutete doch nichts darauf hin, daß eine Hauptschlagader zerrissen war. Pitt brauchte den Arm also nicht abzubinden. Dann lehnte er Hunnewell gegen einen großen Felsen, machte eine provisorische Schlinge und hob den Arm in die Höhe, um die Verletzung genauer zu untersuchen.

Mehr konnte Pitt nicht für seinen Freund tun. Er legte sich auf die Steine und überließ sich dem wütenden Schmerz und der Übelkeit, die ihn in Wellen überfluteten. Er entspannte sich, soweit es ihm die Übelkeit erlaubte, und schloß die Augen vor dem normalerweise großartigen Blick auf den wolkenübersäten arktischen Himmel.

Fast wäre Pitt in eine tiefe, Stunden dauernde Bewußtlosigkeit gesunken. Aber in den Tiefen seines Gehirns klingelte ein entferntes Alarmzeichen. Er öffnete instinktiv die Augen, nur zwanzig Minuten, nachdem er sie geschlossen hatte. Die Szenerie hatte sich verändert. Der Himmel und die Wolken waren immer noch da, aber vor diesem Hintergrund bewegte sich etwas Neues. Es dauerte einige Sekunden, bis Pitt die fünf Kinder, die um ihn herumstanden, scharf erkennen konnte. Sie sahen völlig furchtlos auf Pitt und Hunnewell hernieder.

Pitt stützte sich auf einen Ellenbogen, zwang sich zu einem Lächeln – was nicht einfach war – und sagte: »Guten Morgen, ihr da. Ihr seid ziemlich früh dran, oder?«

Wie auf Kommando blickten alle jüngeren Kinder auf den Ältesten. Er zögerte einen Augenblick, um die richtigen Worte zu suchen, bevor er antwortete. »Meine Brüder und Schwestern und ich haben die Kühe unseres Vaters auf der Weide über den Klippen gehütet. Wir sahen Ihren...« Er hielt ratlos inne.

»Helikopter?« schlug Pitt vor.

»Ja, so heißt es.« Der Junge strahlte. »He-li-kop-ter. Wir sahen Ihren Helikopter im Meer liegen.« Eine leichte Röte überzog seine klaren nordländischen Gesichtszüge. »Entschuldigen Sie bitte, daß mein Englisch nicht besser ist.«

»Nein«, erwiderte Pitt lächelnd. »*Ich* muß mich entschuldigen. Du sprichst Englisch wie ein Professor aus Oxford, während ich dir nicht einmal zwei Worte auf isländisch entgegnen kann.«

Der Junge strahlte über das Kompliment. Eifrig half er Pitt, wieder auf die Beine zu kommen. »Sie sind verletzt, Sir. Ihr Kopf blutet.«

»Ich werde es überleben. Aber mein Freund da ist schwer verwundet. Wir müssen ihn schnell zum nächsten Doktor bringen.«

»Ich habe meine kleine Schwester weggeschickt, damit sie meinen Vater holt, sofort nachdem wir Sie entdeckt haben. Er wird gleich mit seinem Lastwagen da sein.«

In diesem Moment stöhnte Hunnewell leise. Pitt beugte sich über ihn und schüttelte den kahlen Kopf des alten Mannes, der jetzt bei Bewußtsein war. Hunnewells Augen bewegten sich hin und her, er blickte kurz auf Pitt und dann auf die Kinder. Er atmete schwer und versuchte zu sprechen, doch die Worte erstarben ihm im Hals. Es lag ein seltsamer Ernst in seinen Augen, als er Pitts Hand ergriff und unter großer Mühe murmelte: »Gott schütze dich...« Dann ging ein Zittern durch seinen Körper, und er seufzte leicht.

Hunnewell war tot.

6. Kapitel

Der Bauer und sein ältester Sohn trugen Hunnewell zu dem Landrover. Pitt setzte sich auf den Rücksitz; er hatte Hunnewells Kopf im Schoß. Er drückte ihm die glasigen, blinden Augen zu und strich die dünnen, langen weißen Haare glatt. Andere Kinder wären über den Tod entsetzt gewesen. Die Jungen und Mädchen jedoch, die Pitt auf dem Lastwagenboden umringten, saßen ruhig und gefaßt da; ihre Mienen verrieten nichts weiter als ein geduldiges Sich-Fügen in die einzige Sicherheit, die jeden erwartet.

Der Bauer, ein stattlicher Mann, den die ständige Arbeit im Freien gestählt hatte, steuerte langsam eine enge, gewundene Straße die Klippen hinauf. Oben angelangt, fuhr er quer über die Weiden, wobei sein Wagen eine kleine Fahne roten Vulkanstaubs hinter der Heckklappe herzog. Nach einigen Minuten hielt er am Ortseingang eines Dorfes. Es bestand aus weißgetünchten Bauernhäusern; das Ortsbild wurde von dem traditionellen isländischen Friedhof bestimmt.

Ein braungebrannter kleiner Mann mit freundlichen grünen Augen, die durch dicke, stahlgefaßte Brillengläser vergrößert wurden, trat zu ihnen, stellte sich selbst als Dr. Jonsson vor und führte Pitt, nachdem er sich Hunnewell angesehen hatte, in sein Haus. Dort vernähte er Pitts sechs Zentimeter lange klaffende Wunde am Kopf, verband sie und gab ihm trockene Kleider zum Wechseln. Später, als Pitt gerade ein starkes Gebräu aus Kaffee und Schnaps trank, das ihm der Doktor aufgezwungen hatte, traten der Junge und sein Vater ein.

Der Junge nickte Pitt zu und sagte: »Mein Vater würde es als eine große Ehre betrachten, wenn er Sie und Ihren Freund nach Reykjavik bringen dürfte, sofern Sie dort hinwollen.«

Pitt stand einen Moment da und blickte unverwandt in die warmen grauen Augen des Alten. »Sag deinem Vater, daß ich ihm sehr dankbar bin und daß es mir eine Ehre ist.« Pitt streckte dem Mann die Hand hin, und der Isländer drückte sie fest.

Der Junge übersetzte. Sein Vater nickte nur, und dann drehten sich beide um und verließen den Raum ohne ein weiteres Wort.

Pitt zündete sich eine Zigarette an und sah Dr. Jonsson seltsam an. »Ihr seid ein merkwürdiges Volk, Doktor. Ihr scheint von Wärme und Herzlichkeit überzuquellen; aber wenn man nach euerm Äußeren geht, dann kennt ihr scheinbar überhaupt keine Gefühle.«

»Sie werden merken, daß die Bewohner Reykjaviks offenherziger sind. Hier sind Sie auf dem Land, in einer kargen, abgelegenen Gegend. Die Isländer, die abseits der Stadt wohnen, sind für ihre Verschlossenheit bekannt. Wir reden wenig, dafür können wir die Gedanken des anderen lesen, noch ehe sie ausgesprochen sind. Leben und Liebe sind Allgemeingut; der Tod ist ein natürliches Ereignis, das man schweigend hinnimmt.«

»Ich habe mich gewundert, daß die Kinder so wenig betroffen schienen, als sie neben einer Leiche saßen.«

»Der Tod ist für uns nur eine Trennung, und zwar eine rein äußerliche. Denn sehen Sie –«, die Hand des Doktors wies durch ein großes Panoramafenster auf die Grabsteine des Friedhofs –, »die, die vor uns gegangen sind, sind immer noch da.«

Pitt blickte hinaus auf die Grabsteine, die, jeder in einem anderen Neigungswinkel, krumm aus dem grünen, moosigen Gras hervorragten. Dann wurde seine Aufmerksamkeit von dem Bauern gefesselt, der eben einen handgearbeiteten Kiefernsarg zu dem Landrover trug. Er beobachtete gebannt, wie der große, stille Mann Hunnewells Leiche in den nach alter Tradition spitz zulaufenden Kasten hob. Er tat es mit all der Stärke und Zärtlichkeit, die ein frischgebakkener Vater seinem Kind entgegenbringt.

»Wie heißt der Bauer?« fragte Pitt.

»Mundsson, Thorstein Mundsson. Sein Sohn heißt Bjarni.«

Pitt schaute durch das Fenster, bis der Sarg langsam auf die Ladefläche geschoben wurde. Dann wandte er sich ab. »Ich frage mich, ob ich etwas falsch gemacht habe und Dr. Hunnewell noch am Leben sein könnte.«

»Wer wird das je wissen? Bedenken Sie bloß, mein Freund, daß Ihr Lebensweg vielleicht nie den seinen gekreuzt hätte, wenn Sie nur zehn Minuten früher oder später geboren worden wären.«

Pitt lächelte schmerzlich. »Ich verstehe. Aber es ist eine Tatsache, daß sein Leben in meiner Hand lag. Und ich habe gepfuscht und es verloren.« Er zögerte und hatte die ganze Katastrophe noch einmal vor Augen.

»Am Strand war ich, nachdem ich seinen Arm verbunden hatte, für eine halbe Stunde in eine Art Ohnmacht gesunken. Wäre ich wach geblieben, wäre er vielleicht nicht verblutet.«

»Sie können Ihr Gewissen beruhigen. Dr. Hunnewell starb nicht an Blutverlust. Er starb an dem Schock, den er durch die Verwundung, den Absturz und das kalte Wasser erlitten hatte. Ich bin sicher, die Autopsie ergibt, daß sein alterndes Herz schon vor dem Kreislaufkollaps versagte. Er war nicht mehr der Jüngste, und er war körperlich untrainiert, soweit ich das beurteilen kann.«

»Er war Wissenschaftler, Ozeanograph, der beste, den es gab.«

»Dann beneide ich ihn.«

Pitt sah den Dorfarzt fragend an.

»Er war ein Mann des Meeres, und er starb durch das Meer, das er liebte. Vielleicht waren seine letzten Gedanken ebenso klar wie das Wasser.«

»Er sprach von Gott«, murmelte Pitt.

»Er hatte Glück. Aber ich spüre, daß ich ebenfalls Glück haben werde, wenn für mich einmal die Zeit gekommen ist, auf dem Friedhof zu ruhen, der nur hundert Schritt von meinem Geburtsort entfernt ist, unter so vielen Menschen, die ich geliebt und um die ich mich gesorgt habe.«

»Ich wünschte, ich könnte Ihre Neigung teilen, mein Leben lang an ein- und demselben Ort zu bleiben, Doktor. Aber vor Urzeiten habe ich einen Zigeuner als Vorfahren gehabt. Ich habe seinen Wandertrieb geerbt. Drei Jahre sind die längste Zeit, die ich je an einem Ort verbracht habe.«

»Es wäre eine interessante Frage, wer von uns beiden glücklicher ist.«

Pitt zuckte die Achseln. »Wer kann das sagen? Jeder von uns folgt dem Schlag eines anderen Trommlers.«

»In Island«, erklärte Jonsson, »folgt man dem Köder des Fischers.«

»Sie haben Ihre wahre Bestimmung verfehlt, Doktor. Sie hätten Dichter werden sollen.«

»Ah, ich bin Dichter!« lachte Jonsson. »Jedes Dorf besitzt mindestens vier oder fünf. Sie werden weit und breit suchen müssen, ehe Sie ein Land finden, in dem die Literatur in höherem Ansehen steht als bei uns in Island. Über 500000 Bücher werden Jahr für Jahr an 200000 Leute verkauft – das ist unsere Gesamtbevölkerung.«

Er brach ab, als sich die Tür öffnete und zwei Männer eintraten. Sie standen ruhig, eindrucksvoll und sehr offiziell in ihren Polizeiuniformen da. Einer nickte dem Doktor grüßend zu, und plötzlich durchschaute Pitt den Auftritt. »Sie hätten mir nicht zu verschweigen brauchen, Dr. Jonsson, daß Sie die Polizei gerufen haben. Ich habe vor niemandem etwas zu verbergen.«

»Ich wollte Sie nicht kränken. Aber Dr. Hunnewells Arm war ganz offensichtlich von Gewehrkugeln zerschmettert worden. Ich habe genug verwundete Jäger behandelt, um so etwas auf den ersten Blick zu sehen. Das Gesetz ist unerbittlich, wie in Ihrem Land wohl auch. Ich muß alle Schußwunden melden.«

Pitt gefiel das nicht besonders, aber er hatte keine Wahl. Die beiden muskulösen Polizisten, die vor ihm standen, würden ihm kaum die Geschichte von einem geheimnisvollen schwarzen Düsenjäger abkaufen, der die *Ulysses* angegriffen und mit Kugeln durchsiebt hatte, bevor er mitten in der Luft gerammt worden war. Die Verbindung zwischen dem Wrack im Eisberg und dem Düsenjäger lag freilich auf der Hand. Pitt war aber inzwischen sicher, daß das, was als eine einfache Suchaktion nach einem vermißten Schiff begonnen hatte, sich als eine unfreiwillige Einmischung in eine komplizierte, weltweite Verschwörung entpuppen würde. Er war müde – müde vom Lügen und krank von dem ganzen gottverdammten Kram. Nur ein Gedanke setzte sich in seinem Kopf fest: Hunnewell war tot, und irgend jemand mußte dafür bezahlen.

»Waren Sie der Pilot des abgestürzten Hubschraubers, Sir?« fragte einer der Polizisten. Er sprach mit einem unüberhörbaren englischen Akzent und bemühte sich sichtlich um Höflichkeit; aber das »Sir« klang gezwungen.

»Ja«, war alles, was Pitt herausbrachte.

Der Polizist schien überrascht über Pitts knappe Antwort. Er war blond, hatte schmutzige Fingernägel und trug eine Uniform, aus der seine Handgelenke und seine Knöchel hervorschauten. »Ihr Name und der Name des Verstorbenen?«

»Pitt, Major Dirk Pitt, von der Air Force der Vereinigten Staaten. Der Mann im Sarg war Dr. William Hunnewell von der National Underwater and Marine Agency.« Pitt fand es seltsam, daß keiner der beiden Polizisten einen Versuch machte, seine Aussagen zu notieren.

»Ihr Ziel? Zweifellos das Fluggelände von Keflavik?«

»Nein, der Hubschrauberlandeplatz in Reykjavik.«

In den Augen des blonden Polizisten blitzte Überraschung auf. Er hatte sich sofort wieder in der Gewalt, doch Pitt war es nicht entgangen. Der Fragesteller wandte sich seinem Kollegen zu, einem dunklen, stämmigen Typ mit Brille, und sagte etwas auf isländisch. Er sah zu dem Landrover hinaus, sein Blick wurde finster, dann wandte er sich wieder Pitt zu.

»Können Sie mir Ihren Startplatz nennen, Sir?«

»Grönland. Leider kann ich Ihnen im Augenblick nicht den Namen der Stadt angeben. Er hat zwanzig Buchstaben und ist für einen Amerikaner unmöglich auszusprechen. Dr. Hunnewell und ich befanden uns auf einem Erkundungsflug für unsere Regierung. Wir sollten Eisberge im Ostgrönlandstrom kartographisch registrieren. Wir hatten vor, die Straße von Dänemark zu überqueren, um in Reykjavik aufzutanken; danach wollten wir auf einem parallelen Kurs 80 Kilometer weiter nördlich wieder nach Westen, nach Grönland zurückfliegen. Dummerweise hatten wir das Unternehmen nicht gründlich genug vorbereitet. Das Benzin ging uns aus, und wir stürzten nahe der Küste ab. Das ist alles.« Pitt log, ohne recht zu wissen warum. Gott, dachte er, es wird mir schon zur Gewohnheit.

»Wo genau sind Sie abgestürzt?«

»Woher zum Teufel soll ich das wissen?« gab Pitt unfreundlich zurück. »Gehen Sie drei Blöcke hinter die Kuhweide und wenden Sie sich dann auf dem Broadway nach links. Der Helikopter ist zwischen der dritten und der vierten Welle geparkt. Er ist gelb, Sie können ihn nicht verfehlen.«

»Bitte nehmen Sie dic Sache ernst, Sir.« Pitt sah mit Befriedigung, wie eine rasche Röte das Gesicht des Polizisten überzog, der fortfuhr: »Wir müssen über alle Einzelheiten orientiert sein, wenn wir unserer vorgesetzten Dienststelle Meldung erstatten.«

»Warum reden Sie dann immer um den heißen Brei herum und fragen nicht nach Dr. Hunnewells Schußwunden?«

Der offizielle Gesichtsausdruck des brünetten Polizisten wich einem unterdrückten Gähnen.

Pitt sah Dr. Jonsson an. »Sie sagten, daß sie aus diesem Grund hier wären.«

»Es ist meine Pflicht, mit dem Gesetz zusammenzuarbeiten.« Jonsson schien sich unschlüssig zu sein, wieviel er sagen sollte.

»Ich schlage vor, Sie erklären jetzt, wie es zur Verwundung Ihres Kameraden kam«, sagte der Polizist mit den schmutzigen Fingernägeln zu Pitt.

»Wir hatten ein Gewehr dabei, um Eisbären zu schießen«, erwiderte Pitt betont langsam. »Es ging zufällig bei dem Absturz los, und die Kugeln trafen Dr. Hunnewell am Ellbogen.«

Soweit Pitt zu erkennen vermochte, reagierten die beiden isländischen Polizisten überhaupt nicht auf seinen Sarkasmus. Sie standen ruhig da und sahen ihn forschend an. Sie überlegen sich, dachte Pitt, wie sie mich wohl kleinkriegen, wenn ich auf alle wesentlichen Fragen die Antwort verweigere. Er brauchte nicht lange auf ihre Reaktion zu warten. Der Blonde sagte:

»Es tut mir leid, Sir, aber Sie zwingen uns, Sie für die weitere Vernehmung mit in unsere Zentrale zu nehmen.«

»Der einzige Ort, wohin Sie mich mitnehmen, ist das amerikanische Konsulat in Reykjavik. Ich habe kein Verbrechen gegen das isländische Volk begangen und auch keines Ihrer Gesetze verletzt.«

»Ich bin mit unseren Gesetzen vertraut, Major Pitt. Wir stehen nicht gerne so früh am Morgen auf, nur wegen eines Verhörs. Unsere Fragen sind berechtigt, und Ihre Antworten haben uns nicht zufriedengestellt. Deshalb müssen wir Sie in unsere Zentrale mitnehmen, bis wir herausgefunden haben, was sich wirklich zugetragen hat. Dann können Sie selbstverständlich Ihr Konsulat anrufen.«

»Alles zu seiner Zeit. Aber wären Sie vielleicht so freundlich und würden sich erst einmal ausweisen?«

»Ich verstehe nicht.« Der Polizist starrte Pitt an. »Warum sollen wir uns ausweisen? Es ist klar, wer wir sind. Dr. Jonsson kann für uns bürgen.« Er zeigte weder Papiere noch den üblichen Polizeiausweis vor; alles, was er zeigte, war Verwirrung.

»Daß Sie von der Polizei sind, steht außer Zweifel, meine Herren«, mischte sich Dr. Jonsson fast entschuldigend ein. »Aber normalerweise ist Sergeant Arnarson für unser Dorf zuständig. Sie habe ich, wenn ich mich recht erinnere, noch nie in unserem Dorf gesehen.«

»Arnarson wurde plötzlich nach Grindavik beordert. Er bat uns, uns um Ihren Anruf zu kümmern, bis er selbst kommen könnte«, sagte der Blonde.

»Sind Sie seit neuestem hierher versetzt worden?«

»Nein. Wir kamen zufällig hier durch. Wir waren auf dem Weg nach Norden, um einen Gefangenen abzuholen. Wir machten eine Pause, um Sergeant Arnarson guten Tag zu sagen und eine Tasse Kaffee mit ihm zu trinken. Dummerweise erhielt er Ihren Anruf und fast gleichzeitig den aus Grindavik, noch bevor das Wasser heiß war.«

»Wäre es dann nicht klüger, Major Pitt hier zu behalten, bis der Sergeant kommt?«

»Nein, ich glaube nicht. Hier kann man sowieso nichts erledigen.« Er wandte sich abermals an Pitt. »Ich bitte Sie vielmals um Entschuldigung, Major. Bitte seien Sie nicht ärgerlich, wenn wir Sie – wie sagt man in Ihrem Land? – so überrumpeln.« Er wandte sich an Jonsson. »Ich glaube, es wäre am besten, wenn Sie ebenfalls mitkämen, Doktor. Möglicherweise gibt es Komplikationen wegen der Wunden des Majors. Es ist eine reine Formsache.«

Eine seltsame Formsache, dachte Pitt verwundert, als er die Umstände seiner Verhaftung in Betracht zog. Er hatte jedoch kaum eine andere Wahl, als in die Wünsche des Polizeibeamten einzuwilligen. »Was ist mit Dr. Hunnewell?«

»Wir werden Sergeant Arnarson bitten, für ihn einen Lastwagen zu schicken.«

Jonsson lächelte schüchtern. »Verzeihen Sie, meine Herren, ich habe die Kopfverletzung des Majors noch nicht richtig versorgt. Ich muß gerade noch zwei Stiche nähen, dann ist er reisefertig. – Darf ich bitten, Major!« Er drehte sich um und winkte Pitt in den Behandlungsraum zurück. Dann schloß er die Tür.

»Ich dachte, Sie wären schon fertig mit Ihren Schnippeleien«, sagte Pitt verwundert.

»Diese Männer sind Schwindler«, flüsterte Jonsson.

Pitt sagte nichts. Auf seinem Gesicht zeigte sich keine Überraschung, als er leise zu der Tür hinüberschlich, ein Ohr an sie preßte und lauschte. Zufrieden, daß er die Stimmen aus dem Raum nebenan hören konnte, kehrte er zurück und sah Jonsson an. »Sind Sie sicher?«

»Ja. Grindavik gehört nicht zu Sergeant Arnarsons Gebiet. Er trinkt auch nie Kaffee – er reagiert darauf allergisch. Deshalb hat er auch keinen in seiner Küche.«

»Ihr Sergeant ist etwa einen Meter achtzig groß und wiegt gegen 180 Pfund?«

»Auf den Zentimeter genau. Und das Gewicht stimmt ebenfalls. Er ist ein alter Freund von mir. Ich habe ihn oft untersucht.« Jonsson blickte verwundert drein. »Wie können Sie einen Menschen, den Sie noch nie gesehen haben, so genau beschreiben?«

»Der Mann, der während der ganzen Zeit redet, trägt Arnarsons Uniform. Wenn Sie genau hinschauen, können Sie auf dem Ärmel die Stelle erkennen, wo sie die Sergeantenstreifen abgetrennt haben.«

»Ich verstehe das Ganze nicht«, sagte Jonsson flüsternd. Sein Gesicht war totenbleich. »Was geht hier vor?«

»Ich kenne nicht einmal die Hälfte aller Antworten. Sechzehn, vielleicht auch neunzehn Menschen sind bisher gestorben, und das Morden wird noch lange nicht zu Ende sein. Ich vermute, Sergeant Arnarson ist das jüngste Opfer. Sie und ich kommen als nächste an die Reihe.«

Jonsson sah aus, als hätte ihm jemand einen Schlag versetzt. Bestürzt und verzweifelt rang er die Hände. »Sie meinen, ich muß sterben, weil ich zwei Mörder gesehen und mit ihnen gesprochen habe?«

»Ich fürchte, Doktor, daß Sie, obwohl Sie mit der Sache gar nichts zu tun haben, beseitigt werden sollen, nur weil Sie die beiden wiedererkennen könnten.«

»Und Sie, Major? Warum wollen die Sie auf so raffinierte Weise umbringen?«

»Dr. Hunnewell und ich haben ebenfalls etwas gesehen, was wir nicht hätten sehen dürfen.«

Jonsson starrte in Pitts unbewegtes Gesicht. »Es wäre unmöglich, uns beide im Dorf zu ermorden, ohne größtes Aufsehen zu erregen. Island ist ein kleines Land. Ein Flüchtling käme weder weit, noch könnte er sich lange irgendwo verborgen halten.«

»Diese Leute sind zweifellos Profimörder. Irgend jemand bezahlt sie, und er bezahlt sie gut. Eine Stunde, nachdem wir tot sind, entspannen sie sich vielleicht gerade mit einem Drink in der Hand an Bord einer Linienmaschine nach Kopenhagen, Montreal oder London.«

»Für Berufskiller scheinen sie ziemlich leichtsinnig zu sein.«

»Sie können es sich leisten. Wo sollten wir schon hin? Ihr Wagen und Mundssons Lastwagen stehen vor dem Haus – sie könnten uns leicht abfangen, ehe wir auch nur die Tür aufgemacht haben.« Pitt deutete mit der Hand durch das Fenster. »Island ist ein offenes Land. Im Umkreis von 75 Kilometern gibt es keine zehn Bäume. Sie haben es selbst gesagt: Ein Mann auf der Flucht käme weder besonders weit, noch könnte er sich besonders lange verstecken.«

Jonsson senkte den Kopf in stiller Ergebung; dann grinste er verstohlen. »Dann bleibt uns als einzige Möglichkeit zu kämpfen. Allerdings, es ist für mich ein bißchen schwierig, Leben zu vernichten, nachdem ich mich dreißig Jahre lang bemüht habe, es zu retten.«

»Haben Sie irgendwelche Waffen?«

Jonsson seufzte tief. »Nein. Mein Hobby ist das Fischen, nicht die Jagd. Die einzigen Geräte, die ich besitze und die man als Waffen verwenden könnte, sind meine chirurgischen Instrumente.«

Pitt ging hinüber zu einem weißen Stahlschrank, der mit Fenstern versehen war und eine Sammlung sauber geordneter medizinischer Instrumente und Arzneimittel enthielt, und öffnete die Tür. »Wir haben einen wesentlichen Vorteil«, sagte er nachdenklich. »Die ahnen nicht, daß wir ihr schmutziges Komplott durchschaut haben. Wir sollten ihnen deshalb ein schönes altes amerikanisches Spiel vorspielen, das allgemein unter dem Namen ›Mach-den-Schwanz-am-Esel-fest‹ bekannt ist.«

Es waren höchstens weitere zwei Minuten vergangen, als Jonsson die Tür des Behandlungsraumes wieder öffnete. Die Polizisten konnten sehen, wie Pitt auf einem Stuhl saß und sich eine Binde um den blutenden Kopf hielt. Jonsson wandte sich an den blonden Mann, der Englisch sprach:

»Könnten Sie mir bitte einen Moment behilflich sein? Ich fürchte, ich brauche eine dritte Hand.«

Der Mann zog mißtrauisch die Augenbrauen hoch. Er warf seinem Partner einen fragenden Blick zu und zuckte die Achseln. Der saß mit halbgeschlossenen Augen da; dank seinem unerschütterlichen Selbstvertrauen war er mit seinen Gedanken tausend Kilometer weit entfernt.

Um jedes Mißtrauen im Keim zu ersticken, ließ Jonsson die Tür einen Spalt weit offen; doch war nur ein winziger Teil des Behandlungsraumes zu überblicken.

»Wenn Sie Major Pitts Kopf mit beiden Händen leicht nach hinten hielten, könnte ich ihn ohne Unterbrechung zu Ende verarzten. Er zuckt andauernd zurück und nimmt mir damit jede Möglichkeit, ihn sauber zu nähen.« Jonsson zwinkerte dem blonden Mann zu und sagte dann auf isländisch: »Diese Amerikaner benehmen sich wie die Kinder, wenn sie Schmerzen ertragen sollen.«

Der falsche Polizeibeamte lachte und stieß den Doktor freundschaftlich in die Seite. Dann stellte er sich vor Pitt, beugte sich nieder und faßte Pitts Kopf mit beiden Händen an den Schläfen. »Kommen Sie, Major Pitt, ein paar Stiche sind doch nichts. Was wäre, wenn der arme Doktor Ihren ...«

In weniger als vier Sekunden war alles vorbei – völlig geräuschlos. Anscheinend absolut gleichgültig hob Pitt seine Hände und packte den blonden Mann um die Handgelenke. Der schien zuerst völlig überrascht und dann tief geschockt zu sein, als Jonsson ihm ein dikkes Gazepolster auf den Mund preßte und ihm im gleichen Atemzug eine Spritze in den Hals jagte. Der Schock wurde von Entsetzen abgelöst, und der Mann stöhnte dumpf auf. Doch man konnte sein Stöhnen nicht hören, weil Pitt wegen einer gar nicht vorhandenen Naht in lautes Fluchen ausbrach. Die Augen über der weißen Gaze verdrehten sich, und der Mann machte verzweifelte Anstrengungen, sich loszureißen, aber seine Handgelenke waren fest in den Schraubstock von Pitts Händen eingespannt. Dann glitten seine Augen nach oben, und er sank in Jonssons Armen zusammen.

Pitt kniete sich geschwind nieder, zog die Dienstpistole aus dem Gürtelhalfter des bewußtlosen Mannes und schlich zur Tür. So leise, wie es in aller Eile ging, entsicherte er die Pistole und riß die Tür auf. Eine Sekunde lang saß der brutal aussehende Schläger mit der Brille wie betäubt da; ohne eine Bewegung starrte er auf Pitt. Dann fuhr seine Hand zur Waffe.

»Keine Bewegung!« schrie Pitt.

Sein Befehl wurde überhört, und ein Schuß bellte durch das kleine Wartezimmer. Es gibt viele Menschen, die behaupten, die Hand sei schneller als das Auge; aber nur wenige werden den Standpunkt vertreten, die Hand wäre schneller als ein Geschoß. Die Pistole flog aus der Hand des falschen Polizisten, als Pitts Kugel in den Holzgriff traf und dabei den Daumen des Verbrechers zerschmetterte. Pitt wollte schon seine Pistole senken, doch dann hob er sie wieder und richtete sie auf sein Gegenüber. Der Mund seines Widersachers war zu einem dünnen Strich zusammengepreßt, und die schwarzen, stechenden Augen starrten ihn hinter der Brille voller Haß an.

»Schießen Sie auf mich, Major, schnell, genau hierher!« Er berührte seine Brust mit der unverletzten Hand.

»Sehr gut! Also sprechen Sie doch Englisch! Meine Hochachtung! Sie haben nicht mit dem leisesten Zucken verraten, daß Sie irgend etwas von unserer Unterhaltung verstehen.«

»Erschießen Sie mich!« Die Worte schienen in dem kleinen Raum widerzuhallen.

»Warum sollen wir die Dinge überstürzen? Sie haben sowieso die Chance, für den Mord an Sergeant Arnarson zu hängen. Gehe ich fehl in der Annahme, daß Sie ihn umgelegt haben?«

»Nein, der Sergeant ist tot. Jetzt machen Sie bitte dasselbe mit mir.« Seine Augen blickten kalt; trotzdem lag ein Flehen in ihnen.

»Sie haben ja ganz schöne Angst davor, festgenommen zu werden.«

Jonsson stand dabei, sagte aber nichts. Er war völlig aus dem seelischen Gleichgewicht geraten und bemühte sich verzweifelt, sich auf die veränderten Umstände einzustellen. Alle seine bisherigen Wertvorstellungen waren auf den Kopf gestellt. Als Arzt konnte er nicht einfach zusehen, wie ein verwundeter Mann heftig blutete, ohne daß er ihm zu Hilfe kam. »Ich möchte mich um seine Hand kümmern«, sagte er zu Pitt.

»Bleiben Sie hinter mir und rühren Sie sich nicht!« wies ihn Pitt scharf zurecht. »Ein Mensch, der sterben will, ist gefährlicher als eine in die Enge getriebene Ratte.«

»Aber um Gottes willen, Sie können doch nicht einfach dastehen und zusehen, wie er Schmerzen leidet«, protestierte Jonsson.

Pitt ignorierte ihn und wandte sich an den blutenden Killer: »Okay, machen wir ein Geschäft. Die nächste Kugel trifft dich ins Herz, wenn du mir den Namen deines Auftraggebers nennst.«

Die haßerfüllten Augen hinter der Brille hingen unverwandt an Pitts Gesicht. Der Gangster schüttelte den Kopf und sagte nichts.

»Wir sind hier nicht im Krieg, mein Freund. Du verrätst weder Gott noch dein Land. Die Treue zu dem, der dich bezahlt, ist dein Leben kaum wert«, erklärte Pitt.

»Sie werden mich töten, Major. Ich werde Sie dazu bringen, daß Sie mich töten.« Er kam auf Pitt zu.

»Das traue ich dir zu«, sagte Pitt. »Du bist ein hartgesottenes Schwein.« Er drückte ab und die Pistole krachte abermals. Die 38er Kugel schlug dem stämmigen Mann genau über dem Knie ins linke Bein.

Selten hatte Pitt ein so ungläubiges Staunen auf einem menschlichen Gesicht gesehen. Der Killer sank langsam zu Boden, seine linke Hand preßte sich auf sein zerschossenes Bein und versuchte, das Blut zurückzuhalten, während die rechte schlaff auf dem gekachelten Fußboden lag, mitten in einer ständig größer werdenden roten Pfütze.

»Es scheint, als hätte unser Freund uns nichts zu erzählen«, sagte Pitt.

»Bitte bringen Sie ihn nicht um«, flehte Dr. Jonsson. »Sein Leben ist es nicht wert, daß wir unser Gewissen belasten. Ich bitte Sie, Major, geben Sie mir die Pistole. Er kann nichts Böses mehr anrichten.«

Pitt zögerte, hin- und hergerissen zwischen Mitleid und Rache. Dann nickte er und reichte Jonsson die Pistole. Jonsson nahm sie und legte Pitt die Hand auf die Schulter, als hätten sie eine geheime Abmachung getroffen.

»Ich bin sehr traurig, daß Landsleute von mir so viel Kummer und Schmerz verursacht haben«, sagte der Doktor müde. »Ich passe auf diese zwei auf und unterrichte sofort die Behörden. Sie fahren mit Mundsson nach Reykjavik und bleiben da. Ihre Kopfwunde sieht zwar übel aus, aber sie wird bald heilen, wenn Sie sich danach verhalten. Sie müssen wenigstens zwei Tage das Bett hüten. Das ist das mindeste, was ich Ihnen verschreibe.«

»Es gibt leider ein kleines Hindernis«, erwiderte Pitt mit ernster Miene und deutete durchs Fenster hinaus ins Freie. »Sie haben zu hundert Prozent mit der Aufregung recht gehabt, die das Ganze hier im Dorf verursachen würde.« Er wies mit dem Kopf in Richtung Straße, wo wenigstens zwanzig Dorfbewohner still dastanden und mit jeder Art Waffe, vom Gewehr mit Zielfernrohr bis zum Kleinkalibergewehr, auf die Tür von Jonssons Praxis zielten. Mundsson hielt sein Gewehr ohne Mühe in der Armbeuge und stand fest mit einem Fuß auf der zweiten Treppenstufe, sein Sohn Bjarni neben ihm war mit einer alten Mauser bewaffnet.

Dr. Jonsson ging zur Tür und stieß sie auf. Pitt hinter ihm streckte beide Hände aus, damit sie jeder sehen konnte, und sagte: »Ich glaube, jetzt wäre es an der Zeit, Doktor, daß Sie ein gutes Wort für mich einlegen. Ihre tapferen Dorfbewohner sind offensichtlich im unklaren, wer hier den Part der Guten und wer den der Bösen spielt.«

Jonsson trat aus dem Haus und sprach einige Minuten lang auf seine Dorfgenossen ein. Als er zu Ende war, senkten sich die Gewehre eins nach dem anderen, und einige Männer gingen wieder zurück zu ihren Häusern, während die anderen auf der Straßen stehen blieben, um die weitere Entwicklung abzuwarten. Jonsson bot Pitt die Hand, und dieser ergriff sie.

»Ich hoffe zu Gott, Sie finden den Mann, der für die sinnlosen Morde verantwortlich ist«, sagte Jonsson. »Wenn Sie ihn treffen, fürchte ich allerdings um Ihr Leben. Sie sind kein Killer. Wenn Sie einer wären, lägen jetzt zwei Männer tot in meinem Haus. Die Rücksicht, die Sie auf das Leben anderer Menschen nehmen, wird, fürchte ich, Ihre Niederlage bedeuten. Ich bitte Sie, lieber Freund, zögern Sie nicht, wenn es so weit ist. Gott und das Glück seien mit Ihnen.«

Pitt winkte Dr. Jonsson einen letzten Gruß zu, drehte sich um und schritt die Stufen zur Straße hinunter. Bjarni hielt ihm die rechte Tür des Landrovers auf. Der Sitz stand fest auf dem Boden, und die Lehne war hart; aber Pitt spürte nichts davon: Sein ganzer Körper war taub. Er saß starr da, als Mundsson startete, den Gang einlegte und den Lastwagen auf die glatte, kurvenreiche Straße nach Reykjavik steuerte. Pitt war nahe daran, in einen todesähnlichen Schlaf zu versinken. Aber ein Funke, der in irgendeinem tiefverborgenen Schlupfwinkel seines Hirns glomm, wollte nicht verlöschen. Etwas, das er gesehen hatte, etwas, das gesagt worden war, etwas, das ihm undeutlich bewußt war, verhinderte, daß er sich beruhigte und entspannte. Es war wie ein Gedicht, an das er sich nicht richtig erinnern konnte, dessen Titel ihm jedoch auf der Zunge lag. Schließlich gab er es auf und nickte ein.

7. Kapitel

Ein um das andere Mal – wie oft, ließ sich nicht genau feststellen – richtete Pitt sich zitternd in der rollenden Brandung auf und wankte mit Hunnewell im Arm den Strand hinauf. Ein um das andere Mal verband er den Arm des Wissenschaftlers, nur um danach wieder in Ohnmacht zu fallen. Er versuchte verzweifelt, so oft auch das Ereignis wie ein Film wieder vor seinen Augen ablief, diese flüchtigen Momente festzuhalten; aber immer wieder mußte er sich in die unvermeidliche Tatsache fügen, daß niemand die Vergangenheit ändern kann. Es ist ein Alptraum, dachte er unklar, als er versuchte, sich von der blutroten Küste loszureißen. Er sammelte all seine Kraft und zwang sich mit großer Anstrengung, die Augen zu öffnen. Er erwartete, ein leeres Schlafzimmer zu erblicken. Das Schlafzimmer war in der Tat da; doch es war nicht leer.

»Guten Morgen, Dirk«, sagte eine sanfte Stimme. »Ich hatte schon fast die Hoffnung aufgegeben, daß Sie je wieder aufwachen werden.«

Pitt schaute in die lächelnden braunen Augen eines großgewachsenen Mädchens, das auf einem Stuhl am Fußende des Bettes saß.

»Das letzte Vögelchen mit einem gelben Schnabel, das auf meinem Fensterbrett herumhüpfte, sah Ihnen nicht im geringsten ähnlich«, sagte er.

Sie lachte, und ihre braunen Augen lachten mit. Sie strich sich die langen Strähnen ihres rehbraunen schimmernden Haares hinter die Ohren. Dann stand sie auf und ging zum Kopfende des Bettes. Sie trug ein rotes Wollkleid, das sich eng an ihren Körper schmiegte und dessen Saum knapp über zwei makellos ausgebildeten Knien endete und so den Blick auf diese freigab. Sie war keine ausgesprochene Schönheit, und sie war auch nicht übermäßig sexy; aber sie war attraktiv, verdammt attraktiv – kein Mann, dessen Herz nicht vor ihren Reizen dahingeschmolzen wäre.

Sie berührte den Verband um seinen Kopf, und ihr Lächeln ging in den mitleidig weiblichen Ausdruck einer Florence Nightingale über. »Sie haben eine böse Zeit hinter sich. Tut es sehr weh?«

»Nur wenn ich auf dem Kopf stehe.«

Pitt kannte den Grund für ihre aufrichtige Besorgnis; er wußte, wer sie war. Sie hieß Tidi Royal. Mochte ihr Name auch an einen Nightclub erinnern, so trog das ganz bestimmt. Sie konnte vierhundert Anschläge in der Minute tippen, und das, ohne auch nur einmal zu gähnen, acht Stunden lang. Bisweilen schrieb sie noch eine Spur schneller. Das war der Hauptgrund, weshalb Admiral James Sandecker sie zu seiner Sekretärin gemacht hatte – so jedenfalls behauptete er steif und fest.

Pitt zog sich hoch, um sich aufzusetzen, und warf einen heimlichen Blick unter die Decke, um zu sehen, ob er etwas anhatte. Es war wenig genug – eine Turnhose. »Wenn Sie hier sind, kann der Admiral ja nicht weit sein.«

»Fünfzehn Minuten, nachdem uns die Funkmeldung des Konsulats erreicht hatte, saßen wir schon in einer Maschine nach Island. Er ist über Dr. Hunnewells Tod arg erschüttert. Er macht sich ziemliche Vorwürfe.«

»Da ist er nicht der erste«, erwiderte Pitt. »Ich habe längst vor ihm angefangen, mir Vorwürfe zu machen.«

»Er weiß.« Tidi versuchte, ihre Stimme unbeschwert klingen zu lassen, doch es gelang ihr nicht richtig. »Ihr Gewissen sei mit Schuldgefühlen belastet, meint er, und wahrscheinlich würden Sie versuchen, das Ereignis in Ihrer Vorstellung immer wieder abrollen zu lassen.«

»Die außersinnliche Wahrnehmungsfähigkeit des Admirals

scheint Überstunden zu machen.«

»O nein«, widersprach sie. »Ich meine nicht den Admiral.«

Pitt runzelte verwundert die Stirn.

»Ein gewisser Dr. Jonsson rief aus einem kleinen Dorf im Norden an und gab dem Konsulat sehr genaue Anweisungen hinsichtlich Ihrer Pflege.«

»Pflege, Scheiße!« bellte Pitt. »Das erinnert mich an etwas. Was, in drei Teufels Namen, machen Sie in meinem Schlafzimmer?«

Sie sah verletzt aus. »Ich habe mich freiwillig gemeldet.«

»Freiwillig?«

»Um bei Ihnen zu sitzen, während Sie schliefen«, erklärte sie. »Dr. Jonsson bestand darauf. Jede Minute saß in diesem Raum jemand von unserem Konsulat, seit Sie gestern abend Ihre Augen geschlossen haben.«

»Wie spät ist es denn?«

»Ein paar Minuten nach zehn – abends, um es korrekt zu sagen.«

»Du lieber Gott! Dann habe ich fast vierzehn Stunden verpennt. Was ist mit meinen Sachen?«

»Die sind wahrscheinlich auf dem Müll gelandet. Sie wären nicht einmal mehr als Putzlumpen zu gebrauchen gewesen. Sie werden sich einen Anzug von einem Konsulatsangehörigen leihen müssen.«

»Wie wäre es, wenn Sie irgendeine Jacke und Hose für mich auftreiben würden, während ich mich schnell dusche und rasiere?« Er warf ihr seinen Beißen-ist-besser-als-Bellen-Blick zu und setzte hinzu: »Okay, Schätzchen, drehen Sie sich bitte zur Wand.«

Sie schaute weiter in Richtung Bett. »Ich wollte schon immer wissen, wie es aussieht, wenn Sie morgens aufstehen.«

Er zuckte die Achseln und schlug die Decke zurück. Er hatte sich schon halb auf seine Füße gestellt, als sich plötzlich drei Dinge gleichzeitig ereigneten. Seine Augen sahen auf einmal drei Tidis, das Zimmer schwankte, als wäre es aus Gummi, und sein Kopf begann wie wahnsinnig zu schmerzen.

Tidi stürzte sofort auf ihn zu und packte seinen rechten Arm. Auf ihrem Gesicht zeigte sich abermals das Florence-Nightingalesche Mitleid. »Bitte, Dirk! Ihr Kopf ist noch nicht wieder so weit wie Ihre Beine.«

»Nichts, es ist nichts. Ich bin nur zu schnell aufgestanden.« Er schaffte es, sich zu erheben, und taumelte ihr in die Arme. »Sie gäben eine miserable Krankenschwester ab. Sie fühlen zu sehr mit Ihren Patienten.«

Er stützte sich einige Augenblicke auf sie, bis die drei Personen wieder zu einer verschmolzen waren und das Schlafzimmer seine solide Grundstellung zurückgewonnen hatte. Nur seine Kopfschmerzen wollten nicht nachlassen.

»Sie sind der einzige Patient, mit dem ich liebend gern mitfühle, Dirk.« Sie umschlang ihn fest und machte nicht den kleinsten Versuch, ihren Griff zu lockern. »Aber ich scheine Luft für Sie zu sein. Sie könnten neben mir in einem leeren Aufzug stehen, und Sie würden mich nicht einmal bemerken. Manchmal habe ich Zweifel, ob Sie überhaupt wissen, daß es mich gibt.«

»Oh, ich weiß sehr gut, daß es Sie gibt.« Er riß sich zusammen und ging langsam auf das Badezimmer zu. Er vermied es, sie anzusehen, als er fortfuhr: »Sie haben folgende Körpermaße: Sie sind 1 Meter 70 groß und 135 Pfund schwer. Ihr Hüftumfang beträgt 80 Zentimeter, die Taille erstaunliche 50 Zentimeter, und der Brustumfang mag bei 90 Zentimeter liegen. Sie tragen Büstenhalter. Alles in allem haben Sie eine Figur, die auf das Titelblatt des *Playboy* gehört. Dann gibt es auch noch das hellbraune Haar, das ein nettes, fröhliches Gesicht einrahmt, funkelnde, braune Augen, eine freche kleine Nase, einen makellos geformten Mund und zwei Grübchen, die sich allerdings nur zeigen, wenn Sie lächeln. O ja, fast hätte ich es vergessen: Sie haben außerdem zwei Muttermale hinter dem linken Ohr, und in diesem Moment schlägt Ihr Herz schätzungsweise 105mal in der Minute.«

Sie stand da wie ein verdutzter Gewinner eines Fernsehquiz, dem es für einen Augenblick die Sprache verschlagen hat. Sie hob die Hand und berührte die beiden Muttermale. »Das ist ja ein tolles Ding! Habe ich richtig gehört? Sie mögen mich? Sie haben mich wirklich schon einmal richtig angeschaut?«

»Beruhigen Sie sich.« Pitt blieb unter der Tür zum Badezimmer stehen und blickte ihr ins Gesicht. »Sie gefallen mir, wie jedes hübsche Mädchen einem Mann gefällt, aber ich bin nicht verliebt in Sie.«

»Sie... Sie haben mir nie einen Wink gegeben. Sie wollten mich nie irgendwohin einladen.«

»Tut mir leid, Tidi. Sie sind die Sekretärin des Admirals. Ich habe es mir zum eisernen Gesetz gemacht, nie im eigenen Haus meine Spiele zu treiben.« Pitt lehnte sich gegen den Türrahmen, um einen Halt zu finden. »Ich achte diesen alten Kerl; er ist viel mehr für mich als nur ein Freund oder ein Vorgesetzter. Ich möchte mich nicht hinter seinem Rücken in irgendeine Affäre verwickeln lassen.«

»Ich verstehe«, seufzte sie ergeben. »Aber ich habe Sie nie für den bescheidenen Ritter gehalten, der seine Dame einer stupiden Schreibmaschine opfert.«

»Die abgewiesene Jungfrau, die ins Kloster geht, ist auch nicht gerade Ihre Sache.«

»Müssen wir ekelhaft zueinander werden?«

»Nein«, erwiderte Pitt. »Warum sind Sie nicht so nett und besorgen mir ein paar Kleidungsstücke zum Wechseln? Mal sehen, ob Ihnen meine Körpermaße auch so geläufig sind, wie mir die Ihren.«

Tidi antwortete nichts, sondern stand nur mit einem merkwürdig verlorenem Ausdruck da. Schließlich schüttelte sie, echt weiblich, den Kopf und ging aus dem Zimmer.

Genau zwei Stunden später saß Pitt, in erstaunlich gut passender Hose und Sporthemd, Admiral Sandecker an einem Schreibtisch gegenüber. Sandecker sah müde und alt aus, weit älter, als er tatsächlich war. Sein Haar war eine wilde, struppige Mähne, die schon lange keinen Kamm mehr gesehen hatte, und die Stoppeln auf seinem Kinn und seinen Wangen zeigten deutlich, daß er sich seit mindestens zwei Tagen nicht mehr rasiert hatte. Er hielt eine seiner dicken Zigarren zwischen den Fingern der rechten Hand, starrte abwesend auf die lange zylindrische Form der Zigarre und legte sie endlich im Aschenbecher ab, ohne sie angezündet zu haben. Er grunzte so etwas wie: Er wäre froh, Pitt heil und am Leben wiederzusehen. Die müden Augen musterten Pitt von oben bis unten. »Soviel als Einleitung. Und nun zu Ihrer Geschichte, Pitt. Lassen Sie hören.«

Pitt erzählte ihm nichts. Statt dessen sagte er: »Ich habe gerade eine Stunde damit verbracht, einen ausführlichen Bericht über alles zu schreiben, was Dr. Hunnewell und mir zugestoßen ist. Und zwar von dem Zeitpunkt an, als wir vom Hubschrauberlandeplatz der NUMA, der National Underwater and Marine Agency, auf dem

Dulles International abgehoben haben, bis zu dem Moment, in welchem mich der Farmer und sein Junge zum Konsulat gebracht haben. Ich habe auch meine persönlichen Ansichten und Beobachtungen notiert. Da ich Sie kenne, Admiral, wage ich anzunehmen, daß Sie meinen Bericht wenigstens zweimal gelesen haben. Ich habe nichts hinzuzufügen. Alles, was ich jetzt tun kann, ist, Ihre Fragen zu beantworten.«

Soweit Sandeckers Mienenspiel überhaupt in der Lage war, irgendeine Regung widerzuspiegeln, drückte es jetzt ein gewisses Interesse aus. Vielleicht hätte man es auch als ausgesprochene Neugier bezeichnen können, die Pitts ungeheuerliches, aufsässiges Benehmen in ihm weckte. Er erhob sich zu seiner vollen Größe von einem Meter sechsundfünfzig, zeigte dabei einen Anzug, der nach einem Bügeleisen förmlich schrie, und sah auf Pitt herab. Diese Haltung nahm er vorzugsweise ein, wenn er eine Rede halten wollte.

»Das war früher einmal alles, was ich brauchte, Major.« Er vermied es, ihn mit Dirk anzureden. »Wenn ich sarkastische Bemerkungen hören will, hole ich mir Don Rickles oder Mort Sahl. Da bin ich wenigstens sicher, daß ich es mit Profis zu tun habe. Ich halte Ihnen zugute, daß Sie sich mit der Coast Guard und den Russen herumärgern mußten, daß Sie sich den Hintern abgefroren haben, als Sie sich in einem Eisberg verbrannte Leichen angesehen haben, ganz davon zu schweigen, daß Sie abgeschossen wurden, in den Atlantik stürzten und daß ein Mann in Ihren Armen starb – dies alles, nachdem ich Sie 72 Stunden zuvor von dem schönen, warmen kalifornischen Strand weggeholt hatte. Aber das gibt Ihnen noch lange nicht das Recht, Ihren Vorgesetzten zu veralbern.«

»Ich bitte für meine Respektlosigkeit um Entschuldigung, Sir.« Die Worte waren zwar richtig gewählt, aber der angemessen ergebene Ton fehlte dennoch. »Wenn ich etwas gereizt erscheine, dann nur, weil ich mich hereingelegt fühle. Ich habe den deutlichen Eindruck, man hat mich in einen komplizierten Irrgarten geschickt, ohne mir einen Plan mitzugeben.«

»So?« Die roten Augenbrauen hoben sich unmerklich.

»Um damit zu beginnen: Hunnewell und ich bewegten uns auf einem verdammt dünnen Eis, als wir der Coast Guard das Blaue vom Himmel vorschwindelten, bis wir schließlich ihr bestes Boot als

Zwischenstation benutzen durften. Das war wenigstens meine Meinung; Hunnewell dachte anders darüber. Er wußte über das ganze Projekt von Anfang bis zum Ende Bescheid. Ich fürchtete, wir hätten uns eine Gefängniszelle eingehandelt, als Commander Koski mit der Washingtoner Zentrale der Coast Guard Funkverbindung aufnahm, um sich unsere Angaben bestätigen zu lassen. Ich habe aber Hunnewell beobachtet; er blieb über seine Karten gebeugt, als ob nichts passieren könnte. Weder zitterte seine Hand, noch trat ihm der Schweiß auf die Stirn. Er war völlig gelassen, weil er wußte, daß Sie für alles gesorgt hatten, bevor wir Dulles verließen.«

»Nicht ganz.« Sandecker nahm die Zigarre wieder auf, steckte sie nun in Brand und warf Pitt einen scharfen Blick zu. »Der Kommandant inspizierte gerade so eine verdammte Hurrikan-Warnstation in Florida. Sie waren bereits über Neu-Schottland, bevor ich ihn besuchen konnte.« Er blies eine dicke Rauchwolke gegen die Decke. »Bitte fahren Sie fort.«

Pitt lehnte sich in seinen Stuhl zurück. »Die verschwommenen, fast nicht zu erkennenden Umrisse eines Schiffes tauchen in einem Eisberg auf. Die Coast Guard hat nicht die leiseste Ahnung, wo es registriert ist. Doch es vergehen vier Tage, und niemand stellt irgendwelche Nachforschungen an. Die *Catawaba* ist nur vier Stunden von dem Fundort entfernt, wird aber nie über die Entdeckung unterrichtet. Warum nicht? Weil im Kapitol irgend jemand mit den nötigen Befugnissen – großen Befugnissen – befohlen hat: Hände weg von der Sache!«

Sandecker spielte mit seiner Zigarre. »Ich nehme an, Sie wissen, wovon Sie reden, Major?«

»Zum Teufel, nein ... Sir«, antwortete Pitt. »Ich bin auf reine Vermutungen angewiesen. Aber Sie und Hunnewell waren das nicht. Sie hegten nicht den geringsten Zweifel, daß das Wrack in dem Eisberg die *Lax* war, ein Schiff, das schon länger als ein Jahr als vermißt geführt wird. Sie verfügten über sichere Beweise. Woher Sie sie hatten, kann ich nicht sagen; aber Sie besaßen sie.« Pitts grüne Augen funkelten Sandecker an. »Leider trübt sich nun die Kugel, mit deren Hilfe ich wahrsage. Ich selbst war überrascht, aber Hunnewell fiel richtig aus allen Wolken, als er entdeckte, daß die *Lax* zu Schrott verbrannt war. Das hatten Sie nicht erwartet, nicht wahr, Admiral?

In der Tat ging von da an alles schief, einschließlich Ihres fein eingefädelten Planes. Jemand, mit dem Sie nicht gerechnet hatten, arbeitete gegen Sie. Jemand, dem Mittel zur Verfügung standen, die Sie, oder welche Behörde auch immer, die mit Ihnen zusammenarbeitet, nie in Betracht gezogen hatten. Sie verloren die Übersicht. Selbst die Russen wußten nicht mehr, was gespielt wurde. Ihr Feind ist ein kluger Kopf, Admiral. Und er – das steht als Menetekel mit großen Leuchtbuchstaben an die Wand geschrieben – spielt nicht auf einer Geburtstagsparty um Eis und Kuchen. Er tötet Menschen, wie ein Kammerjäger Ameisen tötet. In diesem Spiel geht es, wie bekannt, um Zirkonium. Ich kaufe es nicht. Ich kann mir vorstellen, daß manche Leute ein oder zwei Menschen umbringen, um ein Vermögen zu machen – aber nicht, daß jemand gleich im Dutzend mordet. Hunnewell war viele Jahre lang Ihr Freund, Admiral. Ich war nur ein paar Tage lang mit ihm befreundet, und ich habe ihn verloren. Ich war für ihn verantwortlich, und ich habe versagt. Seine Leistungen für die Gesellschaft übersteigen alles, was ich zu leisten je fähig bin. Es wäre besser gewesen, *ich* wäre an seiner Stelle gestorben.«

Sandecker zeigte nicht die kleinste Reaktion. Seine starren Augen ließen Pitts Gesicht nicht los. Er saß hinter seinem Schreibtisch und trommelte nachdenklich mit den Fingern auf die Glasplatte. Dann erhob er sich, kam um den Tisch herum und legte Pitt seine Hände auf die Schultern. »Verdammte Scheiße«, sagte er leise, doch mit fester Stimme. »Es ist ein Wunder, daß Sie beide es bis zur Küste geschafft haben. Es gibt keinen Buchmacher auf der Welt, der einem unbewaffneten Helikopter die winzigste Gewinnchance darauf einräumen würde, einen mit einem Maschinengewehr bewaffneten Düsenjäger vom Himmel zu holen. *Ich* bin derjenige, der sich Vorwürfe machen muß. Ich hatte einen Hinweis erhalten, was sich ereignen könnte, und war nicht schlau genug, den Wink zu deuten. Ich hätte Sie aber nicht in die ganze Sache hineingezogen, wenn es nicht nötig gewesen wäre. Sie waren der beste Mann, dem ich einen riskanten Chauffeursposten anvertrauen konnte. Sobald Sie und Hunnewell wohlbehalten hier in Reykjavik angekommen wären, hätte ich Sie mit der nächsten Maschine nach Kalifornien zurückgeschickt.« Er unterbrach sich, um auf seine Uhr zu sehen. »In einer Stunde und sechs Minuten startet ein Aufklärer der Luftwaffe nach

Tyler Field, New Jersey. Von dort können Sie eine Verbindung zur Westküste bekommen.«

»Nein danke, Admiral.« Pitt stand auf, ging zum Fenster hinüber und schaute hinaus auf die spitzen, sonnenüberfluteten Dächer. »Ich habe gehört, daß die isländischen Frauen umwerfend schön sein sollen. Das würde ich mir gerne mit eigenen Augen ansehen.«

»Ich kann Ihnen den Abflug befehlen.«

»Das wäre nicht gut, Admiral. Ich verstehe, worauf Sie hinauswollen, und ich bin Ihnen dankbar dafür. Der erste Anschlag auf mein Leben und auf das Leben Hunnewells hatte keinen rechten Erfolg. Der zweite war sehr viel raffinierter, und ich allein kam mit heiler Haut davon. Der dritte wird ein Meisterstück sein. Ich würde gern dableiben und mit ansehen, wie er über die Bühne gehen soll.«

»Tut mir leid, Dirk.« Sandeckers Ton war wieder von gewohnter Freundlichkeit. »Ich möchte Ihr Leben nicht leichtfertig gefährdet sehen. Ehe ich vor Ihrem Grab stehe, sehe ich Sie lieber hinter Schloß und Riegel. Deshalb schrecke ich notfalls nicht davor zurück, Sie wegen mutwilliger Zerstörung von Regierungseigentum vor ein Kriegsgericht zu stellen.«

Pitt lächelte. »Ich hatte vor, mit Ihnen über die Dienstvorschriften zu sprechen, Admiral.« Er durchquerte den Raum und setzte sich lässig auf die Tischkante. »Die letzten eineinhalb Jahre bin ich treu und brav allen Anweisungen, die aus Ihrem Büro kamen, gefolgt. Ich habe keine Ihrer Anordnungen je in Zweifel gezogen. Aber jetzt ist es an der Zeit, einmal ein paar Dinge klarzustellen. Erstens: Selbst wenn es Ihnen möglich sein sollte – und das ist es nicht –, mich vor ein Kriegsgericht zu bringen, dann würde es sich die Air Force bestimmt nicht so ohne weiteres gefallen lassen, daß mein Fall vor einem Marine-Gericht verhandelt wird. Zweitens, und das wiegt schwerer: Die NUMA ist nicht der verlängerte Arm der Kriegsmarine. Aus diesem Grund sind Sie auch nicht mein vorgesetzter Offizier. Sie sind einfach mein Chef – nicht mehr und nicht weniger. Wenn mein Ungehorsam Ihren Sinn für Marine-Traditionen verletzt, dann haben Sie keine andere Wahl, als mich zu feuern. Das ist der Sachverhalt, Admiral, und wir beide wissen es.«

Sandecker sagte einige Sekunden lang gar nichts, aber seine Augen glitzerten auf eine seltsam amüsierte Art. Dann warf er seinen Kopf zurück und lachte. Sein tiefes, rollendes Lachen füllte den ganzen Raum, vom Teppich bis zur Decke. »Gott, wenn es etwas Schlimmeres gibt als einen widerspenstigen Dirk Pitt, dann wünsche ich ihm die Syphilis an den Hals.« Er ging zu seinem Stuhl hinter dem Schreibtisch zurück, setzte sich und verschränkte die Hände hinter dem Kopf. »Okay, Dirk. Ich schicke Sie an die vorderste Front. Aber ich verlange von Ihnen, daß Sie mit offenen Karten spielen und keine Alleingänge machen. Einverstanden?«

»Sie sind der Boß.«

Sandecker zuckte merklich zusammen. »Gut. Lassen wir also den Respekt vor Ihrem... äh... Vorgesetzten einmal beiseite, und erzählen Sie mir die ganze Geschichte noch einmal von Anfang an. Ich habe, was Sie geschrieben haben, gelesen; nun möchte ich es noch einmal aus Ihrem Munde hören.« Er sah Pitt mit einer Miene an, die keinen Widerspruch duldete.

Sandecker hörte Pitt bis zum Ende zu, dann fragte er: »›Gott schütze dich‹ – war das alles, was er sagte?«

»Ja, das war alles. Dann war er hinüber. Ich hatte gehofft, er würde mir erklären, wo die *Lax* zwischen ihrem Verschwinden und ihrem Wiederauftauchen gesteckt hatte; aber erzählte mir bloß von Kristjan Fyries Leben und hielt mir eine Vorlesung über Zirkonium.«

»Er hat genau nach seinen Instruktionen gehandelt. Ich wollte nicht, daß Sie zu tief in die Sache verwickelt werden.«

»Das war vor zwei Tagen. Jetzt stecke ich bis zum Hals drin.« Pitt beugte sich über den Schreibtisch zu dem Älteren hinüber. »Kommen wir zur Sache, Sie schlauer Fuchs. Was zum Teufel geht hier vor?«

Sandecker grinste. »Zu Ihrem Glück fasse ich das als ein Kompliment auf. Ich hoffe, Sie wissen, auf was Sie sich einlassen?«

»Ich habe nicht die leiseste Ahnung, aber schießen Sie los!«

»Also gut.« Sandecker lehnte sich in seinen Drehsessel zurück und zog einige Male an seiner Zigarre. »Soweit wir wissen, hat sich folgendes zugetragen: Vor etwa eineinhalb Jahren konstruierten und bauten Fyries Wissenschaftler eine radioaktive Unterwassersonde, die fünfzehn oder zwanzig Minerale auf dem Meeresgrund nachweisen konnte. Die Sonde funktionierte folgendermaßen: Die Minerale wurden mit Neutronen beschossen, die ein künstlich hergestelltes Element namens Celtinium 279 ausstrahlte. Die von den Neutronen getroffenen Metalle gaben Gammastrahlen ab, die dann von einem winzigen Detektor in der Sonde analysiert und gezählt wurden. Bei Versuchen in der Nähe von Island entdeckte die Sonde, die übrigens gleich auch noch die Größe des Fundes errechnete, Mangan-, Gold-, Nickel- und Titanlager und Zirkonium in riesigen Mengen.«

»Ich glaube, ich verstehe. Ohne die Sonde konnte das Zirkonium nie mehr wiedergefunden werden«, sagte Pitt nachdenklich. »Es geht also nicht so sehr um seltene Metalle, sondern um die Sonde selbst.«

»Ja. Die Sonde erschließt dem submarinen Bergbau völlig neue, ungeahnte Möglichkeiten. Wer immer über sie verfügt, wird zwar nicht die Welt kontrollieren, aber ihr Besitz könnte zu einer völligen Umstrukturierung der multinationalen Konzerne führen. Außerdem würde jedes Land davon profitieren, dessen Festlandssockel reich an den einen oder anderen Mineralien ist.«

Pitt schwieg einen Moment. »Herr im Himmel, ist diese Sonde wirklich all diese Morde wert?«

Sandecker zögerte. »Es hängt davon ab, wie scharf jemand darauf ist. Es gibt Menschen, die nicht für alles Geld der Welt töten, und es gibt andere, die nicht zögern, ihrem Nachbarn die Kehle für ein Butterbrot durchzuschneiden.«

»In Washington haben Sie mir erzählt, Fyrie und sein Team wären auf dem Weg in die USA gewesen, um in Geheimverhandlungen mit maßgeblichen Leuten unserer Abwehr einzutreten. Ich nehme an, das war eine kleine Notlüge?«

Sandecker lächelte. »Ja. Ich habe ein bißchen untertrieben. Fyrie sollte nämlich den Präsidenten selbst treffen und ihm die Sonde vorführen.« Er sah Pitt an und sagte dann in bestimmterem Ton: »Ich war der erste, den Fyrie benachrichtigte, als die Tests mit der Sonde erfolgreich verlaufen waren. Ich weiß nicht, was Hunnewell Ihnen über Fyrie erzählt hat, aber er war ein Träumer, ein Mann, der keinem Wurm und keiner Blume etwas hätte zuleide tun können. Er wußte, welch weitreichenden Segen die Sonde der Menschheit bringen würde; aber er wußte auch, daß sie leicht für skrupellose Interessen mißbraucht werden konnte, sobald sie in die falschen Hände geriet. Deshalb entschloß er sich, sie jener Nation zu überlassen, von der er sicher zu sein glaubte, daß sie deren Möglichkeiten nur nutzbringend und zum Wohle der ganzen Menschheit anwenden würde – meiner Meinung nach alles ein sehr edel gemeinter Unfug. Aber eines müssen Sie den Wohltätern dieser Erde zugute halten: Sie geben sich redliche Mühe, unserem undankbaren Pöbel zu helfen.« Sein Gesicht verzog sich schmerzlich. »Es ist eine gottverdammte Schande. Kristjan Fyrie wäre noch quicklebendig, wenn er nur so heruntergekommen und egoistisch gewesen wäre wie die andern.«

Pitt grinste unwillkürlich. Es war eine bekannte Tatsache, daß Admiral Sandecker trotz seines Äußeren, das aus grobem Blech zu bestehen schien, in seinem Herzen ein Menschenfreund war. Nur selten verbarg er seinen Abscheu und seinen Haß auf die gewinnbesessenen Industriellen – ein Charakterzug, der ihn für Abendgesellschaften nicht eben zu einer Attraktion werden ließ.

»Wäre es amerikanischen Ingenieuren nicht möglich«, fragte Pitt, »eine eigene Sonde zu entwickeln?«

»Wir besitzen schon so etwas Ähnliches. Verglichen mit Fyries Sonde arbeitet unser Gerät jedoch so wirkungsvoll wie ein Fahrrad im Vergleich mit einem Sportwagen. Fyries Leute haben einen Durchbruch erzielt, der allem, was wir oder die Russen zur Zeit entwickeln, um Jahrzehnte voraus ist.«

»Haben Sie irgendeine Vorstellung davon, wer die Sonde gestohlen hat?«

Sandecker schüttelte den Kopf. »Nicht die geringste. Offensichtlich ist es eine über reiche finanzielle Mittel verfügende Organisation. Mit allen Vermutungen, die darüber hinausgehen, spielen wir bloß Blindekuh in einem dichten Urwald.«

Pitt fragte: »Besäße ein anderes Land die notwendigen Mittel, um ...?«

»Das können Sie vergessen«, fiel ihm Sandecker ins Wort. »Die CIA ist sicher, daß kein fremdes Land in die Geschichte verwickelt ist. Selbst die Chinesen würden es sich zweimal überlegen, ehe sie Dutzende von Menschen umbrächten, nur um ein unschuldiges, unschädliches wissenschaftliches Instrument in die Hände zu bekommen. Nein, es muß ein Privatmann dahinterstecken. Welches Motiv ihn, außer Geldgier, treibt, können wir nicht einmal vermuten.« Er zuckte hilflos mit den Achseln.

»Also gut. Demnach besitzt diese unbekannte Organisation die Sonde, und sie wird in Kürze ein reiches Minerallager auf dem Meeresgrund entdecken. Aber wie wollen sie dieses auch fördern?«

»Das können sie nicht«, erwiderte Sandecker. »Nicht ohne eine kostspielige technische Ausrüstung.«

»Das ergibt doch keinen Sinn. Wenn sie schon seit über einem Jahr die Sonde in ihrer Gewalt haben, welchen Nutzen hat sie ihnen denn bis jetzt gebracht?«

»Sie haben die Sonde wirklich gut genutzt«, erklärte Sandecker ernst. »Sie haben jeden Quadratmeter im Shelfmeer vor der atlantischen Küste Süd- und Nordamerikas untersucht. Und dazu haben sie die *Lax* verwendet.«

Pitt sah ihn neugierig an. »Die *Lax?* Ich vermag nicht zu folgen.«

Sandecker schnippte seine Asche in den Papierkorb. »Erinnern Sie sich an Dr. Len Matajic und seinen Assistenten, Jack O'Riley?«

Pitt runzelte die Stirn und versuchte sich zu erinnern. Das gelang ihm, und er sagte: »Ich habe sie aus der Luft mit Vorräten versorgt, als sie vor drei Monaten ein Lager auf einer Eisscholle in der Baffin Bay aufgeschlagen hatten. Dr. Matajic untersuchte die Meeresstromungen in einer Tiefe von mehr als dreitausend Metern. Er wollte eine seiner Lieblingstheorien beweisen, nämlich, daß eine tiefliegende Warmwasserströmung durchaus fähig ist, das Eis des Pols zu schmelzen, sofern nur ein Prozent davon nach Norden geleitet werden kann.«

»Was war das letzte, was Sie von ihnen gehört haben?«

Pitt zuckte die Achseln. »Ich flog zu dem Oceanlab-Projekt nach Kalifornien, als sie mit allem versorgt waren. Warum fragen Sie? Sie haben doch die Expedition der beiden geplant und überwacht.«

»Ja, ich habe die Expedition geplant«, wiederholt Sandecker zögernd. Er rieb sich die Augen, dann schlug er die Hände zusammen und faltete sie. »Matajic und O'Riley sind tot. Das Flugzeug, das sie von der Eisscholle zurückbringen sollte, stürzte auf hoher See ab. Man hat nie wieder etwas von ihnen gesehen.«

»Merkwürdig! Davon habe ich gar nichts gehört. Ist es erst kürzlich passiert?«

Sandecker zündete seine Zigarre noch einmal an. »Gestern vor einem Monat, um genau zu sein.«

Pitt schaute ihn an. »Wozu die Geheimniskrämerei? Weder die Presse noch der Rundfunk haben über diesen Unfall berichtet. Als der Leiter Ihres Sonderdezernats hätte ich als erster informiert werden müssen.«

»Ein einziger Mann außer mir wußte von ihrem Tod – der Funker, der ihre letzte Nachricht aufgefangen hat. Ich habe totales Schweigen darüber angeordnet, weil ich vorhabe, sie aus ihrem Seemannsgrab zurückzuholen.«

»Entschuldigen Sie, Admiral«, warf Pitt ein, »jetzt verstehe ich überhaupt nichts mehr.«

»Also gut«, fuhr Sandecker ernst fort. »Vor fünf Wochen erreichte mich ein Funkspruch von Matajic. Anscheinend hatte O'Riley auf einer Erkundungsfahrt einen Fischkutter entdeckt, der am Nordende ihrer Eisscholle angelegt hatte. Weil er ein umgänglicher Mann war, lief er zu der Station zurück und benachrichtigte Matajic. Dann stapften sie zusammen zurück und sprachen die Fischer freundlich an, um festzustellen, ob sie Hilfe brauchten. Es sei ein seltsamer Haufen gewesen, erzählte Matajic. Das Schiff sei unter isländischer Flagge gefahren; der größte Teil der Besatzung seien Araber gewesen, und der Rest hätte aus wenigstens sechs verschiedenen Ländern gestammt, die USA eingeschlossen. Offenbar war ein Lager ihres Dieselmotors defekt. Sie hatten sich entschieden, lieber an der Eisscholle festzumachen und die Mannschaft sich die Beine vertreten zu lassen, als auf offener See zu treiben, solange man die Maschine reparierte.«

»Da ist doch nichts Verdächtiges dran«, meinte Pitt.

»Der Kapitän und die Besatzung luden Matajic und O'Riley zu einem Abendessen an Bord ein«, fuhr Sandecker fort. »Eine freundliche Geste, die zu diesem Zeitpunkt völlig harmlos schien. Später stellte sich heraus, daß die Einladung nur dazu diente, jeden Verdacht auszuräumen. Es war ein purer Zufall, daß der Schuß nach hinten losging.«

»Also gehörten unsere zwei Wissenschaftler auch zu denen, die etwas gesehen haben, was sie nicht hätten sehen sollen?«

»Erraten. Ein paar Jahre zuvor hatte Kristjan Fyrie Dr. Hunnewell und Dr. Matajic zu einer Vergnügungsfahrt auf seine Yacht eingeladen. Das Äußere des Bootes war natürlich verändert worden; aber im selben Moment, als Matajic den Salon betrat, erkannte er die *Lax* wieder. Hätte er den Mund gehalten, könnten er und O'Riley heute noch am Leben sein. Dummerweise fragte er jedoch in aller Unschuld, warum die stolze und luxuriöse *Lax*, die er in Erinnerung hatte, zu einem gewöhnlichen Fischkutter umgebaut worden war. Seine Frage war ehrlich gemeint, dennoch hatte sie entsetzliche Folgen.«

»Man hätte sie doch gleich umbringen und ihre Leichen über Bord werfen können – nie hätte jemand davon erfahren.«

»Es ist eine Sache, wenn ein Schiff mit Mann und Maus untergeht. Die Zeitungen hatten die *Lax* bereits eine Woche nach ihrem Verschwinden vergessen. Wenn jedoch zwei Männer und eine amtliche Forschungsstation verschwinden, ist das etwas ganz anderes. Die Presse hätte sich überschlagen und hätte jahrelang keine Ruhe gegeben. Nein. Wenn man Matajic und O'Riley beseitigen wollte, mußte das auf eine unverfänglichere Weise geschehen.«

»Indem man zum Beispiel ein unbewaffnetes Flugzeug abschoß, ohne daß irgendwelche geschwätzigen Augenzeugen in der Nähe waren.«

»So scheint es gewesen zu sein«, bestätigte Sandecker. »Bevor unsere zwei Wissenschaftler ihr Zeltlager wieder erreicht hatten, kamen Matajic die ersten Zweifel. Der Kapitän hatte seinen Kutter einfach zum Schwesterschiff der *Lax* erklärt. Das lag im Bereich der Möglichkeiten, mußte Matajic zugeben. Aber wenn das Schiff zum Fischfang diente, wo waren dann die Fische? Nichts, nicht einmal der Geruch, hatte auf Fisch hingedeutet. Also setzte sich Matajic ans Funkgerät und nahm Verbindung mit dem Hauptquartier der NUMA auf. Er erzählte mir die Geschichte und verschwieg auch nicht den Verdacht, den er hatte. Deshalb schlug er vor, die Coast Guard sollte das Schiff einmal routinemäßig untersuchen. Ich sagte ihm, sie sollten weiter die Augen offenhalten. Ich würde ein Versorgungsflugzeug zu ihrer Scholle schicken, das sie so schnell wie möglich nach Washington brächte. Dort könnten sie dann ausführlich

Bericht erstatten.« Sandecker schnippte zum wiederholten Male mit einem grimmigen Gesichtsausdruck die Zigarrenasche in den Papierkorb. »Aber es war zu spät. Der Kapitän des fremden Schiffes muß Matajics Funkspruch mitgehört haben. Unser Pilot kam zwar noch heil auf der Eisscholle an und nahm die beiden an Bord. Danach aber verschwand die Maschine auf Nimmerwiedersehen.«

Sandecker griff in seine Brusttasche und zog ein abgegriffenes, zusammengefaltetes Stück Papier heraus. »Das ist Matajics letzte Botschaft.«

Pitt nahm das Papier und entfaltete es. Der Inhalt lautete: »Mayday! Mayday! Die Schweinehunde greifen an. Schwarz. Maschine Nummer eins ist...« Ende.

»Da ist er ja wieder, der schwarze Jäger!«

»Genau. Nachdem er seine einzigen Zeugen aus dem Weg geräumt hatte, stellte sich dem Kapitän als nächstes Problem die Coast Guard, die zweifellos jeden Augenblick aufkreuzen mußte.«

Pitt sah Sandecker forschend an. »Aber die Coast Guard kam gar nicht, nicht wahr? Sie wurde nie zu einem Aufklärungsflug aufgefordert. Bitte erklären Sie mir jetzt ohne Ausflüchte, warum Sie die Sache so streng geheimhielten. Schließlich hatte man drei Leute der NUMA umgebracht, abgeschlachtet wie Vieh.«

»Zu diesem Zeitpunkt war ich mir dessen nicht ganz sicher.« Ein solches Zögern sah Sandecker überhaupt nicht ähnlich. Normalerweise war er sehr entschlußkräftig und handelte, ohne sich allzu viele Skrupel zu machen. »Ich glaube, ich gönnte diesen Hundesöhnen nicht, daß sie sich uneingeschränkt über ihren Erfolg freuten. Sie sollten im ungewissen bleiben, ob unsere Leute wirklich tot waren. Ich gebe zu, es ist ein reines Glücksspiel. Aber vielleicht besteht eine winzige Chance, daß sie irgend etwas Unbedachtes tun und sich eine Blöße geben, wenn ich die Geister von Matajic und O'Riley wieder zum Leben erwecke.«

»Wie haben Sie die Suchaktion organisiert?«

»Ich gab Meldung an alle Such- und Rettungseinheiten des nördlichen Befehlsbereichs, ein wertvoller Ausrüstungsgegenstand eines der Forschungsschiffe der NUMA sei über Bord gegangen und treibe irgendwo auf hoher See. Ich nannte den Kurs, den das Flugzeug genommen hatte, und wartete auf irgendeine Sichtmeldung.

Leider vergeblich.« Sandecker fuchtelte mit seiner Zigarre herum, um seine Hilflosigkeit anzudeuten. »Genauso vergeblich wartete ich, daß jemand die *Lax* ortete. Sie hatte sich in Luft aufgelöst.«

»Waren Sie deshalb so sicher, daß die *Lax* in dem Eisberg steckte?«

»Sagen wir, ich war zu 80 Prozent sicher«, erwiderte Sandecker. »Ich habe auch in jedem Hafen zwischen Buenos Aires und der Goose Bay in Labrador ein bißchen herumgefragt. In zwölf Häfen hatte ein isländischer Fischdampfer, der bis auf die Aufbauten der *Lax* glich, an- und wieder abgelegt. Er trug den Namen *Surtsey*. Surtsey ist der isländische Name für Unterseeboot.«

»Ich verstehe.«

Pitt tastete nach einer Zigarette und erinnerte sich dann, daß er die Kleider eines anderen trug. Er gab es auf und sagte: »Ein Fischdampfer aus dem Norden treibt sich kaum in südlichen Gewässern herum. Die einzig plausible Erklärung ist, daß sie die Unterwassersonde ausprobiert haben.«

»Es ist, als hätten wir es mit schwangeren Kaninchen zu tun«, stieß Sandecker rauh hervor. »Jede Lösung gebiert einen neuen Wurf unergründlicher Rätsel.«

»Stehen Sie mit Commander Koski in Verbindung?«

»Ja. Die *Catawaba* hält sich bei dem Wrack auf, während ein Team von Spezialisten es vom Kiel bis zu den Masten unter die Lupe nimmt. Ich habe tatsächlich schon eine Zwischennachricht bekommen, kurz bevor Sie sich aus dem Bett kämpften. Drei der Leichen konnten mit Sicherheit als Mitglieder von Fyries Besatzung identifiziert werden. Die anderen waren zu verbrannt.«

»Wie eine Gespenstergeschichte von Edgar Allan Poe. Fyrie und seine Mannschaft verschwinden mitten auf See. Fast ein Jahr später taucht die *Lax* mit einer anderen Besatzung bei einer unserer Forschungsstationen wieder auf. Kurz darauf hat sich dasselbe Schiff in ein ausgebranntes Wrack verwandelt, das in einem Eisberg steckt, mit den traurigen Resten von Fyrie und seiner Besatzung an Bord. Je länger ich darüber nachdenke, desto mehr könnte ich mich dafür ohrfeigen, daß ich nicht die Luftwaffen-Maschine nach Tyler Field genommen habe.«

»Ich habe Sie gewarnt.«

Pitt gelang ein säuerliches Grinsen, und er tippte gegen den Verband um seinen Kopf. »Irgendwann werde ich mich einmal zu oft als Freiwilliger gemeldet haben.«

»Sie, der am meisten vom Glück verfolgte Mensch dieser Erde!« erwiderte Sandecker. »An einem Vormittag gleich zwei Mordanschlägen entronnen!«

»Das erinnert mich an etwas: Was machen meine zwei freundlichen Polizisten?«

»Sie werden gerade vernommen. Aber obwohl wir nicht mehr allzu weit von gestapo-ähnlichen Methoden entfernt sind, bezweifle ich stark, daß wir selbst solche Nebensächlichkeiten wie einen Namen, einen Dienstrang oder eine Nummer aus ihnen herausbekommen. Sie stehen beharrlich auf dem Standpunkt, daß sie sowieso umgebracht werden – warum also sollten sie uns vorher noch irgendwelche Informationen liefern?«

»Wer leitet das Verhör?«

»Leute von der NJA, der National Intelligence Agency, auf unserem Luftstützpunkt in Keflavik. Die isländische Regierung arbeitet mit uns in jeder Hinsicht zusammen – schließlich war Fyrie so eine Art Nationalheld. Sie sind genauso wie wir daran interessiert, zu erfahren, was mit der Sonde und der *Lax* geschehen ist.« Sandecker hielt inne, um einen Tabakkrümel von seiner Zunge zu entfernen. »Vielleicht fragen Sie sich, warum sich die NUMA ebenfalls um die Sache kümmert, anstatt brav dazusitzen und der NJA und ihrem Heer von Meisterspionen bewundernd zuzuschauen. Die Antwort ist oder vielmehr war Dr. Hunnewell. Er korrespondierte monatelang mit Fyries Wissenschaftlern und leistete mit seinem Wissen einen erheblichen Beitrag zum Erfolg der Sonde. Hunnewell war es, der bei der Entwicklung des Celtinium 279 mitgewirkt hat. Er war der einzige, der eine ungefähre Vorstellung davon besaß, wie die Sonde aussah, und er allein hätte sie fachgerecht auseinandernehmen können.«

»Das erklärt natürlich, warum Hunnewell der erste an Bord des Wracks sein mußte.«

»Ja. In aufbereitetem Zustand ist Celtinium sehr instabil. Unter ungünstigen Bedingungen zerfällt es mit einer Gewalt, die der einer 50 Tonnen schweren Phosphorbombe gleichkommt, allerdings mit einem charakteristischen Unterschied. Celtinium zerfällt ziemlich langsam. Dabei entwickelt es eine Hitze, die alles, was sich ihm in den Weg stellt, zu Asche verbrennt. Anders als bei normalen Sprengstoffen ist sein Explosionsdruck hingegen extrem niedrig, etwa so groß wie der Druck eines neunzig Stundenkilometer schnellen Windes. Celtinium würde zum Beispiel eine Glasscheibe sofort zerschmelzen, sie aber kaum zertrümmern.«

»Dann war meine Flammenwerfertheorie ein Irrtum. Die Sonde ist losgegangen und hat die *Lax* im Nu in einen Aschenhaufen verwandelt.«

Sandecker lächelte. »Sie kommen der Wahrheit sehr nahe.«

»Aber das bedeutet, daß die Sonde zerstört ist.«

Sandecker nickte, und sein Lächeln verflog sofort wieder. »Alles, die Morde, der Bau der Sonde, die Suche des Mörders nach Schätzen auf dem Meeresgrund – das alles war vollkommen umsonst. Eine entsetzliche Verschwendung.«

»Kann es sein, daß die Organisation, die hinter der ganzen Geschichte steckt, über den Entwurf und die Pläne für die Sonde verfügt?«

»Das ist mehr als wahrscheinlich.« Sandecker hielt inne, dann fuhr er fast abwesend fort: »Aber das nützt ihnen nicht viel. Hunnewell kannte als einziger das Herstellungsverfahren von Celtinium 279. Er hat oft betont, im Prinzip wäre es so einfach, daß er es im Kopf behalten könnte.«

»Die Idioten«, murmelte Pitt. »Sie haben die einzige Person umgebracht, die ihnen beim Bau einer neuen Sonde hätte helfen können. Aber warum? Hunnewell war doch keine ernsthafte Bedrohung für sie. Es sei denn, er hat auf dem Wrack etwas gefunden, was ihn auf die Spur der Organisation samt ihres geheimnisvollen Kopfes geführt hat.«

»Ich habe nicht die leiseste Ahnung.« Sandecker zuckte hilflos die Achseln. »Ebensowenig weiß ich, wer die Männer waren, die die rote Farbmarkierung von dem Eisberg abgekratzt haben.«

»Wenn ich nur wüßte, was wir als nächstes unternehmen sollen!«

»Dafür habe ich, was Sie betrifft, gesorgt.«

Pitt blickte skeptisch auf. »Ich hoffe, es ist nicht wieder eine Ihrer berühmten Gunstbezeigungen.«

»Sie haben selbst den Anstoß dazu gegeben. Sie wollten sehen, ob Islands Frauen wirklich so umwerfend schön sind.«

»Sie wechseln das Thema.« Pitt sah dem Admiral mißtrauisch ins Gesicht. »Jetzt komme ich drauf, lassen Sie mich raten. Sie wollen mich einer stämmigen isländischen Regierungsbeamtin mit stählernem Blick vorstellen, mit der ich dann die halbe Nacht zusammensitzen muß, um zum hundertstenmal die gleichen langweiligen Fragen und Antworten durchzukauen, die wir eben besprochen haben. Tut mir leid, Admiral, dazu habe ich keine Lust.«

Sandecker zog die Augenbrauen zusammen und seufzte. »Tun Sie, was Ihnen Spaß macht. Das Mädchen, an das ich denke, ist weder stämmig, noch hat es einen stählernen Blick. Sie ist auch keine Regierungsbeamtin. Sie ist zufällig die liebenswerteste Frau nördlich des 64. Breitengrades und außerdem die reichste, wie ich hinzufügen möchte.«

»Oh, wirklich?« Pitt wurde plötzlich lebendig. »Wie heißt sie denn?«

»Kirsti«, sagte Sandecker mit einem versteckten Lächeln. »Kirsti Fyrie, Kristjan Fyries Zwillingsschwester.«

8. Kapitel

Man könnte Snorris Restaurant in Reykjavik in jede für eine gepflegte Eßkultur bekannte Stadt der Welt verpflanzen – es würde überall Beifall ernten. Seine große Halle, mit offener Küche und mehreren gekachelten Herden, die sich direkt an den Speiseraum anschließen, ist in altnordischer Manier gehalten. Die reich getäfelten Wände und die in komplizierten Mustern geschnitzten Türen und Pfeiler schaffen die ideale Atmosphäre für ein frohes, aber auch elegantes Essen. Die Speisekarte weiß selbst den verwöhntesten Feinschmecker zufriedenzustellen, und entlang einer ganzen Wandseite steht ein kaltes Buffet mit über zweihundert einheimischen Gerichten.

Pitt blickte sich in der überfüllten Halle um. Alle Tische waren mit lachenden, schwatzenden Isländern und ihren schlanken, hübschen Frauen besetzt. Er stand da, während seine Augen das Bild in sich aufnahmen und seine Nase in den verlockenden Düften schwelgte, die aus der Küche kamen, bis der Oberkellner auf ihn zutrat und ihn auf isländisch ansprach. Pitt schüttelte den Kopf und zeigte auf Admiral Sandecker und Tidi Royal, die es sich an einem Tisch nahe der Bar bequem gemacht hatten. Er ging zu ihnen hinüber.

Sandecker deutete auf einen Stuhl gegenüber Tidi und winkte einen Kellner herbei. »Sie kommen zehn Minuten zu spät.«

»Entschuldigung«, erwiderte Pitt. »Ich bin ein bißchen durch die Gartenanlagen des Tjarnargardar spaziert und habe mir die Stadt angeschaut.«

»Offensichtlich haben Sie dabei ein Geschäft für exquisite Herrenmoden gefunden«, bemerkte Tidi bewundernd. Ihre klugen braunen Augen wanderten über seinen wollenen Rollkragenpullover, seine gestreifte Cordjacke und seine karierten Hosen.

»Ich wurde es allmählich leid, Anzüge aus zweiter Hand zu tragen«, meinte er lächelnd.

Sandecker wandte sich dem Kellner zu. »Noch zweimal dasselbe«, sagte er. »Was möchten Sie trinken, Dirk?«

»Was trinken Sie und Tidi?«

»Echten Genever. Vielleicht schmeckt er Ihnen. Die Einheimischen jedenfalls scheinen ihn sehr zu mögen.«

Pitt verzog den Mund. »Nein, danke. Ich halte mich an mein altes Spezialgetränk, Cutty rocks.«

Der Kellner nickte und verschwand.

»Wo ist das bezaubernde Wesen, von dem ich soviel gehört habe?« fragte Pitt.

»Miss Fyrie muß jeden Augenblick hier sein«, erwiderte Sandekker.

»Kurz bevor wir angegriffen wurden, erzählte Hunnewell mir noch, sie habe als Missionarin in Neu-Guinea gearbeitet.«

»Sonst weiß man kaum etwas über sie. Die wenigsten Leute hatten überhaupt eine Ahnung, daß es sie gab, bis Fyrie sie zu seiner Alleinerbin einsetzte. Eines Tages tauchte sie dann bei Fyrie Limited auf und nahm die Zügel so fest in die Hand, als hätte sie selbst die Firma aufgebaut. Geben Sie sich keinen falschen Hoffnungen hin. Sie ist gerissen – genauso gerissen wie ihr Bruder es war.«

»Warum halten wir uns dann mit der Einleitung auf? Sie sagen: Hände weg; aber ich habe das Gefühl, ich sollte den scheuen Liebhaber spielen und soll mit ihr in engere, wenn auch nicht zu enge Beziehungen treten. Da haben Sie sich den falschen Mann ausgesucht, Admiral. Ich bin der erste, der zugibt, daß ich mit meinem Aussehen nicht in die Kategorie der Rock Hudson oder Paul Newman gehöre. Aber ich habe eine scheußliche Angewohnheit, wenn ich hinter Weiberröcken her bin: ich bin wählerisch. Ich bin absolut nicht geneigt, jedes Mädchen, das mir über den Weg läuft, zu verführen, vor allem dann nicht, wenn es sich um eine so seltsame Mischung von einem Mädchen handelt, das ihrem Bruder wie aus dem Gesicht geschnitten ist, das ihr halbes Leben als Missionarin gearbeitet hat, das nun ein riesiges Unternehmen leitet. Tut mir leid, Admiral; aber ich habe den Eindruck, als wäre Miss Fyrie kaum mein Typ.«

»Ich finde es abscheulich«, mischte sich Tidi mißbilligend ein und runzelte die Stirn über ihren großen braunen Augen. »Unter der National Underwater and Marine Agency stellt man sich eigentlich eine Organisation vor, die es sich zum Ziel gesetzt hat, die Weltmeere wissenschaftlich zu erforschen. Ihre Unterhaltung scheint mir aber von Wissenschaft weit entfernt zu sein.«

Sandecker warf ihr einen tadelnden Blick zu. Darin war er Meister. Er sagte: »Sekretärinnen soll man sehen, aber sie sollten nicht zu hören sein.«

Der Kellner rettete Tidi vor weiteren Rügen. Er stellte die Drinks mit formvollendetem Schwung auf den Tisch und verschwand wieder.

Sandecker sah ihm hinterher, bis er einige Tische weiter war. Dann wandte er sich abermals an Pitt. »Etwa vierzig Prozent aller Vorhaben der NUMA gelten dem Unterwasserbergbau. Die Russen sind uns mit Forschungsprogrammen, die die Meeresoberfläche betreffen, weit voraus. Was sie ihrer Fischfangflotte an wissenschaftlichen Unterlagen zur Verfügung stellen, übertrifft alle unsere Errungenschaften auf diesem Gebiet. Aber sie haben zu wenig

Tieftauchboote, und Tieftauchboote sind für den submarinen Bergbau von größter Bedeutung. Hier liegt *unsere* Stärke, und wir wollen diesen Vorsprung noch weiter ausbauen. Unser Land besitzt die Rohstoffe, und die Fyrie Ltd. besitzt das technische Know-how. Mit Kristjan Fyrie haben wir gut und eng zusammengearbeitet. Jetzt existiert er nur noch in unserer Erinnerung. Ich möchte nicht mit ansehen, wie alle unsere Anstrengungen zunichte gemacht werden, jetzt, da wir gerade im Begriff sind, einen Schatz zu heben. Ich habe mit Miss Fyrie gesprochen. Sie gibt sich plötzlich sehr unverbindlich und erklärt, sie hätte sich entschlossen, die Verträge mit unserem Land noch einmal zu revidieren.«

»Sie haben gesagt, sie sei gerissen«, meinte Pitt. »Vielleicht wartet sie auf ein besseres Angebot. Es steht nirgends geschrieben, daß sie ebenso edelmütig wie ihr Bruder ist.«

»Verdammt«, knurrte Sandecker gereizt. »Alles ist möglich. Vielleicht haßt sie uns Amerikaner.«

»Da wäre sie nicht die einzige.«

»Wenn das zutrifft, muß es einen Grund dafür geben, und den müssen wir herausfinden.«

»Von links betritt Dirk Pitt die Szene…«

»Richtig. Aber leisten Sie ganze Arbeit. Ich stelle Sie auf unbegrenzte Zeit von dem Pacific Oceanlab Project frei. Widmen Sie sich voll dieser Geschichte. Lassen Sie inzwischen die Geheimagentenspielerei. Überlassen Sie die Intrigen und die Leichen der National Intelligence Agency. Sie werden offiziell als Leiter eines Sonderdezernats der NUMA arbeiten. Nicht mehr, nicht weniger. Wenn Sie auf irgendeine Spur stoßen, die uns zu Fyries, Hunnewells und Matajics Mördern führen könnte, leiten Sie sie unverzüglich weiter.«

»Zu wem?«

Sandecker zuckte die Achseln. »Ich weiß es nicht. Die NIA sah sich, als ich Washington verließ, noch nicht imstande, mir das zu sagen.«

»Großartig. Ich rücke eine ganzseitige Anzeige in die Washingtoner Presse ein«, erklärte Pitt verärgert.

»Das würde ich nicht empfehlen«, erwiderte Sandecker, nahm einen großen Schluck aus seinem Glas und verzog das Gesicht. »Ich möchte bloß wissen, was die Leute an diesem Zeug finden.« Er nahm einen zweiten Schluck, diesmal aus einem Glas Wasser. »Ich muß übermorgen wieder in Washington sein. Ich habe also Zeit genug, um für Sie den Weg zu ebnen.«

»Zu – zu Miss Fyrie?«

»Zu der Fyrie Ltd. Ich habe ein Austauschprogramm arrangiert. Ich nehme einen ihrer Spitzentechniker mit in die Staaten, damit er sich über unseren Stand orientieren kann, während Sie hier bleiben und sich über die technische Entwicklung der Fyrie Ltd. unterrichten. Ihre Hauptaufgabe wird allerdings darin bestehen, die engen Beziehungen wieder herzustellen, die uns früher mit Fyries Management verbanden.«

»Wenn diese Miss Fyrie Ihnen und der NUMA gegenüber so ablehnend war, warum war sie dann damit einverstanden, sich heute abend mit uns zu treffen?«

»Aus Höflichkeit. Dr. Hunnewell und ihr Bruder waren gute Freunde. Sein Tod und die Tatsache, daß Sie einen tapferen, wenn auch vergeblichen Versuch unternommen haben, sein Leben zu retten, sprach ihre weiblichen Gefühle an. Kurz gesagt, sie bestand darauf, Sie kennenzulernen.«

»Es hört sich langsam so an, als wäre sie eine Mischung zwischen Katharina der Großen und Florence Nightingale«, warf Tidi bissig ein.

»Ich kann es nicht mehr erwarten, meinem neuen Boss von Angesicht zu Angesicht gegenüberzustehen«, sagte Pitt.

Sandecker nickte. »Das können Sie in genau fünf Sekunden – sie hat soeben den Saal betreten.«

Pitt drehte sich um, und mit ihm schwenkte jeder männliche Kopf in Richtung Eingangshalle. Sie stand dort wie ein Traum weiblicher Vollendung, sehr groß und sehr blond, unglaublich schön und gepflegt, als hätte sie gerade vor der Kamera eines Modephotographen posiert. Ihre fabelhafte Figur war in ein langes violettes Samtkleid gehüllt, dessen Ärmel und Saum mit einem bäuerlichen Muster bestickt waren. Jetzt entdeckte sie den heftig winkenden Sandecker und ging mit graziös-fließenden Bewegungen, die die ganze Geschmeidigkeit einer Ballerina hatten und zugleich einen Hauch urwüchsiger Kraft ausstrahlten, zu seinem Tisch hinüber.

Pitt schob seinen Stuhl zurück, erhob sich und musterte ihr Gesicht, als sie näherkam. Besonders ihr wundervoller Teint faszinierte ihn. Der Gesamteindruck war jedenfalls umwerfend. Pitt hatte sie sich ganz anders vorgestellt.

»Meine liebe Miss Fyrie, es ist mir eine große Ehre, daß Sie mit uns speisen wollen.« Admiral Sandecker ergriff ihre Hand und deutete einen Handkuß an. Dann wandte er sich an Tidi, deren Gesicht in maskenhafter Freundlichkeit erstarrt war. »Darf ich Ihnen meine Sekretärin, Miss Tidi Royal, vorstellen?«

Die beiden Frauen tauschten einen höflichen, aber kalten, abschätzigen Gruß aus.

Dann wandte sich Sandecker Pitt zu. »Und das ist Major Dirk Pitt, die treibende Kraft hinter den Vorhaben meiner Behörde.«

»Dann ist das der mutige Herr, von dem Sie mir erzählt haben, Admiral?« Ihre Stimme klang heiser und ungeheuer aufregend. »Ich bin zutiefst betroffen von dem tragischen Dahinscheiden Dr. Hunnewells. Mein Bruder hat ihn sehr geschätzt!«

»Wir sind genauso betroffen«, erwiderte Pitt.

Eine kleine Pause trat ein, und sie sahen sich gegenseitig an. In Kirsti Fyries Augen lag eine Spur Nachdenklichkeit, etwas, das über ein nur freundliches Interesse hinausging. Pitt musterte sie mit einem männlich prüfenden Blick.

»Wenn ich hier so entgeistert dasitze, Miss Fyrie«, brach Pitt schließlich das Schweigen, »dann deshalb, weil Admiral Sandecker mich zu warnen vergessen hat, daß das Oberhaupt der Fyrie Ltd. so geheimnisvolle Augen hat.«

»Mir haben früher schon Männer Komplimente gemacht, Major Pitt; aber Sie sind der erste, der meine Augen als geheimnisvoll bezeichnet.«

»Das war auch nur theoretisch gemeint«, entgegnete Pitt. »Die Augen sind die Pforten zu den Geheimnissen, die jemand in seinem Inneren verbirgt.«

»Und welche tiefen, dunklen Schatten sehen Sie in meiner Seele lauern?«

Pitt lachte. »Ein Herr gibt niemals die heimlichen Gedanken einer Dame preis.« Er bot ihr eine Zigarette an, sie schüttelte jedoch den Kopf. »Ganz im Ernst, unsere Augen haben etwas gemeinsam«, setzte er hinzu.

»Miss Fyries Augen sind tiefblau«, warf Tidi ein, »Ihre sind grün. Was soll daran gemeinsam sein?«

»Miss Fyries Augen sind, wie die meinen, von einem unergründlichen Strahlen erfüllt«, erklärte lachend Pitt. Er zündete sich eine Zigarette an. »Ich weiß es von berufener Seite: dieses Strahlen ist ein Zeichen für seelische Kraft.«

Admiral Sandecker räusperte sich. Er hatte längst Lust, den Lokkungen des Buffets zu erliegen.

»Muß ein alter Mann eigentlich hier herumsitzen und Gefahr laufen, zu verhungern?« sagte er.

Alle lachten und stimmten ihr Interesse auf dasjenige des Admirals ein.

Das Angebot an Fischgerichten war überwältigend. Pitt zählte allein zwanzig verschiedene Lachs- und fünfzehn Kabeljauspeisen. Jeder kehrte mit einem bis zum Rand gefüllten Teller an den Tisch zurück.

»Ich sehe, Sie haben sich ein Stück unsres geräucherten Haifischfleisches genommen, Major.« Kirsti lächelte.

»Ich habe schon viel darüber gehört«, meinte Pitt. »Und nun habe ich endlich einmal Gelegenheit, diese Delikatesse selbst zu probieren.«

Ihr Lächeln wich einer leichten Überraschung, als er gleich mehrere Stücke aß. »Wissen Sie eigentlich, wie dieses Haifischfleisch zubereitet wird?«

»Natürlich«, erwiderte er. »Die Haifische, die man in kälteren Gewässern findet, kann man nicht frisch verzehren. Deshalb schneidet man sie in Streifen und vergräbt sie 26 Tage lang im Sandstrand. Anschließend trocknet man sie im Wind.«

»Sie essen rohes Fleisch, das ist Ihnen klar?« beharrte Kirsti.

»Kann man es denn auch anders essen?« fragte Pitt und schob eine neue Scheibe in den Mund.

»Sie verschwenden Ihre Zeit, wenn Sie ihn erschrecken wollen, Miss Fyrie.« Sandecker warf einen angewiderten Blick auf das Haifischfleisch. »Dirks Hobby ist die sogenannte feine Küche. Seine Spezialität ist Fisch, und er ist ein Fachmann in der Zubereitung von Meeresfrüchten.«

»Nebenbei: es schmeckt recht gut«, brachte Pitt zwischen zwei

Bissen hervor. »Aber für mein Empfinden ist die malayische Version noch feiner. In Malaysia trocknen sie das Haifischfleisch eingewickelt in ein Seegras, das *Echidna* heißt. Das gibt ihm einen Stich ins Süße.«

»Amerikaner bestellen sonst immer Steak oder Brathähnchen«, meinte Kirsti. »Sie sind der erste, der Fisch vorzieht.«

»Das stimmt nicht ganz«, erklärte Pitt. »Wie für die meisten meiner Landsleute ist auch mein Lieblingsgericht immer noch ein schöner doppelter Hamburger mit Pommes frites und Ovomaltine.«

Kirsti sah Pitt an und lächelte. »Ich fange an zu glauben, daß Sie einen eisernen Magen haben.«

Pitt zuckte die Achseln. »Mein Onkel gehört zu den bekanntesten Gourmands von San Francisco. Ich versuche auf meine eigene bescheidene Art, in seine Fußstapfen zu treten.«

Der Rest der Mahlzeit verstrich unter einem Minimum an Plauderei. Jeder fühlte sich behaglich und entspannt. Zwei Stunden später, als sie gerade bei Eis mit flambierten Erdbeeren angelangt waren, entschuldigte sich Kirsti: leider müsse sie so früh schon aufbrechen.

»Ich hoffe, Sie halten mich nicht für unhöflich, Admiral Sandekker; aber zu meinem Bedauern muß ich mich jetzt verabschieden. Mein Verlobter hat darauf bestanden, mich heute abend zu einer Dichterlesung mitzunehmen. Ich bin eine nachgiebige Frau und kann ihm seine Wünsche nur sehr schwer abschlagen.«

Sie warf Tidi einen unergründlichen Blick zu. »Ich bin sicher, Miss Royal versteht mich.«

Tidi fiel sofort die passende Erwiderung ein. »Ich beneide Sie, Miss Fyrie. Ein Freund, der Literatur liebt, ist ein seltener Fang.«

Admiral Sandecker beeilte sich zu sagen: »Meine herzlichen Glückwünsche, Miss Fyrie. Ich wußte gar nicht, daß Sie verlobt sind. Wer ist denn der Glückliche?«

Der Admiral hat sich verdammt gut in der Hand, dachte Pitt. Er wußte, daß der alte Mann völlig überrumpelt war. Ein Verlobter – das erforderte eine völlig neue Taktik. Im stillen fragte sich Pitt, mit was für einem Konkurrenten er es wohl zu tun haben würde.

»Rondheim – Oskar Rondheim«, erklärte Kirsti. »Mein Bruder machte uns brieflich miteinander bekannt. Oskar und ich haben Bilder ausgetauscht und haben zwei Jahre miteinander korrespondiert, bevor wir uns endlich getroffen haben.«

Sandecker starrte sie an. »Warten Sie mal«, sagte er langsam. »Ich glaube, ich kenne ihn. Besitzt er nicht eine internationale Kette von Konservenfabriken? Rondheim Industries? Eine Fischfangflotte, so groß wie die spanische Marine? Oder ist das ein anderer Rondheim?«

»Nein, Sie haben schon recht«, erwiderte Kirsti. »Seine Firma hat ihren Stammsitz hier in Reykjavik.«

»Die Fischdampfer sind samt und sonders blau angestrichen und führen eine rote Flagge mit einem Albatros?« hakte Pitt nach.

Kirsti nickte. »Der Albatros ist Oskars Glückstier. Kennen Sie seine Schiffe?«

»Ich habe zufällig einmal eins überflogen«, erklärte Pitt.

Selbstverständlich kannte Pitt die Schiffe, genauso wie jeder andere, der nördlich des vierzigsten Breitengrades auf dem Meer zu Hause war. Rondheims Fischfangflotten waren dafür berüchtigt, daß sie die Fanggründe leerfischten, anderen Fischern die Netze wegnahmen und ihre eigenen auffallend rot gekennzeichneten Netze gern in fremden Hoheitsgewässern auswarfen.

»Eine Fusion von Fyrie Ltd. und Rondheim Industries ergäbe ein gewaltiges Imperium«, sagte Sandecker langsam, als dächte er über die Folgen nach.

Pitts Überlegungen gingen in ähnliche Richtung. Er wurde in seinen Gedanken unterbrochen, als Kirsti plötzlich winkte. »Da ist er!«

Sie drehten sich um. Ein großgewachsener, gut aussehender Mann kam mit federnden Schritten auf sie zu. Er war noch verhältnismäßig jung, Ende dreißig, und hatte ein markantes Gesicht, auf dem Salz und Meeresluft im Lauf der Jahre ihre deutlichen Spuren hinterlassen hatten. Über einer kräftigen schmalen Nase saßen kühle blaugraue Augen. Sein Mund sah freundlich aus, konnte sich aber wohl, wie Pitt zu Recht vermutete, im Bedarfsfall schnell straffen und aggressiv verhärten. Er war ein starker und geschickter Gegner; Pitt würde ihm, nahm er sich vor, nie den ungeschützten Rücken zukehren.

Rondheim stand an ihrem Tisch, und seine gleichmäßig weißen

Zähne blitzten, als er lächelte. »Kirsti, Liebling! Wie hübsch du heute abend aussiehst!« Er umarmte sie zärtlich.

Pitt war gespannt, auf wen sich die blaugrauen Augen jetzt richten würden – auf ihn oder auf den Admiral.

Rondheim wandte sich an keinen von beiden, sondern an Tidi. »Ah – und wer ist diese liebenswerte junge Dame?«

»Admiral Sandeckers Sekretärin, Miss Tidi Royal«, erklärte Kirsti. »Darf ich vorstellen – Oskar Rondheim.«

»Miss Royal.« Er deutete eine Verbeugung an. »Sie haben bezaubernde Augen.«

Pitt mußte sich hinter seiner Serviette verstecken, um nicht laut aufzulachen. »So habe ich vorhin auch angefangen.«

Tidi begann zu kichern, und Sandecker grinste. Pitt ließ Kirsti nicht aus den Augen. Ihm fiel ein ängstlicher, beinahe entsetzter Ausdruck auf, der über ihr Gesicht huschte, bevor sie sich auch zu einem halben Lächeln zwang, um sich so der allgemeinen Heiterkeit anzuschließen.

Rondheim sah verständnislos drein und preßte den Mund ärgerlich zusammen. Man brauchte nicht Gedanken lesen zu können, um zu merken, daß er es nicht gewöhnt war, ausgelacht zu werden. »Habe ich etwas Albernes gesagt?« fragte er.

»Heute scheint der Abend zu sein, an dem man den Damen Komplimente über ihre Augen macht«, entgegnete Pitt.

Kirsti klärte Rondheim auf und stellte ihn dann Sandecker vor.

»Ich bin wirklich hocherfreut, Sie kennenzulernen, Admiral.« Rondheims Augen blickten wieder ganz kühl. »Sie haben als Seemann und Ozeanograph einen glänzenden Ruf.«

»Sie sind nicht weniger berühmt, Mr. Rondheim.« Der Admiral schüttelte Rondheim die Hand und machte ihn mit Pitt bekannt. »Major Dirk Pitt, der Leiter meines Sonderdezernats.«

Rondheim musterte den Mann, der vor ihm stand, einen Augenblick lang kritisch, dann streckte er ihm die Hand hin. »Wie geht es Ihnen?«

Pitt verzog das Gesicht bei Rondheims schraubstockähnlichem Händedruck und unterdrückte mannhaft den Wunsch, es ihm mit gleicher Münze heimzuzahlen. Statt dessen ließ er seine Hand erschlaffen, so daß es Rondheim vorkommen mußte, als ergriffe er einen toten Fisch. »Herr des Himmels, Mr. Rondheim, Sie haben ordentlich Kraft!«

»Tut mir leid, Major.« Rondheims Miene verzog sich angewidert, und seine Hand zuckte zurück, als hätte ihn ein elektrischer Schlag getroffen. »Die Männer, die für mich arbeiten, sind ein rauhes Volk und müssen auch so behandelt werden. Das vergesse ich manchmal, wenn ich nicht an Deck eines Fischerbootes bin.«

»Sie brauchen sich nicht zu entschuldigen, Mr. Rondheim. Ich bewundere kraftvolle Männer.« Pitt hielt seine Hand hoch und schüttelte sie. »Sie ist ja noch ganz, und mit dem Pinsel kann ich immer noch umgehen.«

»Sie malen, Major?« fragte Kirsti.

»Ja, meistens Landschaften. Aber ich male ebenso gern Blumenstilleben. Blumen haben irgend etwas an sich, das die Seele anregt, finden Sie nicht auch?«

Kirsti sah Pitt neugierig an. »Ich würde Ihre Arbeiten gern einmal kennenlernen.«

»Unglücklicherweise habe ich alle meine Bilder in Washington. Es wäre mir jedoch ein Vergnügen, wenn ich Ihnen meine isländischen Impressionen vorstellen dürfte, solange ich hier bin.« Pitt führte in einer weiblichen Geste den Finger an den Mund. »Wasserfarben, das ist es. Ich werde mich mit Aquarellen beschäftigen. Vielleicht wollen Sie sie in Ihr Büro hängen.«

»Sie sind außerordentlich freundlich. Aber ich weiß nicht...«

»Unsinn«, fiel ihr Pitt ins Wort. »Ihre Küste ist phantastisch. Ich möchte für mein Leben gern herauskriegen, ob ich die gegensätzlichen Kräfte von Meer und Felsen, die in einem Wirbel von Licht und Farbe aufeinandertreffen, einzufangen vermag.«

Kirsti lächelte höflich. »Wenn Sie darauf bestehen... Aber Sie müssen mir erlauben, daß ich mich in irgendeiner Weise dafür erkenntlich zeige.«

»Das können Sie vorher schon. Ich brauche ein Boot. Sie haben doch Boote. Um Ihrer Küste gerecht zu werden, muß ich Sie von der See aus skizzieren. Eine kleine Yacht würde genügen.«

»Sprechen Sie mit meinem Dockmeister. Er wird Ihnen eine Yacht zur Verfügung stellen.« Sie zögerte, als Rondheim ungeduldig zu werden schien und ihr die Hand auf Hals und Schultern legte. »Unsere Boote liegen am Pier 12.«

»Komm, Schätzchen«, forderte Rondheim sie sanft auf und entblößte seine weißen Zähne. »Max liest heute abend aus seinem neuen Gedichtband. Wir sollten nicht zu spät kommen.« Seine Hand schloß sich, und sie schlug die Augen nieder. »Ich hoffe, Sie entschuldigen uns.«

»Selbstverständlich«, erklärte Sandecker. »Es waren zwei reizende Stunden, Miss Fyrie. Vielen Dank, daß Sie uns Gesellschaft geleistet haben.«

Bevor noch jemand etwas hinzufügen konnte, hakte sich Rondheim bei Kirsti unter und führte sie durch den Speiseraum. Als sie durch die Tür verschwunden waren, warf Sandecker seine Serviette auf den Tisch. »Okay, Dirk, ich schlage vor, Sie erklären uns jetzt Ihre kleine Komödie.«

»Welche Komödie?« fragte Pitt unschuldig.

»Ich bewundere kraftvolle Männer«, äffte ihn Sandecker nach. »Dieses verdammte Schwulenspiel, das meine ich. Sie hätten bloß noch zu lispeln brauchen.«

Pitt beugte sich vor, stützte die Ellbogen auf den Tisch und sagte mit todernstem Gesicht: »Es gibt Situationen, in denen es ein entscheidender Vorteil ist, unterschätzt zu werden.«

»Rondheim?«

»Genau. Er ist der Grund, weshalb sich Fyrie Ltd. plötzlich gegen eine Zusammenarbeit mit den Vereinigten Staaten und der NUMA sträubt. Der Mann ist kein Dummkopf. Hat er erst einmal Kirsti Fyrie geheiratet, hat er die Leitung der zwei größten Privatunternehmen der Welt in seiner Hand. Das eröffnet ihm ungeheure Möglichkeiten. Island und seine Regierung sind zu schwach, und seine Wirtschaft hängt zu sehr von diesem Fyrie-Rondheim-Konzern ab, als daß sie sich auch nur im mindesten zur Wehr setzen könnten. Also bekommt Rondheim, wenn er es richtig anstellt, auch die Färöer-Inseln und Grönland in den Griff und kontrolliert damit praktisch den Nordatlantik. Man kann leicht erraten, wonach dann sein Ehrgeiz strebt.«

Sandecker schüttelte den Kopf. »Das sind reine Spekulationen. Kirsti Fyrie würde ein solches internationales Spiel nie mitmachen.«

»Sie wird gar keine andere Wahl haben«, erwiderte Pitt. »Bei Verheirateten übernimmt automatisch der Stärkere die Führung.«

»Eine verliebte Frau ist blind, meinen Sie?«

»Nein«, antwortete Pitt. »Ich nehme nicht an, daß Liebe dieses Paar zusammenhält.«

»Jetzt geben Sie sich auf einmal als Fachmann in Herzensangelegenheiten«, sagte Sandecker sarkastisch.

»Vielleicht bin ich es auch«, antwortete Pitt grinsend. »Aber Gott sei Dank haben wir ja eine Spezialistin unter uns, mit einer angeborenen Intuition für Liebesaffären.« Er wandte sich an Tidi. »Würde es Ihnen etwas ausmachen, uns Ihre Meinung als Frau dazu zu sagen?«

Tidi nickte. »Sie hat Angst vor ihm.«

Sandecker sah sie fragend an. »Was meinen Sie damit?«

»Das, was ich gesagt habe«, erwiderte Tidi bestimmt. »Miss Fyrie hat panische Angst vor Mr. Rondheim. Haben Sie nicht gesehen, wie er sie mit eisernem Griff gepackt hielt? Ich garantiere Ihnen, sie trägt die nächste Woche lang hochgeschlossene Kleider, bis die blauen Flecken verschwunden sind.«

»Sie bilden sich das nicht bloß ein?«

Tidi schüttelte den Kopf. »Sie hatte Mühe, einen lauten Aufschrei zu unterdrücken.«

Zornesröte stieg Sandecker ins Gesicht. »Dieser verdammte Schweinehund!« Er sah Pitt an. »Haben Sie das auch bemerkt?«

»Ja.«

Sandecker war echt zornig. »Warum zum Teufel haben Sie sich denn nicht ins Mittel gelegt?«

»Ich konnte nicht«, erklärte Pitt. »Ich mußte bei meiner Rolle bleiben. Rondheim hat dadurch allen Grund zu glauben, daß ich eine Flasche bin. Ich möchte, daß er an dieser Meinung festhält.«

»Hoffentlich sind Sie sich im klaren, was Sie tun«, bemerkte Sandecker grimmig. »Ich glaube allerdings, Sie haben sich mit Ihrer Rederei von Künstler und so weiter selbst ein Bein gestellt. Ich weiß doch, daß Sie keinen Strich zeichnen können. ›Ein Wirbel von Licht und Farbe‹ – du großer Gott!«

»*Ich* muß ja auch nicht malen. Tidi wird das für mich besorgen. Ich habe ein paar Proben ihres Talents gesehen. Sie ist sehr begabt.«

»Ich male abstrakt«, entgegnete Tidi gekränkt. »Ich habe mich noch nie an einem nach der Natur gemalten Seestück versucht.«

»Dann versuchen Sie es eben«, erklärte Pitt schroff. »Schließlich wollen wir das Bild ja nicht dem Louvre anbieten.«

»Aber ich habe weder die richtigen Pinsel noch die richtigen Farben«, jammerte Tidi. »Außerdem fliegen der Admiral und ich übermorgen nach Washington zurück.«

»Ihr Flug wurde gerade gestrichen.« Pitt wandte sich an Sandecker. »Stimmt das, Admiral?«

Sandecker dachte kurz nach. »In Anbetracht dessen, was wir in den letzten fünf Minuten erfahren haben, glaube ich, es wäre das beste, wenn wir noch ein paar Tage hierblieben.«

»Der Klimawechsel wird Ihnen gut tun«, bestätigte Pitt. »Sie könnten sich sogar beim Hochseeangeln versuchen.«

Sandecker musterte Pitt eindringlich. »Sie spielen einen Homosexuellen, richten Malklassen ein und organisieren Angelausflüge. Würden Sie einem alten Mann freundlicherweise erklären, was eigentlich in Ihrem munteren Gehirn vorgeht?«

Pitt ergriff ein Glas Wasser und trank es in einem Zug leer. »Ein schwarzes Flugzeug«, sagte er leise. »Ein schwarzes Flugzeug, das im Wasser begraben liegt.«

9. Kapitel

Sie fanden sich gegen zehn Uhr beim Pier 12 ein. Ein hochgewachsener, schwarzhaariger Aufseher der Fyrie Ltd. führte sie durch die Sperre. Sandecker trug einen alten zerknautschten Anzug, einen zerbeulten Hut und hatte einen Angelkasten und eine Angelrute bei sich. Tidi trug lange Hosen und eine unter der Brust zugeknotete Bluse. Eine Windjacke schützte sie gegen die Kälte. Sie hatte unter den einen Arm einen Zeichenblock und unter den anderen eine schulranzengroße Handtasche geklemmt, während ihre Hände tief in den Jackentaschen steckten. Pitt, der mit kleinen aufgeregten

Schritten den Pier entlang trippelte, bildete die Nachhut. Wenn Sandecker und Tidi wie zwei Fischer aussahen, so kam Pitt wie eine Maikönigin daher. Er trug rote Wildlederstiefel, bunt gestreifte Segeltuchhosen, die so eng waren, daß sie fast zu platzen drohten, einen fünf Zentimeter breiten gestickten Gürtel und einen hautengen, purpurroten Pullover. Sein Aufzug wurde gekrönt von einem gelben Tuch, das er sich um den Hals geschlungen hatte. Seine Augen blinzelten nervös durch eine altmodische Brille, und auf seinem Kopf saß eine gestrickte Mütze. Der Aufseher war ein typischer Verzögerungszünder. Vor Verblüffung brachte er den Mund nicht wieder zu.

»Hallo, Liebling«, säuselte Pitt und lächelte ihn zuckersüß an. »Ist Ihr Boot soweit?«

Der Aufseher starrte ihn immer noch offenen Mundes an, als hätte er ein Gespenst vor sich.

»Kommen Sie schon«, fuhr Pitt fort. »Miss Fyrie hat uns großherzigerweise eine ihrer Yachten zur Verfügung gestellt. Welche ist es?« Pitt fixierte gebannt den Hosenschlitz des Aufsehers. Der wurde plötzlich so quicklebendig, als hätte ihn ein Pferd getreten, und seine verdutzte Miene nahm einen Ausdruck von Verachtung und Abscheu an. Wortlos führte er sie dreißig Meter weiter und deutete auf eine schnittige, fünfzehn Meter lange Yacht.

Pitt sprang an Bord und verschwand unter Deck. Eine Minute später tauchte er wieder auf. »Nein, nein, das ist nicht das Richtige für uns. Zu luxuriös, zu protzig. Um ordentlich arbeiten zu können, brauche ich eine Umgebung, die mich anregt.« Er sah den Pier hinunter. »Das, wie wäre es mit diesem Schiff da?«

Bevor der Aufseher etwas entgegnen konnte, schlenderte Pitt quer über die Mole und sprang an Deck eines zwölf Meter langen Fischkutters. Er musterte ihn flüchtig, dann steckte er den Kopf durch eine Luke. »Der ist genau richtig. Er hat Charakter, rauh und unverwechselbar. Den nehmen wir.«

Der Aufseher zögerte einen Augenblick. Schließlich zuckte er die Achseln und ging davon. Während er dem Einlaßtor zustrebte, drehte er sich noch mehrere Male nach Pitt um und schüttelte den Kopf.

Als er außer Hörweite war, fragte Tidi empört: »Warum sollen wir den alten Kasten nehmen? Warum nicht die hübsche Yacht?«

»Dirk weiß, was er tut.« Sandecker legte die Rute und den Angelkasten auf die ausgewaschenen Deckplanken und sah Pitt an. »Hat es ein Echolot?«

»Ein Fleming 6-10, das Beste, was es gibt. Mit besonders empfindlichen Frequenzen, um Fische in verschiedener Tiefe auszumachen.« Pitt zeigte eine enge Kajütstreppe hinab. »Wir haben eine gute Wahl getroffen. Sehen Sie sich den Maschinenraum an, Admiral.«

»Sie haben die wunderschöne andere Yacht also nur verschmäht, weil sie kein Echolot hat?« fragte Tidi enttäuscht.

»Richtig«, antwortete Pitt. »Ein Echolot bietet uns die Chance, das schwarze Flugzeug zu finden.«

Pitt wandte sich um und führte Sandecker die Kajütstreppe in den Maschinenraum hinunter. Die dumpfe Luft und der modrige Geruch nach Öl und Bilge verschlug ihnen fast den Atem. Aber es roch noch nach etwas anderem.

Sandecker sah Pitt fragend an. »Gas?«

Pitt nickte. »Sehen Sie sich die Maschine an.«

Für ein kleines Boot, besonders für ein Fischerboot, ist ein Dieselmotor der zweckmäßigste Antrieb. Der Diesel, ein schwerer Motor mit niedriger Umdrehungszahl, arbeitet zwar langsam, aber er ist billig und zuverlässig. Dieses Schiff bildete jedoch eine Ausnahme. Wie schlafende Riesen glänzten die beiden 420 PS starken Sterling-Gasturbinen in dem trüben Licht des Maschinenraums und warteten darauf, donnernd in Betrieb genommen zu werden.

»Was zum Teufel macht ein Leichter wie dieser mit einem solchen Antrieb?« fragte Sandecker verdutzt.

»Wenn ich mich nicht täusche«, murmelte Pitt, »war der Aufseher ein Idiot.«

»Wieso?«

»Auf einem Regal in der Hauptkabine habe ich einen Wimpel mit einem Albatros entdeckt.«

Pitts Hand strich zärtlich über die Einlaßventile und die Verteilerkabel der Turbinen. Sie waren so gepflegt, daß sie jede Marineinspektion überstanden hätten. »Dieses Boot gehört Rondheim, nicht Miss Fyrie.«

Sandecker überlegte einen Augenblick. »Miss Fyrie sagte, wir sollten uns an den Hafenmeister wenden. Aus irgendeinem Grunde war er nicht da, und die Landungsbrücke blieb unter der Aufsicht dieses brummigen Kerls mit seinem tabakbraunen Schnurrbart. Es sollte mich wundern, wenn da nicht irgend etwas dahintersteckt.«

»Ich glaube nicht«, widersprach Pitt. »Rondheim wird zweifellos ein scharfes Auge auf uns haben. Aber bis jetzt haben wir ihm keinen Anlaß gegeben, uns zu mißtrauen. Dem Aufseher ist einfach ein Fehler unterlaufen. Niemand hat ihm eine besondere Anweisung gegeben, und so dachte er, wir dürften uns ein x-beliebiges Boot aussuchen. Natürlich hat er uns zuerst das beste gezeigt. Daß wir uns diesen Kahn hier herauspicken würden, konnte er nicht voraussehen.«

»Was hat dieses Schiff hier eigentlich zu suchen? Rondheim mangelt es doch bestimmt nicht an Anlegeplätzen?«

»Wen interessiert das?« erwiderte Pitt, und ein breites Grinsen überzog sein Gesicht. »Ich schlage vor, wir stechen in See, bevor der Mann seine Meinung ändert.«

Der Admiral brauchte nicht lange überredet zu werden. Wenn es darum ging, auf krummen Wegen ein – seiner Meinung nach – berechtigtes Ziel zu erreichen, war er zu jeder Schandtat bereit. Er rückte seinen zerbeulten Hut zurecht und erteilte unverzüglich seine ersten Befehle als Kapitän. »Machen Sie die Enden los, Major. Ich brenne darauf, zu sehen, was diese Sterlings leisten.«

Genau eine Minute später kam der Aufseher den Pier heruntergestürmt und winkte wie verrückt. Doch es war zu spät. Pitt stand an Deck und winkte gutgelaunt zurück, während Sandecker, glücklich wie ein Kind, das ein neues Spielzeug bekommen hat, die Maschinen anwarf und das so unscheinbar aussehende Boot in den Hafen von Reykjavik hinaussteuerte.

Der Kutter trug den Namen *Grimsi.* Das winzige viereckige Ruderhaus, das nur zwei Meter vom Heck entfernt stand, erweckte den Eindruck, als führe er gerade in entgegengesetzter Richtung. Es war ein sehr altes Schiff – ebenso alt wie der vorsintflutliche Kompaß neben dem Ruder. Die Deckplanken aus Mahagoni waren völlig blankgewaschen, aber sie waren noch immer fest und sie rochen kräftig nach Meer. Am Anlegeplatz hatte die Grimsi mit ihrem breiten Deck und ihrer gedrungenen Form wie eine plumpe Badewanne ausgesehen. Doch als die mächtigen Sterlings aufheulten, hob sich der Bug wie eine Möwe aus dem Wasser, die gegen den Wind segelt. Sie schien geradezu schwerelos über das Wasser zu gleiten.

Sandecker nahm die Maschinen in den ersten Gang zurück. Seinem Lächeln nach zu schließen, hätte der Admiral genauso gut auf der Brücke eines Schlachtschiffes stehen können. Er war endlich wieder einmal in seinem Element und genoß jede Minute. Für einen interessierten Beobachter sahen seine Passagiere wie gewöhnliche Touristen auf einer gecharterten Yacht aus: Tidi sonnte sich und richtete ihre Kamera auf alles, was ihr vor die Augen kam, und Pitt kritzelte wild auf seinem Zeichenblock herum. Bevor sie den Hafen verließen, legten sie noch neben einem Schiff an, auf dem Fischköder verkauft wurden, und erstanden zwei Eimer Heringe. Nachdem sie sich noch eine Weile angeregt mit den Fischern unterhalten hatten, machten sie die Enden wieder los und stachen in See.

Sobald sie einen Felsvorsprung umrundet hatten und der Hafen außer Sicht war, gab Sandecker Gas und beschleunigte die *Grimsi* auf 30 Knoten. Es war wirklich ein seltsamer Anblick, als der plumpe Rumpf wie ein Wasserflugzeug vom Typ Gold Cup über die Wellen schoß. Die Wellen verschmolzen ineinander, als die *Grimsi* noch schneller wurde und ein wirbelndes Kielwasser hinter sich herzog. Pitt entdeckte eine Küstenkarte und deponierte sie auf ein kleines Brett neben Sandecker.

»Es ist ungefähr da.« Pitt machte mit einem Bleistift einen kleinen Punkt auf die Karte. »35 Kilometer südöstlich von Keflavik.«

Sandecker nickte. »Bei dieser Geschwindigkeit anderthalb Stunden, nicht mehr. Schauen Sie sich das an. Die Drosselklappen sind noch gute zehn Zentimeter vom Anschlag entfernt.«

»Das Wetter ist ausgezeichnet. Ich hoffe, es hält.«

»Es sind nirgends Wolken zu sehen. Um diese Jahreszeit ist es südlich von Island normalerweise sehr ruhig. Wir können schlimmstenfalls gegen Spätnachmittag in ein bißchen Nebel geraten.«

Pitt setzte sich hin, stützte die Füße gegen den Türrahmen und betrachtete die felsige Küste. »Wenigstens brauchen wir uns keine Sorge um das Benzin zu machen.«

»Was zeigen die Gasmesser denn an?«

»Zu zwei Drittel voll.«

In Sandeckers Gehirn klickte es wie in einem Computer. »Für unsere Zwecke ist das mehr als genug. Wir brauchen nicht zu sparen, vor allem auch nicht, weil Rondheim die Rechnung bezahlt.« Zufrieden drehte er voll auf.

Die *Grimsi* hob sich mit dem Bug aus dem Wasser und flog über die blaugekräuselte See, links und rechts von zwei riesigen Gischtwolken begleitet. Der Zeitpunkt der Tempobeschleunigung war aber etwas unglücklich gewählt. Tidi kletterte nämlich gerade vorsichtig aus der Kombüse und trug ein Tablett mit drei Tassen Kaffee, als der Admiral Vollgas gab. Der plötzliche Ruck ließ sie das Gleichgewicht verlieren. Das Tablett flog durch die Luft, und sie selbst verschwand in der Kombüse, als hätte eine unsichtbare Hand sie zurückgerissen. Weder Pitt noch Sandecker bekamen diese zirkusreife Vorstellung mit. Dreißig Sekunden später erschien sie wieder im Ruderhaus. Sie hatte den Kopf ärgerlich zurückgeworfen, das Haar hing ihr in feuchten Strähnen ins Gesicht, und ihre Bluse war voller Kaffeeflecken. »Admiral James Sandecker«, schrie sie mit sich überschlagender Stimme, »wenn wir in unser Hotel zurückkommen, können Sie die Kosten für eine neue Bluse und einen Friseurbesuch mit auf die Spesenrechnung setzen.«

Sandecker und Pitt starrten Tidi in völliger Verständnislosigkeit an. »Ich hätte mich lebensgefährlich verbrühen können«, fuhr Tidi fort. »Wenn Sie wollen, daß ich auf dieser Reise die Stewardess spiele, dann benehmen Sie sich bitte rücksichtsvoller.« Sie wirbelte herum und verschwand wieder in der Kombüse.

Sandecker krauste die Stirn. »Was zum Teufel war denn jetzt wieder los?«

Pitt zuckte die Achseln. »Frauen sind eben rätselhafte Wesen.«

»Sie ist eigentlich noch zu jung für die Wechseljahre«, raunzte Sandecker.

»Wie dem auch sei, es wird Sie eine Bluse und eine neue Frisur kosten«, meinte Pitt. Er bewunderte Tidis aggressiven Geschäftssinn.

Tidi brauchte zehn Minuten, um einen neuen Topf Kaffee zu kochen. Wenn man bedachte, wie schräg die *Grimsi* über die Wellen schoß, dann vollbrachte Tidi ein echtes Meisterstück, als sie in das Ruderhaus kletterte, ohne einen Tropfen aus den drei Tassen zu verschütten, die sie mit zäher Entschlossenheit in der Hand hielt. Pitt mußte lächeln, als er seinen Kaffee schlürfte und das indigoblaue Wasser unter dem Schiff dahingleiten sah. Dann fielen ihm Hunnewell, Fyrie, Matajic und O'Riley ein, und das Lächeln erstarb auf seinen Lippen.

Sein Gesicht war immer noch ernst, als er den Schreiber des Echolots im Zickzack über das Papier flitzen und den Verlauf des Meeresbodens aufzeichnen sah. Das Meer war hier 40 Meter tief. Irgendwo in dieser Tiefe lag ein Flugzeug mit einer toten Besatzung, und er mußte es aufspüren. Wenn ihnen das Glück zur Seite stand, würde das Echolot einen nicht in das Bild passenden Buckel melden.

Er suchte die Klippen ab und hoffte das Beste.

»Meinen Sie, Sie liegen mit Ihrem Suchgebiet richtig?« fragte Sandecker.

»Zu zwanzig Prozent bin ich sicher, zu achtzig Prozent ist es reine Vermutung«, antwortete Pitt. »Die Chancen stünden besser, wenn wir die *Ulysses* als Anhaltspunkt hätten.«

»Es tut mir leid. Ich wußte gestern nicht, was Sie vorhatten. Meiner beiläufigen Bitte um Bergung wurde schon einige Stunden nach Ihrem Absturz entsprochen. Der Seenotdienst der Air Force in Keflavik hob Ihre *Ulysses* mit einem seiner Riesenhubschrauber aus der Brandung. Das müssen Sie zugeben: es ist eine tüchtige Truppe.«

»Ihr Eifer schadet uns diesmal«, meinte Pitt.

Sandecker schwieg einen Moment, um den Kurs zu ändern. »Haben Sie die Tauchgeräte überprüft?«

»Ja, es ist für alles vorgesorgt. Erinnern Sie mich daran, diesen Leuten vom State Departement einen Drink zu spendieren, wenn wir zurück sind. Sich zu verkleiden und Fischer zu spielen erfordert einigen Aufwand, wenn man es erst so kurz zuvor mitgeteilt bekommt. Für jeden, der die Bergung durch einen Feldstecher mit angeschaut hat, muß es völlig harmlos ausgesehen haben. Die Tauchausrüstungen kamen so glatt und unbemerkt an Bord, während Sie wie üblich über die Köder verhandelten, daß ich selbst aus einer Entfernung von drei Metern die Übergabe beinahe übersehen hätte.«

»Mir gefällt dieses Unternehmen nicht. Allein zu tauchen ist gefährlich, und jede Gefahr kann tödlich enden. Sie wissen, daß ich gewöhnlich nicht gegen meine eigenen Anweisungen verstoße und einem meiner Männer erlaube, in unbekannten Gewässern ohne die erforderlichen Vorsichtsmaßregeln zu tauchen.« Sandecker trat von einem Fuß auf den anderen. Er handelte gegen seine Überzeugung, und in seiner Miene spiegelte sich deutlich das Unbehagen wider, das er darüber empfand. »Was hoffen Sie dort unten außer einem Flugzeugwrack und aufgequollenen Leichen zu finden? Woher wissen Sie, daß nicht schon jemand vor uns da war?«

»Es besteht die geringe Chance, daß sich bei den Leichen irgendwelche Ausweise befinden, die zu dem Mann führen, der hinter alldem steckt. Allein das ist den Versuch wert, die schwarze Maschine zu finden. Was aber wichtiger ist, ist das Flugzeug selbst. Alle Kennzeichen waren übermalt, so daß man die Maschine nicht identifizieren konnte. Das Flugzeug, Admiral, ist der einzig sichere Hinweis auf Hunnewells und Matajics Mörder, den wir haben. Eines kann die schwarze Farbe nämlich nicht verdecken: die Seriennummer der Triebwerke. Wenn wir die Maschine finden und die Seriennummer haben, können wir uns leicht mit der Herstellerfirma in Verbindung setzen. Der Weg von der Turbine zum Flugzeug und von dort zum Besitzer ist dann ein Kinderspiel.« Pitt unterbrach sich, um das Echolot neu einzustellen. »Die Antwort auf Ihre zweite Frage lautet: Es war bestimmt noch keiner da.«

»Sie scheinen verdammt sicher zu sein«, erwiderte Sandecker. »So sehr ich diesen kaltblütigen Mörder auch hasse, er ist sicher nicht dumm. Folglich hat er schon längst nach seinem vermißten Flugzeug gesucht, denn er weiß genauso gut wie wir, daß das Wrack ihn verrät.«

»Er hat vielleicht flüchtig danach geforscht, aber diesmal – zum erstenmal! – sind wir im Vorteil. Niemand war Zeuge des Kampfes. Die Kinder, die Hunnewell und mich am Strand gefunden haben, sagten, sie wären erst, nachdem sie den Helikopter in der Brandung entdeckt hätten, auf uns aufmerksam geworden. Und die Tatsache, daß unsere freundlichen Killer uns nicht umgebracht haben, als die Gelegenheit dazu ideal war, sondern erst viel später zum Haus des Doktors kamen, beweist, daß sie ebenfalls nichts bemerkt hatten.

Langer Rede kurzer Sinn: ich bin der einzige Überlebende, der weiß, wo …«

Pitt brach plötzlich ab und schaute gebannt auf den Echolot-Schreiber. Die schwarzen Linien zeigten eine plötzliche, zwei bis drei Meter hohe Erhebung über dem flachen Meeresboden an.

»Ich glaube, wir haben's geschafft«, sagte Pitt ruhig. »Wenden Sie nach Backbord und kreuzen Sie unser Kielwasser auf Kurs 1-8-5, Admiral.«

Sandecker warf das Steuerrad herum und beschrieb einen 270-Grad-Bogen nach Süden. Die *Grimsi* schaukelte sanft, als sie die Wellen ihres eigenen Kielwassers durchschnitt. Dieses Mal brauchte der Schreiber länger, bis er wieder auf die Höhe des Meeresbodens zurückging. Das unbekannte Objekt hatte eine Höhe von drei Metern.

»Welche Tiefe?« fragte Sandecker.

»50 Meter«, erwiderte Pitt. »Der Anzeige nach zu schließen, müssen wir die Maschine von Flügelspitze zu Flügelspitze überquert haben.«

Minuten später lag die *Grimsi* über der vom Echolot angezeigten Stelle vor Anker. Die Küste war etwa anderthalb Kilometer entfernt; die Klippen mit ihrer quergestreiften Färbung waren in jeder ihrer Einzelheiten zu erkennen. Gleichzeitig kam eine leichte Brise auf und kräuselte die sanft bewegte Dünung – ein Hinweis darauf, daß bald rauheres Wetter aufziehen würde. Pitts Nackenhaare sträubten sich, sowohl wegen der Brise als auch wegen eines unbehaglichen Vorgefühls, das ihn frösteln machte. Er fragte sich, was er wohl in den kalten Gewässern des Atlantiks entdecken würde.

10. Kapitel

Die Sonne brannte von dem blauen, wolkenlosen Himmel herab und verwandelte Pitts schwarzen Neopren-Taucheranzug in eine hautenge Sauna, als er den alten Divers Deepstar Regulator überprüfte, der nur mit einem einzigen Anschlußschlauch versehen war. Er hätte ein neueres Modell vorgezogen, aber es war ihm keine Wahl geblieben. Er hatte sich schon zufrieden geben müssen damit, daß wenigstens ein Angehöriger der Botschaft Tauchsport betrieb und deshalb eine Ausrüstung zur Hand hatte. Er befestigte den Regulator auf dem Ventil einer Sauerstoffflasche. Er hatte nur zwei Flaschen auftreiben können. Das reichte, bei einer Tauchtiefe von 50 Metern, gerade für fünfzehn Minuten. Pitts einziger Trost war, daß er nicht lange genug unten bleiben würde, um sich Sorgen wegen der Dekompression machen zu müssen.

Bevor das blaugrüne Wasser über seiner Taucherbrille zusammenschlug, schickte er noch einen letzten Blick über das Deck der *Grimsi.* Sandecker saß schläfrig da, in jeder Hand eine Angelrute, und Tidi, die Pitts exotische Kleider angezogen und ihr braunes Haar unter die Strickmütze gesteckt hatte, skizzierte eifrig die Küste. Vor den Blicken eines eventuellen Beobachters auf den Klippen geschützt, ließ sich Pitt hinter dem Ruderhaus über Bord gleiten. Sein Körper war angespannt. Ohne einen Begleiter konnte er sich nicht den kleinsten Fehler leisten.

Der Schock, den das kalte Wasser ihm versetzte, ließ ihn fast ohnmächtig werden. Er benutzte die Ankerkette als Führung und folgte ihrem in der Tiefe verschwindenden Schatten. Er ließ einen Wirbel von Luftblasen hinter sich, die gemächlich an die Oberfläche stiegen. Während er tiefer und tiefer sank, wurde das Licht immer trüber. Er kontrollierte seine zwei wichtigsten Instrumente. Der Tiefenmesser zeigte 30 Meter an, und das orangefarbene Zifferblatt seiner Taucheruhr informierte ihn, daß er nun zwei Minuten unter Wasser war.

Langsam kam ihm der Boden entgegen. Automatisch glich er den Druck in seinen Ohren zum dritten Mal aus. Die Farbe des Sandes

– ein makelloses Schwarz – verblüffte ihn. Anders als in den meisten Gegenden der Welt, wo der Sand auf dem Meeresgrund weiß war, hatten die isländischen Vulkane hier einen Teppich von matt glänzenden ebenholzschwarzen Körnern zurückgelassen. Fasziniert von dem seltsamen Anblick, den die dunkle Farbe unter dem ausgedehnten Schleier blaugrünen Wassers bot, bewegte er sich langsamer. Die Sichtweite betrug ungefähr zwölf Meter – für diese Tiefe recht gut.

Er drehte sich einmal um die eigene Achse. Es wat nichts zu sehen. Er blickte nach oben, ein Schatten glitt über ihn hinweg. Es war eine kleine Kabeljauschule, die nach ihrer Lieblingsnahrung – Krabben und Garnelen – suchte. Er beobachtete die Fische einen Augenblick, wie sie über seinem Kopf dahinschwammen, die olivfarbenen platten Körper mit Hunderten von kleinen braunen Punkten übersät. Zu schade, daß der Admiral keinen angeln kann, dachte er. Der kleinste wog wenigstens fünfzehn Pfund.

Pitt schwamm in immer größeren Kreisen um die Ankerkette herum. Dabei schleifte er eine Flosse durch den Sand, um eine Spur zu hinterlassen. Wenn er unter Wasser war, litt er oft an Halluzinationen. In großen Tiefen trübte sich seine Wahrnehmung, und es entgingen ihm gefährliche Situationen, weil er nicht mehr klar denken konnte. Nach fünf Umkreisungen entdeckte er einen undeutlichen Schatten in dem blauen Nebel. Mit raschen Stößen schwamm er darauf zu. Dreißig Sekunden später waren seine Hoffnungen zerronnen. Der Schatten entpuppte sich als ein riesiger gezackter Felsbrocken, der sich vom Boden wie ein vergessener Vorposten abhob und nun allmählich zu Staub zerfiel. Pitt glitt, ohne sich anzustrengen, die von der Strömung ausgewaschenen Felswände entlang, seine Sinne verdunkelten sich, und er bemühte sich verzweifelt, nicht die Kontrolle zu verlieren. Das kann das Echolot nicht angezeigt haben, dachte er. Der Felsen war zu spitz, um einen Flugzeugrumpf vorzutäuschen.

Dann sah er in nur zwei Meter Entfernung etwas im Sand liegen. Die schwarze Farbe auf der verbogenen Tür verschmolz fast bis zur Unkenntlichkeit mit dem Schwarz des Sandes. Er schwamm zu ihr hin, drehte sie um und prallte erschreckt zurück, als sich ein großer Krebs eilig aus seinem neuen Heim davonmachte. Die Innenseite der

Tür trug keinerlei Beschriftung. Pitt hatte nur noch wenige Zeit. Das Flugzeug mußte ganz in der Nähe liegen. Aber in wenigen Augenblicken mußte er auf Reserveluft schalten, und das bedeutete, daß ihm nur noch für einige kurze Minuten Sauerstoff blieb – gerade genug, um wieder aufzutauchen.

Da fand er das Flugzeug. Es lag auf dem Bauch und war in zwei Stücke zerbrochen, dies offensichtlich durch die Wucht des Aufpralls. Das Atmen fiel Pitt schwerer; es war höchste Zeit, auf Reserve umzuschalten. Er öffnete das Ventil und stieß nach oben. Das Wasser wurde langsam heller, als er zusammen mit seinen Luftblasen aufstieg. In einer Tiefe von zehn Metern hielt er an. Er suchte den Kiel der *Grimsi;* wenn er auftauchte, durfte er keinesfalls vom Ufer aus gesehen werden. Die *Grimsi* lag wie eine fette Ente im Wasser und schaukelte auf den Wellen. Er schaute nach der Sonne, um sich zu orientieren. Die *Grimsi* hatte sich um 180 Grad um ihre Ankerkette gedreht, so daß ihre Steuerbordseite nun der Küste gegenüberlag.

Er zog sich auf der Backbordseite hoch, schnallte die Sauerstoffflasche ab und kroch über das Deck ins Ruderhaus.

Sandecker legte, ohne aufzusehen, seine Rute auf die Reeling, kam langsam herübergeschlendert und lehnte sich gegen den Türrahmen. »Ich hoffe, Sie hatten mehr Glück als ich.«

»Es liegt 50 Meter querab an Steuerbord«, sagte Pitt. »Ich hatte keine Zeit mehr, das Innere zu untersuchen; mein Sauerstoff ging zu Ende.«

»Am besten, Sie ziehen erst einmal Ihren Anzug aus und trinken eine Tasse Kaffee. Ihr Gesicht ist so blau wie eine Delfter Kachel.«

»Halten Sie den Kaffee warm. Ich ruhe mich aus, sobald wir haben, weswegen wir hergekommen sind.« Pitt ging auf die Tür zu.

Sandecker sah ihn streng an. »Sie gehen die nächsten anderthalb Stunden nirgendwo hin. Wir haben noch viel Zeit. Es ist noch früh am Tag. Sie brauchen sich nicht zu überanstrengen. Sie kennen die Regeln, die für wiederholtes Tauchen gelten, ebenso gut wie jeder andere. Zwei Exkursionen in vierzig Meter Tiefe innerhalb einer halben Stunde, das führt leicht zu Störungen.« Er unterbrach sich, um dann fortzufahren: »Sie haben Menschen gesehen, die sich wegen der qualvollen Schmerzen die Lunge aus dem Leib gebrüllt haben. Sie kennen Leute, die diesen Zustand überlebt haben, und Sie kennen auch welche, die für den Rest ihres Lebens gelähmt sind. Selbst wenn ich mit diesem Kahn Volldampf fahren würde, könnte ich Sie frühestens in zwei Stunden nach Reykjavik bringen. Zählen Sie außerdem noch fünf Stunden für einen Flug nach London zur nächsten Dekompressionsstation hinzu – nichts da, mein Freund! Gehen Sie unter Deck und ruhen Sie sich aus. Ich sage Ihnen, wann Sie das nächstemal runter dürfen.«

»Ich bin ja schon still, Admiral; Sie haben gewonnen.« Pitt zog den Reißverschluß seines Taucheranzugs auf. »Allerdings halte ich es für klüger, wenn ich mich auf Deck hinlege. Dann kann man uns alle drei sehen.«

»Wer soll uns denn sehen? An der Küste ist kein Mensch, und seit wir den Hafen verlassen haben, ist uns auch kein anderes Schiff begegnet.«

»An der Küste ist jemand. Wir werden beobachtet.«

Sandecker drehte sich um und starrte über das Wasser hinüber zu den Klippen. »Ich werde vielleicht alt, aber bisher habe ich keine Brille gebraucht. Ich will verdammt sein, wenn ich auch nur das geringste erkennen kann.«

»Rechts, genau hinter dem Felsen, der dort aus dem Wasser ragt.«

»Ich sehe nichts.« Sandecker starrte mit zusammengekniffenen Augen auf den Fleck, den Pitt ihm beschrieben hatte. »Höchstens mit dem Fernglas könnte ich etwas ausmachen. Sie sind ganz sicher?«

»Die Sonne hat sich einen Augenblick lang in irgend etwas gespiegelt. Möglicherweise in zwei Linsen.«

»Meinetwegen. Wenn ich gefragt werden sollte, weshalb nur zwei von uns auf Deck waren, dann war Tidi eben seekrank und lag leidend unten in ihrer Koje.«

»Diese Entschuldigung ist genauso gut wie jede andere«, erwiderte Pitt lächelnd, »solange einer mich und Tidi in diesen abenteuerlichen Klamotten nicht unterscheiden kann.«

Sandecker lachte. »Auf eine Entfernung von anderthalb Kilometern könnte selbst ihre Mutter mit dem besten Feldstecher keinen Unterschied erkennen.« Er wandte sich um, sah Pitt in die Augen und fuhr fort: »Verziehen Sie sich aber trotzdem lieber nach unten. Eine kleine Pause wird Ihnen guttun. Ich schicke Ihnen Tidi mit einer Tasse Kaffee. Aber kein Techtelmechtel! Ich weiß, wie scharf man nach einem Tag angestrengten Tauchens wird.«

Ein unheimliches, gelb-graues Licht schien durch die Luke, als Sandecker Pitt wachschüttelte. Pitt kam nur langsam zu sich und war wie betäubt. Er spürte, daß der Wellengang sich gelegt hatte; die *Grimsi* schaukelte kaum noch, selbst in der niedrigen, regelmäßigen Dünung nicht. Nicht die leiseste Brise regte sich. Die Luft war drückend und schwer.

»Hat das Wetter umgeschlagen, Admiral?«

»Es gibt Nebel – er treibt von Süden auf uns zu.«

»Wann ist er bei uns?«

»In fünfzehn, vielleicht zwanzig Minuten.«

»Da bleibt uns nicht mehr viel Zeit.«

»Genug, um einmal kurz zu tauchen.«

Minuten später war Pitt wieder dort unten, wo es keine Geräusche und keinen Wind gab – nur lastende Stille. Er glich den Druck in seinen Ohren aus und schwamm mit kräftigen Stößen in die Tiefe. Seine Muskeln waren steif und schmerzten, und er war immer noch nicht ganz bei sich.

Er schwamm ruhig und mühelos, als zöge ihn jemand an einer Schnur vorwärts. Wieder wurden die Farben dunkler, gingen von Blaugrün in ein mattes Grau über. Er schwamm, ohne über die Richtung nachzudenken; er verließ sich ganz auf seinen Instinkt. Dann fand er die Maschine.

Sein Herz begann wie wild zu klopfen, als er sich vorsichtig dem Flugzeug näherte. Er wußte aus eigener Erfahrung, daß jede Bewegung Gefahr mit sich bringen konnte, wenn er erst einmal in das Durcheinander des Wracks eingedrungen war.

Er schwamm um die zerschmetterte Luke herum, die drei Meter hinter den Flügeln lag, und wurde von einem kleinen, knapp 15 Zentimeter langen Rotbarsch begrüßt. Dessen orangerote Schuppen hoben sich grell von dem dunklen Hintergrund ab und leuchteten in dem trüben Licht wie eine Christbaumkugel. Er starrte Pitt aus seinem runden Auge an, das genau unter den Stacheln auf seinem

Kopf saß. Als dann Pitt in das Flugzeug eindrang, schoß der Fisch aufgeregt vor seiner Taucherbrille hin und her.

Sobald Pitt seine Augen an die Dunkelheit gewöhnt hatte, erkannte er ein heilloses Durcheinander von Sitzen, die aus ihrer Bodenverankerung gerissen waren, und Holzkisten, die an der Decke trieben. Er zerrte zwei Kisten zur Luke, stieß sie hinaus und beobachtete, wie sie nach oben stiegen. Dann fand er einen Handschuh, der eine menschliche Hand umschloß. Der Körper, an dessen grünlichem Arm die Hand hing, war zwischen den Sitzen in der Ecke der Hauptkabine eingeklemmt. Pitt zog den Leichnam heraus und untersuchte seine Kleidungsstücke. Der Mann mußte das Maschinengewehr bedient haben, sagte sich Pitt. Der Kopf bot keinen appetitlichen Anblick dar, er war zu einem halbflüssigen Brei zerquetscht. Die graue Gehirnmasse und die zertrümmerten Schädelknochen wiegten sich in der Strömung. Die Taschen des zerfetzten schwarzen Overalls, der die Reste des Leichnams bedeckte, enthielten lediglich einen Schraubenzieher.

Pitt schob den Schraubenzieher unter seinen Bleigürtel und zog sich dann halb schwimmend, halb rutschend ins Cockpit. Es schien vollkommen leer, abgesehen von den Scherben der Windschutzscheibe, die auf der Seite des Copiloten zerbrochen war. Aber dann sah Pitt zufällig den Luftblasen hinterher, die wie eine silberne Schlange zur Decke aufstiegen und nach einem Loch suchten, wo sie entweichen konnten. Sie strebten aufeinander zu und sammelten sich in einer Ecke um eine weitere Leiche, die durch die Verwesungsgase dort hinaufgetrieben worden war.

Der tote Pilot trug ebenfalls einen schwarzen Overall. Eine flüchtige Untersuchung brachte nichts; die Taschen waren leer. Der kleine Barsch kam hinter Pitt hergeschwommen und begann das hervorquellende rechte Auge des Piloten anzuknabbern. Schwer keuchend schob Pitt den Leichnam zur Seite. Er unterdrückte einen Brechreiz und wartete, bis sich sein Magen wieder beruhigt hatte. Er warf einen Blick auf seine Uhr. Er war erst seit neun Minuten unten; ihm kam es wie neunzig Minuten vor. Er hatte nicht mehr viel Zeit. Er durchsuchte eilig die kleine Kammer nach einem Logbuch, nach einer Check- oder Wartungsliste, nach irgend etwas Bedrucktem – doch vergeblich. Nicht einmal ein Aufkleber mit dem

Rufzeichen der Maschine fand sich vorn auf dem Funkgerät.

Er kam sich vor, als würde er neu geboren, als er dann aus der Maschine wieder auftauchte. Das offene Wasser hatte eine dunklere Farbe angenommen als vorhin. Er nahm sich den Rumpf vor, anschließend das Steuerbordtriebwerk. Bei diesem war aber keine Untersuchung möglich; es hatte sich fast vollständig in den Sandboden eingegraben. Beim Backbordtriebwerk hingegen hatte er mehr Glück. Es war bequem zugänglich und die Motorhaube war abgebrochen, so daß der Turbinenmantel freilag. Aber dann entdeckte er die Stelle, wo sich die Platte mit der Seriennummer hätte befinden sollen. Sie war verschwunden. Nur die vier kleinen Messingschrauben, die sie einst festgehalten hatten, saßen fest in ihren Gewinden.

Pitt schlug enttäuscht mit der Faust auf die Turbine. Es war zwecklos weiterzusuchen. Er zweifelte nicht daran, daß alle Identifikationsmerkmale auf den Instrumenten, den elektronischen Anlagen und den Antriebsaggregaten entfernt waren. Pitt verfluchte den Mann, der hinter all dem steckte. Unfaßbar, daß ein einzelner Mann jeden möglichen Zufall berücksichtigt und eingeplant haben sollte. Trotz des eisigen Wassers, das ihn umgab, rannen ihm unter dem Taucherhelm kleine Schweißbäche übers Gesicht. Seine Gedanken drehten sich im Kreise. Probleme und Fragen bedrängten ihn, aber er kam zu keiner Lösung. Ohne es zu wollen, begann er die Possen des Barsches zu verfolgen. Dieser war ihm aus dem Cockpit nachgekommen und zappelte jetzt um ein silbernes Ding herum, das einige Meter hinter dem Bug der Maschine lag. Pitt starrte eine halbe Minute den Fisch an und nahm nichts weiter wahr als das Blubbern seiner Luftblasen, bis er endlich die lange silberne Röhre als den hydraulischen Stoßdämpfer des Vorderrads erkannte.

Er untersuchte den Zylinder, den der Aufprall mitsamt dem Rad aus seiner Verankerung am Bug gerissen und weit weg geschleudert hatte. Wieder war es dasselbe. Irgendwer hatte die Seriennummer des Herstellers von dem Aluminiumgehäuse abgefeilt. Als Pitt eben wieder auftauchen wollte, schickte er noch einen letzten Blick nach unten. Am Ende des Stoßdämpfers war ein kleines Zeichen zu bemerken: zwei grob in das Metall geritzte Buchstaben – SC. Pitt nahm seinen Schraubenzieher aus dem Bleigürtel und kratzte seine

Initialen neben das erste Zeichen. Sein DP grub sich etwa ebenso tief in das Metall wie das SC.

Okay, es hatte keinen Sinn, hier noch länger herumzuhängen. Das Atmen fiel Pitt schwer – ein Zeichen, daß der Inhalt seiner Sauerstoffflasche sich seinem Ende zuneigte. Er schaltete auf Reserve um und schwamm nach oben. Der Barsch folgte ihm, bis Pitt sich umdrehte und ihn mit der Hand verscheuchte. Der freundliche Meeresbewohner suchte hinter einem Felsen Schutz. Pitt lächelte und nickte ihm zu. Sein verspielter Kamerad würde sich einen neuen Freund suchen müssen.

In einer Tiefe von 15 Metern drehte sich Pitt auf den Rücken, sah direkt nach oben und versuchte seine Position zur *Grimsi* zu bestimmen. Ringsumher herrschte ein gleichmäßiges Dunkel; nur die aufsteigenden Luftblasen zeigten die Richtung an, in die er sich bewegen mußte. Langsam wurde es heller; aber es blieb immer noch dunkler als vorhin, als er ins Wasser gegangen war. Endlich tauchte Pitt auf; dichter Nebel umfing ihn. Gott, dachte er, in dieser Suppe finde ich das Boot nie! Und auf die Küste zuzuschwimmen, um sie zu finden, war ein reines Glücksspiel.

Er schnallte die Sauerstoffflasche ab, band sie an seinen bereits aufgehakten Bleigürtel und ließ beides zusammen ins Wasser sinken. Nun konnte er sich, getragen von seinem Gummianzug, bequem treiben lassen. Er lag still da, atmete flach und lauschte auf ein Geräusch, das durch den dichten grauen Nebel zu ihm drang. Zunächst hörte er nur das Wasser um seinen Körper plätschern. Dann drang in seine Ohren eine rauhe Stimme ... eine Stimme, die heiser vor sich hinsang. Pitt spitzte die Ohren, um den Klang besser zu vernehmen und feststellen zu können, woher dieser kam. Er schwamm etwa 15 Meter weit, mit leichten, kraftsparenden Zügen. Dann machte er eine Pause. Der Gesang war lauter geworden. Fünf Minuten später traf Pitt auf den vom Meerwasser angenagten Rumpf der *Grimsi* und zog sich an Bord.

»Sind Sie schön geschwommen?« fragte Sandecker im Plauderton.

»Es war nicht sonderlich unterhaltend und ziemlich nutzlos.« Pitt zog den Reißverschluß seines Anzugs auf und entblößte dabei seine dicht mit schwarzen Haaren bewachsene Brust. Er grinste den Admiral an. »Merkwürdig. Ich möchte schwören, ich hätte ein Nebelhorn gehört.«

»Das war kein Nebelhorn. Ich habe mich mit einem Lied versucht.«

»Sie waren nie besser bei Stimme, Admiral.« Pitt sah Sandecker an. »Jedenfalls danke ich Ihnen.«

Sandecker grinste. »Danken Sie nicht mir, danken Sie Tidi. Sie mußte zehn Strophen aushalten.«

Tidi tauchte plötzlich aus dem Nebel auf und fiel Pitt um den Hals: »Gott sei Dank sind Sie heil und gesund!« Sie klammerte sich an ihn, ihr Gesicht war naß vom Nebel, und das Haar hing ihr in verfilzten Strähnen auf die Schultern.

»Wie schön zu wissen, daß man vermißt wird«, sagte Pitt.

Tidi trat einen Schritt zurück. »Vermißt? Das ist milde ausgedrückt. Admiral Sandecker und ich konnten vor Aufregung nicht mehr ruhig sitzen.«

»Sprechen Sie bitte für sich selbst, Miss Royal«, fiel ihr Sandecker streng ins Wort.

»Geben Sie sich keine Mühe, Admiral. Sie haben sich ebenso gesorgt wie ich.«

»Ich war beunruhigt«, gab Sandecker zu. »Ich fasse es als eine persönliche Beleidigung auf, wenn einer meiner Männer umkommt.« Er blickte wieder Pitt an. »Haben Sie irgend etwas gefunden?«

»Zwei Leichen, sonst nichts. Jemand hat sich die wahnsinnige Mühe gemacht, alle Erkennungszeichen von der Maschine zu entfernen. Jede Seriennummer wurde vor dem Absturz abgefeilt. Das einzige, was ich gefunden habe, sind zwei Buchstaben, die jemand in den Stoßdämpfer des Bugrades gekratzt hat.«

Pitt nahm dankbar von Tidi ein Handtuch entgegen, ehe er fortfuhr: »Und dann die Kisten, die ich nach oben geschickt habe. Haben Sie sie aufgefischt?«

»Es war nicht einfach«, erwiderte Sandecker. »Sie kamen in etwa zwölf Metern Entfernung an dic Oberfläche. Nach zwanzig Versuchen – ich habe schon seit Jahren keine Angelrute mehr ausgeworfen – ist es mir gelungen, sie zu treffen und einzuholen.«

»Haben Sie sie aufgemacht?« wollte Pitt wissen.

»Es waren kleine Modellhäuser drin... wie Puppenhäuser.«

Pitts Körper straffte sich. »Puppenhäuser? Sie meinen dreidimensionale Baumodelle?«

»Nennen Sie's, wie Sie wollen.« Sandecker schnippte einen Zigarrenstummel über Bord. »Eine verdammt gute Arbeit. Erstaunlich, wie sehr sie ins Detail gegangen sind. Jedes Stockwerk läßt sich abheben und von innen studieren.«

»Schauen wir uns die Modelle einmal an.«

»Wir haben sie in die Kombüse gebracht«, erklärte Sandecker. »Dort können Sie sich auch gleich umziehen und eine Tasse heißen Kaffee trinken.«

Tidi hatte inzwischen wieder ihre eigene Bluse und ihre Hose angezogen. Sie kehrte Pitt den Rücken zu, als er den Taucheranzug abstreifte und in seine geckenhaft bunten Kleider stieg.

Er lächelte, während sie sich mit dem Herd beschäftigte. »Haben Sie sie für mich warmgehalten?« fragte er.

»Ihre Schwulenklamotten?« Sie drehte sich um und funkelte ihn an. Eine leichte Röte flog über ihr Gesicht. »Ich war so dumm! Ich hätte daran denken sollen, daß Sie mindestens fünfzehn Zentimeter größer und sechzig Pfund schwerer sind als ich. Ich bin im wahrsten Sinne des Wortes in dem Zeug geschwommen. Mir war, als ob ich ein Zelt anhätte. Der kalte Wind pfiff mir wie ein Hurrikan zu den Hosenbeinen hinein und beim Kragen und bei den Ärmeln wieder heraus.«

»Ich hoffe aufrichtig, daß Sie sich keinen Schaden geholt haben.«

Sandecker mischte sich ein. Er stellte die Kisten auf den Tisch und nahm die Deckel ab. »Da sind sie. Mitsamt Möbeln und Vorhängen.«

Pitt musterte die erste Kiste und sagte: »Nichts deutet darauf hin, daß das Wasser ihnen geschadet hat.«

»Sie sind wasserdicht«, erklärte Sandecker. »Jede Kiste war so sorgfältig verpackt, daß selbst der Absturz sie völlig unbeschädigt gelassen hat.«

Die Modelle waren wirklich Meisterwerke. Der Admiral hatte völlig recht. Sie waren bis ins letzte Detail ausgearbeitet. Jeder Ziegel, jede Fensterscheibe hatte genau die richtige Größe und saß am richtigen Platz. Pitt hob das Dach ab. Er hatte schon früher im Museum Modellbauten gesehen, aber noch nie welche, die mit solcher Sorgfalt angefertigt worden waren. Nichts war übersehen worden. Sogar die Gemälde an der Wand stimmten in Farbe und Ton. Die Möbel zeigten eine winzige Maserung. Bei den Telephonen auf den Tischen konnte man die Hörer abnehmen. Doch die Krönung des Ganzen waren die Badezimmer. Man konnte sogar das Toilettenpapier abreißen. Das erste Miniaturhaus besaß vier Stockwerke und ein Kellergeschoß. Pitt hob vorsichtig eine Etage nach der anderen ab, studierte die Innenräume und setzte sie dann ebenso vorsichtig wieder aufeinander. Dann untersuchte er das zweite Modell. »Ich kenne dieses Haus«, bemerkte er leise.

Sandecker sah auf: »Sind Sie sicher?«

»Völlig. Es ist rosa. Ein Bauwerk aus rosa Marmor vergißt man nie. Es ist etwa sechs Jahre her, daß ich dieses Haus betreten habe. Mein Vater war im Auftrag der Regierung als Wirtschaftsgutachter unterwegs und konferierte mit den Finanzministern der lateinamerikanischen Staaten. Ich hatte dreißig Tage Urlaub genommen und begleitete ihn als Assistent und Pilot. Ich erinnere mich genau, und besonders die schwarzäugige kleine Sekretärin habe ich nicht vergessen.«

»Verschonen Sie uns mit Ihren erotischen Abenteuern«, fiel ihm Sandecker ungeduldig ins Wort. »Wo liegt das Haus?«

»In El Salvador. Dieses Modell ist eine vollkommene Nachbildung des Regierungspalastes der Dominikanischen Republik.« Er deutete auf das andere Modell. »Und nach dem Grundriß zu urteilen, stellt das da das Regierungsgebäude eines anderen mittel- oder südamerikanischen Landes dar.«

»Großartig«, bemerkte Sandecker ohne sonderliche Begeisterung. »Wir haben es mit einem Mann zu tun, der Regierungsgebäude en miniature sammelt.«

»Das bringt uns nicht viel weiter.« Pitt nippte an seiner Tasse Kaffee, die ihm Tidi gereicht hatte. »Was wir wissen, ist, daß der schwarze Düsenjäger in zwei Missionen unterwegs war.«

Sandecker sah Pitt nachdenklich an. »Sie meinen, er war gerade dabei, diese Modelle abzuliefern, als er den Kurs änderte, um Sie und Hunnewell abzuschießen?«

»Genau. Einer von Rondheims Fischkuttern hat möglicherweise

gesehen, wie wir Island anflogen, und hat den Jäger über Funk umgeleitet.«

»Wieso Rondheim? Ich sehe nicht, weshalb er in diese Geschichte verwickelt sein sollte.«

»Ich weiß auch nicht, ob ich recht habe.« Pitt zuckte die Achseln. »Möglicherweise täusche ich mich in Rondheim und er wirkt auf mich wie der Butler in einem alten Kriminalfilm. Alles weist auf ihn als den Hauptverdächtigen hin. Aber am Schluß stellt sich unser freundlicher Butler als ein verkleideter Polizeibeamter heraus und der Täter ist jemand, an den man zuallerletzt gedacht hätte.«

»Ich kann mir aber nicht helfen: Rondheim als verkleideter Bulle ist mir eine unmögliche Vorstellung.« Sandecker durchquerte die Kombüse und goß sich eine neue Tasse Kaffee ein. »Er ist mir äußerst unsympathisch. Wäre er in irgendeiner Form in Fyries und Hunnewells Tod verstrickt, könnten wir uns auf den Hundesohn einschießen. Das wäre mir nicht unlieb.«

»Kein einfaches Unternehmen. Bei seiner Stellung ist er fast unangreifbar.«

»Wenn Sie mich fragen«, schaltete sich Tidi ein, »dann sind Sie beide nur auf Rondheim eifersüchtig, weil Miss Fyrie ihm den Vorzug gibt.«

Pitt lachte. »Sie unterstellen uns Eifersucht?«

Sandecker grinste sie an. »Da zeigt sich wieder einmal, was Sie uns zutrauen, Tidi.«

»Ich rede nicht aus reiner Bosheit so. Ich mag Kirsti.«

»Wahrscheinlich mögen Sie Oskar Rondheim genauso«, sagte Pitt.

»Nein, selbst wenn er der General der Heilsarmee wäre, könnte er mir gestohlen bleiben«, entgegnete sie. »Aber man muß die Dinge klar sehen. Kirsti gehört ihm, und Fyrie Ltd. hat er in der Tasche.«

»Warum?« wollte Pitt wissen. »Wie kann Kirsti ihn lieben, wenn sie Angst vor ihm hat?«

Tidi schüttelte ratlos den Kopf. »Ich weiß auch nicht. Ich sehe aber immer noch die Qual in ihren Augen, als er sie anfaßte.«

»Vielleicht ist sie eine Masochistin, und Rondheim ist ein Sadist«, meinte Sandecker.

»Wenn Rondheim diese entsetzlichen Morde auf dem Gewissen

hat, müssen Sie alles, was Sie wissen, den zuständigen Behörden melden«, sagte Tidi eindringlich. »Wenn Sie die Dinge zu weit treiben, werden auch Sie beide vielleicht noch umgebracht.«

Pitt machte ein trauriges Gesicht. »Es ist eine Schande, Admiral. Ihre eigene Sekretärin hat keine hohe Meinung von den Fähigkeiten ihrer beiden Lieblinge.« Er wandte sich um und sah Tidi grinsend an. »Ist Ihnen klar, was Sie uns damit antun?« Im nächsten Augenblick stutzte er. Das Grinsen verschwand aus seinem Gesicht. Er hob die Hand, bedeutete damit den anderen, still zu sein, und ging zur Tür des Ruderhauses, um angespannt zu lauschen. Das Geräusch war sehr schwach, aber deutlich zu vernehmen: Durch den Nebel klang ein gleichmäßiges Brummen, das Geräusch eines Motors, der mit sehr hoher Umdrehung lief.

11. Kapitel

»Hören Sie es, Admiral?«

»Ich höre es.« Sandecker stand neben ihm. »Es ist etwa fünf Kilometer entfernt und kommt rasch näher.« Er konzentrierte sich. »Es ist genau vor uns.«

Pitt nickte. »Das Geräusch kommt direkt auf uns zu.« Er starrte in den Nebel. »Es klingt beinahe wie ein Flugzeugtriebwerk. Sie müssen Radar haben. Kein Mensch, der noch bei Trost ist, würde sonst bei diesem Wetter volle Kraft voraus fahren.«

»Demnach wissen sie, daß wir hier sind«, flüsterte Tidi, als ob jemand hinter der Reeling lauschte.

»Ja, sie wissen, daß wir hier sind«, stimmte ihr Pitt zu. »Wenn ich mich nicht sehr täusche, kommen sie, um uns zu überprüfen. Ein zufällig vorbeifahrendes Schiff würde einen weiten Bogen um uns machen, sobald wir auf ihrem Bildschirm erschienen. Aber diese Leute da suchen Streit. Ich schlage vor, wir schlagen ihnen ein Schnippchen.«

»Wie drei Kaninchen, die es mit einem Rudel Wölfe aufnehmen

wollen«, meinte Sandecker. »Sie sind uns zahlenmäßig sicher zehnmal überlegen. Und sie sind zweifellos bis an die Zähne bewaffnet. Unser einziger Trumpf sind die Sterlings. Wenn wir erst in Fahrt sind, haben unsere Besucher dieselbe Chance, uns einzuholen, wie ein Cockerspaniel, der einem Windhund nachsetzt.«

»Bauen Sie nicht allzusehr auf die Sterlings, Admiral. Wenn sie wissen, daß wir hier sind, dann wissen sie auch, was für ein Boot wir haben und wie schnell dieses ist. Sie wissen, daß sie, um uns aufzubringen, ein Fahrzeug brauchen, das der *Grimsi* überlegen ist. Und ich habe das dumpfe Gefühl, sie haben ein solches.«

»Ein Tragflächenboot?« fragte Sandecker bestürzt.

»Genau«, antwortete Pitt. »Das bedeutet, daß ihre Spitzengeschwindigkeit irgendwo zwischen 55 und 60 Knoten liegt.«

»Das ist nicht gut«, meinte Sandecker.

»Aber auch nicht schlecht«, entgegnete Pitt. »Wir haben wenigstens zwei Vorteile auf unserer Seite.« Er erklärte rasch seinen Plan. Tidi, die auf einer Bank im Ruderhaus saß, fühlte, wie ihr Körper erstarrte. Ihr Gesicht unter dem Make-up wurde totenblaß. Sie konnte nicht glauben, was sie da hörte. Sie begann zu zittern und brachte schließlich mit angsterfüllter Stimme hervor: »Das... ist doch nicht... Ihr Ernst!«

»Selbstverständlich ist das mein Ernst!« wies Pitt sie zurecht. »Sonst erleben wir hier unser Waterloo!« Er hielt inne und musterte das bleiche, verständnislose Gesicht. Ihre Hände nestelten nervös an der Bluse herum.

»Sie planen einen kaltblütigen Mord«, stieß sie hervor. Sie verstummte, zwang sich aber dann weiterzureden: »Sie können nicht einfach andere Menschen umbringen, ohne diese vorher nicht wenigstens gewarnt zu haben. Unschuldige Menschen, die Sie nicht einmal kennen!«

»Das reicht«, fuhr Sandecker sie scharf an. »Wir haben jetzt keine Zeit, einer ängstlichen Frau die Erbarmungslosigkeit des Lebens zu erklären. Bitte verziehen Sie sich nach unten und gehen Sie in Dekkung, damit Sie vor den Kugeln geschützt sind.« Er wandte sich an Pitt: »Nehmen Sie die Notaxt und kappen Sie die Ankerkette! Geben Sie mir ein Zeichen, wenn ich auf volle Kraft gehen soll!«

Pitt scheuchte Tidi die Treppe zur Kombüse hinunter und hob die

Axt, als die Sterlings ansprangen. »Ein Glück, daß wir kein Pfand für das Schiff hinterlegt haben«, murmelte er undeutlich vor sich hin, als die Axt das Tau glatt durchschlug, in die Reeling eindrang und dabei einen 15 Zentimeter langen Holzspan absplitterte. Der Anker würde nun für immer auf dem schwarzen Meeresgrund bleiben.

Das unsichtbare Boot war fast auf ihrer Höhe, und das Brummen seiner Motoren minderte sich zu einem gedämpften Tuckern, als der Steuermann die Geschwindigkeit drosselte, um bei der *Grimsi* längsseits zu gehen. Pitt konnte vom Bug aus, wo er lag und mit den Händen den Stiel der Axt umklammerte, hören, wie die Wellen gegen den Rumpf klatschten, als die Tragflächen ins Wasser sanken. Er richtete sich vorsichtig auf. Seine Augen verengten sich zu Schlitzen, als er, ohne etwas zu sehen, in den dicken Nebel starrte. Die Sichtweite betrug höchstens zehn Meter.

Dann schob sich langsam ein dunkler Körper in sein Blickfeld. Pitt machte die Backbordseite des Bugs aus. Er konnte mit Mühe einige schattenhafte Gestalten auf dem Deck erkennen. Hinter ihnen war wie ein Schemen das Ruderhaus zu erkennen. Das Ganze kam ihm wie ein Geisterschiff vor, mit Gespenstern als Mannschaft. Das graue Gebilde kam drohend näher und türmte sich neben der *Grimsi* auf; es hatte eine Länge von fünfunddreißig oder vierzig Metern. Jetzt konnte Pitt die Männer, die sich über die Reeling beugten, deutlich erkennen. Sie sprachen kein Wort und standen sprungbereit da. Die Schnellfeuergewehre, die sie in Händen hielten, sagten alles. Pitt konnte keinen Zweifel mehr haben.

Keine drei Meter von den Gewehrläufen auf dem Geisterschiff entfernt, erledigte Pitt jetzt drei Dinge, und zwar so rasch, daß es wie eine einzige Bewegung aussah. Er schwang die Axt zur Seite und schlug mit der flachen Klinge auf ein Spill – das war das vereinbarte Zeichen für Sandecker. Noch im selben Schwung schleuderte er die Axt durch die Luft; sie grub sich mit der Schneide in die Brust des Mannes, der eben die *Grimsi* entern wollte. Sie traf ihn mitten im Sprung; aus der Kehle des Mannes drang ein markerschütternder Schrei, als er über die Reeling stürzte. Er hing dort einen Augenblick, die Fingernägel in das Holzgeländer gekrallt, und fiel dann in das eisengraue Wasser. Noch bevor die Wellen über seinem Kopf zusammenschlugen, hatte sich Pitt zu Boden geworfen, und die *Grimsi* machte einen Satz nach vorn wie ein erschreckter Leopard. Ein Kugelregen pfiff hinter ihr her, peitschte über das Deck und schlug in das Ruderhaus, bis das alte Boot im Nebel verschwunden war.

Pitt blieb unter der Verschanzung und kroch nach hinten über die Schwelle des Ruderhauses. Der Boden war mit Glas- und Holzsplittern übersät.

»Sind Sie getroffen worden?« fragte Sandecker wie beiläufig. Seine Stimme ging in dem Lärm der Sterling-Turbinen unter.

»Ich habe kein Loch im Bauch. Wie steht es mit Ihnen?«

»Die Schweine haben über meinen Kopf geschossen – ich hatte mich ganz klein gemacht. Sie hatten auch viel Glück mit Ihrer Kür!« Er wandte sich um. »Ich dachte, ich hätte einen Schrei gehört, ehe hier die Hölle losbrach.«

Pitt grinste. »Ich kann es nicht leugnen. Das war meine kleine Axt.«

Sandecker schüttelte den Kopf. »Ich bin schon seit dreißig Jahren bei der Marine; aber das war das erstemal, daß meine Mannschaft sich gegen ein Prisenkommando zur Wehr setzen mußte.«

»Das Problem besteht jetzt darin, eine Wiederholung dieses Manövers zu verhindern.«

»Das wird nicht einfach sein. Wir fahren blind drauflos. Mit ihrem gottverdammten Radar können die jede unserer Bewegungen verfolgen. Was wir am meisten zu fürchten haben, ist, gerammt zu werden. Bei einer Geschwindigkeit von zehn bis zwanzig Knoten stehen die Chancen für sie ausgezeichnet, uns zu überrumpeln. Ich kann nichts dagegen tun. Wenn ihr Rudergänger nur ein bißchen auf Draht ist, nutzt er seine höhere Geschwindigkeit, um uns zu überholen. Dann dreht er bei und rammt uns mitschiffs.«

Pitt überlegte einen Moment. »Hoffen wir, daß ihr Steuermann Rechtshänder ist.«

Sandecker sah verständnislos drein.

»Linkshänder sind eine Minderheit. Aller Wahrscheinlichkeit nach ist er also Rechtshänder. Wenn das Tragflächenboot uns wieder eingeholt hat und sein Bug vielleicht 400 Meter von unserem Achtersteven entfernt ist, wird der Steuermann zunächst unbewußt nach Steuerbord ausscheren, bevor er abdreht, um uns zu rammen. Das ist die eine Chance.«

Sandecker sah ihn an. »Wieso?«

»Ein Tragflächenboot braucht eine hohe Geschwindigkeit, um sich über Wasser zu halten. Die Tragflächen unterliegen im Wasser denselben Strömungsgesetzen, denen die Flügel eines Flugzeuges in der Luft folgen. Ihr größter Vorteil ist die hohe Geschwindigkeit, aber ihrer Manövrierfähigkeit sind Grenzen gesetzt. Einfach ausgedrückt: für ein rasches Beidrehen taugen sie nicht.«

»Aber *wir* können beidrehen. Wollen Sie das sagen?« forschte Sandecker.

»Die *Grimsi* kann zweimal wenden, ehe das Tragflächenboot sich einmal gedreht hat.«

Sandecker ließ das Steuerrad los und massierte seine Finger. »Das klingt ganz plausibel. Bis auf die Tatsache, daß wir nicht wissen, wann sie beizudrehen anfangen.«

Pitt seufzte. »Wir müssen eben die Ohren spitzen.«

Sandecker sah ihn an. »Sollen wir die Maschinen abschalten?«

Pitt nickte.

Als Sandecker wieder das Steuerrad ergriff, waren seine Knöchel weiß. »Was Sie vorschlagen, ist das reinste russische Roulett. Es braucht nur eine von den Sterlings beim Anlassen zu streiken, und wir sitzen in der Tinte.« Er deutete mit dem Kopf in Richtung Kombüse. »Sie dürfen auch Tidi nicht vergessen.«

»Ich denke an uns alle. Ob die Turbinen mitspielen oder nicht, wir müssen es wagen. Wir müssen einfach unseren letzten Dollar setzen – sozusagen.«

Sandecker warf einen prüfenden Blick auf den großen Mann, der unter der Tür stand, und erkannte die unbedingte Entschlossenheit in seinen Augen. »Und die andere Chance?«

»Das Überraschungsmoment«, erwiderte Pitt leise. »Wir wissen, was sie vorhaben. Sie haben Radar an Bord, aber sie können nicht unsere Gedanken lesen. Das ist unser zweiter und bedeutender Vorteil – wir können sie überraschen.«

Pitt warf einen Blick auf seine Uhr. Es war halb zwei, immer noch früh am Nachmittag. Sandecker hatte die Turbinen abgestellt. Pitt mußte sich Mühe geben, Augen und Ohren offenzuhalten – die plötzliche Stille und die Undurchdringlichkeit des Nebels begannen ihn einzuschläfern. Die Sonne stand als fahle Scheibe am Himmel, bald heller und bald dunkler, je nachdem wie die ungleichmäßigen Nebelstreifen davor vorüberzogen. Pitt zitterte in seinen Kleidern, die immer feuchter wurden. Er saß auf dem Deckel der Ladeluke und wartete darauf, daß sich das Dröhnen der Sterlings in seinen Ohren verlor und er statt dessen die Maschinen des Tragflächenboots wahrnahm. Er brauchte nicht lange zu warten. Binnen kurzem vernahm er das gleichmäßige Stampfen des Tragflächenboots, das immer mehr anschwoll.

Diesmal mußte es klappen. Sie hatten keine zweite Chance. Der Radargast des Tragflächenboots würde sicher sofort reagieren, sobald er die *Grimsi* nicht mehr auf seinem Schirm hatte. Doch bis er seinen Commander informiert und man eine Entscheidung gefällt hatte, würde es für einen Kurswechsel zu spät sein. Infolge ihrer hohen Geschwindigkeit würden sie direkt vor dem Bug der *Grimsi* vorbeirasen.

Pitt überprüfte vielleicht zum zehnten Mal die Kanister, die in gerader Linie neben ihm aufgebaut waren. Sie waren ohne Zweifel der dürftigste Waffenersatz, den sich je ein Mensch ausgedacht hatte. Eines der Geschosse war ein Fünf-Liter-Einmachglas, das Tidi in der Kombüse aufgetrieben hatte. Die anderen waren verbeulte, rostige Gasflaschen verschiedener Größe, die Pitt in einem Spind hinten im Maschinenraum gefunden hatte. Bis auf den Inhalt – die Stofflunten, die aus den Verschlußkappen heraushingen, und die Löcher, die man oben in sie hineingeschlagen hatte – hatten die vier Gefäße wenig gemeinsam.

Das Tragflächenboot war da. Pitt drehte sich zum Ruderhaus um und schrie: »Jetzt!« Dann zündete er mit seinem Feuerzeug die Lunte des Einweckglases an und stützte sich gegen den plötzlichen Rückstoß ab, der ihn beim Start nach hinten schleudern würde.

Sandecker drückte auf den Anlasser. Die 420 PS starken Sterlings würgten einmal, zweimal, dann sprangen sie heulend an. Er riß das Steuer hart nach Steuerbord und gab Vollgas. Die *Grimsi* flog wie ein Rennpferd, dem man die Sporen gibt, über das Wasser. Der Admiral hielt mit grimmigem Gesicht die *Grimsi* auf Kurs und erwartete halb, im nächsten Augenblick das Tragflächenboot zu rammen. Als ihm eine Speiche des Steuerrads davonflog und gegen den Kompaß prallte, wurde ihm schlagartig bewußt, daß Kugeln durch das Ruderhaus peitschten. Er konnte immer noch nichts sehen. Aber er wußte, daß die Mannschaft des Tragflächenboots blind in den Nebel schoß und sich nur auf die Anzeige des Radars verließ.

Pitts Nerven waren zum Zerreißen gespannt. Sein Blick wechselte von der Nebelwand vor dem Bug zu dem Glas in seiner Hand. Die Lunte brannte schon gefährlich nahe dem sich zuspitzenden Flaschenhals. Ihm blieben höchstens noch fünf Sekunden, um das Glas über Bord zu werfen. Er begann zu zählen. Fünf, vier, drei. Er spannte seine Armmuskeln. Zwei. Dann schoß ihnen das Tragflächenboot aus dem Nebel entgegen und raste keine drei Meter entfernt an der *Grimsi* vorbei. Pitt schleuderte das Glas hinüber.

Der nächste Augenblick grub sich Pitts Gedächtnis bis ans Ende seines Lebens ein. Das entsetzte Gesicht eines großen blonden Mannes in einer Lederjacke, der sich an der Brücke festhielt und schokkiert und zugleich fasziniert das todbringende Ding durch die neblige Luft auf sich zufliegen sah. Dann explodierte das Glas neben ihm, und er verschwand in einer sengenden, hellen Flammenwand. Pitt sah nichts weiter. Die beiden Boote waren aneinander vorbeigerast, und das Tragflächenboot war verschwunden.

Pitt blieb keine Zeit zum Nachdenken. Er zündete die Lunte der nächsten Gasflasche an, während Sandecker hart Backbord steuerte. Das Blatt hatte sich gewendet. Das Tragflächenboot war langsamer geworden, und man konnte ein flackerndes gelblich-rotes Leuchten durch den grauen Nebel erkennen. Der Admiral hielt genau darauf zu. Er stand so aufrecht da, als hätte er einen Ladestock verschluckt. Eins war klar: jemand, der vor einer halben Minute auf die *Grimsi* geschossen hatte, würde nicht auf einem brennenden Deck stehenbleiben, in der Hoffnung, einen alten Fischkutter zu durchsieben.

»Geben Sie ihnen noch eins drauf!« schrie Sandecker Pitt durch das zerschossene Vorderfenster des Ruderhauses zu. »Lassen Sie die verdammten Kerle einmal ihre eigene Medizin schlucken!«

Pitt antwortete nicht. Er hatte kaum Zeit, den brennenden Kanister fortzuschleudern, als Sandecker schon wieder das Steuer herumriß und zu einem dritten Sturmangriff auf das Tragflächenboot ansetzte. Noch zweimal wiederholten sie das Manöver, und noch zweimal warf Pitt seine verbeulten Kanister, die Feuer und Verwüstung spien, hinüber. Dann war seine behelfsmäßige Artillerie aufgebraucht.

Nach kurzem erhielt die *Grimsi* einen fürchterlichen Schlag. Eine gewaltige Druckwelle fegte alles, was nicht niet- und nagelfest war, über Bord. Das Tragflächenboot war donnernd explodiert und stand vom Bug bis zum Heck in lodernden Flammen.

Das Echo war von der Küste zurückgekommen und bereits wieder verklungen, ehe Pitt, den es auch umgerissen hatte, sich zitternd auf seine Füße stellte und ungläubig auf das Tragflächenboot starrte. Was einst ein herrlich konstruiertes Schiff gewesen war, war nun ein einziges Trümmerfeld und brannte bis zur Wasserlinie hinunter. Er schwankte zur Tür des Ruderhauses – die Erschütterung hatte vorübergehend seinen Gleichgewichtssinn beeinträchtigt –, als Sandecker die *Grimsi* abbremste. Sie glitten langsam an dem glühenden Wrack vorüber.

»Sehen Sie irgendwelche Überlebenden?« fragte Sandecker; er blutete aus einer kleinen Schnittwunde im Gesicht.

Pitt schüttelte den Kopf. »Mit denen ist's aus«, sagte er gleichmütig. »Selbst wenn es einer von der Besatzung geschafft haben sollte, ins Wasser zu springen, er wäre ertrunken, ehe wir ihn hätten auffischen können.«

Tidi kam ins Ruderhaus. Sie preßte eine Hand auf eine rotblaue Beule auf ihrer Stirn und schaute völlig entgeistert drein. »Was... was ist passiert?« war alles, was sie herausbrachte.

»Die Benzintanks waren es nicht«, sagte Sandecker. »Da bin ich sicher.«

»Sie haben recht«, stimmte ihm Pitt zu. »Sie müssen Sprengstoff an Bord gehabt haben, und dem ist meine letzte Bombe nicht gut bekommen.«

»Ziemlich leichtsinnig von ihnen.« Sandeckers Stimme klang fast fröhlich. »Unser Manöver kam ihnen völlig unerwartet, genau wie Sie gesagt haben, und das hat uns das Leben gerettet. Die Esel haben nicht damit gerechnet, daß in die Enge getriebene Mäuse wie Tiger kämpfen können.«

»Jetzt ist unser Konto an Leichen wenigstens halbwegs ausgeglichen.« Pitt spürte nicht den kleinsten Gewissensbiß. Er und Sandecker hatten aus reinem Selbsterhaltungstrieb gehandelt – und um Hunnewell und die anderen zu rächen. Die Endabrechnung stand freilich noch aus. Seltsam, dachte er, wie einfach es ist, Menschen umzubringen, die man nicht kennt und von deren Leben man nichts weiß. »Ihre Achtung vor fremdem Leben, fürchte ich, wird Sie noch teuer zu stehen kommen«, hatte Jonsson gesagt. »Ich bitte Sie, lieber Freund, schlagen Sie zu, wenn der Augenblick da ist.« Pitt spürte eine wilde Befriedigung. Der Augenblick war da gewesen, und er hatte zugeschlagen. Er hatte nicht einmal Zeit gehabt, über den Schmerz und den Tod nachzudenken, den er anderen zufügte. Er fragte sich, ob diese unbewußte Gleichgültigkeit schuld daran war, daß die Menschen immer wieder Kriege führten.

Tidis leise Stimme riß ihn aus seinen Gedanken. »Sie sind tot. Sie sind alle tot.« Sie begann zu schluchzen, die Hände gegen ihr Gesicht gepreßt; ein Weinkrampf schüttelte sie. »Sie haben sie umgebracht, sie kaltblütig ermordet.«

»Ich bitte Sie um Verzeihung, gnädige Frau«, erwiderte Pitt kühl. »Sperren Sie doch einmal Ihre Augen auf! Sehen Sie sich um: Glauben Sie, diese Löcher in unserem Schiff stammen von Spechten? Um es im Western-Jargon zu sagen: Sie haben zuerst gezogen, Sheriff; uns blieb keine Wahl. Sie oder wir! Sie haben das falsche Drehbuch erwischt, Tidi. Wir sind die Guten; die andern hatten die Absicht, uns kaltblütig umzulegen.«

Sie sah in das hagere, entschlossene Gesicht, sah die grünen Augen, und plötzlich verstand sie ihn. Sie hob sich auf die Zehenspitzen und gab ihm einen zarten Kuß. Ihr Gesicht war vom Nebel und von ihren Tränen feucht. »Ich bringe gleich zwei Tassen Kaffee«, sagte sie. Sie rieb sich die Augen.

»Und waschen Sie sich auch das Gesicht«, meinte er lächelnd. »Ihre Lidschatten sind schon bis zum Kinn hinuntergelaufen.«

Gehorsam drehte sie sich um und kletterte in die Kombüse zurück. Pitt sah Sandecker an und zwinkerte ihm zu. Der Admiral nickte verständnisvoll und sah dann wieder zu dem brennenden Boot hinüber.

Das Tragflächenboot war mit dem Heck bereits unter Wasser und sank schnell. Das Meer schlug über dem Vordeck zusammen und löschte das Feuer. Eine weiße Dampfwolke stieg auf, und das Schiff war verschwunden. Nur ein Wirbel aus öligen Luftblasen, nicht zu identifizierenden Trümmern und schmutzigem Schaum zeugte noch von der Katastrophe.

Mit einem Ruck schüttelte Pitt die Bilder des Schreckens ab und wandte sich dem, was weiterhin zu tun war, zu. Er sagte: »Es bringt uns nichts ein, wenn wir hier noch länger herumtrödeln. Ich schlage vor, wir nehmen, so schnell das bei dem Nebel möglich ist, wieder Kurs auf Reykjavik. Je rascher wir uns aus dem Staub machen, um so besser für uns.«

Sandecker schaute auf die Uhr. Es war 1 Uhr 45. Das ganze Unternehmen hatte kaum fünfzehn Minuten gedauert. »Ich könnte einen steifen Grog vertragen«, meinte er. »Kontrollieren Sie das Echolot. Wenn die Wassertiefe weniger als dreißig Meter beträgt, sind wir der Küste gefährlich nahe.«

Drei Stunden später umfuhren sie zwanzig Meilen südwestlich von Reykjavik die Spitze der Halbinsel von Keflavik. Endlich riß der Nebel auf. Islands im Sommer nicht untergehende Sonne begrüßte sie mit strahlendem Glanz. Eine Verkehrsmaschine der Pan Am, die vom Keflavik International Airport aufstieg, zog über ihre Köpfe hinweg. Ihre Aluminiumverkleidung gleißte im Sonnenschein; dann schwenkte sie in einem großen Bogen nach Osten in Richtung London. Pitt sah ihr versonnen nach. Wie gern wäre er jetzt dort oben im Cockpit gesessen und über den Wolken geflogen, statt auf dem Deck eines schlingernden alten Kastens zu stehen. Da riß ihn Sandeckers Stimme aus seinen Träumen.

»Ich kann Ihnen gar nicht sagen, wie sehr es mich bedrückt, daß wir Rondheims Schiff in einem derart heruntergekommenen Zustand zurückbringen.« Ein Grinsen, das ihn Lügen strafte, überzog Sandeckers Gesicht.

»Ihre Sorge ist rührend«, erwiderte Pitt ironisch.

»Aber was soll's? Rondheim kann es sich leisten.« Sandecker nahm eine Hand vom Ruder und winkte in dem zerschossenen Ruderhaus im Kreis herum. »Ein bißchen Holzspachtel, ein bißchen Farbe, neue Scheiben, und alles ist wieder wie neu!«

»Rondheim wird über den Schaden, den die *Grimsi* erlitten hat, höchstens lachen. Aber der Spaß wird ihm vergehen, wenn er vom Schicksal des Tragflächenbootes und seiner Mannschaft hört.«

Sandecker sah Pitt fragend an. »Warum bringen Sie Rondheim mit dem Tragflächenboot in Verbindung?«

»Die Verbindung ist das Boot, auf dem wir stehen.«

»Das müssen Sie mir schon genauer erklären«, meinte Sandecker ungeduldig.

Pitt setzte sich und zündete sich eine Zigarette an. »Ein guter Plan berücksichtigt alle Eventualitäten. Rondheims Plan war gut; aber eine Möglichkeit, für die die Chancen eins zu tausend standen, hat er nicht einkalkuliert: daß wir uns ausgerechnet sein eigenes Boot unter den Nagel reißen. Wir haben uns gewundert, daß die *Grimsi* am Fyrie-Dock vor Anker lag – sie lag da, um uns zu verfolgen. Kurz nachdem wir mit der für uns bestimmten Luxusyacht abgelegt hätten, hätte sich dieser unscheinbare Fischkutter an unsere Fersen geheftet und uns nicht aus den Augen gelassen. Wären wir mitten auf hoher See mißtrauisch geworden, hätten wir keine Möglichkeit mehr gehabt, den Kutter abzuschütteln. Die Höchstgeschwindigkeit einer Kabinenyacht liegt bei zwanzig Knoten. Wir wissen, daß die *Grimsi* etwa vierzig macht.«

»Ein paar Leute müssen höchst verwundert aus der Wäsche geschaut haben«, meinte Sandecker und schmunzelte.

»Zweifellos waren sie für eine Weile ratlos«, stimmte ihm Pitt zu, »bis Rondheim einen neuen Plan gefaßt hatte. Eins muß man ihm lassen: Er ist gerissen. Er hat uns ärger mißtraut, als wir vermutet haben. Er war sich nicht ganz sicher, was wir vorhatten. Als wir dann zufällig das falsche Boot erwischten, gab das den Ausschlag. Nachdem er sich von seinem ersten Schrecken erholt hatte, argwöhnte er, wir wären ihm auf die Schliche gekommen und wollten ihm das Geschäft vermasseln. Aber damit wußte er auch, wohin wir fuhren.«

»Nämlich zu dem schwarzen Düsenjäger«, ergänzte Sandecker. »Er wollte uns zu den Fischen schicken, sobald wir die Maschine geortet hatten.«

Pitt schüttelte den Kopf. »Ich glaube nicht, daß er von Anfang an vorhatte, uns zu beseitigen. Wir haben ihn mit der Taucherausrüstung hinters Licht geführt. Er nahm zweifellos an, wir würden versuchen, das Flugzeug vom Schiff aus zu orten, und später zurückkommen, um es zu bergen.«

»Und weshalb hat er seine Meinung geändert?«

»Weil er uns vom Strand aus beobachtet hat.«

»Aber wie konnte er plötzlich hier aufkreuzen?«

»Er ist mit dem Auto von Reykjavik herübergekommen. Es wäre kein Problem für ihn gewesen, uns mit einem Flugzeug zu verfolgen. Er hat aber diesen Plan wahrscheinlich fallenlassen, weil er uns dabei in einer Nebelbank aus den Augen verlieren konnte. Deshalb hat er einfach einem seiner Männer befohlen, die Halbinsel von Keflavik zu überqueren und zu warten, bis wir auftauchten. Als das geschah, folgte uns der Aufpasser auf der Küstenstraße und hielt an, sobald wir Anker warfen. Durch den Feldstecher sah alles ganz harmlos aus. Aber wir waren unserer Sache zu sicher und haben irgendeine Nebensächlichkeit übersehen – genau wie Rondheim.«

»Wir haben nichts übersehen«, protestierte Sandecker. »Wir haben jede nur denkbare Vorsichtsmaßregel getroffen. Wer uns auch beobachtet hat, er hätte das Teleskop vom Mount Palomar gebraucht, um zu erkennen, daß Tidi in Ihren Kleidern steckte.«

»Das ist wahr. Aber durch jedes normale Japan-Glas zu sieben Dollar fünfzig hat man leicht meine Luftblasen erkennen können, wenn die Sonne auf sie schien.«

»Verdammt!« stieß Sandecker hervor. »Sie haben recht! Aus der Nähe kann man sie kaum erkennen, aber von weitem bei ruhiger See, wenn die Sonne direkt...« Er brach ab.

»Der Aufpasser benachrichtigte Rondheim – höchstwahrscheinlich per Autotelefon – und erzählte ihm, daß wir nach dem Wrack tauchten. Jetzt stand Rondheim mit dem Rücken zur Wand. Er mußte uns ausschalten, bevor wir etwas entdeckten, das sein ganzes Spiel durchkreuzte. Also mußte er sich ein Boot besorgen, das noch schneller war als die *Grimsi.* Das Tragflächenboot war seine einzige Möglichkeit.«

»Und was hätte sein ganzes Spiel durchkreuzt?« wollte Sandecker wissen.

»Das Flugzeug oder seine Besatzung können es nicht gewesen sein. Alle Erkennungszeichen waren getilgt. Also bleibt nur die Ladung übrig.«

»Die Modelle?«

»Die Modelle«, bestätigte Pitt. »Sie sind mehr als nur eine Spielerei. Sie dienen einem ganz bestimmten Zweck.«

»Und wie wollen Sie herausbekommen, wozu sie in drei Teufels Namen bestimmt sind?«

»Ganz einfach.« Pitt lächelte hintergründig. »Rondheim wird es uns erzählen. Wir geben sie bei den Jungs vom Konsulat ab und legen dann mit der *Grimsi* am Fyrie-Kai an, als ob nichts geschehen wäre. Rondheim wird ganz scharf darauf sein zu erfahren, ob wir etwas entdeckt haben. Ich wette, dabei macht er einen Fehler. Und dann haben wir ihn.«

12. Kapitel

Es war vier Uhr, als sie am Fyrie-Kai anlegten. Der Pier lag verlassen da, der Hafenmeister und die Bootswachen waren offensichtlich nicht anwesend. Pitt und Sandecker ließen sich freilich dadurch nicht täuschen. Sie wußten, daß jede ihrer Bewegungen beobachtet wurde, seit sie den Wellenbrecher an der Spitze der Mole passiert hatten.

Bevor Pitt als letzter den zerschossenen Kutter verließ, klemmte er noch eine Nachricht an das Ruder: »Entschuldigen Sie bitte die Unordnung. Wir wurden angegriffen. Setzen Sie die Reparaturkosten auf unsere Rechnung.« Er unterzeichnete mit *Admiral James Sandecker.*

Zwanzig Minuten später trafen sie im Konsulat ein. Die jungen Konsulatsangehörigen, die so hervorragend ihre Rolle als Fischer gespielt hatten, waren fünf Minuten vor ihnen angekommen und hatten die beiden Modelle bereits in den Tresor gesperrt. Sandecker bedankte sich herzlich bei ihnen und versprach, die Taucherausrüstung, die Pitt gezwungenermaßen hatte abwerfen müssen, durch das beste Modell zu ersetzen, das in den Staaten zu haben war.

Dann duschte Pitt, wechselte die Kleider und nahm ein Taxi zum Flughafen von Keflavik.

Sein schwarzer Volvo ließ die malerische Stadt mit ihrer sauberen Luft bald hinter sich und bog auf die enge Küstenstraße zum Flughafen von Keflavik ein. Zu seiner Rechten lag der Atlantik, der im Augenblick so blau wie die Ägäis war. Vom Meer kam ein Wind auf, und Pitt machte eine kleine Flotte von Fischerbooten aus, die, auf den Wellen schaukelnd, den Hafen anliefen. Links vor ihm erstreckte sich die isländische Landschaft, die sich in sanften Hügeln dahinzog. Schafherden und langmähnige Islandponys bildeten reizvolle Farbtupfer in dem satten Grün.

Pitt wurde von der Stimme des Taxifahrers aus seinen Gedanken gerissen, als sie in die Flughafenstraße einbogen.

»Wollen Sie zum Hauptgebäude, Sir?«

»Nein, zu den Flugzeughallen.«

Der Fahrer überlegte kurz. »Tut mir leid, Sir. Die Flugzeughallen liegen am Rand des Rollfelds, jenseits des Empfangsgebäudes. Man darf die Rollbahn nur mit einer Sondererlaubnis überqueren.«

Irgend etwas im Tonfall des Taxifahrers kam Pitt auffällig vor. Dann fiel es ihm ein: der Fahrer sprach das unverkennbare Amerikanisch des Mittleren Westens.

»Wir können es ja trotzdem mal versuchen.«

Der Fahrer zuckte die Achseln und fuhr mit dem Wagen bis an die Einfahrt zum Rollfeld. Er hielt an, als ein großgewachsener, dünner, grauhaariger Mann in einer blauen Uniform aus dem weißgestrichenen Wachhäuschen kam, das anscheinend jede Flughafeneinfahrt der Welt beschützt. Der Mann tippte freundlich grüßend mit den Fingern an sein Mützenschild.

Pitt kurbelte das Fenster herunter, lehnte sich hinaus und zeigte seinen Luftwaffenausweis vor. »Major Dirk Pitt«, stellte er sich vor. »Ich habe einen dringenden Auftrag für die Regierung der Vereinigten Staaten zu erledigen und muß zur Wartungshalle für außerplanmäßige Flugzeuge.«

Der Posten sah ihn ratlos an, dann lächelte er verständnislos und zuckte die Achseln.

Der Taxifahrer stieg aus dem Wagen. »Er versteht kein Englisch. Gestatten Sie, daß ich für Sie dolmetsche?«

Ohne auf Pitts Zustimmung zu warten, legte der Fahrer einen Arm um den Wächter und drängte ihn mit sanfter Gewalt vom Wagen weg auf die Einfahrt zu. Dabei sprach er ohne Pause auf ihn ein und unterstrich seine Worte noch mit eleganten Gesten. Pitt hatte zum erstenmal Gelegenheit, seinen Gehilfen eingehend zu mustern.

Der Fahrer war mittelgroß, vielleicht einen Meter fünfundsiebzig, nicht älter als 26 oder 27 Jahre, hatte strohblondes Haar und die helle Haut, die man bei solchen Typen häufig antrifft.

Endlich brachen die beiden Männer in Lachen aus und schüttelten sich die Hände. Dann klemmte sich der Fahrer wieder hinters Steuerrad und zwinkerte Pitt zu, als der immer noch lachende Wachposten das Tor öffnete und sie durchwinkte.

Pitt sagte: »Sie scheinen sich mit Torposten auszukennen.«

»Das muß man in unserem Gewerbe. Ein Taxifahrer taugt nichts, wenn er nicht einen Wachposten oder einen Polizisten auf einer gesperrten Straße überreden könnte, ihm den Weg freizugeben.«

»Sie verstehen sich glänzend auf dieses Geschäft.«

»Ich habe mich darauf spezialisiert... Wollen Sie zu einem bestimmten Hangar, Sir? Es gibt verschiedene, für jede größere Fluggesellschaft einen.«

»Zur allgemeinen Wartungshalle, wo die Privatflugzeuge gewartet werden.«

Die weiße Betonrollbahn blendete in der hellen Sonne, und Pitt mußte die Augen zusammenkneifen. Er zog eine Sonnenbrille aus seiner Brusttasche und setzte sie auf. Mehrere große Düsenmaschinen standen in einer Reihe nebeneinander. Man konnte die bunten Embleme der TWA, der Pan Am, der SAS, der Icelandic und der BOAC erkennen. Die Mechaniker in ihren weißen Overalls waren unter den Motorhauben der Triebwerke versteckt oder turnten mit Tankschläuchen bewaffnet über die Flügel. Auf der anderen Seite des Rollfelds, gute drei Kilometer entfernt, konnte Pitt die Maschinen der US-Luftwaffe erkennen, die man zweifellos denselben Ritualen unterzog.

»Da wären wir«, verkündete der Fahrer. »Erlauben Sie, daß ich Ihnen meine Dienste als Dolmetscher anbiete.«

»Das wird nicht nötig sein. Lassen Sie die Uhr weiterlaufen. Es wird nur ein paar Minuten dauern.« Pitt stieg aus und ging durch die Seitentür des Hangars, eines kahlen Gebäudes von beinahe achthundert Quadratmetern Größe.

Fünf kleine Privatmaschinen standen verloren in der Riesenhalle herum. Doch Pitts Aufmerksamkeit wurde von einem sechsten Flugzeug angezogen. Es war eine alte dreimotorige Ford, bekannt unter dem Spitznamen »Tin Goose« (»Blecherne Gans«). Die Wellblechverkleidung, die Streben und die drei Motoren, von denen einer vorne im Bug direkt unter dem Cockpit saß, während die anderen beiden an einem Geflecht von Drahtseilen und Verstrebungen frei im Raum hingen, ließen sie für das Auge eines Laien viel zu plump erscheinen, als daß man hätte glauben mögen, sie einigermaßen kontrolliert fliegen oder überhaupt mit ihr abheben zu können. Aber die alten, erfahrenen Piloten schworen auf sie. Für sie war sie eine Wundermaschine. Pitt pochte auf die uralte, waschbrettähnliche Außenhaut; zu gern hätte er eines Tages einen Testflug mit ihr gemacht. Dann ging er auf die Büros im Hintergrund der Halle zu.

Er öffnete eine Tür und trat ein. Das Büro schien eine Mischung aus Umkleide- und Aufenthaltsraum zu sein. Er rümpfte die Nase über den beißenden, drückenden Gestank nach Schweiß, Zigarettenqualm und Kaffee. Er stand ein Weilchen da und sah einer Gruppe von fünf Männern zu, die sich um eine große Kaffeemaschine drängten und gutgelaunt über einen Witz lachten, den eben jemand erzählt hatte. Sie trugen samt und sonders weiße Overalls, von denen einige noch blendend sauber waren, während andere über und über mit Öl beschmiert waren.

Pitt schlenderte lächelnd auf die Männer zu. »Entschuldigen Sie, meine Herren, spricht einer von Ihnen Englisch?«

Ein ungepflegter, langhaariger Mechaniker, der der Kaffeemaschine am nächsten saß, sah auf und entgegnete gedehnt: »Ich spreche Amerikanisch, wenn Ihnen das genügt.«

»Das genügt vollkommen.« Pitt lachte. »Ich suche einen Mann mit den Initialen S.C. Er ist möglicherweise ein Fachmann für Hydraulik.«

Der Mechaniker sah ihn mißtrauisch an. »Wer will das wissen?«

Pitt zwang sich zu einem freundlichen Lächeln und zeigte seinen Ausweis vor. »Pitt, Major Dirk Pitt.«

Für einen Augenblick saß der Mechaniker völlig regungslos da, mit unbewegtem Gesicht, nur die Augen hatte er weit aufgerissen. Dann nickte er resignierend. »Sie haben Ihren Mann gefunden, Major. Ich wußte, es war einfach zu glatt gegangen, als daß es so hätte bleiben können.« Er mußte aus dem tiefsten Oklahoma stammen.

Jetzt nahm Pitts Miene einen undurchdringlichen Ausdruck an. »Was war zu glatt gegangen, um so bleiben zu können?«

»Meine Schwarzarbeit«, brummte der Mechaniker verdrossen. »Ich habe in meiner Freizeit für zivile Fluggesellschaften gearbeitet. Ich wußte, daß das gegen die Dienstvorschriften der US Air Force verstieß, aber das Geld wollte ich mir nicht durch die Lappen gehen lassen. Ich glaube, ich kann meinen Streifen Ade sagen.«

Pitt sah ihn an. »Ich kenne keine Vorschrift der Air Force, die einen Soldaten daran hindert, sich nebenbei ein paar Dollars zu verdienen.«

»Das stimmt schon, Major. Aber in Keflavik gelten andere Gesetze. Colonel Nagel, unser Commanding Officer, hat sie eingeführt. Er meint, wir sollten uns in unserer Freizeit lieber um unsere eigenen Maschinen kümmern, statt diesem Pack von Geschäftsleuten zu helfen. Damit will er sich bei den hohen Tieren im Pentagon Liebkind machen. Aber Sie wären nicht hier, wenn Sie das nicht selber wüßten.«

»Das reicht«, schnitt ihm Pitt das Wort ab. Sein Blick glitt über die anderen vier Männer. Dann wandte er sich wieder dem Air-Force-Mechaniker zu. Seine Augen waren plötzlich eiskalt. »Wenn Sie mit einem vorgesetzten Offizier sprechen, Mann, stehen Sie gefälligst auf!«

»Ich brauche Ihnen nicht in den Arsch zu kriechen, Major. Sie haben keine Uniform an.«

Was dann geschah, spielte sich in Sekundenschnelle ab. Lässig beugte sich Pitt nach vorn, packte die Vorderbeine des Stuhls, auf dem der Mechaniker saß, warf ihn nach hinten auf den Rücken und stellte seinen Fuß auf die Kehle des Mannes. Die anderen Mechaniker waren für einen Moment wie erstarrt, dann bildeten sie drohend einen Kreis um Pitt.

»Ruf deine Gorillas zurück, oder ich breche dir das Genick«, erklärte Pitt und grinste freundlich in die schreckgeweiteten Augen seines Opfers.

Der Mechaniker, der, solange Pitts Schuh gegen seine Luftröhre drückte, nicht sprechen konnte, gestikulierte wild mit beiden Händen. Die Männer wichen einen Schritt zurück, weniger der erstickten Laute ihres Freundes wegen, als wegen des eisigen Lächelns auf Pitts Gesicht.

»Brav«, quittierte Pitt ihren Rückzug. Er wandte sich wieder um, sah auf den hilflosen Mechaniker hinunter und hob den Fuß gerade hoch genug, damit sein Gefangener sprechen konnte. »Also dann – Name, Dienstrang und Personalziffer! Raus damit!«

»Sam ... Sam Cashman«, krächzte der Mechaniker. »Sergeant. Air Force 19385628.«

»Es war halb so schlimm, oder?« Pitt beugte sich hinunter und half Cashman auf die Beine.

»Tut mir leid, Sir. Ich hab' halt diese Schau abgezogen, weil Sie mich sowieso vors Kriegsgericht bringen.«

»Ihre Schau war miserabel«, unterbrach ihn Pitt. »Das nächstemal halten Sie den Mund. Sie haben Ihre Schuld eingestanden, als es gar nicht nötig war.«

»Wollen Sie mich vielleicht nicht hochgehen lassen?«

»Zunächst einmal: mir ist es völlig egal, ob Sie schwarz arbeiten oder nicht. Da ich nicht auf Keflavik stationiert bin, kümmert mich auch die Politik Ihres Colonel Nagel nicht. Und außerdem: Ich bin nicht der Typ, der jemanden hochgehen läßt. Ich will nichts weiter, als daß Sie mir ein paar Fragen beantworten.« Pitt sah Cashman fröhlich an. »Also, wie steht's? Wollen Sie mir helfen?«

Cashmans Miene drückte höchste Achtung aus. »Mein Gott, was würde ich darum geben, wenn ich unter einem Offizier wie Ihnen dienen könnte!« Er streckte ihm die Hand hin. »Fragen Sie, Major!«

Pitt erwiderte Cashmans Händedruck. »Erste Frage: Kratzen Sie normalerweise Ihre Initialen in das Gerät, das Sie reparieren?«

»Ja. Ich halte es da wie die Uhrmacher. Ich leiste gute Arbeit, und ich bin stolz darauf. Aber es hat auch einen zweiten Grund. Wenn ich an der Hydraulik einer Maschine etwas repariert habe, und sie kommt mit einer Störung zurück, weiß ich, daß der Fehler dort liegen muß, wo ich nichts gemacht habe. Das spart eine Menge Arbeit.«

»Haben Sie jemals das Bugrad eines zwölfsitzigen britischen Düsenjägers repariert?«

Cashman dachte einen Moment nach. »Ja, vor etwa einem Monat. Einen von diesen zweistrahligen Abfangjägern – Typ Loreley.«

»War er schwarz angestrichen?«

»Ich weiß nicht. Es war dunkel, etwa morgens um halb zwei, als ich gerufen wurde.« Er schüttelte den Kopf. »Trotzdem – er war nicht schwarz. Da bin ich ganz sicher.«

»Können Sie sich an irgendwelche besonderen Merkmale erinnern? Oder war an der Reparatur irgend etwas Außergewöhnliches?«

Cashman lachte. »Die einzigen besonderen Merkmale waren die beiden Typen, die den Jäger flogen.« Er nahm eine Tasse und bot Pitt Kaffee an. Pitt schüttelte den Kopf. Cashman fuhr fort: »Die Burschen hatten es wahnsinnig eilig. Sie standen dauernd in der Nähe und versuchten mich anzutreiben. Das hat mir ziemlich gestunken. Sie schienen eine Bauchlandung gemacht zu haben, und dabei war eine Dichtung im Stoßdämpfer kaputtgegangen. Sie hatten verdammtes Glück, daß ich eine Ersatzdichtung drüben in der BOAC-Halle fand.«

»Haben Sie auch ins Innere der Maschine geschaut?«

»Nein. Sie benahmen sich, als hätten sie den Präsidenten an Bord. Sie haben den Einstieg nicht eine Minute aus den Augen gelassen.«

»Haben Sie eine Ahnung, wo sie herkamen und wo sie hinwollten?«

»Nicht die geringste. Die Kerle waren verdammt wortkarg. Sie haben über nichts anderes als über die Reparatur geredet. Trotzdem, es muß ein Kurzstreckenflug gewesen sein. Sie haben nicht aufgetankt. Man kann eine ›Loreley‹ mit halbleerem Tank nicht weit fliegen – schon gar nicht in Island.«

»Der Pilot muß doch eine Wartungsanweisung ausgeschrieben haben?«

»Nein. Er hat sich geweigert. Er behauptete, er wäre schon nicht mehr im Zeitplan, und er würde sich demnächst bei mir melden. Statt dessen hat er bar bezahlt. Das Doppelte von dem, was die Arbeit wert war.« Cashman schwieg einen Augenblick. Er versuchte, in dem Gesicht des vor ihm stehenden Mannes zu lesen; doch Pitts Miene war so undurchdringlich wie die einer Marmorstatue. »Warum fragen Sie danach, Major? Gibt es ein Geheimnis im Zusammenhang mit der Maschine?«

»Kein Geheimnis«, erwiderte Pitt. »Vor ein paar Tagen ist eine ›Loreley‹ abgestürzt, und außer einem Stück des Bugfahrwerks ist nichts von ihr übriggeblieben. Niemand weiß, um welche Maschine es sich handelt. Ich versuche, die Sache aufzuklären, weiter nichts.«

»Wurde der Jäger nicht als vermißt gemeldet?«

»Ich wäre nicht hier, wenn das der Fall wäre.«

»Ich wußte, daß mit diesen Burschen irgend etwas faul war. Deshalb habe ich gleich danach einen Wartungsbericht ausgefüllt.«

Pitt beugte sich nach vorn, seine Augen durchbohrten Cashman. »Wozu sollte dieser Bericht gut sein, wenn Sie das Flugzeug nicht identifizieren konnten?«

Über Cashmans Lippen glitt ein schlaues Lächeln. »Ich bin vielleicht ein Hinterwäldler; aber ich bin nicht auf den Kopf gefallen.« Er stand auf und wies mit dem Kopf auf eine Seitentür. »Ich will Ihnen helfen, Major.« Er führte Pitt in ein kleines, schäbiges Büro, dessen ganze Einrichtung aus einem übel zugerichteten Schreibtisch, den mindestens 50 Zigarettenbrandlöcher verunzierten, zwei ebenso mitgenommenen Stühlen und einem großen eisernen Aktenschrank bestand. Cashman ging geradewegs auf den Schrank zu und zog eine Schublade auf. Er wühlte eine Zeitlang darin herum, dann hatte er gefunden, was er suchte, und reichte Pitt einen mit fettigen Fingerabdrücken versehenen Aktenordner. »Ich habe Sie nicht belogen, Major, als ich sagte, es wäre zu dunkel gewesen, um zu erkennen, wie der Jäger angestrichen war. Soweit ich jedoch feststellen konnte, hatte er nie einen Pinsel oder eine Spritzpistole gesehen. Die Aluminiumverkleidung glänzte wie der lichte Tag, als er aus der Werkstatt rollte.«

Pitt schlug den Aktenordner auf und überflog den Wartungsbericht. Cashmans Handschrift ließ viel zu wünschen übrig, doch unter der Rubrik FLUGZEUGKENNZEICHEN stand eindeutig: »Loreley Mark VIII-B1608.«

»Wie haben Sie das herausgekriegt?« fragte Pitt.

»Dank einem Inspekteur der Tommies«, antwortete Cashman

und setzte sich auf eine Tischkante. »Nachdem ich die Dichtung im Bugrad ersetzt hatte, nahm ich eine Taschenlampe und untersuchte das Hauptfahrwerk, ob es vielleicht ebenfalls beschädigt war. Und da entdeckte ich sie. Sie steckte direkt unter der rechten Verstrebung, wie man sich's schöner gar nicht hätte wünschen können: eine grüne Plakette, mit dem Vermerk, das Rollwerk sei von Chefinspekteur Clarence Devonshire von der Loreley Aircraft Ltd. inspiziert worden. Die Seriennummer der Maschine war gleichfalls angegeben.«

Pitt warf den Ordner auf den Schreibtisch. »Sergeant Cashman!« bellte er.

Völlig verdutzt über den barschen Ton, nahm Cashman sofort Haltung an. »Sir?«

»Ihre Staffel?«

»87. Lufttransportstaffel, Sir.«

»Ausgezeichnet.« Pitts eisige Miene ging langsam in ein breites Grinsen über, und er klopfte Cashman auf die Schulter. »Sie haben recht gehabt, Sam. Sie haben mir sehr geholfen.«

»Wenn ich das nur auch sagen könnte!« Cashman seufzte sichtlich erleichtert auf. »Aber das ist schon das zweitemal innerhalb der letzten zehn Minuten, daß Sie mich zu Tode erschreckt haben. Wozu brauchen Sie meine Staffel?«

»Damit ich weiß, wohin ich eine Kiste Whisky schicken kann. Ich nehme an, Sie mögen einen guten Whisky?«

Cashmans Gesicht drückte verständnisloses Staunen aus. »Bei Gott! Sie sind wirklich ein sonderbarer Mensch!«

»Möglich.« Pitt überlegte bereits, wie er eine Kiste Whisky auf seiner Spesenrechnung unterbringen sollte. Ach was, ich zapfe Sandecker an, dachte er. Diese Investition zahlt sich aus. Plötzlich fiel ihm etwas ein. Er griff in die Tasche. »Übrigens, haben Sie das da schon einmal gesehen?« Er reichte Cashman den Schraubenzieher, den er in der Loreley gefunden hatte.

»Na so etwas! Ob Sie es glauben oder nicht, Major, dieser Schraubenzieher da gehört mir. Ich habe ihn über den Katalog eines Werkzeugfachgeschäftes in Chicago gekauft. Es gibt keinen zweiten dieser Art auf Island. Wie sind Sie zu ihm gekommen?«

»Ich habe ihn in dem Flugzeugwrack gefunden.«

»Ach, so ist er mir also abhanden gekommen«, meinte Cashman wütend. »Diese dreckigen Schweine haben ihn mir geklaut. Ich hätte wissen müssen, daß sie Lumpen sind. Wenn ihre Verhandlung ist, sagen Sie mir bitte Bescheid. Ich würde liebend gern gegen sie aussagen.«

»Sie können Ihre Freizeit besser verwenden. Ihre Freunde erscheinen nicht vor Gericht. Sie sind hinüber.«

»Sie sind umgekommen?« Es war mehr eine Feststellung als eine Frage.

Pitt nickte.

»Ich könnte jetzt Sprüche klopfen wie: Ehrlich währt am längsten; aber warum sollte ich mir darüber den Kopf zerbrechen! Es kam wohl, wie es kommen mußte. Das ist alles.«

»Für einen Hydraulikspezialisten sind Sie ein glänzender Philosoph, Sam.« Pitt schüttelte Cashman noch einmal die Hand. »Auf Wiedersehen und vielen Dank. Sie waren mir eine große Hilfe.«

»Ich hab's gern getan, Major. Hier, behalten Sie den Schraubenzieher als ein Andenken. Ich habe inzwischen einen neuen bestellt.«

Pitt steckte den Schraubenzieher in seine Tasche, wandte sich um und verließ das Büro.

Pitt machte es sich in dem Taxi bequem und steckte sich eine Zigarette zwischen die Lippen, ohne sie anzuzünden. Mit der Seriennummer des geheimnisvollen schwarzen Düsenjägers hatte er das Ende des Fadens in der Hand. Er hatte nicht ernstlich damit gerechnet, daß er Erfolg haben würde. Er starrte aus dem Fenster, ohne die vorbeifliegenden grünen Wiesen richtig wahrzunehmen. Seine Gedanken kreisten allein um die Frage, ob die Spur direkt zu Rondheim führen würde. Er grübelte immer noch über diese Frage nach, als er plötzlich den undeutlichen Eindruck hatte, daß die Landschaft anders aussah als zuvor. Auf den Wiesen fehlten die Viehherden und die Ponys, und die hügelige Landschaft ging in eine wellige Tundra über. Er drehte sich um und schaute durch das andere Fenster. Das Meer war nicht mehr da, wo es hätte sein sollen; statt dessen lag es jetzt in seinem Rücken. Langsam verschwand es hinter der flach ansteigenden Straße.

Er beugte sich zu seinem Fahrer vor. »Haben Sie ein Rendezvous mit einem Bauernmädchen oder fahren Sie diese malerische Straße, um den Fahrpreis zu erhöhen?«

Der Fahrer trat auf die Bremse und hielt am Straßenrand. »Ich suche die Abgeschiedenheit, Major – das wäre vielleicht der richtige Ausdruck. Nur ein kleiner Umweg, damit wir uns in Ruhe unterhalten können...«

Die Stimme des Fahrers erstarb, dies aus gutem Grund. Pitt hatte ihm den Schraubenzieher einen Zentimeter tief in den Gehörgang seines Ohres gebohrt.

»Lassen Sie Ihre Hände am Steuer und bringen Sie den Wagen zurück auf die Straße nach Reykjavik«, befahl Pitt, »oder ich schraube Ihr rechtes Ohr am linken fest.«

Pitt behielt das Gesicht des Fahrers im Rückspiegel scharf im Blick. Sollte der Kerl den plötzlichen Versuch unternehmen, sich zu verteidigen, würde sich das zuerst in seinen blauen Augen ankündigen. Die knabenhaften Gesichtszüge blieben jedoch völlig ausdruckslos, nicht einmal Furcht flackerte in ihnen auf. Dann begann das Gesicht im Rückspiegel langsam, sehr langsam zu lächeln, um endlich in ein befreites Lachen auszubrechen.

»Sie sind sehr mißtrauisch, Major Pitt.«

»Wenn man auf Sie in den letzten drei Tagen drei Mordanschläge verübt hätte, würden Sie auch einiges Mißtrauen entwickeln.«

Das Lachen des Fahrers brach ab, und die buschigen Augenbrauen zogen sich zusammen. »Drei Mordanschläge? Ich weiß nur von zweien.«

Pitt schnitt ihm das Wort ab, indem er ihm den Schraubenzieher einen Viertelzentimeter tiefer ins Ohr stieß. »Sie sind ein Glückspilz, mein Freund. Ich könnte versuchen, ein paar ausgewählte Informationen über Ihren Boß und seine Geschäfte aus Ihnen herauszupressen; aber eine Vernehmung im KGB-Stil ist nicht nach meinem Geschmack. Ich schlage deshalb vor, daß Sie jetzt anstatt nach Reykjavik ganz brav nach Keflavik zurückfahren, allerdings auf der anderen Seite des Rollfelds, dort, wo die US Air Force ihr Lager aufgeschlagen hat. Da können sich ein paar von unseren Leuten Ihrer annehmen. Sie werden die Burschen von der National Intelligence Agency mögen: Sie sind Experten darin, ein schüchternes

Mauerblümchen zum munter plaudernden Mittelpunkt einer Party zu machen.«

»Das könnte peinlich werden.«

»Das ist Ihr Problem.«

Das Gesicht im Rückspiegel lächelte abermals. »Nicht ausschließlich, Major. Es wäre bestimmt ein denkwürdiger Augenblick, Ihr Gesicht zu beobachten, wenn Sie einen NIA-Agenten zur Vernehmung anschleppen!«

Pitt ließ den Schraubenzieher nicht locker. »Nicht sehr überzeugend«, erklärte er. »Ich würde sogar von einem Studenten im ersten Semester, den man auf der Toilette beim Haschen erwischt hat, etwas Besseres erwarten.«

»Admiral Sandecker hat vorausgesagt, daß es nicht einfach sein würde, mit Ihnen zu reden.«

Pitt stutzte. »Wann haben Sie mit dem Admiral gesprochen?«

»In seinem Büro im Hauptquartier der NUMA, zehn Minuten, nachdem Commander Koski gefunkt hatte, Sie und Dr. Hunnewell wären sicher gelandet. An Bord der *Catawaba*, um genau zu sein.«

Möglicherweise sagte der Fahrer die Wahrheit. Seine Antwort deckte sich mit dem, was Pitt wußte: Die NIA hatte sich nicht mehr mit Sandecker in Verbindung gesetzt, seit er auf Island gelandet war. Pitt verringerte schon den Druck auf den Schraubenzieher, besann sich dann jedoch eines anderen und umklammerte das Werkzeug, bis ihm die Finger weh taten. »Also gut, seien Sie mein Gast«, äußerte er wie beiläufig. »Aber ich muß Sie dringend bitten, machen Sie nicht die kleinste falsche Bewegung.«

»Keine Angst, Major. Beruhigen Sie sich und nehmen Sie mir nur die Mütze ab.«

»Ich soll Ihnen die Mütze abnehmen?« wiederholte Pitt verblüfft. Er zögerte einen Moment, dann griff er mit seiner freien linken Hand nach der Mütze.

»Sehen Sie innen nach, Major. Unter dem Schirm ist eine Derringer, Kaliber 25, festgeklebt.« Die Stimme des Fahrers klang sanft, aber sie hatte einen befehlenden Unterton. »Bedienen Sie sich und nehmen Sie diesen verdammten Schraubenzieher endlich aus meinem Ohr.«

Immer noch mit einer Hand, öffnete Pitt den Verschluß der Derringer, fuhr mit dem Daumen über die Zündplättchen der beiden winzigen Patronen, um sicherzugehen, daß die Kammern auch geladen waren; dann machte er den Verschluß wieder zu und spannte die Pistole. »Okay. Jetzt steigen Sie aus und lassen Ihre Hände da, wo ich sie im Auge behalten kann.«

Der Fahrer glitt hinter dem Lenkrad hervor, ging um das Auto herum und lehnte sich gemütlich gegen den Kühler. Er faßte sich ans Ohr und zuckte zusammen. »Eine teuflische Tour, Major. Davon habe ich noch nie etwas gehört.«

»Sie sollten besser auf dem Damm sein«, antwortete Pitt. »Es ist kein neuer Trick, einem nichtsahnenden Opfer einen solchen Gegenstand durchs Ohr ins Gehirn zu rammen. Schon die bezahlten Killer haben ihn während der Mafia-Auseinandersetzungen angewendet, lange bevor Sie oder ich geboren wurden.«

»Sie haben mir eine ziemlich schmerzhafte Lektion erteilt. Ich werde sie bestimmt nicht vergessen.«

Pitt war immer noch mißtrauisch. Er zielte mit seiner Pistole direkt auf das Herz des Fahrers und sagte: »Sie haben behauptet, Sie hätten in Washington mit Admiral Sandecker gesprochen. Beschreiben Sie ihn – Figur, Haare, seine Eigenheiten, die Einrichtung seines Büros, alles.«

Der Fahrer ließ sich nicht lange bitten. Er redete wie ein Wasserfall und zählte zum Schluß ein paar von Sandeckers Lieblingsausdrücken auf.

»Ihr Gedächtnis ist gut – Sie haben alles fehlerlos beschrieben«, sagte Pitt.

»Ich besitze ein photographisches Gedächtnis, Major. Meine Beschreibung hätte ebensogut aus einem Dossier stammen können. Nehmen wir beispielsweise Sie. Major Dirk Eric Pitt. Geboren vor exakt 32 Jahren, vier Monaten und zwölf Tagen im Hoag Hospital in Newport Beach, Kalifornien. Name der Mutter Barbara, Vater George Pitt, dienstältester Senator der Vereinigten Staaten.« Der Fahrer leierte weitere Daten herunter, als ob er eine auswendig gelernte Geschichte aufsage, was er ja auch tatsächlich tat. »Es ist sinnlos, auch noch die drei Zeilen zu zitieren, die auf Ihrem Kriegsorden stehen. Sie tragen ihn sowieso nie. Auf Ihren außerordentlichen Ruf als Frauenheld brauche ich nicht einzugehen. Wenn Sie es jedoch wünschen, kann ich Ihnen detailliert über alles berichten, was Sie getan haben, seit Sie aus Washington abgeflogen sind.«

Pitt winkte ab. »Das reicht. Ich bin natürlich beeindruckt, Mr. – äh –«

»Lillie. Jerome P. Lillie der Vierte. Ich bin Ihr Verbindungsmann.«

»Jerome P...« Pitt gab sich alle Mühe, aber er konnte ein ungläubiges Lachen nicht unterdrücken. »Sie machen Scherze.«

Lillie machte eine hilflose Bewegung. »Lachen Sie darüber, wenn es Ihnen Spaß macht, Major. Aber der Name Lillie erfreut sich in St. Louis seit nahezu hundert Jahren außerordentlicher Wertschätzung.«

Pitt dachte einen Moment nach. Dann fiel es ihm ein. »Lillie-Bier. Natürlich, das ist es. Lillie-Bier. Wie heißt der Werbespruch? ›Gebraut für den Tisch des Genießers.‹ «

»Ein Beweis dafür, daß sich Werbung lohnt«, meinte Lillie. »Ich nehme an, Sie sind einer unserer zufriedenen Kunden.«

»Nein. Ich trinke lieber Budweiser.«

»Ich sehe schon, mit Ihnen ist kein Auskommen«, klagte Lillie.

»Im allgemeinen schon.« Pitt sicherte die Derringer wieder und warf die winzige Pistole Lillie zu. »Ich heiße Sie willkommen. Es ist unwahrscheinlich, daß Sie zu den anderen gehören und dennoch eine so überzeugende Geschichte aufzutischen wüßten.«

Lillie hatte die Pistole aufgefangen. »Ihr Vertrauen ist gerechtfertigt, Major. Ich habe die Wahrheit gesagt.«

»Sie sind weit weg von Ihrer Brauerei, oder ist das eine neue Geschichte?«

»Eine sehr langweilige Geschichte. Vielleicht erzähle ich Ihnen ein andermal von mir, bei einem Glas von Vaters Spitzenerzeugnis.« Er klebte die Pistole so ruhig wieder in seiner Mütze fest, als ob das sein tägliches Geschäft wäre. »Sie haben einen dritten Mordanschlag erwähnt?«

»Sie haben mir angeboten, mir detailliert über alles zu berichten, was ich getan habe, seit ich Washington verlassen habe. Berichten Sie also.«

»Niemand ist vollkommen, Major. Mir sind heute zwei Stunden verlorengegangen.«

Pitt überlegte kurz. »Wo waren Sie gegen Mittag?«

»An der Südküste der Insel.«

»Was haben Sie dort getrieben?«

Lillie sah zur Seite und ließ seinen Blick über die öde Gegend schweifen. »Genau zehn Minuten nach zwölf Uhr habe ich einem Mann die Kehle durchgeschnitten.«

»Dann waren es also zwei Leute, die die *Grimsi* beobachtet haben?«

»Die *Grimsi*? Ach ja, natürlich – so hieß Ihr Schiff. Ja, ich bin zufällig über den anderen Burschen gestolpert. Als Sie, der Admiral und Miss Royal nach Südosten in See stachen, hatte ich so eine Ahnung, Sie würden wohl in dem Gebiet vor Anker gehen, wo Sie und Dr. Hunnewell abgestürzt sind. Ich fuhr mit dem Wagen über die Halbinsel und kam trotzdem zu spät – dieser verdammte Fischkutter war schneller als ich. Sie zeichneten bereits wie verrückt, und Admiral Sandecker spielte die Rolle des freundlichen Familienoberhauptes. Ich bin leider auf dieses schöne Bild häuslichen Friedens hereingefallen.«

»Ihr Konkurrent offenbar nicht. Sein Fernglas war stärker.«

Lillie nickte. »Er hatte ein Teleskop. Brennweite 175 Millimeter, auf einem Stativ.«

Pitt schwieg einen Moment und zündete sich eine Zigarette an. Er blies den Rauch aus und sah Lillie an. »Sie sagten, Sie hätten ihn getötet?«

»Es war ein Mißgeschick; aber er ließ mir keine Wahl.« Lillie stützte sich auf die Motorhaube des Volvo und fuhr sich über die Stirn; offensichtlich machte ihm die Erinnerung zu schaffen. »Er – ich weiß seinen Namen nicht; er hatte keinen Ausweis bei sich – beugte sich gerade über das Teleskop und sprach in ein Funkgerät, als ich um einen Felsen schlich und im wahrsten Sinne des Wortes auf ihn prallte. Wir hatten beide nur Ihr Schiff im Auge gehabt; er war nicht auf mich und ich war nicht auf ihn gefaßt gewesen. Zu seinem Unglück reagierte er als erster, ohne zu überlegen. Er zog ein Klappmesser aus dem Ärmel – ein ziemlich veraltetes Modell – und stürzte sich auf mich.« Lillie zuckte hilflos die Achseln, ehe er fortfuhr: »Der arme Irre versuchte zu stechen, anstatt mich aufzuschlitzen – er war offensichtlich ein Amateur. Ich hätte ihn am Leben lassen und gefangennehmen sollen. Dann hätte man ihn verhören können. Aber in der Hitze des Gefechts habe ich mir das nicht überlegt und ihn mit seinem eigenen Messer erledigt.«

»Zu schade, daß Sie ihm nicht fünf Minuten eher begegnet sind«, meinte Pitt.

»Warum das?«

»Er hatte unsere Position bereits durchgegeben, und so konnten seine Komplizen anrücken, um uns ins Jenseits zu befördern.«

Lillie sah Pitt fragend an. »Wozu? Doch nicht, um ein paar Zeichnungen oder einen Eimer Fische in die Hand zu bekommen?«

»Nein, sondern etwas weitaus Wichtigeres: einen Düsenjäger.«

»Ich ahnte es. Ihr geheimnisvoller schwarzer Jäger. Mir kam gleich der Gedanke, daß Sie nach ihm suchen wollten, als ich Ihr Fahrziel erriet. Aber in Ihrem Bericht war keine genaue...«

Pitt fiel ihm ins Wort; in seiner Stimme klang Argwohn auf. »Ich weiß bestimmt, daß sich Admiral Sandecker seit seiner Abreise in Washington weder mit Ihnen noch mit Ihrer Behörde in Verbindung gesetzt hat. Er und ich sind die einzigen, die wissen, was in diesem Bericht...« Er unterbrach sich. »Außer...«

»Außer dem Konsulatssekretär, der ihn getippt hat«, vollendete Lillie lächelnd Pitts Satz. »Mein Kompliment! Ihr Bericht war fabelhaft abgefaßt.« Lillie hielt es nicht für nötig zu erklären, auf welche Weise ihm der Konsulatsangehörige eine Kopie hatte zukommen lassen, und Pitt hielt es nicht für nötig, danach zu fragen. »Sagen Sie bloß, Major, Sie wollten nur mit einem Zeichenblock und einer Angelrute ein gesunkenes Flugzeug aufspüren...«

»Ihr Opfer kennt die Antwort. Er hat die Luftblasen durch sein Teleskop entdeckt.«

Lillies Augen verengten sich zu Schlitzen. »Sie hatten eine Taucherausrüstung dabei?« fragte er entgeistert. »Wie kamen Sie dazu? Ich habe Sie beobachtet, als Sie vom Kai ablegten, und ich habe nichts gesehen. Ich habe Sie und den Admiral vom Strand aus überwacht und habe keinen von Ihnen das Deck länger als drei Minuten verlassen sehen. Danach konnte ich nichts mehr beobachten, weil Nebel aufkam.«

»Die NIA hat kein Monopol auf Geheimunternehmen«, entgegnete Pitt. »Setzen wir uns in den Wagen, und ich erzähle Ihnen, wie ein ganz normaler Alltag im Leben des Dirk Pitt aussieht.«

Pitt machte es sich auf dem Rücksitz bequem, legte seine Füße auf die Lehne des Sitzes vor ihm und berichtete Lillie, was sich alles zwischen dem Auslaufen der *Grimsi* und ihrer Rückkehr zugetragen hatte. Er erzählte, was er mit Sicherheit wußte, und auch das, was er sich nur zusammenreimte – alles. Einen winzigen, vagen Gedanken, der ihm durch den Kopf spukte, ließ er allerdings aus – einen Gedanken, der mit Kirsti Fyrie zusammenhing.

13. Kapitel

»Also haben Sie sich Oskar Rondheim als Ihren Bösewicht ausgesucht«, murmelte Lillie. »Aber Sie haben keinen einzigen handfesten Beweis, der mich überzeugt.«

»Ich gebe Ihnen recht. Nur die Indizien weisen auf Rondheim hin«, erwiderte Pitt. »Er hat das meiste bei der Geschichte zu gewinnen. Also hat er ein Motiv. Er hat gemordet, um in den Besitz der Unterwassersonde zu kommen, und er hat gemordet, um seine Spuren zu verwischen.«

»Das reicht mir nicht.«

Pitt sah Lillie an. »Also gut. Geben Sie mir eine bessere Erklärung.«

»Als Agent, dessen Wort in der NIA gilt, ist es mir peinlich zuzugeben, daß ich ein bißchen verwirrt bin.«

»Sie sind verwirrt?« Pitt schüttelte in spöttischem Mitleid den Kopf. »Die Sicherheit unserer Nation ist bei Ihnen offensichtlich nicht in besten Händen.«

Lillie lächelte verhalten. »Sie sind es, der für die Verwirrung gesorgt hat. Sie haben die Kette entzwei gerissen.«

»Welche Kette?« fragte Pitt. »Oder soll ich jetzt raten?«

Lillie zögerte einen Augenblick, bevor er antwortete: »Seit rund achtzehn Monaten zieht sich eine Kette der seltsamsten Ereignisse durch die Staaten des südamerikanischen Kontinents, von der Südspitze Chiles bis zur nördlichen Grenze Guatemalas. Die großen Bergbaugesellschaften Südamerikas sind, von der Öffentlichkeit unbemerkt, durch eine Reihe komplizierter Schachzüge zu einem Riesenkonzern verschmolzen worden. Nach außen hin führen sie ihre Geschäfte selbständig wie bisher weiter; doch hinter verschlossener Tür wird die Politik der einzelnen Unternehmen von einem einzigen, unbekannten Mann bestimmt.«

Pitt schüttelte den Kopf. »Unmöglich. Ich kann Ihnen wenigstens fünf Länder nennen, in denen die Bergbaukonzerne verstaatlicht sind. Diese Konzerne können gar keine engeren Verbindungen mit Privatgesellschaften eingehen.«

»Es ist trotzdem eine erwiesene Tatsache. Auch wo der Bergbau verstaatlicht ist, wird die Unternehmenspolitik von außen gesteuert. Die Parnagus-Janios-Gruben in Brasilien, die hochwertiges Eisenerz fördern, die Domingo-Bauxit-Minen in der Dominikanischen Republik, die staatlichen Silberminen in Honduras, sie alle erhalten ihre Weisungen von ein und derselben Person oder Personengruppe.«

»Woher stammen diese Informationen?«

»Wir haben mehrere Quellen«, fuhr Lillie fort. »Zum Teil in den Bergbaugesellschaften selbst. Fatalerweise konnten wir unsere Leute noch nicht in das oberste Management einschleusen.«

Pitt drückte seine Zigarette in dem Aschenbecher aus, der in der Wagentür eingelassen war. »Es ist doch nichts Seltsames, wenn jemand versucht, ein Monopol aufzubauen. Wenn jemand den Mut hat, so etwas durchzuziehen, dann kann ich ihm nur viel Erfolg wünschen.«

»Nein, ein Monopol ist an sich schon schlecht genug«, entgegnete Lillie. »Unter den Namen, die wir ermitteln konnten und deren Träger auf höchster Ebene mitmischen, finden sich zwölf der reichsten Männer der westlichen Welt. Ihr enormes Kapital steckt samt und sonders im Bergbau. Und jeder von ihnen hat so viel Einfluß, daß sie zusammen über zweihundert Industriekonzerne kontrollieren.« Lillie hielt inne und sah Pitt an. »Wenn ihr Monopol einmal steht, können sie die Preise für Kupfer, Aluminium, Zink und andere Rohstoffe in schwindelnde Höhen treiben. Die Inflation, die das zur Folge hätte, würde für wenigstens dreißig Staaten den wirtschaftlichen Zusammenbruch bedeuten. Die Vereinigten Staaten wären natürlich unter den ersten, die auf die Knie gezwungen würden.«

»Das muß nicht notwendig so geschehen«, wandte Pitt ein. »Damit würden sich die Drahtzieher doch ins eigene Fleisch schneiden.«

Lillie lächelte und nickte. »Das ist der springende Punkt. Diese Leute, F. James Kelly in den USA, Sir Eric Marks in Großbritannien, Roger Dupuy in Frankreich, Hans von Hummel in der Bundesrepublik Deutschland, Iban Mahani im Iran, und ihre Genossen – jeder von ihnen ein paar Milliarden schwer – verhalten sich loyal zu ihrem Heimatland. Wenn auch jeder von ihnen wahrscheinlich ein Steuersünder ist und das Finanzamt übers Ohr haut, will doch keiner seine Regierung absichtlich in ein wirtschaftliches Chaos stürzen.«

»Was wollen sie dann dabei gewinnen?«

»Wir wissen es nicht.«

»Und welche Rolle spielt Rondheim in dieser Sache?«

»Gar keine, wenn man von seiner Beziehung zu Kirsti Fyrie und ihrer Beteiligung am Unterwasserbergbau absieht.«

Nach einer langen Pause meinte Pitt nachdenklich: »Dann frage ich mich, wo Sie in dieser ganzen Geschichte hingehören. Was hat die Fusion von lateinamerikanischen Bergbaugesellschaften mit Island zu tun? Die NIA hat Sie bestimmt nicht als Taxifahrer hierhergeschickt, damit Sie sich mit dem örtlichen Straßennetz vertraut machen. Wenn Ihre Agentenkollegen hinter Topfpflanzen lauern und Kelly, Marks, Dupuy und die anderen beobachten, dann haben Sie sicher den Auftrag, ein weiteres Mitglied dieses Vereins von Geldsäcken im Auge zu behalten. Soll ich Ihnen den Namen gleich nennen, oder möchten Sie, daß ich ihn auf ein Blatt Papier aufschreibe und Ihnen per Post zuschicke?«

Lillie starrte ihn einen Moment an. »Sie haben ins Schwarze getroffen.«

»Tatsächlich?« Pitt redete nicht länger um den heißen Brei herum. »Okay. Gehen wir noch einmal auf die Unklarheiten und Nebensächlichkeiten ein. Admiral Sandecker hat behauptet, er hätte jeden Hafen zwischen Buenos Aires und der Gänsebucht überprüft.

Zwölf Häfen hätten die Ankunft und Abfahrt eines isländischen Frachters vermerkt, der der umgebauten *Lax* ähnlich sah. Korrekterweise hätte er sagen müssen: ›Ich habe die Häfen überprüfen *lassen.*‹ Ein anderer hat nämlich die eigentliche Arbeit für ihn geleistet, und dieser Jemand war die NIA.«

»Das ist nichts Außergewöhnliches«, erklärte Lillie. »Solche Überprüfungen erledigen wir manchmal leichter als eine Regierungsstelle, die sich mit dem Schiffsverkehr befaßt.«

»Bloß, daß Sie die Informationen schon besaßen, ehe Sandecker sie überhaupt anforderte.«

Lillie erwiderte nichts. Er brauchte auch nichts zu erwidern. Seine verschlossene Miene war Anlaß genug für Pitt weiterzusprechen: »Vor ein paar Monaten begegnete ich zufällig in einer Bar einem Nachrichtenoffizier der Army. Nichts war los, und keinem von uns war danach zumute, zu feiern oder ein Mädchen zu verführen. Deshalb saßen wir nur herum und tranken, bis der Laden geschlossen wurde. Er hatte gerade die Funkstation in Smytheford an der Hudson Bay, Kanada, inspiziert – ein Komplex von zweihundert Antennen auf einem vier Quadratkilometer großen Areal. Fragen Sie mich nicht, wie er hieß. Ich will nicht, daß Sie ihn später für das Ausplaudern militärischer Geheimnisse zur Verantwortung ziehen könnten. Ich habe seinen Namen und Rang vergessen.« Pitt machte eine kleine Pause, um seine Beine bequemer zu lagern. Dann fuhr er fort: »Er war stolz auf die Anlage, vor allem, weil er an ihrem Ausbau beteiligt gewesen war. Er sagte, die hochempfindlichen Geräte wären imstande, den gesamten Funkverkehr auf einer Linie nördlich von Moskau, London und New York zu überwachen. Als die Anlage stand, wurden er und sein Team ebenso höflich wie bestimmt aufgefordert, irgendwoanders Dienst zu tun. Es war natürlich eine reine Vermutung von ihm, aber er glaubte, daß die Station jetzt von der NIA betrieben werde, die sich nach dem Willen des Verteidigungsministeriums und der CIA auf Funkspionage spezialisiert hat. Eine recht interessante Annahme, wenn man bedenkt, daß Smytheford als Relaisstation für den transkontinentalen Funkverkehr deklariert worden ist.«

Lillie beugte sich vor: »Worauf läuft das hinaus?«

»Auf zwei Herren namens Matajic und O'Riley. Beide sind

tot.«

»Und Sie glauben, ich habe sie gekannt?« fragte Lillie gespannt.

»Wenigstens dem Namen nach. Ich brauche Ihnen nicht zu erklären, wer sie waren. Das wissen Sie. Ihre Leute in Smytheford haben mitgehört, wie Matajic Sandecker mitteilte, er hätte die *Lax* erkannt. Das hat Ihren Spezialisten zu diesem Zeitpunkt bestimmt wenig gesagt; aber sie haben zweifellos ihre elektronischen Ohren gespitzt, als sie den letzten Funkspruch des Piloten auffingen, ehe der schwarze Jäger alle drei Männer in die ewigen Jagdgründe beförderte. Hier schürzt sich nun der Knoten. Admiral Sandecker handelte klug. Er erzählte der Coast Guard irgendein Ammenmärchen über verlorene Ausrüstungsgegenstände und bat um eine Suchaktion, die aus der Luft und auf dem Wasser das Gebiet durchkämmen sollte, in dem die Maschine der NUMA verschwunden war. Man fand nichts... jedenfalls wurde nichts darüber bekannt. Die Coast Guard legte sich mächtig ins Zeug, doch die NIA rührte keinen Finger – sie hatte die Route der *Lax* von Anfang an überwacht. So oft sich das Schiff per Funk mit seinem Heimatstützpunkt in Island in Verbindung setzte, berechneten die Computer in Smytheford seinen genauen Standort. Jetzt begannen die Experten in eurer Zentrale Verdacht zu schöpfen: Es mußte eine Verbindung zwischen der verlorenen Unterwassersonde und der Übernahme der Bergbaugesellschaften in Südamerika bestehen. Deshalb gingen sie einen Schritt zurück und verfolgten den Kurs der *Lax* die Atlantikküste hinauf und hinunter. Als Sandecker um eben diese Information nachsuchte, wartete man bei euch vorsichtshalber ein paar Tage, und dann händigte man ihm eine schon vorher angefertigte Kopie aus. Eure Leute muß es vor Lachen beinahe zerrissen haben.«

»Erwarten Sie wirklich, daß ich Ihre Spekulationen auch nur in einem Punkt bestätige?«

»Es ist mir ziemlich gleichgültig, was Sie mir bestätigen«, erklärte Pitt. »Ich zähle nur ein paar Tatsachen auf. Fügen Sie sie zusammen, und Sie haben den Namen des Mannes, den ihr hier in Island überwacht.«

»Woher wollen Sie wissen, daß es sich nicht um eine Frau handelt?« fragte Lillie.

»Weil Sie zu demselben Schluß gekommen sind wie ich – Kirsti

Fyrie kontrolliert vielleicht Fyrie Ltd.; aber Oskar Rondheim kontrolliert Kirsti Fyrie.«

»Damit wären wir also wieder bei Rondheim.«

»Haben wir je an einen anderen als ihn gedacht?«

»Ein kluger Schluß, Major Pitt«, murmelte Lillie.

»Wollen Sie nicht noch einige Lücken ausfüllen?«

»Solange ich keinen anders lautenden Befehl erhalte, kann ich keinen Außenstehenden in die Einzelheiten unseres Unternehmens einweihen.« Lillie gab sich nun ganz offiziell, wirkte aber nicht sehr überzeugend. »Ich kann Ihnen nur bestätigen, daß Sie richtig kombiniert haben. Sie sind nicht weit von der Wahrheit entfernt. Ja, die NIA hat Matajics Botschaft aufgefangen. Ja, wir haben die Route der *Lax* verfolgt. Ja, wir haben das Gefühl, daß Rondheim in irgendeiner Weise hinter dem Bergbau-Kartell steckt. Aber darüber hinaus darf ich Ihnen nichts weiter mitteilen.«

»Da wir jetzt so gute Freunde sind«, meinte Pitt grinsend, »nennen Sie mich doch einfach Dirk.«

Lillie trug den Seitenhieb mit Fassung. »Sie sollen Ihren Willen haben. Indes, nennen Sie mich bitte nicht Jerome, sondern Jerry!« Er streckte ihm die Hand hin. »Auf gute Partnerschaft. Aber machen Sie mir keine Schande.«

Pitt erwiderte den Händedruck. »Tun Sie sich mit mir Prachtburschen zusammen, und Sie werden erfolgreich sein!«

»Das eben möchte ich eher befürchten als mich darüber freuen.« Lillie seufzte und blickte über das öde Land, als müßte er die unerwartete Wendung der Dinge überdenken. Schließlich schlug er sich seine Gedanken aus dem Kopf und sah auf seine Uhr. »Wir fahren lieber wieder zurück nach Reykjavik. Nicht Ihretwegen; aber ich habe eine anstrengende Nacht vor mir.«

»Was steht denn auf Ihrem Programm?«

»Zunächst muß ich mich umgehend mit unserer Zentrale in Verbindung setzen und die Seriennummer des schwarzen Jägers durchgeben. Mit ein bißchen Glück müßte es möglich sein, bis morgen früh den Namen des Besitzers zu ermitteln. Ich hoffe für Sie, nach all den Scherereien, die Sie hatten, daß es der Name eines der Hauptbeteiligten ist. Zum zweiten will ich herausfinden, wo eigentlich das Tragflächenboot auf Reede lag. Irgend jemand muß doch etwas wissen. Man kann ein so auffallendes Fahrzeug auf einer so kleinen Insel nicht versteckt halten. Und zum dritten möchte ich mich um die zwei Modelle der südamerikanischen Regierungsgebäude kümmern. Ich fürchte, Sie haben der ganzen Sache eine entscheidende Wendung gegeben, als Sie sie vom Meeresgrund auffischten. Die Dinger haben ganz bestimmt irgendeinen Zweck. Vielleicht sind sie für denjenigen, der sie gebaut hat, von größter Bedeutung, vielleicht aber auch nicht. Nur um alle Möglichkeiten auszuschöpfen, werde ich Washington bitten, einen Experten für Modellbauten herüberzuschicken, der jeden Quadratzentimeter dieser Modelle untersucht.«

»Tüchtig, fleißig und fachgerecht. Nur weiter so. Sie beeindrukken mich mit der Zeit.«

»Ich tue mein Bestes«, erwiderte Lillie trocken.

»Brauchen Sie vielleicht eine rechte Hand?« fragte Pitt. »Ich bin heute abend frei.«

Lillie lächelte Pitt strahlend an. »Sie sind bereits verplant, Dirk. Ich würde ja gerne mit Ihnen tauschen, aber die Pflicht ruft.«

»Ich fürchte, ich muß fragen, was in Ihrem schmutzigen, kleinen Gehirn vorgeht«, gab Pitt zurück.

»Eine Party, Sie Glückspilz. Sie dürfen zu einer Party mit Dichterlesung gehen.«

»Sie scherzen.«

»Nein, ich meine es ernst. Sie sind von Oskar Rondheim persönlich eingeladen. Obwohl ich den Verdacht habe, daß es Miss Fyries Idee war.«

Pitts Augenbrauen zogen sich über seinen scharfen grünen Augen zusammen. »Woher wissen Sie das? Woher *können* Sie das wissen? Als Sie mich vom Konsulat abholten, hatte ich noch keine Einladung erhalten.«

»Betriebsgeheimnis. Wir bringen es manchmal fertig, ein Kaninchen aus dem Hut zu zaubern.«

»Okay. Ein Punkt für Sie. Sie bekommen eine goldene Anstecknadel.« Es wurde allmählich kühl. Pitt kurbelte das Fenster hoch. »Eine Dichterlesung«, murmelte er angewidert. »O Gott, das wird sicher furchtbar!«

14. Kapitel

Die Isländer sind sich selbst nicht einig, ob das herrschaftliche Haus, das auf dem höchsten Hügel über Reykjavik liegt, nicht doch schöner ist als selbst die Präsidentenvilla am Bessastadir. Darüber können die Isländer tagelang streiten, ohne zu einem Ende zu kommen – vor allem deshalb, weil die beiden Gebäude im Grunde nicht miteinander zu vergleichen sind. Der Regierungssitz des Präsidenten von Island ist ein Beispiel klassischer Schlichtheit, während Oskar Rondheims modernes Anwesen aussieht, als hätte es ein wildgewordener Frank Lloyd Wright in die Welt gesetzt.

Vor den schmiedeeisernen Türen der Rondheim-Villa drängten sich die elegantesten Wagen. Sämtliche teuren Automarken aller Länder waren vertreten: Rolls Royce, Lincoln, Mercedes, Cadillac. Selbst ein russischer SIL durchkurvte mehrmals die ringförmige Auffahrt und lud seine Fahrgäste ab.

Achtzig oder neunzig Leute in Abendgarderobe bevölkerten den großen Salon und die Terrasse. Sie sprachen die unterschiedlichsten Sprachen. Die Sonne, die sich zuvor immer wieder hinter einer verirrten Wolke versteckt hatte, schien nun hell durch die Fenster, obwohl es bereits neun Uhr vorbei war. Am Ende des Salons unter einem großen Wappen mit dem roten Albatros standen Kirsti Fyrie und Oskar Rondheim und machten die Honneurs.

Kirsti war berauschend schön, in eine weiße, mit Goldborte gesäumte Seidentoga gekleidet und das Haar im griechischen Stil hochgesteckt. Rondheim, groß und mit Adleraugen das ganze Treiben beobachtend, stand wie ein Hüne neben ihr. Seine schmalen Lippen verzogen sich nur zu einem Lächeln, wenn es die Höflichkeit erforderte. Er begrüßte eben einige russische Gäste und führte sie zu einem langen Tisch, auf dem kunstvoll Berge von Kaviar und Lachs angerichtet waren und in dessen Mitte eine riesige Schale mit Punsch stand, als sich seine Augen mit einem Male unmerklich weiteten und das freundliche Lächeln auf seinen Lippen gefror. Kirsti erstarrte ebenso plötzlich, und das Murmeln der Gäste erstarb zu einer seltsamen Stille.

Pitt kam mit der Eleganz eines Filmstars, dessen Können hauptsächlich in seinen glanzvollen Auftritten besteht, die Freitreppe heraufgetänzelt. Am Portal zum Salon hielt er an. Er griff nach einem Lorgnon, das ihm an einer goldenen Kette um den Hals hing, und musterte das konsternierte Publikum, das sprachlos auf ihn starrte.

Niemand hätte ihm eigentlich einen Vorwurf machen können, selbst der Freiherr von Knigge nicht. Pitts Aufzug war eine Mischung aus der Hofkleidung im Zeitalter Ludwigs XI. und Gott weiß was. Die rote Jacke war mit einem Rüschenkragen und Rüschenmanschetten verziert, und seine gelben Reithosen aus Brokat verschwanden in roten Wildlederstiefeln. Um die Hüften trug er eine braune Seidenschärpe, deren Quasten in Kniehöhe endeten. Wenn es in Pitts Absicht lag, Aufsehen zu erregen, dann war ihm das voll und ganz gelungen. Endlich stolzierte er auf Kirsti und Rondheim zu. »Guten Abend, Miss Fyrie ... Mr. Rondheim. Dank für die Einladung. Ich liebe Dichterlesungen. Selbst für alles Gold der Welt möchte ich keine versäumen.«

Kirsti sah Pitt fasziniert und mit leicht geöffnetem Mund an. Mit belegter Stimme erwiderte sie: »Oskar und ich freuen uns, daß es Ihnen möglich war zu kommen.«

»Ja, es ist schön, Sie wiederzusehen, Major ...« Weitere Worte blieben Rondheim in der Kehle stecken, als er den bereits vergessenen Waschlappen-Händedruck von Pitt wieder spürte.

Um das peinliche Schweigen zu überbrücken, fragte Kirsti rasch: »Sie tragen heute abend nicht Ihre Uniform?«

Pitt ließ das Lorgnon lässig an seiner Kette hin und her schwingen. »Um Himmels willen, nein. Eine Uniform wirkt immer so düster. Ich fand, es wäre unterhaltsamer, heute abend in Zivilkleidung zu erscheinen. So erkennt mich wenigstens niemand.«

Zu Pitts größter Freude mußte sich Rondheim sichtlich zu einem höflichen Lächeln zwingen, als er sagte: »Wir hatten gehofft, Admiral Sandecker und Miss Royal würden ebenfalls erscheinen?«

»Miss Royal muß jeden Augenblick hier sein«, entgegnete Pitt und blickte sich durch sein Stielglas ungeniert im Raum um. »Was mit dem Admiral ist, weiß ich nicht.«

Keine zwei Minuten später erschien Tidi. Pitt belegte sie sofort mit Beschlag. »Ich glaube, wir sollten uns unters Volk mischen«, meinte er, nahm ihren Arm und entführte sie in Richtung Büffet.

Er reichte ihr ein Glas Punsch, und sie taten sich an den aufgebauten Köstlichkeiten gütlich. Pitt mußte sich anstrengen, nicht zu gähnen, als er und Tidi von einer Gruppe zur anderen wandelten. Als einem erfahrenen Salonlöwen fiel es Pitt normalerweise nicht schwer, Konversation zu treiben, doch heute abend schien ihm der Absprung nicht gelingen zu wollen. Über dem ganzen Fest lag eine sonderbare Stimmung. Er hätte sie nicht genau beschreiben können, doch irgend etwas war ungewohnt. Alle Arten Partygäste waren vertreten – die Gelangweilten, die Betrunkenen, die Snobs und die Geschwätzigen. Jeder, mit dem Tidi und Pitt ein Gespräch anknüpften, war nett und höflich zu ihnen. Niemand erging sich in antiamerikanischen Äußerungen – sonst ein beliebtes Gesprächsthema, wenn Ausländer zugegen waren. Man hätte das Ganze für eine völlig normale, durchaus nicht aus dem Rahmen fallende Veranstaltung halten können. Dann aber kam Pitt plötzlich dahinter. Er neigte den Kopf und flüsterte Tidi ins Ohr: »Haben Sie auch das Gefühl, daß wir personae non gratae sind?«

Tidi sah ihn zweifelnd an. »In keiner Weise. Jeder ist doch äußerst freundlich zu uns.«

»Sicher, das trifft zu, aber es ist eine falsche Freundlichkeit, die man uns entgegenbringt.«

»Woher wollen Sie das wissen?«

»Ich spüre es.«

»Das ist Unfug. Sie können niemandem einen Vorwurf machen, wenn er sich scheut, sich einem Mann zu erschließen, der so angezogen ist wie Sie.«

»Im Gegenteil, so ein seltener Vogel steht sonst im Mittelpunkt des Interesses. Hier nicht. Deshalb kommt mir das wie ein Leichenschmaus vor.«

Tidi lachte Pitt belustigt an: »Sie sind nur nervös, weil Ihnen andere hier die Schau stehlen.«

Er lächelte zurück: »Würde es Ihnen etwas ausmachen, mir das näher zu erklären?«

»Sehen Sie die beiden Männer dort drüben?« Sie deutete zur Fensterwand. »Neben dem Flügel?«

Pitt blickte unauffällig in die angegebene Richtung. Ein kleiner, rundlicher, lebhafter Glatzkopf redete aufgeregt gestikulierend auf einen drahtigen, dichten weißen Bart ein, der keine zwanzig Zentimeter von seiner Nasenspitze entfernt war. Der Bart gehörte einem großen, vornehm aussehenden Mann mit silberweißem Haar, das ihm über den Kragen fiel und ihm das Air eines Harvard-Professors gab.

Pitt wandte sich wieder Tidi zu und zuckte die Achseln. »Und?«

»Sie wissen nicht, wer die sind?«

»Sollte ich?«

»Sie lesen eben die Klatschspalten der Boulevard-Presse nicht.«

»Der *Playboy* ist meine einzige Lektüre.«

Tidi warf ihm einen echt weiblichen »Entsetzlich-diese-Männer«-Blick zu und sagte: »Das ist schon ziemlich schlimm, wenn der Sohn eines Senators der Vereinigten Staaten zwei der reichsten Männer der Welt nicht erkennt.«

Pitt begriff nicht gleich. Doch endlich ging ihm auf, was sie gesagt hatte. Er drehte sich um und sah sich noch einmal die beiden Männer an. Dann wandte er sich wieder Tidi zu und packte sie so fest am Arm, daß sie zusammenzuckte. »Wie heißen sie?«

»Der dicke Glatzkopf ist Hans von Hummel. Der Vornehme ist F. James Kelly.«

»Täuschen Sie sich nicht?«

»Nein, ich bin sicher. Ich habe Kelly einmal gesehen, beim Ball zum Amtsantritt des Präsidenten.«

»Schauen Sie sich um! Erkennen Sie noch jemanden?«

Tidis Blick durchforschte den Saal nach weiteren Bekannten. Sie hatte Glück. »Der alte Kerl mit der ulkigen Brille, der auf dem Sofa sitzt, ist Sir Eric Marks. Und die attraktive Brünette neben ihm ist Dorothy Howard, die englische Schauspielerin.«

»Die interessiert mich nicht. Konzentrieren Sie sich nur auf die Männer.«

»Der einzige, der mir noch bekannt vorkommt, ist der Mann, der gerade hereingekommen ist und jetzt mit Kirsti Fyrie plaudert. Ich bin ziemlich sicher, es ist Jack Boyle, der australische Kohlenkönig.«

»Wieso kennen Sie sich so gut mit Millionären aus?«

Tidi zuckte mit einer reizenden Bewegung die Achseln. »Unverheiratete Mädchen vertreiben sich gern mit Gesellschaftsklatsch die Zeit. Man kann schließlich nicht wissen, ob man nicht irgendwann einmal einem dieser Männer begegnet.«

»Jetzt hat sich Ihr Hobby einmal bezahlt gemacht.«

»Weshalb?«

»Es sieht so aus, als wäre hier der Bergbau-Club versammelt.«

Pitt zog Tidi mit sich hinaus auf die Terrasse und führte sie in eine entlegene Ecke abseits des Partygetriebes. Er beobachtete, wie kleine Gruppen von Gästen durch die breiten Doppeltüren geschlendert kamen, in seine Richtung schauten und sich dann wieder abwandten, nicht als ob es ihnen peinlich wäre, sondern eher wie Wissenschaftler, die ein Experiment überwachen und das vermutliche Ergebnis diskutieren. Er hatte langsam das ungute Gefühl, daß es ein Fehler gewesen war, Rondheims Haus aufzusuchen. Er war gerade dabei, sich eine Entschuldigung auszudenken, mit der er und Tidi sich verdrücken konnten, als Kirsti Fyrie sie erblickte und auf sie zukam. »Wollen Sie bitte ins Studio kommen? Wir fangen an.«

»Wer liest denn?« fragte Tidi.

Kirstis Gesicht strahlte. »Sie wissen es nicht? Oskar natürlich.«

Um Gottes willen, dachte Pitt im stillen. Er ließ sich von Kirsti in das Studio führen wie ein Lamm zur Schlachtbank. Tidi folgte ihnen.

Sie waren fast die letzten. Die Plüschsessel, die in einem weiten Kreis um ein erhöhtes Podium herumstanden, waren bis auf wenige schon besetzt.

Ein paar Augenblicke später wurde die Beleuchtung heruntergedreht, bis es im Studio fast ganz dunkel war. Kirsti kletterte auf das Podium, und zwei mattrosa Scheinwerfer gaben ihr das Aussehen einer griechischen Marmorgöttin auf ihrem Sockel im Louvre. Pitt zog sie in Gedanken aus und versuchte sich vorzustellen, was für ein ehrfurchtgebietendes Bild sie ohne Hüllen darbieten würde. Er musterte Tidi von der Seite. Ihre hingerissene Miene verleitete ihn zu der Überlegung, ob sie sich wohl den gleichen Gedanken hingab wie er. Er tastete nach ihrer Hand, fand sie und drückte sie innig. Tidi war aber so sehr von Kirstis Anblick gefesselt, daß sie Pitts Händedruck nicht mehr wahrzunehmen schien. Sie erwiderte ihn jedenfalls nicht.

Als Kirsti Fyrie bewegungslos dastand und alle Blicke des Publikums, das ihr hinter dem Scheinwerferlicht verborgen blieb, auf sich zog, lächelte sie mit all der Selbstsicherheit, die nur eine Frau besitzt, die sich ihrer Reize voll bewußt ist.

Sie neigte ihren Kopf zu den schattenhaften Gestalten in der Dunkelheit hinab. »Meine Damen und Herren«, begann sie, »sehr verehrte Gäste. Heute abend wird unser Gastgeber, Oskar Rondheim, für Sie aus seinen neuesten Werken lesen. Er liest in unserer Muttersprache. Danach trägt er noch einige von ihm ausgewählte Verse des hervorragenden zeitgenössischen irischen Dichters Sean Magee vor.«

Pitt beugte sich zu Tidi hinüber und flüsterte ihr zu: »Ich hätte mindestens noch weitere zehn Gläser von dem Punsch trinken sollen, um das durchzuhalten.« Er konnte Tidis Gesicht nicht sehen. Er brauchte es auch gar nicht zu sehen – er fühlte, wie ihm ihr Ellbogen kräftig in die Rippen stieß. Als er sich wieder dem Podium zuwandte, war Kirsti bereits verschwunden, und Rondheim hatte ihren Platz eingenommen.

Man hätte annehmen sollen, Pitt litt während der folgenden anderthalb Stunden Höllenqualen. Aber weit gefehlt. Fünf Minuten nachdem Rondheim mit monotoner Stimme seine Werke vorzutragen begonnen hatte, schlief Pitt selig ein, glücklich über die Tatsache, daß in der Dunkelheit niemand sein mangelndes Verständnis für Poesie bemerken würde.

Kaum hatte ihn die erste Welle des Schlafs davongespült, fand sich Pitt zum hundertsten Mal an der Küste wieder und wiegte Hunnewells Kopf im Arm. Wieder und wieder beobachtete er hilflos, wie Hunnewell in seine Augen starrte und zu sprechen versuchte, wie er sich verzweifelt bemühte, sich verständlich zu machen. Dann glitt, kaum daß Hunnewell die drei scheinbar unsinnigen Worte hervorgebracht hatte, ein Schatten über seine müden, alten Gesichtszüge, und er war tot. Das eigentlich Seltsame an diesem Traum war nicht, daß Pitt ihn immer wieder träumte, sondern daß es niemals ganz derselbe Traum war. Hunnewell starb nämlich jedesmal anders. Einmal traten zum Beispiel die Kinder genauso auf, wie sie es auch in Wirklichkeit getan hatten. Ein andermal fehlten sie völlig. Einmal überschlug sich der Düsenjäger und tauchte mit dem Flügel zuerst ins Wasser, als wollte er sich verbeugen. Selbst Sandecker war bisweilen vorhanden, stand über Pitt und Hunnewell gebeugt und schüttelte traurig den Kopf. Das Wetter, der Verlauf der Küste, die Farbe der See – sie unterschieden sich alle von Mal zu Mal. Nur eines änderte sich nie – Hunnewells letzte Worte.

Pitt wachte vom Beifall des Publikums auf. Er starrte ins Leere und versuchte, wieder zu sich zu kommen. Die Lampen erstrahlten im alten Glanz, und er brachte einige Zeit damit zu, seine Augen zusammenzukneifen und sie an die Helligkeit zu gewöhnen.

Rondheim stand immer noch auf dem Podium und genoß selbstgefällig den brausenden Applaus. Er hob die Hände und bat um Ruhe. »Wie die meisten von Ihnen wissen, gehört es zu meinen Lieblingsbeschäftigungen, Gedichte auswendig zu lernen. Bei aller Bescheidenheit darf ich sagen, daß ich mir inzwischen ein recht ansehnliches Repertoire erarbeitet habe. Deshalb schlage ich folgendes vor: Irgendwer aus dem Publikum soll mir eine Gedichtzeile nennen. Wenn ich die dazugehörige Strophe nicht zu Ende bringe, stifte ich 50000 Dollar einer von Ihnen zu benennenden gemeinnützigen Einrichtung.« Er wartete, bis das gedämpfte, aufgeregte Stimmengewirr verklungen war. »Sollen wir anfangen? Wer möchte mein Gedächtnis als erster auf die Probe stellen?«

Sir Eric Marks stand auf.

»›Warnen der väterliche Freund und deine Mutter –‹

Versuch dich zur Einführung daran, Oskar.«

Rondheim verbeugte sich leicht.

»›Dich aber vor dem Leid,
Das ein Verschwenden deiner Kräfte mit sich bringt,
So schlage ihren Rat nur in den Wind;
Denn hängen kannst du immer noch.‹«

Er machte eine effektvolle Pause. »*Einer und zwanzig* von Samuel Johnson.«

Marks nickte anerkennend. »Richtig.«

Als nächster erhob sich F. James Kelly. »Wie wär's mit folgendem?

›Des Tags nun bin ich wie verzaubert,
Und nachts, da träum' ich nur –‹«

Rondheim fuhr in nahtlosem Übergang fort:

»›Von deinen schimmernd grauen Augen,
Und ich seh' dich in langem,
Weltentrücktem Tanz dahinschweben.‹

Das Gedicht heißt *Im Paradies* und stammt von Edgar Allan Poe.«

»Ich gratuliere, Oskar.« Kelly war sichtlich beeindruckt. »Sie sind glänzend.«

Rondheim blickte über das Studio hinweg, und ein Lächeln lokkerte seine scharfgeschnittenen Züge auf. »Wollen Sie Ihr Glück versuchen, Major Pitt?«

Pitt sah Rondheim versonnen an. »Ich habe nur drei Worte parat.«

»Ich nehme die Herausforderung an«, erklärte Rondheim selbstbewußt. »Bitte...«

»›Gott schütze dich–‹«

sagte Pitt zögernd, als glaubte er selbst nicht, daß darauf überhaupt noch eine Zeile folgte.

Rondheim lachte. »Das ist großartig, Major. Sie geben mir liebenswürdigerweise Gelegenheit, aus meinem Lieblingsgedicht zu zitieren.« In Rondheims Stimme klang Triumph mit; jeder im Raum konnte es spüren.

»›Gott schütze dich, du alter Seemann,
Vor den dich quälenden Dämonen.

Doch sag: Warum grämst du dich so?
‚Ich erschoß den Albatros.'

Die Sonne tauchte da zur Rechten
Aus dem grünen Meer empor.
Doch blieb sie stets hinter Nebelschleiern,
Bis sie zur Linken wiederum im Meer versank.

Und noch wehte er, der gute Südwind.
Doch kein Vogel folgte mehr,
Der zum Fraß oder Spiel
Auf der Matrosen Ruf geflogen kam.

Ich hatte Furchtbares getan
Und großes Leid über uns gebracht.
Denn getötet hatte ich den Vogel,
Der den Wind zum Wehen gebracht.‹ «

Plötzlich hielt Rondheim inne und sah Pitt verwundert an. »Ich brauche wohl kaum fortzufahren. Allen Anwesenden ist klar, daß Sie mich aufgefordert haben, aus dem *Alten Seemann* von Samuel Taylor Coleridge zu zitieren.«

Pitt fiel das Atmen auf einmal leichter. Das Licht am Ende des Tunnels wurde heller. Jetzt wußte er etwas, was er zuvor nicht gewußt hatte. Er hatte zwar noch nicht gewonnen, aber die Dinge wendeten sich zum Guten. Er war froh, daß er blindlings drauflos geschossen und ins Schwarze getroffen hatte. Der Alptraum von Hunnewells Tod würde nicht mehr seinen Schlaf stören. Ein zufriedenes Lächeln überzog sein Gesicht. »Vielen Dank, Mr. Rondheim. Ihr Gedächtnis ist wirklich fabelhaft.«

Irgend etwas in Pitts Tonfall ließ Rondheim aufhorchen. »Das Vergnügen war ganz auf meiner Seite, Major.« Er mochte Pitts Lächeln nicht; es war ihm ganz und gar zuwider.

15. Kapitel

Pitt litt noch eine weitere halbe Stunde, in der Rondheim fortfuhr, das Publikum mit seinen ungeheuren Gedächtnisproben zu traktieren. Endlich war die Vorstellung vorbei. Die Türen wurden geöffnet, und die Menge strömte zurück in den Saal. Die Damen versammelten sich auf der Terrasse, wo sie sich in seichten Plaudereien ergingen und dabei an einem alkoholischen Gebräu nippten, während die Herren das Jagdzimmer besetzten, wo es Zigarren und einhundert Jahre alten Cognac gab.

Die Zigarren wurden in einer silbernen Kassette herumgereicht. Pitt wurde dabei geflissentlich übergangen – man übersah seine Anwesenheit einfach. Nachdem die Zeremonie des Anrauchens vorüber war – man hielt seine Zigarre über eine Kerze und brachte sie auf die erwünschte Temperatur –, kredenzten die Diener den Cognac, der, schwer und goldbraun, aus wunderbar geschliffenen Gläsern getrunken wurde. Abermals ging Pitt leer aus.

Pitt zählte 32 Männer, die sich um das Kaminfeuer scharten. Dazu kamen noch er selbst und Rondheim. Es war interessant zu sehen, wie die Versammlung auf Pitts Anwesenheit reagierte. Niemand schien ihn auch nur zu bemerken. Einen Augenblick lang kam es ihm so vor, als wäre er ein Geist, der eben durch die Wand getreten war und nun darauf wartete, daß eine Séance begann, damit er den Spiritisten erscheinen konnte. Er hätte sich noch alle möglichen seltsamen Szenen ausmalen können, wäre er nicht daran gehindert worden von dem sehr realen, stumpfen runden Gewehr, das sich ihm plötzlich in den Rücken bohrte.

Er gab sich keine Mühe nachzusehen, wessen Hand das Gewehr hielt. Das war auch gar nicht nötig. Rondheim sorgte für Aufklärung.

»Kirsti!« Rondheim blickte an Pitt vorbei. »Du bist zeitig dran. Ich habe dich frühestens in zwanzig Minuten erwartet.«

Von Hummel zog ein Taschentuch hervor und wischte sich über eine Augenbraue. Das Leinen mit dem gestickten Monogramm wurde ganz feucht. »Ist das Mädchen, mit dem er gekommen ist, versorgt?« fragte er.

»Miss Royal hat es bequem«, erwiderte Kirsti und starrte durch Pitt hindurch, als ob er Luft wäre. Es lag aber etwas in ihrer Stimme, das ihn hoffen ließ.

Rondheim kam auf sie zu und nahm ihr wie ein besorgter Vater das Gewehr aus der Hand. »Ein Gewehr paßt nicht zu einer schönen Frau«, meinte er dabei. »Gestatte, daß ein Mann sich um den Major bemüht.«

»Oh, ich habe es gern getan«, erwiderte sie mit heiserer Stimme. »Es ist schon so lange her, daß ich ein Gewehr in der Hand gehalten habe.«

»Ich finde, wir sollten nicht länger unsere Zeit vergeuden«, sagte Jack Boyle. »Unser Terminplan steht unverrückbar fest. Wir müssen sofort den nächsten Schritt in Angriff nehmen.«

»Wir haben Zeit genug«, beschied ihn Rondheim knapp.

Ein Russe, ein kleiner, untersetzter Mann mit einem Ansatz zur Glatze, mit braunen Augen und einem Klumpfuß, stand auf und sah Rondheim an. »Ich glaube, Sie schulden uns eine Erklärung, Mr. Rondheim. Warum wird dieser Mann« – er deutete auf Pitt – »wie ein Verbrecher behandelt? Sie haben mir und den anderen der hier versammelten Herren erzählt, er wäre Journalist, und es wäre nicht klug, allzu offen mit ihm zu sprechen. Aber Sie reden ihn heute abend schon zum vierten oder fünften Mal mit ›Major‹ an.«

Rondheim musterte den Fragesteller, setzte sein Glas ab und drückte auf den Knopf eines Telephons. Er hob den Hörer nicht ab, sondern nahm lediglich sein Glas wieder zur Hand und trank einen Schluck. Dann sagte er: »Bevor ich Ihre Fragen beantworte, Genosse Tamareztov, möchte ich Ihnen raten, sich einmal umzudrehen.«

Der Russe, den er mit »Tamareztov« angeredet hatte, machte auf dem Absatz kehrt. Die übrigen Gäste taten es ihm nach – bis auf Pitt. Pitt brauchte sich nicht umzudrehen. Er starrte unverwandt in einen Spiegel. Eine Reihe finsterer, ausdrucksloser Männer in schwarzen Overalls waren wie aus dem Nichts aufgetaucht, hatten die eine Wand des Jagdzimmers besetzt und hielten ihre AR-17-Schnellfeuergewehre im Anschlag.

Ein gebeugter, massiger Mann, Mitte siebzig, mit blauen lebhaften Augen im faltigen Gesicht, packte F. James Kelly am Arm. »Du hast mich eingeladen, dich heute abend zu begleiten, James. Du weißt sicher, was das hier zu bedeuten hat.«

»Ja, das weiß ich.« Man konnte sehen, wie sehr Kelly dieser Griff schmerzte. Dann riß er sich los.

Langsam und fast unmerklich hatten sich Kelly, Rondheim, von Hummel, Marks und acht weitere Männer auf der einen Seite des Kamins zusammengefunden und Pitt und die übrigen Gäste jenseits des Feuers in völliger Verwirrung zurückgelassen. Pitt bemerkte mit einigem Unbehagen, daß alle Gewehre auf ihn und seine Gruppe gerichtet waren.

»Ich warte, James«, sagte der alte Mann schneidend.

Kelly sah von Hummel und Marks fragend und etwas traurig an. Offensichtlich wartete er auf ihre Zustimmung. Endlich nickten die beiden ihm zu, worauf er begann: »Hat jemand unter Ihnen schon einmal etwas von Eremit Ltd. gehört?«

Man hätte eine Stecknadel fallen hören können.

Niemand sprach, niemand antwortete. Pitt rechnete kühl seine Chancen für eine Flucht aus. Er gab es auf; die Wahrscheinlichkeit, daß er Erfolg haben würde, stand eins zu fünfzig.

»Eremit Ltd.« fuhr Kelly fort, »ist eine Firma mit weltweiten Aktivitäten, doch an keiner Börse werden ihre Aktien gehandelt. Ihre Organisationsform unterscheidet sich sehr von den sonst üblichen Unternehmensformen. Es ist jetzt nicht die Zeit, ihre Arbeitsweise in allen Einzelheiten zu erläutern. Lassen Sie mich nur sagen, daß das Hauptunternehmensziel von Eremit darin besteht, die Kontrolle über Süd- und Mittelamerika zu erlangen.«

»Das ist unmöglich«, rief ein großer, schwarzhaariger Mann mit einem ausgesprochenen französischen Akzent. »Völlig undenkbar!«

»Ein guter Geschäftsmann schafft auch das Unmögliche«, wies ihn Kelly zurecht.

»Was Sie da vorhaben, hat nichts mit Geschäften zu tun, sondern ist das Wahnsinnsunternehmen eines Machtbesessenen!«

Kelly schüttelte den Kopf. »Es ist, zugegebenermaßen, ein phantastisches Unternehmen; aber wir verfolgen es nicht aus eigennützigen oder inhumanen Beweggründen heraus.« Er ließ seinen Blick über die Gesichter jenseits des Kamins schweifen. In allen spiegelte sich ungläubige Betroffenheit.

»Ich bin F. James Kelly«, fuhr Kelly mit sanfter Stimme fort. »Ich habe während meines Lebens zwei Milliarden Dollar gemacht.«

Keiner der Anwesenden bezweifelte das. Sooft das *Wall Street Journal* eine Liste der hundert reichsten Männer der Welt veröffentlichte, fand sich Kellys Name in der Spitzengruppe. Der Milliardär sprach weiter: »Reich zu sein heißt auch, eine große Verantwortung zu tragen. Nicht weniger als zweihunderttausend Menschen verdienen ihren Lebensunterhalt durch mich. Wenn ich morgen Bankrott anmelden müßte, hätte das eine Rezession zur Folge, die ganz Amerika von der Ost- bis zur Westküste in Mitleidenschaft zöge, von den vielen Ländern, deren Wirtschaft in hohem Maße von meinen Tochtergesellschaften abhängt, ganz zu schweigen. Doch – diese Herren an meiner Seite können das bestätigen – Reichtum ist keine Garantie für Unsterblichkeit. Nur einzelne reiche Männer haben sich in den Annalen der Geschichte verewigt.«

Kelly machte eine Pause. Er sah direkt elend aus. In dem Raum herrschte Totenstille. Dann fuhr er fort: »Vor zwei Jahren begann ich darüber nachzudenken, was ich zurücklassen würde, wenn ich einmal von der Bühne des Lebens abträte: Ein Wirtschaftsimperium, um das sich schmarotzende Teilhaber und Verwandte streiten würden, die heute schon die Tage bis zu meinem Ableben zählen. Sie können mir glauben, meine Herren, daß das eine ziemlich trostlose Aussicht war. Also dachte ich über Wege und Möglichkeiten nach, mein Vermögen auf eine der Menschheit nützliche Art anzulegen. Doch wie sollte ich das anstellen? Andrew Carnegie baute Bibliotheken, John D. Rockefeller gründete Stiftungen für Wissenschaft und Bildung. Was würde den Völkern der Welt, gleichgültig ob weißer, schwarzer, brauner, gelber oder roter Hautfarbe, den größten Segen bringen? Ungeachtet ihrer Nationalität? Hätte ich nur auf die Stimme meines Herzens gehört, wäre mir die Entscheidung nicht schwergefallen: Ich hätte mit meinem Geld die Krebsforschung, das Rote Kreuz, die Heilsarmee, irgendeines der tausend medizinischen Institute im Lande oder eine Universität bedacht. Doch war das wirklich genug? Es schien mir eine zu einfache Lösung. Ich entschied mich deshalb für etwas anderes – für ein Unternehmen, von dem Jahrhunderte lang Millionen von Menschen profitieren würden.«

»Und so sind Sie auf die Idee gekommen, sich mit ihrem Geld zum Messias der mit Armut geschlagenen lateinamerikanischen Völker zu ernennen?« fragte Pitt.

Kelly lächelte den Major herablassend an. »Sie irren sich gewaltig, Major – äh –«

»Pitt«, half ihm Rondheim aus. »Major Dirk Pitt.«

Kelly schaute Pitt gedankenvoll an. »Sind Sie mit Senator George Pitt verwandt?«

»Sein verlorener Sohn«, bestätigte ihm Pitt.

Kelly schien einen Moment lang wie vom Donner gerührt. Er wandte sich um zu Rondheim, doch dieser sah ihn nur kalt an. »Ihr Vater ist ein guter Freund von mir«, sagte Kelly dumpf.

»War«, entgegnete Pitt kalt.

Kelly wahrte mit Mühe seine Fassung. Es war offensichtlich: sein Gewissen setzte ihm hart zu. Er mußte sich erst wieder sammeln, ehe er mühsam fortfuhr: »Es war nie meine Absicht, Schicksal zu spielen. Welchen Weg ich auch wählte, die Entscheidung wurde mir von einer Instanz abgenommen, die sehr viel exakter ist und sehr viel weniger von Gefühlen geleitet wird als das menschliche Gehirn.«

»Computer!« entfuhr es Kellys älterem Freund. »Eremit Ltd. war das Programm, mit dem du vor zwei Jahren die Computer unserer EDV-Abteilung gefüttert hast. Ich kann mich jetzt gut daran erinnern, James. Du hast den gesamten Komplex drei Monate lang stillgelegt und in einem Anfall von Großzügigkeit, wie du sie weder vorher noch nachher je wieder an den Tag gelegt hast, jedermann bezahlten Urlaub gegeben. Und das alles unter dem Vorwand, du hättest die Anlage der Regierung für ein militärisches Projekt der höchsten Geheimhaltungsstufe zur Verfügung gestellt.«

»Ich habe selbst dann noch befürchtet, du könntest meine Pläne durchschauen, Sam.« Zum erstenmal redete Kelly den alten Herrn mit seinem Namen an. »Aber eine genaue Systemanalyse konnte mir die einzig brauchbare Lösung für die Aufgabe liefern, die ich mir selbst gestellt hatte. Ein epochemachender Einfall war das nicht. Jede Regierung hat ihre Rechenzentren. Man hat die Computer der NASA, die eigentlich für unsere Raumfahrtprojekte bestimmt sind, schon für alles mögliche verwendet, von der Auswertung von Kriminalstatistiken bis zur Entwicklung besserer medizinischer Verfahren. Mit Hilfe eines Computers jenes Land oder jenes Gebiet zu bestimmen, das die besten Voraussetzungen mitbringt, verwandelt zu werden, und darüber hinaus auch die richtigen Programme für dieses Ziel zu entwickeln, ist nicht so kompliziert, wie vielleicht manche von Ihnen glauben.«

»Das grenzt ja an Science Fiction.«

»Heutzutage betreiben wir alle ein wenig Science Fiction«, entgegnete Kelly. »Bedenken Sie folgendes, meine Herren: Von allen Staaten der Welt sind die des südamerikanischen Kontinents ausländischen Einflüssen am leichtesten zugänglich.«

»Die amerikanische Regierung wird Ihrem großartigen Plan ziemlich ablehnend gegenüberstehen«, meinte ein hochgewachsener Mann mit weißem Haar, weißen Augenbrauen und ernsten Augen.

»Bis sie ihre Agenten in die Organisation von Eremit Ltd. eingeschleust hat, haben wir längst unsere guten Absichten durch Taten erhärtet«, erwiderte Kelly. »Niemand wird uns bei unserer Arbeit stören. Ganz im Gegenteil, ich wage die Voraussage, daß man uns insgeheim grünes Licht gibt und uns alle Hilfe angedeihen läßt, solange man keine Auswirkungen auf die internationale Politik befürchten muß.«

»Ich nehme an, Sie wollen das Projekt nicht allein verwirklichen«, ließ sich Pitt vernehmen.

»Nein«, antwortete Kelly knapp. »Nachdem ich davon überzeugt sein konnte, daß mein Plan Hand und Fuß hatte und aller Wahrscheinlichkeit nach zum Erfolg führen würde, wandte ich mich an Marks, von Hummel, Boyle und die anderen Herren, die Sie hier sehen. Wir zusammen verfügen über die nötigen finanziellen Mittel, um mein Vorhaben in die Tat umzusetzen, und sie denken auch so wie ich. Reichtum muß allen zugute kommen. Wem sollen ein dikkes Bankkonto oder ein paar Gesellschaften nützen? Nur allzubald ist vergessen, wer sie gegründet und hochgebracht hat. Also trafen wir uns und gründeten die Eremit Ltd. Jeder von uns besitzt den gleichen Aktienanteil und verfügt im Aufsichtsrat über das gleiche Stimmrecht.«

»Woher wollen Sie wissen, daß nicht einer aus Ihrer Verbrecherbande plötzlich von Habgier gepackt wird?« Pitt lächelte herausfordernd. »Es könnte doch einer auf die Idee kommen, sich ein oder zwei Länder unter den Nagel zu reißen.«

»Die Computer haben gut gewählt.« Kelly ließ sich durch Pitts Einwand nicht anfechten. »Schauen Sie uns an. Keiner ist jünger als 65 Jahre. Was bleibt uns noch? Ein, zwei oder, wenn man Glück hat, zehn Jahre. Wir sind alle kinderlos, haben also keinen direkten Erben. Was hätte einer von uns noch zu gewinnen? Nichts.«

Der Russe schüttelte ungläubig den Kopf. »Ihr Plan ist absurd. Nicht einmal meine Regierung würde jemals ein so weitreichendes und rücksichtsloses Unternehmen in Erwägung ziehen.«

»Keine Regierung täte das«, erklärte Kelly geduldig. »Aber da eben liegt der Unterschied. Politiker denken nur in politischen Begriffen. Während der ganzen Menschheitsgeschichte gingen Völker oder Kulturen stets nur durch Revolutionen im Inneren oder durch Angriffe von außen zugrunde. Ich dagegen habe vor, ein neues Kapitel der Menschheitsgeschichte aufzuschlagen: ab nun sollen die Regeln des Geschäftslebens gelten.«

»Soweit ich mich erinnern kann, war Mord kein Pflichtfach an der Universität«, wandte Pitt wieder ein und steckte sich seelenruhig eine Zigarette an.

»Ein trauriger, aber notwendiger Bestandteil unseres Planes«, versetzte Kelly. »›Methodische Liquidierung‹ wäre vielleicht der passendere Ausdruck.« Er wandte sich an den Russen. »Sie sollten Ihre KGB-Agenten die Geschichte der Ismaeliten studieren lassen, Genosse Tamareztov. Diese religiösen Eiferer versetzten mit ausgeklügelten Methoden um das Jahr 1090 die ganze mohammedanische Welt in Angst und Schrecken. Das Wort ›Assassin‹ erinnert uns noch heute an sie.«

»Sie sind ebenso wahnsinnig, wie es die Assassinen waren«, sagte der Franzose scharf.

»Wenn Sie das glauben«, erklärte Kelly mit Nachdruck, »sind Sie außerordentlich naiv.«

Der Franzose sah ihn verstört an. »Ich verstehe nicht. Wie können Sie ...«

»Wie können meine Gesellschafter und ich einen ganzen Kontinent in Besitz nehmen?« vollendete Kelly den Satz. »Das ist grundsätzlich kein Problem. Die Volkswirtschaftslehre hat genügend Lösungen parat. Wir fangen mit einem verarmten Land an, gewinnen die Kontrolle über seine Schlüsselindustrien, entmachten die wichtigsten Führungskräfte und kaufen es auf.«

»Du wirst poetisch, James«, mischte sich der alte Mann ein. »Du wirst es etwas geschickter anstellen müssen.«

»Eben in der Einfachheit liegt der Erfolg begründet, Sam. Nimm zum Beispiel Bolivien. Ein Land, dessen Bevölkerung am Verhungern ist... das Jahreseinkommen einer Familie liegt bei nicht einmal fünfzig Dollar. Seine ganze Wirtschaft hängt von den Kupferminen in Peroza ab. Wer die Minen kontrolliert, hat das ganze Land in der Hand.«

»Man darf annehmen, daß die bolivianische Armee bei einem von ausländischen Interessenten inszenierten Machtwechsel ein Wörtchen mitzureden hat«, sagte Pitt und schenkte sich sein Glas voll Cognac ein.

»Ganz recht, Major Pitt.« Kelly lächelte, dann fuhr er mit Nachdruck fort: »Aber Armeen müssen bezahlt werden. Jede Armee ist deshalb auch käuflich. Und wenn sie sich nicht kaufen läßt, wird sie einfach ausgeschaltet. Auch das ist ein geschäftliches Prinzip. Will man eine leistungsfähigere Organisation aufbauen, muß man alten Ballast über Bord werfen.« Er machte eine Pause und strich sich den Bart. »Nachdem Eremit Ltd. die Regierungsgeschäfte übernommen hat, wird die Armee einfach aufgelöst. Sie stellt ohnehin nur eine Belastung für die Wirtschaft dar. Eine Armee ist so etwas wie ein Unternehmen, das in den roten Zahlen steckt. Die nächstliegende Lösung ist, das Unternehmen wegen Vergeudung von Steuergeldern zu schließen.«

»Hast du das Volk vergessen, James?« Der Einwand kam von Sam. »Erwartest du wirklich, daß es tatenlos zusieht, wie du das Land auf den Kopf stellst?«

»Wie jedes gesunde Unternehmen, haben wir eine Werbe- und Marketingabteilung. Wir haben eine detaillierte Werbekampagne ausgearbeitet, wie für ein neues Produkt, das auf den Markt kommt. Die Leute können nur das wissen, was sie durch die Medien erfahren. Einer unserer ersten Schritte war es, alle vorhandenen Zeitungen, Radio- und Fernsehstationen aufzukaufen – natürlich durch einen einheimischen Strohmann.«

Pitt sagte: »Ich vermute, daß eine freie Presse für Ihr Shangri-La nicht vorgesehen ist?«

»Eine freie Presse ist nur die Folge eines Mangels an festen Wertvorstellungen«, erwiderte Kelly ungeduldig. »Sehen Sie doch, wohin die freie Presse die Vereinigten Staaten gebracht hat! Es wird alles gedruckt, wenn es nur schmutzig, skandalös und sensationell genug ist. Man kennt keine Bedenken, wenn es darum geht, mehr Papier zu verkaufen, um mehr Anzeigenaufträge zu erhalten. Die sogenannte freie Presse hat in einer einst großen Nation jedes Gefühl für Moral erstickt und nichts als einen großen Müllhaufen hinterlassen.«

»Gewiß, die amerikanische Presse ist nicht vollkommen«, meinte Pitt. »Aber sie bemüht sich wenigstens, der Wahrheit so nahe wie möglich zu kommen und Leute Ihrer Sorte bloßzustellen.«

Pitt biß sich auf die Zähne. Beinahe wäre er aus seiner Rolle gefallen. Er wußte, wenn es auch nur eine hauchdünne Fluchtchance gab, dann bestand sie darin, daß er weiterhin den Schwulen spielte und nicht den harten Gegner herauskehrte. Aber es fiel ihm schwer, sich zu beherrschen.

Verwirrt runzelte Kelly die Stirn. Er blickte abermals zu Rondheim hinüber. Seine stumme Frage wurde von einem angewiderten Schulterzucken beantwortet.

Der alte Mann, den Kelly Sam genannt hatte, brach das Schweigen. »Angenommen, du hast ein Land aufgekauft, James. Wie willst du dann den Rest in den Griff bekommen? Selbst ihr, du und deine Teilhaber, habt nicht das Kapital, um die Wirtschaft eines ganzen Kontinents zu beherrschen.«

»Richtig, Sam. Sogar wir schaffen das nicht. Aber wir können beispielsweise Bolivien in ein geordnetes und wohlhabendes Land verwandeln. Versuch dir das einmal vorzustellen: eine Verwaltung ohne Korruption, die Armee bis auf eine kleine Eingreifreserve abgeschafft, Landwirtschaft und Industrie ganz darauf ausgerichtet, den Verbrauchern das Leben zu erleichtern ...« Kelly begann richtig zu schwärmen. »Das ist ein anderes Geschäftsprinzip: Jeder Dollar, jeder Cent wird für das weitere Wirtschaftswachstum aufgewendet, jeder Verdienst wird reinvestiert. Wenn Bolivien dann zum Prototyp unserer Utopias geworden ist, wenn alle Völker des Kontinents neidisch auf unser Land blicken, werden wir sie uns eins nach dem anderen einverleiben.«

»Die Armen und Hungrigen werden nur darauf warten, in euer Paradies aufgenommen zu werden«, sagte der Franzose geringschätzig. »So stellen Sie sich das doch vor?«

»Sie wollen sich über uns lustig machen«, erwiderte Kelly ungerührt. »Aber Sie kommen der Wahrheit näher, als Sie glauben. Ja, die Armen und Hungrigen werden wie Ertrinkende nach dem Strohhalm greifen, den wir ihnen bieten.«

»Die Dominotheorie eines Idealisten«, meinte Pitt.

Kelly nickte. »Sie haben recht, ich bin Idealist. Warum auch nicht? Immer wieder waren es Ideale, die unsere westliche Kultur vorwärtsgebracht haben. Wir, die Industriellen, die wir während der letzten zweihundert Jahre den vielleicht größten, den entscheidenden Einfluß auf die Menschheitsgeschichte gehabt haben, haben jetzt die einmalige Gelegenheit, der westlichen Kultur noch einmal zu neuer Blüte zu verhelfen. Ohne uns wird sie in der Gosse verkommen und untergehen. Ich gebe zu, ich bin Konservativer. Ich vertrete Ansichten, für die die sogenannten Progressiven an unseren Universitäten stets nur ein geringschätziges Lächeln übrighaben. Ich glaube, daß Ordnung besser ist als Anarchie. Ich ziehe den Gewinn dem Verlust vor und versuche lieber, mit Gewalt als mit sanfter Überredungskunst mein Ziel zu erreichen. Und ich bin der festen Überzeugung, daß die gesunden Regeln des Wirtschaftslebens mehr wert sind als alle politischen Ideologien.«

»Ihr toller Plan hat einen Fehler«, wandte Pitt ein und bediente sich mit einem neuen Glas Cognac. »Ihr Programm entspricht in einem wichtigen Punkt nicht Ihren Zielen, und das könnte Ihrem ganzen Vorhaben zum Verhängnis werden.«

Kelly schaute Pitt forschend an. »Sie wollen es mit der höchstentwickelten Computertechnik aufnehmen, Major? Wir haben Monate damit zugebracht, alle Eventualitäten, alle möglichen Varianten durchzuspielen. Und wir sollten etwas übersehen haben?«

»Vielleicht doch.« Pitt kippte seinen Cognac hinunter, als wäre er Wasser, und sagte: »Wie erklären Sie die Beteiligung von Rondheim und Miss Fyrie? Sie entsprechen kaum den Altersanforderungen für die Führungsmannschaft der Eremit Ltd. Rondheim ist eben Anfang dreißig. Und Miss Fyrie... na ja... sie kommt noch nicht einmal an die dreißig heran.«

»Miss Fyries Bruder Kristjan war, wie ich selbst, ein Idealist, ein Mann, der nach einem Weg suchte, die Menschheit aus dem Sumpf von Armut und Elend herauszuführen. Sein Idealismus, den er in Afrika und allen anderen Teilen der Welt, wo nur seine Unternehmen tätig waren, bewiesen hat, bewog uns zu dieser Ausnahme. Anders als die meisten Männer der Wirtschaft legte er sein Geld zum Nutzen aller an. Als er auf tragische Weise sein Leben verlor, stimmte der Aufsichtsrat von Eremit Ltd.« – mit einer leichten Verbeugung wies er auf die Männer, die sich um ihn geschart hatten – »dafür, Miss Fyrie statt seiner aufzunehmen.«

»Und Rondheim?«

»Für seine Aufnahme sprachen ein paar günstige Begleitumstände, auf die wir gehofft, aber mit denen wir eigentlich nicht gerechnet hatten. Obwohl sein riesiger Fischereikonzern uns beim Aufbau einer südamerikanischen Fischereiindustrie außerordentlich nützlich sein konnte, entschieden wir uns erst für seine Aufnahme, als wir seine verborgenen Talente und nützlichen Verbindungen erkannten.«

»Ist er der Leiter Ihrer Liquidationsabteilung?« fragte Pitt wieder unbeherrscht. »Das Oberhaupt Ihrer Ismaeliten?«

Die Männer um Kelly starrten erst sich und dann Pitt an. Sie musterten ihn neugierig, ohne ein Wort zu sagen. Von Hummel wischte sich zum fünfzigstenmal über seine Augenbraue, und Sir Eric Marks fuhr sich mit der Zunge über die Lippen und nickte Kelly zu, was von Pitt nicht unbemerkt blieb. Pitt schlenkerte affektiert seine Schärpe, ging zum Tisch hinüber und goß sich noch ein Glas Cognac ein, für unterwegs. Eines nämlich war ihm klar: durch die Tür würde ihn Kelly nicht gehen lassen.

»Was heißt das?« stieß Kelly hervor. »Sind Sie verrückt? Machen Sie Witze?«

»Kaum«, erwiderte Pitt. »Wenn man dreimal einen Mordanschlag überlebt hat, ist einem diesbezüglich nicht mehr nach Witzen zumute.«

»Das Tragflächenboot!« fauchte Rondheim böse. »Sie wagen es, selbst davon anzufangen?«

Pitt setzte sich hin und nippte an seinem Glas. Wenn er schon sterben mußte, dann wenigstens mit dem befriedigenden Gefühl, bis zum Schluß Herr der Szene geblieben zu sein. »Die Geschichte war sehr fahrlässig von Ihnen eingefädelt, lieber Oskar. Oder war der ehemalige Kapitän Ihres Bootes, das ja nun leider hinüber ist, nicht tüchtig genug? Sie hätten seinen Gesichtsausdruck sehen sollen, als mein Molotow-Cocktail ihn traf.«

»Du verdammter Homo!« schrie Rondheim zornbebend. »Du Lügenmaul!«

»Auge um Auge, Zahn um Zahn, lieber Oskar«, erwiderte Pitt unbekümmert. »Glauben Sie, was Sie mögen. Eines jedenfalls ist sicher: Sie werden Ihr Tragflächenboot und seine Mannschaft nicht mehr wiedersehen.«

»Merken Sie nicht, worauf er hinauswill?« Rondheim trat einen Schritt auf Kelly zu. »Er versucht, uns gegeneinander aufzuhetzen.«

»Schweig!« Kellys Stimme klang eisig, seine Augen blitzten ungeduldig. »Bitte fahren Sie fort, Major.«

»Ich danke Ihnen.« Pitt kippte seinen Cognac hinunter und goß sich einen neuen ein. Jetzt ist schon alles egal, dachte er. Dadurch werden wenigstens die Schmerzen erträglicher, die mir bevorstehen.

»Der arme Oskar hat nicht nur diesen Anschlag verpfuscht«, fuhr er fort. »Ich muß nicht alle traurigen Einzelheiten schildern, nur eins wird Sie interessieren: In dieser Minute unterhalten sich seine beiden Amateur-Killer wie zwei Klatschweiber mit den Agenten der National Intelligence Agency.«

»Verdammt!« Kelly wirbelte zu Rondheim herum. »Ist das wahr?«

»Meine Leute singen nie.« Rondheim fixierte Pitt. »Jedem von ihnen ist klar, was mit seinen Angehörigen passiert, wenn er es tut. Und nebenbei: Es weiß auch keiner etwas.«

»Hoffen wir, daß Sie recht haben«, meinte Kelly drohend. Er kam auf Pitt zu und sah ihn mit einem seltsam ausdruckslosen Blick an, einem Blick, der beunruhigender wirkte als jede offene Feindseligkeit. »Sie haben Ihr Spiel lange genug gespielt, Major.«

»Zu schade. Ich bin gerade erst richtig warm geworden und wollte soeben zum interessanteren Teil übergehen.«

»Das ist nicht nötig.«

»Es war auch nicht nötig, Dr. Hunnewell umzubringen«, erklärte Pitt. Seine Stimme war ganz ruhig. »Ein wirklich fundamentaler Fehler, der Ihnen nicht hätte unterlaufen dürfen. Schließlich war Hunnewell eine der Schlüsselfiguren von Eremit Ltd.«

16. Kapitel

Die Worte standen im Raum. Eine Atmosphäre ungläubigen Schreckens breitete sich aus. Pitt saß lässig in seinem Sessel, die Zigarette in der einen, das Cognacglas in der anderen Hand, die Verkörperung des gelangweilten Freizeitmenschen. Rondheim und die anderen Mitglieder der Eremit Ltd. dagegen wirkten völlig verstört. Kelly riß die Augen auf, und der Atem schien ihm zu stocken. Nur langsam gewann er die Kontrolle über sich zurück. Endlich stand er wieder ruhig und schweigend da, ganz der müchterne Geschäftsmann, der erst redet, wenn er die richtigen Worte gefunden hat.

»In Ihrem Computer muß eine Sicherung durchgebrannt sein«, fuhr Pitt fort. »Admiral Sandecker und ich haben Hunnewell von Anfang an durchschaut.« Er redete drauflos; er wußte, daß weder Rondheim noch Kelly das Gegenteil beweisen konnten. »Aber es wird Sie nicht interessieren, wie und warum.«

»Sie irren sich, Major«, fiel ihm Kelly ins Wort. »Es würde uns sehr interessieren.«

Pitt holte tief Atem und wagte den Sprung ins kalte Wasser. »Den ersten wirklichen Hinweis erhielten wir, als Dr. Len Matajic gerettet wurde...«

»Nein! Das kann nicht sein«, entfuhr es Rondheim.

Pitt dankte Sandecker im stillen für seinen Einfall, die Geister von Matajic und O'Riley wieder zum Leben zu erwecken. Das kam ihm jetzt zugute. »Nehmen Sie das Telephon und bitten Sie die Vermittlung um ein Überseegespräch nach Washington, Walter Reed General Hospital, Zimmer 409. Am besten verlangen Sie eine Direktverbindung; da kommen Sie schneller durch.«

»Das ist nicht nötig«, warf Kelly ein. »Ich glaube Ihnen.«

»Das liegt bei Ihnen«, antwortete Pitt gelassen. Er mußte sich alle Mühe geben, nicht laut über seinen geglückten Bluff aufzulachen. »Ich muß ergänzend sagen, daß Dr. Matajic die *Lax* und ihre Besatzung in allen Einzelheiten beschrieben hat. Die Änderungen an den Aufbauten hatten ihn keine Minute lang täuschen können. Aber das wissen Sie natürlich. Ihre Leute haben seine Nachricht an Admiral Sandecker mitgehört.«

»Und weiter?«

»Das ist doch ganz einfach. Wir brauchten bloß zwei und zwei zu addieren. An Hand von Matajics Beschreibung ließ sich die Route der *Lax* ganz gut verfolgen, von ihrem Verschwinden mit Kristjan Fyrie an Bord bis zu dem Zeitpunkt, an dem sie bei Matajics Forschungsstation wieder auftauchte.« Pitt lächelte. »Dank Matajics aufmerksamen Beobachtungen – die sonnengebräunte Mannschaft paßte kaum auf einen Fischkutter, der seine Fanggründe im Nordatlantik hat – gelang es Admiral Sandecker, den Kurs der *Lax* entlang der südamerikanischen Küste zu rekonstruieren. Und da wurde zum erstenmal sein Verdacht gegen Dr. Hunnewell wach.«

»Weiter, weiter«, drängte ihn Kelly.

»Na ja, offensichtlich hat die *Lax* die Unterwassersonde benutzt, um neue Erzlager aufzuspüren. Und ebenso offensichtlich war es, daß Dr. Hunnewell als Miterfinder der Sonde der einzige war, der wußte, wie man sie bedient, nachdem Fyrie und seine Techniker tot waren.«

»Sie sind außerordentlich gut unterrichtet«, zollte ihm Kelly widerwillig Anerkennung. »Aber das alles ist noch kein schlüssiger Beweis.«

Pitt bewegte sich auf unsicherem Boden. Bis jetzt hätte er ausklammern können, daß die National Intelligence Agency sich mit Eremit Ltd. befaßt hatte. Und er mußte Kelly jetzt dazu bringen, weitere Informationen preiszugeben. Es ist Zeit, sagte er sich, mit der Wahrheit herauszurücken. »Sie wollen Beweise? Okay. Vielleicht sind Ihnen die Worte eines sterbenden Mannes Beweis genug. Eines Mannes, der es wissen mußte: Dr. Hunnewell.«

»Das glaube ich nicht.«

»Seine letzten Worte waren: ›Gott schütze dich…‹ Er starb in meinen Armen.«

»Wovon sprechen Sie?« schrie Rondheim. »Worauf wollen Sie hinaus?«

»Ich wollte mich bei Ihnen bedanken, Oskar«, gab Pitt höhnisch zurück. »Hunnewell wußte, wer sein Mörder war – der Mann, der den Befehl zu seiner Liquidierung gegeben hatte. Er versuchte den *Alten Seemann* zu zitieren. Damit war doch alles gesagt. Sie haben es selbst vorgetragen:

›Doch sag: Warum grämst du dich so?
‚Ich erschoß den Albatros.'‹

Ihr Markenzeichen, Oskar, der rote Albatros. Das hat Hunnewell gemeint.

›Denn getötet hatte ich den Vogel,
Der den Wind zum Wehen gebracht.‹

Sie haben den Mann umgebracht, der Ihnen geholfen hat, den Meeresgrund nach Erzlagern abzusuchen.« Pitt fühlte sich obenauf; die Wärme des Cognacs durchströmte angenehm seinen Körper. »Ich kann mich natürlich nicht mit Ihnen vergleichen, wenn es darum geht, ein Gedicht wortwörtlich aufzusagen. Aber wenn ich mich recht erinnere, haben der alte Seemann und die Geister seines Schiffes sich gegen Ende des Gedichts bei einem Eremiten versammelt – noch ein Hinweis auf Sie. Ja, das Gedicht sagt wirklich alles. Hunnewell hat mit seinem letzten Atemzug noch den Mörder benannt, und Sie, Oskar, sind aufgestanden und haben unwissentlich Ihre Schuld eingestanden.«

»Sie haben in die richtige Richtung gezielt, Major Pitt.« Kelly starrte mit leerem Blick auf den Rauch seiner Zigarre. »Aber Sie haben den falschen Mann getroffen. Ich habe den Befehl zu Hunnewells Tod gegeben. Oskar hat lediglich meinen Befehl ausgeführt.«

»Und warum haben Sie das getan?«

»Dr. Hunnewell machte sich allmählich zu viele Gedanken über die Geschäftsmethoden von Eremit Ltd. – ziemlich altmodische Gedanken: Du sollst nicht töten und so weiter. Er drohte, unsere ganze Organisation auffliegen zu lassen, wenn wir nicht die Liquidationsabteilung schlössen. Eine Bedingung, die wir unmöglich akzeptieren konnten, wollten wir nicht den erfolgreichen Abschluß unseres Unternehmens in Gefahr bringen. Deshalb mußte Dr. Hunnewell entlassen werden.«

»Natürlich ebenfalls aus Geschäftsprinzip.«

Kelly lächelte schief: »So ist es.«

»Und ich sollte mit verschwinden, weil ich schon zuviel gesehen hatte«, fuhr Pitt fort, als antwortete er auf eine Frage.

Kelly nickte bloß.

»Aber was ist mit der Unterwassersonde, Mister Kelly? Wer ist denn noch in der Lage, eine zweite Sonde zu bauen, nachdem Hunnewell und Fyrie, die Hühner, die das goldene Ei gelegt haben, tot sind?«

Wieder trat jener selbstsichere Ausdruck in Kellys Augen. »Kein Mensch«, erwiderte er sanft. »Aber nun brauchen wir auch keinen mehr. Wir haben die notwendigen Informationen in unsere Computer eingespeist. Die Daten müssen nur richtig ausgewertet werden, und in neunzig Tagen besitzen wir eine neue, voll funktionierende Sonde.«

Für einen kurzen Moment verschlug es Pitt die Sprache; damit hatte er nicht gerechnet. Doch gleich darauf hatte er sich wieder gefaßt. Obwohl der Cognac allmählich zu wirken begann, arbeitete sein Gehirn immer noch so präzise wie eine Rechenmaschine. »Hunnewell war also einfach nicht mehr notwendig? In Ihren Elektronengehirnen ist das Herstellungsgeheimnis von Celtinium 279 gespeichert?«

»Ich muß Ihnen gratulieren, Major. Sie besitzen einen scharfen Verstand.« Kelly blickte nervös auf seine Uhr und nickte Rondheim zu. Dann wandte er sich wieder an die übrigen Gäste und sagte: »Es tut mir leid, meine Herren, aber ich glaube, es ist jetzt Zeit. Die Party ist vorüber.«

»Was hast du mit uns vor, James?« Sams Blick bohrte sich förmlich in Kellys Augen, bis der Milliardär sich abwandte und ihm auswich. Sam fuhr fort: »Es war nett von dir, daß du unsere Neugier befriedigt hast. Aber ich kann mir nicht vorstellen, daß du uns als Mitwisser deiner Geheimnisse so einfach gehen läßt.«

»Das stimmt.« Kelly sah die Männer auf der anderen Seite des Kamins an. »Keiner von Ihnen darf das, was er heute abend gehört hat, ausplaudern.«

»Aber warum?« fragte Sam philosophisch. »Warum weihst du uns in deine geheimen Aktionen ein, nur um damit praktisch unser Todesurteil zu unterzeichnen?«

Kelly rieb müde seine Augen und ließ sich in einen großen, weichgepolsterten Ledersessel sinken. »Die Stunde der Wahrheit ist gekommen; das Rätsel löst sich.« Er musterte traurig die Gesichter jenseits des Feuers. Sie waren bleich, voller Furcht und fassungslos. »Es ist jetzt elf Uhr. In genau 42 Stunden und zehn Minuten wird Eremit Ltd. ihre Tätigkeit aufnehmen. Vierundzwanzig Stunden später haben wir die Angelegenheiten unseres ersten Kunden – oder Landes, wenn Ihnen das lieber ist – in die Hand genommen. Um dieses historische Ereignis so unverdächtig wie möglich über die Bühne gehen zu lassen, müssen wir gleichzeitig ein Ablenkungsmanöver durchführen. Wir müssen einen Zwischenfall arrangieren, der die Weltpresse beansprucht und alle Regierungen in Atem hält. Inzwischen führen wir unser Vorhaben praktisch unbemerkt durch.«

»Und wir sind euer Ablenkungsmanöver«, ergänzte der große, weißhaarige Mann mit dem ernsten Blick.

Nach einem langen Schweigen antwortete Kelly einfach: »Ja.«

»Die unschuldigen Opfer einer Katastrophe, die sich Computer ausgedacht haben, um Schlagzeilen zu machen. O Gott, wie barbarisch!«

»Ja«, bestätigte Kelly abermals. »Doch unser Vorgehen ist notwendig. Jeder von Ihnen ist in seinem Land eine VIP, eine sehr bedeutende Persönlichkeit. Sie vertreten die Industrie, die Regierung, die Wissenschaft fünf verschiedener Nationen. Wenn Sie alle auf einen Schlag umkommen, wird die Weltöffentlichkeit zutiefst erschüttert sein.«

»Das ist ein schlechter Witz«, schrie Tamareztov. »Sie können nicht einfach zwei Dutzend Männer mit ihren Frauen wie Tiere abknallen.«

»Ihren Frauen wird kein Haar gekrümmt. Sie werden völlig ahnungslos wieder in Ihre Wohnungen zurückgebracht werden.« Kelly stellte sein Glas auf den Kaminsims. »Wir haben nicht vor, jemanden von Ihnen mit eigener Hand umzubringen. Wir überlassen diese Aufgabe lieber den Gewalten der Natur. Selbstverständlich werden wir ein bißchen nachhelfen; aber das ist alles. Schließlich kann man aus Schüssen oft auf den Schützen schließen. Naturkatastrophen hingegen kann man nur beklagen.«

Rondheim winkte die Männer in den schwarzen Overalls heran. »Wenn die Herren so freundlich sein und einen Ärmel aufrollen wollen.«

Wie auf ein Stichwort verließ Kirsti den Raum und kam kurz darauf mit einem kleinen Tablett zurück, auf dem sich mehrere Fläschchen und Spritzen befanden. Sie setzte das Tablett ab und begann die Spritzen aufzuziehen.

»Ich lasse mir keine Spritze verpassen«, explodierte einer der Männer aus Pitts Gruppe. »Knallt mich gleich ab, damit ich die Sache hinter mir habe...« Seine Augen wurden glasig, als eine der Wachen ihm mit dem Gewehrschaft hinter das Ohr schlug. Er fiel dumpf zu Boden.

»Halten wir uns nicht länger mit fruchtlosen Diskussionen auf«, meinte Rondheim zynisch. Er wandte sich an Pitt. »Sie kommen mit in den nächsten Raum, Major. Ihren Fall wollen wir doch auf einer persönlichen Ebene abwickeln.« Er winkte ihn mit dem Gewehr, das er Kirsti abgenommen hatte, durch eine offene Tür.

Begleitet von zweien seiner Wächter, führte Rondheim Pitt durch eine große Halle. Über eine Wendeltreppe gelangten sie in einen zweiten Saal und von da in einen langen Gang, in dem sich Tür an Tür reihte. Brutal stieß der Isländer Pitt durch eine dieser Türen. Der Major wehrte sich nicht, sondern stolperte unbeholfen in den Raum, wo er der Länge nach hinschlug. Dann sah er sich um.

Er befand sich in einem riesengroßen, weißgekalkten Zimmer. In der Mitte war eine Turnmatte ausgebreitet, darum herum stand ein ganzes Sortiment von Body-building-Geräten. Eine Reihe Neonröhren spendete ein unangenehm helles Licht. Es handelte sich offensichtlich um eine Turnhalle, und zwar eine, die besser und kostspieliger ausgestattet war, als Pitt je eine gesehen hatte. An den Wänden hingen wenigstens fünfzig Plakate, auf denen die verschiedenen Karateschläge erläutert wurden. Es war wirklich an alles gedacht.

Rondheim reichte das Schnellfeuergewehr einem der Posten. »Ich muß Sie einen Moment lang allein lassen, Major«, bemerkte er trokken. »Bitte machen Sie sich's so lange bequem. Vielleicht möchten Sie sich ein bißchen Bewegung verschaffen. Ich kann Ihnen den Barren empfehlen.« Laut lachend verließ er den Raum.

Pitt blieb auf dem Boden liegen und beobachtete die beiden Wachtposten. Der eine war ein hochgewachsener, beinahe einen Meter neunzig großer Bulle mit einem primitiven Gesicht und einem dumpfen Blick. Pitt fühlte sich von diesem stieren Blick dazu animiert, das Weite zu suchen; doch der zweite Wächter erstickte jeden Fluchtgedanken im Keim. Er stand nur da und füllte die Tür zum Korridor fast ganz aus. Er hielt das Gewehr locker in Händen, die ihm beinahe bis zu den Knien hinunterreichten.

Es vergingen fünf Minuten. Pitt dachte angestrent darüber nach, was er tun sollte, während die Wächter ihn nicht aus den Augen ließen. Dann öffnete sich plötzlich die Tür auf der anderen Seite der Turnhalle, und Rondheim kam zurück. Er hatte seinen Smoking mit dem weißen, weiten Anzug eines Karatekämpfers vertauscht, den man, wie Pitt wußte, Gi nennt. Rondheim stand einen Moment da, ein selbstsicheres Lächeln auf den dünnen Lippen. Dann durchquerte er barfuß und mit katzenhafter Geschmeidigkeit den Raum, trat auf die dicke Matte und sah Pitt an. »Sagen Sie, Major, sind Sie mit Karate oder Kung-Fu vertraut?«

Mit einem flauen Gefühl in der Magengegend musterte Pitt den dünnen schwarzen Gürtel um Rondheims Taille und betete inbrünstig, das warme Feuer des Cognacs möge die Prügel, die er auf sich zukommen sah, erträglicher machen. Er schüttelte den Kopf.

»Und wie steht's mit Judo?«

»Ich verabscheue rohe Gewalt.«

»Wie schade. Ich hatte auf einen ebenbürtigen Gegner gehofft. Aber nun ist's nicht zu ändern.« Er befingerte gelangweilt die japanischen Figuren, die auf seinen Gürtel aufgestickt waren. »Ich hege ja ernsthafte Zweifel an Ihrer Männlichkeit; doch Kirsti meint, daß

Sie männlicher seien, als Sie sich den Anschein gäben. Bald werden wir es genauer wissen.«

Pitt schluckte seine Wut hinunter und brachte ein ängstliches Zittern zustande. »Lassen Sie mich in Ruhe; lassen Sie mich in Ruhe!« Seine Stimme überschlug sich, fast kreischte er. »Warum wollen Sie mir weh tun? Ich habe Ihnen nichts getan.« Sein Mund zuckte, sein Gesicht war vor Angst verzerrt. »Es war gelogen, daß ich Ihr Boot in die Luft gejagt habe. Ich habe es in dem Nebel gar nicht gesehen, ich schwöre es. Sie müssen mir glauben...«

Die zwei Wächter sahen sich an und tauschten einen angewiderten Blick; auf Rondheims Gesicht aber zeigte sich mehr als bloßer Ekel – ihm schien wahrhaft übel zu sein. »Genug!« rief er herrisch. »Hören Sie mit diesem Gesabber auf! Erheben Sie sich!«

Pitt sah ihn mit irrem Blick an, einem Blick voll von panischem Entsetzen. »Sie haben keinen Grund, mich umzubringen. Ich sage Ihnen alles, was Sie wollen. Bitte! Sie können mir vertrauen.« Er stand auf, ging auf Rondheim zu und streckte ihm mit einer flehenden Geste die Hände offen entgegen.

»Bleiben Sie stehen, wo Sie sind!« donnerte Rondheim.

Pitt erstarrte. Alles lief wie geplant. Er konnte nur hoffen, daß Rondheim schnell eines Opfers überdrüssig werden würde, das sich nicht wehrte, das ihm überhaupt keinen Widerstand entgegensetzte.

»Ein Major der US Air Force!« Rondheim verzog sein Gesicht zu einer höhnischen Grimasse. »Ich möchte wetten, Sie sind nichts weiter als ein schwuler Schwächling, der es nur dank des väterlichen Einflusses bis zum Major gebracht hat. Gleich werden Sie wissen, was es heißt, von einem anderen Menschen geschlagen zu werden. Ein Jammer, daß Sie nicht mehr so lange zu leben haben, um gründlich über Ihre schmerzhafteste Unterrichtsstunde in Selbstverteidigung nachdenken zu können.«

Pitt stand da wie das Kaninchen vor der Schlange. Er stammelte nur noch unzusammenhängende Worte, als sich Rondheim in der Mitte der Matte aufstellte und eine der zahlreichen Karate-Eröffnungshaltungen einnahm.

»Nein, warten Sie!« flehte Pitt.

Der Rest des Satzes ging unter, als Pitt den Kopf nach hinten warf und noch in derselben verkrampften Haltung zur Seite wirbelte. Er hatte die winzige Veränderung in Rondheims Augen erkannt, die Ankündigung der blitzschnellen Geraden, die Rondheim auf Pitts Backenknochen landete; ein nur mit halber Kraft ausgeführter Hieb, der dennoch sehr viel übler ausgegangen wäre, hätte Pitt sich nicht im selben Augenblick abgerollt. Er taumelte zwei Schritte zurück, stand dann wie angewurzelt da und schwankte betäubt vor und zurück, während Rondheim, ein häßliches Lächeln auf den dünnen, scharfen Zügen, langsam wieder näherkam.

Es war falsch von Pitt gewesen, so geschickt auszuweichen; er hatte sich mit dieser raschen Reaktion schon fast verraten. Er mußte unbedingt seine bisherige Rolle weiterspielen, mochte ihn das auch noch soviel Selbstüberwindung kosten. Kein normaler Mensch steht gern wie ein Holzklotz da und läßt sich zu Brei schlagen, wenn er einer ist, der zurückzuschlagen weiß. Aber Pitt waren die Hände gefesselt. So biß er die Zähne zusammen und wartete. Sein Körper war völlig entspannt; dadurch konnte er die Schläge bei Rondheims nächster Attacke besser aushalten. Er brauchte nur ein paar Sekunden zu warten.

Rondheim landete den nächsten Schlag mitten in Pitts Gesicht. Pitt wurde von der Matte gegen einen der Übungsbarren geschleudert, die in die Wand eingelassen waren. Dann lag er still auf dem Boden, schmeckte das Blut von seinen aufgerissenen Lippen und tastete mit der Zunge seine Zähne ab, ob ihm einer ausgeschlagen sei.

»Auf geht's, Major«, höhnte Rondheim. »Kommen Sie wieder hoch. Unser Unterricht hat gerade erst angefangen.«

Pitt erhob sich zitternd und wankte auf die Matte. Der Drang, Rondheim Paroli zu bieten, war fast übermächtig, doch Pitt wußte, daß ihm keine andere Wahl blieb, als seine Rolle zu Ende zu spielen.

Rondheim verlor keine Zeit. Auf die dampfhammerähnlichen Schläge, die er in rascher Folge auf Pitts Kopf niedersausen ließ, folgte eine Gerade in dessen ungedeckte Rippengegend. Pitt hörte mehr, als daß er es spürte, wie eine seiner Rippen brach. In Zeitlupentempo sank er auf die Knie und fiel langsam nach vorn auf das Gesicht. In seinem Mund mischten sich Blut und Erbrochenes und bildeten eine sich schnell ausbreitende Pfütze auf der Matte. Er brauchte keinen Spiegel, um zu sehen, wie furchtbar ihn Rondheim zugerichtet hatte. Sein Gesicht war bis zur Unkenntlichkeit verunstaltet, beide Augen schwollen rasch zu, die Lippen waren zu einer blau-roten Fleischmasse geschlagen, und ein Nasenloch war aufgerissen.

Das wütende Pochen in seiner Brust und die Schmerzen, die von seinem zerschlagenen Gesicht ausgingen, überfluteten in Wellen seinen Körper. Er fühlte, wie ihm die Sinne schwanden; doch zu seiner eigenen Überraschung arbeitete sein Gehirn so exakt wie gewohnt. Statt sich willig dem schmerzlosen Nichts der Bewußtlosigkeit zu überlassen, zwang er sich, eine Ohnmacht vorzutäuschen; er biß die Zähne zusammen, um nicht aufzustöhnen und dadurch seine List zu verraten.

Rondheim überkam blinde Wut. »Ich bin mit dem Schlappschwanz noch nicht fertig! Bring ihn wieder zu sich!« fuhr er den glatzköpfigen Wächter an.

Dieser ging zum Badezimmer hinüber, machte ein Handtuch naß und wischte damit grob das Blut aus Pitts Gesicht. Anschließend preßte er das rote Tuch in Pitts Nacken. Als Pitt nicht reagierte, verschwand er abermals und kam mit einem kleinen Riechsalzfläschchen zurück.

Pitt hustete ein-, zweimal, dann spie er einen Schwall von Blut und Schleim auf den Stiefel des Gorillas, voll boshafter Genugtuung, daß er so gut gezielt hatte. Er wälzte sich auf die Seite und sah zu Rondheim auf, der hoch neben ihm aufragte.

Rondheim lachte grausam. »Es scheint Ihnen schwerzufallen, während des Unterrichts wachzubleiben, Major. Sie langweilen sich doch nicht etwa?« Seine Stimme wurde plötzlich eisig. »Aufstehen! Ihr – äh – Lehrgang ist noch nicht zu Ende!«

»Lehrgang?« quetschte Pitt kaum verständlich zwischen seinen blutigen, aufgerissenen Lippen hervor. »Ich weiß nicht, was Sie meinen.«

Rondheim antwortete, indem er die Ferse hob und sie Pitt in die Leiste stieß. Pitts ganzer Körper krampfte sich zusammen; die unerträglichen Schmerzen ließen ihn aufstöhnen.

Rondheim spie ihn an. »Aufstehen, habe ich gesagt!«

»Ich... ich kann nicht.«

Daraufhin beugte sich Rondheim herunter und gab Pitt mit einem Shuto-Schlag in den Nacken den Rest. Dieses Mal gab es kein Sich-Wehren und keine Tricks: Pitt wurde es wirklich schwarz vor den Augen. »Macht ihn wach!« kreischte Rondheim irre. »Ich möchte ihn stehend erledigen.«

Die Wächter starrten ihn mißbilligend an; sogar sie begann Rondheims blutiges Spiel abzustoßen. Doch es blieb ihnen keine Wahl: sie mußten Pitt wie einen zu Boden gegangenen Boxer bearbeiten, um ihn für die nächste Runde wieder fit zu machen. Endlich deuteten ein paar Lebenszeichen darauf hin, daß Pitt langsam wieder zu sich kam. Man brauchte kein Arzt zu sein, um festzustellen, daß Pitt ohne Hilfe keinesfalls mehr zu stehen vermochte. Also zerrten die beiden Gorillas Pitt in die Höhe; er hing wie ein nasser Sack zwischen ihnen.

Rondheim ließ ein Trommelfeuer von Schlägen auf den wehrlosen, zerschundenen Körper niederprasseln, bis sein Gi völlig von Schweiß und Blut durchtränkt war.

In diesen qualvollen Augenblicken zwischen Licht und Dunkelheit verlor Pitt die Kontrolle über seine Sinne; selbst der Schmerz wurde nur noch zu einem einzigen, mächtigen, dumpfen Pochen. Gott sei Dank habe ich soviel Cognac getrunken, fuhr es ihm durch den Kopf. Er hätte nie so lange an sich halten und Rondheims ganze Brutalitäten ertragen können, ohne zurückzuschlagen, wenn ihn der Alkohol nicht betäubt hätte. Langsam entglitt jetzt auch sein Verstand seiner Herrschaft. Er verlor den Bezug zur Wirklichkeit, und das Furchtbarste war, daß er nichts dagegen tun konnte.

Rondheim versetzte ihm noch einen besonders heimtückischen und genau gezielten Schlag in die Magengrube. Als Pitt zum sechstenmal das Bewußtsein verlor, die Wächter ihn losließen und sein schlaffer Körper auf die Matte fiel, erlosch langsam auch der sadistisch wollüstige Ausdruck auf Rondheims Gesicht. Mit leerem Blick starrte er auf seine geschwollenen, blutigen Knöchel, und er keuchte vor Anstrengung. Er kniete sich hin, packte Pitt an den Haaren, drehte seinen Kopf so, daß die Kehle bloßlag, und dann hob er seine rechte Hand, um Pitt den letzten Schlag zu versetzen, den sogenannten *coup de grâce*, einen tödlichen Judo-Schlag, der Pitts Kopf nach hinten schleudern und ihm das Genick brechen würde.

»Nein!«

Rondheim zögerte und drehte sich um, seine Hand schwebte drohend über Pitts Kehle. Kirsti Fyrie stand in der Tür. Furcht und Entsetzen malten sich auf ihren Zügen. »Nein«, wiederholte sie, »bitte... nein! Das kannst du nicht machen!«

Rondheim hielt seine Hand immer noch erhoben. »Bedeutet er dir etwas?«

»Nichts. Aber er ist ein Mensch und verdient es, wie ein Mensch behandelt zu werden. Du bist grausam und gefühllos, Oskar. Eigenschaften, die einem Mann nicht unbedingt schlecht anstehen. Aber sie sollten mit Mut gepaart sein. Einen wehrlosen, halbtoten Mann weiter zu schlagen ist kaum besser, als ein Kind zu mißhandeln. Dazu gehört kein Mut. Du enttäuschst mich.«

Rondheims Hand sank herab. Er stand auf, schwankend vor Erschöpfung, und stolperte auf Kirsti zu. Er riß ihr die Kleider vom Oberkörper und versetzte ihr ein paar heftige Hiebe auf die Brüste. »Du dreckige Nutte«, keuchte er. »Ich habe dich davor gewarnt, dich da einzumischen. Du hast kein Recht, mich oder irgend jemand anderen zu kritisieren. Du hast es einfach: du hockst auf deinem hübschen Hintern und schaust zu, wie ich die Dreckarbeit erledige.«

Sie hob die Hand, um ihn zu ohrfeigen; ihr schönes Gesicht war von Haß und Zorn verzerrt. Er schnappte ihr Handgelenk und hielt es fest. Dann bog er es um, bis sie aufschrie.

Er stieß sie brutal durch die Tür und wandte sich dann an die beiden Gorillas. »Schmeißt dieses schwule Schwein zu den anderen«, befahl er. »Wenn er Glück hat und seine Augen noch einmal aufschlägt, hat er wenigstens das befriedigende Gefühl, unter Freunden zu sterben.«

17. Kapitel

Irgendwo in dem schwarzen Abgrund seiner Bewußtlosigkeit begann Pitt ein Licht zu sehen. Es war kaum wahrzunehmen, so schwach wie die Birne einer Taschenlampe, deren Batterien schon fast erschöpft sind. Doch er kämpfte sich auf das Licht zu. Verzweifelt streckte er die Hände danach aus, er machte ein, zwei, viele qualvolle Versuche, den gelben Schimmer zu erhaschen, von dem er wußte, daß er das Fenster zur Welt des Bewußtseins war. Aber so oft er meinte, es in Händen zu halten, entglitt es ihm immer wieder, und er wußte, daß er von neuem in das Dunkel des Nichts zurücksinken würde. Tot, dachte er verschwommen; ich bin tot.

Dann wurde ihm bewußt, daß da noch etwas anderes war, ein Gefühl, das er eigentlich gar nicht hätte empfinden dürfen. Es drang durch das Dunkel auf ihn ein und wurde mit jedem Augenblick stärker. Endlich begriff er, was das war, und er wußte, daß er immer noch zu den Lebenden gehörte: Schmerz, wunderbarer, qualvoller Schmerz. Er überschwemmte in einer heißen Woge seinen Körper. Pitt stöhnte auf.

»O Herr im Himmel, hab Dank! Hab Dank, daß du ihn zurückgebracht hast!« Die Stimme schien aus einer kilometerweiten Ferne zu kommen. Er nahm sich gewaltsam zusammen, und wieder drang sie zu ihm durch. »Dirk! Ich bin's, Tidi!« Dann herrschte Stille.

Pitt fühlte, wie es heller um ihn wurde und wie klare, frische Luft seine Lungen belebte. Sein Kopf lag in einen weichen Arm gebettet. Sein Blick war noch unscharf; nur schemenhaft konnte er die Gestalt erkennen, die sich über ihn beugte. Er versuchte zu sprechen, brachte aber nur ein Ächzen und ein zusammenhangloses Murmeln zustande. Er starrte hilflos in das Gesicht über sich.

»Es scheint, daß Major Pitt von den Toten aufersteht.«

Pitt konnte die Worte kaum verstehen. Es war nicht Tidis Stimme, soviel war sicher; sie hatte einen tiefen, männlichen Klang.

»Sie haben ihn ziemlich gründlich fertiggemacht«, fuhr die unbekannte Stimme fort. »Es wäre wohl besser für ihn gewesen, wenn er gestorben wäre, ohne noch einmal zum Bewußtsein zu kommen. So wie die Sache aussieht, wird keiner von uns...«

»Er wird es schaffen.« Das war wieder Tidi. »Er muß es... er muß es einfach. Dirk ist unsere einzige Hoffnung.«

»Hoffnung... Hoffnung?« flüsterte Pitt. »Ich war einmal mit einem Mädchen namens Hoffnung verabredet.«

Der Schmerz stach und bohrte wie ein weißglühendes Eisen in seiner Seite, doch seltsamerweise spürte er im Gesicht gar nichts; das mißhandelte Fleisch dort war taub. Dann wußte er warum, wußte auch, warum er nur Schatten wahrnahm. Sein Sehvermögen, oder wenigstens ein Teil davon, kehrte zurück, als Tidi den feuchten Stoffetzen, ein Stück ihrer Nylonstrumpfhose, von seinem Gesicht nahm. Pitts aufgerissenes und aufgequollenes Gesicht war so gefühllos, weil Tidi die Risse und Quetschungen ständig mit Eiswasser aus einer nahen Pfütze benetzt hatte, um damit ein allzu starkes Anschwellen zu verhindern. Die Tatsache, daß Pitt überhaupt etwas sehen konnte, bewies zur Genüge, daß sich Tidi nicht umsonst bemüht hatte.

Unter großen Anstrengungen blickte Pitt sie an. Ihr Gesicht, umrahmt von dem langen, rehbraunen Haar, war bleich und ängstlich. Dann ließ sich abermals die andere Stimme vernehmen, und ihr Klang war Pitt nicht länger mehr fremd.

»Haben Sie wenigstens die Autonummer des Lastwagens mitgekriegt, Major, der Ihnen wie eine Planierraupe über Ihr ohnehin nicht besonders hübsches Gesicht gefahren ist?«

Pitt drehte seinen Kopf zur Seite, blickte in das gezwungen lächelnde Gesicht von Jerome P. Lillie und sagte mühsam: »Glauben Sie mir, wenn ich sage: es war ein Riese mit Muskeln, so dick wie drei Baumstämme?«

»Natürlich«, gab Lillie zurück. »Vor allem, weil Sie gleich hinzufügen werden: *Wenn Sie meinen, ich sähe miserabel aus, dann sollten Sie sich erst einmal den andern Kerl anschauen.*«

»Ich muß Sie enttäuschen. Ich habe ihm kein Härchen gekrümmt.«

»Sie haben sich nicht gewehrt?«

»Ich habe mich nicht gewehrt.«

Lillie war baß erstaunt. »Sie standen einfach da und haben diese...

diese entsetzlichen Prügel über sich ergehen lassen, ohne etwas dagegen zu tun?«

»Haltet endlich euren Mund!« In Tidis Stimme hielten sich Ärger und Sorge die Waage. »Wenn auch nur einer von uns überleben soll, müssen wir Pitt wieder auf die Beine bringen. Es ist keine Zeit, einfach hier herumzusitzen und nutzlose Reden zu halten.«

Pitt gelang es, sich aufzurichten. Ein roter Nebel aus Schmerz wallte vor seinen Augen auf, als sich seine gebrochene Rippe meldete. Die unbedachte plötzliche Bewegung erweckte in ihm das Gefühl, als hätte jemand seine Brust mit einer riesenhaften Flachzange gepackt und dann mit aller Gewalt zusammengedrückt. Vorsichtig richtete er sich weiter auf, bis er sich umschauen konnte.

Was er erblickte, schien eine Szene aus einem Alptraum zu sein. Lange starrte er auf das unwirkliche Bild, dann sah er Tidi und Lillie an. In seinem Gesicht stand fassungsloses Entsetzen. Nur langsam begann er zu ahnen, wo sie sich befanden. Er tastete nach einem Halt und stammelte: »Um Gottes willen, das ist unmöglich!«

Sekundenlang herrschte jenes Schweigen, das die Dichter so gern als bedeutungsschwanger bezeichnen. Pitt saß wie versteinert da und starrte auf den zerschellten Hubschrauber, dessen Trümmer in einer Entfernung von knapp hundert Metern lagen. Die scharfkantigen Bruchstücke des Wracks waren halb im Schlamm versunken, und rings herum ragten die überhängenden Wände einer tiefen Schlucht auf, die sich in dreißig Metern Höhe zu berühren schienen. Er bemerkte, daß es sich um einen großen Hubschrauber gehandelt hatte, wahrscheinlich ein Modell der Tian-Klasse, das dreißig Passagieren Platz bot. Welche Farbe oder welche Kennzeichen es einmal gehabt hatte, war nicht mehr festzustellen. Der größte Teil des Rumpfes war wie eine Ziehharmonika zusammengepreßt, und vom Rahmen war nur noch ein Gewirr verbogenen Metalls übrig.

Der erste furchtbare Gedanke, der Pitt in seiner Bestürzung kam, war, daß kein Mensch diesen Absturz überlebt haben konnte. Aber es gab sie alle noch: Pitt, Tidi, Lillie; und am Fuß der Felsenhänge lagen, schmerzverkrümmt, all die Männer, die in Rondheims Jagdzimmer neben Pitt gestanden und die Gegenpartei zu F. James Kelly und der Eremit Ltd. gebildet hatten.

Alle schienen noch am Leben zu sein, doch die meisten waren

schwer verletzt; ihre komisch abgeknickten Beine und Arme ließen auf grauenhafte Brüche und Quetschungen schließen.

»Es tut mir leid, daß ich fragen muß«, murmelte Pitt. Seine Stimme war heiser, aber er hatte sie wieder in seiner Gewalt. »Aber... was zum Teufel ist passiert?«

»Nicht das, was du glaubst«, erwiderte Lillie.

»Was denn dann? Offensichtlich... wollte uns Rondheim irgendwohin entführen, aber die Maschine stürzte ab.«

»Wir sind nicht abgestürzt«, widersprach Lillie. »Das Wrack liegt schon seit Tagen, vielleicht sogar Wochen hier.«

Pitt starrte Lillie ungläubig an. Lillie hatte es sich auf dem feuchten Untergrund bequem gemacht, ohne Rücksicht darauf, daß er durch und durch naß wurde. Pitt sagte zu ihm: »Bitte kläre mich auf. Was ist diesen Leuten zugestoßen? Wie kommst du hierher? Ich möchte alles ganz genau wissen.«

»Über mich gibt's nicht viel zu erzählen«, erwiderte Lillie ruhig. »Rondheims Männer haben mich geschnappt, als ich am Albatros-Kai herumschnüffelte. Bevor ich auch nur das geringste entdeckt hatte, hatten sie mich schon zu Rondheims Haus geschleppt und zu diesen anderen Herrschaften hier verfrachtet.«

Pitt machte eine Bewegung auf Lillie zu. »Du siehst ziemlich übel zugerichtet aus. Laß mich mal sehen.«

»Hör dir meine Geschichte zu Ende an!« erstickte Lillie Pitts Samariterdrang. »Dann mach dich um Himmels willen auf den Weg und hol Hilfe. Keiner von uns ist so schwer verletzt, daß er sofort daran stürbe – darauf hat Rondheim strikt geachtet. Aber keiner kann sich vom Fleck bewegen. Was wir am meisten zu fürchten haben, ist Unterkühlung. Die Temperatur beträgt jetzt schon kaum acht Grad. Noch ein paar Stunden, und es friert. Dann werden die Kälte und der Schock die ersten von uns fertigmachen. Und morgen früh gibt es in dieser gottverdammten Schlucht nur noch gefrorene Leichen.«

»Rondheim hat strikt darauf geachtet? Ich fürchte...«

»Verstehst du nicht? Sie haben wirklich eine lange Leitung, Major Pitt. Es ist doch klar, daß kein Unfall die Ursache dieses Gemetzels war. Gleich nachdem dich dein sadistischer Freund Rondheim zu Mus geschlagen hatte, wurde jedem von uns eine große Dosis Nembutal verabreicht. Dann haben sich Rondheim und seine Männer ganz kaltblütig und methodisch einen nach dem anderen von uns vorgeknöpft und uns alle Knochen gebrochen, damit es so aussieht, als wären wir bei einem Hubschrauberabsturz ums Leben gekommen.«

Pitt sah Lillie entgeistert an. Er konnte und wollte einfach nicht fassen, was Lillie ihm da erzählt hatte. In seiner derzeitigen Verfassung wäre er bereit gewesen, so ziemlich alles zu glauben; doch was Lillie ihm berichtet hatte, war zu makaber, zu ungeheuerlich, als daß man es hätte begreifen können.

»Mein Gott, es ist unmöglich!« Pitt schloß die Augen und schüttelte den Kopf. »Das muß ein Alptraum sein!«

»Aber Rondheim hat ganz handfeste Gründe«, versicherte ihm Lillie. »Kellys und Rondheims Irrsinn hat Methode.«

»Woher willst du das wissen?«

»Ich weiß es – ich war der letzte, den sie unter Drogen gesetzt haben. Ich habe mit angehört, wie Kelly Sir Eric Marks erklärte, diese ganze wahnsinnige Tragödie sei bereits von den Computern der Eremit Ltd. durchgespielt worden.«

»Aber was hat das für einen Sinn? Wozu all diese Grausamkeiten? Kelly hätte uns doch einfach in ein Flugzeug setzen und über dem Ozean herauswerfen lassen können. Es hätte keine Spuren gegeben, und niemand hätte eine Überlebenschance gehabt.«

»Computer sind hartherzige Gesellen; für sie zählen nur nackte Tatsachen«, murmelte Lillie düster. »Für ihr Heimatland sind die Männer, die sich da herumquälen, enorm wichtige Leute. Deshalb waren sie auch auf Rondheims Party. Sie haben selbst gehört, wie Kelly erklärt hat, warum sie sterben müßten. Ihr Tod soll ein Ablenkungsmanöver sein, mit dem man Zeit gewinnen möchte. Die Weltöffentlichkeit soll aufgestört werden, damit sich niemand darum kümmert, was in Südamerika passiert. Inzwischen kann Eremit Ltd. in Ruhe ihren Plan in die Tat umsetzen.«

Pitts Augen zogen sich zu schmalen Schlitzen zusammen. »Das erklärt noch nicht, weshalb man mit einer so sadistischen Grausamkeit vorgeht.«

»Nein, das tut es nicht«, pflichtete Lillie ihm bei. »In Kellys Augen heiligt allerdings der Zweck die Mittel. Ein Absturz über dem offenen Meer ist sicherlich auch getestet worden; aber offensichtlich ist das Ergebnis nicht abgesichert genug gewesen.«

»Zum Plan von denen gehört wohl auch, daß die Leichen zu einem geeigneten Zeitpunkt entdeckt werden.«

»In gewissem Sinn, ja«, bestätigte Lillie. »Bei einem Absturz über dem Meer würde die Aufmerksamkeit der Weltöffentlichkeit nach einer Woche oder zehn Tagen erlöschen – man würde die Suche abbrechen, da kein Schiffbrüchiger länger als ein paar Tage im eisigen Nordatlantik überlebt.«

»Natürlich.« Pitt nickte. »Die Sache mit der verschwundenen *Lax* ist ein überzeugendes Beispiel.«

»Genau. Kelly und seine reichen Freunde müssen soviel Zeit wie möglich herausschinden, um sich in dem Land, das sie in die Hand bekommen wollen, fest in den Sattel zu setzen. Je länger unser State Department durch das Verschwinden hochgestellter Diplomaten in Anspruch genommen ist, um so mehr wird es daran gehindert, die Operationen der Eremit Ltd. zu beeinflussen.«

»Kelly hat also den Vorteil einer ausgedehnten Suchaktion auf seiner Seite.« Pitt sprach mit leiser, aber fester Stimme. »Und wenn die Hoffnung auf Rettung geschwunden ist, kann er es so einrichten, daß irgendein Isländer zufällig über die Absturzstelle und die Leichen stolpert. Damit hat Kelly zwei weitere Wochen Zeit gewonnen; alle Welt beklagt unseren Tod, und die Politiker müssen Grabreden halten.«

»Sämtliche Möglichkeiten wurden einkalkuliert. Wir waren soeben auf einem Flug zu Rondheims Landgut in Nordisland, wo wir einen Tag Lachse angeln wollten. Seine Gruppe, die Leute der Eremit Ltd., wollte mit der nächsten Maschine nachkommen. So jedenfalls wird seine Presseerklärung lauten.«

»Und wieso kann uns nicht ganz zufällig jemand entdecken?« fragte Tidi. Sie tupfte fürsorglich einen Blutstropfen von Pitts geschwollenem Mund.

»Das ist ziemlich klar«, meinte Pitt und sah sich gedankenvoll um. »Man kann uns praktisch nur entdecken, wenn man genau senkrecht über uns steht. Dazu kommt, daß wir uns wahrscheinlich in der gottverlassensten Gegend von Island befinden. Die Chancen, daß uns jemand aufspürt, sind folglich gleich null.«

»Jetzt kannst du dir ein Bild von der ganzen Sache machen«, meinte Lillie. »Der Hubschrauber muß in dieser entlegenen Schlucht gelandet und zerstört worden sein, weil es ein Ding der Unmöglichkeit gewesen wäre, hier eine echte Bruchlandung zu inszenieren. Ein Suchflugzeug hat nur ein paar Sekunden Zeit, um diesen Trümmerhaufen zu sichten, und das auch nur dann, wenn es den Unfallplatz direkt überfliegt. Der nächste Schritt war, unsere Körper geschickt in der Gegend zu verteilen. Alles, was ein fähiger Kriminalist nach zwei oder drei Wochen Verwesung noch feststellen kann, ist, daß einige von uns den Verletzungen erlegen sind, die sie bei dem Absturz erlitten haben, und daß der Rest an Unterkühlung gestorben ist.«

»Bin ich der einzige, der gehen kann?« wechselte Pitt schroff das Thema. Seine gebrochenen Rippen taten mörderisch weh, doch die hoffnungsvollen Blicke, die klägliche Portion Optimismus, die in den Augen der zum Tode verurteilten Menschen aufglomm, zwangen ihn, seinen Qualen keine Beachtung zu schenken.

»Ein paar können zwar noch gehen«, antwortete Lillie. »Aber mit ihren gebrochenen Armen schaffen sie es nie, die Schlucht hinaufzuklettern.«

»Dann bin ich also wirklich der einzige?«

»Ganz richtig.« Lillie lächelte zaghaft. »Vielleicht ist es ein Trost für dich, daß Rondheim in dir einen zäheren Gegner gefunden hat, als seine Computer das vorhergesehen haben.«

Lillies Worte gaben den letzten Anstoß. Pitt erhob sich unsicher und blickte auf die Gestalten, die in ihren Verrenkungen am Boden herumlagen. »Was hat Rondheim dir alles gebrochen?«

»Beide Schultern und, glaube ich, das Becken.« Lillie sagte das mit einer Gelassenheit, als beschriebe er die mit Kratern übersäte Oberfläche des Mondes.

»Wahrscheinlich wärst du jetzt liebend gern wieder in St. Louis und würdest eine Brauerei leiten, nicht wahr?«

»Eigentlich nicht. Mein guter alter Herr hat nie viel Vertrauen in seinen einzigen Sohn gesetzt. Sollte ich ... sollte ich nicht mehr froh und munter sein, wenn du zurückkommst, kannst du ihm ja ausrichten ...«

»Lies ihm selber die Leviten.« Pitt flüchtete sich in einen Witz.

»Ich habe Lillie-Bier sowieso nie gemocht.« Er wandte sich ab und kniete sich über Tidi. »Was hat man Ihnen angetan?«

»Meine Knöchel sind ein bißchen ausgerenkt.« Sie versuchte zu lächeln. »Nichts Ernstes. Ich bin, glaube ich, verhältnismäßig glimpflich davongekommen.«

»Tut mir leid«, entgegnete Pitt. »Aber Sie würden nicht hier liegen, wenn ich mich nicht so dämlich angestellt hätte.« Er beugte sich über sie, hob sie hoch und legte sie ein, zwei Meter weiter sanft neben Lillie nieder. »Das ist Ihre große Chance, Sie kleiner Goldgräber. Ein echter, lebendiger Millionär. Und für die nächsten paar Stunden muß er Ihnen, ob er will oder nicht, Rede und Antwort stehen. Mr. Jerome P. Lillie, darf ich Ihnen Miss Tidi Royal vorstellen, den Liebling der National Underwater and Marine Agency? Lebt noch lange in Glück und Frieden zusammen!« Er küßte Tidi zart auf die Stirn, stand mühsam wieder auf und wankte hinüber zu dem alten Mann, den er unter dem Namen Sam kennengelernt hatte. Er erinnerte sich daran, wie nobel und achtunggebietend dieser im Jagdzimmer aufgetreten war. Er sah auf ihn herab. Sams Beine waren wie zwei knorrige Äste einer Eiche nach außen gebogen, und der Schmerz hatte seinen warmherzigen Blick stumpf werden lassen.

Pitt zwang sich zu einem hoffnungsfrohen Lächeln. »Lassen Sie nicht den Kopf hängen, Sam.« Er beugte sich hinunter und legte sanft die Hand auf die Schulter des alten Mannes. »Noch vor dem Mittagessen bin ich mit der hübschesten Krankenschwester von ganz Island wieder hier.«

Sam probierte die Andeutung eines Grinsens. »Einem Mann meines Alters wäre mit einer Zigarre mehr gedient.«

»Also gut – dann bringe ich Ihnen eine Zigarre.«

Pitt drückte Sam die Hand. In dessen blaue Augen kam plötzlich Leben. Der alte Mann richtete sich auf und erwiderte den Händedruck mit einer Kraft, die Pitt nicht für möglich gehalten hätte. Sams müdes, schmerzverzerrtes Gesicht nahm einen harten, entschlossenen Ausdruck an.

»Man muß ihn aufhalten, Major Pitt«, sagte er leise, aber eindringlich. »James darf diese entsetzliche Geschichte nicht zu Ende bringen. Seine Absichten sind verrückt. Und das Schlimmste sind die Leute, die er um sich geschart hat. Sie handeln nur aus Geld- und Machtgier.«

Pitt nickte wortlos.

»Ich verzeihe James, was er getan hat.« Sam schien fast ein Selbstgespräch zu führen. »Sagen Sie ihm, sein Bruder vergäbe ihm...«

»Mein Gott!« Ungläubiges Staunen spiegelte sich auf Pitts Gesicht. »Sie sind Brüder?«

»James ist mein jüngerer Bruder. Ich hielt mich während all der Jahre im Hintergrund und kümmerte mich um die Finanzen unseres weitverzweigten multinationalen Unternehmens. James dagegen, ein dynamischer Mann, stand im Mittelpunkt des Interesses. Bis jetzt waren wir ein recht erfolgreiches Gespann.« Sam Kelly verabschiedete Pitt mit einem kaum wahrnehmbaren Nicken. »Möge Gott Ihnen beistehen.« Dann glitt ein leises Lächeln über sein Gesicht. »Vergessen Sie meine Zigarre nicht.«

»Sie können darauf zählen«, murmelte Pitt. Er wandte sich ab. Die widersprüchlichsten Gefühle und Vorstellungen bewegten ihn. Doch allmählich klärten sich seine Gedanken. Er konzentrierte sich ganz auf das, was ihn vorwärtstrieb: unbändiger Haß, der in ihm schwelte, seit Rondheim zu seinem ersten mörderischen Schlag ausgeholt hatte. Ehe er sich in Bewegung setzte, hielt ihn noch einmal die leise Stimme des russischen Diplomaten Tamareztov auf, der sagte: »Das Herz eines guten Kommunisten ist mit Ihnen, Major Pitt.«

Pitts Antwort kam wie aus der Pistole geschossen: »Ich fühle mich sehr geehrt. Es passiert selten, daß sich ein Kommunist von einem Kapitalisten das Leben retten lassen muß.«

»Eine bittere Pille für mich.«

Pitt verharrte einen Augenblick und sah Tamareztov prüfend an. Dessen Arme lagen kraftlos auf dem Boden, und das linke Bein war in einem unnatürlichen Winkel abgeknickt. Da wurden Pitts Züge weich. Er sagte: »Ich werde Ihnen eine Flasche Wodka mitbringen.« Bevor noch der verdutzte Russe etwas erwidern konnte, wandte er sich ab und begann die Hänge der Schlucht emporzuklettern.

Pitt krallte sich in die weiche, glitschige Erde. Vorsichtig zog er sich hoch, Zentimeter um Zentimeter, um seine gebrochenen Rippen nicht zu sehr zu belasten. Sein Blick war starr nach oben gerichtet. Die ersten sechs Meter waren kein Problem. Doch dann wurde die Wand steiler und der Boden felsiger. Pitt fand kaum mehr Ritzen und Löcher im Fels, in die er seine geschwollenen Finger hätte einkrallen oder wo er einen Halt für seine Zehen hätte finden können.

Der Aufstieg wurde mörderisch. Pitt verlor jegliches Gefühl. Seine Bewegungen liefen wie von selbst ab; einkrallen, hochziehen, einkrallen, hochziehen. Er versuchte jeden Meter, den er an Höhe gewann, mitzuzählen; doch schon nach dreißig Metern ließ er es. In seinem Kopf herrschte völlige Leere.

Er glich einem Blinden, der sich bei Tageslicht durch eine dunkle Welt vorantastet. Zum erstenmal verspürte er Angst – nicht die Angst, abzustürzen oder sich zu verletzen, sondern die abgründige, kalte Angst, den Tod von über zwanzig Menschen zu verschulden, wenn er diesen unendlich fernen Rand zwischen Himmel und Erde nicht erreichte. Minuten vergingen; sie kamen ihm wie Stunden vor. Wie viele? Er wußte es nicht, würde es nie wissen. Die Zeit hatte jedes Maß für ihn verloren. Sein Körper war nur noch ein Automat, der wieder und wieder dieselben Bewegungen vollführte, ohne daß das Gehirn noch die Befehle dazu erteilte.

Erneut begann er zu zählen; doch diesmal hörte er schon bei zehn auf. Er gönnte sich eine Minute Rast, nicht mehr; dann kletterte er weiter. Sein Atem ging keuchend, seine Finger waren aufgerissen, die Nägel abgebrochen und seine Arme wurden von schmerzhaften Krämpfen geschüttelt – ein sicheres Zeichen, daß er am Ende war. Der Schweiß lief ihm in Strömen übers Gesicht, doch das irritierende Kitzeln drang gar nicht in sein Bewußtsein. Er pausierte abermals und sah nach oben, konnte aber, weil seine Augen total zugeschwollen waren, kaum mehr etwas erkennen. Der Rand der Schlucht verschwamm zu einem schattenhaften Streifen; er konnte unmöglich sagen, wie weit es noch war.

Doch plötzlich hatte er es geschafft. Er griff über den weichen, bröckeligen Rand des Abgrundes. Mit einer Kraft, die ihn selbst verwunderte, zog er sich hinauf. Er rollte sich auf den Rücken und lag dann regungslos da, wie tot.

Fast fünf Minuten lang blieb er so liegen. Nur seine Brust hob und senkte sich mit jedem Atemzug. Als die Wogen der totalen Erschöpfung abgeebbt und seine Kräfte wieder einigermaßen zurückgekehrt waren, erhob er sich langsam und starrte in den Abgrund zu den winzigen Gestalten hinunter. Er formte seine Hände schon zu einem Trichter, um ein paar Worte hinunterzubrüllen; doch dann entschied er sich anders. Ihm kam nichts in den Sinn, was zu rufen irgendeinen Wert gehabt hätte. Alles, was die Menschen dort in der Tiefe sehen konnten, waren sein Kopf und seine Schultern, die über den Rand der Schlucht ragten. Er winkte ihnen ein letztesmal zu und verschwand.

18. Kapitel

Wie ein einsamer Baum stand Pitt auf der endlosen, leeren Ebene. Viele Kilometer weit war nichts zu sehen als ein dichter Teppich aus dunkelgrünen, moosähnlichen Pflanzen, die den Erdboden bedeckten. Da wurde auf der einen Seite die Ebene durch eine hohe Hügelkette begrenzt, auf der anderen verschwand sie in einem hellen Dunst am Horizont. Abgesehen von ein paar vereinzelten Buckeln, die sich hier und dort erhoben, war die Landschaft flach wie ein Brett. Pitt zögerte nicht mehr länger. Er setzte sich in Bewegung und marschierte über die Tundra auf die Hügelkette zu. Doch bald schrak er plötzlich zusammen. Er war verloren. Die Sonne war rasch hinter dem Horizont verschwunden. Es gab keine Sterne, die ihn hätten leiten können. Norden, Süden, Westen und Osten – das waren Worte ohne Bedeutung für ihn; er hatte keine Ahnung, in welcher Himmelsrichtung er sich bewegte. Und über die Ebene kroch der Nebel auf ihn zu.

Pitt setzte sich und überdachte seine Situation. Der Schluß, daß er sich irgendwo mitten im unbesiedelten Teil Islands befand, lag nahe. Er versuchte krampfhaft, sich an das Wenige zu erinnern, was er in der Schule über das Paradies des Nordatlantiks gelernt hatte, und sich die Karten der Insel ins Gedächtnis zurückzurufen, die er an Bord der *Catawaba* studiert hatte. Die Nord-Süd-Ausdehnung der Insel beträgt etwa dreihundert Kilometer, erinnerte er sich, die Ost-West-Ausdehnung beinahe vierhundertfünfzig. Da also der Abstand zwischen der Nord- und der Südküste kürzer war, kamen die beiden anderen Himmelsrichtungen für ihn gar nicht erst in Betracht. Ging er nach Süden, stieß er aller Wahrscheinlichkeit nach auf das Eis des Vatnajökull, der nicht nur Islands, sondern auch Europas größter Gletscher ist, eine riesige gefrorene Wand, die ihm jedes Weiterkommen unmöglich machte.

Also blieb ihm nur der Weg nach Norden. Die Logik, die hinter dieser Entscheidung steckte, war einfach. Aber ihn bestimmte noch eine andere Überlegung: auf diese Weise überlistete er die Computer. Er marschierte in jene Richtung, mit der man am wenigsten rechnen konnte. Denn normalerweise hätte sich jeder in seiner Situation nach Süden gewandt, in Richtung Reykjavik. Das hatte man bei den Computer-Planspielen zweifellos erwartet, hoffte er. Wovon hätte man sonst ausgehen sollen, wenn nicht von den Reaktionen normaler Durchschnittsmenschen?

Er wußte also, was er zu tun hatte. Aber es gab noch Schwierigkeiten genug: Wo zum Beispiel war Norden? Und selbst wenn er das sicher gewußt hätte, hätte er noch keine Hilfsmittel zur Hand gehabt, um den direkten Weg zu finden. Die bekannte Tatsache, daß Rechtshänder in der Regel in einem großen Bogen nach rechts gehen, wenn sie sich nicht in der Landschaft orientieren können, kam Pitt wieder in den Sinn.

Das Heulen eines Düsenjets schreckte ihn aus seinen Gedanken auf. Er blickte hoch, schützte mit der Hand seine Augen vor dem strahlend blauen Himmel und sah eine Linienmaschine, die friedlich über ihn hinwegglitt und einen langen weißen Kondensstreifen hinter sich herzog. Wer weiß, wo sie hinflog: Nach Südwesten Richtung Reykjavik? Nach Osten auf Norwegen zu? Oder nach Südosten in Richtung London? Solange er keinen Kompaß hatte, konnte er das unmöglich feststellen.

Ein Kompaß – das Wort ging ihm nicht mehr aus dem Sinn. Ein Kompaß, ein einfaches Stück magnetisierten Eisens, das auf einer Spindel saß und in einer Mischung aus Glyzerin und Wasser schwamm. Tief in irgendeinem Winkel seines Gehirns leuchtete plötzlich ein Licht auf. Vor vielen Jahren hatte er einmal in einem viertägigen Pfadfinder-Zeltlager gelernt, wie man sich in einer unbekannten Gegend orientieren kann.

Es dauerte beinahe zehn Minuten, bis er eine kleine Wasserpfütze in einer seichten Vertiefung neben einer kleinen Kuppe fand. So rasch es seine aufgerissenen Finger gestatteten, löste Pitt seine braune Schärpe und zog die Nadel heraus, von der die Schärpe zusammengehalten wurde. Er wickelte ein Ende des langen Seidentuchs um sein Knie und begann, die Nadel, den Kopf voran, immer in derselben Richtung über die Seide zu reiben. Die Reibungselektrizität würde das kleine Stück Metall magnetisieren.

Die Kälte nahm zu; sie durchdrang seine naßgeschwitzte Kleidung und ließ seinen Körper erschauern. Die Nadel entglitt ihm, und er brauchte kostbare Zeit, bis er sie in dem Tundramoos wiederfand. Er rieb sie von neuem, wobei er sorgfältig achtgab, daß sie ihm nicht abermals entschlüpfte.

Als er sie genügend magnetisiert glaubte, fuhr er sich damit ein paarmal übers Gesicht, um sie einzufetten. Dann zog er zwei lose Fäden aus dem Futter seiner roten Jacke und legte sie in zwei lockeren Schleifen um die Nadel. Jetzt begann der schwierigste Teil des Unternehmens. Pitt hob die Nadel in den beiden Schlingen behutsam hoch und senkte sie langsam auf die kleine Pfütze. Atemlos beobachtete er, wie die Nadel auf dem Wasser liegen blieb. Dann zog er die Schlingen unter der Nadel hervor.

Nur ein Kind, das zu Weihnachten mit großen Augen auf all die Geschenke unter dem Weihnachtsbaum starrt, hätte sich ebenso entzückt fühlen können wie Pitt. Er hockte gebannt da und sah zu, wie die Nadel sich langsam im Kreis drehte und endlich stillstand. Ihre Spitze zeigte genau auf den magnetischen Nordpol.

Pitt saß volle drei Minuten regungslos da und starrte auf seinen selbstgebastelten Kompaß; fast hatte er Angst, daß dieser sinken und verschwinden könnte, wenn er nur mit den Augen zwinkerte.

»Wollen wir doch einmal sehen, ob eure gottverdammten Computer da noch mitkommen!« brummte er in der absoluten Stille, die ihn umgab. Er legte seine Marschrichtung fest, nahm die primitive Kompaßnadel aus dem Wasser und ging auf den Nebel zu. Erneut fingen seine aufgerissenen Lippen und die halb ausgeschlagenen Zähne zu bluten an. Zudem machte ihm jetzt Rondheims Tritt in die Leisten zu schaffen; er konnte sich nur humpelnd fortbewegen. Aber er zwang sich eisern weiterzugehen. Der Boden war zerklüftet und uneben, und schon bald wußte Pitt nicht mehr, wie oft er gestolpert und gefallen war.

Glücklicherweise schwand nach anderthalb Stunden wenigstens der Nebel. Nun konnte Pitt die vielen heißen Quellen ausnutzen, an denen er vorbeikam, um mit der Kompaßnadel immer wieder seine Richtung zu kontrollieren. Außerdem ermöglichte es sich ihm dadurch, sich nach markanten Punkten in der Landschaft zu orientieren.

Aus zwei Stunden wurden drei, aus drei Stunden vier. Jede Minute bedeutete unvorstellbare Leiden und Schmerzen, bedeutete beißende Kälte und stechende Qualen und den dauernden Kampf, die Nerven nicht zu verlieren. Die Zeit dehnte sich zur Ewigkeit. Trotz seiner Zähigkeit begann Pitt daran zu zweifeln, ob er die nächsten Stunden überleben würde.

Er setzte einen Fuß vor den anderen, in einem rein mechanischen Rhythmus, der ihn Schritt um Schritt dem endgültigen Zusammenbruch zutrieb. In seinem Kopf war für nichts anderes mehr Platz als für den nächsten Orientierungspunkt, und sobald er ihn erreicht hatte, mußte er jedes bißchen seiner schwindenden Kraft auf die nächste Markierung konzentrieren. Er hatte aufgehört zu denken. Nur wenn ihn ein stummer Alarm aus einem versteckten Winkel seines Gehirns warnte, daß er dabei war, die Richtung zu verlieren, machte er an einem dampfenden Schwefeltümpel halt und bestimmte von neuem den Weg, den er einschlagen mußte.

Selbst vor zwölf Stunden – Pitt schien es zwölf Jahre her zu sein –, als er unter Rondheims Schlägen zusammengesunken war, hatte sein Körper noch auf jeden wichtigen Befehl seines Verstandes prompt reagiert. Doch als Pitt jetzt die Nadel wieder auf das Wasser setzte, versagten ihm seine zitternden Hände den Dienst, und der geniale kleine Kompaß sank rasch auf den Grund des tiefen, kristallklaren Tümpels. Pitt hätte die Nadel noch erhaschen können; doch er saß regungslos da und sah gelähmt zu, wie sie unterging. Erst Sekunden später reagierte er; aber es war zu spät, viel zu spät, und seine Hoffnung, aus Islands öder Hochebene herauszufinden, war zerronnen.

Er war zu Tode erschöpft. Trotzdem kämpfte er sich wieder hoch und stolperte weiter, angetrieben von einer Energie, deren Quellen ihm unbekannt waren. Noch zwei Stunden torkelte er so voran. Dann, als er gerade eine drei Meter hohe Bodenwelle erkletterte, verließen ihn die letzten Kräfte und er sank wie ein Luftballon, dem die Luft ausgeht, in sich zusammen.

Pitt spürte, daß er die Grenzen seiner körperlichen Leistungsfähigkeit überschritten hatte und ihn nun das Dunkel der Bewußtlosigkeit umfangen wollte. Doch irgend etwas stimmte dabei nicht. Sein Körper war tot; er empfand keine Schmerzen mehr, jedes Gefühl war in ihm erstorben. Doch immer noch konnte Pitt sehen, wenn sein Gesichtsfeld auch nur wenige Zentimeter des grasbewachsenen Bodens umfaßte. Und er konnte noch hören; seine Ohren nahmen ein sich näherndes Geräusch wahr, für das sein gequältes Gehirn jedoch keine Erklärung mehr zu geben wußte.

Plötzlich herrschte Stille. Das Geräusch war erstorben, und zurück blieb nur der Blick auf die grünen Grashalme, die sich leise flüsternd im Wind bewegten. Pitts Lebenswille versiegte. Er wollte nur noch friedlich unter der Sonne des Nordens sterben. Es war so einfach, aufzugeben und sich in die Dunkelheit, aus der es kein Zurück mehr gab, fallenzulassen. Doch sollte die ganze übermenschliche, tapfere Anstrengung, die er für die Menschen in der Schlucht auf sich genommen hatte, umsonst gewesen sein?

Plötzlich tauchten zwei abgetragene Lederstiefel vor Pitts halbblinden Augen auf. Und dann wälzten ihn zwei geisterhafte Hände auf den Rücken, und er blickte in ein Gesicht, das sich gegen den leeren Himmel abhob – ein finsteres Gesicht mit meerblauen Augen. Graues Haar hing wirr in die hohe Stirn. Ein alter Mann, der weit in den Siebzigern stand und einen Rollkragenpullover trug, beugte sich herab und schlug Pitt sanft auf die Wangen.

Ohne ein Wort weiter zu verlieren, hob er Pitt mit einer Kraft, die bei einem Mann seines Alters überraschte, hoch und schleppte ihn davon. Kaum mehr bei Sinnen, wunderte sich Pitt noch über den unwahrscheinlichen Zufall, der den alten Mann herbeigeführt hatte. Aber nur ein paar Schritte hinter dem kleinen Hügel lag eine Straße; Pitt war einen Steinwurf weit von dieser schmalen, staubigen Straße zusammengebrochen. Sie verlief parallel zu einem tosenden Gletscherfluß, der durch eine enge schwarze Schlucht rauschte. Doch was Pitt zuletzt vernommen hatte, war nicht das Brausen des dahinstürzenden Wassers gewesen, sondern der Motorenlärm eines zerbeulten, staubbedeckten englischen Jeeps.

Wie ein Kind, das seine Puppe in einen Kinderstuhl setzt, hob der alte Isländer Pitt auf den Beifahrersitz seines Wagens. Dann kletterte er hinter das Steuer und ratterte mit dem klapprigen Fahrzeug die kurvenreiche Straße entlang. Er hielt mehrmals an, um ein Viehgatter zu öffnen. Endlich kamen sie in eine sanft gewellte Gegend mit saftig-grünen Weiden. Schwärme von Kiebitzen stoben in die Luft, sobald der Jeep wieder vor einem Gatter anhielt. Die Fahrt endete vor einem kleinen, weißgekalkten Bauernhaus mit rotem Dach.

Pitt ignorierte die hilfreichen Hände und wankte in den Wohnraum des gemütlichen kleinen Hauses. »Ein Telephon, schnell! Ich brauche ein Telephon!«

Die blauen Augen zogen sich zusammen. »Sie sind Engländer?« fragte der Isländer langsam in seinem schwerfälligen Akzent.

»Amerikaner«, antwortete Pitt ungeduldig. »Da draußen liegen zwei Dutzend schwer verletzter Menschen, die sterben, wenn sie nicht rasch Hilfe bekommen.«

»Es liegen noch andere Leute dort?« Der Isländer geriet in Aufregung.

»Ja, ja!« Pitt nickte heftig mit dem Kopf. »Guter Mann, das Telephon! Wo steht es?«

»Kommen Sie«, sagte der Isländer, und Pitt folgte ihm in ein kleines, hell erleuchtetes, spartanisch eingerichtetes Zimmer. Das Mobiliar beschränkte sich auf einen Stuhl, ein Schränkchen und einen alten, von Hand gezimmerten Tisch, auf dem ein matt schimmerndes, fast neues Telephon stand.

Erstaunlich rasch kam die Verbindung mit dem amerikanischen Konsulat in Reykjavik zustande.

»Wo zum Teufel haben Sie gesteckt?« explodierte Sandeckers Stimme im Hörer, als stünde er leibhaftig in der Tür.

»Ich habe auf die Straßenbahn gewartet und inzwischen einen Spaziergang im Park gemacht«, bellte Pitt zurück. »Aber lassen wir das jetzt. Wie lange brauchen Sie, um ein Ärzteteam zusammenzutrommeln und eine Maschine startklar zu machen?«

Es dauerte einige Sekunden, bis sich Sandecker wieder meldete. »Ich kann innerhalb von dreißig Minuten einen Trupp von Air-Force-Sanitätern flugbereit haben«, sagte er zögernd. »Würde es Ihnen etwas ausmachen, mir zu erklären, warum Sie nach einem Ärzteteam verlangen?«

Pitt antwortete nicht gleich. Er konnte sich kaum mehr auf den Beinen halten. Dankbar nickte er dem Isländer zu, der ihm einen Stuhl unterschob. »Jede Minute, die wir mit Erklärungen verschwenden, kann den Tod eines Menschen bedeuten. Um Himmels willen, Admiral«, beschwor ihn Pitt, »nehmen Sie Verbindung mit der Air Force auf, lassen Sie Ihre Sanitäter in Hubschrauber verladen und mit den nötigen Mitteln versehen, um den Opfern eines Flugzeugunglücks zu helfen. In der Zwischenzeit kläre ich Sie dann über die Einzelheiten auf.«

»Verstanden«, erwiderte Sandecker, ohne ein weiteres Wort zu verlieren. »Halten Sie sich bereit! Legen Sie nicht auf!«

Pitt ließ sich erschöpft in den Stuhl zurücksinken. Jetzt ist das Schlimmste überstanden, dachte er. Hauptsache, sie machen schnell. Er spürte eine Hand auf seiner Schulter, wandte sich halb um und brachte ein verzerrtes Lächeln zustande. »Ich bin ein unhöflicher Gast«, sagte er leise. »Ich habe mich bisher weder vorgestellt noch meinem Lebensretter gedankt.«

Der alte Mann bot ihm seine schmale, rissige Hand. »Golfur Andursson«, sagte er. »Ich bin als Oberförster für den Rarfur-Fluß zuständig.«

Pitt ergriff Andurssons Hand und fragte dann: »Als Oberförster?«

»Ja. Ein Förster ist bei uns vor allem für die Flüsse zuständig. Wir beraten die Fischer und wachen darüber, daß das ökologische Gleichgewicht der Flüsse gewahrt bleibt. Wir nehmen eine ähnliche Aufgabe wie ein Umweltschützer in Ihrer Heimat wahr.«

»Das ist wohl eine ziemlich einsame Arbeit...« Pitt bekam plötzlich keine Luft mehr, und er rang nach Atem. Ein stechender Schmerz in seiner Brust schnürte ihm die Kehle zu. Er klammerte sich an den Tisch und kämpfte gegen eine Ohnmacht an.

»Kommen Sie«, sagte Andursson. »Sie müssen mich Ihre Wunden

versorgen lassen.«

»Nein«, entgegnete Pitt bestimmt. »Ich muß mich für das Telephon bereithalten. Ich darf meinen Platz nicht verlassen.«

Andursson zögerte. Dann schüttelte er den Kopf, verließ den Raum und kam gleich mit einem großen Erste-Hilfe-Kasten und einer Flasche zurück.

»Sie haben Glück«, meinte er lächelnd. »Einer Ihrer Landsleute hat vor ein paar Wochen am Fluß geangelt und mir das da dagelassen.« Er hielt die Flasche stolz in die Höhe; es war ein ganzer Liter Seagram's. Pitt bemerkte, daß der versiegelte Verschluß noch nicht aufgebrochen war.

Gerade als Pitt den vierten Schluck aus der Flasche genommen und der alte Flußwart seine Brust fertig bandagiert hatte, wurde es im Telephon wieder lebendig, und Sandeckers polternde Stimme war zu vernehmen: »Major Pitt, hören Sie mich?«

»Hier Pitt. Ich höre Sie, Admiral.«

»Die Sanitäter sind in Keflavik versammelt, und die isländischen Such- und Rettungsmannschaften stehen bereit. Ich halte die Verbindung und übernehme die Koordination.« Er verstummte kurz. »Hier macht sich eine ganze Reihe von Leuten erhebliche Sorgen. In Keflavik ist kein Flugzeug abgängig, weder eine Militär- noch eine Linienmaschine.«

Rondheim riskiert nichts, dachte Pitt. Der Bastard läßt sich viel Zeit damit, seine überfälligen Gäste als vermißt zu melden. Pitt atmete tief durch und nahm noch einen Schluck Whisky. Dann antwortete er: »Für eine Vermißtenanzeige ist es auch noch zu früh.«

Sandeckers Stimme verriet reines Unverständnis. »Wie war das? Wiederholen Sie bitte.«

»Glauben Sie mir, Admiral, ich kann nicht einmal ein Zehntel all der Fragen beantworten, die Sie im Augenblick beschäftigen. Wir verlieren zuviel Zeit mit Quatschen, Admiral. Schicken Sie Hilfe!«

»Wohin, verdammt nochmal? Wo stecken Sie?«

Pitt wandte sich an Andursson. »Wie weit ist die nächste Stadt entfernt, und in welcher Richtung liegt sie?«

Andursson deutete aus dem Fenster. »Sodafoss ... wir befinden uns genau fünfzig Kilometer südlich vom Marktplatz.«

Pitt rechnete zu der Angabe des Isländers rasch den Weg hinzu, den er über die Hochebene gestolpert war, und sprach wieder in die Muschel: »Das Flugzeug ist etwa achtzig Kilometer südlich von Sodafoss abgestürzt. Ich wiederhole, achtzig Kilometer südlich von Sodafoss.«

»Wie viele Überlebende?«

»Vierundzwanzig.«

Sandecker schwieg einen Moment, dann fragte er leise und mit einem besorgten Unterton: »Ist Miss Royal bei Ihnen?«

»Ja.«

Sandecker antwortete nicht sofort. Pitt konnte fast sehen, wie er blaß wurde, konnte hören, wie er nach Luft rang. »Hat sie... hat sie Ihnen irgendwelche Scherereien gemacht?«

Pitt dachte einen Moment nach und suchte nach den passenden Worten. »Sie kennen die Frauen, Admiral. Sie können nur andauernd herumzetern. Zuerst bildete sie sich ein, sie hätte Schmerzen im Fußgelenk; dann jammerte sie, sie würde erfrieren. Ich wäre Ihnen dankbar, wenn Sie mir dieses keifende Weibsbild so schnell wie möglich vom Hals schafften!«

»Was das betrifft, so werde ich mir alle erdenkliche Mühe geben, Ihrem Wunsch zu entsprechen.« Sandecker hatte seinen alten Polterton wiedergefunden. »Halten Sie sich bereit!«

Pitt brummte leise etwas vor sich hin. Es dauerte einfach zu lange. Jede Minute war kostbar. Er sah auf seine Uhr. Genau ein Uhr – vor sieben Stunden war er aus der Schlucht geklettert. Ihn überlief ein Schauder, und er nahm noch einen Schluck aus der Flasche.

Im Hörer knackte es von neuem. »Major Pitt?«

»Ja, Admiral?«

»Wir haben hier ein Problem. Alle Hubschrauber haben Startverbot. Die Sanitäter müssen aus einer Transportmaschine abspringen.«

»Völlig unmöglich. Es müssen unbedingt Hubschrauber benutzt werden. Die Überlebenden müssen durch die Luft abtransportiert werden. Und es ist äußerst wichtig, Admiral, daß ich die Suche leite. Ich wiederhole – ich muß die Suche leiten. Die Absturzstelle ist aus der Luft nicht zu erkennen. Ihre Rettungsmannschaft könnte tagelang unterwegs sein und würde nichts finden.«

Pitt ahnte, wie Sandeckers Miene sich verfinsterte. Es dauerte lange, bis der Admiral sich wieder meldete und so trübe und niedergeschlagen, als ob er eine Totenrede hielte – von der er ja tatsächlich auch nicht sehr weit entfernt war – sagte: »Ich muß Ihre Bitte abschlagen. Es gibt sieben Hubschrauber auf der Insel. Drei gehören der Air Force, vier dem Icelandic Search and Rescue Department. Alle haben wegen notwendiger Reparaturarbeiten Startverbot.« Sandecker machte eine Pause, dann fuhr er langsam fort: »Es scheint unwahrscheinlich, aber die örtlichen Behörden vermuten einen Sabotageakt.«

»Jesus Christus!« murmelte Pitt, und das Blut gefror ihm. Jede nur denkbare Möglichkeit – das Wort kam ihm wieder und wieder in den Sinn. Kellys Computer hatten eine unüberwindliche Mauer gegen jede Rettung aufgebaut, und Rondheims kaltblütig arbeitende Mörderbande hatte die Anweisungen des Elektronengehirns Punkt für Punkt getreulich ausgeführt.

»Gibt es bei Ihnen einen genügend großen Landeplatz, daß eine Maschine Sie an Bord nehmen könnte?« fragte Sandecker gespannt. »Wenn das der Fall ist, können Sie den Einsatz von Rettungsfallschirmspringern leiten.«

»Eine kleine Maschine könnte es schaffen«, antwortete Pitt. »Es gibt hier eine Wiese, so groß wie ein Fußballfeld.«

Draußen waren inzwischen, von Pitt unbemerkt, große dunkle Haufenwolken aufgezogen. Schon bald war die orangefarbene Sonne ganz von ihnen verdeckt. Ein kühler Wind kam auf, der das Gras auf den Wiesen und den Hügeln zu Boden drückte. Pitt spürte Andurssons Hand auf seiner Schulter. Erst jetzt fiel ihm auf, wie dunkel es im Zimmer geworden war.

»Ein Sturm aus Norden«, sagte Andursson ernst. »In spätestens einer Stunde schneit es.«

Pitt erhob sich so ruckartig, daß sein Stuhl umkippte, und lief eilig zu dem kleinen Fenster. Er starrte hinaus, wollte seinen Augen nicht trauen und schlug verzweifelt mit der Faust gegen die Wand. »O Gott, nein!« flüsterte er. »Es wäre glatter Selbstmord, wenn die Sanitäter in einem Schneesturm abspringen wollten.«

»Bei solchem Sturm könnte auch keine Maschine starten oder landen«, sagte Andursson. »Ich habe schon viele Nordstürme aufziehen sehen und weiß, wie schlimm sie sind. Der scheint besonders verheerend zu werden.«

Pitt wankte zum Telephon zurück und ließ sich in den Stuhl fallen. Er bedeckte sein zerschundenes, geschwollenes Gesicht mit den Händen und murmelte still: »Gott stehe ihnen bei! Gott stehe ihnen jetzt allen bei! Es ist hoffnungslos, hoffnungslos.«

Sandecker meldete sich, aber Pitt hörte es nicht. »Ihre genaue Position, Major. Können Sie mir Ihre genaue Position geben?«

Andursson griff Pitt über die Schulter und nahm den Hörer zur Hand. »Eine Minute, Admiral Sandecker. Halten Sie sich bereit.« Er ergriff Pitts Rechte und drückte sie fest. »Major Pitt, Sie dürfen sich nicht gehen lassen.« Er sah ihn mitfühlend an. »Der Knoten des Todes, sei er auch noch so fest geknüpft, kann von dem gelöst werden, der das freie Ende in der Hand hält.«

Pitt sah verwundert zu Andursson auf und stöhnte: »Der zweite Dichter, den ich in diesen Tagen kennenlerne...«

Andursson nickte nur schüchtern.

»Ich scheine meine poetische Woche zu haben«, seufzte Pitt. Dann gab er sich einen Ruck. Er hatte schon viel zuviel Zeit mit unnötigem Geschwätz und nutzlosem Jammern verschwendet; die Zeit wurde immer knapper. Er brauchte einen Plan, einen guten Einfall, um den Menschen zu helfen, die ihm vertrauten. Auch Computer machen Fehler, sagte er sich. Diese kalten elektronischen Ungetüme können sich auch irren. Vor allem: in ihnen ist kein Platz für Gefühle, kein Platz für Sehnsüchte. »Sehnsucht«, sagte er plötzlich laut. Er ließ das Wort über die Zunge rollen und schmeckte jede Silbe ab. Er wiederholte es wenigstens dreimal.

Andursson sah ihn befremdet an. »Ich verstehe nicht.«

»Sie werden es gleich sehen«, entgegnete Pitt. »Ich warte nicht, bis ich das freie Ende Ihres Todesknotens gefunden habe. Ich schlage ihn mit Flügeln durch.«

Der Alte sah noch verdutzter drein als zuvor. »Mit Flügeln?«

»Ja. Mit den Flügeln eines Propellers. Mit dreien, um genau zu sein.«

Pitts Telephonat mit Sandecker dauerte nicht mehr lange. Der Admiral hörte von ihm nur noch das Nötigste. Dazu gehörte allerdings auch, daß sich ein großmächtiger Admiral um eine Kiste Zigarren und eine Flasche Wodka kümmern mußte.

19. Kapitel

Unsere Welt ist voll von Herrlichkeiten, doch Pitt hätte in diesem Moment nicht einmal eine ins All schießende Rakete oder eine stromlinienförmige Überschallmaschine, die mit zweifacher Schallgeschwindigkeit durch den Himmel gerast wäre, so herrlich finden können wie die alte dreimotorige Ford, die berühmte Tin Goose, die, vom böigen Wind geschüttelt, durch die schwarzdrohenden Wolken brach. Er beobachtete fasziniert, wie die alte Maschine trotz ihrer Häßlichkeit voller Eleganz eine Schleife über Andurssons Gehöft zog. Dann nahm der Pilot das Gas weg, überflog in einer Höhe von kaum drei Metern einen Zaun und setzte auf der Wiese auf. Nur sechzig Meter weiter kamen die weit auseinandergestellten Räder zum Stehen.

Pitt wandte sich an Andursson. »Also dann, auf Wiedersehen, Golfur. Dank für alles, was Sie für mich getan haben... was Sie für uns alle getan haben.«

Golfur Andursson schüttelte Pitt die Hand. »Ich bin es, der sich bedanken muß. Für das Glück, daß ich meinem Bruder habe helfen dürfen. Gott sei mit Ihnen.«

Pitt konnte nicht laufen, seine gebrochenen Rippen erlaubten das nicht; aber in kaum dreißig Sekunden war er dennoch bei der Ford angelangt. Die Tür wurde aufgestoßen, und zwei hilfreiche Arme streckten sich ihm entgegen und zogen ihn in die enge Kabine.

»Sind Sie Major Pitt?«

Pitt sah in das Gesicht eines großen, bulligen Mannes. Er war braungebrannt und trug lange, blonde Koteletten. »Ja, ich bin Pitt.«

»Willkommen in den goldenen Zwanzigern, Major. Eine teuflische Idee, dieses fliegende Fossil zu einer Rettungsaktion zu verwenden.« Er streckte ihm die Hand hin. »Ich bin Captain Ben Hull.«

Pitt ergriff Hulls mächtige Pranke und meinte: »Am besten fliegen wir gleich los, wenn wir dem Schneegestöber noch zuvorkommen wollen.«

»Da haben Sie recht«, pflichtete ihm Hull dröhnend bei. »Sonst kriegen wir noch einen Strafzettel wegen zu langen Parkens.« Wenn Hull von Pitts zerschundenem Gesicht schockiert war, dann verbarg er es gut. »Wir haben diesen Ausflug ohne Kopiloten unternommen, weil dieser Sitz für Sie reserviert sein sollte, Major. Sicher möchten Sie gern Loge sitzen, wenn Sie uns zu dem Wrack bringen.«

»Zum Schluß unseres Gesprächs habe ich Sandecker noch um ein paar Sachen gebeten...«

»Sie können beruhigt sein, Major. Dieses alte Walroß führt ein strenges Regiment. Er hat alle Hebel in Bewegung gesetzt, um das Zeug an Bord zu bringen, bevor wir abflogen.« Er zog ein Päckchen aus seinem Parka und runzelte fragend die Stirn. »Ich möchte für mein Leben gern wissen, warum Sie ausgerechnet jetzt eine Flasche russischen Wodka und eine Kiste Zigarren haben wollten.«

»Für ein paar Freunde«, erwiderte Pitt lächelnd. Er drehte sich um und ging an den zehn Männern vorbei, die es sich im Passagierraum gemütlich gemacht hatten – hochgewachsene, ruhige, entschlossen dreinschauende Männer in Winterkleidung. Sie hatten eine gründliche Ausbildung im Tauchen und Fallschirmspringen und ein Überlebenstraining hinter sich und kannten sich in allen Sparten der Medizin aus, bis auf die Chirurgie. Pitt schöpfte neue Hoffnung.

Er duckte sich, um nicht gegen den niedrigen Türrahmen des Cockpits zu stoßen, betrat den engen Raum und fiel erschöpft in den durchgesessenen, rissigen, mit Leder bezogenen Schalensitz, der dem Copiloten vorbehalten war. Nachdem er sich angeschnallt hatte, drehte er sich zur Seite und sah direkt in das Gesicht von Sergeant Sam Cashman.

»Hallo, Major.« Cashman riß entsetzt die Augen auf. »Allmächtiger, wer ist denn auf Ihrem Gesicht herumgetrampelt?«

»Das erzähle ich Ihnen gelegentlich bei einem Drink.« Pitt musterte das Amaturenbrett und machte sich schnell mit den veralteten Instrumenten vertraut. »Es überrascht mich ein bißchen, daß ein...«

»Daß ein Sergeant statt eines echten Air-Force-Piloten fliegt«, vollendete Cashman den Satz. »Sie haben keine andere Wahl, Major. Ich bin der einzige auf dieser ganzen verdammten Insel, der sich mit der alten Kiste auskennt. Ist sie nicht ein Prachtstück? Sie kann auf einem Dollarschein abheben und landen und sogar noch das Wechselgeld herausgeben.«

»Okay, Sergeant. Sie führen das Kommando. Jetzt stellen wir diesen Vogel mal gegen den Wind und ziehen ab. Fliegen Sie Richtung Westen den Fluß entlang, und wenn ich es Ihnen sage, schwenken Sie nach Süden.«

Cashman nickte nur. Geschickt manövrierte er die Tin Goose herum, bis sie am Ende der Wiese gegen den Wind stand. Dann öffnete er die drei Startklappen, und die rumpelnde, in allen Fugen ächzende alte Maschine rollte auf den Zaun am anderen Ende der Wiese zu, bis er nur noch hundert Meter entfernt war.

Als sie an Andurssons kleinem Haus vorbeiratterten und das Heck des Flugzeuges immer noch am Boden klebte, konnte sich Pitt eine ungefähre Vorstellung von Charles Lindberghs Gefühlen machen, als dieser im Jahre 1927 seine bis zur Halskrause mit Benzin beladene *Spirit of St. Louis* von der schlammigen Startbahn des Roosevelt Fields hochzog. Pitt schien es unwahrscheinlich, daß irgendein Luftfahrzeug, von einem Hubschrauber oder einem kleinen Zweisitzer einmal abgesehen, auf so kurze Distanz abheben könnte. Er warf einen flüchtigen Blick auf Cashman, doch der blieb seelenruhig. Der Sergeant pfiff ein Lied vor sich hin, dessen Melodie Pitt im Dröhnen der drei Zweihundert-PS-Motoren allerdings nicht ausmachen konnte.

Klar, dachte Pitt. Cashman markiert den starken Mann, der weiß, wie man mit einem Flugzeug umgeht. Als sie zwei Drittel der Wiese hinter sich gelassen hatten, drückte Cashman den Steuerknüppel nach vorn, und das Heckrad hob sich vom Boden. Dann zog er ihn wieder nach hinten. Nun schwebte die Maschine ein, zwei Meter über der Grasnarbe. Zu Pitts Entsetzen setzte Cashman sie keine 15 Meter vor dem Zaun wieder hart auf dem Boden auf. Sein Entsetzen verwandelte sich aber in Bewunderung, als Cashman dann den Steuerknüppel bis zu seiner Brust zurückriß und die alte Tin Goose im wahrsten Sinne des Wortes einen Satz über den Zaun machte und sich in die Luft erhob.

»Wo, zum Teufel, haben Sie diesen Trick gelernt?« fragte Pitt und atmete erleichtert auf. Im selben Augenblick erkannte er auch das

Lied, das Cashman pfiff: Es war die Titelmelodie des berühmten Films »Die tollkühnen Männer in ihren fliegenden Kisten«.

»Ich war früher Ernteflieger in Oklahoma«, erwiderte Cashman.

»Und wie haben Sie sich zum Mechaniker der Air Force hochgearbeitet?«

»Eines Tages fing die Junkers, die ich flog, wie wild zu husten an. Ich habe die Weide eines Farmers umgepflügt und seinen preisgekrönten Zuchtbullen abgeschlachtet – Jahre, bevor er dafür reif gewesen wäre. Jeder in der ganzen Gegend wollte mich verklagen. Ich war total pleite, und so habe ich mich aus dem Staub gemacht und mich bei der Air Force verpflichtet.«

Pitt mußte lächeln, während er durch die Windschutzscheibe den sechzig Meter unter ihnen liegenden Fluß beobachtete. Es war nicht schwer, aus dieser Höhe die Bodenwelle, hinter der Andursson ihn gefunden hatte, wiederzuentdecken. Gleichzeitig sah er etwas, mit dem er nie und nimmer gerechnet hatte. Ein winzig kleiner, langer, gerader Streifen zog sich nach Süden, ein dunkelgrüner Sttrich in dem hellgrünen Tundragras. Pitt hatte, als er sich in dem weichen Gras dahingeschleppt hatte, einen Pfad hinterlassen, dem man ebenso leicht folgen konnte wie dem Mittelstreifen einer Autobahn.

Pitt fing Cashmans Blick auf und zeigte nach unten. »Nach Süden. Folgen Sie der dunklen Spur.«

Cashman legte das Flugzeug in die Kurve und warf einen Blick aus seinem Seitenfenster. Er nickte bestätigend und schwenkte die Ford auf Südkurs ein. Nach fünfzehn Minuten stellte er bewundernd fest, wie unbeirrbar Pitt die Richtung während seines Fußmarsches zum Fluß eingehalten hatte. Von ein paar gelegentlichen Umwegen um Hindernisse abgesehen, verlief diese menschliche Spur so geradlinig, als wäre sie mit dem Lineal gezogen worden. In kaum einer Viertelstunde hatte die Tin Goose die Strecke zurückgelegt, für die Pitt etliche Stunden gebraucht hatte.

»Ich sehe sie«, rief Pitt. »Da, diese Erdspalte, wo meine Spur endet.«

»Wo soll ich niedergehen, Major?«

»Parallel zum Rand der Schlucht. Das Gebiet dort ist eben, etwa auf einer Länge von 150 Metern von Ost nach West.«

Der Himmel war inzwischen schwarz geworden; es begann zu schneien. Als Cashman zur Landung ansetzte, klatschten die ersten Schneeflocken gegen die Windschutzscheibe. Pitt hatte den Wettlauf gewonnen – um Haaresbreite.

Cashman legte eine glatte – wenn man den zerklüfteten Untergrund und die schwierigen Windverhältnisse berücksichtigte – sogar glänzende Landung hin. Dann ließ er die Maschine so ausrollen, daß die Kabinentür keine zehn Meter vom Rand des Abgrunds entfernt war.

Die Räder standen kaum still, als Pitt sich auch schon aus dem Flugzeug fallen ließ. Hinter ihm begannen Hulls Leute systematisch ihre Sachen zu entladen und sie auf dem nassen Boden zu stapeln. Zwei Sanitäter entrollten mehrere Seile und warfen das eine Ende den Abhang hinunter, um damit die Überlebenden nach oben zu ziehen. Pitt bestand darauf, sofort abgeseilt zu werden. Ihn trieb nur ein Verlangen: Er wollte als erster unten in dieser eisigen Hölle sein.

Er kam bei Lillie an. Lillie lag immer noch auf dem Rücken, und Tidi kauerte über ihm und hielt seinen Kopf in ihrem Schoß. Sie sprach mit Lillie, doch Pitt verstand nicht, was sie sagte; denn ihre Stimme war nur mehr ein schwaches, heiseres Flüstern. Sie schien sich alle Mühe zu geben zu lächeln; aber ihre Gesichtsmuskeln brachten nur noch eine mitleiderregende Grimasse zustande.

Pitt stellte sich hinter sie und streichelte ihr feuchtes, strähniges Haar. »Sie beide scheinen ja eine ziemlich enge Freundschaft geschlossen zu haben.«

Tidi drehte sich mit einem Ruck um und starrte die Gestalt über ihr verwirrt an. »Lieber Gott, Sie sind zurückgekommen.« Sie streckte ihre Hand nach ihm aus. »Ich dachte, ich hätte ein Flugzeug gehört. O Gott, es ist wunderbar! Sie sind zurückgekommen.«

»Ja«, Pitt lächelte schwach, dann deutete er mit dem Kopf auf Lillie. »Wie geht es ihm?«

»Ich weiß nicht«, erwiderte sie müde. »Ich weiß es einfach nicht. Er ist vor einer halben Stunde bewußtlos geworden.«

Pitt kniete sich hin und hörte Lillies Atem ab, der flach, aber gleichmäßig ging. »Er kommt durch. Dieser Kerl ist zäh wie eine

Katze. Allerdings ist es fraglich, ob er je wieder wird laufen können.«

Tidi preßte ihr Gesicht gegen Pitts Hand und begann zu schluchzen. Ihr Atem ging stoßweise; der Schock, der Schmerz, die Erleichterung, all das spülte in einer großen Woge über sie hinweg. Er umarmte sie und sagte nichts. Er hielt ihren zitternden Körper immer noch im Arm und strich ihr wie einem kleinen Mädchen über das Haar, als Captain Hull zu ihnen trat.

»Nehmen Sie zuerst das Mädchen«, sagte Pitt. »Ihre Knöchel sind gebrochen.«

»Meine Leute haben oben an der Schlucht eine Rettungsstation aufgebaut. Sie wird von einem Ofen beheizt. Dort haben es alle gemütlich, bis das Islandic Search and Rescue Team sie nach Reykjavik abtransportieren kann.« Hull rieb sich müde die Augen. »Ihre Geländefahrzeuge sind schon auf dem Weg nach hier. Wir haben sie über Funk benachrichtigt.«

»Können Sie das Mädchen nicht mit dem Flugzeug wegbringen?«

Hull schüttelte den Kopf. »Tut mir leid, Major. Die alte Maschine kann höchstens acht Krankenbahren transportieren. Ich fürchte, mit dem ersten Transport müssen wir erst die schwersten Fälle drannehmen.« Er deutete auf Lillie. »Wie steht es um ihn?«

»Schultern und Becken gebrochen.«

Zwei von Hulls Männern kamen mit einer Aluminiumbahre herbei. »Nehmen Sie diesen Mann zuerst«, ordnete der Captain an. »Und gehen Sie vorsichtig mit ihm um. Er hat schwere Verletzungen.«

Die Sanitäter hoben Lillie auf ihre Bahre, schnallten ihn fest und seilten ihn hoch. Pitt bewunderte dankbar, wie glatt und reibungslos das alles ging. Schon nach drei Minuten war Hull wieder zur Stelle, um sich um Tidi zu kümmern. »Okay, Major, jetzt kommt die Dame.«

»Behandeln Sie sie schonend, Captain, Sie ist Admiral Sandeckers Sekretärin.«

Hull wunderte sich über gar nichts mehr. Nur für einen kurzen Moment flackerte in seinen Augen Überraschung auf. »Gut«, meinte er. »Ich nehme ihre Bergung höchstpersönlich in die Hand.«

Hull hob Tidi sanft auf und trug sie zu einer bereitstehenden Bahre.

Pitt ging durch die zerklüftete Schlucht, bis er vor dem russischen Diplomaten stand. »Wie geht es Ihnen, Mr. Tamareztov?«

»Na ja.«

»Haben Sie Schmerzen?«

»Nicht die geringsten«, antwortete der Russe auf die dumme Frage knapp.

»Wie schade«, meinte Pitt.

»Wieso schade?« fragte Tamareztov. Er sah Pitt mißtrauisch an.

»Ich wollte Ihnen gerade ein Gegenmittel überreichen.« Nach kurzer Pause, in der der Russe nicht wußte, was er sagen sollte, fuhr Pitt fort: »Hier das versprochene Mitbringsel von meinem Spaziergang zum nächsten Schnapsladen.« Er schwenkte die Wodkaflasche.

Tamareztov starrte ihn entgeistert an.

»Wenn ich etwas verspreche, halte ich es auch.« Pitt bettete den Kopf des Russen in seiner Armbeuge und führte ihm die Flasche an die Lippen. »Trinken Sie!«

Tamareztov trank in tiefen Zügen etwa ein Viertel der Flasche aus, bis Pitt sie ihm wieder wegnahm. Er nickte und murmelte so etwas wie: »Danke schön.« Seine Augen bekamen einen warmen, herzlichen Glanz. »Ein Original-Wodka, ein original-russischer Wodka. Wie in aller Welt haben Sie das geschafft?« fragte er.

Pitt schob die Flasche unter Tamareztovs Achsel. »Ich habe ihn gekauft«, sagte er. Dann stand er auf und wandte sich zum Gehen.

»Major Pitt?«

»Ja?«

»Danke«, sagte Tamareztov einfach.

Der Schnee hatte den alten Sam Kelly zugedeckt, und er starrte mit leerem Blick in die Wolken, als Pitt ihn fand. Sein ruhiges, ernstes Gesicht hatte den Ausdruck eines Menschen, dem der Schmerz nichts mehr anhaben konnte, eines Menschen, der seinen Frieden gefunden hatte. Ein Sanitäter beugte sich über ihn und untersuchte ihn.

»Das Herz?« fragte Pitt leise. Er hatte irgendwie Angst, er könnte den Toten aufwecken.

»Ja, Sir. Aber bei seinem Alter war das nur natürlich.« Der Sanitäter wandte sich um und fragte Hull, der nur ein paar Meter entfernt stand: »Sollen wir ihn raufbringen, Captain?«

»Laßt ihn liegen«, erwiderte Hull. »Wir müssen uns zuerst um die Lebenden kümmern. Das geht vor.«

»Sie haben recht«, erklärte Pitt müde. »Sie haben hier das Zepter in der Hand, Captain.«

Hulls Stimme nahm einen wärmeren Klang an. »Sie kennen diesen Mann, Sir?«

»Ich wünschte, ich hätte ihn besser gekannt. Er heißt Sam Kelly.«

Der Name sagte Hull offensichtlich nichts. »Warum lassen *Sie* sich nicht nach oben bringen, Major? Sie sind selbst nicht im besten Zusstand.«

»Ich bleibe hier bei Sam.« Pitt langte hinunter, drückte sanft Kellys Augen zu und wischte ihm die Schneeflocken aus dem alten, runzligen Gesicht. Dann nahm er eine Zigarre aus dem Kistchen und steckte sie in Kellys Brusttasche.

Hull stand regungslos dabei und suchte nach Worten. Er wollte schon etwas sagen, überlegte es sich dann aber doch anders und nickte statt dessen nur in stillem Einverständnis. Schließlich wandte er sich ab und machte sich wieder an die Arbeit.

20. Kapitel

Sandecker schloß die Akte, legte sie auf den Tisch und beugte sich nach vorn, als wollte er gleich aufspringen. »Wenn Sie mich um Erlaubnis bitten, lautet meine völlig unmißverständliche Antwort: *Nein.*«

»Sie bringen mich in eine peinliche Situation, Admiral.« Der Mann, der Sandecker gegenübersaß, war klein, aber ziemlich untersetzt; er nahm den Stuhl in seiner ganzen Breite ein. Er trug einen unscheinbaren schwarzen Anzug, ein weißes Hemd und eine schwarze Krawatte. Fortwährend strich er sich über seine Glatze, als suchte er nach dem Haar, das dort einmal gewachsen war. Seine grauen Augen wichen Sandeckers zornigem Blick nicht aus. »Ich hatte wirklich gehofft, wir würden uns einig werden. Da das aber offensichtlich nicht der Fall ist, muß ich Sie darüber aufklären, daß ich nur aus reiner Höflichkeit hier bin. Der Befehl zu Major Pitts Versetzung liegt mir bereits vor.«

»Wer hat ihn unterschrieben?« fragte Sandecker.

»Der Staatssekretär im Verteidigungsministerium«, erwiderte sein Gegenüber trocken.

»Wären Sie vielleicht so liebenswürdig, mir den Befehl zu zeigen?« fragte Sandecker. Er spielte seinen letzten Trumpf aus und wußte das.

»Selbstverständlich.« Sandeckers Besucher seufzte. Er griff in seine Aktentasche, förderte einige Papiere zutage und gab sie Sandecker.

Still sah der Admiral die Anweisungen durch. Dann verzogen sich seine Lippen zu einem gequälten Lächeln. »Ich hatte nicht die kleinste Chance, nicht wahr?«

»Nein.«

Sandecker starrte abermals auf die Papiere in seiner Hand und schüttelte den Kopf. »Sie verlangen zuviel... zuviel.«

»Mir gefällt die Sache auch nicht; doch wir dürfen keine Zeit verlieren. Dieser ganze Plan der Eremit Ltd. – ein naiver Plan! – ist total unbrauchbar. Ich gebe zu, daß die Sache begeistert klingt: Die Welt retten und das Paradies auf Erden errichten. Wer weiß, vielleicht würde es F. James Kelly tatsächlich glücken, uns in eine bessere Zukunft zu führen. Doch im Augenblick ist er nichts weiter als der Anführer einer Bande von Wahnsinnigen, der um ein Haar dreißig Menschen ermordet hätte. Und in genau zehn Stunden will er zwei Regierungschefs umbringen. Unsere Strategie verfolgt ein ganz einfaches Ziel: Wir müssen ihn aufhalten. Und Major Pitt ist der einzige, der physisch in der Lage ist, Kellys Berufskiller zu identifizieren.«

Sandecker warf die Papiere auf den Schreibtisch. »Physisch dazu in der Lage! Sie besitzen keinen Funken menschlichen Empfindens!« Er sprang aus seinem Stuhl auf und lief im Zimmer hin und her. »Sie verlangen von mir, daß ich einem Mann, der wie ein Sohn zu mir war, einem Mann, der nur um Haaresbreite dem Tod entkommen ist – daß ich diesem Mann befehle, er soll von seinem Krankenbett aufstehen und zehntausend Kilometer von hier eine Bande von gemeinen Killern zur Strecke bringen?« Sandecker schüttelte den Kopf. »Sie wissen überhaupt nicht, was Sie da verlangen. Auch die Ausdauer eines Mannes hat Grenzen. Major Dirk Pitt hat bereits jetzt schon Unmögliches geleistet.«

»Ich gebe Ihnen recht: Pitt hat phantastische Arbeit geleistet. Ich glaube, nicht einer meiner Leute hätte diese Rettung bewerkstelligt.«

»Vielleicht streiten wir uns sowieso um Kaisers Bart«, gab Sandecker zu bedenken. »Möglicherweise ist Pitt gar nicht imstande, das Krankenhaus zu verlassen.

»Ich glaube, Ihre Befürchtung – oder sollte ich sagen: Hoffnung? – ist gegenstandslos.« Der Glatzkopf blätterte in einem braunen Aktenordner. »Ich habe hier einen Bericht meiner Agenten, die Ihren Major ein bißchen im Auge behalten haben.« Er machte eine Pause, las und fuhr dann fort: »Eine Konstitution wie ein Stier und lebhafte Beziehungen zu den ... äh... Krankenschwestern. Er hat vierzehn Stunden geschlafen und ist nach allen Regeln der Kunst ärztlich versorgt worden. Man hat ihm Vitaminspritzen und Aufbaumittel gegeben. Die besten Ärzte Islands haben ihn genäht, massiert und verbunden. Glücklicherweise sind nur seine Rippen ernsthaft angeknackst, und auch da hält sich der Schaden in Grenzen. Aber selbst wenn er schon fast auf dem Totenbett läge – ich könnte nicht auf ihn verzichten!«

Sandeckers Gesicht war zu Eis erstarrt. Er wandte sich um, als eine der Konsulatssekretärinnen den Kopf zur Tür hereinstreckte.

»Major Pitt ist hier, Sir.«

Sandecker funkelte den dicken Mann an. Er fühlte sich überrumpelt. »Sie Bastard, Sie haben die ganze Zeit über gewußt, daß er es tun würde!«

Der Dicke zuckte die Achseln und erwiderte nichts.

Sandecker reckte sich. Er sah seinen Besucher wütend an. »Okay, schicken Sie ihn herein!« sagte er zur Sekretärin.

Pitt kam und schloß die Tür hinter sich. Er ging steifbeinig durch das Zimmer auf ein unbesetztes Sofa zu und ließ sich langsam in die weichen Polster sinken. Sein ganzes Gesicht war mit Verbänden umwickelt; nur die Löcher, die man für Augen, Nase und Mund freigelassen hatte, und das Büschel schwarzer Haare auf dem Schädel deuteten darauf hin, daß unter den weißen Gazebinden noch Leben steckte. Sandecker versuchte, Pitt mit seinem Blick zu durchbohren. Doch in den tiefgrünen Augen des Majors zeigte sich kein Zucken und kein Zwinkern.

Sandecker ließ sich hinter dem Schreibtisch nieder und verschränkte die Hände hinter dem Kopf. »Wissen die Ärzte, wo Sie sind?«

Pitt lächelte. »Ich glaube, in einer halben Stunde werden sie danach fragen.«

»Sie sind diesem Herrn vermutlich schon begegnet?« Sandecker deutete auf den Dicken.

»Wir haben miteinander telefoniert«, antwortete Pitt. »Aber man hat uns noch nicht förmlich miteinander bekanntgemacht... jedenfalls noch nicht unter unseren richtigen Namen.«

Der Dicke kam schnell um den Schreibtisch herum und streckte Pitt seine Hand hin. »Kippmann, Dean Kippmann.«

Pitt ergriff die Hand. Völlig unerwartet war nichts an diesem Händedruck weich oder schwammig. »Dean Kippmann«, wiederholte Pitt. »Der Boss der National Intelligence Agency. Nichts ist so beglückend wie der Umgang mit hochgestellten Persönlichkeiten.«

»Wir sind Ihnen für Ihre Hilfe aufrichtig dankbar«, erklärte Kippmann herzlich. »Fühlen Sie sich fit genug für eine kleine Flugreise?«

»Nach Island könnte ein bißchen südamerikanische Sonne nicht schaden.«

»Sie werden diese Sonne gewiß genießen.« Kippmann strich sich wieder über seine Glatze. »Vor allem aber auch die vielen Vergnügungen, die Südkalifornien zu bieten hat.«

»Südkalifornien?«

»Um vier Uhr heute nachmittag sind Sie an Ort und Stelle.«

»Um vier Uhr heute nachmittag?«

»In Disneyland.«

»In Disneyland?«

Sandecker mischte sich ein und sagte geduldig: »Ich weiß wohl, daß Sie eigentlich ein anderes Ziel erwartet hätten. Aber Sie brauchen deshalb nicht jeden Satz von Mr. Kippmann zu wiederholen.«

»Mit allem Respekt, Sir, aber ich begreife überhaupt nichts.«

»Bis vor einer Stunde ging es uns genauso«, meinte Kippmann.

»Was haben Sie also vor?« wollte Pitt wissen.

»Das hier.« Kippmann zog einen weiteren Stoß Papiere aus seiner anscheinend unergründlichen Tasche und überflog sie kurz. »Bis wir Sie und die anderen Verletzten, soweit diese überhaupt vernehmungsfähig waren, ausfragen konnten, hatten wir nur eine höchst vage Vorstellung von dem, was Eremit Ltd. plante. Wir wußten, daß es den Konzern gab, und schätzten uns schon glücklich, daß wir seine Geschäfte zu einem kleinen Teil durchschauten. Doch was wirklich die großen Ziele von Eremit Ltd. waren und wer hinter dem ganzen Unternehmen steckte, war uns unbekannt.«

Pitt unterbrach ihn vorsichtig. »Aber Sie hatten einen Hinweis. Sie hatten Dr. Hunnewell im Verdacht.«

»Ich bin froh, daß Sie das nicht schon früher spitzgekriegt haben, Major. Ja, die NIA beschattete Dr. Hunnewell. Wir hatten natürlich keine handfesten Beweise. Deshalb haben wir einen Köder für ihn ausgelegt, in der Hoffnung, er würde uns zu den Männern an der Spitze der Organisation führen.«

»O Gott, das war ein *Köder*!« Es war nicht einfach, in einen einzigen Ausruf gleichzeitig tiefe Verbitterung und schmerzliche Enttäuschung zu legen. Doch Pitt gelang dieses Meisterstück. »Die ganze gottverdammte Eisberg-Geschichte war nichts als ein Köder?«

»Wir wurden auf Hunnewell aufmerksam, weil er Fyrie Ltd. beim Bau ihrer Unterwassersonde stets mit Rat und Tat zur Seite stand, während er für die parallelen Entwicklungen in seinem eigenen Land nichts übrig hatte.«

»Die *Lax* in einem Eisberg einzusargen war ein sauberes Täuschungsmanöver«, meinte Pitt. »Das war Ihr Geschoß. Hunnewell steckte gerade mitten in seinen Forschungen, als der Admiral ihn scheinbar aus purem Zufall um einen Dienst bat. Hunnewell sagte sofort zu, nicht weil ihn interessierte, was seinem alten Freund Fyrie zugestoßen war – das hatte er schon erraten –, auch nicht, weil er das seltene Phänomen eines in einem Eisberg eingeschlossenen Schiffes untersuchen wollte, sondern vielmehr um zu sehen, was aus seiner wertvollen Unterwassersonde geworden war.«

»Sie haben abermals recht, Major.« Kippmann schob Pitt mehrere Hochglanzfotografien zu. »Diese Bilder wurden von dem Unterseeboot aus geschossen, das die *Lax* fast drei Wochen lang überwachte. Sie lassen deutlich erkennen, daß mit der Besatzung irgend etwas nicht stimmte.«

Pitt ignorierte Kippmann und sah statt dessen Sandecker fest in die Augen. »Jetzt kommt endlich die Wahrheit ans Licht. Die *Lax* ist von der Suchflotte gefunden und so lange beschattet worden, bis sie ausbrannte.«

Sandecker zuckte die Achseln. »Mr. Kippmann hat mich netterweise auch erst letzte Nacht über diese interessante kleine Tatsache informiert.« Das verkniffene Lächeln auf seinen falkenartigen Zügen konnte man kaum als Freundschaftszeichen für Kippmann werten.

»Sie können uns vorwerfen, was Sie wollen«, meinte Kippmann unbeeindruckt. »Aber es war unbedingt nötig, daß Sie, soweit es irgend ging, aus der Sache herausgehalten wurden. Wenn Kelly oder Rondheim oder gar Hunnewell Ihre Verbindung zu uns gewittert hätten, wäre das ganze Unternehmen aufgeflogen.« Er sah Pitt an und fuhr mit gedämpfter Stimme fort: »Sie, Major, sollten Hunnewell eigentlich nur begleiten, solange er die *Lax* inspizierte. Dann hätten Sie ihn nach Reykjavik fliegen sollen, wo wir ihn wieder in unsere Obhut genommen hätten.«

»Es hat nicht alles so geklappt, wie Sie sich das vorgestellt haben?«

»Wir haben die Gegenseite unterschätzt«, gab Kippmann freimütig zu.

Pitt nahm einen Zug von seiner Zigarette und beobachtete, wie der Rauch zur Decke schwebte. »Sie haben uns noch nicht geschildert, wie die *Lax* in den Eisberg geriet. Und Sie haben uns auch noch nicht erzählt, was mit den Piraten, die das Schiff gekapert haben, passiert ist. Ferner fehlt uns jede Aufklärung, wie Fyrie und seine Wissenschaftler über ein Jahr lang verschwinden und wie ihre verkohlten Leichen plötzlich wieder auf der *Lax* auftauchen konnten.«

»Die Antwort auf beide Fragen ist einfach«, erwiderte Kippmann. »Fyries Mannschaft ist nie von Bord gegangen.«

Sandecker nahm seine Hände hinter dem Kopf hervor, beugte sich langsam nach vorn und legte sie flach auf den Tisch. Sein Blick war steinern. »Matajic hat uns über eine Mannschaft von Arabern, nicht von blonden Skandinaviern informiert.«

»Das stimmt«, pflichtete ihm Kippmann bei. »Wenn die Herren einen Blick auf die Fotografien werfen wollten, verstünden Sie sofort, was ich mit der Mannschaft gemeint habe.«

Er reichte Sandecker die Fotos und gab auch Pitt einige Abzüge. Dann setzte er sich wieder, steckte eine Zigarette in eine lange Spitze und zündete sie an. Er war die Ruhe selbst. Pitt glaubte allmählich, daß dieser Mann sogar bei einem Tritt in die Weichteile nur gähnen würde.

»Bitte beachten Sie Foto Nummer eins«, sagte Kippmann. »Es ist mit einem sehr scharfen Teleobjektiv durch ein Periskop aufgenommen worden. Wie Sie erkennen können, zeigt es klar und deutlich zehn Besatzungsmitglieder, die überall an Deck ihren Aufgaben nachgehen. Man sieht keinen einzigen dunkelhäutigen Mann darunter.«

»Das könnte Zufall sein«, warf Sandecker vorsichtig ein. »Die Araber, von denen Matajic berichtet hat, hätten sich unter Deck aufhalten können.«

»Das wäre zwar wenig wahrscheinlich, aber immerhin denkbar, Admiral. Vorausgesetzt, wir besäßen nur dieses eine Bild. Die anderen Fotos wurden jedoch zu anderen Tageszeiten und an anderen Orten aufgenommen. Wenn man sie alle miteinander vergleicht, kommt man auf eine Zahl von vierzehn Besatzungsmitgliedern, und keiner von ihnen stammt aus dem Nahen Osten. Hätte sich auch nur ein Araber auf dem Schiff befunden, wäre er doch während der drei Wochen sicher einmal auf Deck erschienen.« Kippmann brach ab und schnippte seine Zigarettenasche in einen Aschenbecher. »Wir haben die Leute auf den Fotografien auch mit hundertprozentiger Sicherheit als jene Männer identifiziert, die mit der *Lax*, kurz bevor sie verschwand, in See stachen.«

»Aber was ist dann mit Matajic?« fragte Sandecker irritiert. »Er war ein Spitzenwissenschaftler, darauf geeicht, genau zu beobachten. Er war sich seiner Sache ebenfalls hundertprozentig gewiß.«

»Matajic sah Leute, die sich so zurechtgemacht hatten, daß man sie für Araber hielt«, erklärte Kippmann. »Die Mannschaft beherrschte diese Maskerade mit großer Meisterschaft – bedenken Sie, in wie vielen Häfen die *Lax* schon angelegt hatte. Sie waren wirklich nicht wiederzuerkennen. Es ist natürlich nur eine Vermutung, und wir werden es nie mit Sicherheit wissen, aber wir sind überzeugt, daß die Mannschaft O'Riley entdeckt hatte, als er sie beobachtete, und daß sie sich sofort verkleidete, ehe Matajic zum Essen an Bord kam.«

»Ich verstehe«, pflichtete ihm Pitt freundlich bei. »Und weiter?«

»Den Rest können Sie sich leicht zusammenreimen, wenn Sie ihn nicht ohnehin schon kennen.« Kippmann spielte einen Augenblick mit seiner Zigarettenspitze und fuhr dann fort: »Wahrscheinlich hat sich das Celtinium 279 irgendwie von selbst entzündet und die *Lax* in einen schwimmenden Hochofen verwandelt. Unser U-Boot konnte bloß hilflos der Katastrophe zusehen – es ging alles so schnell, daß es keine Überlebenden gab. Zum Glück hatte die Marine das U-Boot einem Kapitän mit einer raschen Auffassungsgabe unterstellt. Es kam Sturm auf. Der U-Boot-Kommandant wußte, daß es nur eine Frage der Zeit war, bis der Rumpf der *Lax* erkaltete und sich zusammenzog. Dann würden die Schweißnähte reißen und die Wassermassen einbrechen, und das Schiff würde sinken. Der aufziehende Sturm würde das Ende nur noch beschleunigen.«

»Und darum hat er sein 100-Millionen-Dollar-Boot in einen Schleppdampfer verwandelt und das brennende Wrack gegen einen Eisberg gedrückt, der in der Nähe trieb, bis es im Eis verschwunden war.« Pitt sah Kippmann gespannt an, ob er mit seiner Theorie recht hatte.

»Stimmt, Major«, erwiderte Kippmann lakonisch.

»Das stammt nicht von mir.« Pitt lächelte. »Ich habe es von Dr. Hunnewell. Er hat mir die Sache an Hand des Beispiels mit dem heißen Schürhaken erläutert.«

»Ich verstehe«, sagte Kippmann, was natürlich nicht der Fall war.

»Die nächste Frage interessiert mich persönlich.« Pitt hielt inne und drückte seine Zigarette aus. »Warum haben Sie Hunnewell und mich eigentlich über den ganzen Nordatlantik gehetzt, nur um einen Eisberg aufzuspüren, von dem Sie sämtliche Erkennungsmerkmale entfernt hatten? Warum haben Sie Hunnewell damit geködert, die

Lax zu finden, und diese dann wohlüberlegt zu verstecken versucht?«

Kippmann sah Pitt gleichmütig an. »Ihretwegen, Major, haben sich meine Leute fast den Hintern abgefroren, als sie, bei eisigen Temperaturen, die Farbmarkierung der Coast Guard von dem Eisberg abkratzen mußten. Und warum? Weil Sie unserem Terminplan zwei Tage voraus waren.«

»Sie waren gerade dabei, die *Lax* Zentimeter für Zentimeter zu untersuchen, als Hunnewell und ich auf der Bildfläche erschienen. So war es doch?«

»Ganz genau«, erwiderte Kippmann. »Niemand hatte damit gerechnet, daß Sie, noch bevor der schlimmste Sturm der ganzen Jahreszeit abgeklungen war, mit einem Hubschrauber über den Atlantik fliegen würden.«

»Dann waren Ihre Männer also da...« Pitt brach ab, sah Kippmann prüfend an und fuhr dann leise fort: »Ihre Agenten hielten sich also die ganze Zeit über, während Hunnewell und ich in der *Lax* herumkrochen, auf dem Berg versteckt?«

Kippmann zuckte die Achseln. »Sie gaben uns ja keine Gelegenheit, sie dort abzuziehen.«

Pitt erhob sich halb von seinem Sofa. »Sie wollen damit also sagen, daß Ihre Leute einfach dabeistanden und nichts taten, als Hunnewell und ich beinahe ins Meer rutschten? Daß sie uns mit keinem Seil und keiner ermunternden Silbe zu Hilfe kamen?«

»In unserem Beruf dürfen wir keine Skrupel kennen.« Kippmann lächelte müde. »Wir tun so etwas nicht gern, aber uns bleibt nichts anderes übrig. Das gehört nun einmal zu dem Spiel, das wir spielen.«

»Sie spielen ein Spiel?« fragte Pitt. »Ein schmutziges Intrigenspiel? Sie machen sich einen Sport daraus, den Leuten klarzumachen, eine Krähe hackt der anderen doch ein Auge aus? Ein ekelhaftes, widerliches Geschäft!«

»Es ist ein Teufelskreis, mein Freund«, entgegnete Kippmann hart. »Wir haben nicht damit angefangen. Amerika ist stets für die Sache des Guten eingetreten. Aber Sie können kein Saubermann bleiben, wenn der Gegner mit allen faulen Tricks arbeitet, die es nur gibt.«

»Zugegeben, wir sind ein Volk von Idioten, die glauben, daß das

Gute immer über das Böse siegt. Aber wohin kommen wir damit? Nach Disneyland?«

»Ich werde darauf noch zu gegebener Zeit kommen«, antwortete Kippmann kühl. »Zurück zu unserem eigentlichen Problem. Nach dem, was Sie und die anderen im Krankenhaus erzählt haben, wird Eremit Ltd. in etwa neun Stunden und fünfundvierzig Minuten aktiv werden. Der erste Schritt wird sein, den Regierungschef desjenigen lateinamerikanischen Landes zu ermorden, das man in seine Gewalt bringen will. So ist es doch richtig?«

»Das hat Kelly gesagt.« Pitt nickte bestätigend. »Mit Bolivien soll der Anfang gemacht werden.«

»Sie sollten nicht alles glauben, was Sie hören, Major. Kelly hat Bolivien nur als Beispiel genannt. Mit Bolivien würden er und seine Gruppe sich ohne Zweifel übernehmen. Und Kelly ist viel zu sehr Geschäftsmann, um sich in ein Abenteuer zu stürzen, bei dem er nicht zu neunzig Prozent sicher ist, daß es glückt.«

»Ein halbes Dutzend Länder kämen dafür in Frage«, meinte Sandecker. »Wie, zum Teufel, wollen Sie herausfinden, welches gemeint ist?«

»Wir haben ebenfalls Computer«, antwortete Kippmann. In seiner Stimme lag ein zufriedener Unterton. »Laut unserer Datenverarbeitung kommen nur vier Länder ernsthaft in Frage. Major Pitt war so freundlich, die Auswahl auf zwei Länder zu beschränken.«

»Ich komme nicht mehr mit«, erklärte Pitt. »Wie konnte ich...«

»Die Modelle, die Sie aus dem Meer gefischt haben«, schnitt ihm Kippmann rasch das Wort ab. »Eines ist die genaue Nachbildung des Regierungsgebäudes der Dominikanischen Republik. Das andere stellt den Regierungssitz von Französisch-Guayana dar.«

»Damit stehen die Chancen bestenfalls fünfzig zu fünfzig«, warf Sandecker ein.

»Nicht ganz«, entgegnete Kippmann. »Die NIA ist der Meinung, daß Kelly und seine Leute auf zwei Hochzeiten gleichzeitig zu tanzen versuchen.«

»Beide Länder auf einmal?« Sandecker sah Kippmann fragend an. »Das können Sie doch nicht im Ernst annehmen?«

»Wir sind ernsthaft dieser Meinung.«

»Wie kann Kelly denn mit einem Erfolg rechnen, wenn er einen Zweifrontenkrieg führt?« fragte Pitt.

»Die Dominikanische Republik und Französisch-Guayana gleichzeitig zu usurpieren ist längst kein so gewagtes Unternehmen, wie es scheint.« Kippmann zog eine Landkarte aus seinem Aktenordner und breitete sie auf Sandeckers Schreibtisch aus. »An der Nordküste Südamerikas sehen Sie hier Venezuela und dort Britisch-, Holländisch- und Französisch-Guayana. Weiter nördlich, eine Tagesreise mit dem Schiff oder ein paar Stunden Flug entfernt, liegen Haiti und die Dominikanische Republik. Strategisch gesehen eine exzellente Situation.«

»Inwiefern?«

»Stellen Sie sich einmal folgendes vor«, erläuterte Kippmann seine Meinung. »Ein Diktator, der Kuba regiert, streckt auch die Hand nach Florida aus.«

Sandecker sah Kippmann an, einen Ausdruck gespanntester Aufmerksamkeit im Gesicht. »Bei Gott, eine strategisch glänzende Lage. Es wäre nur eine Frage der Zeit, bis Eremit Ltd. auch die Wirtschaft Haitis im Würgegriff hätte und sie übernähme.«

»Und von der Insel aus könnte sie sich dann langsam über die mittelamerikanischen Staaten ausbreiten und sie einen nach dem anderen an sich reißen.«

Pitts Stimme war völlig ausdruckslos. »Die Geschichte hat gezeigt, daß Fidel Castro wiederholt versucht hat, die Länder auf dem Kontinent zu unterwandern, wobei er allerdings einen Schiffbruch nach dem anderen erlitten hat.«

»Ganz recht«, gab Kippmann zu. »Aber Kelly und Eremit Ltd. besitzen etwas, was Castro gefehlt hat – einen Brückenkopf. Kelly wird Französisch-Guayana in der Hand haben.« Er hielt inne und dachte einen Moment lang nach. »Das ist eine Bastion, so wichtig wie die Normandie bei der Invasion 1944.«

Pitt schüttelte seinen Kopf. »Ich dachte, Kelly wäre verrückt. Aber der Kerl könnte es wirklich schaffen. Er könnte seinen ganzen irrsinnigen Plan in die Tat umsetzen.«

Kippmann nickte. »Die Chancen stehen im Augenblick sogar ausgesprochen günstig für Kelly und die Eremit Ltd.«

»Vielleicht sollten wir ihn gewähren lassen«, meinte Sandecker.

»Vielleicht stellt er tatsächlich sein Utopia auf die Beine.«

»Nein, das bringt er nicht fertig«, erwiderte Kippmann gelassen. »Es wird ihm nie gelingen.«

»Sie scheinen sich dessen sehr sicher zu sein«, warf Pitt ein.

Kippmann sah ihn an und lächelte dünn. »Habe ich es Ihnen noch nicht erzählt? Einer der Vögel, der Sie in der Praxis dieses Doktors umzulegen versucht hat, hat sich zur Zusammenarbeit mit uns entschlossen. Er hat uns eine phantastische Geschichte berichtet.«

»Es scheint, daß Sie uns eine ganze Reihe von Dingen mitzuteilen vergessen haben«, knurrte Sandecker bissig.

Kippmann sagte: »Kellys herrliches Unternehmen ist zum Scheitern verurteilt; ich weiß es aus erster Hand.« Er machte eine Pause, sein Grinsen wurde breiter. »Sobald Eremit Ltd. in der Dominikanischen Republik und in Französisch-Guayana Fuß gefaßt hat, gibt es einen Machtkampf im Aufsichtsrat. Ihr flüchtiger Bekannter, Major Pitt, Mr. Oskar Rondheim, hat vor, Kelly, Marks, von Hummel und die anderen auszuschalten und den alleinigen Vorsitz im Aufsichtsrat zu übernehmen. Leider kann man Mr. Rondheims zukünftige Pläne kaum als achtbar und uneigennützig bezeichnen.«

Tidi saß brav in einem Rollstuhl neben Lillies Bett, als Pitt, gefolgt von Sandecker und Kippmann, das Krankenzimmer betrat.

»Die Ärzte haben mir erzählt, Sie seien noch am Leben«, sagte Pitt zur Begrüßung. »Deshalb dachte ich mir, ich sollte mal ... äh ... kurz hereinschauen und Lebewohl sagen.«

»Sie gehen?« fragte Tidi traurig.

»Leider ja. Irgendwer muß ja Rondheims Scharfschützen hochgehen lassen.«

»Seien Sie ... seien Sie vorsichtig«, hauchte sie. »Nach allem, was Sie geleistet haben, um uns zu retten, wollen wir Sie jetzt nicht verlieren.«

Lillie hob mühsam den Kopf. »Warum haben Sie da draußen in der Schlucht denn nichts gesagt?« fragte er ernsthaft. »Ich hatte ja keine Ahnung, daß Ihre Rippen gebrochen waren.«

»Das hätte auch nichts geändert. Ich war der einzige, der noch gehen konnte. Nebenbei: ich spiele ja viel zu gern den Helden, wenn ich ein gutes Publikum habe.«

»Sie hatten das beste.«

»Wie geht es Ihnen?« wollte Pitt wissen.

»Ich werde eine Ewigkeit in diesem Streckverband liegen. Aber wenn er runterkommt, kann ich wieder tanzen.«

Pitt blickte Tidi an. Ihr Gesicht war blaß, und ihre Augen füllten sich mit Tränen. Pitt begriff. »Wenn der große Tag da ist«, erklärte er und zwang sich zu einem Lächeln, »feiern wir ihn mit einem Fest, selbst wenn ich dabei das Bier Ihres alten Herrn trinken muß.«

»Wir werden sehen.«

Sandecker räusperte sich. »Äh... ich nehme an, daß Miss Royal sich als Krankenschwester ebenso gut bewährt wie als Sekretärin.«

Lillie ergriff Tidis Hand. »Ich würde mir jede Woche einen Knochen brechen, wenn mir das immer die Bekanntschaft eines Geschöpfes wie Tidi einbrächte.«

Eine kurze Pause trat ein. »Ich glaube, wir sollten gehen«, sagte Kippmann endlich. »Unsere Air-Force-Maschine wartet bereits.«

Pitt beugte sich hinunter, küßte Tidi und schüttelte Lillie die Hand. »Paßt auf euch auf. Ich warte darauf, daß ich in Kürze zu der Party eingeladen werde. Kein Mensch weiß, ob ich mich je wieder mit einem so interessanten Gesicht in der Öffentlichkeit zeigen kann.«

Tidi lachte. Er strich ihr zart über die Schulter, wandte sich um und verließ das Krankenzimmer.

Auf dem Weg zum Flughafen starrte Pitt nachdenklich aus dem Fenster. Er nahm nichts von seiner Umwelt wahr; mit seinen Gedanken war er noch immer im Krankenhaus. »Er wird nie wieder laufen können, nicht wahr?«

Kippmann schüttelte ernst den Kopf. »Es ist unwahrscheinlich... sehr unwahrscheinlich.«

Für den Rest der Fahrt schwiegen sie. Als sie am Flugfeld von Keflavik ankamen, wartete bereits eine B-92 mit laufenden Triebwerken auf dem Rollfeld. Zehn Minuten später raste die Überschallmaschine die Startbahn entlang; kurz vor dem Meer hob sie ab und gewann rasch an Höhe.

Sandecker war allein im Abfertigungsgebäude zurückgeblieben. Er sah zu, wie das Flugzeug im azurblauen Himmel verschwand. Dann ging er niedergeschlagen zum Wagen zurück.

21. Kapitel

Wegen des Zeitgewinns von sieben Stunden, den der 2 Mach schnelle Düsenbomber auf seinem Flug von Ost nach West herausgeschlagen hatte, war es immer noch am Morgen desselben Tages, an dem sie Island verlassen hatten. Pitt gähnte schlaftrunken, räkelte sich in seiner engen Kabine und schaute dann gelangweilt aus dem Seitenfenster. Der winzige Schatten ihres Flugzeugs glitt gerade pfeilschnell über die grünen Berghänge der Sierra Madre.

Was würde werden? Pitt lächelte gequält sein Spiegelbild im Fenster an. Der Bomber ließ die Vorgebirge hinter sich und überquerte das San Gabriel Valley, das unter einer Dunstglocke lag. Pitt starrte auf den Pazifischen Ozean, der am Horizont auftauchte, und verdrängte alle Gedanken an die Vergangenheit, um sich ganz auf die unmittelbare Zukunft zu konzentrieren. Eines stand fest: Er würde Oskar Rondheim zur Strecke bringen, wenn er auch noch nicht wußte, wo und wie und welche Hindernisse sich ihm dabei in den Weg stellen würden.

Seine Gedanken kehrten schlagartig in die Gegenwart zurück, als das Fahrgestell ausgefahren wurde und ihn im selben Moment Dean Kippmann am Ärmel faßte.

»Gut geschlafen?«

»Wie ein Stein.«

Die B-92 setzte auf, und die Triebwerke heulten auf, als der Pilot auf Gegenschub ging. Draußen sah es warm und freundlich aus. Die kalifornische Sonne warf ihren funkelnden Schein auf die langen Reihen von Militärmaschinen, die entlang der Rollbahn abgestellt waren. Pitt las die vier Meter hohe Inschrift, die man auf einen riesigen Hangar gepinselt hatte: »Willkommen auf der Marine- und Luftwaffenstation El Toro!«

Die Triebwerke des Bombers verstummten, und ein Wagen kam über das Rollfeld gerast, als Pitt, Kippmann und die Leute der Air Force eine schmale Leiter hinab auf den Beton kletterten. Zwei Männer stiegen aus dem blauen Ford Kombi und liefen auf Kippmann zu. Begrüßungsfloskeln wurden ausgetauscht, und die Männer schüttelten sich die Hände. Dann gingen sie zum Wagen zurück. Pitt, der sich etwas verlassen vorkam, folgte ihnen.

Neben der geöffneten Autotür steckten die drei Männer die Köpfe zusammen und unterhielten sich im Flüsterton, während Pitt einige Meter entfernt stand und an einer Zigarette sog.

Endlich kam Kippmann zu ihm herüber. »Es scheint, daß wir mitten in ein Familientreffen platzen.«

»Wieso?«

»Sie sind alle da. Kelly, Marks, Rondheim, die ganze Sippschaft.«

»Hier in Kalifornien?« fragte Pitt ungläubig.

»Ja. Wir haben Sie verfolgt, seit sie Island verlassen haben. Die Seriennummer des schwarzen Düsenjägers, die Sie herausgefunden haben, war ein echter Treffer. Eremit Ltd. hat sechs Maschinen dieses Modells mit fortlaufender Nummer gekauft. Alle restlichen fünf Flugzeuge werden zur Zeit von uns überwacht.«

»Ich bin beeindruckt. Das war prompte Arbeit.«

Kippmann lächelte verstohlen. »Eigentlich nicht. Von einer beachtenswerten Leistung hätte man sprechen können, wenn die Flugzeuge über den ganzen Erdball verstreut gewesen wären. Aber die Sache verhält sich so, daß sie alle schön nebeneinander aufgereiht nur zwölf Kilometer von hier am Orange County Airport stehen.«

»Dann muß Kellys Hauptquartier ja ganz in der Nähe sein.«

»In den Bergen hinter Laguna Beach, ein zwanzig Hektar großes Anwesen«, erklärte Kippmann und deutete nach Südwesten. »Eremit Ltd. hat übrigens mehr als dreihundert Beschäftigte auf seiner Lohnliste stehen, die glauben, sie arbeiten an einer wichtigen politischen Analyse für ihre eigene Regierung.«

»Wohin fahren wir jetzt?«

Kippmann winkte Pitt in den Wagen. »Nach Disneyland«, sagte er dabei ernst, »um einen Doppelmord zu verhindern.«

Sie benutzten den Santa Ana Freeway und schlängelten sich durch den lebhaften Morgenverkehr in Richtung Norden. Als sie die Ausfahrt nach Newport Beach passierten, mußte Pitt an die schöne Rothaarige denken, die er erst vor einigen Tagen am Strand kennengelernt hatte. Ob sie wohl noch immer im Newport Inn auf ihn wartete?

Kippmann holte zwei Fotos hervor und zeigte sie Pitt. »Das sind die Männer, die wir retten möchten.«

Pitt tippte auf das erste Foto. »Das ist Pablo Castile, der Präsident der Dominikanischen Republik.«

Kippmann nickte. »Ein hervorragender Wirtschaftsfachmann und einer der führenden Köpfe der lateinamerikanischen Konservativen. Seit seiner Ernennung zum Präsidenten führt er ein ehrgeiziges Reformprogramm durch. Zum erstenmal ist die Bevölkerung seines Landes von Zuversicht und Optimismus erfüllt. Unser Außenministerium sähe es gar nicht gern, wenn Kelly gerade in dem Augenblick eingriffe, in dem begründete Hoffnung auf einen wirtschaftlichen Aufschwung der Dominikanischen Republik besteht.«

Pitt deutete auf das zweite Foto: »Den kenne ich nicht.«

»Juan de Croix«, erwiderte Kippmann. »Ein sehr erfolgreicher Arzt ostindischer Abstammung. Der Leiter der People's Progressive Party – er hat vor sechs Monaten die Wahlen gewonnen und ist jetzt Präsident von Französisch-Guayana.«

»Wenn ich richtig unterrichtet bin, hat er einige Schwierigkeiten?«

»Richtig, er hat Probleme«, stimmte ihm Kippmann zu. »Französisch-Guayana ist weniger wohlhabend als Britisch- oder Holländisch-Guayana. Vor fünf Jahren entstand eine Unabhängigkeitsbewegung. Doch erst als eine Revolution drohte, gaben die Franzosen dem Land eine neue Verfassung und gestatteten die Abhaltung allgemeiner Wahlen. De Croix gewann natürlich haushoch und proklamierte sofort die Unabhängigkeit. Aber er hat es nicht leicht. In seinem Land grassieren alle Arten von Tropenkrankheiten, und es herrscht chronische Hungersnot. Ich beneide ihn nicht um sein Amt; niemand tut das.«

»De Croix' Regierung steht auf wackeligen Beinen«, meinte Pitt nachdenklich. »Doch was ist mit Castiles Kabinett? Sind seine Minister nicht stark genug, um seinen Tod politisch zu überleben?«

»Das Volk würde sie wahrscheinlich unterstützen. Doch auf die dominikanische Armee ist wenig Verlaß. Kelly hat offensichtlich die Generäle gekauft; es gäbe zweifellos einen Militärputsch.«

»Wie kommt es, daß sich beide Männer zur gleichen Zeit am selben Ort aufhalten?«

»Wenn Sie Zeitungen läsen, wüßten Sie, daß in San Francisco gerade ein Treffen der Regierungen der westlichen Hemisphäre zu Ende gegangen ist, zum Thema: Allianz für wirtschaftlichen und landwirtschaftlichen Fortschritt. De Croix, Castile und einige andere lateinamerikanische Regierungschefs machen auf ihrem Heimweg noch einen kleinen Abstecher zu touristischen Sehenswürdigkeiten. Ganz einfach.«

»Warum haben Sie sie nicht daran gehindert, den Park zu betreten?«

»Ich habe es versucht. Doch bevor unser Geheimdienst eingreifen konnte, war es schon zu spät. De Croix und Castile befinden sich seit zwei Stunden im Park, und beide weigern sich, ihn zu verlassen. Wir können nur hoffen, daß sich Rondheims Killer an ihren Zeitplan halten.«

»Sie kalkulieren ein bißchen sehr knapp, scheint mir«, meinte Pitt nachdenklich.

Kippmann zuckte gleichgültig die Achseln. »Manche Dinge hat man im Griff, und bei anderen kann man nur zusehen und beten.«

Der Wagen bog von der Autobahn in den Harbour Boulevard ein und hielt kurz darauf vor der Einfahrt für die Angestellten von Disneyland. Während der Fahrer seinen Passierschein vorzeigte und den Pförtner nach dem Weg fragte, beugte Pitt sich aus dem Fenster und schaute der Einschienenbahn zu, die über sie hinwegfuhr. Sie befanden sich am Nordende des Parks. Alles, was er hinter den von Landschaftsbildnern kunstvoll modellierten Hügeln sehen konnte, waren die obere Hälfte des Matterhorns und die Zinnen des Phantasieland-Schlosses. Man schwenkte das Tor auf, und sie durften passieren.

Während Pitt die unterirdischen Gänge zu den Büros der Parkaufsicht entlangging, dachte er, wie bequem er es doch in seinem Krankenhausbett in Reykjavik gehabt hatte. Wann er sich wohl endlich wieder richtig ausruhen durfte?

Die Büros der Disneyland-Verwaltung überstiegen Pitts kühnste Vorstellungen. Der Hauptkonferenzraum war gigantisch; er sah aus wie der Tagungsraum des Generalstabs im Pentagon, wenn auch im verkleinerten Maßstab. Trotzdem hatte der Tisch in der Mitte eine

Länge von wenigstens 15 Metern, und über zwanzig Leute hatten sich um ihn versammelt. In einer Ecke befand sich ein Funkgerät. Der Funker war eifrig damit beschäftigt, bestimmte Punkte im Park anzugeben. Ein zweiter markierte sie auf einer Riesenlandkarte, die wenigstens drei Meter hoch war und die halbe Wand bedeckte. Pitt ging langsam um den Tisch herum und stellte sich vor die eindrucksvolle Reliefkarte. Er studierte die vielen farbigen Lichter und die Spur, die der Markierer mit einem Klebestreifen in blauer Leuchtfarbe durch die Verkehrsgebiete des Parks legte, als Kippmann ihm auf die Schulter tippte.

»Sind Sie bereit?«

»Ich bin immer noch halb auf isländische Zeit eingestellt. Da ist es jetzt fünf Uhr nachmittags. Ich könnte einen kleinen Drink vertragen.«

»Tut mir leid, Sir.« Die Worte kamen von einem großen, Pfeife rauchenden Mann, der Pitt durch eine randlose Brille anblickte. »Seit es Disneyland gibt, hat hier noch niemand Alkohol trinken dürfen. Davon wollen wir auch heute nicht abgehen.«

»Wie schade«, erwiderte Pitt gutgelaunt. Er sah Kippmann erwartungsvoll an.

Kippmann begriff. »Major Dirk Pitt, gestatten Sie mir, Ihnen Mr. Dan Lazard, den Chef der Parkverwaltung, vor kurzem noch beim FBI, vorzustellen.«

Lazard drückte Pitt fest die Hand. »Mr. Kippmann hat mich über Ihre Verletzungen bereits informiert. Glauben Sie, daß Sie es trotzdem schaffen?«

»Ich werde es schon hinkriegen«, meinte Pitt düster. »Aber wir müssen etwas mit meinem in Verbände eingewickelten Gesicht machen – es sieht zu verdächtig aus.«

Lazards Augen leuchteten vergnügt auf. »Ich glaube, wir können Sie so herrichten, daß niemand mehr Ihre Verbände bemerkt – nicht einmal die Krankenschwester würde das tun, die Sie verarztet hat.«

Später stand Pitt vor einem Wandspiegel und stellte sich in Positur. Er konnte sich nicht entscheiden, ob er lachen oder in eine Flut wüster Schimpfworte ausbrechen sollte. Die lebensgroße Figur des bösen Wolfes starrte ihn unfreundlich aus dem Spiegel an.

»Sie müssen zugeben«, meinte Kippmann, der nur mühsam ein Kichern unterdrücken konnte, »daß nicht einmal Ihre eigene Mutter Sie in diesem Aufzug wiedererkennen würde.«

»Ich glaube, mein Aussehen entspricht meinem Charakter«, gab Pitt zurück. Er nahm die Wolfsmaske ab, setzte sich auf einen Stuhl und seufzte. »Wie lange haben wir noch Zeit?«

»Nach Kellys Zeitplan soll die Aktion in einer Stunde und vierzig Minuten starten.«

»Glauben Sie nicht, daß Sie mich langsam losschicken sollten? Sie lassen mir nicht viel Zeit, die Killer zu finden... wenn ich sie überhaupt erkennen kann.«

»Wenn man meine Leute, die der Parkverwaltung und die Agenten des FBI zusammenzählt, sind nahezu vierzig Leute damit beschäftigt, den Mordanschlag zu verhindern. Ich will Sie erst einsetzen, wenn wir keine andere Möglichkeit mehr haben.«

»Ich diene Ihnen also nur als Notnagel.« Pitt lehnte sich zurück und blickte düster. »Ich kann nicht behaupten, daß mir Ihre Taktik gefällt.«

»Es sind keine Amateure am Werk, Major. Jeder von den Leuten da draußen ist ein Profi. Einige haben wir in ebensolche Kostüme gesteckt wie Sie. Einige schlendern Hand in Hand wie Liebespaare durch die Gegend. Andere wieder spielen die Rolle einer Familie, die sämtliche Karussells und Achterbahnen ausprobiert. Und wieder andere haben sich als Aufseher verkleidet. Wir haben sogar Leute mit Ferngläsern auf den Dächern und in den großen Märchenpuppen postiert.« Kippmanns Stimme klang müde, doch man hörte ihm seine ungebrochene Zuversicht an. »Wir werden die Killer entlarven und festnehmen, bevor sie ihren dreckigen Auftrag erledigen können. Wir haben wirklich umfassende Vorkehrungen getroffen. Kelly wird sein Ziel nicht erreichen.«

»Erzählen Sie das Oskar Rondheim«, erwiderte Pitt. »Er ist die Schwachstelle in Ihrem Plan. Sie kennen Ihren Gegner zu wenig, und daran könnte Ihr Plan scheitern.«

Eine drückende Stille herrschte im Zimmer. Kippmann fuhr sich mit der Hand über das Gesicht, dann schüttelte er langsam den Kopf, als müßte er jetzt etwas tun, das er von ganzem Herzen verabscheute. Er nahm die unvermeidliche Aktentasche auf den Schoß und zog einen Ordner heraus, der mit der Nummer 078-34 gekennzeichnet war.

»Zugegeben, ihm bin ich noch nie von Angesicht zu Angesicht begegnet, aber er ist für mich kein Fremder.« Kippmann las aus dem Ordner vor: »›Oskar Rondheim, alias Max Rolland, alias Hugo von Klausen, alias Chatford Marazan, tatsächlicher Name Carzo Butera, geboren in Brooklyn, New York, am 15. Juli 1940.‹ Ich könnte Stunden damit zubringen, seine Vorstrafen und seine diversen Verfahren durchzugehen. Er spielte im Hafengebiet von New York eine bedeutende Rolle. Er hat die Fischereigewerkschaft organisiert. Dann hat man ihn aus der Organisation gedrängt, und wir haben ihn aus den Augen verloren. Vor ein paar Jahren haben wir ein Geheimdossier über Mr. Rondheim und die Albatros-Unternehmensgruppe angelegt. Schließlich haben wir zwei und zwei zusammengezählt, und heraus kam Carzo Butera.«

Pitt lächelte. »Sie haben mich überzeugt. Sagen Sie, was berichten Ihre Skandalpapiere eigentlich über mich?«

»Ich habe sie hier«, sagte Kippmann und lächelte ebenfalls. »Möchten Sie sie sehen?«

»Nein, danke. Sie könnten mir doch nichts sagen, was ich nicht schon wüßte«, erwiderte Pitt gleichmütig. »Aber es würde mich interessieren, was Sie über Kirsti Fyrie zusammengetragen haben.«

Kippmanns Gesicht versteinerte. »Ich hatte gehofft, Sie würden nicht auf sie zu sprechen kommen.«

»Es existiert also auch von ihr eine Akte.« Es war eine Feststellung, keine Frage.

»Ja«, antwortete Kippmann knapp. Er merkte, daß er keine Ausflüchte mehr machen konnte. Gequält seufzte er auf und reichte Pitt die Akte Nr. 883-57.

Pitt studierte sie gründlich. Er blätterte sie durch, prüfte die Dokumente, die Fotos, die Berichte und Briefe. Dann schloß er den Ordner wie in Trance und gab ihn Kippmann zurück. »Ich kann es nicht glauben. Es ist zu lächerlich. Unmöglich.«

»Leider beruht alles, was Sie gelesen haben, auf Tatsachen.« Kippmanns Stimme war ruhig und gelassen.

Pitt rieb sich mit dem Handrücken über die Augen. »Nie, nie im Leben hätte ich...« Er verstummte.

»Wir waren zuerst auch wie vor den Kopf gestoßen. Hellhörig wurden wir, als wir sie nirgends in Neu-Guinea aufspüren konnten.«

»Ich weiß. In dem Punkt habe ich ihr auch nicht geglaubt.«

»Weshalb das?«

»Als wir in Reykjavik zusammen zu Abend gegessen haben, habe ich ihr ein Kochrezept beschrieben, nach dem man Haifischfleisch in ein Seegras namens Echidna einwickelt. Miss Fyrie hat mir das abgenommen. Ziemlich merkwürdig für eine Missionarin, die Jahre im Dschungel von Neu-Guinea verbracht haben will.«

»Woher, zum Teufel, soll ich das beurteilen können?« Kippmann zuckte die Achseln. »Ich habe nicht die geringste Ahnung, was Echidna ist.«

»Ein Echidna«, erklärte Pitt, »ist ein eierlegender, stachelhäutiger Ameisenigel. Ein Kloakentier, das in der Gegend von Neu-Guinea sehr verbreitet ist. Wie würden Sie reagieren, wenn ich Ihnen erzählte, ich möchte ein in Ameisenigelstacheln eingewickeltes Steak grillen?«

Kippmann sah Pitt bewundernd an. »Was hat denn so schnell Ihr Mißtrauen erweckt? Völlig ohne Grund haben Sie sie doch bestimmt nicht aufs Glatteis geführt!«

»Ihre Gesichtsfarbe fiel mir auf«, antwortete Pitt. »Sie war eher bleich, hatte nichts von jener tiefen Bräune, die man bekommt, wenn man Jahre im tropischen Dschungel verbracht hat.«

»Sie sind ein scharfer Beobachter, Sir«, murmelte Kippmann nachdenklich. »Aber warum... warum stellen Sie jemandem ein Bein, den Sie kaum kennen?«

»Unter anderem aus demselben Grund, weshalb ich hier in diesem lächerlichen Wolfskostüm vor Ihnen stehe«, erwiderte Pitt grimmig. »Ich habe mich aus zwei Gründen entschlossen, Ihre Menschenjagd mitzumachen. Erstens habe ich noch eine kleine Privatrechnung mit Kelly und Rondheim zu begleichen. Und zum zweiten bin ich immer noch Leiter des Sonderdezernats der NUMA. In dieser Eigenschaft gehört es zu meinen Hauptaufgaben, die Pläne für Fyries Unterwassersonde in die Hand zu bekommen. Deshalb habe ich Kirsti auf die Probe gestellt – sie weiß, wo die Pläne versteckt sind. Sobald ich etwas über sie wußte, was ich nicht hätte wissen dürfen, hatte ich ein Druckmittel gegen sie in der Hand, das ich zu gegebener Zeit einsetzen konnte.«

Kippmann nickte. »Ich verstehe.« Er saß auf der Tischkante und spielte mit einem Brieföffner. »Sobald ich Kelly und seine Leute hochgenommen habe, dürfen Sie und Sandecker sie vernehmen.«

»Das reicht mir nicht«, entgegnete Pitt störrisch. »Wenn Sie wünschen, daß ich Ihnen auch weiterhin als Belastungszeuge zur Verfügung stehe, müssen Sie mir erlauben, daß ich ein paar Minuten mit Rondheim allein sein kann. Und Kirsti Fyrie wird ausschließlich meiner Aufsicht unterstellt.«

»Unmöglich!«

»Warum nicht. Rondheims zukünftiges körperliches Befinden kann Sie doch kaum interessieren.«

»Selbst wenn ich Ihnen den Rücken zudrehte, so daß Sie ihm sämtliche Zähne einschlagen könnten, Kirsti Fyrie kann ich Ihnen unmöglich überlassen.«

»Sie können es«, erklärte Pitt bestimmt. »Vor allem deshalb, weil Sie weder einen Haftbefehl haben noch einen bekommen. Wenn Sie Glück haben, können Sie ihr Beihilfe zum Mord anlasten. Doch das würde die Beziehung zwischen uns und Island unnötig belasten – unser Außenminister würde kaum vor Freude in die Luft springen.«

»Sie ereifern sich vergeblich.« Kippmann blieb unerbittlich. »Sie wird zusammen mit den anderen wegen Mordes verurteilt werden.«

»Es ist nicht Ihre Aufgabe, zu verurteilen; Sie haben die Leute lediglich dingfest zu machen.«

Kippmann schüttelte den Kopf. »Sie begreifen nicht...« Er brach ab, da die Tür weit aufgestoßen wurde.

Lazard erschien in der Türöffnung, sein Gesicht war aschfahl.

Kippmann sah ihn gespannt an: »Dan, was ist los?«

Lazard fuhr sich über die Stirn und ließ sich in einen leeren Sessel fallen. »De Croix und Castile haben plötzlich einen anderen Weg eingeschlagen. Sie haben Ihre Überwacher abgeschüttelt und sind irgendwo im Park verschwunden. Weiß der Himmel, was alles passieren kann, bis wir sie wiederfinden.«

Kippmanns Gesicht verriet einen Moment lang völlige Fassungslosigkeit. »Herrgott noch mal!« explodierte er dann. »Wie konnte das geschehen? Wie konnten Ihre Leute sie aus den Augen verlieren? Wo doch die Hälfte aller FBI-Beamten in diesem Staat auf sie angesetzt waren?«

»Es laufen rund zwanzigtausend Leute da draußen im Park herum«, entgegnete Lazard geduldig. »Es kann nur zu leicht passieren, daß man einmal zwei Agenten an der falschen Stelle postiert.« Er zuckte die Achseln. »De Croix und Castile haben schon einen Strich durch unsere sorgfältigen Sicherheitsvorkehrungen gemacht, als sie durch den Haupteingang kamen. Sie sind zusammen auf die Toilette gegangen, und als sie wie zwei kleine Kinder zum Seitenfenster hinausgeklettert sind, sind sie uns peinlicherweise entwischt.«

Pitt stand auf. »Haben Sie eine Ahnung, was sie sich ansehen wollten?«

Lazard reichte Pitt ein paar fotokopierte Blätter. »Hier sind alle Attraktionen und Schaubuden, die sie abklappern wollen, außerdem ihr Zeitplan.«

Pitt warf einen Blick auf den Zeitplan. Dann verzog sich sein Gesicht langsam zu einem Grinsen. Er wandte sich an Kippmann. »Sie sollten mich jetzt doch lieber ins Spiel bringen.«

»Major«, erwiderte Kippmann unglücklich, »ich habe das Gefühl, ich werde erpreßt!«

»Sie brauchen bloß meine Bedingungen zu akzeptieren!«

Kippmanns eingezogene Schultern waren ein eindeutiges Eingeständnis seiner Niederlage. Er sah Pitt prüfend an. Der Blick, dem er begegnete, war beunruhigend sicher. Überwunden nickte Kippmann. »Rondheim und Miss Fyrie gehören Ihnen. Sie halten sich im Disneyland Hotel auf der anderen Seite der Straße auf. Ihre Zimmer liegen nebeneinander, Nummer 605 und 607.«

»Und Kelly, Marks, von Hummel und die übrigen?«

»Sie sind alle da. Eremit Ltd. hat den gesamten sechsten Stock gemietet.« Kippmann rieb sich nervös das Kinn. »Was haben Sie eigentlich vor?«

»Sie brauchen sich nicht aufzuregen. Lassen Sie mich fünf Minuten mit Rondheim allein. Dann können Sie ihn haben. Kirsti Fyrie behalte ich. Ich nehme das als einen kleinen Freundschaftsbeweis der NIA für die NUMA.«

Kippmann gab auf: »Sie haben gewonnen. Wo sind jetzt De Croix und Castile?«

»Ganz klar.« Pitt lächelte Kippmann und Lazard an. »Wo werden wohl zwei Männer hingehen, die ihre Kindheit auf den Antillen verbracht haben?«

»Gott, Sie haben recht.« Kippmann schlug sich an die Stirn. »Die letzte Station auf dem Plan – die *Piraten der Karibik*.«

Neben den raffiniert konstruierten Gespenstern des *Gespensterhauses* sind die *Piraten der Karibik* die beliebteste Attraktion von Disneyland. Sie bevölkern zwei unterirdische Stockwerke, die eine Fläche von beinahe 8000 Quadratmetern einnehmen. Die 500 Meter lange Bootsfahrt führt die sich wohlig gruselnden Passagiere durch ein Tunnellabyrinth und weite Hallen voller unter geblähten Segeln stehender Piratenschiffe und ausgeplünderter Hafenstädte. Fast hundert lebensechte Puppen beleben die Szenerie. Sie sind so täuschend echt wie die Figuren der Madame Tussaud; darüber hinaus können sie auch noch singen, tanzen und plündern.

Pitt kam als letzter auf dem Steg an, wo die Aufseher den Gästen zu Beginn des Fünfzehn-Minuten-Ausflugs in die Boote halfen. Die fünfzig oder sechzig Leute, die Schlange standen, winkten Pitt zu oder machten Scherze über sein Kostüm, als er hinter Kippmann und Lazard dahintrottete. Er winkte zurück und fragte sich, was sie wohl für Gesichter gemacht hätten, wenn er plötzlich seine Wolfsmaske abgenommen und sein fest bandagiertes Gesicht gezeigt hätte.

Lazard packte den diensthabenden Aufseher am Arm. »Rasch, Sie müssen die Boote stoppen!«

Der Aufseher, ein blonder, schlaksiger Bursche von höchstens zwanzig Jahren, blickte ihn verständnislos an und sagte kein Wort.

Lazard, offensichtlich ein Feind nutzloser Erklärungen, rannte über den Steg zu den Bedienungsgeräten hinüber, kuppelte die Antriebskette aus, die die Boote unter Wasser antrieb, zog die Handbremse an und wandte sich wieder dem verdutzten Jungen zu. »Zwei Männer ... sind zwei Männer zusammen unterwegs?«

»Ich ... ich weiß es nicht sicher, Sir«, stammelte der Aufseher verwirrt. »Es… es waren so viele. Ich kann mir nicht alle merken.«

Kippmann stellte sich vor Lazard und zeigte dem Jungen die Fotografien von Castile und De Croix. »Erinnern Sie sich an diese Männer?«

Der Junge riß die Augen auf. »Ja, Sir. Jetzt erinnere ich mich.« Plötzlich glitt ein erhellender Zug über sein Gesicht. »Aber sie waren nicht allein. Es waren noch zwei andere Männer bei ihnen.«

»Vier!« schrie Kippmann. Dreißig Köpfe wandten sich nach ihm um. »Sind Sie sicher?«

»Ja, natürlich.« Der Junge nickte heftig. »Ich weiß es ganz bestimmt. Das Boot faßt acht Leute. Die ersten vier Plätze besetzten ein Mann und eine Frau mit zwei Kindern. Die Männer auf den Fotos nahmen zusammen mit den beiden anderen die Rücksitze ein.«

Pitt stieß erst jetzt zu ihnen. Sein Atem ging erregt, und er klammerte sich an das Geländer, so sehr mußte er gegen den Schmerz und die Erschöpfung ankämpfen. »War einer von den Männern ein großer Kerl mit Glatze und stark behaarten Händen? Und hatte der andere ein rotes Gesicht mit riesigem Schnurrbart und Schultern wie ein Urmensch?«

Der Junge starrte einen Moment lang entgeistert auf Pitts Maske. Dann stieß er hervor: »Sie haben es genau getroffen. Die beiden paßten fabelhaft zusammen.«

Pitt wandte sich an Lazard und Kippmann. »Meine Herren«, preßte er unter seiner Gummimaske hervor, »ich glaube, wir haben unser Boot verpaßt.«

»Um Gottes willen!« murmelte Kippmann zornig. »Wir können nicht einfach hier herumstehen.«

»Nein.« Lazard schüttelte den Kopf. »Das können wir nicht.« Er nickte dem Jungen zu. »Rufen Sie 309 an. Egal, wer sich meldet – sagen Sie, Lazard habe die vermißte Gruppe bei den *Piraten der Karibik* wieder aufgespürt. Sagen Sie weiter, die Situation sei brenzlig – die Jäger seien auch dabei.« Er wandte sich wieder an Kippmann und Pitt. »Wir drei können den Laufsteg benutzen und sie hinter den Kulissen zu erwischen versuchen. Hoffentlich ist es noch nicht zu spät.«

»Wie viele Boote haben nach ihnen noch abgelegt?« fragte Pitt den Jungen.

»Zehn, vielleicht zwölf. Sie müssen irgendwo in der Mitte stekken, zwischen der brennenden Stadt und der Kanonenschlacht.«

»Da lang!« Lazard schrie die Worte fast. Er verschwand durch eine Tür am Ende des Landestegs. *»Nur für Personal«* stand groß darüber.

Sie hasteten durch das Räderwerk, das die ganze Piratenszene antrieb. Gedämpft war das Stimmengewirr der Passagiere der steckengebliebenen Boote in dem dunklen Tunnel zu vernehmen. Castile und De Croix dürften, ebenso wie ihre Mörder, wegen des Aufenthalts kaum mißtrauisch werden, überlegte Pitt. Doch selbst wenn sie Argwohn schöpften, war das nicht weiter schlimm – möglicherweise war Kellys und Rondheims Plan schon ausgeführt worden. Er vergaß die Schmerzen in seiner Brust und stürzte hinter dem untersetzten Kippmann her. Sie arbeiteten sich soeben durch die Kulissen jenes Schauplatzes, auf dem fünf Piraten eine Schatzkiste vergruben. Die Puppen wirkten so echt, daß Pitt sie kaum für elektronisch gesteuerte Modelle halten mochte. Fast rannte er in Kippmann hinein, da dieser plötzlich stoppte.

Lazard bedeutete ihnen stehenzubleiben, wo sie waren, schlich wie eine Katze einen engen Gang entlang und beugte sich über das Geländer eines Laufsteges, der sich oberhalb des Kanals mit den Booten entlangzog. Dann winkte er Pitt und Kippmann, ihm zu folgen. »Vielleicht haben wir doch noch Glück gehabt«, flüsterte er. »Schauen Sie!«

Pitt, dessen Augen sich noch nicht an die Dunkelheit gewöhnt hatten, bot sich ein phantastischer Anblick dar, wie er ihn noch nie erlebt hatte – eine wilde Bande von wenigstens dreißig Piraten brannte eine Stadt nieder, die eine Nachbildung von Port Royal oder Panama City sein mochte, und plünderte sie aus. Aus einigen Gebäuden schlugen Flammen, während die Schatten von lachenden Bukaniern schreiende Mädchen wieder und wieder vor den erleuchteten Fenstern vorbeitrieben. Grölender Gesang hallte aus versteckten Lautsprechern und spiegelte dem Publikum vor, daß Raub und Plünderung nichts als ein Heidenspaß gewesen seien.

Der Kanal führte die Boote in Schleifen zwischen den Gebäuden hindurch. Auf der einen Seite schlugen zwei Piraten auf ein Muli ein, das sich störrisch weigerte, einen mit Beutegut vollbeladenen Karren zu ziehen; auf der anderen Seite gab es ein reizendes Trio zu sehen, das sich auf einem Stapel wild hin und her schaukelnder Weinfässer betrank. Doch Pitts Aufmerksamkeit wurde von einem Boot in der Mitte des Kanals gefesselt. Dort saßen, unmittelbar unter einer Brücke, die das Wasser überspannte, Castile und De Croix und wiesen sich vergnügt auf die wunderbaren Einzelheiten der märchenhaften Szenerie hin. Direkt hinter ihnen erblickte Pitt die beiden Männer, die ihn festgehalten hatten, als er von Rondheim zusammengeschlagen worden war.

Pitt sah auf die Uhr an seinem Handgelenk. Immer noch eine Stunde und zwanzig Minuten, bis Kellys Plan anlief. Es war zu früh, noch viel zu früh. Doch da saßen zwei von Rondheims Killern keinen Meter hinter ihren zukünftigen Opfern. Es fehlte noch ein beträchtliches Stück in dem Puzzlespiel. Pitt hatte keinen Zweifel, daß Kelly die Wahrheit über seinen Plan gesagt hatte und daß sich Rondheim strikt daran halten würde. Allerdings: Wenn Rondheim Eremit Ltd. übernehmen wollte, konnte er seine Absichten ebensogut auch geändert haben.

»Jetzt sind Sie dran, Dan«, flüsterte Kippmann dem ehemaligen FBI-Mann zu. »Wie schnappen wir sie?«

»Keine Schußwaffen«, antwortete Lazard. »Was wir unter allen Umständen vermeiden müssen, ist, daß irgendein Unschuldiger getroffen wird.«

»Vielleicht sollten wir lieber auf Verstärkung warten«, gab Kippmann zu bedenken.

»Dazu haben wir keine Zeit«, entgegnete Lazard. »Wir haben die Boote sowieso schon zu lange angehalten. Die Leute werden allmählich nervös, diese beiden Kerle hinter Castile und De Croix eingeschlossen.«

»Dann müssen wir es eben wagen.« Kippmann wischte sich mit einem Taschentuch über die schweißnasse Stirn. »Lassen Sie die Boote wieder weiterfahren. Sobald das Boot mit unseren Freunden die Brücke passiert, schnappen wir sie.«

»In Ordnung«, stimmte Lazard zu. »Die Brücke gibt uns genügend Deckung, daß wir uns bis auf zwei Meter an sie heranarbeiten können. Ich gehe außen herum und komme dann aus der Tür, über der Sie das Schild eines Schnapsladens sehen. Sie, Kippmann, verstecken sich hinter dem Muli und dem Karren.«

»Brauchen Sie noch einen dritten?« fragte Pitt.

»Tut mir leid, Major.« Lazard sah Pitt kühl an. »Sie sind kaum in der richtigen Verfassung für einen Kampf.« Er machte eine Pause und legte seine Hand auf Pitts Schulter. »Aber Sie könnten trotzdem eine wichtige Rolle übernehmen.«

»Nur heraus mit der Sprache!«

»Wenn Sie in Ihrem Wolfskostüm über die Brücke spazieren und sich dann zwischen den Piraten herumtreiben, könnten Sie die zwei Männer im Boot lange genug ablenken, damit Kippmann und ich ein paar Sekunden länger unentdeckt bleiben.«

»Das gibt ein Fest, wenn ich mit den drei kleinen Schweinchen Witze reiße«, meinte Pitt.

Nachdem Lazard ein Telefon gefunden und den Aufseher angewiesen hatte, die Boote wieder in Gang zu setzen, verschwanden er und Kippmann in der brennenden Stadt. Hinter den täuschend echt aussehenden Fassaden bezogen sie Stellung.

Pitt stolperte über die Figur eines Piraten, den vermutlich der viele Wein außer Gefecht gesetzt hatte. Er beugte sich hinab und nahm der Puppe ihr Enterbeil weg. Es bestand überraschenderweise aus echtem Stahl. Selbst aus so großer Nähe konnte Pitt nur wieder bewundern, wie lebensecht die Piratenpuppen waren. Die Glasaugen, die man in die braunen Wachsgesichter eingesetzt hatte, schauten sogar auch in jede Richtung, in die der Kopf gedreht wurde, die Augenbrauen hoben und senkten sich im Rhythmus mit den Lippen, während die Puppen ungezählte Strophen von »Sixteen Men on a Dead Man's Chest« sangen – mit Hilfe von Lautsprechern, die man in sie eingebaut hatte.

Pitt ging auf die Mitte der geschwungenen Brücke zu und mischte sich unter die drei düsteren Gestalten, die auf der steinernen Brüstung saßen, ihre Beine hinunterbaumeln ließen und ihre Enterbeile im Takt der Musik herumschwenkten. Pitt in seinem Wolfskostüm und die drei ausgelassenen Piraten boten den Bootsinsassen einen fesselnden Anblick, als sie sich so im Takt wiegten und das berühmte alte Seemannslied sangen. Zwei Kinder, ein Mädchen von zehn und ein Junge von, wie Pitt schätzte, vielleicht sieben Jahren, erkannten ihn sofort als die lebendig gewordene Comicfigur und winkten zurück.

Castile und De Croix lachten ebenfalls. Sie begrüßten ihn auf spanisch und schlugen sich gegenseitig auf die Schenkel vor Vergnügen, während der lange, kahlköpfige Killer und sein Kumpan, der breitschultrige Neandertaler, ungerührt und mit steinernem Gesicht der Vorstellung zusahen. Es fiel Pitt ein, auf wie dünnem Eis er sich da bewegte: Eine einzige falsche Bewegung, die falsche Einschätzung einer unbedeutenden Kleinigkeit, und die Männer, die Frau und die Kinder, die da so sorglos saßen und sich an seinen Späßen erfreuten, waren tot.

Dann sah er, daß die Boote wieder anfuhren.

Der Bug glitt gerade unter seinen Füßen hinweg, als die schemenhaften Gestalten Kippmanns und Lazards hinter ihrer Deckung hervorschossen, geschickt zwischen den lebendigen Puppen hindurcheilten und ins Heck des Bootes sprangen. Die Überraschung war geglückt. Doch Pitt hatte darauf nicht mehr achten können. Völlig unerwartet, ohne ein vorbereitendes oder warnendes Wort, schlug er die Klinge seines Enterbeils dem ihm am nächsten sitzenden Piraten in die Brust.

Die Wirkung war überwältigend. Der Pirat ließ sein Beil fallen, riß seine Lippen zu einem stummen Aufschrei auseinander, in seinen Augen malten sich gleichzeitig Erstaunen und Erschrecken, ein Erschrecken, das gleich darauf von einem Begreifen abgelöst wurde. Dann verdrehten sich die Augen nach oben, und er fiel platschend in das Wasser des jetzt leeren Kanals unter der Brücke.

Der zweite Pirat versäumte es, in dem Bruchteil der Sekunde zu reagieren, in dem er Pitts Hieb noch hätte parieren können. Er wollte etwas rufen. Pitt schlug jedoch mit aller Kraft zu, und das bluttriefende Beil bohrte sich in den Halsansatz über der linken Schulter des Piraten. Der Mann stieß einen dumpfen Laut aus und riß den rechten Arm hoch, als ob er sich noch abrollen wollte, doch er glitt auf dem unebenen Boden der Brücke aus, fiel auf seine Knie, kippte zur Seite, und das Blut schoß ihm in heftigen Stößen aus seiner gräßlichen Wunde.

Aus den Augenwinkeln erhaschte Pitt das Aufblitzen von Stahl.

Instinktiv riß er seinen Kopf zur Seite, und das Beil des dritten Piraten schnitt durch das schief aufgesetzte Hütchen, das auf der Wolfsmaske thronte. Pitt hatte sein Glück zu sehr herausgefordert. Er hatte zwei Männer Rondheims erwischt, noch ehe sie wußten, was gespielt wurde; doch der dritte hatte Zeit genug gehabt, zum Gegenangriff überzugehen.

Instinktiv wehrte Pitt die auf ihn niederprasselnden Hiebe ab, wich er stolpernd vor der Wut des auf ihn eindringenden Mannes zurück, warf er sich dann jäh zur Seite und stürzte sich über die Brüstung in das kalte Wasser des Kanals. Ein wütender Schmerz durchzuckte ihn, als seine Schulter auf den Boden des seichten Kanals aufprallte. Alles in ihm schien zu brechen, und die Welt stand still. Seine Rippen taten entsetzlich weh. Er zog sich an Land, stand unsicher auf, schwankte hin und her und drohte jeden Augenblick umzufallen.

Er ließ sich auf ein Knie nieder, rang nach Atem, wartete, bis sich sein Herz einigermaßen wieder beruhigt hatte, und schaute sich in der Märchenlandschaft um. Er mußte sich große Mühe geben, um die Dunkelheit hinter dem Feuervorhang zu durchdringen. Die Brücke war leer, der dritte Pirat nicht mehr zu sehen, und das Boot verschwand eben in einer Kurve, die zum nächsten Schauplatz führte. Er blickte in die andere Richtung, gerade rechtzeitig genug, um das nächste Boot näherkommen zu sehen.

All diese Dinge nahm er ganz mechanisch auf, ohne sie bewußt wahrzunehmen. Alles, woran er denken konnte, war, daß der Mörder irgendwo in der Nähe sein mußte, als Pirat verkleidet. Ihn überkam ein Gefühl der Hilflosigkeit. Alle Piraten sahen gleich aus, und der Zwischenfall auf der Brücke hatte sich so schnell abgespielt, daß er nicht mehr in der Lage gewesen war, sich irgendwelche Besonderheiten in der Kleidung des Mannes zu merken.

Krampfhaft überlegte er, was als nächstes zu tun war. Er hatte keine Chance mehr, einen Überraschungsangriff zu unternehmen. Sein Gegner kannte nun sein Aussehen, während er selbst sich vergeblich bemühte, den Feind von den leblosen Puppen zu unterscheiden. Pitt hatte die Gelegenheit, als erster zu handeln, eingebüßt. Dennoch war ihm bewußt, daß er die Initiative nicht aus der Hand geben durfte.

Er eilte, mehr stolpernd als laufend, das Kanalufer entlang. Bei jedem Schritt stöhnte er; denn der Schmerz durchtobte alle Fasern seines Körpers. Er stürmte durch einen schwarzen Vorhang zum nächsten Bild. Es war ein riesiger, kuppelförmiger Raum, der, um einer Nachtszene gleichzukommen, in tiefe Dämmerschatten getaucht war.

In die Rückwand war ein verkleinertes Abbild eines Korsarenschiffes eingelassen, mit vollzähliger Mannschaft und Totenkopfflagge, die im Luftzug eines versteckten elektrischen Gebläses flatterte. Es feuerte volle Breitseiten über die Köpfe der Zuschauer hinweg auf eine fünfzehn Meter entfernte Miniaturfestung, die auf der anderen Seite des Raumes hoch oben auf einem zerklüfteten Felsen aufgebaut war.

Es war zu dunkel, um Einzelheiten auf dem Ausflugsboot zu erkennen. Pitt nahm nicht die geringste Bewegung wahr, für ihn das untrügliche Zeichen, daß Kippmann und Lazard alles fest unter Kontrolle hatten. Als sich seine Augen an das Dunkel gewöhnt hatten, erkannte er, daß sich die Gestalten in dem Boot alle hinter der Bordwand zusammenkauerten. Er war den Gang, den sonst das technische Personal benutzte, um auf das Deck des Korsarenschiffs zu gelangen, schon halb hinaufgelaufen, als ihm klar wurde, weshalb. Er hörte den dumpfen, leisen Schlag eines Gewehrs mit Schalldämpfer.

Und plötzlich stand er hinter einem Mann im Piratenkostüm, der auf das kleine Boot im Kanal zielte. Pitt faßte ihn mit fast unpersönlichem Interesse ins Auge. Er hob sein Beil und ließ es mit der flachen Seite der Klinge auf das Handgelenk des Fremden niedersausen.

Das Gewehr fiel ins Wasser. Der Pirat wirbelte herum. Unter dem scharlachroten Tuch, das er sich um den Kopf geschlungen hatte, fiel ihm eine weiße Strähne ins Gesicht; die kalten, blaugrauen Augen funkelten vor Wut und Enttäuschung, und die Linien um seinen Mund hatten sich tief eingegraben. Er musterte den Wolfsmann, der bereits seine zwei Komplizen umgebracht hatte. Seine Stimme hatte einen harten, metallischen Klang. »Es scheint, daß ich Ihr Gefangener bin.«

Pitt ließ sich nicht einen Augenblick täuschen. Die Worte waren nur ein Hinhaltemanöver, ein Vorhang, der die blitzschnelle Bewegung verbergen sollte, die mit Sicherheit gleich folgen würde. Der Mann in dem Piratenkostüm war gefährlich, und er spielte um einen hohen Einsatz. Doch Pitt besaß mehr als nur eine scharfe Waffe – er verspürte eine neue Kraft, die auf einmal wie eine große Welle durch seinen Körper brandete.

Ein schnelles Lächeln huschte über sein Gesicht. »Ah – Sie sind's, Oskar!« Er machte eine bedeutsame Pause und beobachtete Rondheim wie ein Raubtier. Er hielt den Oberscharfrichter von Eremit Ltd. mit dem Beil auf Distanz und entledigte sich des Wolfskopfes aus Gummi. Rondheims Gesicht war immer noch undurchdringlich vor Anspannung, doch seine Augen verrieten völlige Verständnislosigkeit. Pitt warf die Maske von sich und nahm all seine Energien zusammen. Der Augenblick, auf den er so lange gewartet und den nie zu erleben er insgeheim befürchtet hatte, war da. Langsam wickelte er mit einer Hand seinen Gesichtsverband ab; Stück um Stück ließ er die Gazestreifen zu Boden fallen. Die Spannung stieg ins Unermeßliche. Als er fertig war, sah er Rondheim fest in die Augen und trat einen Schritt zurück. Rondheims Lippen öffneten sich zu einer halb ausgesprochenen Frage, und ratloses Staunen spiegelte sich in seinen Zügen.

»Es tut mir leid, daß Sie sich nicht an mein Gesicht erinnern können, Oskar«, erklärte Pitt leise. »Aber Sie haben auch nicht viel davon übriggelassen, das man wiedererkennen könnte.«

Rondheim starrte auf die zugeschwollenen Augen, die aufgerissenen Lippen, die Nähte, mit denen man Wangen und Augenbrauen zusammengeflickt hatte, dann klappte sein Mund auf, und er flüsterte heiser: »Pitt.«

Pitt nickte.

»Das ist nicht möglich.« Rondheim schnappte nach Luft.

Pitt lachte. »Ich bitte vielmals um Entschuldigung, daß ich Ihnen den Tag verdorben habe. Aber mir geht es darum, zu beweisen, daß Computer auch nicht mit hundertprozentiger Zuverlässigkeit arbeiten.«

Rondheim sah Pitt haßerfüllt an: »Und die anderen?«

»Mit einer Ausnahme sind sie alle am Leben und kurieren ihre Knochenbrüche aus, die Sie ihnen so großzügig zugefügt haben.«

Pitt blickte Rondheim über die Schulter und sah, daß das Ausflugsboot gerade sicher in die nächste Halle einfuhr.

»Dann müssen wir die Sache wieder unter uns allein austragen, Major. Die Chancen stehen jetzt allerdings günstiger für Sie als damals in der Turnhalle. Aber machen Sie sich nicht allzu viele Hoffnungen.« Die Andeutung eines grausamen Lächeln umspielte Rondheims schmale Lippen. »Tunten sind keine Gegner für einen Mann.«

»Sie haben recht«, erwiderte Pitt. Er schleuderte das Beil ins Wasser und trat einen Schritt zurück. Er sah prüfend seine Hände an. Er mußte die Angelegenheit jetzt hinter sich bringen. Er holte ein paarmal tief Luft und knetete ein letztes Mal seine Finger warm. Er war bereit. »Ich habe Sie ein bißchen in die Irre geführt, Oskar. Runde eins war ein ungleicher Kampf. Sie hatten sämtliche Vorteile auf Ihrer Seite. Aber wie stark sind Sie, wenn Sie allein sind, Oskar, ohne bezahlte Helfershelfer, die Ihr Opfer festhalten? Wie überlegen sind Sie, wenn Sie auf fremdem Boden kämpfen?«

Rondheim fletschte die Zähne. »Ich brauche niemanden, um Sie fertigzumachen, Pitt. Ich bedaure bloß, daß ich nicht genügend Zeit habe, Ihre nächste Lektion in Schmerzen so in die Länge zu ziehen, wie es Ihnen zukäme.«

»Okay, Oskar. Schluß jetzt, komm her, du Maulheld!« erwiderte Pitt. Er wußte genau, was zu tun war. Natürlich, er war immer noch geschwächt und eigentlich zu Tode erschöpft; doch das wurde durch seine Disziplin und die unsichtbaren Gestalten von Lillie, Tidi, Sam Kelly und den anderen mehr als wettgemacht. Sie alle standen unsichtbar neben ihm und verliehen ihm eine Kraft, die er von sich aus nie aufgebracht hätte.

Ein selbstsicheres Lächeln glitt über Rondheims Gesicht, als er seine Karatestellung einnahm. Doch er lächelte nicht lange. Pitt versetzte ihm einen rechten Haken, einen hervorragend gezielten Schlag, der Rondheims Kopf zur Seite fliegen und gegen den Großmast des Piratenschiffes krachen ließ.

Insgeheim wußte Pitt, daß er kaum einen langen Kampf mit Rondheim überstehen würde; er mußte ihn in wenigen Minuten beenden. Doch er baute auf den Überraschungsmoment, seinen einzigen Vorteil, bevor die Karateschläge wieder auf sein Gesicht niederprasseln würden. Freilich stellte sich bald heraus, daß das nur ein kleiner Vorteil war.

Rondheim war unglaublich zäh. Er hatte einen schweren Schlag eingesteckt; doch er war gleich wieder auf den Beinen. Er federte vom Mast zurück und schlug nach Pitts Kopf. Mit knapper Not vermochte sich Pitt wegzuducken. Seinen Fehlschlag mußte Rondheim büßen. Pitt erwischte ihn mit ein paar linken Geraden und einer weiteren harten Rechten.

Rondheim ging in die Knie und hielt sich eine Hand vor seine gebrochene, blutende Nase. »Du bist besser geworden«, stieß er heiser hervor.

»Ich habe dir ja gesagt, daß ich dich getäuscht habe.« Pitt stand halb in Box- und halb in Judostellung da und wartete auf Rondheims nächsten Angriff. »In Wirklichkeit bin ich etwa so schwul wie – Carzo Butera.«

Als Rondheim seinen wirklichen Namen hörte, traf ihn das wie ein Blitz. Doch noch konnte er sich unter Kontrolle halten. Sein blutendes Gesicht war eine ausdruckslose Maske. »Ich habe dich offenbar unterschätzt, du Schwein.«

»Du warst leicht hereinzulegen, du Dummkopf. Ein größerer Esel ist mir nie begegnet.« Pitts Absicht war, Rondheim zu reizen, ihn zur Unvorsichtigkeit zu provozieren. Das gelang ihm.

Rondheim ließ einen wüsten Schwall von Schimpfworten hören, sein Gesicht verzerrte sich zu einer haßerfüllten Fratze, und er stürzte sich blind vor Wut auf Pitt. Er hatte aber noch keine zwei Schritte gemacht, als Pitt einen Uppercut landete, der Rondheim mit der Gewalt eines Dampfhammers traf. Pitt hatte all seine Kraft in diesen Schlag hineingelegt und seinen ganzen Körper mit letzter Gewalt nach vorn geworfen. Er wußte noch im selben Moment, daß er diesen Schlag nicht mehr würde wiederholen können. Ein dumpf knirschendes Geräusch war zu vernehmen. Rondheims Nase brach, sein Kiefer splitterte, und seine Zähne bohrten sich in seine aufgerissenen Lippen. Gleichzeitig brach aber auch Pitts Handgelenk mit einem lauten Knacken. Zwei oder drei Sekunden lang schien es, als ob Rondheims Körper sich straffte. Er stand starr wie eine Salzsäule, doch dann stürzte er langsam, wie ein gefällter Baum, zu Boden und blieb regungslos liegen.

Pitt sammelte sich. Er schnaufte durch die zusammengebissenen Zähne; seine Rechte hing schlaff herab. Er starrte die Lichter an, die in den Kanonenmündungen des Piratenschiffes aufblitzten, und dann stellte er fest, daß das nächste Boot bereits durch den Raum fuhr. Der Schweiß rann ihm in die Augen; er kniff sie zusammen, um besser sehen zu können. Deshalb hatte er Mühe, Kippmann und Lazar zu erkennen, als diese, gefolgt von einer kleinen Armee von Sicherheitsbeamten, über das Deck gestürmt kamen. Sie sagten nichts, konnten nichts sagen, bis sie endlich begriffen hatten, was Pitt in seinem Zustand bewerkstelligt hatte.

Schließlich brach Kippmann das Schweigen. »Sie sind grob mit ihm umgesprungen, finden Sie nicht?«

»Es ist Rondheim«, erwiderte Pitt.

»Sind Sie sicher?«

»Ich vergesse selten ein Gesicht«, sagte Pitt. »Vor allem, wenn es einem Mann gehört, der mir die Seele aus dem Leib geprügelt hat.«

Lazard sah ihn an. Seine Lippen verzogen sich zu einem bewundernden Lächeln. »Was habe ich gesagt? Sie wären kaum in der Verfassung für einen Kampf? Entschuldigen Sie.«

»Es tut mir leid, daß ich Rondheim nicht erwischt habe, bevor er mit seinem Schalldämpfer geschossen hat«, sagte Pitt. »Hat er jemanden getroffen?«

»Castile hat einen Streifschuß am Arm«, erwiderte Lazard. »Nachdem wir diese zwei Kerle im Heck ausgeschaltet hatten, habe ich mich umgeschaut und gesehen, wie Sie auf der Brücke Errol Flynn gespielt haben. Da wußte ich, daß wir noch nicht aus dem Schlamassel heraus waren. Also habe ich mich auf die Familie auf den zwei vorderen Sitzen gestürzt und sie gezwungen, sich auf den Boden des Boots zu werfen.«

»Genauso habe ich es mit unseren lateinamerikanischen Gästen gemacht.«

Kippmann lächelte und rieb sich eine Beule, die auf seiner Stirn prangte. »Sie dachten, ich wäre verrückt, und haben mir einen heißen Kampf geliefert.«

»Was wird mit Kelly und Eremit Ltd. geschehen?« wollte Pitt wissen.

»Wir werden Kelly zusammen mit seinen reichen Freunden natürlich festnehmen. Doch die Chance, daß Männer ihres Ranges vor Gericht gestellt werden, ist fast gleich null. Ich könnte mir vorstellen, daß die betroffenen Staaten sie da packen, wo es ihnen am meisten weh tut – bei der Brieftasche. Mit den Bußgeldern, die man ihnen aufbrummen wird, könnte man wahrscheinlich einen neuen Flugzeugträger kaufen.«

»Das ist ein geringer Preis, gemessen an dem Unheil, das sie angerichtet haben«, entgegnete Pitt mürrisch.

»Nichtsdestotrotz, es ist ein Preis«, murmelte Kippmann.

»Ja... ja, das ist es. Gott sei Dank sind sie noch einmal gebremst worden.«

Kippmann nickte Pitt zu. »Wir müssen Ihnen danken, Major, daß Sie das Geheimnis um Eremit Ltd. gelüftet haben.«

Lazard lächelte. »Ich möchte gern der erste sein, der Ihnen für Ihre Vorstellung auf der Brücke dankt. Kippmann und ich stünden jetzt nicht hier, wenn Sie nicht rechtzeitig die Situation erkannt hätten.« Er legte seine Hand auf Pitts Schulter. »Aber eins würde mich interessieren.«

»Was?«

»Woher wußten Sie, daß diese Piraten auf der Brücke keine Wachsfiguren waren?«

»Wie es eben manchmal so kommt«, erklärte Pitt gelassen. »Wir saßen Auge in Auge auf der Brücke... und ich hätte schwören können, daß die Burschen mit den Augen gezwinkert haben.«

Epilog

Es war ein wunderbarer südkalifornischer Abend. Die brütende Hitze des Tages hatte sich gelegt, und ein frischer Westwind wehte den kräftigen Geruch des Pazifischen Ozeans in den Garten des Disneyland Hotels. Er linderte die Schmerzen von Pitts Wunden, und der Major konnte sich für die Aufgabe sammeln, die vor ihm lag. Er stand still da und wartete auf den Lift in dem gläsernen Schacht an der Außenseite des Gebäudes.

Der Aufzug erschien, seine Türen öffneten sich. Pitt betrat die Kabine und drückte den Knopf zur sechsten Etage. Der Lift schwebte rasch nach oben. Pitt drehte sich um und sah durch die Glasscheiben auf Orange County. Er atmete tief aus und ein, während er beobachtete, wie der funkelnde Lichterteppich sich weit ausdehnte, bis er sich am dunklen Horizont verlor.

Es war kaum zwei Stunden her, daß der Arzt sein Handgelenk eingerenkt und geschient hatte, daß Pitt geduscht, sich rasiert und die erste anständige Mahlzeit seit Reykjavik zu sich genommen hatte. Der Arzt hatte ihn eindringlich aufgefordert, ins Krankenhaus zu gehen; doch Pitt hatte nicht auf ihn gehört.

»Sie sind ein entsetzlicher Starrkopf. Sie schaufeln sich noch Ihr eigenes Grab«, hatte der Arzt ihn ernst ermahnt. »Wenn Sie sich nicht umgehend ins Bett legen, klappen Sie mit einem erstklassigen Kreislaufkollaps zusammen.«

»Danke«, hatte Pitt lakonisch erwidert. »Ich bin Ihnen für Ihre Fürsorge verbunden, aber der letzte Akt ist noch nicht über die Bühne gegangen. Zwei Stunden – nicht mehr –, und ich stelle das, was von meinem Körper noch übrig ist, der ärztlichen Wissenschaft zur Verfügung.«

Der Aufzug wurde langsamer, hielt. Pitt trat hinaus auf den weichen roten Teppich des Flurs im sechsten Stockwerk, suchte das Apartment 605, fand es, aber die Tür war verschlossen. Er ging ein paar Schritte weiter und drückte die Klinke von Nummer 607. Sie ließ sich öffnen. Er trat leise ein und schloß die Tür vorsichtig hinter sich. Im Zimmer war es kühl und dunkel. Kalter Zigarettenrauch schlug ihm entgegen. Allein dieser Geruch verriet ihm, daß er sich in Rondheims Zimmer befand.

Mondlicht sickerte durch die Vorhänge und warf lange Schatten, als er das Schlafzimmer durchsuchte. Er stellte fest, daß Rondheims Kleider und sein Gepäck unberührt waren. Kippmann hatte Wort gehalten. Seine Leute hatten strikt darauf geachtet, daß für Kirsti jeder Hinweis auf Rondheims Schicksal und den Zusammenbruch von Eremit Ltd. unterbleiben würde.

Er ging auf den Lichtspalt der halboffenen Tür zum anschließenden Raum zu. Er trat ein, weich und geräuschlos wie ein Nachttier. Das Apartment war äußerst komfortabel. Es bestand aus einer Diele, einem Wohnzimmer und einer reich bestückten Bar, einem Bade- und einem Schlafzimmer. Auf der einen Seite befand sich eine große Schiebetür aus Glas, die zu einem kleinen Balkon führte.

Alle Zimmer bis auf das Badezimmer waren menschenleer; das Geräusch fließenden Wassers verriet ihm, daß Kirsti gerade duschte. Pitt ging zur Bar, schenkte sich einen Scotch ein und ließ sich auf das lange, bequeme Sofa nieder. Zwanzig Minuten und zwei Drinks später trat Kirsti aus dem Badezimmer. Sie trug, locker um die Hüften gegürtet, einen grünen Seidenkimono. Ihr goldfarbenes Haar fiel ihr duftig weich auf die Schultern. Sie sah unglaublich reizvoll aus.

Sie kam durch das Schlafzimmer in das Wohnzimmer geschwebt und war gerade dabei, sich einen Drink zu mixen, als sie Pitt in dem Spiegel hinter der Bar bemerkte. Sie erstarrte, als hätte sie der Schlag getroffen.

»Ich glaube«, sagte Pitt leise, »das Angemessenste, was ein Mann sagen kann, wenn eine schöne Frau ihr Bad verläßt, ist: Venus entsteigt den Wellen.«

Sie drehte sich um. Ihr erst unsicherer Blick verriet Neugier. »Kenne ich Sie?«

»Wir sind uns bereits begegnet.«

Sie stützte sich auf die Bartheke und sah ihn fragend an. »Dirk?« flüsterte sie endlich. »Sie sind es? Sie sind es wirklich? Gott sei Dank, Sie leben noch!«

»Ihre Sorge um mein Wohlergehen kommt etwas spät.«

Grüne Augen starrten in tiefblaue.

»Selbst Lucretia Borgia«, sagte er, »hätte bei Ihnen Nachhilfestunden nehmen können in der Kunst, Freunde zu töten und Feinde zu gewinnen.«

»Ich mußte so handeln«, entgegnete sie sanft. »Aber ich schwöre, ich habe niemanden umgebracht. Ich wurde gegen meinen Willen von Oskar in diese aberwitzige Geschichte hineingezogen. Ich hätte mir nie träumen lassen, daß seine Verbindung mit Kelly für so viele Menschen den Tod bedeuten würde.«

»Sie sagen, Sie hätten niemanden umgebracht?«

»Ja.«

»Sie lügen.«

Sie sah ihn betroffen an. »Wovon sprechen Sie?«

»Sie haben Kristjan Fyrie umgebracht!«

Sie starrte ihn an, als hätte sie einen Wahnsinnigen vor sich. Ihre Lippen zitterten, und Furcht verdunkelte ihre Augen – diese faszinierenden tiefblauen Augen. »Sie können das nicht im Ernst meinen«, stammelte sie. »Kristjan starb auf der *Lax*. Er verbrannte; er kam in den Flammen um.«

Es ist an der Zeit, sagte sich Pitt, reinen Tisch zu machen und endlich abzurechnen. Er beugte sich vor. »Kristjan Fyrie starb nicht in den Flammen auf der *Lax* – er starb unter dem Seziermesser eines Chirurgen auf dem Operationstisch in Veracruz.«

Pitt ließ seine Worte auf sie wirken. Er nahm einen Schluck aus seinem Glas und zündete sich eine Zigarette an. Es war ihm nicht leichtgefallen, ihr das zu sagen. Wortlos sah er sie an.

Kirstis Mund klappte auf und zu; sie rang nach Atem. Sie war den Tränen nahe, konnte sie aber eben noch zurückhalten. Dann senkte sie den Kopf und barg ihr Gesicht in den Händen.

»Ich weiß es aus bester Quelle«, fuhr Pitt unerbittlich fort. »Die Operation fand im Sau-de-Sol-Hospital statt, und der Chirurg war ein gewisser Dr. Jesus Ybarra.«

Entsetzen trat in ihre Augen. »Dann wissen Sie alles.«

»Fast alles. Aber es gibt immer noch ein paar offene Fragen.«

»Warum quälen Sie mich dann? Warum sagen Sie nicht, was Sie schon wissen?«

»Was soll ich sagen?« erwiderte Pitt ruhig. »Daß Sie in Wirklichkeit Kristjan Fyrie sind? Daß es nie eine Schwester gab? Daß Kristjan genau in dem Moment starb, als Sie geboren wurden?« Er schüttelte den Kopf. »Was würde das ändern? Sie wollten das Geschlecht, das Ihnen Ihr Körper zudiktierte, nicht annehmen, also unterzogen Sie sich einer Geschlechtsumwandlung, und aus Kristjan wurde Kirsti. Sie wurden als Transsexueller in diese Welt geboren. Ihre Gene haben Ihnen einen Streich gespielt. Sie waren mit der Rolle, die Ihnen die Natur zuwies, nicht zufrieden, und so haben Sie Ihr Geschlecht gewechselt. Was gibt es dazu zu sagen?«

Sie kam hinter der Bar hervor und lehnte sich gegen das Lederpolster der Theke. »Sie können sich keine Vorstellung davon machen, Dirk, was für ein frustrierendes und kompliziertes Dasein man führt, wenn man nach außen ständig den starken, männlichen Abenteurer zu verkörpern hat, während die Frau in Ihnen nach Freiheit schreit.«

»Darum sind Sie aus Ihrem Panzer geschlüpft«, meinte Pitt. »Sie sind nach Mexiko gereist und haben einen Chirurgen aufgesucht, der sich auf Geschlechtsumwandlungen spezialisiert hat. Sie haben Hormonspritzen bekommen, und man hat Ihnen Silikonpolster für Ihre... äh... Brüste eingepflanzt. Als Ihnen die Zeit dafür reif schien, sind Sie wieder in Island erschienen und haben behauptet, Sie wären die lang vermißte Schwester aus Neu-Guinea... Sie müssen Ihrer Sache unglaublich sicher gewesen sein. Ich habe während meines kurzen Lebens viele gerissene Leute kennen gelernt, aber bei Gott, Kirsti oder Kristjan oder wie auch immer, Sie sind das abgefeimteste Wesen, das mir je begegnet ist. Sie haben Admiral Sandecker vorgegaukelt, Sie wollten die Unterwassersonde unserer Regierung überlassen. Sie haben tausend Männer nach einem Schiff suchen lassen, das nie vermißt wurde. Sie haben Dr. Hunnewell, Ihren alten Freund, dazu gebracht, eine verkohlte Leiche als die Ihre zu identifizieren. Sie haben die Angestellten von Fyrie Ltd. ausgenutzt und sie kaltblütig zugrunde gehen lassen, während sie Ihre Anordnungen ausführten. Sie haben Rondheim ausgenutzt. Sie haben Kelly ausgenutzt. Und Sie haben sogar mich ausgenutzt in der Hoffnung, ich würde Oskar erledigen. Sie haben uns alle getäuscht. Wie schade für Sie, daß Ihre Träume wie Seifenblasen geplatzt sind. Alle Hochstapler beginnen damit, daß sie sich selbst etwas vormachen. In dieser Hinsicht waren Sie außerordentlich erfolgreich.«

Kirsti war auf ein Tischchen mit einer kleinen Reisetasche zugegangen, zog blitzschnell einen Colt Automatic 25 hervor und richtete die Waffe auf Pitts Brust. »Ihre Beschuldigungen sind nicht halb so richtig, wie Sie vermuten. Sie tasten um sich wie ein Blinder im Dunkeln, Dirk.«

Pitt warf einen Blick auf die Pistole und wandte sich dann unbeeindruckt wieder ab. »Vielleicht könnten Sie freundlicherweise das Dunkel ein wenig erhellen.«

Sie sah Pitt unsicher an, während sie die Pistole immer noch fest auf ihn gerichtet hielt. »Ich hatte wirklich die Absicht, die Unterwassersonde Ihrem Land zu übergeben. Mein ursprünglicher Plan war, meine Wissenschaftler und Ingenieure an Bord der *Lax* nach Washington zu schicken, um die Sonde dort vorzuführen. Auf der Reise über den Atlantik hätte Kristjan Fyrie dann über Bord gehen sollen.«

»Und in der Zwischenzeit sind Sie zu Ihrer Operation nach Mexiko geflogen.«

»Ja«, erwiderte Kirsti sanft. »Aber ein völlig unvorhersehbarer Zufall warf alle meine Pläne über den Haufen. Dr. Jesus Ybarra war ein Mitglied von Eremit Ltd.«

»Und er hat natürlich Alarm geschlagen und Rondheim unterrichtet?«

Kirsti nickte. »Von diesem Zeitpunkt an hatte mich Oskar in der Hand. Er drohte, er würde meine Geschlechtsumwandlung in der ganzen Welt ausposaunen, wenn ich mein Unternehmen nicht ihm und Kelly überschriebe. Ich hatte keine Wahl. Wäre mein Geheimnis bekannt geworden, hätte der Skandal Fyrie Ltd. zugrunde richten und die Wirtschaft meines Landes ruinieren können.«

»Und wozu diese Maskerade mit der *Lax*?«

»Da Oskar und Kelly mich in der Hand hatten, dachten sie natürlich nicht im Traum daran, die Unterwassersonde wieder preiszugeben. Darum setzten sie dieses Lügenmärchen von der verschwundenen *Lax* in die Welt. Sie müssen zugeben, daß das ihren Absichten sehr entgegenkam. Die Welt glaubte, die Sonde sei für immer verloren.«

»Ebenso wie Kristjan Fyrie.«

»Ja; die Story vom Untergang der *Lax* nützte auch mir.«

»Das erklärt noch nicht, weshalb Sie die Aufbauten der *Lax* haben ändern lassen«, bohrte Pitt weiter. »Warum hat man die Sonde nicht einfach auf einem anderen Schiff installiert?«

Zum erstenmal lächelte sie. »Die Unterwassersonde ist ein kompliziertes Gerät. Man muß ein Schiff im wahrsten Sinne des Wortes um sie herumbauen. Sie aus der *Lax* zu entfernen und in einen x-beliebigen Fischdampfer einzubauen, hätte Monate gedauert. Darum haben wir an der *Lax* in einer kleinen Bucht an der Ostküste Grönlands einige kosmetische Änderungen vorgenommen.«

»Und Dr. Hunnewell? Welche Rolle spielte er in der ganzen Sache?«

»Er hat mit mir zusammen die Sonde entwickelt.«

»Ich weiß. Aber warum ausgerechnet mit Ihnen? Warum nicht mit irgend jemand aus seinem eigenen Land?«

Sie sah ihn prüfend an. »Ich finanzierte die Forschungs- und Entwicklungsarbeit, ohne irgendwelche Bedingungen daran zu knüpfen. Die Unternehmen in den Vereinigten Staaten dagegen verlangten alle Rechte an seinen Arbeiten und seinen wissenschaftlichen Forschungen. Dr. Hunnewell widerstrebte es jedoch, etwas zu tun, was nur der Profitgier anderer Leute dienlich war.«

»Aber er hat sich dennoch mit Kelly und der Eremit Ltd. zusammengetan.«

»Als die *Lax* den Meeresboden vor der grönländischen Küste erforschte, funktionierte die Sonde nicht richtig. Dr. Hunnewell war der einzige, der in der Lage war, den Fehler rasch zu beheben. Kelly flog ihn von Kalifornien ein. F. James Kelly ist ein wahrer Meister in der Kunst der Überredung. Er hat Dr. Hunnewell dazu gebracht, sich Eremit Ltd. anzuschließen, um die Welt zu retten. Hunnewell konnte seiner Argumentation nicht widerstehen. Er war stets eine Art Weltverbesserer.« Ein schmerzlicher Ausdruck flog über Kirstis Gesicht. »Später hat er seine Entscheidung bedauert. Deshalb mußte er sterben.«

»Das erklärt das Feuer auf dem Schiff«, meinte Pitt nachdenklich. »Aber ihr habt Hunnewell unterschätzt. Er hat euren ganzen schmutzigen Plan durchschaut. Was er auf der *Lax* sah, gefiel ihm nicht – Rondheims Mannschaft hielt Ihre Wissenschaftler gefangen. Wahrscheinlich haben ihm Ihre Leute sogar die Nachricht von Matajics Tod und dem seines Assistenten hinterbracht. Da wußte Hunnewell, daß er Kelly aufhalten mußte. Er stellte deshalb die Schaltelemente der Sonde so ein, daß sie sich selbst zerstörte, sobald er wieder in der Luft und auf dem Weg zurück in die Vereinigten Staaten war. Allerdings ist ihm dabei ein Fehler unterlaufen. Selbst er kannte sich nicht hinreichend genug mit Celtinium aus, und statt nur die Sonde zu zerstören, verbrannte es das ganze Schiff mitsamt der Besatzung, sobald es sich entzündete. Ich war dabei, als er die

Lax wieder betrat. Ich sah den fassungslosen Ausdruck auf seinem Gesicht, als er erkennen mußte, welches Unheil er angerichtet hatte.«

»Es war meine Schuld«, sagte Kirsti leise. »Ich bin dafür verantwortlich. Ich hätte Dr. Hunnewells Namen nie an Oskar und Kelly weitergeben dürfen.«

»Kelly erriet, was geschehen war, und befahl Rondheim, Hunnewell auszuschalten.«

»Er war mein ältester Freund«, stöhnte Kirsti. »Und ich habe sein Todesurteil unterschrieben.«

»Wußte er, was mit Ihnen los war?«

»Nein. Oskar hat ihm bloß erzählt, daß ich im Krankenhaus läge und mich von einer Krankheit erholen müßte.«

»Er war ein treuerer Freund, als Sie ahnten«, erklärte Pitt. »Er identifizierte bewußt die Leiche eines anderen an Bord der *Lax* als die Ihre. Er tat es, damit der Kristjan Fyrie, den er gekannt hatte, nicht in die scheußliche Affäre mit hineingezogen würde, wenn er seinen Vorgesetzten die Wahrheit über Eremit Ltd. sagen mußte. Unglücklicherweise triumphierte aber das Böse über das Gute. Rondheim kam ihm zuvor.« Pitt schüttelte traurig den Kopf und seufzte. »Dann erschien Dirk Pitt auf der Bildfläche.«

Kirsti fuhr zusammen. »Deshalb bestand ich darauf, Sie kennenzulernen. Ich wollte mich für Ihren Versuch, sein Leben zu retten, erkenntlich zeigen. Ich stehe immer noch in Ihrer Schuld.«

Pitt drückte das kühle Glas gegen seine Stirn. »Dazu ist es jetzt zu spät; das ändert auch nichts mehr«, sagte er deprimiert.

»Für mich schon. Deshalb habe ich Sie auch davor bewahrt, daß Oskar Sie totschlug.« Ihre Stimme schwankte. »Aber ich ... ich kann Sie kein zweitesmal retten. Ich muß mich selbst schützen, Dirk. Es tut mir leid. Bitte rühren Sie sich nicht, sonst muß ich abdrücken. Sie müssen hier bleiben, bis Oskar kommt.«

Pitt schüttelte den Kopf. »Warten Sie nicht darauf, daß Oskar hier auftaucht und Ihnen aus der Klemme hilft. Zur Zeit liegt Ihr ehemaliger Partner und Erpresser bewußtlos im Krankenhaus, eingewickelt in hundert Kilo Mull und Leukoplast. Ich sollte vielleicht noch erwähnen, daß ihn ganze Scharen von NIA-Leuten bewachen. Vielleicht müssen sie ihn später zum Galgen schleppen. Doch wie auch immer, ob er selbst gehen kann oder nicht, hängen wird er auf jeden Fall.«

Die Pistole zitterte. »Was soll das heißen?«

»Es ist alles vorbei. Sie sind frei. Eremit Ltd. und ihr Management sind vor kurzem aufgeflogen.«

Seltsamerweise schaute Kirsti Pitt diesmal nicht wie einen Irren an. »Ich würde Ihnen ja zu gern glauben. Aber welche Beweise habe ich, daß stimmt, was Sie sagen?«

»Greifen Sie zum Telefon und rufen Sie Kelly, Marks, von Hummel oder Ihren Freund Rondheim an. Oder noch besser – durchsuchen Sie alle Zimmer des sechsten Stocks.«

»Und was soll ich finden?«

»Nichts, überhaupt nichts. Sie sind alle verhaftet.« Pitt leerte sein Glas und setzte es ab. »Sie und ich sind die einzigen, die übriggeblieben sind. Mit freundlicher Genehmigung der NIA. Sie sind meine Prämie – eine kleine Anerkennung für geleistete Dienste. Ob Sie es wollen oder nicht, ich habe Sie Rondheim abgejagt.«

Das Zimmer drehte sich um Kirsti, als sie erkannte, daß Pitt die Wahrheit sagte. Sie hatte sich schon gewundert, warum Rondheim sich nicht bei ihr gemeldet hatte, wieso Kelly sie nicht, wie versprochen, besucht hatte, warum seit beinahe zwei Stunden weder das Telefon geläutet noch jemand an die Tür geklopft hatte. Doch sie fing sich sofort wieder und versuchte, sich mit der neuen Situation vertraut zu machen. »Aber ... was ist mit mir? Soll ich ebenfalls verhaftet werden?«

»Nein. Die NIA weiß über Sie Bescheid. Und man hat auch richtig gefolgert, daß Rondheim Sie erpreßte. Man hat kurz erwogen, Sie wegen Beihilfe zum Mord festzunehmen, aber ich habe das verhindert.«

Kirsti legte die Pistole sacht auf das Tischchen. Beide schwiegen eine Weile. Schließlich sah Kirsti Pitt an. »Und was ist der Preis für diese Schonung? Alles hat doch seinen Preis?«

»Sie kommen billig weg, gemessen an den Fehlern, die Sie begangen haben ... Fehler, die Sie nie wiedergutmachen können, selbst mit all Ihrem Geld nicht. Alles, was ich verlange, ist eine Garantie für eine enge, dauerhafte Zusammenarbeit zwischen der Fyrie Ltd. und der NUMA.«

»Und wie soll das vor sich gehen?«

»Kellys Computer haben genug Daten gespeichert, um eine neue Unterwassersonde zu bauen. Ich spreche jetzt im Namen von Admiral Sandecker, wenn ich Ihnen erkläre, daß die NUMA es gern sähe, wenn Sie die Arbeit daran wieder aufnähmen.«

»Das ist alles? Mehr wollen Sie nicht?«

»Ich habe doch gesagt, daß Sie billig davonkommen.«

Sie musterte ihn abschätzend. »Morgen, nächste Woche, nächstes Jahr – woher weiß ich, daß Sie es sich nicht anders überlegen und den Preis erhöhen?«

Pitts Augen blickten kalt, und seine Stimme klang eisig: »Werfen Sie mich nicht mit Ihren ehemaligen Spielgefährten in einen Topf. Ich habe mich nie für Massenmord und Erpressung begeistern können. Ihr kleines privates Geheimnis ist bei mir sicher, und bei der NIA ist es noch sicherer – kein Reporter wird Rondheim, Kelly oder Ybarra auch nur auf zwanzig Meter nahekommen dürfen.«

Sie wandte sich ab und schaute aus dem Fenster hinunter auf den Park. Die Zinnen des Zauberschlosses wurden angestrahlt; sie sahen wie die Kerzen auf einer Geburtstagstorte aus. Die Familien mit Kindern hatten den Park inzwischen verlassen, und die jungen Liebespaare beherrschten das Feld. Sie schlenderten die Parkwege und die Straßen entlang und genossen die romantische Szenerie.

»Und was werden Sie jetzt tun?« fragte Kirsti.

»Nach einem kurzen Urlaub kehre ich wieder in die Zentrale der NUMA zurück. Sicher wartet dort schon neue Arbeit auf mich.«

Sie wandte sich ihm wieder zu. »Wenn ich Sie nun bäte, mit mir nach Island zu kommen und Mitglied meines Aufsichtsrates zu werden?«

»Ich bin dafür nicht geschaffen.«

»Vielleicht kann ich Ihnen meine Dankbarkeit auf andere Weise zeigen.« Sie näherte sich Pitt. Ein lockendes Lächeln umspielte ihre Lippen, und ihre tiefblauen Augen erstrahlten in einem weichen Schimmer. »Alles wird geschehen, wie du es möchtest«, sagte sie verheißungsvoll. Sie hob ihre Hand und strich ihm sanft über sein zerschlagenes Gesicht. »Morgen gehe ich zu Admiral Sandecker, und wir setzen einen Vertrag über unsere weitere Zusammenarbeit auf. Ich muß allerdings eine kleine Anerkennung dafür verlangen.«

»Und die wäre?«

Sie löste den Gürtel und ließ den Kimono von ihren Schultern gleiten. Sie stand nackt vor ihm, völlig entspannt und gelöst. Im Licht der Lampe sah sie wie eine Statue aus, die unter den geduldigen Händen eines meisterhaften Bildhauers zu wunderbarer Vollendung gelangt war. Die vollen, reifen Lippen waren vor Erregung und Ungeduld halb geöffnet. Die tiefblauen Augen enthielten eine stumme Aufforderung. Man konnte es nicht anders bezeichnen: Ihre Züge und ihr Körper waren eine glänzende Demonstration der Wunder, die die Medizin vollbringen kann. »Wenn das ein Kompliment ist«, sagte sie heiser, »ich habe keine Minute lang geglaubt, daß du homosexuell sein könntest.«

»Man muß wohl selbst homosexuell sein, um das erkennen zu können.«

Sie wurde blaß. »Ich bin es nicht mehr. Ich bin anders geworden.«

»Sie sind zu einer kalten, berechnenden Hexe geworden.«

»Nein.«

»Kristjan Fyrie war ein warmherziger, ehrlicher Menschenfreund. Sie haben sich sowohl körperlich wie auch charakterlich in der bösesten Weise verändert. Sie benutzen die Menschen wie Werkzeuge und werfen sie sofort wie Unrat weg, wenn Sie sie nicht mehr brauchen können. Sie sind kalt und krank!«

Sie schüttelte den Kopf. »Nein... nein! Ich habe mich verändert, ja. Aber ich bin nicht kalt... nicht kalt.« Sie streckte ihre Arme nach ihm aus. »Laß es mich beweisen!«

Sie standen in der Mitte des Zimmers und sahen einander schweigend an. Und dann las sie in Pitts Gesicht und ließ die Arme sinken. Sie sah verwirrt aus, tiefe Traurigkeit trat in ihre schönen Augen. Doch ihre ganze Schönheit berührte ihn nicht länger. Er vermochte in ihr nur noch die traurigen Überbleibsel eines Mannes zu erkennen. Er sah Hunnewell an einer menschenleeren Küste sterben. Er erinnerte sich an das Gesicht des Kapitäns auf dem Tragflächenboot, bevor es hinter dem Flammenvorhang verschwand. Er wußte, welche Schmerzen Lillie, Tidi und Sam Kelly hatten erleiden müssen. Und er wußte, daß Kirsti Fyrie Mitschuld an ihren Schmerzen und ihrem Tod trug.

Kirsti erblaßte und trat einen Schritt zurück. »Dirk, was ist los?«

»Gott schütze dich«, erwiderte er. Er wandte sich um und öffnete die Tür. Die ersten Schritte zum Aufzug fielen ihm noch schwer. Doch dann ging es leichter. Bis er im Erdgeschoß angelangt und auf das Trottoir hinausgetreten war, um ein Taxi anzuhalten, hatte er seine alte Gelassenheit wiedergewonnen.

Der Fahrer öffnete die Tür und fragte: »Wohin, Sir?«

Pitt saß einen Moment lang stumm da. Dann wußte er auf einmal, wohin er wollte. Ihm blieb gar keine andere Wahl – er konnte nicht aus seiner Haut heraus. »Zum Newport Inn. Zu einer anschmiegsamen Rothaarigen... hoffe ich.«

Der Todesflieger

Aus dem Amerikanischen
von Tilmann Göhler

Prolog

Es war glühend heiß, und es war Sonntag. Der Fluglotse im Tower der Brady Air Force Base steckte sich eine Zigarette an, legte die Füße auf ein tragbares Air-condition-Gerät und wartete darauf, daß etwas geschähe.

Er langweilte sich entsetzlich, und das aus gutem Grund: An Sonntagen war der Flugverkehr gleich null. Nur die eine oder andere Militärmaschine durchflog an diesem Tag das Einsatzgebiet Mittelmeer – die politische Wetterlage war zur Zeit völlig stabil. Zwar landete oder startete hin und wieder ein Flugzeug, doch dabei handelte es sich gewöhnlich nur um die Zwischenlandung irgendeines VIPs, einer »very important person«, der hier kurz auftankte und dann weiter zu einer Konferenz irgendwo in Afrika oder Europa hetzte.

Zum zehnten Mal seit seinem Dienstantritt musterte der Lotse die große Wandtafel, auf der die Starts und Landungen verzeichnet standen. Starts fanden überhaupt keine mehr statt, und die nächste Landung war für 16 Uhr 30 angezeigt. Bis dahin waren es noch fünf Stunden.

Er war noch jung – Anfang zwanzig – und strafte die Behauptung Lügen, blonde Menschen würden kaum braun. Wo immer seine bloße Haut zutage trat, war sie von einem dunklen, nußfarbenen Braun, dicht mit wasserstoffblonden Härchen bedeckt. Die vier Streifen auf seinem Ärmel wiesen ihn als einen Staff Sergeant aus, und obwohl eine Hitze von fast 38 Grad herrschte, war unter den Achseln seiner Khaki-Uniform kein Schweißfleck zu entdecken. Er hatte seinen Kragen geöffnet und trug keine Krawatte; eine Erleichterung, die den Soldaten der Air Force normalerweise gestattet ist, wenn sie in heißen Gegenden stationiert sind.

Er beugte sich vor und verstellte die Kühlungsschlitze des Air-condition-Gerätes so, daß die kühle Luft seine Beine entlangströmte. Er lächelte befriedigt, als er den frischen Luftzug spürte. Dann verschränkte er die Hände hinter dem Kopf, lehnte sich gemütlich zurück und starrte gegen die Decke.

Minneapolis mit seinen Mädchen, die über die Nicollet Avenue spazierten, kam ihm wieder in den Sinn. Zum hundertsten Male zählte er die fünfundvierzig Tage nach, die er hier noch aushalten mußte, bevor er in die Staaten zurückversetzt wurde. Jeder Tag wurde feierlich in einem kleinen schwarzen Notizbuch abgehakt, das er stets in seiner Brusttasche bei sich trug.

Er gähnte vielleicht zum zwanzigsten Mal, griff zu einem Fernglas, das auf dem Fensterbrett lag, und betrachtete die Flugzeuge, die auf der schwarzen Asphaltrollbahn unter dem mächtigen Kontrollturm abgestellt waren.

Der Flugplatz lag auf der Insel Thasos im nördlichen Teil des Ägäischen Meeres. Thasos ist durch den fünfundzwanzig Kilometer breiten Golf von Kaballa vom griechisch-makedonischen Festland getrennt und besteht aus rund vierhundert Quadratkilometern Felsen, Wald und ein paar antiken Ruinen, die aus dem Jahr 1000 v. Chr. stammen.

Brady Field, wie der Luftwaffenstützpunkt allgemein genannt wurde, war aufgrund eines Vertrages zwischen den Vereinigten Staaten und der griechischen Regierung Ende der sechziger Jahre erbaut worden. Die hier stationierte Luftflotte bestand aus zehn F-105 Starfire Jets und zwei riesigen C-133 Cargomaster Truppentransportern, die wie ein Paar fetter Wale in der sengenden ägäischen Sonne gleißten.

Der Sergeant richtete das Fernglas auf die still daliegenden Militärmaschinen und suchte nach einem Lebenszeichen. Das Flugfeld war aber leer. Die Männer waren entweder in Panaghia, der nächstgelegenen Stadt, beim Biertrinken, oder sie aalten sich am Strand, oder sie machten in der klimatisierten Kaserne ein Nickerchen. Nur ein einsamer Militärpolizist, der den Haupteingang bewachte, und die Radarantenne, die sich unentwegt auf ihrem Kontrollturm drehte, erinnerten an Leben. Er hob das Fernglas höher und ließ seinen Blick über das azurblaue Meer schweifen. Es war ein strahlender, wolkenloser Tag, und das entfernte griechische Festland war bis in alle Einzelheiten zu erkennen. Er schwenkte den Feldstecher nach Osten und richtete ihn auf die dünne Linie am Horizont, wo das tiefe Blau des Wassers mit dem hellen Blau des Himmels zusammentraf. Er erblickte die vor Hitze flimmernden, schemenhaften Umrisse eines Schiffes, das dort draußen vor Anker lag. Er kniff die Augen zusammen und stellte den Feldstecher schärfer ein, um den Namen des Schiffes am Bug auszumachen. Nur mit Mühe konnte er die winzigen schwarzen Buchstaben entziffern: *First Attempt*.

Ein blöder Name! dachte er. Was er wohl bedeuten sollte? Er konnte noch andere Schriftzeichen auf dem Rumpf erkennen. In kräftigen schwarzen Strichen standen in der Mitte des Rumpfes die Buchstaben N-U-M-A senkrecht untereinander; die Abkürzung für »National Underwater Marine Agency«, wie er wußte.

Ein riesiger Kran stand auf dem Heck. Der Ausleger hing über dem Wasser, und man war gerade dabei, irgendeine große Kugel aus der Meerestiefe heraufzuholen. Der Sergeant konnte die Männer erkennen, die sich an dem Kran zu schaffen machten, und es bereitete ihm einige Genugtuung, daß auch Zivilisten an Sonntagen arbeiten mußten.

Plötzlich erklang in der Gegensprechanlage eine roboterhafte Stimme, die ihn aus seinen Betrachtungen riß.

»Hallo, Radarstation an Tower . . . bitte melden!«

Der Sergeant legte den Feldstecher hin und drückte die Sprechtaste. »Hier spricht der Tower. Was ist los?«

»Ich habe ein Objekt erfaßt. Etwa fünfzehn Kilometer westlich.«

»Fünfzehn Kilometer westlich?« stieß der Sergeant hervor. »Das ist ja direkt über der Insel. Ihr Objekt befindet sich praktisch genau über uns.« Er drehte sich um und sah noch einmal auf die große Wandtafel, um sich zu vergewissern, daß nach dem Zeitplan tatsächlich keine Landung fällig war. »Das nächste Mal sagen Sie mir gefälligst früher Bescheid.«

»Ich verstehe überhaupt nicht, wo es hergekommen ist«, rechtfertigte sich die Stimme im Lautsprecher. »Während der letzten sechs Stunden war in einem Umkreis von hundertfünfzig Kilometern nichts zu sehen.«

»Dann halten Sie entweder Ihre Augen offen, oder Sie lassen Ihr verdammtes Gerät überprüfen«, bellte der Sergeant. Er ließ die Sprechtaste los und schnappte sich den Feldstecher. Dann stand er auf und suchte den westlichen Horizont ab.

Da war es – ein winziger schwarzer Punkt, der in einer Höhe von etwa dreißig Metern über den Hügeln hing. Das Flugzeug kam nur langsam näher, mit einer Geschwindigkeit von höchstens hundertvierzig Stundenkilometern. Eine Zeitlang schien es sogar bewegungslos in der Luft stillzustehen, und dann nahm es, fast schlagartig, feste Formen an. Die Tragflächen und der Rumpf waren jetzt durch den Feldstecher deutlich zu erkennen; so deutlich, daß ein Irrtum ausgeschlossen war. Dem Sergeant blieb vor Verblüffung der Mund offenstehen, als das knatternde Motorengeräusch eines alten, einsitzigen, noch richtig mit einem starr montierten Fahrwerk und Speichenrädern ausgestatteten Doppeldeckers die friedliche Stille über der Insel zerriß.

Von den vorstehenden Zylinderköpfen des Reihenmotors abgesehen, besaß die Maschine eine aerodynamische Form, die sich hinter der offenen Pilotenkanzel tropfenförmig verjüngte. Der große hölzerne Propeller peitschte wie die Flügel einer alten Windmühle die Luft und trieb das altertümliche Gefährt gemächlich voran. Die leinwandbespannten Tragflächen knatterten im Fahrtwind und besaßen die an den Seiten ausgebogene Hinterkante, die für die ersten Flugzeuge so charakteristisch war. Von der Fronthaube bis zum hinteren Höhenleitwerk war die ganze Maschine knallgelb angestrichen. Der Sergeant setzte den Feldstecher ab, als das Flugzeug jetzt unmittelbar neben dem Tower vorbeidröhnte. Deutlich konnte er das schwarze Eiserne Kreuz ausmachen, das Kennzeichen der Deutschen während der beiden Weltkriege.

Unter anderen Umständen hätte sich der Sergeant wahrscheinlich zu Boden geworfen, wäre ein Flugzeug in einer Entfernung von höchstens zwei Metern am Tower vorbeigerauscht. Doch dieses Gespensterflugzeug, das direkt aus dem dunstigen Himmel im Westen aufgetaucht zu sein schien, machte ihn fassungslos, und er blieb wie versteinert stehen. Die Maschine zog jetzt eine Schleife und kam dann frontal auf den Tower zugeflogen. Der Pilot winkte dem Sergeant übermütig aus seiner Kanzel zu. Er war dem Tower so nahe, daß der Sergeant seine Gesichtszüge unter dem zerschlissenen Lederhelm und der Fliegerbrille erkennen konnte. Die Spukgestalt grinste ihn an und tätschelte die Läufe der beiden Maschinengewehre, die auf der Motorhaube montiert waren.

Sollte das ein Witz sein? War der Pilot vielleicht irgendein verrückter Grieche, der sich einen Spaß mit ihm machen wollte? Wo kam er her? Diese Fragen schwirrten dem Sergeant noch durch den Kopf, als er plötzlich hinter dem Propeller zwei Mündungsfeuer aufblitzen sah. Die Fensterscheiben des Towers zersprangen, und die Scherben klirrten auf den Boden.

Plötzlich herrschte Krieg auf Brady Field. Der Doppeldecker umkurvte den Tower, setzte zum Sturzflug an und nahm die schnittigen Düsenjäger, die auf dem Rollfeld standen, unter Beschuß. Eine nach der anderen wurden die F-105 Starfires vom Kugelhagel bestrichen, und ihre dünne Aluminiumverkleidung wurde von den alten Neun-Millimeter-Geschossen durchsiebt. Drei von ihnen gingen lichterloh in Flammen auf, als ihre mit Kerosin randvoll gefüllten Tanks getroffen wurden, und verwandelten die Rollbahn in eine lodernde Teerpfütze. Wieder und wieder brauste das knallgelbe Gespenst über den Flugplatz und verschoß sein tödliches Blei. Als nächste explodierte eine der C-133 Cargomaster in einem dreißig Meter hohen Flammenmeer.

Der Sergeant lag im Tower auf dem Boden und schaute verwundert auf das blutige Rinnsal, das aus seiner Brust sickerte. Vorsichtig zog er das schwarze Notizbuch aus seiner Brusttasche und betrachtete überrascht und zugleich fasziniert das kleine, sauber gestanzte

Loch mitten auf dem Umschlag. Ein dunkler Schleier überschattete seine Augen. Ärgerlich schüttelte er ihn ab, kniete sich unter großen Anstrengungen auf und sah sich im Raum um.

Ein glitzernder Scherbenteppich bedeckte den Boden, das Funkgerät und die Möbel. Wie ein totes Tier aus Metall lag der Air Conditioner mitten im Raum; die Beine ragten starr in die Höhe, und aus ein paar Schußlöchern tröpfelte die Kühlflüssigkeit. Der Sergeant starrte, noch immer ganz benommen, das Funkgerät an. Wie durch ein Wunder war diesem nichts geschehen. Unter großen Schmerzen kroch er auf den Apparat zu, wobei er sich Hände und Knie an den Glasscherben aufschnitt. Er ergriff das Mikrophon und umklammerte es fest. Blut tropfte auf den schwarzen Plastikgriff.

Nur mühsam formten sich seine Gedanken. Wie lauten die Vorschriften? fragte er sich. Was sagt man in so einem Fall? *Sag irgendwas*, fuhr es ihm durch den Kopf, *sag irgendwas*!

»An alle, die mich hören können. MAY DAY! MAY DAY! Hier spricht Brady Field. Wir werden von einem unbekannten Flugzeug angegriffen. Es handelt sich nicht um ein Manöver. Ich wiederhole: Brady Field wird angegriffen . . .«

1. Kapitel

Major Dirk Pitt rückte die Kopfhörer auf seinem dichten schwarzen Haar zurecht und drehte langsam den Abstimmknopf, um den Empfang schärfer einzustellen. Er hörte eine Zeitlang aufmerksam zu. In seinen dunklen, meergrünen Augen spiegelte sich Verwirrung wider. Sein tiefgebräuntes und von Wind und Wetter gegerbtes Gesicht drückte Ärger aus, und er runzelte die Stirn.

Nicht, daß die Worte, die aus dem Lautsprecher erklangen, unverständlich gewesen wären. Sie waren sogar sehr deutlich zu verstehen. Aber er traute einfach seinen Ohren nicht. Er horchte noch einmal genau hin, ohne sich von dem Dröhnen beeinträchtigen zu lassen, das die Triebwerke der PBY *Catalina* von sich gaben. Die Stimme, die er vernahm, wurde immer schwächer, obwohl sie eigentlich hätte lauter werden müssen. Der Lautstärkeregler war bis zum Anschlag aufgedreht, und Brady Field war höchstens fünfzig Kilometer entfernt. Normalerweise hätte die Stimme des Fluglotsen Pitts Trommelfelle zerreißen müssen. Entweder geht dem Fluglotsen die Puste aus, oder er ist schwer verwundet, überlegte Pitt. Er dachte eine Minute lang nach, griff dann nach rechts und rüttelte die Gestalt wach, die im Copilotensitz den Schlaf des Gerechten schlief.

»Aufgewacht, Dornröschen!« Er sprach mit sanfter, leiser Stimme, die allerdings noch eindringlich genug war, um nicht im Flugzeuglärm unterzugehen.

Captain Al Giordino hob verschlafen den Kopf und gähnte hingebungsvoll. Wie sehr ihn der dreizehnstündige Dauerflug in dem alten vibrierenden PBY-Flugboot erschöpft hatte, ließ sich an seinen dunkel umschatteten Augen ablesen. Er reckte die Arme hoch, holte tief Luft und streckte sich. Dann richtete er sich auf, beugte sich nach vorn und starrte in die Ferne, die sich endlos vor dem Fenster des Cockpits ausbreitete.

»Haben wir schon die *First Attempt* erreicht?« fragte er und gähnte nochmals.

»Fast«, erwiderte Pitt. »Da vorn liegt Thasos.«

»Verflucht nochmal«, knurrte Giordino; dann grinste er. »Ich hätte doch noch gute zehn Minuten schlafen können. Warum hast du mich geweckt?«

»Ich habe einen Funkspruch vom Tower in Brady Field aufgefangen. Der Flughafen wird von einem unbekannten Flugzeug angegriffen.«

»Das meinst du doch nicht ihm Ernst?« entgegnete Giordino ungläubig. »Das ist doch ein Witz!«

»Ich glaube kaum. Die Stimme des Fluglotsen klang nicht so, als wollte er uns auf den Arm nehmen.« Pitt unterbrach sich und warf einen Blick auf die Wasseroberfläche, über der die PBY in einer

Höhe von nur fünfzehn Metern dahinraste. Pitt war die letzten dreihundert Kilometer so niedrig geflogen, aus Spaß, und um sich munter zu halten und seine Reaktionen zu trainieren.

»Möglicherweise stimmt es tatsächlich«, meinte Giordino nachdenklich und deutete durch die Scheibe. »Sieh mal da, im Osten der Insel!«

Beide Männer starrten angespannt zu der Insel hinüber, die rasch aus dem Wasser auftauchte. Unmittelbar hinter der Brandung erstreckte sich ein breiter sandiger Küstenstreifen, danach erhoben sich sanft geschwungene, dicht bewaldete Hügel. Die Farben flimmerten in der heißen Luft und bildeten einen lebhaften Gegensatz zu dem gleichförmigen Blau des Ägäischen Meeres. Im Osten von Thasos stieg eine riesige Rauchsäule in den windstillen Himmel auf, die oben in eine große, spiralförmige schwarze Wolke auslief. Die PBY näherte sich rasch der Insel, und schon konnte man die orangerot lodernden Flammen zu Füßen der Rauchsäule erkennen.

Pitt nahm das Mikrophon zur Hand und drückte die Sprechtaste.

»Hallo Brady Field! Hallo Brady Field! Hier spricht PBY 086. Bitte kommen.« Niemand antwortete. Pitt wiederholte den Ruf noch zweimal.

»Keine Antwort?« wollte Giordino wissen.

»Nichts«, erwiderte Pitt.

»Du hast gesagt, es war *ein* unbekanntes Flugzeug. Nur ein einziges?«

»Genau, das hat der Tower gemeldet, bevor er sich in nichts aufgelöst hat.«

»Das ergibt doch keinen Sinn. Ein einzelnes Flugzeug greift doch keinen Luftwaffenstützpunkt der Vereinigten Staaten an.«

»Wer weiß?« entgegnete Pitt und zog die Steuersäule leicht zu sich heran. »Vielleicht handelt es sich um irgendeinen wütenden griechischen Bauern, der es satt hat, daß unsere Düsenjäger fortwährend seine Ziegen erschrecken. Ein Großangriff kann es jedenfalls nicht sein, sonst hätte uns Washington zweifellos schon verständigt. Wir müssen abwarten, bis wir mehr wissen.«

Er rieb sich die Augen und kniff sie ein paarmal zusammen, um seine Schläfrigkeit zu vertreiben.

»Mach dich fertig. Ich ziehe kurz hoch, schwenke über den Hügeln ein und gehe dann mit der Sonne im Rücken irgendwo nieder. Wir wollen uns die Sache mal aus der Nähe ansehen.«

»In Gottes Namen.« Giordino zog die Augenbrauen zusammen und grinste Pitt verbissen an. »Wenn das da unten ein mit Raketen bestückter Kampfbomber ist, haben wir mit unserer alten Klapperkiste kaum eine Chance.«

»Keine Angst«, lachte Pitt. »Alles, was ich im Leben erreichen möchte, ist, so lange wie möglich gesund und munter zu bleiben.« Er gab Gas und ließ die beiden Pratt and Whitney-Motoren aufheulen. Seine großen braunen Hände zogen die Steuersäule noch weiter nach hinten, und die Maschine hob ihre flache Nase der Sonne entgegen. Die *Catalina* stieg rasch, gewann in Sekunden an Höhe, schwenkte über den Hügeln ein und nahm Kurs auf die immer größer werdende Rauchwolke.

Plötzlich dröhnte eine Stimme in Pitts Kopfhörern. Der unerwartete Lärm ließ ihn beinahe taub werden, ehe er die Lautstärke zurückgedreht hatte. Es war dieselbe Stimme wie vorhin – nur lauter diesmal.

»Hier ist die Flugleitung von Brady Field. Wir werden angegriffen! Ich wiederhole, wir werden angegriffen! Bitte kommen . . . Irgend jemand! Bitte kommen!« Die Stimme klang total hysterisch.

»Flugleitung Brady Field, hier spricht PBY 086. Ende«, meldete sich Pitt.

»Gott sei Dank; jemand, der Antwort gibt«, keuchte es in Pitts Kopfhörer.

»Ich habe schon vorher versucht, Sie zu erreichen. Aber Sie waren plötzlich verschwunden.«

»Ich bin beim ersten Angriff verwundet worden. Ich . . . ich muß ohnmächtig geworden sein. Jetzt bin ich wieder in Ordnung.« Die Worte kamen abgerissen, waren aber klar zu verstehen.

»Wir befinden uns rund fünfzehn Kilometer westlich von Ihnen.

Höhe etwa zweitausend Meter.« Pitt sprach langsam und verzichtete darauf, seine Position ein zweitesmal durchzugeben. »Wie sieht es bei Ihnen aus?«

»Wir können uns nicht verteidigen. Unsere gesamten Einsatzkräfte sind am Boden zerstört worden. Die nächste Staffel Abfangjäger ist eintausend Kilometer von hier stationiert. Sie kommen auf jeden Fall zu spät. Können Sie etwas tun?«

Obwohl der andere ihn nicht sehen konnte, schüttelte Pitt unwillkürlich den Kopf. »Unmöglich, Brady Field. Meine Höchstgeschwindigkeit beträgt noch nicht einmal dreihundertfünfzig Stundenkilometer, und ich habe nur ein paar Gewehre an Bord. Es wäre reiner Irrsinn, Jagd auf einen Düsenbomber zu machen.«

»Bitte helfen Sie uns«, flehte die Stimme. »Unser Angreifer ist kein Düsenbomber, sondern ein uralter Doppeldecker aus dem Ersten Weltkrieg. Bitte helfen Sie uns.«

Pitt und Giordino sahen sich sprachlos an. Es dauerte eine Weile, bis sich Pitt wieder gefaßt hatte.

»Okay, Brady Field, wir spielen mit. Aber es wäre gut, wenn Sie die Sicherheitsbefeuerung Ihres Towers in Betrieb setzten. Sie könnten sonst zwei alte Mütterchen für den Rest ihres Lebens unglücklich machen, wenn wir, mein Copilot und ich, mit aller Kraft dagegenkrachen. Ende.« Pitt wandte sich Giordino zu und gab ihm mit unbewegter Miene seine Anweisungen; seine Stimme klang ruhig und zuversichtlich. »Geh nach hinten und mach die Ladeluke auf. Dann nimmst du dir einen der Karabiner und betätigst dich als Scharfschütze.«

»Ich kann einfach nicht glauben, was ich da gehört habe.« Giordino war noch immer wie vor den Kopf geschlagen.

Pitt schüttelte den Kopf. »Ich kann's auch noch nicht ganz fassen. Aber wir müssen den Jungs dort unten auf jeden Fall unter die Arme greifen. Also mach zu.«

»Ich mach ja schon«, murmelte Giordino. »Aber ich versteh' das Ganze trotzdem nicht.«

»Es hat keinen Sinn, sich jetzt darüber den Kopf zu zerbrechen, lieber Freund.« Pitt boxte Giordino sanft gegen den Arm und lächelte ihm kurz zu. »Viel Glück.«

»Das kannst du dir für dich selbst aufsparen. Die Geschichte kann dich genauso gut Kopf und Kragen kosten wie mich«, gab Giordino ernst zurück. Dann erhob er sich von seinem Sitz und machte sich auf den Weg in den Laderaum des Flugbootes. Dort nahm er den 30er Karabiner aus dem Waffenschrank und schob einen fünfzehnschüssigen Ladestreifen in das Magazin. Ein warmer Windstoß schlug ihm ins Gesicht, als er die Luke aufstieß. Er überprüfte das Gewehr, setzte sich hin und wartete, in Gedanken bei dem Mann, der das Flugboot steuerte.

Giordino kannte Pitt schon seit langem. Sie hatten bereits als Jungen miteinander gespielt, waren dann zusammen im selben Leichtathletikteam der High School gewesen und hatten dieselben Mädchen zu Freundinnen gehabt. Er kannte Pitt länger als irgend jemanden sonst. Der Major vereinigte sozusagen zwei Persönlichkeiten in sich, von denen die eine kaum etwas mit der anderen zu tun hatte. Da gab es den nüchtern berechnenden Pitt, der nur selten einen Fehler machte und dennoch fröhlich und unkompliziert war und sich leicht mit jedem anfreundete – zwei Eigenschaften, die nur selten in einem Menschen zusammentreffen. Und dann gab es den anderen Pitt, der oft niedergeschlagen war und sich manchmal stundenlang in der Einsamkeit verkroch, der abweisend und eigenbrötlerisch war, als ob er in einer wirklichkeitsfernen Traumwelt lebte. Es mußte einen Schlüssel geben, der die Tür zwischen den beiden Pitts öffnen konnte, doch Giordino hatte ihn bisher nicht gefunden. Er wußte nur, daß sich diese zwei Persönlichkeiten seit einem Jahr häufiger ablösten – seit Pitt auf Hawaii eine Frau verloren hatte, die er tief geliebt hatte.

Giordino fiel ein, wie sich Pitts Augen plötzlich verändert hatten, als er vorhin den Hilferuf aufgefangen hatte, wie ihr tiefes Grün zu glitzerndem Leben erwacht war. Giordino hatte noch nie solche Augen gesehen – bis auf ein einziges Mal. Als er sich jetzt daran erinnerte und einen Blick auf den fehlenden Finger an seiner rechten

Hand warf, überlief ihn ein leiser Schauer. Er zwang sich, mit seinen Gedanken wieder in die Gegenwart zurückzukehren, und entsicherte den Karabiner. Seltsam – aber jetzt fühlte er sich geborgen.

Vorn im Cockpit machte sich Pitt gerade für den Anflug auf Brady Field fertig. Die Konzentration und die Anspannung ließen seine Gesichtszüge noch männlicher als sonst erscheinen. Er war kein schöner Mann, und Frauen stieß er eher ab. Sie fühlten sich in seiner Gegenwart normalerweise eingeschüchtert. Irgendwie spürten sie, daß er nicht der Mann war, den man mit weiblicher List und Koketterie um den Finger wickeln konnte. Er genoß es zwar, wenn er in weiblicher Gesellschaft war, und hatte auch ein Gespür für ihre erotische Ausstrahlung; doch er verabscheute das Versteckspiel, die Schmeicheleien und unaufrichtigen Liebenswürdigkeiten, die nötig waren, um eine Durchschnittsfrau zu verführen. Nicht, daß er zu ungeschickt gewesen wäre, eine Frau ins Bett zu bekommen; im Gegenteil, er konnte genügend Erfolge auf diesem Gebiet vorweisen. Aber er mußte sich dazu immer erst einen Ruck geben. Er liebte die geradlinigen, offenen Frauen, doch gerade die waren selten.

Pitt schob die Steuersäule nach vorn, und die PBY senkte die Nase und setzte zu einem langgezogenen Gleitflug auf das Flammenmeer von Brady Field an. Auf dem schwarzen Höhenmesser glitt der Zeiger langsam zurück. Die fünfundzwanzig Jahre alte Maschine begann zu vibrieren, als er sie noch steiler nach unten zwang. Sie war nicht für so hohe Geschwindigkeiten angelegt. Man hatte sie für Aufklärungs- und Langstreckenflüge konstruiert. Sie war äußerst zuverlässig, doch damit waren ihre Qualitäten auch schon erschöpft.

Pitt hatte seinerzeit den Kauf des Flugbootes beantragt, als er von der Air Force zur National Underwater and Marine Agency übergewechselt war. Das war damals auf Bitten von dem Direktor der NUMA, Admiral James Sandecker, geschehen. Pitt hatte seinen Dienstgrad als Major behalten; offiziell rangierte er jedoch als Leiter des Sonderdezernats. Eine geregelte Bürozeit gab es nicht für ihn; er hatte nur die anfallenden Schreibarbeiten zu erledigen. Seine

Hauptaufgabe bestand darin, immer dann einzugreifen, wenn irgendein Projekt an Schwierigkeiten nicht wissenschaftlicher Natur zu scheitern drohte. Und gerade für solche Aufgaben eignete sich die PBY *Catalina* ideal. Sie war wie geschaffen für den Transport von Passagieren und Frachtgut, und man konnte mit ihr wassern. Das war das wichtigste; denn die meisten Unternehmungen der NUMA fanden auf offenem Meer statt.

Plötzlich sah Pitt einen Farbfleck vor der schwarzen Rauchwolke aufleuchten. Ein knallgelbes Flugzeug tauchte aus dem Rauch auf, zog eine enge Schleife, was auf eine gute Manövrierfähigkeit deutete, und verschwand wieder. Pitt nahm die Geschwindigkeit zurück. Das gelbe Flugzeug schoß auf der anderen Seite wieder aus der Rauchwolke heraus und nahm Brady Field erneut unter Beschuß.

»Das gibt's doch nicht«, rief Pitt unwillkürlich aus. »Eine *Albatros*!«

Die *Catalina* stieß, die Sonne im Rücken, auf die *Albatros* hinab. Der Pilot, ganz in sein grausames Geschäft vertieft, bemerkte sie nicht. Ein bitteres Lächeln überflog Pitts Züge. Schade, daß im Bug der PBY keine Maschinengewehre installiert waren, mit denen er das Feuer auf den Doppeldecker hätte eröffnen können. Er ließ das Flugboot über den linken Flügel abkippen, um in die für Giordino günstigste Schußposition zu kommen. Noch immer hatte ihr Gegner sie nicht entdeckt. Plötzlich bellte Giordinos Karabiner wiederholt auf.

Sie flogen direkt über dem Doppeldecker, als der Lederhelm endlich herumwirbelte. Pitt konnte deutlich erkennen, wie der Pilot in sprachlosem Entsetzen den Mund aufriß, als er das große Flugboot auf sich zustürzen sah – der Jäger war plötzlich der Gejagte. Doch er erholte sich rasch von seinem Schreck, und die *Albatros* wich in einem engen Bogen nach unten aus. Giordinos Salve hatte sie aber jedenfalls erwischt.

Der zweite Akt des erbitterten Kampfes begann. Die beiden ungleichen Gegner gingen erneut in Gefechtsstellung. Die PBY war zwar schneller, der *Albatros* an Manövrierfähigkeit jedoch weit unterlegen. Zudem besaß sie keine Maschinengewehre. Die *Albatros* ist nicht so bekannt wie ihr berühmtes Gegenstück, die *Fokker*. Doch sie war ein ausgezeichnetes Kampfflugzeug und bildete in den Jahren 1916–1918 das Rückgrat der deutschen Luftwaffe.

Der Pilot der *Albatros* hatte seine Maschine kurz über dem Boden abgefangen. Er wendete und nahm direkt Kurs auf das Cockpit der PBY. Pitt reagierte rasch und riß den Steuerknüppel bis zum Anschlag zurück. Er schickte ein Stoßgebet zum Himmel, daß die Schweißnähte zwischen den Tragflächen und dem Rumpf hielten, als das schwerfällige Flugboot ächzend zu einem Looping ansetzte. Er ließ alle Vorsicht, alle Flugregeln außer acht und konzentrierte sich ganz auf den tödlichen Zweikampf. Er meinte, das Metall reißen zu hören, als die PBY kreisförmig in den Himmel stieß. Auf dieses ungewöhnliche Ausweichmanöver war sein Gegner nicht gefaßt gewesen. Seine Maschinengewehrgarbe traf weit unter der PBY ins Leere.

Die *Albatros* zog nun in einem steilen Linksbogen ebenfalls nach oben und startete abermals einen Frontalangriff auf das Flugboot. Pitt sah, wie die Rauchspurgeschosse seines Gegners seine Windschutzscheibe um knappe drei Meter verfehlten. Ein Glück, daß der Bursche ein so lausiger Schütze ist! dachte er. Obwohl er ein ziemlich flaues Gefühl im Magen hatte, blieb Pitt unverändert auf Kollisionskurs. Erst im letzten Augenblick wich er aus. Giordino nutzte den kurzen Augenblick, in dem er die *Albatros* im Visier hatte. Der Lederhelm hatte allerdings geschickt reagiert und war bereits weggetaucht, als Giordino das Feuer eröffnete. Pitt verlor die senkrecht nach unten schießende *Albatros* einen Moment lang aus den Augen. Er zog in einer engen Kurve nach rechts und suchte den Himmel nach ihr ab. Zu spät. Er ahnte den Geschoßhagel, der das Flugboot traf, mehr, als daß er ihn bewußt wahrnahm. Er riß die Maschine wie wild nach unten. Ein trudelnder Sturzflug brachte ihn noch einmal in Sicherheit.

Der ungleiche Kampf ging weiter. Der Schauplatz verlagerte sich allmählich aufs offene Meer hinaus. Die Endrunde begann.

Pitt brach der Schweiß aus; in regelrechten Bächen rann er ihm über das Gesicht. Sein Gegner war mit allen Wassern gewaschen. Doch auch Pitt war ein Meister des Luftkampfes. Mit zäher Geduld, die er sich selbst nicht zugetraut hätte, wartete er auf den geeigneten Moment, um seinem Gegner den entscheidenden Schlag zu versetzen.

Der *Albatros* gelang es, sich in eine Position hinter und leicht über der *Catalina* zu manövrieren. Pitt behielt Richtung und Geschwindigkeit unverändert bei, und der Lederhelm, der schon den Sieg witterte, arbeitete sich bis auf fünfzig Meter an das hoch aufragende Heck des Flugbootes heran. Aber bevor noch die beiden Maschinengewehre losfeuern konnten, nahm Pitt das Gas weg und fuhr die Landeklappen aus, so daß das große Flugzeug wie ein Stein nach unten sackte. Der Pilot des Doppeldeckers wurde davon vollkommen überrascht. Er überflog die PBY, und zwar in so geringer Höhe, daß Giordino seine Salve direkt in den Motor der *Albatros* setzen konnte. Das altertümliche Flugzeug schwenkte vor dem Bug der PBY noch einmal ein. Pitt beobachtete mit der aufrichtigen Achtung, die ein kühner Mann dem ebenbürtigen Gegner entgegenbringt, wie der Pilot der *Albatros* seine Fliegerbrille hochschob und ihm einen kurzen Gruß zuwinkte. Dann war die gelbe Maschine vorbeigeflogen und verschwand in Richtung Westen über der Insel. Die lange schwarze Rauchfahne, die sie hinter sich herzog, war der sichtbare Beweis für Giordinos Schießkünste.

Die *Catalina* sackte immer tiefer ab, und ein paar zermürbende Sekunden lang hatte Pitt alle Hände voll zu tun, um das Flugzeug wieder unter Kontrolle zu bekommen. In einer langgezogenen Kurve begann er allmählich wieder zu steigen, bis er eine Höhe von eintausendfünfhundert Metern erreicht hatte. Er suchte die Insel und das Meer ab, doch der gelbe Doppeldecker blieb verschwunden.

Pitt war unbehaglich zumute. Irgendwie war ihm die gelbe *Albatros* bekannt vorgekommen. Er hatte das Gefühl, als wäre eine Spukgestalt aus alter, längst vergessener Zeit plötzlich wieder aufgetaucht. Doch so unvermittelt, wie es aufgetreten war, verschwand das unheimliche Gefühl auch wieder. Er seufzte tief auf, als seine Anspannung nachließ und ein Gefühl der Erleichterung sich in ihm breitmachte.

»Na, wann kriege ich meinen Verdienstorden?« fragte Giordino grinsend. Er stand in der Tür zum Cockpit. Aus einer schlimmen Kopfwunde lief ihm das Blut übers Gesicht. Der Kragen seines schreiend bunt geblümten Hemdes war bereits über und über rot.

»Ich spendiere dir lieber einen Drink, wenn wir gelandet sind«, erwiderte Pitt, ohne sich umzudrehen.

Giordino machte es sich auf dem Copilotensitz bequem. »Ich komme mir vor wie nach einer Achterbahnfahrt auf dem Long Beach Pike.«

Pitt mußte lachen. Er lehnte sich gemütlich zurück und sagte nichts. Endlich warf er Giordino einen Blick zu. Erschrocken kniff er die Augen zusammen. »Was ist denn mit dir passiert? Bist du getroffen?«

Giordino sah ihn spöttisch-besorgt an. »Wer hat dir denn eigentlich erzählt, daß man mit einer PBY einen Looping drehen kann?«

»Das war eine plötzliche Eingebung von mir«, erwiderte Pitt breit grinsend.

»Das nächste Mal warnst du deine Fluggäste vorher. Mich hat es wie einen Fußball im Laderaum herumgeschleudert.«

»Wo hast du dir denn den Kopf angehauen?« fragte Pitt neugierig.

»Willst du es unbedingt wissen?«

»Ja.«

Giordino war mit einemmal verlegen. »An der Klinke der Klotür.«

Pitt sah ihn entgeistert an, dann lachte er lauthals los. Giordino ließ sich von seiner Heiterkeit anstecken, und das Cockpit hallte von schallendem Gelächter wider. Es dauerte eine Weile, bis sie sich zu beruhigen vermochten und ihnen der Ernst der Situation bewußt wurde.

Zwar besaß Pitt noch einen klaren Kopf, doch allmählich verließen ihn seine Kräfte. Die Anstrengungen des stundenlangen Fluges und des nervenaufreibenden Luftkampfes schlugen in eine bleierne Müdigkeit um. Er stellte sich vor, wie wohltuend es wäre, unter einer kalten Dusche zu stehen, sich den Schweiß vom Körper zu spülen und danach frische Kleidung anzuziehen. Plötzlich erschien ihm das als die wichtigste Sache der Welt. Ihr eigentliches Ziel war die *First Attempt*, doch eine dunkle Ahnung ließ Pitt seine Absicht ändern.

»Statt gleich zur *First Attempt* zu fliegen und dort zu wassern, sollten wir lieber auf Brady Field zwischenlanden. Ich fürchte, wir haben ein paar böse Löcher im Rumpf.«

»Eine gute Idee«, pflichtete ihm Giordino bei. »Ich habe keine Lust zu schwimmen.«

Das große Flugboot setzte zur Landung an und ging hinter den Flugzeugtrümmern, die verstreut auf der Rollbahn herumlagen, nieder. Man hörte die Reifen aufjaulen, als das Fahrwerk hart auf dem glühend heißen Asphalt aufsetzte.

Pitt stellte die *Catalina* auf dem Vorfeld ab, so weit wie möglich von den lodernden Wracks entfernt. Er schaltete die Zündung aus, und die Umdrehungen der beiden Propeller wurden langsamer, bis sie silbern funkelnd in der Sonne stillstanden. Es herrschte völlige Stille. Er und Giordino saßen eine Zeitlang bewegungslos da, um die wohltuende Ruhe zu genießen.

Pitt ließ den Riegel seines Seitenfensters aufschnappen und sah gleichgültig zu, wie die Flughafenfeuerwehr gegen das Flammeninferno ankämpfte. Überall lagen Schläuche herum, und alle Männer rannten laut rufend durcheinander und vergrößerten so die allgemeine Verwirrung nur noch. Die F-105 waren bereits fast gelöscht, nur eine der beiden C-133 Cargomaster brannte noch lichterloh.

»Schau mal da hinüber«, sagte Giordino und deutete über das Vorfeld.

Pitt beugte sich über die Instrumententafel und starrte durch Giordinos Seitenfenster auf den blauen Kleinbus, der über die Rollbahn auf die PBY zugerast kam. Er war mit einigen Offizieren besetzt. Dem Bus folgten, wie eine rasende Hundemeute, dreißig oder vierzig jubelnde Rekruten.

»Na, das ist aber mal ein Empfang.« Pitt lächelte belustigt.

Giordino wischte sich mit einem Taschentuch über seine Kopfwunde. Als es sich mit Blut vollgesogen hatte, knüllte er es zusammen und warf es aus dem Fenster. Sein Blick glitt zur nahen Küste hinüber, und er starrte eine Zeitlang gedankenverloren aufs Meer. Schließlich wandte er sich zu Pitt um. »Ich nehme an, du weißt, daß wir verdammt viel Glück gehabt haben.«

»Ja, ich weiß«, erwiderte Pitt gleichmütig. »Ich war ein paarmal davon überzeugt, daß uns das Phantom gleich erwischen würde.«

»Ich möchte für mein Leben gern wissen, wer das eigentlich war und wozu die ganze Wahnsinnsaktion gut sein sollte.«

Man konnte sehen, wie es in Pitt arbeitete. »Vielleicht hilft es uns weiter, daß die *Albatros* gelb angestrichen war.«

Giordino sah seinen Freund fragend an. »Wieso? Hat denn die Farbe der alten Kiste etwas zu bedeuten?«

»Wenn du so brav die Geschichte der Luftfahrt studiert hättest wie ich«, frotzelte Pitt seinen Kameraden, »wüßtest du, daß die deutschen Piloten im Ersten Weltkrieg ihre Maschinen selbst angestrichen haben. Dabei verfielen sie manchmal auf die seltsamsten Muster.«

»Heb dir deine Geschichtsstunden für später auf«, brummte Giordino. »Ich will jetzt nichts weiter, als endlich aus diesem Käfig klettern, um den Drink zu kassieren, den du mir schuldest.« Er erhob sich von seinem Sitz und ging auf die Ausstiegsluke zu.

Der Kleinbus hielt mit kreischenden Bremsen neben der PBY. Alle vier Türen wurden aufgerissen, die Insassen stürzten johlend heraus und pochten wie verrückt gegen die Ausstiegsluke. Bald waren auch die Rekruten da, umringten das Flugzeug, ließen Pitt und Giordino hochleben und winkten ihnen im Cockpit zu.

Pitt blieb sitzen und winkte durch das Fenster zurück. Er war erschöpft und schlapp, doch in seinem Kopf arbeitete es immer noch.

Ein Name ging ihm nicht aus dem Sinn. »*Der mazedonische Falke*«, murmelte er vor sich hin.

Giordino, der schon in der Tür stand, drehte sich um. »Was hast du gesagt?«

»Oh, nichts, gar nichts.« Pitt seufzte tief. »Also los – ich spendiere dir jetzt deinen Drink.«

2. Kapitel

Als Pitt erwachte, war es dunkel. Er wußte nicht, wie lange er geschlafen hatte. War er nur kurz eingenickt, oder lag er schon seit ein paar Stunden im Bett? Eigentlich war es ihm gleichgültig. Die Federn des Feldbettes quietschten, als er sich umdrehte und nach einer bequemeren Lage suchte. Doch er konnte nicht wieder einschlafen. Woran das wohl liegen mochte? War das ständige Surren der Klimaanlage daran schuld? Doch er war es ja gewohnt, selbst bei dröhnendem Flugzeuglärm einzuschlafen. Auch die durchs Zimmer huschenden Schaben störten ihn nicht. Nein, es mußte an etwas anderem liegen. Plötzlich wurde es ihm klar: Es war sein Unterbewußtsein, das ihn wachhielt. Wie in einem nicht endenden Film spulten sich vor seinem inneren Auge die Ereignisse des Vortages immer von neuem ab.

Ein Bild stach besonders hervor. Es war ein Foto aus der Gemäldesammlung des *Imperial War Museum*. Pitt konnte sich deutlich daran erinnern: Ein deutscher Pilot stand neben einem Kampfflugzeug aus dem Ersten Weltkrieg. Er hatte seine Fliegermontur an, und seine rechte Hand ruhte auf dem Kopf eines riesengroßen Schäferhundes. Der Hund hechelte und sah mit einem ergebenen Blick zu seinem Herrn auf. Das Gesicht des Piloten wirkte sehr jungenhaft, und ohne den üblichen Schmiß und das Monokel fehlte ihm irgendwie das typisch preußische Aussehen. Trotzdem hatten sein selbstbewußtes Lächeln und die kerzengerade Haltung etwas Martialisches an sich.

Pitt konnte sich sogar an die Bildunterschrift erinnern: »*Der mazedonische Falke*.« Leutnant Kurt Heibert, Jagdstaffel 91, erzielte an der mazedonischen Front 32 Luftsiege über die Alliierten. Er war einer der erfolgreichsten Jagdflieger des Ersten Weltkriegs. Vermutlich am 15. Juli 1918 über dem Ägäischen Meer abgeschossen.«

Pitt lag eine Zeitlang da und starrte in die Dunkelheit. Mit dem Schlafen würde es wohl nichts mehr. Er setzte sich auf, stützte sich auf seinen Ellenbogen und tastete auf dem Nachttisch nach seiner Armbanduhr. Es war 4.09 Uhr. Er schwang die Beine aus dem Bett. Der Linoleumboden unter seinen Fußsohlen war angenehm kühl. Neben seiner Uhr lag eine Schachtel Zigaretten; er zündete sich eine an. Er machte einen tiefen Lungenzug, stand auf und reckte sich. Gequält verzog er sein Gesicht; der Rücken tat ihm von all dem Schulterklopfen, das er und Giordino über sich hatten ergehen lassen müssen, noch immer weh. Pitt mußte lächeln, als er an die überschwengliche Begeisterung dachte, mit der sie der ganze Flughafen gefeiert hatte.

Der Mond, der durch das Fenster schien, und die laue, klare Morgenluft verstärkten Pitts Unruhe. Er streifte seine Shorts ab und durchwühlte in dem fahlen Licht sein Gepäck. Endlich fand er seine Badehose. Er zog sie an, holte sich ein Handtuch aus dem Badezimmer und trat hinaus in die stille Nacht.

Die ganze Gegend war in helles Mondlicht getaucht. Sie wirkte geradezu gespenstisch, wie sie sich so still vor ihm ausbreitete. Der Himmel war mit Sternen übersät, und die Milchstraße zog sich wie ein breites weißes Band quer darüber.

Pitt ging zum Haupttor. Auf halbem Wege machte er halt und betrachtete die verlassen daliegende Rollbahn. Die Lichterreihe, die sie begrenzte, war an mehreren Stellen unterbrochen: Auch die Randbefeuerung hatte bei dem Überfall einiges abbekommen. Trotzdem, die Rollbahn war für eine Nachtlandung noch klar genug zu erkennen. Jenseits der Befeuerung konnte er die PBY ausmachen, die wie eine große, dicke Ente einsam am hinteren Ende des Vorfeldes stand. Die Geschosse, die sie während des Gefechtes getroffen hatten, hatten übrigens so gut wie keinen Schaden angerichtet. Der Wartungsdienst hatte versprochen, die Reparatur gleich am nächsten Morgen zu erledigen. In drei Tagen würde die Maschine wieder flugtauglich sein. Colonel James Lewis, der Kommandant des Flughafens, hatte sich wortreich dafür entschuldigt, daß es so lange dauern würde; aber seine Leute waren vor allem damit beschäftigt, die Starfires und die zwei Cargomaster wieder instand zu setzen. Giordino und Pitt sollten inzwischen auf Brady Field bleiben. Sie hatten das Rettungsboot der *First Attempt* zu ihrer Verfügung, um zwischen dem Schiff und der Insel hin und her zu pendeln. Das war ihnen nur recht; denn die Kabinen der *First Attempt* waren ohnehin überbelegt.

»Bißchen früh zum Baden. Meinen Sie nicht?«

Die Stimme riß Pitt aus seinen Gedanken, und er blieb erschrokken in dem gleißenden Licht eines Scheinwerfers stehen. Der Scheinwerfer war auf dem Dach des Wachhäuschens am Haupttor installiert, das auf einer Verkehrsinsel in der Mitte der Straße stand. Es war gerade groß genug, daß ein Mann darin sitzen konnte. Ein kleiner, stämmiger Militärpolizist kam heraus und musterte Pitt eingehend.

»Ich konnte nicht schlafen.« Kaum hatte er das gesagt, ärgerte sich Pitt auch schon, daß ihm nichts Witzigeres eingefallen war. Aber es ist ja, verdammt nochmal, wirklich die Wahrheit! dachte er.

»Kann ich Ihnen nicht verdenken«, sagte der MP. »Nach allem, was heute passiert ist, würde es mich ehrlich wundern, wenn jemand diese Nacht gut schlafen könnte.« Bei dem Gedanken an Schlaf mußte er gähnen.

»Es muß elend langweilig sein, hier die ganze Nacht herumzusitzen«, meinte Pitt.

»Da haben Sie recht«, erwiderte der Polizist. Er hakte die eine Hand mit dem Daumen in seinen Gürtel, während er die andere auf den 45er Colt legte, der an seiner Hüfte herunterbaumelte. »Wenn Sie hinaus wollen, müssen Sie Ihren Passierschein zeigen.«

»Tut mir leid, ich habe keinen.« Pitt hatte vergessen, Colonel Lewis um einen Passierschein zu bitten, mit dem er das Fluggelände verlassen und wieder betreten konnte.

Das Gesicht des MP wurde plötzlich ganz amtlich. »Dann müssen Sie leider zur Kaserne zurück und ihn holen.« Er schlug nach einem Nachtfalter, der an seinem Gesicht vorbei auf den Scheinwerfer zuflatterte.

»Das wäre reine Zeitverschwendung. Ich habe gar keinen Passierschein.« Pitt lächelte Mitleid heischend.

»Versuchen Sie nicht, mich auf den Arm zu nehmen, Kamerad. Niemand kommt hier ohne Passierschein rein oder raus.«

»Ich schon.«

»Und wie haben Sie das geschafft?«

»Ich bin hereingeflogen.«

Verdutzt sah ihn der Militärpolizist an. Auf seiner weißen Mütze ließ sich ein neuer Nachtfalter nieder. Er bemerkte ihn gar nicht. Dann endlich begriff er. »Sie sind der Pilot der *Catalina*!« platzte er heraus.

»Erraten.«

»Darf ich Ihnen gratulieren?« Der Polizist lächelte breit. »Das war ein Meisterstück. Ich habe noch nie jemanden so gut fliegen sehen.« Er hielt Pitt seine Pranke hin.

Pitt ergriff die ausgestreckte Hand und zuckte zusammen. Er hatte selbst einen kräftigen Händedruck, aber das war nichts gegen den des Wachtpostens.

»Danke. Aber ich wäre viel zufriedener gewesen, wenn mein Gegner abgestürzt wäre.«

»Der kann nicht mehr weit gekommen sein. Er hat ja schon aus allen Löchern gequalmt, als er über die Hügel das Weite gesucht hat.«

»Vielleicht ist er auf der anderen Seite der Insel abgestürzt?«

»Unmöglich. Der Colonel hat uns über die ganze Insel gejagt. Wir haben gesucht, bis es dunkel wurde, aber nicht das geringste gefunden.« Er sah mißmutig drein. »Was mir am meisten gestunken hat, war, daß wir zu spät zum Essenfassen zurückgekommen sind.«

Pitt grinste. »Er muß im Meer untergegangen sein. Oder er hat es bis zum Festland geschafft.«

Der Posten zuckte die Achseln. »Kann sein. Aber eins ist sicher: Auf Thasos ist er nicht. Mein Wort darauf.«

Pitt lachte. »Okay.« Er warf sich das Handtuch über die Schultern und zupfte an seiner Badehose. »Tja, es war nett, sich mit Ihnen zu unterhalten . . .«

»Airman Moody, Sir.«

»Ich bin Major Pitt.«

Der Polizist wurde blaß. »Oh, tut mir leid, Sir. Ich wußte nicht, daß Sie Offizier sind. Ich dachte, Sie wären so ein Zivilist von der NUMA. Ich lasse Sie diesmal passieren, Major, aber es wäre besser, wenn Sie sich einen Passierschein zulegten.«

»Ich werde mich gleich nach dem Frühstück darum kümmern.«

»Meine Ablösung kommt um acht. Wenn Sie bis dahin nicht zurück sind, informiere ich ihn, damit er Sie ohne Schwierigkeiten wieder durchläßt.«

»Vielen Dank, Moody. Vielleicht sehen wir uns später noch.« Pitt hob grüßend die Hand, drehte sich um und ging die enge Pflasterstraße zur Küste hinunter.

Nach etwa anderthalb Kilometern gelangte er an eine kleine Bucht. Sie lag etwas unterhalb der Straße und war ringsum von großen, rissigen Felsbrocken eingesäumt. Er ging den schmalen Pfad zum Sandstrand hinunter, ließ sein Handtuch fallen und stapfte in die Brandung. Die auslaufenden Wellen umspülten seine Füße. Es regte sich fast kein Hauch, und die See war ruhig. Das Mondlicht verwandelte das Meer in eine silbern spiegelnde Fläche, deren Glanz in der Ferne verdämmerte, bis er am Horizont mit dem Himmel verschmolz. Eine Zeitlang stand Pitt nur da und nahm die friedliche Stimmung in sich auf. Dann ging er langsam ins Wasser und schwamm hinaus.

So oft Pitt so allein im Meer schwamm, überkam ihn jedesmal ein eigenartiges Gefühl. Ihm war, als ob sein Körper auf einmal zu existieren aufhörte und er nur noch ein schwereloses, geisterhaftes Wesen sei. Seine Sinne nahmen die Umwelt nur noch undeutlich wahr, und alles, was er tat, war zu hören: Er lauschte in die Stille. In seinem Inneren fühlte er dann völlige Ruhe und Klarheit. Er dachte an nichts mehr; was ihn sonst bedrückte und beschäftigte, war vergessen; alles löste sich in der unendlichen Weite des Meeres auf.

Beinahe eine volle Stunde trieb er so im Wasser. Da schlug eine kleine Welle über sein Gesicht, und er verschluckte sich. Er mußte husten und merkte auf einmal wieder, wo er war. Langsam, und ohne sich anzustrengen, kraulte er zum Strand zurück. Als seine Hände den Boden berührten, ließ er sich das letzte Stück ans Ufer treiben. Er legte sich mit dem Oberkörper auf den Sand, ließ das Wasser um seine Beine plätschern und seine Haut umschmeicheln und nickte endlich ein.

Die Sterne verblaßten schon im fahlen Licht der Morgendämmerung, als er plötzlich aufschreckte. Er spürte, daß jemand in der Nähe war. Sofort war er hellwach. Er blieb reglos liegen und öffnete die Augen einen Spalt. Undeutlich konnte er über sich eine Gestalt ausmachen. Er kniff die Augen zusammen. Langsam nahm der Schatten Formen an. Es war eine Frau.

»Guten Morgen«, sagte er und setzte sich auf.

»Oh, mein Gott«, ächzte die Frau. Sie schlug die Hand vor den Mund, als wollte sie gleich losschreien.

Ihr Gesicht war in der Dunkelheit kaum zu erkennen, doch Pitt konnte sich vorstellen, wie entgeistert sie ihn anstarrte. »Entschuldigen Sie«, sagte er mit sanfter Stimme. »Ich wollte Sie nicht erschrekken.«

Die Hand sank langsam herab. Die Frau blieb reglos stehen und starrte ihn unverwandt an. Endlich fand sie ihre Sprache wieder. »Ich . . . ich dachte schon, Sie wären tot«, stammelte sie leise.

»Ich kann es Ihnen nachfühlen. Wenn ich über jemanden stolperte, der um diese Zeit in der Brandung schläft, würde ich das gleiche denken.«

»Sie haben mir einen ganz schönen Schrecken eingejagt, als Sie sich so einfach aufgesetzt und mit einemmal gesprochen haben.«

»Bitte entschuldigen Sie.« Plötzlich stutzte Pitt. Die Frau sprach Englisch! Und zwar ein reines Oxford-Englisch, mit einem ganz leichten deutschen Akzent. Er erhob sich. »Wenn ich mich vorstellen darf: Mein Name ist Dirk Pitt.«

»Ich heiße Teri«, erwiderte sie. »Ich kann Ihnen gar nicht sagen, wie froh ich bin, Sie gesund und munter zu sehen, Mr. Pitt.« Ihren Nachnamen hatte sie unterschlagen, aber Pitt war auch gar nicht so erpicht darauf, ihn zu erfahren.

»Sie können mir glauben, Teri, das Vergnügen ist ganz meinerseits.« Er deutete auf den Sand. »Wollen Sie mir nicht ein bißchen Gesellschaft leisten und der Sonne beim Aufgehen helfen?«

Sie lachte. »Danke, gern. Aber ob wir uns je wiedersehen dürfen? Nach allem, was ich von Ihnen gehört habe, könnten Sie irgendein Seeungeheuer sein. Kann ich Ihnen überhaupt trauen?« fragte sie mit einem spöttischen Unterton.

»Wenn ich ehrlich sein soll, nein. Fairerweise muß ich Sie vor mir warnen. Ich habe an diesem Platz hier schon über zweihundert unschuldige Jungfrauen verschlungen.« Pitts Humor mochte etwas dick aufgetragen sein. Doch das war die beste Methode, einer Frau auf den Zahn zu fühlen.

»Schade. Ich wäre zu gern die Nummer zweihunderteins gewesen. Aber ich bin leider keine unschuldige Jungfrau mehr.« Pitt sah das Weiß ihrer Zähne schimmern, als sie lächelnd fortfuhr: »Ich hoffe, Sie machen mir das nicht zum Vorwurf.«

»Aber nein. In dieser Sache bin ich nicht kleinlich. Aber ich muß Sie bitten, die Tatsache, daß Nummer zweihunderteins keine unbefleckte Unschuld mehr war, unbedingt geheimzuhalten. Denn würde das bekannt, wäre mein Ruf als Seeungeheuer dahin.«

Beide lachten, und sie ließ sich auf Pitts Handtuch nieder. Die Sonne stieg langsam aus dem Meer empor. Schon nach kurzer Zeit warf der orangefarbene Feuerball seine ersten goldenen Strahlen über die See. Pitt sah die Frau neben sich an und betrachtete sie in dem neuen Licht.

Er schätzte sie auf etwa dreißig. Sie trug einen ziemlich knapp sitzenden Bikini und konnte sich das auch durchaus leisten. Ihre Figur vereinte auf entzückende Weise einen kräftigen Körperbau und mädchenhafte Anmut; ihr Bauch war makellos glatt und der Busen von vollkommener Form, weder zu klein noch zu üppig. Ihre langen Beine waren gleichmäßig gebräunt, höchstens, daß sie etwas zu dünn waren. Doch Pitt beschloß, über dieses winzige Manko hinwegzusehen. Ihr Gesicht war von klassischem Schnitt. Pitt fühlte sich an die geheimnisvolle Schönheit einer griechischen Statue erinnert. Einzig eine Pockennarbe unter der rechten Schläfe störte das Ebenmaß ihrer Züge ein bißchen. Normalerweise blieb die Narbe unter ihrem schulterlangen, schwarzen Haar verborgen; doch sie hatte den Kopf zurückgeworfen, um den Sonnenaufgang zu beobachten, und so wurde der kleine Schönheitsfehler sichtbar.

Plötzlich wandte sie den Kopf. Sie hatte Pitts prüfende Blicke gespürt. »Sie wollten sich den Sonnenaufgang anschauen«, sagte sie mit einem leisen Lachen.

»Sonnenaufgänge habe ich genug gesehen. Aber das ist das erste Mal, daß ich Seite an Seite mit einer reizenden, griechischen Aphrodite zusammensitze.«

Ihre braunen Augen blitzten vergnügt auf.

»Sehr schmeichelhaft. Aber Aphrodite war die griechische Göttin der Schönheit und Liebe, und ich bin nur zur Hälfte Griechin.«

»Und die andere Hälfte?«

»Meine Mutter war Deutsche.«

»Und was machen Sie hier?«

»Ich bin zu Besuch bei meinem Onkel. Er lebt hier, ist aber auch ein Deutscher.«

»So genau will ich es gar nicht wissen. Leben Sie bei ihm?«

»Nein, ich sagte Ihnen ja, daß ich zu Besuch bin. Ich wurde zwar in Griechenland geboren, bin aber in England aufgewachsen und auch dort zur Schule gegangen. Mit achtzehn habe ich mich in einen Autohändler verliebt, der in seiner Freizeit Rennen fuhr, und habe ihn geheiratet.«

»Ich hätte nicht gedacht, daß Autohändler auch Rennen fahren.«

Sie überhörte seinen spöttischen Unterton. »Er ist leidenschaftlich gern gefahren, und er war sehr begabt«, setzte sie hinzu. »Er hat viele Rallyes und Bergrennen gewonnen.« Sie zuckte die Achseln und malte mit dem Finger kleine Kreise in den Sand. Ihre Stimme wurde auf einmal heiser. »Und dann hat es ihn eben eines Tages erwischt. Es regnete, er kam von der Fahrbahn ab und prallte frontal gegen einen Baum. Er war sofort tot.«

Pitt saß eine Weile schweigend da und sah sie von der Seite an. »Wie lang ist das her?« fragte er dann.

»Das war vor achteinhalb Jahren«, erwiderte sie leise.

Zorn stieg in Pitt auf. Was für eine Vergeudung, dachte er. Was für eine elende Vergeudung, wenn eine so hübsche Frau fast neun Jahre lang einem Mann nachtrauert. Je länger er darüber nachdachte, desto mehr wuchs seine Empörung. Er sah, wie ihr die Erinnerung an ihren Mann die Tränen in die Augen trieb. Das war kein Anblick für ihn. Er vergaß sich. Er beugte sich zu ihr hinüber und schlug ihr mit dem Handrücken hart ins Gesicht.

Entsetzt riß sie die Augen auf. Es dauerte eine Weile, bis sie den Schock verdaut hatte. »Warum schlagen Sie mich?« stieß sie endlich hervor.

»Weil Sie es nötig haben, dringend nötig«, fauchte er. »Es wundert mich, daß nicht schon längst jemand Sie übers Knie gelegt hat, um Ihnen dieses Gejammer auszutreiben. Ihr Mann ist also Rennen gefahren. Na und? Er ist tot und begraben, und davon, daß Sie jahrelang darüber heulen, wird er auch nicht wieder lebendig. Vergessen Sie ihn endlich! Sie sind eine schöne Frau – Sie können sich doch nicht Ihr ganzes Leben lang an einen Toten ketten!« Pitts Worte schienen ihr Eindruck zu machen. »Denken Sie darüber nach. Es ist Ihr Leben. Werfen Sie es nicht einfach weg, und spielen Sie nicht die trauernde Witwe, bis Sie alt und grau sind.«

Sie sah ihn gequält an. Die Tränen rannen ihr über die Wangen. Pitt ließ ihr Zeit, sich auszuweinen. Als sie endlich wieder zu ihm aufsah, tat sie es mit dem sanften und zugleich verschüchterten Blick eines kleinen Mädchens. Er nahm sie in die Arme und küßte sie. Ihre Lippen waren feucht und warm.

»Wann hattest du zum letzten Mal einen Mann?« fragte er.

»Keinen mehr, seit . . .« Die Stimme versagte ihr.

Ihre Körper vereinigten sich. Eine Formation Strandläufer schwirrte über sie hin und ließ sich auf dem feuchten Sand nahe der Brandung nieder. Geschäftig huschten sie durcheinander. Ab und zu warf einer der Vögel dem Liebespaar im Sand einen kurzen Blick zu, wandte sich dann desinteressiert wieder der Nahrungssuche zu und stocherte mit seinem langen gebogenen Schnabel im Sand.

Die Sonne stieg langsam höher, und ein Fischerboot tuckerte draußen auf dem Meer vorbei. Die Fischer waren viel zu sehr damit beschäftigt, ihre Netze auszuwerfen, als daß ihnen am Strand etwas aufgefallen wäre. Die Liebenden ließen schließlich voneinander ab. Teri sah Pitt lächelnd an.

»Ich weiß nicht, ob ich mich bei dir bedanken oder entschuldigen soll«, sagte er leise.

»Keines von beiden«, flüsterte sie.

Er küßte sie zärtlich auf die Augen. »Merkst du jetzt, was dir all diese Jahre gefehlt hat?« fragte er lächelnd.

»Ja. Und ich glaube, ich habe eine wundervolle Therapie für meine Depressionen entdeckt.«

»Ich verschreibe das meinen sämtlichen Patientinnen. Es ist ein garantiert wirksames Mittel gegen alle nur denkbaren Krankheiten.«

»Und wie hoch ist Ihr Honorar, Herr Doktor?« fragte sie lachend.

»Das ist erledigt.«

»So einfach kommst du nicht davon. Ich muß darauf bestehen, daß du heute abend zu meinem Onkel nach Haus zum Essen kommst.«

»Es wird mir ein Vergnügen sein«, erwiderte er. »Wann soll das Essen denn stattfinden? Und wie komme ich zum Haus deines Onkels?«

»Ich werde dem Chauffeur Bescheid sagen, daß er dich um sechs Uhr am Haupteingang von Brady Field abholt.«

Pitt zog die Augenbrauen hoch. »Wie kommst du darauf, daß ich auf Brady Field stationiert bin?«

»Du bist doch Amerikaner. Alle Amerikaner auf dieser Insel gehören zu Brady Field.« Teri nahm seine Hand und drückte sie an ihr Gesicht. »Erzähl mir von dir. Was tust du bei der Air Force? Fliegst du? Bist du Offizier?«

Pitt strengte sich an, ein möglichst ernstes Gesicht zu ziehen. »Ich bin der Müllmann von Brady Field.«

Sie riß überrascht die Augen auf. »Wirklich? Dazu bist du doch viel zu intelligent.« Sie sah in seine tiefgrünen Augen. »Na ja. Ich will dir deinen Beruf nicht madig machen. Bist du schon Sergeant?«

»Nein.«

Plötzlich sah Pitt in etwa dreißig Metern Entfernung hinter den Felsen etwas aufblitzen. Sorgfältig suchte er die Gegend mit den Augen ab, aber nichts rührte sich mehr.

Teri bemerkte seine Unruhe. »Stimmt etwas nicht?« fragte sie.

»Nein. Alles in Ordnung«, log Pitt. »Ich dachte, ich hätte etwas auf dem Wasser treiben sehen, aber da war wohl nichts.« Er sah sie versonnen an. »Ich gehe jetzt lieber zum Flugfeld zurück. Die Arbeit ruft.«

»Ich sollte auch heimgehen. Mein Onkel wird sich schon wundern, wo ich so lange bleibe.«

»Wirst du es ihm erzählen?«

»Du hast Ideen!« lachte sie. Sie stand auf, klopfte sich den Sand vom Körper und rückte ihren Bikini wieder zurecht.

Pitt lächelte und erhob sich ebenfalls. »Warum sehen eigentlich alle Frauen wie verwandelt aus, wenn sie mit einem Mann geschlafen haben?«

Sie zuckte die Achseln. »Vielleicht löst der Sex unsere Spannungen und läßt uns unsere Körper wiederentdecken.« Sie blitzte ihn aus braunen Augen an. »Du siehst, auch wir Frauen haben etwas Animalisches an uns.«

Pitt schlug ihr zärtlich auf den Hintern. »Komm, ich begleite dich heim.«

»Da hast du einen langen Fußmarsch vor dir. Die Villa meines Onkels liegt hinter Liminas.«

»Und wo liegt Liminas?«

»Etwa zehn Kilometer von hier, in den Bergen«, erwiderte sie und deutete die Straße nach Norden hinauf.

Sie spazierten gemütlich den Pfad hinan, der aus der Bucht herausführte. Oben am Straßenrand parkte ein kleines Kabriolett. Ein Mini Cooper, wie Pitt gleich sah, so staubig, daß der grüne Lack kaum noch zu erkennen war.

»Wie findest du meinen kleinen Flitzer?« wollte Teri stolz wissen.

»Nicht schlecht«, meinte Pitt anerkennend. »Gehört er dir?«

»Ja. Ich habe ihn erst vor vier Wochen in London gekauft und ihn dann selbst von Le Havre hier heruntergefahren.«

»Wie lange willst du bei deinem Onkel bleiben?«

»Ich habe drei Monate Urlaub, bleibe also noch mindestens sechs Wochen hier. Zurück fahre ich mit dem Schiff. Die Fahrt quer durch Europa hat zwar viel Spaß gemacht, war aber auch wahnsinnig anstrengend.«

Pitt hielt ihr die Tür auf, und sie glitt hinter das Steuer. Sie tastete eine Zeitlang unter ihrem Sitz herum, zog schließlich einen Schlüsselbund hervor und startete. Er beugte sich in den Wagen und küßte sie hauchzart. »Ich hoffe, daß dein Onkel mich nicht mit einem Schießeisen in der Hand erwartet.«

»Ganz im Gegenteil. Wahrscheinlich wird er dir ein Loch in den Bauch reden. Er mag die Leute von der Air Force. Er war im Ersten Weltkrieg selbst Flieger.«

»Nein, so was!« grinste Pitt boshaft. »Jede Wette, er erzählt, daß er mit Richthofen zusammen geflogen ist.«

»O nein. Er war nie in Frankreich. Er hat hier in Griechenland gekämpft.«

Pitts Spottlust war wie weggeblasen. Eine böse Ahnung beschlich ihn. Nervös umklammerte er die Tür, so fest, daß seine Knöchel weiß wurden. »Hat dein Onkel schon einmal von einem gewissen . . . Kurt Heibert gesprochen?«

»Oft. Sie sind immer zusammen Patrouille geflogen.« Sie legte den ersten Gang ein. Dann lächelte sie ihn an und winkte ihm noch einmal kurz zu. »Bis heute abend. Komm nicht zu spät. Tschüs.«

Bevor Pitt noch etwas erwidern konnte, brauste sie schon in Richtung Norden davon. Er sah ihr so lange nach, bis ihr schwarzes, im Wind wehendes Haar hinter einer Kuppe verschwunden war.

Es wurde unangenehm heiß. In Gedanken versunken, drehte er sich um und ging nach Brady Field zurück. Er war erst ein paar Schritte gegangen, als er plötzlich im Sand neben der Straße Fußspuren entdeckte. Jemand mit genagelten Schuhen war dort gegangen.

Pitt kniete sich nieder, um die Abdrücke genauer zu untersuchen. Sie ließen sich leicht von seinen und Teris Spuren unterscheiden, denn beide waren sie barfuß gewesen. Pitts Blick wurde nachdenklich. Jemand ist Teri nachgeschlichen, überlegte er. Er hielt die Hand schirmend vor die Augen und sah nach der Sonne. Es war noch ziemlich früh am Morgen, und er hatte Zeit. Also beschloß er, der Spur noch etwas nachzugehen.

Sie führte zum Strand hinunter, bog jedoch auf halber Höhe zu den Felsen ab. Hier verlor sie sich. Pitt kletterte die Felsen wieder hinauf. Oben setzten sich die Spuren fort und führten, ein gutes Stück vom Ausgangspunkt entfernt, zur Straße zurück. Pitt mußte sich durch ein dichtes Dorngebüsch kämpfen. Der Schweiß rann ihm von der Stirn, und er kratzte sich blutig. Doch endlich stand er wieder auf der Straße. Hier endeten die Fußstapfen. Dafür nahm eine breite Reifenspur ihren Anfang. Die Reifen hatten ein merkwürdiges, rhombenförmiges Profil, das im Staub am Fahrbahnrand gut zu erkennen war.

Pitt breitete sein Handtuch auf der Straße aus, setzte sich hin und überlegte.

Derjenige, der Teri gefolgt war, hatte hier geparkt, war dann zu Teris Wagen zurückgegangen und ihr den Pfad zum Strand hinunter nachgeschlichen. Doch noch bevor der Spion unten angekommen war, hatte er Stimmen vernommen. Er hatte sich im Dämmerlicht hinter den Felsen versteckt und von dort aus Pitt und Teri beobachtet. Als es hell geworden war, hatte er sich im Schutz der Felsen aus dem Staub gemacht.

So weit gut. Aber etwas machte Pitt Kopfzerbrechen. Warum und von wem war Teri beobachtet worden? Möglicherweise war es natürlich nur ein Spanner gewesen. Pitt mußte lächeln. In diesem Fall war ihr Verfolger voll auf seine Kosten gekommen.

Ein anderer Punkt aber machte ihm größere Sorgen. Er überprüfte noch einmal die Reifenspuren. Für ein normales Auto waren sie zu breit. Sie stammten von einem größeren Fahrzeug, wahrscheinlich von einem Lastwagen.

Seine Blicke glitten von der Reifenspur zum Strand zurück. Er schätzte die Entfernung; es waren höchstens achtzig Meter. Und eben das vermochte er nicht zu begreifen: Ein Lastwagen steht an Punkt A. Achtzig Meter weiter sitzen am Strand an Punkt B zwei Leute. Warum hören sie es nicht, wenn der Lastwagen in der morgendlichen Stille anfährt?

Pitt zuckte die Achseln und gab die Grübelei auf. Dann stand er auf, schlug sein Handtuch über die Schulter und ging pfeifend zum Flugfeld zurück.

3. Kapitel

Der junge, blondhaarige Matrose machte die Leinen los, und der acht Meter lange Katamaran, das Rettungsboot der *First Attempt*, legte langsam von dem behelfsmäßigen Anlegeplatz ab, den man in der Nähe von Brady Field eingerichtet hatte. Gemächlich tuckerte er über die blaue Wasserfläche auf die *First Attempt* zu. Der bullige Vierzylindermotor beschleunigte auf knappe acht Knoten und ließ die vertrauten Dieselabgase über das Deck wehen. Es war kurz vor neun, und die Sonne brannte bereits unbarmherzig vom Himmel. Selbst die leichte Brise, die von der See her aufkam, brachte keine Erfrischung.

Pitt stand da und sah zu, wie die Küste hinter ihnen zurückblieb, bis die Anlegestelle zu einem kleinen, schmutziggrauen Fleck zusammengeschrumpft war. Dann ließ er sich mit seinen 85 Kilo auf der Heckreling nieder. Er spürte das Vibrieren der Antriebswelle unter seinem Hintern, der gefährlich weit draußen über dem weißschäumenden Kielwasser schwebte. Er drehte sich um und vertiefte sich in den Anblick der Schiffsschraube, die direkt unter ihm das Wasser aufwühlte. Sie waren nur noch einen halben Kilometer von der *First Attempt* entfernt, als Pitt endlich wieder aufsah und dem respektvollen Blick des jungen Matrosen begegnete, der vorn am Steuer saß und ihn beobachtete.

»Sie scheinen ja schon etliche Zeit auf einem Katamaran verbracht zu haben, Sir«, meinte der Matrose mit einem Hinweis auf Pitts Sitzweise. Er hatte ein intelligentes, aufgewecktes Gesicht, das ein langer, aber spärlicher blonder Bart zierte. Er war lediglich mit Bermuda-Shorts bekleidet.

Pitt hielt sich mit einer Hand am Flaggenstab fest, um nicht die Balance zu verlieren, und fischte mit der anderen eine Zigarette aus seiner Brusttasche. »Ich hatte selbst einmal einen, als ich noch die High School besuchte«, erwiderte er beiläufig.

»Sie haben wohl nahe am Meer gewohnt?« fragte der Matrose.

»Newport Beach in Kalifornien.«

»Nicht schlecht. Ich bin immer dorthin gefahren, wenn ich die Fortbildungskurse bei Scripps in LaJolla besuchte.« Er grinste verlegen. »Mann o Mann! Da gab es tolle Frauen! Sie müssen ja eine Menge Spaß gehabt haben, wenn Sie dort aufgewachsen sind.«

»Es gibt sicher üblere Gegenden, um die Pubertät durchzumachen.« Pitt wechselte das Thema, um die Gesprächigkeit des jungen Mannes auszunutzen. »Sagen Sie mal, was für Scherereien habt ihr eigentlich mit eurem Projekt?«

»Die ersten paar Wochen klappte alles wunderbar. Aber sobald wir einen erfolgversprechenden Platz für unsere Untersuchungen gefunden hatten, ging plötzlich alles schief, und jetzt jagt eine Panne die andere.«

»Zum Beispiel?«

»Wir haben vor allem Schwierigkeiten mit der Ausrüstung. Kabel reißen, wichtige Teile fehlen, die Generatoren gehen kaputt und was weiß ich noch.«

Sie waren inzwischen bei der *First Attempt* angelangt. Der Matrose wandte sich wieder dem Steuer zu und legte längsseits neben der Bordleiter an.

Die *First Attempt* war ein kleines Schiff, nur achthundertzwanzig Tonnen schwer und vierzig Meter lang. Sie war noch vor dem Zweiten Weltkrieg auf einer Werft in Rotterdam vom Stapel gelaufen. Da sie ursprünglich zum Hochseeschlepper bestimmt war, hatte sich ihre Besatzung mit ihr nach England abgesetzt, als die Deutschen in den Niederlanden einmarschierten. Während des Krieges hatte man sie in Liverpool zum Abschleppen torpedierter oder sonstwie manövrierunfähiger Kriegsschiffe eingesetzt. Nach dem Krieg hatte die holländische Regierung das Schiff an die U.S. Navy verkauft, und die hatte es eingemottet. Fünfundzwanzig Jahre lang hatte es dann unter einer riesigen grauen Plastikschutzhülle im Hafen von Olympia in Washington vor sich hin gerostet, bis es von der neugegründeten NUMA erworben und in ein hochmodernes ozeanographisches Forschungsschiff umgebaut worden war. Bei dieser Gelegenheit war es auf den Namen *First Attempt* getauft worden.

Pitt kletterte die Leiter hoch. An Deck wurde er von seinem Freund, Commander Rudi Gunn, begrüßt, dem Kapitän und Projektleiter der *First Attempt*.

»Gut siehst du aus«, sagte Gunn mit todernstem Gesicht, »abgesehen von deinen blutunterlaufenen Augen.« Er bot Pitt eine Zigarette an, die dieser unter Hinweis auf seine eigene, noch brennende ablehnte, und steckte sich dann selbst eine an.

»Ich höre, ihr habt Schwierigkeiten«, sagte Pitt.

Gunn sah ihn böse an. »Ja, du hast verdammt recht, wir haben

Schwierigkeiten«, schnauzte er. »Ich habe Admiral Sandecker ja nicht zum Spaß darum gebeten, dich von Washington herzubeordern.«

Pitt zog überrascht die Augenbrauen hoch. Dieser plötzliche Ausbruch paßte gar nicht zu Gunn. Normalerweise war der kleine Kapitän ein ruhiger, eher gemütlicher Mann. »Reg dich nicht auf, Rudi«, meinte Pitt beschwichtigend. »Gehen wir erst mal irgendwohin, wo uns die Sonne nicht so auf den Kopf brennt, und dann erzählst du mir, was eigentlich los ist.«

Gunn nahm seine Hornbrille ab und wischte sich mit einem zerknüllten Taschentuch den Schweiß von der Stirn. »Tut mir leid, Dirk, aber ich habe so kurz hintereinander noch nie so viele Fehlschläge erlebt. Nach all den Vorbereitungen, die für dieses Projekt nötig waren, ist das wirklich frustrierend. Und das bringt mich einfach in Rage. Seit drei Tagen fängt jetzt auch die Mannschaft an, mir aus dem Wege zu gehen.«

Pitt legte einen Arm um die Schulter des kleinen Mannes und lächelte. »Selbst wenn du ein altes Ekel bist, ich verspreche dir, ich gehe dir nicht aus dem Wege.«

Gunn sah ihn einen Augenblick verständnislos an. Dann glomm in seinen Augen so etwas wie Erleichterung auf, er warf den Kopf zurück und lachte. »Gott sei Dank, daß du da bist.« Er packte Pitt am Arm. »Du sollst ja keine Wunder vollbringen, aber mir ist bedeutend wohler, seit du hier bist.« Er ließ ihn los und deutete in Richtung Bug. »Komm mit, meine Kabine ist da vorne.«

Pitt folgte Gunn eine steile Leiter hinunter ins Zwischendeck. Gunns winziges Zimmer hatte etwa die Ausmaße einer Duschkabine. Der einzige Luxus – ihn konnte man allerdings nicht hoch genug einschätzen – bestand in einem an der Decke montierten Ventilator.

Pitt blieb einen Moment darunter stehen und genoß den kühlen Luftzug. Dann ließ er sich verkehrt herum auf einem Stuhl nieder, verschränkte die Arme auf der Rücklehne und wartete auf Gunns Bericht.

Gunn schloß das Bullauge und blieb in der Mitte des Zimmers stehen. »Bevor ich anfange, würde ich gern wissen, wieweit du über unsere Expedition informiert bist.«

»Alles, was ich weiß, ist, daß die *First Attempt* einen meeresbiologischen Forschungsauftrag ausführt.«

Gunn sah ihn entsetzt an. »Hat dich der Admiral denn nicht mit etwas ausführlicheren Unterlagen versorgt, als du von Washington abgeflogen bist?«

Pitt zündete sich eine neue Zigarette an. »Wie kommst du darauf, daß ich direkt aus Washington komme?«

»Ich weiß nicht«, erwiderte Gunn zögernd. »Ich dachte bloß, daß . . .«

»Ich war seit vier Monaten nicht mehr in den Staaten«, unterbrach ihn Pitt grinsend. Er blies eine Rauchwolke zum Ventilator hinauf und beobachtete, wie sie auseinander gewirbelt wurde. »Sandecker hat dir wohl nur mitgeteilt, ich käme auf direktem Wege nach Thasos. Offensichtlich hielt er es nicht für nötig zu erwähnen, woher ich anreiste und wann ich hier sein würde. Deshalb hast du mich auch vier Tage eher erwartet.«

»Tut mir leid«, erwiderte Gunn achselzuckend. »Du hast natürlich recht. Ich hatte angenommen, daß der alte Blechvogel höchstens zwei Tage von Washington bis hierher brauchen würde. Als du gestern endlich hier aufgekreuzt bist und dich ins Kampfgetümmel gestürzt hast, warst du nach meiner Rechnung schon vier Tage überfällig.«

»Es ging leider nicht schneller. Giordino und ich hatten noch einen Versorgungsflug zu einer Forschungsstation nördlich von Spitzbergen zu machen. Und kaum waren wir auf der Eisscholle gelandet, auf der die Expedition ihr Lager aufgeschlagen hatte, kam ein Blizzard auf, und wir lagen zweiundsiebzig Stunden fest.«

Gunn lachte. »Du bewegst dich ja in den extremsten Klimazonen.«

Pitt lächelte nur.

Gunn zog die oberste Schublade eines kleinen Klapptisches auf und reichte Pitt einen großen Umschlag aus Manilapapier, der mehrere Zeichnungen eines seltsamen Fisches enthielt. »Hast du so etwas schon einmal gesehen?«

Pitt studierte die Zeichnungen. Sie zeigten samt und sonders denselben Fisch, freilich von Bild zu Bild mit immer neuen Details. Von zwei Blättern abgesehen, waren es durchwegs künstlerische Darstellungen aus der Antike. Einmal zierte der Fisch eine altgriechische Vase, ein andermal war er offensichtlich Teil eines römischen Freskos. Die beiden Abbildungen aus der Gegenwart zeigten ihn in einer stilisierten Bewegungsstudie. Das letzte Bild schließlich war ein Foto einer Versteinerung. Pitt sah fragend zu Gunn auf.

Der gab ihm ein Vergrößerungsglas. »Hier, schau dir die Sachen mal genauer an.«

Pitt ging sorgfältig noch einmal alle Blätter durch. Auf dem ersten Bild ähnelte der Fisch in Größe und Gestalt einem weißen Thun. Bei genauerer Betrachtung jedoch fiel ihm auf, daß die vorderen Bauchflossen wie kleine, gelenkige, mit Schwimmhäuten überzogene Füße aussahen. Die beiden Bauchflossen erinnerten noch stärker an die Gliedmaßen von Säugetieren.

Pitt pfiff leise durch die Zähne. »Das ist ja ein seltenes Exemplar, Rudi. Wie heißt es?«

»Ich kann mir den lateinischen Namen nicht merken. Unsere Wissenschaftler nennen ihn liebevoll ›Hexenfisch‹.«

»Warum das?«

»Weil er nach allen Naturgesetzen schon vor zweihundert Millionen Jahren hätte aussterben müssen. Aber wie du siehst, gibt es viele Menschen, die ihn noch jetzt gesehen haben wollen. Zum Kummer der Wissenschaft allerdings ist bis jetzt noch nie ein solcher Hexenfisch gefangen worden.« Er ließ seinen Blick aus dem Fenster schweifen. »Wenn dieser Fisch tatsächlich existiert, dann muß er wirklich verhext sein. Es gibt buchstäblich Hunderte von Fischern und Wissenschaftlern, die dir offen in die Augen sehen und voller Überzeugung behaupten, sie hätten schon einen Hexenfisch an der Angel oder im Netz gehabt. Doch jedesmal, wenn er eingeholt werden sollte, sei er wieder entwischt. Jeder Zoologe gäbe seinen rechten Arm dafür, wenn er einen solchen Fisch lebend oder tot in die Hand bekäme.«

Pitt drückte seine Zigarette aus. »Was macht denn ausgerechnet dieses Exemplar so bedeutend?«

Gunn hielt die Zeichnungen in die Höhe. »Du siehst, daß jedes Bild die Haut des Fisches etwas anders darstellt. Einmal hat er winzige Schuppen, ein andermal eine glatte, delphinartige Haut, und auf diesen Zeichnungen da hat er sogar ein Fell, ähnlich wie eine Robbe. Nimmt man all das, die Behaarung und die fußartigen Gliedmaßen, zusammen, dann haben wir es möglicherweise hier mit einer Übergangsform von den Fischen zu den Säugetieren zu tun.«

»Das stimmt. Aber es könnte sich auch um eine frühe Reptilienart handeln.«

Gunn ließ sich nicht beirren. »Die Hypothese, daß es sich um eine Verbindungsstufe zwischen Fischen und Säugetieren handelt, wird auch dadurch erhärtet, daß diese Tiere ausschließlich in warmen, seichten Gewässern leben. Man hat sie nie weiter als fünf Kilometer von der Küste entfernt und stets hier im östlichen Mittelmeer entdeckt, wo die durchschnittliche Wassertemperatur nicht unter zwanzig Grad Celsius sinkt.«

»Was beweist das?« wollte Pitt wissen.

»Eigentlich gar nichts. Aber da die primitiven Säuger am besten in gemäßigt warmen Klimazonen existieren, besteht hier am ehesten die Möglichkeit, daß ein paar Hexenfische bis heute überlebt haben.«

Pitt sah Gunn nachdenklich an. »Tut mir leid, Rudi, ich bin immer noch nicht überzeugt.«

»Ich habe doch gewußt, daß du ein alter Dickschädel bist«, entgegnete Gunn. »Darum habe ich mir den interessantesten Teil auch bis zuletzt aufgespart.« Er verstummte, nahm die Brille ab und putzte sie mit einem Taschentuch. Dann setzte er das schwarze Horngestell wieder auf seine Hakennase und fuhr träumerisch fort: »Während der geologischen Epoche des Trias, noch bevor der

Himalaya und die Alpen aufgefaltet wurden, war das heutige Gebiet um Indien und Tibet von einem riesigen Meer bedeckt. Dieses Meer erstreckte sich bis nach Mitteleuropa, ja sogar bis zur heutigen Nordsee. Die Geologen nennen dieses vorgeschichtliche Meer das ›Meer der Thetis‹. Alles, was davon heute noch übrig ist, sind das Kaspische, das Schwarze und das Mittelmeer.«

»Du mußt entschuldigen, daß ich mich so wenig in der geologischen Zeitrechnung auskenne«, unterbrach ihn Pitt, »aber über welchen Zeitraum erstreckte sich denn die Trias?«

»Von 230 Millionen bis 180 Millionen Jahren vor Christus«, erwiderte Gunn. »Zu dieser Zeit machte die Evolution einen gewaltigen Sprung nach vorn. Die ersten höher entwickelten Reptilien entstanden. Einige Meeresechsen – sie müssen übrigens ziemlich aggressive Zeitgenossen gewesen sein – wurden bis zu sieben Meter lang. Das bemerkenswerteste Ereignis dieser Zeit war allerdings das Auftreten der ersten Dinosaurier. Sie beherrschten bereits den aufrechten Gang, wobei sie ihren Schwanz als eine Art Stütze benutzten.«

Pitt lehnte sich zurück und streckte die Beine aus. »Ich dachte, das Zeitalter der Dinosaurier wäre erst viel später gekommen?«

Gunn lachte. »Du warst zu oft im Kino. Du denkst da sicher an die frühen Fantasy-Filme, in denen sich immer eine Horde Höhlenmenschen mit den Riesenechsen herumschlägt und ein vierzig Tonnen schwerer Brontosaurus oder ein zähnefletschender Tyrannosaurus eine halbnackte, vollbusige Schönheit durch den Farnwald jagt. In Wirklichkeit waren diese bekanntesten Dinosaurier schon sechzig Millionen Jahre vor dem Auftreten des Menschen wieder von der Erdoberfläche verschwunden.«

»Und was hat dein seltsamer Fisch damit zu tun?«

»Stell dir einen zehn Meter langen Hexenfisch vor, der zu dieser Zeit irgendwo im Meer der Thetis gelebt hat. Er stirbt und versinkt im Schlamm des Meeresbodens. Im Lauf der Jahrmillionen lagern sich immer neue Schlammschichten über seinem Grab ab, der Sand sintert zu Sandstein, und unser Fisch hinterläßt ein getreues Abbild seines Gewebes und seines Skeletts in den Gesteinsschichten. Genau zweihundert Millionen Jahre später kommt das Fossil dann bei Neunkirchen in Österreich wieder ans Tageslicht.« Gunn machte eine Pause und fuhr sich mit der Hand durch sein schütteres Haar. Er sah müde und abgespannt aus, doch in seinen Augen spiegelte sich die Begeisterung wider, mit der ihn der bloße Gedanke an den Hexenfisch erfüllte. »Eins darfst du nicht vergessen: Als der Fisch lebte, gab es weder Vögel noch Bienen und erst recht keine behaarten Säugetiere. Selbst die Blumen waren zu dieser Zeit noch nicht entstanden.«

Pitt studierte die Fotografie des Fossils noch einmal. »Es ist doch ziemlich unwahrscheinlich, daß irgend ein Lebewesen eine so riesige Zeitspanne überdauert, ohne die kleinste entwicklungsgeschichtliche Veränderung zu erfahren.«

»Ja, es ist unwahrscheinlich. Aber es ist schon ein paarmal passiert. Der Hai zum Beispiel existiert in seiner heutigen Form schon seit dreihundertfünfzig Millionen Jahren. Der Hufeisenkrebs hat sich ebenfalls seit zweihundert Millionen Jahren nicht verändert. Und das Paradebeispiel ist natürlich der Quastenflosser.«

»Davon habe ich gehört«, erklärte Pitt. »Das ist doch der Fisch, den man seit siebzig Millionen Jahren ausgestorben wähnte und den man dann an der ostafrikanischen Küste wieder aufgespürt hat.«

Gunn nickte. »Der Quastenflosser war damals eine aufsehenerregende Entdeckung, doch es wäre eine ungleich größere wissenschaftliche Sensation, wenn wir einen Hexenfisch ausfindig machen könnten.«

Gunn unterbrach sich, um sich eine neue Zigarette anzuzünden. Das Thema faszinierte ihn offenkundig.

»Der springende Punkt der ganzen Geschichte ist, daß der Hexenfisch möglicherweise eine frühe Stufe der Säugetierentwicklung darstellt und damit auch den ersten Schritt zum Menschen hin. Ich habe vergessen zu erwähnen, daß das Fossil, das man in Österreich gefunden hat, in seiner Anatomie eindeutig säugetierähnliche Merkmale aufweist. Die hervorstehenden Gliedmaßen und teilweise auch die inneren Organe würden ihm gewissermaßen eine entscheidende Weichenstellung von den Fischen zu den Säugetieren verschaffen.«

Pitt blätterte gelangweilt die Zeichnungen durch. »Wenn dieses sozusagen lebende Fossil heute immer noch in seiner ursprünglichen Form herumschwimmt, wie kann es sich dann fortentwickelt haben?«

»Man kann die Pflanzen- und Tierwelt mit einer großen Familie vergleichen«, dozierte Gunn. »Die Nachkommen des einen Seitenzweiges behalten ihre Größe und Gestalt unverändert bei, während der andere Seitenzweig plötzlich lauter Riesen mit zwei Köpfen und vier Armen hervorbringt.«

Pitt wurde unruhig. Er stand auf und ging hinaus auf Deck. Es war inzwischen noch heißer geworden. So ein Aufwand, bloß um einen stinkenden Fisch zu fangen! dachte er. Wen interessiert es denn, ob der Mensch nun vom Affen oder von einem Fisch abstammt? Würde das auch nur das geringste ändern? Bei dem Tempo, mit dem die Menschheit auf ihre Selbstvernichtung hinarbeitet, würde sie wahrscheinlich ohnehin in tausend oder noch weniger Jahren ausgestorben sein. Er wandte sich um, um wieder unter Deck zu gehen, und prallte beinahe gegen Gunn, der ihm gefolgt war.

»Okay«, sagte Pitt nachdenklich. »Jetzt weiß ich also, wonach du und deine Wissenschaftler suchen. Die einzige noch offene Frage ist: Was habe ich mit der ganzen Sache zu tun? Wenn eure Schwierigkeiten allein darin bestehen, daß Kabel reißen, Generatoren kaputt gehen und Werkzeuge fehlen, dann braucht ihr nicht mich, sondern einen guten Mechaniker, der weiß, wie man mit der Ausrüstung richtig umgeht.«

Gunn sah ihn einen Augenblick verwirrt an, dann grinste er. »Ich sehe, daß du Dr. Knight schon ausgequetscht hast.«

»Dr. Knight?«

»Ja, Ken Knight, den Burschen, der dich heute Morgen mit dem Rettungsboot abgeholt hat. Ein brillanter Geophysiker.«

»Das klingt ja sehr imposant«, meinte Pitt. »Er war während der

Fahrt recht freundlich; sonderlich brillant kam er mir allerdings nicht vor.«

Die Hitze wurde unerträglich. Pitt griff unbedachterweise an die Reling und zuckte sofort wieder zurück. Das Metall war glühend heiß. Plötzlich überkam Pitt blinde Wut. Laut fluchend kehrte er in die Kabine zurück und schlug die Tür hinter sich zu.

»Deinen Vortrag hättest du dir schenken können«, fuhr er Gunn böse an, der nicht locker ließ und ihm abermals gefolgt war. »Jetzt sag mir endlich, was für ein Wunder ich vollbringen soll, damit euch in dieser Bruthitze ein Hexenfisch ins Netz geht. Ich brauche endlich eine gescheite Aufgabe.« Er streckte sich auf Gunns Koje aus und holte tief Luft. Die Kühle des Raumes besänftigte ihn wieder. Er wandte seinen Blick Gunn zu. Dessen Miene war völlig ausdruckslos, doch Pitt kannte ihn gut genug, um festzustellen, daß er sich ziemlich unwohl in seiner Haut fühlte. Pitt lächelte und schlug Gunn freundschaftlich auf die Schulter. »Ich will nicht unverschämt sein; aber wenn du möchtest, daß ich mit dir und deinen Wissenschaftlern zusammenarbeite, kostet das dich einen Drink. Die ganze Rederei hat mich durstig gemacht.«

Gunn lachte erleichtert auf und bestellte über die Bordsprechanlage Eis aus der Kombüse. Dann förderte er aus der untersten Schublade seines Schreibtisches eine Flasche Chivas Regal und zwei Gläser zutage.

»Ich habe eine Liste aller Pannen aufgestellt, die wir bis jetzt gehabt haben. Bis das Eis da ist, kannst du sie ja mal schnell überfliegen.« Er reichte Pitt einen gelben Schnellhefter. »Alle Zwischenfälle sind genau notiert und in chronologischer Reihenfolge geordnet. Am Anfang hielt ich das Ganze einfach für eine Pechsträhne, doch inzwischen hat die Kette unserer Mißgeschicke die Grenze des rein Zufälligen weit überschritten.«

»Und daß ihr einfach Pfuscharbeit geleistet habt, ist ausgeschlossen?«

Gunn schüttelte den Kopf.

»Hast du irgendwelche Beweise für Sabotage?«

»Gar keine.«

»Das gerissene Kabel, das Knight erwähnt hat – war es angesägt?«

Gunn zuckte die Achseln. »Nein. Die Enden waren ausgefranst. Das ist überhaupt ein Rätsel für sich. Ich will es dir erklären.« Gunn unterbrach sich und schnippte die Asche seiner Zigarette in den Aschenbecher. »Wir arbeiten mit einem Sicherheitszuschlag von fünfhundert Prozent. Wenn also, wie in unserem Fall, ein Kabel mit einem Zug von zwölftausend Kilogramm belastet werden kann, belasten wir es mit höchstens zweitausendvierhundert Kilo. Wegen dieser strengen Sicherheitsvorschriften hat es bei allen Unternehmungen der NUMA bisher auch noch keinen einzigen Todesfall gegeben. Das menschliche Leben hat bei uns einen höheren Stellenwert als jede noch so neue wissenschaftliche Erkenntnis. Die Unterwasserforschung ist ein riskantes Geschäft, und es gibt viele Männer, die bei ihrem Versuch, dem Meer neue Geheimnisse zu entreißen, schon ihr Leben haben lassen müssen.«

»Und wie hoch war der Sicherheitszuschlag bei dem gerissenen Kabel?«

»Darauf wollte ich gerade zu sprechen kommen. Er betrug fast sechshundert Prozent. Das Kabel war mit ganzen zweitausend Kilo belastet. Wir haben übrigens wahnsinniges Glück gehabt, daß niemand bei dem Kabelbruch verletzt wurde.«

»Kann ich das Kabel einmal sehen?«

»Ja. Ich habe die gerissenen Enden abgesägt und sie für dich aufgehoben.«

Es klopfte an der Tür, und ein rothaariger Junge, nicht älter als achtzehn oder neunzehn, trat ein und brachte einen Kübel voll Eis. Er stellte ihn auf dem Schreibtisch ab und wandte sich dann an Gunn. »Kann ich Ihnen sonst noch etwas bringen, Sir?«

»Eigentlich ja«, erwiderte Gunn. »Geh hinunter in die Werkzeugkammer und such die zwei abgesägten Enden des Kabels, das kürzlich gerissen ist, und bring sie hierher.«

»Sehr wohl, Sir.«

Er trat mit einer zackigen Kehrtwendung ab.

»Einer von der Mannschaft?« fragte Pitt.

Gunn ließ ein paar Eisstückchen in die Gläser fallen und den Whisky drüberlaufen. Er reichte Pitt ein Glas. »Wir haben acht Mann Besatzung und vierzehn Wissenschaftler an Bord.«

Pitt schwenkte sein Glas und beobachtete, wie das Eis in dem Whisky herumstrudelte. »Könnte einer dieser zweiundzwanzig Leute an euren Schwierigkeiten schuld sein?«

Gunn schüttelte den Kopf. »Ich habe oft darüber nachgedacht und jede Personalakte wenigstens fünfzigmal überprüft, aber ich habe nicht den geringsten Anhaltspunkt gefunden, daß irgendeiner dieser Männer ein Motiv hätte, das Projekt zu torpedieren.« Er nahm einen Schluck von seinem Drink. »Nein, ich bin sicher, daß ein Außenstehender sich uns entgegenstellt. Jemand, der uns daran hindern will, einen Fisch zu fangen, den es vielleicht gar nicht gibt.«

Der Junge kam mit den beiden Kabelenden zurück. Er reichte sie Gunn und verließ die Kabine wieder.

Pitt nahm noch einen Schluck und erhob sich von Gunns Bettstatt. Er stellte sein Glas auf dem Tisch ab, nahm die beiden etwa fünfzig Zentimeter langen Kabelstücke und untersuchte die Enden.

Das Kabel sah aus wie jedes andere Stahlseil auch. Es bestand aus zweitausendvierhundert miteinander verdrillten Drähten; der Gesamtdurchmesser betrug anderthalb Zentimeter. Die Drähte waren nicht alle an der gleichen Stelle gerissen; die einzelnen Bruchstellen waren vielmehr bis zu dreißig Zentimeter voneinander entfernt, was den beiden ausgefransten Kabelenden das Aussehen von Pferdeschwänzen verlieh.

Pitt fiel etwas auf. Er nahm das Vergrößerungsglas zur Hand und sah sich unter der Lupe die Kabel noch einmal genauer an. Seine Lippen verzogen sich langsam zu einem zufriedenen Lächeln. Das wird vielleicht noch ein ganz interessanter Fall, dachte er. Vor Vergnügen schlug sein Herz höher.

»Hast du etwas entdeckt?« fragte Gunn.

»Ja, eine ganze Menge«, erwiderte Pitt. »Du hast es mit einem

Gegner zu tun, der unter allen Umständen verhindern will, daß du in seinen Gewässern auf die Pirsch gehst.«

Gunn schoß das Blut in den Kopf. »Was hast du gefunden?« fragte er mit weit aufgerissenen Augen.

»Das Kabel ist vermutlich nicht von selbst gerissen«, erklärte Pitt lakonisch.

»Was heißt das: Nicht von selbst gerissen?« fuhr Gunn auf. »Woher willst du das wissen?«

Pitt ließ ihn durch das Vergrößerungsglas blicken. »Du siehst doch, daß die einzelnen Drähte alle leicht spiralig sind und sich zum Kabelkern hin einrollen. Und du siehst auch, daß die Drähte leicht zersplittert wirken. Wenn jedoch ein Kabel dieses Durchmessers durch bloßen Zug reißt, bleiben die Drähte glatt, und ihre Enden biegen sich leicht nach außen, vom Kabelkern weg. Das ist hier nicht der Fall!«

Gunn starrte auf das zerfetzte Kabel. »Das begreife ich nicht. Was ist denn dann die Ursache des Kabelbruchs?«

Pitt sah nachdenklich vor sich hin. »Ich tippe auf *Primacord*.«

Gunn sah ihn erschreckt an. »Das meinst du doch nicht im Ernst! *Primacord* ist doch ein Sprengstoff.«

»Ja, in der Tat«, erwiderte Pitt gelassen. »*Primacord* sieht aus wie ein Strick oder eine Kordel und kann in jeder Dicke hergestellt werden. Man verwendet es hauptsächlich, um Bäume zu fällen und mehrere Sprengungen an weit auseinanderliegenden Stellen gleichzeitig durchzuführen. Die chemische Reaktion von *Primacord* läßt sich mit der einer brennenden Zündschnur vergleichen, nur daß die Reaktionsgeschwindigkeit – sie erreicht fast Lichtgeschwindigkeit – und die freiwerdende Energie ungleich größer sind.«

»Aber wie soll denn jemand unbemerkt unter dem Schiff eine Sprengladung anbringen? Das Wasser ist hier kristallklar, die Sichtweite beträgt über dreißig Meter. Einer von unseren Wissenschaftlern oder auch von der Mannschaft hätte den Saboteur doch entdekken müssen ... außerdem ist eine solche Explosion nicht zu überhören.«

»Ich will gleich versuchen, das zu klären. Aber vorher mußt du mir zwei Fragen beantworten. Was für ein Gerät hing an dem Kabel, als es riß? Und wann habt ihr das Unglück bemerkt?«

»Das war die Dekompressionskammer. Die Taucher haben in sechzig Meter Tiefe gearbeitet. Der Druckausgleich hat immer ziemlich viel Zeit in Anspruch genommen. Eine zu rasche Dekompression zieht bei dieser Tiefe sonst die Caissonkrankheit nach sich. Wir haben das gerissene Kabel gleich nach dem Frühstück gegen sieben Uhr morgens entdeckt.«

»Ich nehme an, daß ihr die Kammer über Nacht im Wasser gelassen habt?«

»Nein«, erwiderte Gunn. »Wir senken sie gewöhnlich erst kurz vor der Morgendämmerung ab. Sie steht dann schon für alle Fälle bereit. Manchmal ergibt es sich nämlich, daß die Taucher Hals über Kopf ins Wasser müssen.«

»Da hast du deine Erklärung«, rief Pitt. »Jemand tauchte zum Kabel und brachte die Sprengladung an. Die Sichtweite beträgt bei Tag vielleicht dreißig Meter; bei Nacht sieht man jedoch höchstens einen halben Meter weit.«

»Und die Explosion?«

»Ganz einfach, mein Lieber.« Pitt grinste. »Die Unterwasserexplosion einer kleinen Ladung *Primacord* hört sich wahrscheinlich genauso an wie der Überschallknall einer 105 Starfire.«

Gunn sah Pitt respektvoll an. An dieser Theorie gab es wenig zu rütteln. Er runzelte die Stirn. »Wie gehen wir jetzt weiter vor?«

»Du bleibst hier an Bord und suchst weiter nach deinem Hexenfisch. Ich kehre auf die Insel zurück und schnüffle dort ein bißchen herum. Möglicherweise gibt es eine Verbindung zwischen euren dubiosen Betriebsstörungen und dem gestrigen Angriff auf Brady Field. Als nächstes müssen wir dann die Männer aufspüren, die hinter dem ganzen Spuk stecken.«

In dem Augenblick wurde die Tür aufgerissen, und ein Mann kam atemlos hereingestürzt. Eine Badehose und ein breiter Gürtel, an dem ein Messer und ein Nylonnetz hingen, waren alles, was er anhatte. Das Wasser tropfte aus seinem rotblonden Haar und rann ihm über die sommersprossige Brust. Auf dem Teppich bildeten sich sofort dunkle Flecken, als er vor Gunn stehenblieb. »Ich habe einen gesehen, Commander«, meldete er aufgeregt. »Ich habe einen Hexenfisch gesehen, keine drei Meter von mir entfernt.«

Gunn war wie elektrisiert. »Sind Sie sicher? Sie haben ihn genau gesehen?«

»Viel besser, Sir – ich habe ein Foto von ihm.«

Der sommersprossige Mann grinste über das ganze Gesicht. »Wenn ich eine Harpune bei mir gehabt hätte, hätte ich ihn schießen können. Aber ich war bloß getaucht, um Korallenstöcke zu fotografieren.«

»Los!« bellte Gunn. »Bringen Sie den Film ins Labor und lassen Sie ihn entwickeln!«

»Ja, Sir.« Er machte auf dem Absatz kehrt und flitzte zur Tür hinaus. Pitt mußte sich die Salzwasserspritzer aus dem Gesicht wischen, so war er an ihm vorbeigerannt.

Die Freude über die unverhoffte Entdeckung stand Gunn im Gesicht geschrieben. »Mein Gott! Und ich wollte mich schon geschlagen geben und wieder Kurs Heimat nehmen. Aber jetzt bleibe ich hier vor Anker, bis ich entweder an Altersschwäche gestorben bin oder diesen verdammten Hexenfisch gefangen habe. Na, Major, wie gefällt dir diese Entschlossenheit?« wandte er sich augenzwinkernd an Pitt.

Der zuckte nur die Achseln. »Ich mache lieber Jagd auf Frauen.« Der Gedanke an Teri ließ ihn genießerisch lächeln.

4. Kapitel

Es war kurz nach fünf, als Pitt wieder in seinem Quartier in Brady Field ankam. Er riß sich gleich die verschwitzten Sachen vom Leib und ging unter die Dusche. So gut es ging, machte er es sich in der engen Kabine bequem. Er legte sich auf den Rücken und ließ sich das Wasser auf den Bauch prasseln. Den Kopf hatte er in die eine Ecke geklemmt und die Beine in der Ecke schräg gegenüber gegen die Wand gestemmt. Einem Außenstehenden wären diese Verrenkungen sicherlich äußerst schmerzhaft vorgekommen, doch Pitt fühlte sich pudelwohl. Wenn es die Zeit erlaubte, duschte er immer auf diese Weise. Manchmal schlief er sogar dabei ein; doch meistens nutzte er die Ruhe, um ungestört nachzudenken – wie zum Beispiel gerade jetzt.

Er rief sich alles, was bisher geschehen war, noch einmal ins Gedächtnis zurück. Gab es eine Verbindung zwischen den einzelnen Ereignissen? Aber es gelang ihm nicht, sich auf diese Frage zu konzentrieren. Immer wieder schweiften seine Gedanken von diesem Kernproblem ab. Besonders der rätselhafte Lastwagen irritierte ihn. Er versuchte krampfhaft, den Gedanken an den Lastwagen zu verdrängen – vergebens. Schließlich fand er sich damit ab und stellte sich die ganze Szene noch einmal bewußt vor Augen, in der Hoffnung, auf diese Weise vielleicht der Lösung des Rätsels näherzukommen.

Plötzlich tauchte eine verschwommene Gestalt vor dem Milchglas der Kabinentür auf und riß ihn aus seinen Grübeleien.

»He, du da«, polterte Giordinos Baß. »Du bist schon seit einer halben Stunde unter der Dusche; du mußt ja schon ganz aufgeweicht sein!«

Pitt sah ein, daß es mit der Ruhe vorbei war, und drehte das Wasser ab.

»Beeil dich mal ein bißchen!« rief Giordino. Dann erst merkte er, daß das Wasser nicht mehr rauschte, und mit gedämpfterer Stimme fuhr er fort: »Colonel Lewis ist auf dem Weg hierher – er muß jede

Sekunde da sein.«

Pitt seufzte. Er rappelte sich mühsam hoch und wäre um ein Haar auf den glitschigen Kacheln ausgerutscht. Er schnappte sich das Handtuch, das an der Kabinentür hing, und trocknete sich ab. Das Bewußtsein, daß er nur eines höheren Offiziers wegen seine behagliche Ruhe unter der Dusche hatte aufgeben müssen, machte ihn sauer. Böse starrte er durch die Milchglasscheibe.

»Richte Colonel Lewis aus, er möge sich mit sich selbst vergnügen und eine Weile warten.« Seine Stimme hatte einen abweisenden Unterton. »Ich komme, sobald ich fertig bin. Und jetzt verschwinde aus meinem Bad, du Dreckskerl.« Pitt spürte, wie ihm auf einmal das Blut in den Kopf schoß. Er hatte seinen alten Freund wirklich nicht beleidigen wollen. »Entschuldige, Al. Ich war mit meinen Gedanken ganz woanders«, murmelte er beschämt.

»Schon gut.« Ohne ein weiteres Wort verließ Giordino achselzuckend das Badezimmer und schloß hinter sich die Tür.

Pitt rubbelte sich gründlich ab und rasierte sich noch. Giordino und Colonel Lewis warteten geduldig, als er endlich das Schlafzimmer betrat.

Lewis saß auf dem Bettrand und zwirbelte fortwährend seinen ungeheuer großen roten Knebelbart. Sein breites, rosiges Gesicht und die verschmitzten blauen Augen mitsamt dem Bart gaben ihm das Aussehen eines freundlichen Holzfällers. Seine Bewegungen hatten etwas Hektisches an sich, und er sprach schnell und abgerissen. Als ob er Ameisen in der Hose hätte, dachte Pitt und konnte ein Schmunzeln nicht unterdrücken.

»Verzeihen Sie, daß ich so einfach hier hereinplatze«, dröhnte Lewis. »Aber ich würde gern wissen, ob Sie etwas Neues in Erfahrung haben bringen können, was den gestrigen Angriff angeht.« Er schien sich nicht daran zu stören, daß Pitt nackt war.

»Nein, leider nicht. Es gibt zwar ein paar Verdachtsmomente, und ich habe mir auch so meine Gedanken gemacht. Aber bis jetzt habe ich noch nichts in der Hand.«

»Ich hatte gehofft, Sie wären auf eine aussichtsreiche Spur gestoßen. Ich habe jetzt übrigens auch die Luftaufklärung mit den Ermittlungen betraut.«

»Haben Sie irgendwelche Hinweise auf die *Albatros* gefunden?« fragte Pitt.

Lewis wischte sich den Schweiß von der Stirn. »Ins Meer kann die alte Kiste jedenfalls nicht gestürzt sein. Es war nicht die kleinste Öllache auszumachen. Sie muß sich mitsamt ihrem Piloten in Luft aufgelöst haben.«

»Vielleicht hat er es bis zum Festland geschafft«, warf Giordino ein.

»Das ist ebenfalls nicht möglich«, erwiderte Lewis. »Keine Menschenseele hat die *Albatros* dort drüben ankommen oder abfliegen sehen.«

Giordino nickte zustimmend. »Ein uraltes Flugzeug, das höchstens hundertfünfzig Stundenkilometer schnell und außerdem knallgelb angestrichen ist, kann unmöglich unbemerkt das Festland überfliegen.«

Lewis zog eine Schachtel Zigaretten aus der Tasche. »Am meisten irritiert mich das ausgezeichnete Timing des Überfalls. Unser Angreifer muß genau gewußt haben, daß um diese Zeit weder ein Flugzeug starten noch landen würde.«

Pitt knöpfte sein Hemd zu und rückte die goldenen Eichenblätter auf seinen Achselklappen zurecht. »Das dürfte nicht allzu schwer herauszufinden gewesen sein. Jeder auf Thasos weiß wahrscheinlich, daß Brady Field an Sonntagen wie ausgestorben ist. Übrigens erinnert mich die ganze Sache sehr an den Überfall auf Pearl Harbour. Selbst die Taktik, durch einen Bergpaß das Ziel anzufliegen und so möglichst lange unentdeckt zu bleiben, war dieselbe.«

Lewis zündete sich eine Zigarette an, wobei er sorgsam darauf achtete, nicht seinen Schnurrbart in Brand zu stecken. »Gott sei Dank hat Ihre unerwartete Ankunft unseren Angreifer überrumpelt. Sie hat uns übrigens selbst überrascht. Sie haben nämlich die letzten dreihundert Kilometer unser Radarfeld unterflogen.« Er nahm einen tiefen Zug. »Sie können sich gar nicht vorstellen, was das für eine Freude war, als Ihr alter Blechvogel so unerwartet angerauscht kam.«

»Unser Freund in der *Albatros* war weniger begeistert«, warf Giordino grinsend ein. »Er kriegte vor Staunen den Mund nicht mehr zu, als er sich uns auf einmal gegenübersah.«

Pitt hatte inzwischen seinen Schlips umgebunden. »Brady Field lag ja auch eigentlich nicht auf unserer Route. Ursprünglich wollten wir direkt neben der *First Attempt* wassern. Deshalb waren weder dieser Kamikaze noch der Tower auf unser Erscheinen gefaßt.« Er schwieg einen Moment und sah Lewis nachdenklich an. »Ich würde Ihnen dringend raten, Ihre Leute in Verteidigungsbereitschaft zu halten, Colonel. Ich habe das dumpfe Gefühl, daß wir die *Albatros* nicht zum letzten Mal gesehen haben.«

»Woher wollen Sie das so sicher wissen?« fragte Lewis gespannt.

Pitt sah ihn scharf an. »Er verfolgte mit seinem Angriff eine bestimmte Absicht. Er wollte nicht einfach amerikanische Soldaten umlegen oder die Militärmaschinen in Brand stecken, sondern vor allem eine Panik auslösen.«

»Aber was hat er davon?« fragte Giordino.

»Überlegen Sie einmal.« Pitt warf einen verstohlenen Blick auf seine Uhr. »Wenn die Lage wirklich bedrohlich wäre, müßten Sie alle amerikanischen Zivilisten von der Insel aufs Festland evakuieren lassen. Oder etwa nicht, Colonel?«

»Ja, das ist richtig«, pflichtete ihm Lewis bei. »Aber im Augenblick sehe ich für einen solchen Schritt noch keinen Grund. Die griechische Regierung hat mir volle Unterstützung bei der Suche nach der *Albatros* und ihrem Piloten zugesagt.«

»Aber wenn Sie die Evakuierung für nötig hielten«, drängte Pitt weiter, »würden Sie doch auch Commander Gunn die Order geben, mit der *First Attempt* die Gegend hier zu verlassen?«

Lewis' Augen verengten sich. »Ja, natürlich. Das Schiff lädt zu einem Luftangriff ja geradezu ein.«

Pitt steckte sich gleichfalls eine Zigarette an. »Ob Sie es glauben oder nicht: Das ist des Rätsels Lösung, Colonel.«

Giordino und Lewis sahen einander verblüfft an. Dann starrten sie wieder auf Pitt.

»Wie Sie wissen, Colonel, wurden Giordino und ich hierher nach Thasos beordert, um die seltsamen Unfälle, die seit Wochen die Arbeit auf der *First Attempt* behindern, aufzuklären«, fuhr Pitt fort. »Nun hat sich heute morgen bei meinem Gespräch mit Commander Gunn herausgestellt, daß es sich hier um Sabotage handelt. Zweifellos besteht demnach eine Verbindung zwischen dem gestrigen Überfall und den Zwischenfällen auf der *First Attempt*. Wenn man in diese Richtung noch einen Schritt weiterüberlegt, kommt man unweigerlich zu dem Schluß, daß das Flugfeld gar nicht das eigentliche Angriffsziel unseres Widersachers gewesen ist. Der Überfall hatte nur einen Zweck: die *First Attempt* aus den Gewässern um Thasos zu verscheuchen.«

Lewis schaute Pitt nachdenklich an. »Und weshalb?«

»Darauf weiß ich auch noch keine Antwort«, erwiderte Pitt. »Aber ich bin überzeugt, daß unser mysteriöser Freund gewichtige Gründe für sein Manöver hat. Er spielt um einen hohen Einsatz. Vermutlich hat er irgend etwas zu verbergen, was durch die Forschungen der NUMA ans Tageslicht gebracht werden könnte.«

»Dieses etwas, das Sie da ansprechen – könnte das vielleicht ein versunkener Schatz sein?« Lewis' Lippen glänzten feucht.

Pitt zog eine Reisemütze aus seinem Koffer und setzte sie auf. »Das wäre eine Möglichkeit.«

Ein träumerischer Ausdruck trat in Lewis' Augen. »Welchen Wert er wohl haben mag?«

»Al«, wandte sich Pitt an Giordino, »kannst du dich mit Sandekker in Verbindung setzen und ihn bitten, Erkundigungen über alle Schätze, die möglicherweise im näheren Umkreis von Thasos versunken sind, einzuziehen? Er soll sobald wie möglich zurückrufen. Sag ihm, es sei dringend.«

»Wird erledigt«, erwiderte Giordino. »In Washington ist es jetzt elf Uhr morgens. Bis zum Frühstück müßten wir Bescheid erhalten.«

»Endlich machen wir Fortschritte«, frohlockte Lewis. »Gott sei Dank! Das Pentagon sitzt mir nämlich schon im Nacken und will wissen, wie ich mit den Ermittlungen vorankomme. Kann ich Ihnen irgendwie helfen?«

Pitt sah abermals auf seine Uhr. »Wie es bei den Pfadfindern so schön heißt – allzeit bereit sein, das ist alles, was wir zur Zeit tun können. Brady Field und die *First Attempt* werden sicher aufmerksam beobachtet. Wenn unseren Gegnern klar wird, daß niemand evakuiert wird und die *First Attempt* dort draußen seelenruhig vor Anker liegen bleibt, dürften wir mit einem weiteren Besuch der Albatros rechnen. Sie haben Ihr Fett schon abgekriegt, Colonel. Ich schätze, als nächster ist Commander Gunn dran.«

»Bitte richten Sie dem Commander aus, daß er meine volle Unterstützung hat«, meinte Lewis.

»Danke, Sir«, erwiderte Pitt. »Aber ich halte es nicht für klug, den Commander jetzt schon zu warnen.«

»Aber um Himmels willen, warum denn nicht?« fragte Giordino entsetzt.

Pitt grinste gelassen. »Erstens ist das, was ich gesagt habe, reine Vermutung. Zweitens würden wir unsere eigenen Absichten durchkreuzen, wenn wir die *First Attempt* plötzlich in ein Kriegsschiff verwandeln würden. Nein, wir brauchen einen Köder für unser Gespensterflugzeug, mit dem wir es aus seinem Schlupfwinkel lokken können.«

Giordino maß Pitt mit einem zweifelnden Blick. »Du kannst das Leben der Wissenschaftler und der Schiffsbesatzung doch nicht bedenkenlos aufs Spiel setzen und sie völlig wehrlos einem Angriff preisgeben?«

»Gunn ist noch nicht unmittelbar in Gefahr. Das Phantom wird mindestens noch einen Tag warten, ob die *First Attempt* nicht abfährt, und dann erst einen neuen Angriff starten.« Pitt lächelte breit. »In der Zwischenzeit werde ich mir schon etwas einfallen lassen, um die *Albatros* zu überrumpeln.«

Lewis stand auf und faßte Pitt scharf ins Auge. »Ich kann für diese

Leute nur hoffen, daß das, was Sie sich ausdenken, auch klappt.«

»Es gibt keinen absolut unfehlbaren Plan, Colonel«, erwiderte Pitt. »Man kann nur das Risiko so klein wie möglich halten.«

Giordino ging zur Tür. »Ich gehe hinüber zur Funkstation und setze mich mit Washington in Verbindung.«

»Wenn Sie das hinter sich gebracht haben, schauen Sie doch bei mir zum Abendessen vorbei«, sagte Lewis. Schnurrbartzwirbelnd wandte er sich an Pitt. »Sie sind ebenfalls eingeladen. Es gibt Muscheln und Pilze in Weißweinsoße, meine Spezialität.«

»Das klingt ja sehr verlockend«, schmunzelte Pitt. »Doch ich fürchte, ich muß absagen. Ich bin bereits zum Abendessen verabredet . . . mit einer reizenden jungen Dame.«

Giordino und Lewis starrten ihn sprachlos an.

Pitt versuchte möglichst lässig zu wirken. »Sie will mich um sechs am Haupteingang abholen lassen, in zweieinhalb Minuten also. Also muß ich Ihnen Adieu sagen. Guten Abend, Colonel, und vielen Dank für Ihre Bemühungen. Ich hoffe, Sie wiederholen Ihre Einladung ein andermal.« Er wandte sich an Giordino. »Sag mir Bescheid, wenn der Admiral zurückruft, Al.« Er drehte sich um und verließ den Raum.

Lewis schüttelte den Kopf. »Nimmt er uns jetzt auf den Arm oder hat er tatsächlich ein Rendezvous?«

»Was Frauen anbetrifft, so hat Dirk mir noch nie einen Bären aufgebunden«, meinte Giordino. Lewis' verdutzte Miene stimmte ihn äußerst heiter.

»Aber wo soll er sie denn kennengelernt haben? Meines Wissens war er den ganzen Tag nirgendwo anders als auf dem Flugfeld und auf dem Forschungsschiff.«

Giordino zuckte die Achseln. »Keine Ahnung. Aber soweit ich Major Pitt kenne, würde es mich nicht wundern, wenn er sie auf den hundert Metern zwischen dem Haupttor und der Anlegestelle aufgegabelt hätte.«

Lewis' dröhnendes Gelächter erfüllte den Raum. »Also kommen Sie, Captain. Ich bin zwar nicht sehr sexy, aber immerhin kann ich kochen. Wie wär's mit ein paar Muscheln?«

»Warum nicht?« erwiderte Giordino. »Das wäre zur Abwechslung mal ein erfreuliches Ereignis.«

5. Kapitel

Als Pitt durch das Haupttor schritt, versank die Sonne bereits hinter den Hügeln, und die bewaldeten Gipfel warfen lange Schatten über das Flugfeld. Es hatte sich merklich abgekühlt. Pitt ging vor bis zur Straße, um dort zu warten. Tief sog er die frische Meeresluft in seine Lungen. Hinter der rollenden Brandung lag, von orangefarbenem Licht überflutet, die *First Attempt*. Die Sicht war kristallklar, und er konnte über eine Entfernung von drei Kilometern jede Bewegung auf dem Schiff ausmachen. Der Anblick überwältigte ihn. Dann besann er sich und hielt nach dem versprochenen Auto Ausschau.

Der Wagen wartete bereits etwas weiter oben am Straßenrand.

»Alle Achtung«, murmelte Pitt. Er ging gemächlich auf das Fahrzeug zu und besah es sich voll Interesse.

Es war eine Maybach-Zeppelin Limousine. Als Markenzeichen schmückten zwei große, ineinander verschlungene »M« den Kühlergrill. Allein die Kühlerhaube war 1,80 Meter lang; an ihrem Ende ging sie in die niedrige, zweigeteilte Windschutzscheibe über, hinter der der Chauffeur saß. Der offene Fahrersitz war durch eine versenkbare Scheibe von der Fahrgastkabine getrennt. Die langen, nach hinten gezogenen Kotflügel und die Trittbretter waren schwarz lakkiert und hoben sich eindrucksvoll von der silbernen Karosserie ab. Der ganze Wagen vermittelte den Eindruck verhaltener Kraft und Energie. Es war ein klassisches Auto, gewissermaßen der deutsche Rolls-Royce. In jeder Schraube, jeder Niete steckte die ganze Kunstfertigkeit des deutschen Automobilbaus.

Pitt blieb neben dem Wagen stehen und strich mit der Hand liebevoll über das ungeheure Reserverad, das in die Vertiefung hinter dem vorderen Kotflügel eingelassen war. Er lachte leise, als er das rautenförmige Reifenprofil sah; dann wandte er sich dem Fahrer zu.

Der Chauffeur lehnte lässig hinter dem Steuer und vertrieb sich die Zeit damit, leise gegen die Tür zu trommeln. Um seine Langeweile kundzutun, gähnte er ab und zu aus vollem Halse. Er trug eine graugrüne Uniform, die seltsam an den Waffenrock eines Nazi-Offiziers erinnerte, nur daß Achselklappen und Rangabzeichen fehlten. Eine große Schirmmütze verdeckte sein Haar und ließ nur die kurzen blonden Koteletten frei. Auf seiner Nase saß eine altmodische, silberne Brille und glitzerte in der untergehenden Sonne. In seinem Mundwinkel hing eine lange dünne Zigarette; er sah ausgesprochen selbstgefällig und arrogant aus. Er bemühte sich auch in keiner Weise, diesen Eindruck zu verwischen.

Er war Pitt sofort herzlich unsympathisch. Der Major setzte einen Fuß auf das Trittbrett und schenkte dem Mann in Uniform einen scharf prüfenden Blick. »Ich glaube, Sie warten auf mich. Mein Name ist Pitt.«

Der blonde Chauffeur hielt es nicht für nötig, zu ihm aufzusehen. Er schnippte nur seine Zigarette über Pitts Schulter auf die Straße, richtete sich auf und startete den Wagen. »Wenn Sie der amerikanische Müllmann sind«, erklärte er mit einem unverkennbar deutschen Akzent, »dann steigen Sie ein.«

Pitt grinste, und sein Blick wurde hart. »Soll ich mich vorn zum stinkenden Pöbel setzen, oder darf ich nach hinten zu den besseren Leuten?«

»Ganz wie Sie wollen«, erwiderte der Chauffeur. Er lief zornrot an, doch er würdigte Pitt noch immer keines Blickes.

»Danke«, sagte Pitt mit samtweicher Stimme. »Ich werde den Rücksitz nehmen.« Er drückte den riesigen verchromten Türgriff nieder und kletterte ins Wageninnere. Um dem Fahrer den Blick in die Fahrgastkabine zu verwehren, zog er die Jalousie über dem Trennfenster herab. Dann ließ er sich in die weichen Polster aus marokkanischem Leder sinken, steckte sich eine Zigarette an und machte es sich für die Fahrt bequem.

Der Motor des Maybach ließ kaum mehr als ein Flüstern hören, als der Chauffeur den Gang einlegte und der majestätische Wagen die Straße nach Liminas entlangrollte.

Pitt kurbelte das Seitenfenster herab und betrachtete die Landschaft, die an ihm vorbeiflog. Kiefern und Kastanienbäume standen verstreut auf den Hügeln, und den schmalen Küstenstreifen säumten uralte Olivenbäume. Ab und zu durchbrachen kleine Tabak- oder Weizenfelder die Einförmigkeit der Landschaft. Sie erinnerten Pitt an die kleinen Farmen, die er so oft gesehen hatte, wenn er den Süden der Vereinigten Staaten überflog.

Sie durchfuhren ein malerisches Dorf. Sämtliche Häuser waren weiß gekalkt, und ihre überhängenden Flachdächer berührten sich beinahe in den engen Gassen. Der Maybach spritzte durch ein paar Pfützen, die die alte Pflasterstraße zierten; dann hatten sie den Ort auch schon hinter sich gelassen, und Liminas kam in Sicht. Noch bevor sie das kleine Städtchen erreicht hatten, bogen sie unvermittelt von der Hauptstraße auf eine kleine, staubige Küstenstraße ab. Der holprige Feldweg war wohl ursprünglich ein Maultierpfad gewesen und bestand fast ausschließlich aus steilen Haarnadelkurven.

Pitt konnte sich lebhaft vorstellen, wie der Chauffeur hinter dem Steuer zu arbeiten hatte. Der schwerfällige Wagen war mehr für gelegentliche Spazierfahrten *Unter den Linden* geeignet als für eine solche Holperstrecke. Pitt besah sich die jäh abstürzenden Klippen und überlegte, was wohl passieren würde, wenn ihnen plötzlich ein Auto aus der anderen Richtung entgegenkäme. Endlich tauchte das Ziel der Reise vor ihnen auf: ein ungeheurer weißer Kasten, der sich in die grauen Klippen schmiegte. Sie nahmen eine letzte Kurve und fuhren die asphaltierte Auffahrt hinauf.

Pitt war beeindruckt. Man hatte das Haus hoch über dem Meer zwischen zwei Felsen gesetzt. In der Anlage ähnelte es einer römischen Villa. Der weitläufige Garten war herrlich gepflegt, und das ganze Anwesen atmete Reichtum und Eleganz. In der hohen Mauer, die es umfriedete, öffnete sich wie von unsichtbarer Hand bewegt nun ein Tor, der Chauffeur fuhr ohne anzuhalten die von Kiefern gesäumte Auffahrt hoch und kam vor einer großen Marmortreppe zum Stehen. Eine antike Statue – eine Frau, die ein Kind im Arm hielt – stand in der Mitte der Treppe und schaute stumm auf Pitt herab, als er dem Maybach entstieg.

Er war die Treppe bereits zur Hälfte hinaufgegangen, als er plötzlich kehrt machte und zu dem Wagen zurücklief.

»Verzeihen Sie, Herr Chauffeur«, sagte er. »Ich wüßte gern noch Ihren Namen.«

Der Fahrer sah verwirrt auf. »Willy. Warum fragen Sie?«

»Willy, mein Freund, ich würde gern noch etwas mit Ihnen besprechen«, fuhr Pitt ernst fort. »Können Sie einen Augenblick den Wagen verlassen?«

Willys Blick verdüsterte sich, doch dann zuckte er die Achseln, stieg aus und blickte Pitt herausfordernd an. »Also, Mr. Pitt, was gibt's?«

»Sie tragen Reitstiefel, wie ich sehe?«

»Ja.«

Pitt lächelte sein schönstes Gebrauchtwagenhändlerlächeln. »Reitstiefel sind doch genagelt, nicht wahr?«

»Ganz recht, Reitstiefel sind genagelt«, erwiderte Willy gereizt. »Was soll die Fragerei? Ich habe zu tun. Haben Sie noch etwas auf dem Herzen?«

Pitts Miene versteinerte. »Ich fühle mich einfach verpflichtet, Sie zu warnen. Wenn Sie das nächstemal unter die Spanner gehen, sollten Sie Ihre Brille absetzen. Die reflektiert nämlich das Sonnenlicht und verrät Sie in Ihrem Versteck.«

Das Blut wich aus Willys Gesicht. Er wollte etwas sagen, doch Pitt rammte ihm schon die Faust in die Zähne und schnitt ihm so das Wort ab. Der Hieb warf Willys Kopf nach hinten, und seine Mütze fiel herunter. Sein Blick wurde leer, und er sank wie ein fallendes Blatt im Herbst langsam auf die Knie. Betäubt blieb er knien. Das Blut strömte aus seiner gebrochenen Nase und tropfte auf die Rockaufschläge seiner Uniform.

Pitt massierte die Knöchel seiner Hand und grinste zufrieden. Dann drehte er sich um und eilte mit ein paar großen Sätzen die Treppe hinauf. Oben passierte er einen steinernen Torbogen und stand dann in einem runden Innenhof. Ein Schwimmbecken befand sich in der Mitte, und rund um den Hof standen zwanzig lebensgroße Standbilder römischer Soldaten. In der Abenddämmerung sahen die Figuren seltsam echt aus, und Pitt hatte das unheimliche Gefühl, die steinernen Krieger könnten jeden Augenblick zum Leben erwachen.

Er schritt um das Schwimmbecken herum und hielt vor einer massiven Flügeltür am gegenüberliegenden Ende des Hofes. Ein großer, bronzener Türklopfer in Form eines Löwenhauptes war in die Tür eingelassen. Pitt klopfte. Dann drehte er sich noch einmal um und betrachtete den Innenhof. Die ganze Szenerie erinnerte ihn an ein Mausoleum. Es fehlen bloß noch ein paar Kränze und Orgelmusik, dachte er.

Die Tür öffnete sich lautlos. Pitt spähte ins Hausinnere. Da er niemanden erblickte, blieb er wartend auf der Schwelle stehen. Doch nichts geschah. Endlich wurde er des Versteckspiels müde, zog den Kopf ein und trat durch das Portal in eine luxuriös eingerichtete Halle.

Von allen vier Wänden hingen Wandteppiche herunter, samt und sonders mit Schlachtszenen geschmückt. Oben schloß der Raum mit einem hohen Kuppeldach ab, von dem gedämpftes gelbliches Licht herabschien. Pitt sah sich um. Er war allein; also setzte er sich auf eine der beiden marmornen Bänke, die in der Mitte des Raumes standen, und zündete sich eine Zigarette an. Die Zeit verrann. Verzweifelt suchte er nach einem Aschenbecher.

Dann wurde plötzlich einer der Wandteppiche zur Seite gezogen, und ein alter, massiger Mann in Begleitung eines riesigen Schäferhundes betrat den Raum.

6. Kapitel

Ein bißchen verwirrt musterte Pitt zunächst den großen Schäferhund und richtete seinen Blick dann auf den alten Mann. Dessen Physiognomie war nicht vertrauenerweckend: ein rundes Gesicht, Stiernacken und kurzgeschorenes Haar. Er sah unfreundlich aus und blickte Pitt argwöhnisch an. Die eng aufeinander gepreßten Lippen verliehen ihm ein verkniffenes Aussehen. Er war von kräftiger, untersetzter Figur, allerdings alles andere als fett. Erich von Stroheim ist wieder auferstanden, fuhr es Pitt durch den Kopf. Tatsächlich hatte der Alte eine verblüffende Ähnlichkeit mit dem berühmten Filmbösewicht. Alles, was ihm fehlte, waren die Reitpeitsche und die blankgewichsten Stiefel.

»Guten Abend«, begrüßte er Pitt. Seine Stimme klang unangenehm kehlig. »Sie sind vermutlich der Herr, den meine Nichte zum Essen eingeladen hat?«

Pitt erhob sich, ohne das hechelnde Ungeheuer neben dem Alten aus den Augen zu lassen. »Ja Sir. Major Dirk Pitt.«

Überrascht zog der Alte die Augenbrauen hoch. »Meine Nichte hat mir erzählt, Sie stünden noch unter dem Rang eines Sergeants, und Ihre militärischen Aufgaben beschränkten sich auf die Abfallbeseitigung?«

»Sie müssen verzeihen. Wir Amerikaner haben eine eigene Auffassung von Humor«, erwiderte Pitt belustigt. »Ich hoffe, mein kleiner Scherz hat Ihnen keine Unannehmlichkeiten bereitet.«

»Nein, ein bißchen Sorge vielleicht, aber keine Unannehmlichkeiten.« Der Deutsche betrachtete Pitt eingehend und streckte ihm dann die Hand hin. »Sehr erfreut, Sie kennenzulernen, Major. Ich bin Bruno von Till.«

Pitt ergriff Tills Rechte und erwiderte seinen Blick. »Die Freude ist ganz auf meiner Seite, Sir.«

Von Till zog einen Wandteppich beiseite, hinter dem sich ein Durchgang befand. »Wenn Sie mir bitte folgen wollen, Major. Sie werden sich noch für die Länge eines Drinks mit meiner Gesellschaft begnügen müssen. Teri ist mit ihrer Toilette noch nicht fertig.«

Er geleitete Pitt durch einen dunklen Korridor in ein geräumiges Studio. Studio-Gewölbe wäre eigentlich der passendere Ausdruck gewesen: Die Decke, gestützt von ionischen Säulen, überspannte den Raum in neun Metern Höhe. Die wenigen Möbelstücke waren von klassischer Schlichtheit. Der gewaltige Raum erhielt dadurch etwas Würdevoll-Erhabenes. Man hatte bereits ein kleines Wägelchen mit original griechischen Vorspeisen aufgefahren; in einer Nische befand sich eine gut ausgestattete Bar. Das einzige, was aus dem Rahmen fiel, war ein Modell eines deutschen Unterseebootes, das auf einem Regal über der Bar stand.

Von Till bat Pitt, Platz zu nehmen. »Was möchten Sie trinken, Major?«

»Einen Scotch on the Rocks«, erwiderte Pitt und ließ sich auf einem Sofa nieder. »Ihre Villa ist höchst beeindruckend. Sicher hat sie eine interessante Vorgeschichte?«

»Ja. Sie wurde 138 v. Chr. von den Römern erbaut und war ursprünglich ein Tempel der Minerva, der Göttin der Weisheit. Ich habe die Ruine kurz nach dem Ersten Weltkrieg erworben und sie in dieser Form wieder aufgebaut.« Er reichte Pitt ein Glas. »Sollen wir einen Toast ausbringen?«

»Worauf?«

Von Till lächelte. »Die Wahl liegt bei Ihnen, Major. Schöne Frauen, Reichtum . . . ein langes Leben. Vielleicht auf Ihren Präsidenten . . .«

Pitt holte tief Luft. »In diesem Fall schlage ich einen Toast auf Kurt Heibert vor, den *›Mazedonischen Falken‹*.«

Von Till wurde blaß. Er ließ sich langsam auf einen Stuhl sinken und spielte nachdenklich mit seinem Drink. »Sie sind ein sehr ungewöhnlicher Mensch, Major. Sie geben sich als Müllmann aus. Sie kommen in mein Haus und schlagen meinen Chauffeur nieder. Und nun wollen Sie auch noch einen Toast auf meinen alten Kameraden Kurt Heibert ausbringen.« Er lächelte Pitt über sein Glas hinweg zu.

»Doch das ist ja alles nichts gegen Ihre Vorstellung am Strand heute morgen. Meine Gratulation zu diesem Meisterstück. Teri ist wie umgewandelt. So leid es mir tut, ich werde Ihnen diese Quasi-Verführung vergeben müssen.«

Das hätte nun wiederum Pitt überraschen sollen, doch der warf nur den Kopf zurück und lachte. »Ich möchte mich aufrichtig entschuldigen. Allerdings nicht für die Prügel, die ich Ihrem verdrehten Chauffeur verpaßt habe. Willy hat sie verdient.«

»Der arme Willy kann nichts dafür. Er hat Teri auf meinen Befehl hin überwacht. Sie ist meine einzige noch lebende Verwandte, und ich möchte nicht, daß ihr etwas zustößt.«

»Was sollte ihr denn zustoßen?«

Von Till erhob sich, ging hinüber zum offenen Verandafenster und sah hinaus auf das dunkle Meer. »Ich habe über ein halbes Jahrhundert hart und unter großen persönlichen Opfern geschuftet, um meine Organisation auf die Beine zu stellen. Dabei habe ich mir auch einige Feindschaften zugezogen. Ich muß stets auf der Hut sein.«

Pitt betrachtete von Till nachdenklich. »Tragen Sie deshalb eine Luger in Ihrem Schulterhalfter?«

Von Till trat vom Fenster zurück und zog unsicher seinen weißen Smoking über der Aufbauschung unter der linken Achsel zurecht. »Darf ich fragen, woher Sie wissen, daß es eine Luger ist?«

»Reine Vermutung«, antwortete Pitt. »Sie sind der Mensch, der eine Luger mit sich herumträgt.«

Von Till zuckte die Achseln. »Normalerweise trete ich nicht so kriegerisch auf; doch nach dem, wie Teri Sie beschrieben hatte, hatte ich allen Grund, eine etwas zwielichtige Person zu erwarten.«

»Zugegeben, ich habe schon einige Schandtaten begangen«, meinte Pitt lächelnd, »doch Mord und Erpressung gehören nicht zu meinem Repertoire.«

Von Tills Blick verfinsterte sich. »Ich an Ihrer Stelle wäre nicht so vorschnell mit meinem Urteil.«

»Das klingt ja sehr mysteriös«, erklärte Pitt. »Was für Geschäfte betreiben Sie eigentlich?«

Von Till musterte Pitt mißtrauisch, dann verzog er seine Lippen zu einem gekünstelten Lächeln. »Ich möchte Ihnen nicht den Appetit verderben. Vor allem um Teris willen nicht. Sie hat nämlich den halben Nachmittag in der Küche verbracht, damit ja nichts mit dem Essen danebengeht.« Er zuckte die Achseln. »Vielleicht erzähle ich Ihnen ein andermal davon, wenn ich Sie etwas besser kenne.«

Pitt schwenkte den letzten Schluck Whisky im Glas und überlegte, in welche dunkle Affäre er da wohl hineingeraten war. Von Till war nach seinen bisherigen Beobachtungen entweder ein Dummkopf oder ein ganz raffinierter Bursche.

»Darf ich Ihnen nachschenken?« fragte von Till.

»Nur keine Umstände, ich bediene mich selbst.« Pitt kippte den Rest seines Scotch hinunter, ging hinüber zur Bar und goß sich einen neuen Whisky ein. Dann wandte er sich wieder seinem Gastgeber zu.

»Soweit ich weiß, liegen die Umstände, unter denen Kurt Heibert gestorben ist, ziemlich im Dunkeln. In den deutschen Akten heißt es einfach, er sei von den Briten abgeschossen worden und in die Ägäis gestürzt. Doch nirgendwo steht verzeichnet, wer Heibert bezwungen hat. Ebenso steht in den Akten auch nichts darüber, ob je Heiberts Leichnam gefunden wurde.«

Von Till streichelte geistesabwesend den Hund neben sich und starrte ins Leere. »Kurt führte damals seinen Privatkrieg gegen die Briten«, erklärte er endlich. »Er war wie besessen. Von Taktik und Strategie hielt er nichts; er focht stets wie blind drauflos. Während des Kampfes fluchte und tobte er und schlug sich die Fäuste am Armaturenbrett blutig. Beim Start gab er immer Vollgas, so daß die Maschine hüpfte und schlingerte. Die *Albatros* sah jedesmal aus wie ein aufgeschreckter Vogel, wenn sie abhob. Doch wenn Kurt nicht flog, war er ein freundlicher, humorvoller Mensch, ganz anders, als ihr Amerikaner euch immer den deutschen Soldaten vorstellt.«

Pitt schüttelte bedächtig den Kopf und zeigte den Anflug eines Lächelns. »Sie müssen entschuldigen, Herr von Till, aber dieser deutsche Soldat ist uns durchaus bekannt.«

Der Alte ignorierte Pitts Bemerkung. »Ein Hinterhalt der Briten hat ihm dann schließlich das Leben gekostet. Sie hatten ihn genau überwacht und schließlich herausgefunden, daß Kurt mit Vorliebe ihre Beobachtungsballons abschoß. So richteten sie einen bereits ausgemusterten Ballon wieder her, füllten den Korb randvoll mit Sprengstoff und setzten ein paar Strohpuppen hinein. Sie versahen den Ballon mit einer Fernzündung, und dann warteten sie einfach darauf, daß Kurt auftauchte. Sie brauchten nicht lange zu warten. Am nächsten Tag überflog Kurt die alliierten Linien und sah den Ballon über dem Meer schweben. Sicherlich kam es ihm komisch vor, daß er weder unter Beschuß genommen wurde noch daß die Leute im Ballon irgendwelche Anstalten trafen, sich zu verteidigen.«

»Und er kam nicht auf die Idee, daß es sich um eine Falle handeln könnte?«

»Nein«, erwiderte von Till. »So weit dachte Kurt wahrscheinlich nicht. Er ging im Sturzflug auf den Ballon los und eröffnete das Feuer. Und dann zündeten die Engländer die Sprengladung. Es gab eine ohrenbetäubende Explosion, und die *Albatros* verschwand in einer Wand aus Feuer und Rauch.«

»Heibert ist hinter den feindlichen Linien abgestürzt?« fragte Pitt gespannt.

»Kurt ist gar nicht abgestürzt. Er kam auf der anderen Seite der Rauchwolke wieder zum Vorschein. Seine Maschine war allerdings arg mitgenommen, und auch er selbst muß schwer verwundet gewesen sein. Er hatte sein Flugzeug wahrscheinlich nicht mehr unter Kontrolle. Jedenfalls flog er immer weiter, aufs Meer hinaus, und verschwand schließlich. Seitdem hat niemand mehr etwas von ihm und seiner *Albatros* gesehen.«

»Bis gestern zumindest nicht.« Pitt hielt den Atem an und wartete auf die Reaktion.

Von Till sah ihn jedoch nur fragend an und sagte nichts. Er schien über Pitts Worte nachzudenken.

Pitt wechselte das Thema. »Sind Sie und Heibert oft zusammen geflogen?«

»Ja, wir haben oft Patrouillenflüge zusammen unternommen. Mehrere Male sind wir auch gemeinsam in einer zweisitzigen *Rumpler* geflogen und haben das englische Flugfeld bombardiert, das hier auf Thasos lag. Dabei war Kurt der Pilot und ich der Bombenschütze.«

»Wo war Ihre Flugstaffel denn stationiert?«

»Kurt und ich gehörten zur Jagdstaffel 73. Unser Heimatflughafen war das Xanthi Aerodrom in Mazedonien.«

Pitt zündete sich eine neue Zigarette an. »Ich möchte Ihnen für Ihre knappe und präzise Schilderung danken«, sagte er ernst. »Sie haben nichts ausgelassen?«

»Kurt war mein bester Freund«, entgegnete von Till wehmütig. »Da vergißt man solche Dinge nicht so leicht. Ich kann Ihnen sogar das Datum und die Uhrzeit seines Todes sagen. Es war der 15. Juli 1918, neun Uhr abends.«

»Seltsam, daß niemand sonst die Umstände von Heiberts Tod kennt«, murmelte Pitt und sah von Till prüfend an. »Weder in den Archiven in Berlin noch im britischen Luftfahrtministerium in London kann man etwas darüber erfahren.«

»Mein Gott«, erwiderte von Till ärgerlich, »in den deutschen Archiven findet man nichts darüber, weil die Oberste Heeresleitung sich einen Dreck um den Krieg in Mazedonien gekümmert hat. Und die Briten hielten es wahrscheinlich nicht für opportun, ihren niederträchtigen Trick an die große Glocke zu hängen. Nebenbei ist Kurt ja auch nicht in Sichtweite abgestürzt. Die Briten konnten also nur vermuten, daß ihr hinterhältiger Anschlag geglückt war.«

»Und weder von Heibert noch von der *Albatros* ist je wieder eine Spur gefunden worden?«

»Nichts. Heiberts Bruder hat nach dem Krieg noch einmal nach ihm geforscht, doch wo Kurt sein Heldengrab gefunden hat, wird wohl für ewig ein Geheimnis bleiben.«

»War sein Bruder ebenfalls Flieger?«

»Nein. Er war Offizier bei der deutschen Marine. Ich bin ihm vor

Ausbruch des Zweiten Weltkrieges ein paarmal begegnet.«

Pitt verfiel in Schweigen. Von Tills Geschichte war ihm irgendwie zu glatt. Er hatte das seltsame Gefühl, daß er benutzt wurde. Wie ein Lockvogel bei der Entenjagd. Innerlich war er in höchster Alarmbereitschaft. Dann hörte er Stöckelschuhe den Korridor entlangklappern, und ohne sich umzuwenden, wußte er, daß Teri den Raum betreten hatte.

»Hallo.« Ihre Stimme klang fröhlich und leicht.

Pitt drehte sich um. Ihr Abendkleid war wie eine römische Toga geschnitten und umhüllte ihre langen Beine. Der orangefarbene Stoff harmonierte aufs schönste mit ihrem ebenholzschwarzen Haar. Ihr Blick fiel auf seine Uniform. Sie wurde blaß und schlug sich wie am Morgen die Hand vor den Mund. Dann zwang sie sich zu einem dünnen Lächeln.

»Guten Abend«, begrüßte Pitt sie heiter. Er küßte ihr die Hand. »Du siehst fabelhaft aus.«

Teri schoß das Blut in die Wangen. »Ich wollte dir eigentlich für dein Kommen danken«, sagte sie ärgerlich. »Aber nachdem ich jetzt deinen Bubenstreich durchschaut habe, hätte ich gute Lust, dich hochkant wieder hinaus . . .«

»Sag's nicht«, schnitt ihr Pitt das Wort ab. Ein spitzbübischer Ausdruck glitt über sein Gesicht. »Ich weiß, du wirst mir nicht glauben, doch ausgerechnet heute nachmittag hat mich unser Commander vom Müllwagen abkommandiert und mich zum Piloten ernannt und zum Major befördert.«

Sie lachte. »Schäm dich. Du hast mir erzählt, du wärst noch nicht einmal Sergeant.«

»Nein. Ich habe nur gesagt, daß ich nie Sergeant gewesen wäre, und das stimmt auch.«

Sie hakte sich bei ihm unter. »Hat dich Onkel Bruno mit seinen Fliegergeschichten gelangweilt?«

»Gelangweilt kann man nicht sagen. Wir haben im Gegenteil ein sehr interessantes Gespräch miteinander geführt«, entgegnete Pitt. Teri sah trotz ihres Lächelns ziemlich unsicher aus. Er hätte gern gewußt, woran sie in diesem Augenblick dachte.

Sie schüttelte seufzend den Kopf. »Ihr Männer mit euren ewigen Kriegsgeschichten!« Sie konnte ihren Blick nicht von Pitt lösen. Ihr schien, als hätte er sich von Grund auf verwandelt. Das war nicht mehr der Mann, den sie am Morgen am Strand geliebt hatte. Dieser Pitt war sehr viel charmanter und geistvoller. »Nach dem Essen steht Dirk dir zur Verfügung, Onkel Bruno«, sagte sie, »aber vorerst gehört er mir.«

Von Till schlug die Hacken zusammen und verneigte sich. »Wie du wünschst, meine Liebe.« Er lächelte verständnisvoll. »Für die nächsten anderthalb Stunden bist du unser Kommandeur.«

Sie zog ihre Nase kraus. »Das ist sehr nett von dir, Onkel. Meine erste Amtshandlung also wird es sein, euch beide zum Eßtisch zu beordern.«

Teri zog Pitt mit sich auf die Terrasse und führte ihn eine Wendeltreppe hinab auf einen über den Klippen schwebenden, halbrunden Balkon.

Der Ausblick war überwältigend. In weiter Ferne konnte man die Lichter von Liminas funkeln sehen, und über dem Meer tauchten im Schwarz des Himmels bereits die ersten matt schimmernden Sterne auf. In der Mitte des Balkons stand ein Tisch. Er war für drei Personen gedeckt. Ein großer, sechsarmiger Kandelaber verbreitete ein gedämpftes, flackerndes Licht.

Pitt hielt Teri den Stuhl bereit und flüsterte ihr ins Ohr: »Sei lieber vorsichtig. Du weißt, wie empfänglich ich für romantische Stimmungen bin.«

Sie sah zu ihm auf und lächelte kaum merklich »Weshalb, glaubst du, habe ich das so arrangiert?«

Bevor Pitt noch etwas erwidern konnte, erschien von Till, in seinem Gefolge der Schäferhund, und schnippte mit den Fingern. Umgehend tauchte ein Mädchen in griechischer Tracht auf und servierte die Vorspeise: verschiedene Käse, Oliven und Gurken. Als nächstes folgte eine Geflügelcremesuppe, die mit Zitrone und Eierstich abgeschmeckt war. Der Hauptgang bestand aus mit Zwiebeln und gehackten Nüssen überbackenen Austern. Als Tischwein wurde Retsina gereicht, dessen harziges Aroma Pitt allerdings nicht sonderlich zusagte. Nachdem sie abgedeckt hatte, brachte die junge Griechin noch Obst und türkischen Kaffee und zog sich dann endgültig zurück.

Widerwillig schluckte Pitt das starke, süße Gebräu. Er rieb heimlich sein Knie an dem Teris und versuchte, ein Lächeln von ihr aufzuschnappen. Doch Teri sah ihn nur mit großen, angsterfüllten Augen an. Sie schien irgend etwas auf dem Herzen zu haben.

»Nun, Major«, ergriff von Till das Wort, »ich hoffe, es hat Ihnen geschmeckt?«

»Danke sehr«, erwiderte Pitt. »Das Essen war vorzüglich.«

Von Till wandte sich Teri zu. Seine Miene wurde streng. »Ich wäre jetzt gern eine Zeitlang mit dem Major allein, meine Liebe«, sagte er in einem Ton, der keinen Widerspruch duldete. »Wenn du solange im Studio warten wolltest. Wir kommen gleich nach.«

Das schien Teri nicht erwartet zu haben. Sie schrak sichtlich zusammen und klammerte sich an die Tischkante. »Bitte, Onkel Bruno, es ist noch zu früh. Kannst du deine Unterredung mit Dirk nicht auf später verschieben?« bat sie mit vor Aufregung heiserer Stimme.

Von Till warf ihr einen vernichtenden Blick zu. »Tu, was ich dir sage. Es gibt ein paar wichtige Dinge, die ich gern mit dem Major besprochen hätte. Du siehst ihn schon noch einmal, bevor er geht.«

Pitts Argwohn wurde wach. Warum dieser plötzliche Stimmungsumschwung? dachte er. Irgend etwas stimmte hier nicht. Er witterte Gefahr. Unbemerkt nahm er ein Schälmesser aus der Obstschale und schob es in seine Tasche.

Teri wandte sich entschuldigend an Pitt. »Bitte verzeih, Dirk. Du mußt einen merkwürdigen Eindruck von mir haben.«

Er lächelte. »Schon gut. Ich habe eine Schwäche für kleine, merkwürdige Mädchen.«

»Immer hast du eine passende Entgegnung«, murmelte sie. Er drückte ihr die Hand. »Ich komme so bald wie möglich nach.«

»Ich warte.« Auf einmal füllten sich ihre Augen mit Tränen. Sie wandte sich rasch ab und eilte die Treppe hinauf.

»Ich bedaure, so kurz angebunden zu Teri sein zu müssen«, entschuldigte sich der Alte. »Aber ich würde gern ein paar vertrauliche Worte mit Ihnen wechseln, und sie kann es leider nie lassen, sich in solche Gespräche einzumischen. Man muß den Frauen gegenüber eben manchmal hart sein, meinen Sie nicht auch?«

Pitt nickte. Er wußte nichts darauf zu erwidern.

Von Till steckte eine Zigarette in eine lange Zigarettenspitze aus Elfenbein und zündete sie an. »Ich würde brennend gern Näheres über den gestrigen Überfall auf Brady Field erfahren. Alles, was ich bisher gehört habe, ist, daß ein sehr altes Flugzeug unbekannten Typs das Flugfeld unter Beschuß genommen hat.«

»Alt war es in der Tat«, entgegnete Pitt, »aber der Typ war durchaus nicht unbekannt.«

»Wollen Sie damit sagen, daß Sie wissen, um welches Fabrikat es sich gehandelt hat?«

Pitt sah von Till scharf an. Er spielte ein Weilchen mit seiner Gabel und legte sie dann behutsam auf den Tisch zurück. »Das Flugzeug war eindeutig eine *Albatros D-3*.«

»Und der Pilot?« Von Till preßte die Worte zwischen den Zähnen durch. »Wissen Sie, wer der Pilot war?«

»Noch nicht. Aber das wird nicht mehr lange dauern.«

»Sie scheinen ja ziemlich zuversichtlich zu sein.«

Pitt ließ sich Zeit mit der Antwort und zündete sich umständlich eine Zigarette an. »Warum nicht? Es dürfte nicht allzu schwer sein, den Besitzer eines sechzig Jahre alten, gelben Flugzeugs ausfindig zu machen.«

Von Till lächelte höhnisch. »Mazedonien ist eine wilde, menschenleere Gegend. Man könnte in seinen Tälern sogar einen von euren monströsen Bombern verstecken, und er würde nie entdeckt werden.«

Pitt gab ihm sein Grinsen zurück. »Wer spricht denn davon, daß wir im mazedonischen Gebirge suchen wollen?«

»Wo wollen Sie sonst nachforschen?«

»Im Meer.« Pitt wies auf die schwarze Wasserfläche weit unter ihnen. »Vielleicht genau da, wo Heibert 1918 abgestürzt ist.«

Von Till zog eine Augenbraue hoch. »Sie glauben doch nicht an Gespenster?«

Pitt grinste. »Als wir kleine Kinder waren, glaubten wir an den Weihnachtsmann; als wir große Jungen waren, glaubten wir an die Jungfräulichkeit. Warum sollte man als Erwachsener nicht an Gespenster glauben?«

Von Till warf ihm einen mißbilligenden Blick zu.

»Na gut, das ist vielleicht wenig wahrscheinlich«, schränkte Pitt ein. »Aber vielleicht gefällt Ihnen die folgende Hypothese besser.« Seine Worte hatten einen beißenden Unterton.

Von Till saß kerzengerade da und beobachtete ihn angespannt.

»Angenommen, Kurt Heibert ist immer noch am Leben?«

Der Mund des Alten klappte auf. Doch er fing sich schnell wieder. »Das ist lächerlich. Wenn Kurt noch am Leben wäre, wäre er heute über siebzig. Schauen Sie mich an, Major. Ich bin 1899 geboren. Glauben Sie im Ernst, daß ein Mann meines Alters noch ein Flugzeug mit offener Kanzel fliegen und einen Flugplatz angreifen könnte? Ich jedenfalls vermag das nicht zu glauben.«

»So gesehen haben Sie natürlich recht«, stimmte ihm Pitt zu. Er hielt einen Moment inne und fuhr sich mit der Hand durch das Haar. »Dennoch läßt mich die Frage nicht los, ob Heibert nicht vielleicht doch etwas mit der ganzen Sache zu tun hat.« Sein Blick glitt von dem alten Mann zu dem großen Hund und er spürte, wie eine nervöse Spannung von ihm Besitz ergriff. Das alles verhieß nichts Gutes. Er hatte ein zwangloses Abendessen erwartet und mußte sich statt dessen mit Teris Onkel auseinandersetzen, der offensichtlich mehr von der Attacke auf Brady Field wußte, als er zugab. Es ist an der Zeit, ihn aus seiner Reserve zu locken, dachte Pitt. Er fixierte von Till. »Nehmen wir also an, der *Mazedonische Falke* ist tatsächlich vor sechzig Jahren verschollen und gestern wieder aufgetaucht. Dann lautet die nächste Frage zwangsläufig: Wo hat er sich in der

Zwischenzeit aufgehalten? Im Himmel, in der Hölle oder ... auf Thasos?«

Von Till geriet sichtlich aus der Fassung. Seine Arroganz wich einem Ausdruck der Verwirrung. »Ich verstehe nicht ganz ... wie meinen Sie das?«

»Ich meine, daß er seine Zeit in der Hölle verbracht hat«, fauchte Pitt ihn an. »Entweder halten Sie mich für einen Vollidioten, oder aber Sie selbst spielen einen. Ich glaube nicht, daß ich Ihnen etwas über den Überfall auf Brady Field zu berichten brauche. Im Gegenteil: Sie sollten *mir* etwas darüber erzählen.« Es machte ihm Spaß, den Alten zu reizen.

Von Till war wutentbrannt aufgesprungen. Sein Gesicht verzerrte sich zu einer bösen Grimasse. »Sie mischen sich in Dinge ein, die Sie nichts angehen, Major«, zischte er leise. »Ihre Anschuldigungen sind absurd. Bitte, verlassen Sie mein Haus.«

Pitt sah ihn verächtlich an. »Wie Sie wünschen«, erwiderte er und wandte sich zum Gehen.

»Sie brauchen nicht durch das Studio zu verschwinden«, fuhr von Till zornig fort und deutete auf eine kleine Tür am hinteren Ende des Balkons. »Durch diesen Korridor kommen Sie gleich zum Haupteingang.«

»Ich hätte Teri gern noch einmal gesehen.«

»Ich glaube, Ihr Besuch hat lange genug gedauert.« Wie um seine Worte zu unterstreichen, blies ihm von Till eine Rauchwolke ins Gesicht. »Und im übrigen wünsche ich, daß Sie meine Nichte nicht weiter belästigen.«

Pitt ballte die Fäuste. »Und wenn ich es trotzdem tue?«

Von Till lächelte böse. »Ich will Ihnen nicht drohen, Major. Wenn Sie Ihre törichte Affäre unbedingt fortsetzen wollen, werde ich eben Teri bestrafen müssen.«

»Scheißdeutscher!« fuhr Pitt auf. Nur mühsam konnte er sich beherrschen, nicht auf von Till loszugehen. »Ich weiß zwar nicht, worauf Sie eigentlich hinauswollen. Doch das eine kann ich Ihnen versichern: Es wird mir ein großes Vergnügen sein, Ihnen ins Handwerk zu pfuschen. Und gleich eins vorweg: Der Angriff auf Brady Field hat völlig seinen Zweck verfehlt. Das Schiff der NUMA bleibt, wo es ist, bis die Forschungsarbeiten zu Ende geführt sind.«

Von Tills Hände zitterten, doch sein Gesicht bewahrte völlige Ausdruckslosigkeit. »Ich danke Ihnen, Major. Diese Information hatte ich nicht so bald erwartet.«

Wenigstens läßt der alte Kerl seine Maske fallen, dachte Pitt. Nun stand es fest: Es war von Till, der die *First Attempt* loswerden wollte. Doch warum? Pitt versuchte es mit einem Schuß ins Blaue. »Sie verschwenden Ihre Zeit, von Till. Die Taucher der *First Attempt* haben den Schatz schon entdeckt. Sie haben bereits mit den Bergungsarbeiten begonnen.«

Von Till lächelte breit. Pitt hatte daneben getippt.

»Ein recht plumper Trick, Major. Sie liegen völlig falsch.«

Pitt warf einen schnellen Blick über die Schwelle. Der Korridor war schwach von Kerzen erhellt und schien völlig leer. Er zögerte. »Bitte überbringen Sie Teri meinen Dank für das ausgezeichnete Essen.«

»Ich werde es ausrichten.«

»Und vielen Dank, Herr von Till, für Ihre Gastfreundschaft.«

Von Till lächelte affektiert, schlug die Hacken zusammen und verbeugte sich. »Es war mir ein Vergnügen.« Er legte dem Hund die Hand auf den Kopf, der gefährlich die Zähne fletschte.

Pitt mußte sich bücken, um durch die niedrige Tür zu kommen. Er machte ein paar vorsichtige Schritte vorwärts.

»Major Pitt!«

»Ja?« Pitt wandte sich um.

Von Till stand breit in der Tür, sadistische Freude lag in seiner Stimme. »Wie schade, daß Sie den nächsten Flug der *Albatros* nicht miterleben können!«

Bevor Pitt noch etwas erwidern konnte, wurde die Tür zugeschlagen und ein schwerer Riegel fiel ins Schloß. Der Knall hallte noch lange in dem düsteren Korridor nach.

7. Kapitel

Wilde Wut stieg in Pitt hoch. Die Tür mit Brachialgewalt aufzubrechen war unmöglich; das bewies ein einziger Blick auf die mächtigen Bohlen. Er wandte sich um, dem verlassenen Korridor zu, und ein Schauer überlief ihn. Er gab sich keinen Illusionen hin: Von Till hatte nicht die geringste Absicht, ihn lebendig aus dem Haus zu lassen. Das Messer fiel ihm ein, und er fühlte sich ein klein wenig sicherer, als er es aus seiner Tasche zog. Das flackernde Licht der Kerzen, die in rostigen Leuchtern steckten, spiegelte sich auf der Klinge. Das kleine, spitze Messer stellte nur eine erbärmliche Waffe für den Kampf ums Überleben dar. Doch immerhin, es war besser als gar nichts.

Plötzlich wehte ein eisiger Windstoß durch den Gang, und wie von unsichtbarer Hand verlöschten alle Kerzen. Die Finsternis war beklemmend. Pitt versuchte angestrengt, das Dunkel zu durchdringen, doch kein Lichtschimmer war zu sehen, kein Ton zu vernehmen.

»Jetzt wird's lustig«, murmelte er.

Seine Sinne waren zum Zerreißen gespannt, Panik wollte in ihm aufsteigen. Er hatte einmal gelesen, daß nichts verheerender auf den menschlichen Geist wirke als vollkommene Dunkelheit. Die Unfähigkeit wahrzunehmen, was um einen herum vorgeht, löse im Gehirn eine Art Kurzschluß aus. Es schaffe sich eine eigene Wirklichkeit, alptraumhaft ins Phantastische und Wahnsinnige gesteigert. Man habe beispielsweise das ganz reale Gefühl, von einem Haifisch angefallen oder von einer Lokomotive überrollt zu werden, während man in Wirklichkeit nur eingeschlossen in einer Besenkammer sitze. Als ihm dieses hübsche Beispiel einfiel, mußte Pitt unwillkürlich lächeln, und seine Furcht wich ruhiger Überlegung.

Im ersten Impuls wollte er die Kerzen wieder anzünden. Doch dann kam ihm der Gedanke, daß möglicherweise unten im Gang jemand auf der Lauer lag. Solange es stockdunkel war, standen ihre

Chancen wenigstens eins zu eins. Er kniete nieder, zog seine Schuhe aus und schlich dann geduckt die kalte Wand entlang. Der Weg führte ihn an mehreren Holztüren vorbei, die alle mit schweren Eisenstangen verriegelt waren. Er war gerade dabei, eine der Türen abzutasten, als er plötzlich aufhorchte.

Aus der Tiefe des Ganges drang ein Geräusch zu ihm. Es ließ sich nicht genau definieren – etwas zwischen Ächzen und Knurren; doch es war ganz deutlich zu hören. Im nächsten Augenblick war es wieder still.

Pitt wußte nun, daß ihm Gefahr drohte. Man lauerte ihm auf. Mit größter Behutsamkeit ließ er sich flach auf den Bauch nieder und kroch geräuschlos weiter die Wand entlang. Der Boden war glatt und an manchen Stellen feucht. Er mußte durch eine ölige Schlammpfütze robben. Der Stoff seiner Uniform sog sich voll und klebte an seiner Haut fest. Pitt fluchte in sich hinein.

Die Zeit verstrich unendlich langsam. Pitt kam es vor, als wäre er bereits etliche Kilometer über den Zementboden gekrochen, als er noch kaum drei Meter hinter sich gebracht hatte. Die Luft roch muffig und modrig. Der alte Schleppkahn seines Großvaters fiel Pitt ein. Er hatte sich oft in dem dunklen Laderaum verkrochen und sich eingebildet, er sei ein blinder Passagier auf der Fahrt in den geheimnisvollen Orient. Komisch, dachte er, daß längst vergessene Erlebnisse allein durch einen bestimmten Geruch wieder wach werden.

Unvermittelt wurde der glatte Betonboden von einem unebenen Steinpflaster abgelöst. Er hatte den nicht modernisierten Teil des Korridors errreicht.

Pitts Rechte, die die Wand entlangtastete, griff plötzlich ins Leere. Ein leichter Luftzug strich über seine Wangen und verriet ihm, daß hier der Korridor einen Quergang kreuzte. Er blieb fröstelnd liegen und lauschte.

Da war es wieder . . . Ein leises Kratzen, das langsam näher kam – wie die Krallen eines Tieres auf Steinboden.

Kalter Schweiß trat Pitt auf die Stirn. Zitternd preßte er sich gegen die feuchten Pflastersteine und zielte mit dem Messer in die Richtung, aus der das Geräusch kam.

Das Kratzen wurde lauter. Plötzlich verstummte es. Quälende Stille breitete sich aus.

Pitt hielt den Atem an, um besser lauschen zu können; doch alles, was er vernahm, war sein eigener Herzschlag. Irgend etwas stand ihm gegenüber, keine drei Meter von ihm entfernt. Ein Gefühl der Verzweiflung und völliger Hilflosigkeit überkam ihn. Er fühlte sich wie gelähmt. Nur unter Aufbietung seines ganzen Willens vermochte er seine Furcht zu bezwingen.

Der Modergeruch wurde unerträglich und erstickte ihn fast. Gleichzeitig nahm er schwach die Ausdünstungen eines Tieres wahr.

Sein Entschluß war rasch gefaßt. Er mußte alles auf eine Karte setzen. Er zog das Feuerzeug aus seiner Tasche, zündete einmal, zweimal, dann endlich brannte es. Er stand auf. Die kleine Flamme tanzte in der Luft, und zwei grüne Augen glühten auf. Ein übergroßer Schatten wuchs unheildrohend an der Wand hoch. Das Feuerzeug fiel zu Boden, die Flamme erlosch. Ein leises, böses Knurren grollte aus der Richtung der Augen und hallte in dem steinernen Labyrinth wider.

Pitt reagierte augenblicklich. Er warf sich wieder zu Boden und rollte sich auf den Rücken. Dann packte er das Messer fest mit beiden Händen und hielt es senkrecht über sich. Er wußte jetzt, wer sein Gegner war.

Das Untier hatte Pitt im Widerschein der Flamme erkannt. Es zögerte einen Moment, dann sprang es.

Das Zögern wurde ihm zum Verhängnis. Pitt hatte den Platz gewechselt, und der große Schäferhund sprang über ihn hinweg. Pitt spürte nur, wie sein Messer durch etwas Weiches glitt und wie ihm eine schwere, warme Flüssigkeit ins Gesicht klatschte.

Er hatte den Hund genau hinter den Rippen erwischt und ihm mit einem einzigen Schnitt die ganze Flanke aufgerissen. Das tödlich verwundete Tier heulte gräßlich auf und brach hinter Pitt an der Mauer zusammen. Noch einmal schlug es wild um sich, bis es leblos liegenblieb. Ein hundertfaches Echo antwortete seinem Todesschrei.

Zunächst war Pitt der Meinung, der Hund hätte ihn völlig verfehlt. Doch dann spürte er den stechenden Schmerz in seiner Brust. Er blieb reglos liegen und horchte auf den Todeskampf des Tieres. Eine Ewigkeit, so schien ihm, lag er so da – den Gang erfüllte längst wieder gespenstische Stille. Endlich legte sich seine Aufregung, und seine Muskeln entkrampften sich. Der Schmerz wurde stärker; er machte Pitt seine verzweifelte Lage bewußt.

Langsam erhob er sich und lehnte sich erschöpft gegen die vom Blut klebrige Wand. Ein neuer Schauer überlief ihn; und er mußte innehalten, bis seine Nerven sich beruhigt hatten. Dann stolperte er ein paar Schritte nach vorn. Er tastete mit den Füßen auf dem Boden herum, bis er sein Feuerzeug gefunden hatte. Er zündete es an und inspizierte seine Verletzungen.

Vier tiefe Kratzwunden zogen sich von seiner linken Brust bis zur rechten Schulter. Sie bluteten ziemlich stark. Allerdings: Nur die Haut war aufgerissen, die darunterliegenden Muskeln waren unverletzt. Das blutdurchtränkte Hemd hing ihm in Fetzen vom Leibe. Er riß einige Streifen davon ab, um die Wunden notdürftig zu verbinden. Das war alles, was er im Moment tun konnte. Er war einer Ohnmacht nahe. Nur mit äußerster Willensanspannung gelang es ihm, sich auf den Beinen zu halten.

Nachdem er endlich wieder ein wenig zu Atem gekommen war, besah sich Pitt den toten Schäferhund. Es war ein schauerlicher Anblick. Der Hund lag auf der Seite. Aus seinem Bauch quollen die Eingeweide. Das Blut strömte hervor und rann in kleinen Bächen den Gang hinab auf eine unsichtbare Senke zu. Pitts Mattigkeit verflog bei diesem Anblick. Haß und Wut überkamen ihn und gaben ihm neue, ungeahnte Kräfte. Nur ein Gedanke beherrschte ihn: Er würde sich an von Till rächen.

Was er als nächstes zu tun hatte, war klar: Er mußte unbedingt aus diesem Labyrinth herausfinden. Die Chancen dafür standen denkbar schlecht, fast schien es aussichtslos. Doch der Gedanke, er könnte scheitern, kam ihm kein einziges Mal. Allzu deutlich erinnerte er sich an von Tills Hinweise auf den nächsten Flug der *Albatros*. Er mußte es einfach schaffen. Sein Gehirn lief auf Hochtouren.

Da der verschlagene alte Mann inzwischen wußte, daß die *First Attempt* bei Thasos vor Anker liegen bleiben würde, würde der nächste Angriff der *Albatros* ihr gelten. Allerdings war es zu riskant, mit der alten Maschine noch einmal am hellen Nachmittag anzugreifen, überlegte Pitt. Andererseits würde von Till seine Attacke so bald wie möglich starten wollen. Vermutlich schon in der Dämmerung des nächsten Morgens. Gunn und seine Mannschaft mußten rechtzeitig gewarnt werden. Er warf einen Blick auf die Leuchtziffern seiner Armbanduhr. Es war 21 Uhr 55. Hell würde es etwa gegen 4 Uhr 40 werden, schätzte er. Es blieben ihm also noch genau fünf Stunden und fünfundvierzig Minuten, um einen Ausweg aus seinem Gefängnis zu finden und die Besatzung der *First Attempt* zu alarmieren.

Pitt schob das Messer in den Gürtel, ließ, um Benzin zu sparen, sein Feuerzeug zuschnappen und ging dann den Quergang nach links. Aus dieser Richtung war ein schwacher Luftzug zu spüren. Er brauchte nun nicht mehr zu schleichen und marschierte zügig los. Der Gang verengte sich zusehends. Schon bald war er nur noch einen Meter breit, die Decke allerdings blieb außer Reichweite.

Auf einmal stieß Pitts ausgestreckte Hand gegen eine Wand. Hier endete der Gang, er war in eine Sackgasse geraten. Er ließ sein Feuerzeug aufflammen. Eine Felswand versperrte ihm den Weg. Nur aus einer schmalen Felsspalte strömte frische Luft. Deutlich war dahinter das Summen eines Elektromotors zu hören. Pitt lauschte einen Moment lang; dann erstarb das Summen.

Er mußte es in einer anderen Richtung versuchen. Entschlossen ging er zurück. Wieder an der Kreuzung angelangt, lief er diesmal geradeaus weiter.

Mit weit ausgreifenden Schritten eilte er vorwärts. Seine nur mit Strümpfen bekleideten Füße wurden auf dem feuchtkalten Boden bald gefühllos. Doch trotz der Kälte war Pitt in Schweiß gebadet.

Den Schmerz auf seiner Brust nahm er nur noch ganz entfernt

wahr, so, als wäre es gar nicht er selbst, der da verwundet worden war. Er konnte das Blut seinen Körper hinunterrinnen spüren, und das Verlangen, sich hinzusetzen und auszuruhen, wurde immer mächtiger. Doch immer wieder überwand er es. Ihm blieb keine Wahl, er mußte weitermarschieren, bis er umsank. Wie viele Menschen in diesem Labyrinth wohl schon umgekommen waren?

Er tastete sich an der Wand entlang, wobei seine Hände immer wieder ins Leere griffen. Im schwachen Licht seines Feuerzeugs taten sich ständig neu abzweigende Gänge vor ihm auf.

Eine Stunde verging, zwei Stunden . . . Das Benzin seines Feuerzeugs war fast vollständig aufgebraucht, die Flamme leuchtete immer kümmerlicher. Pitt benutzte es so wenig wie möglich und verließ sich mehr und mehr auf seine aufgescheuerten, wunden Finger. Verbissen setzte er seinen Weg fort.

Nach einer halben Ewigkeit stießen seine Füße plötzlich gegen ein Hindernis. Er stolperte und fiel auf eine Treppe. Mit dem Kopf schlug er gegen eine Stufe. Die Haut auf seiner Nase wurde bis auf die Knochen abgeschürft, und das Blut rann ihm in Strömen übers Gesicht. Er war am Ende. Der Schmerz, die Erschöpfung und die Verzweiflung übermannten Pitt, und er blieb reglos liegen. Er hörte noch das Blut auf die Stufen tropfen, dann sank er in Ohnmacht.

Sein Kopf dröhnte, als er wieder zu sich kam. Nebelschleier hingen ihm vor den Augen. Ganz langsam, als ob ein tonnenschweres Gewicht auf seinen Schultern lastete, stützte er sich hoch und begann die Treppe hochzukriechen. Jede Stufe wurde ihm zur Qual.

Ein mächtiges schmiedeeisernes Gittertor versperrte ihm am Ende der Treppe den Weg. Es mußte uralt sein, nach dem Rost zu schließen, doch noch immer war es stabil genug, um einem anstürmenden Elefanten standzuhalten.

Pitt zog sich ächzend hoch. Ein Hauch frischer Luft wehte ihm entgegen und vertrieb den muffigen Geruch des Labyrinths. Er sah zwischen den Stäben hindurch. Am liebsten hätte er laut aufgejubelt, als er im nachtschwarzen Himmel die Sterne funkeln sah. Er hatte sich bereits irgendwo in den Gängen vermodern sehen. Er rüttelte an den Stäben. Nichts rührte sich. Das Schloß des Tores war erst unlängst zugeschweißt worden.

Er prüfte die Abstände zwischen den einzelnen Stäben. Zwischen dem dritten und vierten von links war er am größten: Etwa zwanzig Zentimeter. Er zog seine Kleider aus und deponierte sie auf der anderen Seite des Gitters. Dann verschmierte er den Schweiß und das Blut auf seinem Körper, um ihn glitschig zu machen. Er preßte sämtliche Luft aus seinen Lungen und quetschte sich dann, den Kopf voran, durch das Gitter. Der Rost blätterte ab und grub sich in seine Haut. Gequält stöhnte er auf, als seine Weichteile über das scharfkantige Metall schabten. Er krallte sich in den Erdboden, und mit einem letzten, gewaltsamen Ruck befreite er sich.

Ohne auf den stechenden Schmerz in seinem Unterleib zu achten, setzte er sich auf. Er konnte noch kaum an seine Befreiung glauben. Er war dem Labyrinth entflohen. Doch war er damit wirklich schon gerettet?

Das Gittertor befand sich direkt der Bühne eines riesigen Amphitheaters gegenüber. Er stellte fest, daß das imposante Bauwerk auf einem Berggipfel lag. Es war im griechischen Stil errichtet, doch die Mächtigkeit der Anlage ließ auf römische Bauherren schließen. Um die halbkreisförmige Bühne stiegen fast vierzig Sitzreihen empor. Es herrschte absolute Stille; nur ab und zu schwirrte ein Insekt durch die Nacht. In helles Mondlicht getaucht, machte das Theater einen gespenstischen, fast unirdischen Eindruck.

Pitt schlüpfte in die Fetzen seiner Uniform. Sein feuchtklebriges, zerrissenes Hemd knotete er als provisorischen Verband um seine Brust.

Allein die Möglichkeit, wieder frei gehen und frische Luft atmen zu können, versetzte ihn in Hochstimmung. Es war reines Glück gewesen, daß er aus dem Labyrinth wieder herausgefunden hatte. Der Schmerz und die Erschöpfung waren vergessen. Er lachte triumphierend auf, als er sich vorstellte, was für ein Gesicht von Till machen würde, wenn er ihn so quicklebendig wiedersähe. Von den

Sitzreihen lachte das Echo zurück.

Er sah zum Sternenhimmel hinauf und versuchte sich zu orientieren. Der Polarstern war schnell entdeckt. Doch etwas irritierte Pitt. Er suchte den ganzen Himmel ab. Stier und Plejaden, die eigentlich direkt über ihm hätten stehen müssen, waren weit nach Osten gewandert.

»Verdammt«, fluchte er und sah auf die Uhr. Es war 3 Uhr 22. Er hatte beinahe fünf Stunden verloren. Wie hatte das geschehen können? Dann fiel ihm ein, daß er ohnmächtig geworden sein mußte, als er auf die Treppe gestürzt war.

Jede Sekunde war kostbar. Eilig schritt er über die Bühne und entdeckte nach kurzer Zeit einen kleinen Pfad, der den Berg hinabführte. Nun begann ein höllischer Wettlauf gegen die Zeit.

8. Kapitel

Nach etwa fünfhundert Metern verbreiterte sich der Pfad zu einer Straße – oder vielmehr zu einem ausgefahrenen Feldweg. In engen Kurven schlängelte er sich den Berg hinab. Halb gehend, halb laufend hastete Pitt vorwärts. Sein Herz klopfte zum Zerspringen. Zwar war er nicht schwer verwundet, doch er hatte eine Menge Blut verloren. Jeder Arzt hätte ihm sofortige Bettruhe verordnet.

Pitt jedoch durfte sich nicht eine einzige Pause gönnen, um zu verschnaufen. Ständig stand ihm das Bild der *Albatros*, die zum Sturzflug auf die *First Attempt* und ihre wehrlose Besatzung ansetzte, vor Augen. Er sah, wie sich die Kugeln in Fleisch und Knochen der Männer bohrten und wie sich dunkelrote Lachen auf dem weißen Deck des Schiffes ausbreiteten. Noch bevor die Abfangjäger von Brady Field gestartet wären, würde das Gemetzel schon wieder zu Ende sein – vorausgesetzt, die Ersatzmaschinen aus Nordafrika wären überhaupt vor der Morgendämmerung noch eingetroffen. Diese furchtbare Vorstellung spornte Pitt zu übermenschlichen Anstrengungen an.

Plötzlich blieb er stehen. Vor ihm hatte sich in der Dunkelheit etwas bewegt. Sofort suchte er in dem dichten Kastanienhain neben der Straße Deckung. Vorsichtig schlich er sich an die Stelle heran. Als er nahe genug war, richtete er sich halb auf und mußte erleichtert auflachen. Im Zwielicht des Mondes war die schattenhafte Gestalt eines Esels auszumachen, der an einem Felsbrocken festgebunden war. Das Tier spitzte die Ohren, als es Pitt wahrnahm, und stieß einen leisen Schrei aus.

»Der Traum eines Reiters bist du ja nicht gerade«, meinte Pitt. »Aber ich habe keine andere Wahl.« Er löste den Strick vom Felsen und verknotete ihn zu einem provisorischen Halfter, das er mit viel Geduld dem Esel über die Nase streifte. Dann saß er auf.

»Okay, Freundchen, los geht's.«

Das Tier rührte sich nicht.

Pitt trat ihm in die Flanken. Nichts. Er stieß und schlug es – der Esel zeigte nicht die geringste Reaktion, er schrie nicht einmal.

Pitt konnte kein Wort Griechisch. Nur ein paar Namen waren ihm geläufig. Aber war das nicht eine Möglichkeit? Vielleicht trug das störrische Tier den Namen irgendeines griechischen Gottes oder Helden?

»Vorwärts, Zeus ... Apollo ... Poseidon ... Herkules! Oder Atlas?« Der Esel stand wie versteinert da. Plötzlich kam Pitt eine Idee. Er beugte sich hinab und musterte die Unterseite seines Reittiers: Es war offensichtlich eine Dame.

»Ich bitte vielmals um Entschuldigung, Gnädigste«, flüsterte Pitt in die gespitzten Ohren. »Komm, allerliebste Aphrodite, laß uns gehen.«

Der Esel zuckte zusammen. Pitt war auf der richtigen Spur.

»Atlanta?«

»Athene?«

Die Ohren richteten sich auf. Der Esel wandte seinen Kopf und blickte Pitt an.

»Los, Athene, lauf!«

Athene stampfte ein paarmal auf und setzte sich dann zu Pitts großer Erleichterung gehorsam in Bewegung.

Es war empfindlich kühl zu dieser frühen Morgenstunde. Der Tau schlug sich schon auf den Wiesen nieder, als Pitt endlich den Stadtrand von Liminas erreichte. Liminas war eine typisch griechische Küstenstadt. Man hatte es auf den Trümmern einer antiken Ortschaft erbaut; zwischen den weißgekalkten Häusern waren hier und da noch einzelne alte Ruinen zu sehen. Die Stadt zog sich um eine sichelförmige Bucht herum, an die sich der Hafen schmiegte. Im Augenblick lagen nur wenige Boote hier vertäut; der Großteil der Fischer war zum Fischfang ausgelaufen. Geruchsgemisch nach Salz, Fisch und Dieselöl hing über dem Wasser; es war totenstill. Nichts regte sich, die Stadt lag in tiefem Schlaf. Pitt kam sich vor wie in einer anderen Welt, in einer Welt, die er um ihre Friedlichkeit und Ruhe beneidete.

An einer Straßenecke stieg Pitt von seinem Esel ab. Er band ihn an einen Briefkasten und schob einen Zehn-Dollar-Schein unter das Halfter.

»Vielen Dank für deine Hilfe, Athene.«

Er tätschelte zärtlich die Schnauze des Tieres, krempelte seine wüst zugerichtete Hose hoch und ging, noch unsicher auf den Beinen, zum Hafen hinunter.

Angestrengt hielt er nach einem Telephon Ausschau. – Vergeblich. Auch kein Auto oder anderes Fahrzeug war zu sehen, mit Ausnahme eines Fahrrads. Doch Pitt war viel zu zerschlagen, um die zehn Kilometer nach Brady Field damit zurücklegen zu können.

Ein Blick auf die Uhr verriet ihm, daß es 3 Uhr 59 war. In rund vierzig Minuten würde es bereits hell werden. Die Zeit drängte. Pitt ließ seinen Blick über das Meer schweifen und folgte mit den Augen der Küste, die sich in einem weiten Bogen bis nach Brady Field zog. Luftlinie waren es höchstens sechs Kilometer. Vielleicht konnte ihn jemand auf dem Wasserweg hinüberbringen. Doch die Fischer waren alle ausgefahren; keiner ließ sich deshalb sehen. So entschloß Pitt sich, zur Selbsthilfe zu greifen.

Nach kurzer Zeit hatte er etwas Taugliches gefunden: Einen alten, ziemlich schäbigen Außenborder, dessen hoher, bauchiger Rumpf vom Rost zerfressen war. Er ertastete den Benzinhahn, öffnete ihn und schaltete die Zündung ein. Dann riß er an der Zugleine, um den Motor anzulassen. Doch der gab keinen Muckser von sich. Pitt zog noch einmal. Ohne Erfolg. Wieder und wieder riß er die Leine heraus, mit wütender Verzweiflung. Schon bald rann ihm der Schweiß von der Stirn und Nebel wallten vor seinen Augen. Es schien hoffnungslos; der Motor sprang nicht an.

Pitt wurde nervös. Mit jeder Minute wuchs die Gefahr für Commander Gunn und seine Mannschaft. Noch einmal nahm er all seine Kraft zusammen und riß wie wild am Anlasser. Der Motor gab ein dumpfes Röhren von sich, dann starb er wieder ab. Pitt ließ nicht locker. Er packte die Zugleine mit beiden Händen und warf sich mit seinem ganzen Körper nach hinten. Dabei verlor er das Gleichgewicht und stürzte auf den öligen, feuchten Bootsboden. Völlig ausgepumpt blieb er liegen. Der Motor spuckte und keuchte und sprang dann dröhnend an. Zu erschöpft, noch einmal auszusteigen, zog Pitt das Schälmesser aus dem Gürtel und kappte einfach die Leine, die das Boot am Kai festhielt. Mühsam rappelte er sich dann hoch, legte den Rückwärtsgang ein, und der kleine Außenborder tuckerte rückwärts in den Hafen hinaus. Hinter der Mole wendete Pitt und nahm Kurs auf das offene Meer.

Pitt gab Vollgas, und das kleine Boot hüpfte mit einer Geschwindigkeit von vielleicht sieben Knoten über die Wellen. Er saß aufrecht im Heck und hielt mit beiden Händen die Ruderpinne.

Eine halbe Stunde verging. Der östliche Horizont erhellte sich zusehends, und noch immer tuckerte Pitt die Küste entlang. Er schien kaum vorwärtszukommen. Die ganze Zeit suchte er den Horizont nach der *First Attempt* ab. Immer wieder ertappte er sich dabei, wie ihm die Augen zufielen und ihm der Kopf auf die Brust sank.

Dann endlich tauchte hinter der nächsten Landzunge das Schiff auf. Eine flache, graue Silhouette, anderthalb Kilometer entfernt. Er sah die beiden Lampen an Heck und Bug, die jedes vor Anker liegende Schiff gesetzt hat.

Jeden Augenblick mußte die Sonne über dem Horizont auftauchen, und immer klarer hoben sich die Umrisse der *First Attempt* gegen den heller werdenden Himmel ab. Zuerst erkannte man die Aufbauten, dann den Ladebaum und den Radarmast und schließlich sogar Teile der verstreut auf dem Deck herumliegenden wissenschaftlichen Ausrüstung.

Pitt holte das Letzte aus dem Boot heraus. Der Motor knatterte und spuckte und ließ bläuliche Abgasschwaden hinter sich zurück, doch immer noch fuhr das Boot, wie es Pitt vorkam, viel zu langsam, um den Wettlauf mit der Sonne gewinnen zu können.

Die leuchtend orangefarbene Scheibe hatte sich bereits zu einem Viertel aus dem Meer erhoben, als Pitt den Motor plötzlich drosselte. Er legte den Rückwärtsgang ein, doch zu spät: krachend prallte er gegen den weißen Rumpf der *First Attempt*.

»Hallo!« rief er. Er war am Ende seiner Kräfte.

»Du Vollidiot«, tönte es zornig zurück. »Kannst du nicht aufpassen, wo du hinfährst?« Ein Gesicht erschien über der Reling und starrte auf das kleine Boot herunter. »Das nächste Mal sagst du uns vielleicht ein bißchen früher Bescheid, wenn du kommst. Dann malen wir dir eine Zielscheibe auf den Rumpf. Das macht die Sache wesentlich reizvoller.«

Trotz seiner Erschöpfung und seiner Schmerzen mußte Pitt lachen. »Es ist zu früh am Morgen, um Witze zu machen. Kommen Sie lieber herunter und helfen Sie mir.«

»Warum? Wer zum Teufel sind Sie überhaupt?«

»Ich bin's, Pitt. Ich bin verwundet. Machen Sie kein langes Gerede, sondern beeilen Sie sich!«

»Sie sind's, Major?« fragte der Wachposten mißtrauisch.

»Ja, verdammt nochmal!« fuhr Pitt ihn an. »Wollen Sie vielleicht noch eine Geburtsurkunde?«

»Nein, Sir.« Der Posten verschwand hinter der Reling und tauchte einen Augenblick später mit einem Bootshaken in der Hand bei der

Bordwandleiter wieder auf. Er erwischte das Boot am linken Dollbord und zog es zur Leiter hin. Dann vertäute er es und sprang an Bord. Unglücklicherweise blieb sein Fuß dabei an einer Klampe hängen. Er stürzte und fiel bäuchlings auf Pitt.

Pitt kniff vor Schmerzen die Augen zusammen und stöhnte gequält auf. Ken Knights blonder Bart war mitten in seinem Gesicht gelandet.

Knight setzte schon zu einer Entschuldigung an, als sein Blick auf Pitts zerfetzte Kleidung und zerschundenen Leib fiel. Er fuhr zurück und sein Gesicht wurde aschfahl. Ungläubiges Staunen malte sich auf seinen Zügen.

Pitts Lippen verzogen sich zu einem amüsierten Lächeln. »Sitzen Sie nicht hier herum wie ein verschrecktes Huhn, sondern helfen Sie mir lieber hoch. Ich muß sofort Commander Gunn sprechen.«

»Um Gottes willen«, murmelte Knight und schüttelte verstört den Kopf. »Was ist denn bloß passiert?«

»Später«, raunzte Pitt ihn barsch an. »Wenn wir Zeit zum Erzählen haben.« Er rappelte sich auf. »Und jetzt helfen Sie mir endlich, Sie Dummkopf, bevor es zu spät ist!« Es lag etwas so Gehetztes, Verzweifeltes in seiner Stimme, daß Knight sofort aufsprang und ihm half.

Er schleppte Pitt die Leiter hinauf. Dann trug er ihn halb über das Deck bis vor Gunns Kabine. Er trat mit einem Fuß gegen die Tür. »Machen Sie auf, Commander! Ein Notfall!«

Gunn riß die Tür auf. Nur mit Shorts und seiner Brille bekleidet, sah er aus wie ein zerstreuter Professor, den man gerade mit der Frau des Dekans zusammen in einem Hotelzimmer erwischt hat. »Was soll denn das . . .« Er brach unvermittelt ab, als er Pitts blutbesudelte Gestalt erblickte. Er riß erschreckt die Augen auf. »Mein Gott, Dirk, du? Was ist denn los?«

Pitt versuchte zu lächeln, doch er brachte nur ein leichtes Kräuseln der Lippen zustande. »Ich komme geradewegs aus der Hölle«, erwiderte er krächzend. Dann fuhr er mit festerer Stimme fort: »Habt ihr irgendwelche meteorologischen Ausrüstungsgegenstände an

Bord?«

Gunn gab keine Antwort. Statt dessen befahl er Knight, schleunigst den Schiffsarzt zu holen. Dann führte er Pitt in seine Kabine und bugsierte ihn auf seine Koje. »Keine Angst, Dirk. Wir werden dich in kurzer Zeit wieder zusammengeflickt haben.«

»Aber wir haben keine Zeit, Rudi«, entgegnete Pitt und packte Gunn an den Handgelenken. »Habt ihr irgendwelche meteorologischen Ausrüstungsgegenstände an Bord?« fragte er nochmals ungeduldig.

Gunn blickte Pitt an, in seinen Augen spiegelte sich Nichtbegreifen. »Ja, natürlich. Warum fragst du?«

Pitt ließ Gunn los. Ein triumphierendes Lächeln glitt über sein Gesicht, als er sich hochrappelte und auf seine Ellbogen stützte. »Dieses Schiff kann jede Minute von genau demselben Flugzeug angegriffen werden, das auch schon Brady Field attackiert hat.«

»Du mußt betrunken sein«, erwiderte Gunn und beugte sich vor, um Pitt beim Aufsetzen zu helfen.

»Ich mag ziemlich kaputt aussehen, doch mein Gehirn funktioniert noch ganz gut. Hör genau zu. Es geht um folgendes . . .«

Der Wachposten, der hoch oben auf dem großen A-förmigen Kran thronte, sah das Flugzeug als erster im Blau des Himmels auftauchen. Dann erblickten es auch Pitt und Gunn, die zusammen auf der Brücke standen. Die *Albatros* war vielleicht noch drei Kilometer entfernt; sie flog in einer Höhe von zweihundert Metern. Sie kam direkt aus Osten und war gegen die aufgehende Sonne nur schwer zu erkennen.

»Er hat zehn Minuten Verspätung« brummte Pitt. Er hob den Arm, damit der weißhaarige Arzt ihm die Brust verbinden konnte.

Der spitzbärtige Alte ließ sich durch Pitts ständiges Auf- und Abgehen nicht aus der Ruhe bringen. Er säuberte und verarztete Pitts Wunden aufs gründlichste und verschwendete keinen Blick an das näherkommende Flugzeug. Schließlich verknotete er den Verband ein letztes Mal, ungerührt von Pitts leisem Schmerzensschrei und seinem gequälten Gesichtsausdruck. »Das ist alles, was ich für Sie tun kann, Major, solange Sie hier auf Deck herumrennen und wie Captain Bligh herumkommandieren.«

»Tut mir leid, Doc«, erwiderte Pitt, ohne seinen Blick vom Himmel zu wenden. »Aber für eine ausgiebige Konsultation haben wir jetzt keine Zeit. Am besten, Sie ziehen sich zurück. Wenn meine kleine Kriegslist nicht klappt, werden Sie bald alle Hände voll zu tun haben.«

Wortlos schloß der kleine, drahtige Mann seine abgewetzte Ledertasche, wendete sich um und kletterte die Treppe von der Brücke hinunter.

Pitt löste sich von der Reling und sah hinüber zu Gunn. »Alles klar?«

»Du brauchst mir nur das Einsatzzeichen zu geben.« Trotz seiner offensichtlichen Nervosität wirkte Gunn entschlossen und gefaßt. Er hielt ein kleines, schwarzes Kästchen in der Hand, von dem aus ein Kabel den Radarmast hinauflief, um sich dann in der kristallklaren Luft zu verlieren. »Und du glaubst, daß ihn das von seinem Plan ablenkt?«

»Der Mensch ist ein Gewohnheitstier«, erwiderte Pitt zuversichtlich.

Er schien sich wieder vollständig erholt zu haben. In nichts erinnerte er mehr an den Mann, der, soeben noch dem körperlichen Zusammenbruch nahe, an Deck der *First Attempt* gestolpert war. Mit ungeheurem Elan hatte er die Verteidigung des Schiffes organisiert. Er schien nicht einen Augenblick am Gelingen des Unternehmens zu zweifeln, als er nun auf der Brücke stand und erwartungsvoll der *Albatros* entgegensah.

»Geh lieber in Deckung«, empfahl er Gunn. »Die Druckwelle könnte dich sonst über Bord werfen. Wenn ich es sage, zündest du.«

Das gelbe Flugzeug legte sich in die Kurve und umrundete das Schiff. Offensichtlich wollte der Pilot erst die Lage peilen, ehe er angriff. Das Schiff fing unter dem dröhnenden Motorenlärm leise zu vibrieren an. Pitt beobachtete die *Albatros* durch einen Feldstecher. Er lächelte triumphierend, als er die Einschußlöcher in der Leinwand der Tragflächen und des Rumpfes entdeckte. Gut gemacht, Giordino! dachte er. Dann schwenkte er das Fernglas nach oben und richtete es auf das schwarze Kabel über dem Radarmast.

»Nur ruhig Blut«, sagte er leise. »Ich glaube, er hat den Köder angenommen.«

Komischer Köder, dachte Gunn. Ausgerechnet ein Wetterballon! Das nämlich war das meteorologische Gerät gewesen, nach dem Pitt verlangt hatte. Und nun schwebte dieser Ballon, beladen mit über fünfzig Kilogramm Sprengstoff, im strahlend blauen Himmel. Mit zusammengekniffenen Augen starrte Gunn zu ihm hinauf. Die todbringende Wettersonde befand sich in zweihundert Meter Höhe, etwa hundert Meter östlich von ihnen.

Das Dröhnen des Flugzeugs verstärkte sich, und einen kurzen Augenblick glaubte Pitt schon, es würde im Sturzflug auf das Schiff niederstoßen. Doch dann erkannte er, daß der Anflugwinkel dazu viel zu klein war. Die *Albatros* nahm Kurs auf den Wetterballon. Pitt stand auf, um besser sehen zu können, wohl wissend, daß er damit ein verlockendes Ziel für einen Feuerstoß abgab. Doch mit heulendem Motor schoß die *Albatros* über das Schiff hinweg und nahm den Ballon ins Visier. Die *Albatros* war noch nicht einmal bis auf Schußweite an ihn herangekommen, als sie schon das Feuer eröffnete. Die grellgelben Tragflächen verdeckten das Mündungsfeuer der MGs, die ihr Stakkato hämmerten. Die Geschosse jaulten durch die Luft, der Angriff hatte begonnen.

Der Ballon erzitterte leicht, als der erste Geschoßhagel seine Nylonhülle durchlöcherte. Er sackte ab, schrumpfte zusammen und stürzte dann flatternd und immer rascher dem Meer entgegen. Die *Albatros* flog über ihn hinweg und setzte nach einer Kehrtwendung zu einem neuen Angriff auf die *First Attempt* an.

»Jetzt«, schrie Pitt und warf sich zu Boden.

Gunn legte den Hebel um.

Eine Ewigkeit lang geschah nichts. Dann erschütterte eine ungeheure Druckwelle das Schiff, und eine donnernde Explosion zerriß die morgendliche Stille. Eine Wolke undurchdringlichen, schwarzen Rauches breitete sich aus. Grelle Flammen schlugen aus ihr. Der Explosionsdruck preßte Pitt und Gunn mit einer solchen Wucht gegen das Deck, daß sie kaum mehr Luft bekamen.

Dann richtete sich Pitt langsam und ungelenk auf. Er rang nach Atem.

Er versuchte, Reste der *Albatros* in der ständig größer werdenden Rauchwolke zu entdecken. Nichts zu sehen; Pilot und Maschine waren verschwunden. Dann wurde ihm klar, daß er in die falsche Richtung blickte. Die kurze Zeitspanne zwischen seinem Kommando und der Explosion hatte genügt, das Flugzeug vor der vollständigen Zerstörung zu bewahren. Einen Moment lang suchte er den Himmel ab, dann erblickte er die Maschine. Sie glitt schwerfällig und mit stehendem Propeller durch die Luft.

Pitt griff zum Feldstecher. Die *Albatros* zog eine dunkle Rauchwolke hinter sich her. Fasziniert beobachtete er, wie plötzlich eine der unteren Tragflächen nach hinten wegknickte. Das brennende Flugzeug begann wie ein Blatt Papier abzutrudeln. Einen Augenblick noch schien es zwischen Himmel und Erde zu hängen, dann stürzte es senkrecht ins Meer. Eine kleine Dampfwolke stieg über der Absturzstelle auf.

»Weg«, sagte Pitt. »Ein Pluspunkt für uns.«

Gunn lag noch immer auf dem Deck. Benommen hob er den Kopf. »Wo?«

»Etwa drei Kilometer querab an Steuerbord«, erwiderte Pitt. Er setzte das Fernglas ab und musterte Gunns bleiches Gesicht. »Alles in Ordnung, Rudi?« fragte er besorgt.

Gunn nickte. »Mir ist bloß ein bißchen die Puste weggeblieben, sonst nichts.«

Pitt lächelte, doch es war kein fröhliches Lächeln, sondern ein schadenfrohes und selbstzufriedenes. Sein Plan war geglückt.

»Schick ein paar Männer mit dem Katamaran hinaus und laß sie nach dem Wrack tauchen. Es interessiert mich brennend, wie unser

Phantom aussieht.«

»Wird gemacht«, erwiderte Gunn. »Ich selbst werde den Einsatz leiten. Allerdings nur unter einer Bedingung . . . daß du sofort hinunter in meine Kabine gehst. Der Doc ist noch nicht fertig mit dir.«

Pitt zuckte die Achseln. »Du bist der Käpt'n.« Er wandte sich wieder zur Reling und starrte nachdenklich auf die Stelle, wo das Meer zu kochen schien. Das war alles, was von der *Albatros* noch übriggeblieben war.

Er stand noch immer an der Reling, als zehn Minuten später Gunn und vier seiner Männer den Katamaran mit ihren Tauchgeräten beluden und vom Schiff ablegten. Sie hielten direkt auf die Absturzstelle zu. Pitt beobachtete, wie die Männer sich nacheinander ins blauglitzernde Wasser fallen ließen.

»Wie wär's, Major?« fragte jemand neben ihm.

Er wandte langsam den Kopf und sah in das Gesicht des kleinen Arztes. »Sie sind ja ganz versessen darauf, mich zu behandeln«, entgegnete Pitt mit breitem Grinsen.

Der spitzbärtige Alte erwiderte das Grinsen nicht. Er deutete lediglich auf die Leiter, die hinab zu Gunns Kabine führte.

Widerstrebend fügte sich Pitt. In der Kabine wehrte er sich noch eine Weile vergeblich gegen den Schlaf, dann taten die Seditativa ihre Wirkung, und er entschlummerte sanft.

9. Kapitel

Ein hohlwangiges und übernächtigtes Gesicht sah Pitt aus dem kleinen Spiegel entgegen, der sich am Kopfende der Kabine befand. Das schwarze Haar hing ihm wirr in die Stirn und in die dunkelumränderten Augen. Er hatte nicht lange geschlafen, ganze vier Stunden. Die Hitze hatte ihn geweckt, jene erdrückend heiße Luft, die morgens aus Afrika herübergezogen kam und den Tag zur Qual machte.

Der Ventilator war ausgeschaltet. Pitt setzte ihn in Gang, doch es war zu spät. Ein Stoß glühend heißer Luft schlug von draußen herein. Die Klimaanlage war der Hitze nicht mehr gewachsen; frühestens gegen Abend würde sie die Temperatur in der Kabine erst wieder auf ein erträgliches Maß reduziert haben. Er ging zum Waschbecken und hielt seinen Kopf unter den Wasserhahn. Eine wohlige Gänsehaut überlief ihn, als das Wasser über seinen Rücken und seine Schultern rann.

Dann frottierte er sich gründlich ab und ließ dabei die Geschehnisse der letzten Nacht noch einmal Revue passieren. Willy und der Maybach-Zeppelin. Von Tills Landhaus. Der gemeinsame Drink mit dem Deutschen. Dann Teri, ihre seltsame Befangenheit. Das Labyrinth. Der Kampf mit dem Hund, die Flucht. Athene – ob ihr Eigentümer sie wohl je wiederfand? Dann die Fahrt mit dem Motorboot, die Präparierung des Wetterballons, der Angriff der gelben *Albatros*. Schließlich die Explosion. Und nun saß er da und wartete, daß das Flugzeug und der tote Pilot geborgen würden. Welche Rolle spielte von Till in dieser ganzen Angelegenheit? Was hatte der verdammte Deutsche vor? Und Teri. Wie weit wußte sie Bescheid? Hatte sie während des Abendessens versucht, ihn zu warnen? Oder hatte ihr Onkel sie nur vorgeschoben, um mit ihrer Hilfe Pitt irgendwelche Informationen zu entlocken?

Er schob alle diese Fragen unwillig beiseite. In diesem Moment beschäftigte ihn ein ganz anderes Problem. Seine Wunde juckte unter dem Verband, und er mußte gegen das unwiderstehliche Verlangen ankämpfen, sich zu kratzen . . . Gott, war es heiß . . . Wenn er nur einen kleinen eisgekühlten Drink gehabt hätte! Er streifte seine Shorts ab, hielt sie unter den Wasserhahn und zog sie naß wieder an. Nach einigen Minuten schon waren sie aber wieder knochentrocken.

Es klopfte. Leise glitt die Tür auf, und der rothaarige Stewart streckte seinen Kopf herein. »Sie sind schon wach, Major?« fragte er mit gedämpfter Stimme.

»Ja, seit ein paar Minuten«, erwiderte Pitt.

»Ich . . . ich wollte Sie nicht stören«, fuhr der Junge stockend fort. »Der Doc hat mir nur gesagt, ich sollte alle Viertelstunde nach Ihnen schauen. Haben Sie gut geschlafen?«

Pitt warf dem Steward einen vernichtenden Blick zu. »Wer zum Teufel kann bei dieser Affenhitze gut schlafen?«

Ein bestürzter Ausdruck glitt über das junge, sonnengebräunte Gesicht. »Au! Das tut mir leid, Sir. Ich dachte, Commander Gunn hätte die Klimaanlage eingeschaltet.«

»Jetzt läßt's sich auch nicht mehr ändern«, antwortete Pitt achselzuckend. »Gibt es denn wenigstens etwas Kaltes zu trinken?«

»Möchten Sie vielleicht eine Flasche *FIX*?«

Pitt runzelte mißtrauisch die Stirn. »Eine Flasche was?!«

»*FIX*. Griechisches Bier.«

»Ach so. Ja, in Ordnung.«

»Bin gleich zurück, Sir.« Der Junge zog seinen Kopf zurück und schloß sachte die Tür. Doch gleich wurde sie wieder aufgestoßen, und der rote Haarschopf erschien abermals. »Entschuldigen Sie, Major – fast hätte ich es vergessen: Colonel Lewis und Captain Giordino möchten Sie unbedingt sprechen. Der Colonel wollte schon einfach hereinplatzen und Sie aus dem Schlaf reißen, doch der Doc hat es ihm strikt verboten. Er hat sogar gedroht, den Colonel von Bord zu weisen, wenn er es versuchen sollte.«

»Gut, schick sie herein«, erklärte Pitt ungeduldig. »Und beeil dich mit dem Bier. Ich verdurste sonst noch.«

Er legte sich wie er war auf die Koje. Der Schweiß rann ihm in Strömen den Körper hinunter. Schon nach kurzer Zeit war das zerwühlte Bettlaken klatschnaß. Pitts Gedanken wandten sich wieder von Till ab und der gelben *Albatros* zu. Was mußte jetzt wohl am dringendsten erledigt werden?«

Lewis und Giordino.

Sie hatten keine Zeit verloren, hierherzukommen. Vielleicht hatte Giordino schon einen Bescheid aus der NUMA-Zentrale erhalten und damit ein weiteres Stück des verwirrenden Puzzle-Spiels in der Hand. Noch wußten sie nicht allzuviel. Einiges ließ sich zwar inzwischen zusammenreimen, doch was hinter der ganzen Affäre stand, war noch völlig im Dunkeln. Das Puzzle-Spiel bestand in der Hauptsache noch aus einem wirren Haufen ungeordneter Teile. Der Schäferhund beispielsweise war so ein Stück, das sich überhaupt nicht in das Bild fügte. Es gelang Pitt einfach nicht, eine Verbindung zwischen dem Hund, von Till und Kurt Heibert herzustellen.

Plötzlich platzte Lewis zur Tür herein. Sein Gesicht war hochrot, und er schwitzte fürchterlich. Kleine Schweißbäche liefen ihm über Nase und Wangen und versickerten in seinem Schnurrbart.

»Na, Major, bereuen Sie es nicht, daß Sie meine Einladung zum Essen ausgeschlagen haben?«

Pitt lächelte schwach. »Zugegeben, ein- oder zweimal heute nacht habe ich es aufrichtig bedauert, daß ich mich nicht von Ihren Muscheln habe verführen lassen.« Er deutete auf die Mullbinden und die Pflaster auf seiner Brust. »Aber zum Ausgleich habe ich von meiner Soirée ein paar Eindrücke mitgenommen, die ich so schnell nicht vergessen werde.«

Giordino tauchte hinter Lewis' ungeschlachter Gestalt auf und nickte Pitt grüßend zu. »Man kann dich doch nicht aus den Augen lassen, ohne daß du gleich in die größten Schwierigkeiten gerätst.« Er blickte Pitt breit grinsend an, doch aus seinen Augen sprach aufrichtige Besorgnis.

»Das nächstemal, Al, schicke ich dich und lasse mich von dir vertreten«, witzelte Pitt.

Giordino lachte. »Danke, lieber nicht.«

Lewis ließ sich schwerfällig auf einem Stuhl gegenüber der Koje nieder. »Hier ist es ja nicht zum Aushalten«, schimpfte er. »Hat dieses schwimmende Museum denn keine Klimaanlage?«

Pitt konnte seine Schadenfreude nicht verhehlen, als er dem schweißüberströmten Lewis anwortete: »Tut mir leid, Colonel, aber die Anlage ist wohl überlastet. Ich habe Bier bestellt. Damit wird sich die Hitze hoffentlich etwas besser ertragen lassen.«

»Im Augenblick«, schnaubte Lewis, »wäre ich sogar für einen Schluck Gangeswasser dankbar.«

Giordino beugte sich über die Koje. »Jetzt erzähl, Dirk: In was für einen Schlamassel bist du denn um Himmels willen gestern geraten? Gunn hat über Funk irgend etwas von einem tollwütigen Hund erzählt.«

»Später, Al. Zuerst möchte ich gern noch ein paar Fragen klären.« Er wandte seinen Blick Lewis zu. »Colonel, kennen Sie Bruno von Till?«

»Ob ich Bruno von Till kenne?« wiederholte Lewis. »Nur flüchtig. Ich wurde ihm einmal vorgestellt und habe ihn ein paarmal auf Partys der hiesigen High Society getroffen. Das ist alles. Nach meinen Informationen führt er ein sehr zurückgezogenes Leben; niemand weiß etwas Genaueres über ihn.«

»Wissen Sie zufällig, was für Geschäfte er betreibt?« fragte Pitt gespannt.

»Er ist Eigentümer einer kleinen Schiffsflotte.« Lewis hielt inne und dachte mit geschlossenen Augen nach. Dann fiel es ihm ein. »*Minerva*, ja, das ist es. *Minerva Lines*, so heißt sein Unternehmen.«

»Nie gehört«, murmelte Pitt.

»Kein Wunder«, entgegnete Lewis. »Nach den klapprigen, verrosteten Kähnen zu urteilen, die ich bisher um Thasos habe herumschippern sehen, zweifle ich daran, ob überhaupt jemand von der Existenz des Unternehmens weiß.«

Pitts Augen wurden zu schmalen Schlitzen. »Von Tills Schiffe kreuzen vor der Küste von Thasos?«

Lewis nickte. »Ja. Sie unterhalten eine Art Liniendienst. Übrigens sind sie leicht zu erkennen. Alle tragen ein großes gelbes »M« am Schornstein.«

»Gehen Sie vor der Küste vor Anker oder im Hafen von Liminas?«

Lewis schüttelte den Kopf. »Weder noch. So oft ich bisher ein Schiff gesehen habe, kam es von Süden, umrundete die Insel und verschwand dann wieder in Richtung Süden.«

»Ohne anzulegen?«

»Doch. Für kurze Zeit, vielleicht eine halbe Stunde, legen sie direkt vor den alten Ruinen an.«

Pitt erhob sich von seiner Koje. Er sah zuerst Giordino, dann Lewis fragend an. »Das ist merkwürdig.«

»Warum?« fragte Lewis und brannte sich eine Zigarette an.

»Thasos liegt rund achthundert Kilometer nördlich der Schifffahrtsrouten, die zum Suez-Kanal führen«, erklärte Pitt langsam. »Warum läßt von Till seine Schiffe einen Umweg von eintausendsechshundert Kilometern machen?«

»Ich weiß es nicht«, sagte Giordino ungeduldig. »Und ehrlich gesagt, ist es mir auch völlig egal. Was soll dieses ganze Gerede? Erzähl lieber, was du heute nacht erlebt hast. Was interessiert mich dieser von Till?«

Pitt stand auf und reckte sich. Ein stechender Schmerz durchfuhr ihn, als er seine Brust spannte. Er hatte einen sandigen Geschmack im Mund. Wo blieb nur der Bursche mit dem Bier? Pitts Blick fiel auf Giordinos Zigaretten. Er erbat sich eine, zündete sie an und nahm einen tiefen Zug. Der üble Geschmack in seinem Mund wurde nur noch schlimmer.

Er zuckte die Achseln und lächelte gequält. »Okay, ich erzähle es euch von Anfang bis Ende. Aber bitte schaut mich dann nicht an, als wäre ich verrückt geworden. Die Geschichte klingt ziemlich unwahrscheinlich.«

Pitt berichtete, was er erlebt hatte. Er verschwieg nichts, nicht einmal seinen Verdacht, Teri könnte ihn auf irgendeine Weise an von Till verraten haben. Lewis nickte hin und wieder nachdenklich, sagte aber nichts. Er schien mit seinen Gedanken ganz woanders zu sein. Nur wenn Pitt gestikulierend etwas näher erklärte, sah er interessiert auf. Giordino ging langsam in der engen Kabine auf und ab, immer etwas vornüber gebeugt, um das leichte Schlingern des Schiffes aufzufangen.

Niemand sagte ein Wort, als Pitt mit seinem Bericht am Ende war. Lange Zeit herrschte eine drückende Stille. Die Luft war dumpf und stickig. Es roch nach Schweiß, und in Schwaden hing der Zigarettenrauch im Zimmer.

»Ich weiß«, sagte Pitt schließlich mit müder Stimme. »Es klingt wie ein Märchen, völlig absurd. Aber genauso hat es sich zugetragen. Ich habe nichts ausgelassen und nichts dazuerfunden.«

»Daniel in der Löwengrube«, meinte Lewis trocken. »Zugegeben: Was Sie uns da erzählt haben, klingt aberwitzig. Doch die Tatsachen sprechen durchaus für Sie.« Er zog ein Taschentuch aus der Gesäßtasche und tupfte sich die Stirn ab. »Woher sonst hätten Sie so genau wissen können, daß die *Albatros* heute morgen von neuem angreifen würde?«

»Den ersten Wink hat mir von Till gegeben. Der Rest war logische Schlußfolgerung.«

»Mir will die ganze Geschichte nicht in den Kopf«, sagte Giordino. »Es ist doch reichlich umständlich, mit einem alten Doppeldecker die gesamte Gegend hier zu bombardieren, nur um die *First Attempt* aus diesen Gewässern zu vertreiben.«

»Nicht unbedingt«, erwiderte Pitt. »Von Till hat erst zu diesem Mittel gegriffen, als ihm klargeworden war, daß all seine Sabotageakte, die die Expedition zum Aufgeben zwingen sollten, nichts nützten.«

»Was hat denn seine Absichten durchkreuzt?« wollte Giordino wissen.

»Gunn ist ein Dickschädel«, erklärte Pitt und grinste. »Trotz aller Pannen und Zwischenfälle hat er sich hartnäckig geweigert, die Anker zu lichten und davonzudampfen.«

»Damit hat er vollkommen recht gehabt«, brummte Lewis. Er räusperte sich und wollte noch etwas hinzufügen, doch Pitt schnitt ihm das Wort ab: »Von Till mußte zu stärkeren Waffen greifen, wenn er sein Ziel erreichen wollte. Daß er dazu einen alten Doppeldecker verwendete, war ein Geniestreich. Der Angriff eines modernen Düsenjägers auf Brady Field hätte die ganze Welt in Aufruhr versetzt und eine internationale Krise heraufbeschworen. Die griechische Regierung, die Russen, die Araber, alle wären sie darin verwickelt gewesen und die Insel hätte von Militär nur so gewimmelt.

Das hat auch von Till vorausgesehen, und er war klug genug, eine solche Situation nicht heraufzubeschwören. Die gelbe *Albatros* bereitet zwar unserer Regierung etliche Scherereien und kostet die Air Force Dutzende Millionen Dollar, doch diplomatische Verwicklungen oder gar einen bewaffneten Konflikt gibt es nicht.«

»Sehr interessant, Major.« Lewis sagte es ziemlich skeptisch. »Sehr interessant . . . und sehr lehrreich. Aber könnten Sie mir vielleicht noch folgende Frage beantworten, die mir die ganze Zeit nicht aus dem Kopf geht . . .?«

»Die wäre, Sir?« Zum ersten Mal redete Pitt Lewis ganz förmlich mit Sir an. Es kam ihm einigermaßen merkwürdig vor.

»Wonach suchen diese verdammten Eierköpfe denn eigentlich, daß wir so viele Ungelegenheiten haben?«

»Nach einem Fisch«, erwiderte Pitt und lachte von einem Ohr bis zum anderen.

Lewis riß die Augen auf, und um ein Haar wäre ihm seine Zigarette in den Schoß gefallen. »Wonach?«

»Nach einem Fisch«, wiederholte Pitt. »Er heißt ›Hexenfisch‹ und soll eine Art lebendes Fossil sein. Gunn hat mir versichert, daß es eine der größten wissenschaftlichen Sensationen dieses Jahrhunderts wäre, wenn es gelänge, eines dieser Tiere zu fangen.« Pitt übertrieb absichtlich, um dem vor Wut fast platzenden Lewis den Wind aus den Segeln zu nehmen.

Mit zornrotem Gesicht sprang Lewis auf. »Auf Brady Field liegen Flugzeugwracks im Wert von fünfzehn Millionen Dollar. Ich als verantwortlicher Kommandeur komme in Teufels Küche. Meine Karriere ist im Eimer, und Sie erzählen mir, das alles geschähe nur eines gottverdammten Fisches wegen?«

Pitt versuchte, möglichst ernst dreinzuschauen. »Ja, Colonel. So etwa könnte man es formulieren.«

Lewis hatte es die Sprache verschlagen. Mit leerem Blick starrte er vor sich hin. Endlich stammelte er kopfschüttelnd: »Mein Gott, das ist ungerecht, das ist einfach ungerecht . . .«

Es klopfte. Der Steward trat ein, ein Tablett mit drei Flaschen Bier balancierend.

»Stell noch weitere Flaschen kalt«, verlangte Pitt. »Ich glaube, wir können noch ein paar brauchen.«

»Ja, Sir«, murmelte der Junge. Er stellte das Tablett auf dem Tisch ab und verschwand.

Giordino reichte Lewis ein Bier. »Hier, Colonel, trinken Sie. Und vergessen Sie Ihre Flugzeuge. Der Steuerzahler wird schon für den Schaden aufkommen.«

»Bis dahin habe ich einen Herzinfarkt«, brummte Lewis. Er ließ sich schlaff in seinen Sessel zurücksinken.

Pitt ergriff eine der eisgekühlten Flaschen und hielt sie sich an die Stirn. Das rot-silberne Etikett war verkehrt herum aufgeklebt. Gedankenverloren starrte er auf den Aufdruck, der stolz verkündete: *LIEFERANT DES GRIECHISCHEN KÖNIGSHAUSES.*

»Und was sollen wir als nächstes tun?« fragte Giordino zwischen zwei Rülpsern.

Pitt zuckte die Achseln. »Ich weiß noch nicht. Es hängt viel davon ab, was Gunn im Wrack der *Albatros* findet.«

»Hast du irgendeine Vorstellung?«

»Nein, im Augenblick nicht.«

Giordino drückte seine Zigarette aus. »Na ja, verglichen mit dem, was wir gestern in der Hand hatten, sind wir schon ein gutes Stück vorangekommen. Dank dir, Dirk, ist die *Albatros* ausgeschaltet, und wir sind dem Gangster, der die Angriffe inszeniert hat, dicht auf den Fersen. Wir müßten eigentlich nur noch die griechischen Behörden veranlassen, von Till festzunehmen.«

»Das wäre voreilig«, wandte Pitt ein. »Es wäre ungefähr das gleiche, wie wenn ein Staatsanwalt Anklage wegen Mordes erhöbe und dem angeblichen Mörder kein Motiv nachweisen könnte. Aber von Till muß einen triftigen Grund für sein Tun haben – wenn es in unseren Augen vielleicht auch kein ausreichendes Motiv ist.«

»Was immer ihn auch antreiben mag – ein Schatz ist es jedenfalls nicht.«

Pitt sah Giordino an. »Richtig, das hatte ich ganz vergessen. Du hast schon einen Bescheid von Admiral Sandecker?«

Giordino warf seine leere Flasche in den Papierkorb. »Er wurde mir heute morgen durchgegeben, gerade als Colonel Lewis und ich uns auf den Weg hierher machen wollten.« Er machte eine Pause und beobachtete eine Fliege, die an der Decke entlangspazierte. Dann rülpste er.

»Und?« drängte Pitt ungeduldig.

»Der Admiral hat zehn Leute die Staatsarchive nach allen Schiffsunglücken durchwühlen lassen, die sich je in der Gegend von Thasos ereignet haben. Nirgendwo ist ein Schiff verzeichnet, das eine besonders wertvolle und bergungswürdige Ladung an Bord gehabt hätte.« Giordino zog einen Zettel aus der Brusttasche. »Die Sekretärin des Admirals hat uns eine Liste aller Schiffe durchgegeben, die hier in den letzten zweihundert Jahren gesunken sind. Nicht sonderlich beeindruckend.«

Pitt wischte sich einen Schweißtropfen aus dem Auge. »Lies einmal vor.«

Giordino legte den Zettel auf seine Knie und ging mit monotoner Stimme das Verzeichnis durch. »*Mistral*, französische Fregatte, gesunken 1753. *Clara G.*, britischer Kohlendampfer, gesunken 1856. *Admiral de Fosse*, französisches Panzerschiff, gesunken 1872. *Scylla*, italienische Brigg, gesunken 1876. *Daphne*, britisches Kanonenboot . . .«

»Das kannst du dir schenken. Mach ab 1915 weiter«, unterbrach ihn Pitt.

»*H.M.S. Forshire*, britischer Kreuzer, 1915 von einer deutschen Küstenbatterie versenkt. *Von Schroeder*, deutscher Zerstörer, 1916 von einem britischen Kriegsschiff versenkt. *U-19*, deutsches U-Boot, 1918 von der britischen Luftwaffe versenkt.«

»Das reicht«, sagte Pitt und gähnte. »Die meisten Wracks sind Kriegsschiffe. Es ist kaum anzunehmen, daß sie riesige Vermögen an Bord hatten.«

Giordino nickte. »Das haben die Jungs in Washington ebenfalls gesagt. Es ist kein Schiff mit einer besonders wertvollen Ladung darunter. Von einem Schatz ganz zu schweigen.«

Das Wort »Schatz« riß Lewis wieder aus seiner trübsinnigen Stimmung. Seine Augen glänzten wie die eines kleinen Jungen. »Und was ist mit den Schiffen der alten Griechen und Römer? Die Aufzeichnungen reichen sicher nicht bis in diese Zeit zurück.«

»Das stimmt«, pflichtete ihm Giordino bei. »Aber wie Dirk schon vorhin festgestellt hat, liegt Thasos weit abseits aller wichtigen Schiffahrtsrouten. Das gilt auch für die Handelswege der Antike.«

»Aber vielleicht liegt hier tatsächlich ein Vermögen auf dem Meeresgrund verborgen«, beharrte Lewis, »und von Till versucht mit allen Mitteln, das geheimzuhalten.«

»Es gibt kein Gesetz, das die Bergung gesunkener Schätze verbietet.« Giordino blies eine Rauchwolke in den Raum. »Warum sollte er es geheimhalten wollen?«

»Aus Habgier«, warf Pitt ein. »Solche Funde werden hoch besteuert. Das Finanzamt kassiert gut und gerne die Hälfte.«

»In diesem Fall könnte ich es von Till kaum verdenken, daß er seine Entdeckung lieber für sich behält«, meinte Lewis nachdenklich.

Der Steward erschien mit drei weiteren Flaschen Bier. Er zog sich gleich wieder zurück. Giordino trank seine Flasche in einem Zug leer. »Die ganze Sache gefällt mir nicht«, erklärte er. »Irgend etwas daran ist mächtig faul.«

»Mir gefällt sie auch nicht«, meinte Pitt versonnen. »Alle Versuche einer Erklärung führen in eine Sackgasse. Auch der gesunkene Schatz bringt uns nicht weiter. Ich habe schon versucht, von Till aus der Reserve zu locken, indem ich ihm gegenüber andeutete, der Schatz, hinter dem er her sei, sei längst gehoben. Doch der alte Fuchs zeigte nicht das geringste Interesse. Er hat etwas zu verbergen, soviel ist klar. Aber ein Schatz ist es nicht.« Er brach ab und wies durch das Bullauge auf das friedlich daliegende Thasos hinüber. »Des Rätsels Lösung liegt woanders, entweder direkt vor der Insel oder auf ihr. Wenn Gunn die *Albatros* geborgen hat, werden wir mehr wissen.«

Giordino verschränkte die Hände hinter dem Kopf und wippte mit seinem Stuhl. »Wenn man es recht überlegt, könnten wir jetzt eigentlich unsere Siebensachen packen und nach Washington zurückfliegen. Nachdem die mysteriöse *Albatros* nun auf dem Grund des Meeres liegt und wir wissen, wer die Arbeit auf der *First Attempt* sabotiert hat, wird ja alles wieder ins rechte Lot kommen. Ich wüßte keinen Grund, wieso wir noch länger hier ausharren sollten.« Er warf Lewis einen gleichgültigen Blick zu. »Ich bin sicher, der Colonel bekommt den Notstand auf Brady Field auch ohne fremde Hilfe in den Griff.«

»Sie können mich doch jetzt nicht im Stich lassen«, keuchte Lewis. Der Schweiß trat ihm auf die Stirn. »Ich werde mich mit Admiral Sandecker in Verbindung setzen und . . .«

»Keine Sorge, Colonel«, erklang es von der Tür. Unbemerkt war Gunn ins Zimmer getreten. »Major Pitt und Captain Giordino werden Thasos noch nicht verlassen.«

Pitt wandte den Kopf und sah Gunn überrascht an. Der lehnte kraftlos an der Wand; sein Gesicht sah leer und müde aus. Er schien zu Tode erschöpft. Seine Schultern hingen schlapp nach unten; spitz zeichneten sich die Knochen unter der Haut ab. Kleine Wassertröpfchen perlten glitzernd seinen Körper hinunter. Er trug nichts weiter als seine Hornbrille und eine schwarze Badehose. Er war nach vierstündigem, ununterbrochenem Tauchen völlig ausgebrannt.

»Ich fürchte, ich habe schlechte Nachrichten«, murmelte er matt.

»Was denn, um Gottes willen?« fragte Pitt. »Habt ihr es nicht geschafft, die *Albatros* zu bergen?«

»Viel schlimmer.« – »Sag schon!«

Es dauerte eine Weile, bis Gunn sich wieder gefaßt hatte. Es herrschte Totenstille in der Kajüte. Man konnte das leichte Ächzen des Schiffes vernehmen, das in der sanften Dünung schlingerte.

»Glaubt mir«, fuhr Gunn endlich fort, »wir haben alle Techniken angewandt, die es gibt, um ein Wrack zu orten. Aber wir haben die *Albatros* nicht gefunden.« Er machte eine hilflose Geste. »Sie ist weg. Verschwunden.«

10. Kapitel

»Die Bewohner von Thasos waren große Liebhaber des Theaters. Das Theater war ein bedeutender Bestandteil ihrer Kultur und für jeden Bürger der Stadt, bis hinab zum Bettler, war es eines der vornehmsten Rechte, das Theater besuchen zu dürfen. Bei der Uraufführung eines neuen Dramas wurden alle Läden geschlossen, sämtliche Geschäfte ruhten, und selbst die Gefängnisinsassen wurden freigelassen. Den Huren der Stadt hingegen war es erlaubt, ihr Gewerbe in den Gebüschen neben den Theatereingängen auszuüben.«

Der dunkelhäutige Fremdenführer unterbrach seinen Vortrag. Seine Lippen kräuselten sich spöttisch, als er die pikierten Mienen der Damen sah. Die Reaktionen an dieser Stelle waren immer die gleichen. In gespielter Empörung tuschelten die Frauen sich etwas zu, während die Männer, die fast alle in kurzen Hosen steckten und mit Kameras und Belichtungsmessern bewaffnet waren, schallend loslachten und einander vielsagend in die Rippen stießen.

Der Fremdenführer zwirbelte die Enden seines phantastischen Schnurrbarts und musterte die Gruppe etwas eingehender. Es war die übliche Mischung: dicke, pensionierte Geschäftsleute mit ihren ebenso dicken Frauen, die die Ruinen besichtigten, um damit später ihren Freunden und Bekannten zu Hause zu imponieren. Sein Blick wanderte weiter zu vier jungen Schullehrerinnen aus Kalifornien. Drei von ihnen waren höchst unscheinbar, trugen Brillen und kicherten in einem fort. Die vierte gefiel ihm schon besser. Sie war überraschend hübsch: ein großer, wohlgeformter Busen, rote Haare, lange Beine – das Idealbild einer Amerikanerin. Ihrem Gesicht nach zu schließen, war sie ein lustiges, aufgewecktes Mädchen, einem Flirt durchaus nicht abgeneigt. Ob er sie am späten Abend zu einer privaten Führung durch die Ruinen einladen sollte?

Gleichgültig musterte er den Rest der kleinen Schar. Sein Blick blieb an zwei Männern hängen, die sich im Hintergrund gelangweilt auf eine umgestürzte Säule niedergelassen hatten. Sie waren ein merkwürdiges Gespann. Der kleinere von ihnen, offensichtlich ein Italiener, war von untersetzter, kräftiger Statur und erinnerte entfernt an einen Gorilla. Der andere, ein hochgewachsener, stämmiger Mann mit stechenden, grünen Augen und harten Zügen, schien intelligent und kultiviert, doch zugleich lag in seinem gelassen-selbstsicheren Auftreten etwas Gefährliches, Verschlagenes. Den Verbänden an Nase und Händen nach zu urteilen, mußte er ziemlich streitlustig sein. Seltsam – was hatten sie hier wohl zu suchen? Männer ihres Schlages interessierten sich sonst kaum für langweilige Ruinen. Wahrscheinlich waren sie Seeleute, deren Schiff in Thasos angelegt hatte. Ja, so wird es sein, dachte der Fremdenführer.

»Dieses Theater wurde 1952 ausgegraben«, setzte er seinen Vortrag fort. »Es lag so tief unter dem Sand verborgen, der im Lauf der Jahrhunderte von den Bergen heruntergespült worden war, daß man zwei Jahre benötigte, um es freizulegen. Bitte beachten Sie das schöne Mosaik des Orchesterbodens. Es ist ganz aus farbigen Naturkieseln gearbeitet. Es stammt von einem gewissen Coenus, von dem wir leider nichts Genaueres wissen.« Er legte eine weitere Pause ein, um den Ausflüglern Gelegenheit zu geben, das Blumenfenster zu betrachten, das die verblichenen, abgetretenen Steine bildeten. »Wenn Sie mir nun bitte über diese Treppe folgen wollen. Wir haben einen kleinen Fußmarsch über den nächsten Hügel zum Tempel des Poseidon vor uns.«

Pitt mimte den erschöpften Touristen und ließ sich ächzend auf den Stufen nieder. Er sah der Fremdengruppe hinterher, bis ihre Köpfe hinter der Hügelkuppe verschwunden waren. Seine Uhr zeigte 16 Uhr 30. Es war genau drei Stunden her, seit Giordino und er nach Liminas gekommen waren und sich der Führung durch die antiken Stätten angeschlossen hatten. Nun warteten sie, bis sich die anderen weit genug entfernt hatten. Giordino lief ungeduldig auf und ab. Unter dem Arm trug er eine kleine Reisetasche. Als sie ganz sicher waren, daß niemand sie vermißte und die Führung ohne sie fortgesetzt wurde, erhob sich Pitt und deutete stumm auf den Bühneneingang des Amphitheaters.

Zum hundertsten Male zerrte Pitt an dem unbequemen Verband um seine Brust. Er mußte grinsen, als ihm dabei der kleine Schiffsarzt wieder einfiel. Der Alte hatte ihm händeringend auszureden versucht, das Schiff zu verlassen und zu von Tills Landhaus zurückzukehren, und Gunn hatte ihn dabei wortreich unterstützt. Erst als Pitt geschworen hatte, er werde die gesamte Schiffsbesatzung niederschlagen und nach Liminas schwimmen, hatte der Arzt aufgegeben und wütend die Kabinentür hinter sich zugeknallt. Zusammen mit Giordino war Pitt dann in dem alten Außenborder nach Liminas getuckert. Glücklicherweise war der Kahn dort noch nicht vermißt worden – es wäre schwierig gewesen, dem aufgebrachten griechischen Besitzer oder der Polizei klarzumachen, daß der Bootsdiebstahl unumgänglich gewesen war. Dann hatten sie sich in die Stadt begeben, nicht ohne noch einmal an dem Briefkasten vorbeizuschauen, an dem Pitt in der Nacht Athene festgebunden hatte. Der Esel war verschwunden. Ganz in der Nähe hatte über einem kleinen, weißgekalkten Haus ein Schild auf das Büro der *Greek National Tourist Organisation* hingewiesen. Es war kein Problem gewesen, sich einer Führung durch die antiken Kulturstätten, darunter das Amphitheater, anzuschließen, und so waren Giordino und Pitt inmitten der Touristengruppe bis zur rückwärtigen Pforte von von Tills Villa gelangt.

Giordino wischte sich mit dem Ärmel über die feuchte Stirn. »Können wir es denn eigentlich nicht wie anständige Einbrecher halten und erst bei Nacht hier eindringen?« fragte er.

»Je eher wir von Till überraschen, desto besser«, entgegnete Pitt scharf. »Der Absturz der *Albatros* hat ihn wahrscheinlich ziemlich aus der Fassung gebracht, und wenn ich ihm nun plötzlich lebend gegenüberstehe, wirft ihn das vollends um.«

Der Wunsch nach Rache trieb den Major an, das erkannte Giordino klar. Er erinnerte sich, wie langsam und vorsichtig Pitt einen Fuß vor den anderen gesetzt hatte, als sie den Pfad durch die Ruinen entlanggeschritten waren. Pitt mußte starke Schmerzen haben, doch er hatte klaglos alle Strapazen auf sich genommen. Auch die Enttäuschung und Verbitterung, die sich auf seinem Gesicht gezeigt hatten, als Gunn erklärt hatte, daß die *Albatros* nicht aufzufinden sei, fielen Giordino wieder ein. Es lag etwas Unheimliches in Pitts Verhalten. Giordino war sich nicht ganz sicher, ob es nun Pflichtbewußtsein oder der krankhafte Drang nach Vergeltung war, was ihn so anstachelte.

»Bist du sicher, daß wir das Richtige tun? Es wäre vielleicht einfacher . . .«

»Das ist die einzige Möglichkeit«, unterbrach ihn Pitt rauh. »Nicht ein Schräubchen war von der *Albatros* zu finden, und ein Walfisch kann sie kaum verschluckt haben. Wüßten wir, wer der Pilot war, wäre damit wahrscheinlich schon eine Reihe offener Fragen beantwortet. Das einzige, was uns jetzt noch weiterhelfen kann, ist, von Tills Villa zu durchsuchen. Es bleibt uns keine andere Wahl.«

»Ich hielte es immer noch für das Vernünftigste, einfach mit einer Abteilung Militärpolizei das Haus zu stürmen und von Till festzunehmen«, meinte Giordino verdrossen.

Pitt sah ihm in die Augen, dann warf er noch einmal einen Blick auf die Treppe hinter sich. Er konnte Giordinos Stimmung nachfühlen. Auch ihm war nicht ganz wohl in seiner Haut. Das spurlose Verschwinden der *Albatros* hatte ihn außerordentlich verunsichert. Vielleicht war, was sie im jetzigen Augenblick unternahmen, tatsächlich voreilig und unüberlegt; doch in seinen Augen war es die einzige Chance, die mysteriöse Geschichte so bald wie möglich aufzuklären. Ob er recht hatte oder nicht, würde sich in der nächsten Stunde herausstellen. Sein Plan steckte voller Risiken. Würden sie unbemerkt in die Villa eindringen können? Und wenn Teri sie überraschte, wie würde sie reagieren? War sie mit ihrem Onkel im Bunde, oder würde sie mit sich reden lassen? Pitt musterte Giordino abermals, sah seinen entschlossenen Blick, den grimmigen Ausdruck um seinen Mund, die geballten Fäuste, und er wußte, daß er sich auf ihn verlassen konnte. Er hätte keinen besseren Partner für dieses gefährliche Unternehmen finden können.

»Eins scheint dir noch nicht in deinen harten Schädel gehen zu wollen«, sprach er leise auf ihn ein. »Wir stehen hier auf griechischem Boden. Wir haben keinerlei Befugnis, in eine private Wohnung einzudringen. Kannst du dir vorstellen, in welche Schwierigkeiten wir geraten, wenn wir mit Hilfe der Militärpolizei von Tills Haus stürmen? Wenn dagegen nur wir beide von der griechischen Polizei festgenommen werden, können wir uns immer noch darauf hinausreden, wir gehörten zur Besatzung der *First Attempt*, hätten uns bei einem Landurlaub vollaufen lassen und wären dann bei einer Fremdenführung hier in das Gewölbe eingedrungen, um unseren Rausch auszuschlafen. Ich sehe keinen Grund, warum die Polizei uns das nicht abkaufen sollte.«

»Und deshalb haben wir auch keine Waffen bei uns?«

»Erraten. Diesen Nachteil müssen wir eben in Kauf nehmen.« Sie waren inzwischen am Eingang zu dem Gewölbe angelangt. Das Gittertor sah im Tageslicht längst nicht mehr so massiv und drohend aus, wie Pitt es in Erinnerung hatte. »Da wären wir«, sagte er. Er strich gedankenverloren mit dem Finger über einen eingetrockneten Blutflecken auf einer der rostigen Stangen.

»Und da hast du dich durchgezwängt?« fragte Giordino ungläubig.

»Es war halb so wild, wie es aussieht«, entgegnete Pitt lachend. »Ich habe schon Schlimmeres durchgemacht. Los, beeil dich«, fuhr er gleich wieder ernst fort. »Wir haben nicht viel Zeit. Die nächste Führung kommt in einer Dreiviertelstunde hier durch.«

Giordino öffnete seine Reisetasche, kramte ein altes Handtuch hervor, das er neben dem Tor ausbreitete, und entleerte darauf sorgfältig den Inhalt der Tasche. Geschickt befestigte er im Abstand von einem halben Meter zwei kleine Ladungen TNT an einem Gitterstab und steckte die Zündkapseln auf. Dann umwickelte er die Sprengladungen fest mit einem dicken Draht und umgab sie zu guter Letzt noch mit mehreren Schichten Klebeband. Sie glichen nun zwei überdimensionalen Kokons, die an einem Eisenstab hingen. Giordino überprüfte die Sprengsätze noch einmal und verband sie dann mit dem Draht des Zünders. Die ganze Arbeit hatte nicht mehr als sechs Minuten in Anspruch genommen. Mit einem selbstzufriedenen Lächeln bedeutete Giordino Pitt, hinter einer Stützmauer in Dekkung zu gehen. Rückwärts gehend folgte er ihm dann selbst nach und rollte dabei das Zündkabel aus. Kaum war er hinter der Mauer angekommen, packte Pitt ihn aufgeregt am Arm.

»Wie weit wird man die Explosion hören?«

»Wenn ich alles richtig gemacht habe«, erwiderte Giordino, »dürfte es in einer Entfernung von dreißig Metern etwa so laut wie ein Gewehrschuß klingen.«

Pitt sah sich rasch noch einmal um. Niemand war zu sehen. Er grinste Giordino an. »Ich hoffe, es ist nicht unter deiner Würde, ungebeten den Dienstboteneingang zu benutzen.«

»Wir Giordinos sind in Fragen der Etikette ziemlich liberal«, grinste der Kamerad zurück.

»Sollen wir?«

»Wenn du darauf bestehst.«

Sie gingen hinter der alten Mauer in Deckung. Mit den Händen stützten sie sich gegen die sonnenwarmen Steine, um gegen eine eventuelle Druckwelle gefeit zu sein. Dann legte Giordino den kleinen Plastikschalter des Sprengzünders um.

Selbst auf die kurze Entfernung von vier oder fünf Metern war von der Explosion nicht mehr als ein dumpfer Knall zu vernehmen. Kein Donnerschlag zerriß das Trommelfell, weder bebte die Erde noch drang eine schwarze Rauchwolke aus dem Gewölbeeingang heraus. Giordino hatte glänzende Arbeit geleistet.

Geräuschlos sprangen beide auf und huschten zu dem Gittertor hinüber. Das Klebeband hing zerfetzt und zu einem unentwirrbaren Knäuel verschmort an der Stange. Ein beißender Geruch hing in der Luft. Dünner Rauch kräuselte sich zwischen den Stäben hoch und verzog sich in das dunkle Innere des Gewölbes. Die Stange war unverändert an ihrem Platz.

Pitt sah Giordino fragend an. »War die Ladung zu klein?«

»Sie war mehr als ausreichend«, entgegnete Giordino selbstsicher. »Schau her.« Er trat mit der Ferse kräftig gegen den Eisenstab. Nichts rührte sich. Er trat noch einmal dagegen, diesmal fester. Sein Mund verzerrte sich, als seinen Fuß ein stechender Schmerz durchfuhr. Die Stange brach am oberen Ende heraus und knickte in einem rechten Winkel nach hinten ab. Giordino lächelte verkrampft. »Und nun zum nächsten Teil der Vorstellung . . .«

»Schon gut«, schnitt ihm Pitt das Wort ab. »Wir müssen uns beeilen. Bis die nächste Führung hier ist, müssen wir wieder zurück sein.«

»Wie lange brauchen wir denn bis zu von Tills Haus?«

Pitt kletterte bereits durch das Gitter. »Letzte Nacht bin ich acht Stunden lang herumgeirrt. Heute können wir es in acht Minuten schaffen.«

»Wie das? Hast du einen Lageplan dabei?«

»Etwas viel Besseres«, entgegnete Pitt grimmig. Dann deutete er auf die Tasche. »Gib mir die Lampe.«

Giordino brachte eine große, gelbe Taschenlampe zum Vorschein und reichte sie durch das Gitter. »Die wird unseren Ansprüchen ja wohl genügen. Wo hast du sie denn aufgetrieben?«

»Ich habe sie mir auf dem Schiff ausgeliehen. Eigentlich ist sie eine Taucherlampe. Ich habe sie genommen, weil sie sehr stabil ist und enorm hell brennt.«

Giordino schlüpfte hinter Pitt zwischen den Gitterstäben durch. »Warte einen Moment. Ich will noch eben die Spuren unseres Einbruchs verwischen.«

Er löste die Überreste der Sprengladungen von der Eisenstange und verbarg sie unter einem Steinhaufen. Dann wandte er sich zu Pitt um. Es dauerte eine Zeitlang, bis sich seine Augen an das Dämmerlicht gewöhnt hatten.

Pitt ließ den Strahl der Lampe über den Boden gleiten. »Schau her. Jetzt weißt du, weshalb ich keinen Plan brauche.«

Im Licht der Lampe war eine Blutspur zu sehen, die die steile Treppe hinunterführte. Eine Gänsehaut überlief Pitt. Nicht weil die rotbraunen Flecken ihn so jäh wieder an sein nächtliches Abenteuer erinnerten, sondern wegen des plötzlichen Temperaturwechsels von der nachmittäglichen Sommerhitze zu der feuchten Kühle, die in dem Gewölbe herrschte. Am Fuß der Treppe angekommen, fing er an zu laufen. Der Lichtkegel seiner Lampe hüpfte den Gang entlang und warf phantastische Schattenfiguren auf die rauhen Felswände und den unebenen Boden. Anders als in der Nacht zuvor verspürte Pitt diesmal nicht die geringste Furcht. Er wußte Giordino bei sich, diesen Ausbund an Kraft und Energie, und das verlieh ihm Mut und Zuversicht. Dieses Mal würde sich ihnen nichts entgegenstellen können.

Die Gänge verzweigten und kreuzten sich. Pitt hielt seinen Blick unverwandt auf den Boden gerichtet und folgte den Flecken eingetrockneten Blutes, die den Weg markierten. An jeder Kreuzung hielt er kurz an, um zu schauen, wo sich die Blutspur fortsetzte. Manchmal verliefen in einem Gang zwei Spuren nebeneinander. Dann wußte Pitt, daß es sich um eine Sackgasse handelte. Seine Wunden begannen allmählich wieder stärker zu schmerzen, und die Dinge verschwammen bisweilen vor seinen Augen. Ein schlechtes Zeichen. Er war todmüde und noch immer sehr angeschlagen. Er hatte sich an Bord der *First Attempt* längst nicht so gut erholt, wie er eigentlich angenommen hatte. Er stolperte und wäre der Länge nach hingeschlagen, hätte Giordino ihn nicht am Arm gepackt und aufgefangen.

»Immer mit der Ruhe, Dirk«, mahnte Giordino mit ruhiger Stimme. Ein leises Echo hallte im Gang nach. »Du darfst es nicht übertreiben. Du bist kein Supermann.«

»Es kann nicht mehr weit sein«, sagte Pitt schwer atmend. »Hinter einer der nächsten Ecken muß der Hund liegen.«

Doch der Hund war verschwunden. Nur eine Lache geronnenen Blutes erinnerte noch an den Kampf auf Leben und Tod, den Pitt an dieser Stelle ausgefochten hatte. Ein leichter Verwesungsgeruch mischte sich in die muffige Luft des Ganges. Einen Augenblick lang blieb Pitt stehen. Die ganze Szene stand ihm plötzlich wieder vor

Augen: der Hund, der ihm aus dem Dunkel entgegenstarrte und dann über ihn hinwegsprang; das Messer, das sich dem Hund in die Flanke bohrte, und schließlich der gräßliche Todesschrei des Tieres.

Rasch riß er sich wieder zusammen. »Los, weiter! Es können höchstens noch zwanzig Meter sein.« Seine Erschöpfung war wie weggeblasen.

Sie hasteten weiter den Gang entlang. Pitt brauchte sich nun nicht mehr an irgendwelchen Blutspuren zu orientieren; er wußte, wo er war. Er konnte sich so genau an die Wände und den Boden erinnern, daß er den Weg auch in völliger Dunkelheit gefunden hätte. Sie gelangten jetzt in den modernisierten Teil des Gangs.

Plötzlich tauchte im hin und her tanzenden Licht der Lampe die massive Holztür auf.

»Wir sind da«, sagte Pitt. Er keuchte.

Giordino kniete sich vor der Tür hin und untersuchte den Türbeschlag. Dann tastete er den schmalen Spalt zwischen Tür und Rahmen ab.

»Verdammt«, fluchte er leise.

»Was ist?«

»Auf der anderen Seite ist ein großer Riegel vorgeschoben. Von hier aus kann ich ihn nicht aufbrechen.«

»Versuch es mit den Angeln«, flüsterte Pitt. Giordino holte ein kurzes, an der Spitze abgeflachtes Stemmeisen aus seiner Tasche, setzte es wie einen Hebel an den Scharnieren an und drückte die Stifte heraus. Dann hob Pitt die Tür aus den Angeln und rückte sie einen Spalt weit auf. Vorsichtig spähte er hindurch. Niemand war zu sehen.

Nun zog er die Tür auf, soweit es der Riegel erlaubte, und zwängte sich durch die Lücke. Blitzschnell huschte er über den Balkon und die Treppe hinauf. Giordino folgte ihm auf den Fersen. Die Tür zum Studio stand offen. Die Vorhänge vor den Fenstern bauschten sich im leichten Westwind, der von der See her wehte. Pitt preßte sich neben der Tür gegen die Wand und lauschte. Im Haus herrschte völlige Stille. Niemand schien daheim zu sein. Er holte tief

Luft und betrat das Studierzimmer.

Pitt ließ seine Augen durch den Raum wandern. Sein Blick blieb an dem Regal mit dem U-Boot-Modell hängen. Er ging hinüber und besah sich das Miniaturschiff näher. Es war aus schwarzem, matt glänzendem Mahagoni geschnitzt. Das ganze Boot war mit außergewöhnlicher Sorgfalt gearbeitet. Jedes Detail, von den winzigen Vernietungen bis zu der kleinen gestickten Fahne, stimmte. Die sauber aufgemalten Buchstaben am Turm wiesen das Modell als U-19 aus, ein Schwesternschiff jenes U-Bootes, das einst die *Lusitania* versenkt hatte.

Erschreckt wirbelte Pitt herum, als ihn plötzlich jemand am Arm packte. Giordino stand vor ihm.

»Ich glaube, ich habe etwas gehört.« Giordinos Stimme war ein kaum mehr zu vernehmendes Wispern.

»Wo?« fragte Pitt ebenso leise zurück.

»Ich bin mir nicht ganz sicher. Ich konnte es nicht genau ausmachen.« Er neigte den Kopf zur Seite und lauschte angestrengt. Dann zuckte er die Achseln. »Es war wohl bloß Einbildung.«

Pitt drehte sich wieder zu dem Modell um. »Weißt du noch, wie das U-Boot hieß, das hier in der Nähe versenkt wurde?«

Giordino dachte kurz nach. »Ja . . . U-19. Warum fragst du?«

»Ich erklär's dir später. Komm, Al, laß uns verschwinden.«

»Wir sind doch gerade erst gekommen.« Giordino erhob seine Stimme zu einem gefährlich lauten Murmeln.

Pitt tippte auf das Modell. »Wir haben gefunden, wonach . . .«

Er verstummte schlagartig. Mit einer Handbewegung bedeutete er Giordino, ebenfalls still zu sein.

»Es ist jemand im Zimmer«, zischte er ihm zu. »Wir trennen uns. Du gehst an der Wand und ich an den Fenstern entlang bis zu dieser Säule da hinten.«

Eine Minute später trafen ihre Wege sich wieder. Direkt neben der Säule stand ein Sofa mit einer hohen Lehne. Sie schlichen sich vorsichtig heran und lugten darüber.

Pitt riß verblüfft den Mund auf. Alles hätte er erwartet, nur das nicht: Teri, die seelenruhig schlief.

Sie hatte sich eng zusammengerollt, ihr Kopf ruhte auf der unförmigen, höckrigen Lehne des Sofas, und wirr hing ihr langes schwarzes Haar fast bis auf den Boden. Sie trug ein körperlanges, rotes Negligé das sich luftig um ihre Arme bauschte, zart schimmerten das schwarze Dreieck unter ihrem Nabel und das Rosa ihrer Brustwarzen durch den Stoff. Es dauerte ein Weilchen, bis Pitt sich von seiner Überraschung erholt hatte, doch dann faßte er einen schnellen Entschluß. Er zog ein Taschentuch hervor, knüllte es zusammen, und im Nu hatte er es Teri in den Mund gestopft. Dann packte er den Saum ihres Negligés, riß es ihr bis zum Kinn hoch, schlang es ihr um den Kopf und verknotete es um ihre Arme. Teri, so brutal aus dem Schlaf gerissen, begann verzweifelt zu zappeln, doch es war schon zu spät. Ehe sie wußte, wie ihr geschah, wurde sie unsanft Giordino auf die Schultern geladen und hinaus in den hellen Sommernachmittag geschleppt.

»Ich glaube, du bist übergeschnappt«, brummte Giordino böse, als sie die Treppe erreichten. »So ein Blödsinn! Erst ein Spielzeug-U-Boot anzugaffen und dann ein Mädchen zu entführen!«

»Halts Maul und lauf!« zischte Pitt, ohne ihn eines Blickes zu würdigen. Er drückte die Tür zum Kellergewölbe beiseite und ließ Giordino mit seiner wild strampelnden Last als ersten passieren. Dann folgte er nach, rückte die Tür wieder an ihren Platz, hob sie auf die Angeln und schob die Stifte in die Scharniere.

»Laß doch die Tür, wie sie ist«, drängte Giordino ungeduldig.

»Bisher sind wir noch unentdeckt geblieben«, entgegnete Pitt und holte die Taschenlampe aus der Reisetasche. »Ich möchte von Till so lange wie möglich im Dunkeln tappen lassen. Ich wette, er hat bemerkt, daß ich bei dem Kampf mit seinem Hund verwundet worden bin. Und vermutlich glaubt er, ich hätte mich in diesem Gewirr von Gängen verlaufen und wäre irgendwo verblutet.«

Pitt drehte sich rasch um und rannte den Gang hinunter. Er richtete den Strahl der Lampe unmittelbar vor sich auf den Boden, so daß auch Giordino, der unter den Schlägen und Tritten seiner

Gefangenen ächzte, sah, wohin er trat. Der Lichtfleck hüpfte, immer der Blutspur folgend, über den Boden. Der Gang widerhallte von dem monotonen Rhythmus ihrer Schritte und von ihrem keuchenden Atem.

Die Taschenlampe fest in der Hand, stürmte Pitt vorwärts. Sie brauchten nicht mehr besonders vorsichtig zu sein, es würde sich ihnen kaum eine Gefahr mehr in den Weg stellen. Dennoch erfüllte ihn sein Teilsieg über von Till mit einem eher zwiespältigen Gefühl. Das ganze Unternehmen war ihm zu glatt verlaufen. Ich bin von Till auf der Spur, und ich habe seine Nichte als Geisel, versuchte er sich selbst zu beschwichtigen. Aber eine seltsame, unterschwellige Angst blieb.

Nach fünf Minuten hatten sie die Treppe wieder erreicht. Pitt trat beiseite, leuchtete die Stufen aus und ließ Giordino vorangehen. Dann wandte er sich ein letztes Mal zu dem Gewölbe um. Ein grimmiges Lächeln glitt über seine Züge. Wer hatte wohl dieses mörderische Labyrinth erbaut? Und über was für eine abscheuliche Phantasie mußte der Erfinder dieser feucht-kalten Todeskammern verfügt haben? Er verzog verächtlich den Mund und kehrte sich zur Treppe um. Erleichtert schüttelte er die düstere Atmosphäre des Gewölbes von sich ab, als er den sonnenbeschienenen Treppenabsatz erreichte. Halb hatte er sich bereits durch die rostigen Stäbe gezwängt – Giordino stand seltsam starr draußen und schien auf ihn zu warten –, als jemand neben dem Eingang in ein unbändiges Gelächter ausbrach.

»Donnerwetter, meine Herren! Sie beweisen in der Auswahl Ihrer Souvenirs ja einen ausgezeichneten Geschmack. Trotzdem ist es leider meine staatsbürgerliche Pflicht, Sie darauf aufmerksam zu machen, daß das griechische Gesetz den Diebstahl wertvoller Objekte aus historischen Stätten unter strenge Strafe stellt.«

11. Kapitel

Pitt erstarrte. Sein Herz schlug ihm bis zum Hals. Eine Ewigkeit verharrte er unbeweglich, das eine Bein bereits außerhalb des Gittertors, das andere noch linkisch nach hinten gestreckt. Endlich hatte er den Schreck einigermaßen überwunden. Er warf die Taschenlampe und die Reisetasche hinter sich die Treppe hinab und kniff die Augen zusammen, um sich an das gleißende Sonnenlicht zu gewöhnen. Undeutlich konnte er eine schattenhafte Gestalt erkennen, die sich von der niedrigen Steinmauer löste und auf ihn zukam.

»Ich ... ich begreife nicht«, murmelte Pitt blöde. Dann fing er sich. »Wir sind keine Diebe«, erklärte er in geheuchelter Naivität.

Dröhnendes Lachen antwortete ihm. Die Gestalt entpuppte sich als der Fremdenführer der *Greek National Tourist Organisation*. Er grinste Pitt breit an, wobei er zwei Reihen perlweißer Zähne entblößte. Er hielt eine Neun-Millimeter-Clisenti in der Hand, deren Mündung direkt auf Pitts Herz zielte.

»Keine Diebe?« fragte der Fremdenführer sarkastisch in makellosem Englisch. »Dann vielleicht Kidnapper?«

»Nein, nein«, stammelte Pitt. Er legte ein ängstliches Tremolo in seine Stimme. »Wir sind nur zwei einsame Matrosen auf Landurlaub, die ein bißchen Spaß haben wollen.« Er zwinkerte dem Fremdenführer vertraulich zu. »Das vestehen Sie doch?«

»Selbstverständlich verstehe ich das«, entgegnete der Grieche ungerührt. Die Pistole senkte sich um keinen Millimeter. »Deshalb sind Sie hiermit festgenommen.«

Pitts Magen krampfte sich zusammen. Er hatte einen üblen Geschmack im Mund. Schlimmer hätte es nicht kommen können. Das bedeutete möglicherweise das Ende: Eine Gerichtsverhandlung und anschließende Ausweisung. Er behielt seinen dümmlich-naiven Gesichtsausdruck bei, schob sich endlich ganz durch das Gitter und ging ein paar Schritte auf den Griechen zu. Er machte eine beschwörende Geste.

»Sie müssen uns glauben. Wir haben niemanden gekidnappt. Schauen Sie« – er wies auf Teris nackten Hintern –, »diese Frau ist nur eine Nutte, die wir in irgend so einem Schweinestall, der sich hochtrabend Taverne nannte, aufgegabelt haben. Sie schlug uns vor, wir sollten uns einer Fremdenführung durch die Ruinen anschließen; sie würde uns dann beim Amphitheater treffen.«

Der Führer sah ihn belustigt an, griff dann mit seiner freien Hand nach Teris Negligés und befühlte es. Dann ließ er seine Finger über ihre sanfte, glatte Haut gleiten. Teri erschauerte leicht.

»Und wieviel hat sie verlangt?« fragte er langsam.

»Zuerst wollte sie zwei Drachmen haben«, erwiderte Pitt mürrisch. »Aber nachdem wir unseren Spaß gehabt hatten, verlangte sie plötzlich zwanzig. Und da haben wir uns natürlich geweigert zu bezahlen.«

»Natürlich«, erwiderte der Grieche unbeeindruckt.

»Es ist die reine Wahrheit«, fiel Giordino ein. Die Worte sprudelten vor Aufregung nur so aus ihm heraus. »Diese dreckige Nutte da ist der Dieb, nicht wir.«

»Eine wirklich hervorragende Komödie, die Sie da spielen«, sagte der Fremdenführer verächtlich. »Schade nur, daß Ihr Publikum so klein ist. Wir Griechen führen vielleicht ein einfaches, anspruchsloses Leben, verglichen mit dem, was in Ihren Heimatländern üblich ist. Aber deshalb kann man uns noch lange nicht für dumm verkaufen.« Er wies mit der Pistole auf Teri. »Dieses Mädchen ist keine billige Prostituierte. Möglicherweise eine Prostituierte für gehobene Ansprüche, das kann sein; aber eine billige bestimmt nicht. Allein ihre Hautfarbe entlarvt Sie schon als Lügner – sie ist viel zu weiß. Unsere einheimischen Mädchen sind viel dunkelhäutiger. Außerdem haben sie vollere Hüften als diese Dame da.«

Pitt erwiderte nichts. Er beobachtete den Griechen sorgfältig und lauerte auf eine Gelegenheit zu einem Überraschungsangriff. Und Giordino, dessen war er sicher, wartete nur auf einen Wink von ihm, und sofort würde er sich auf den Fremdenführer stürzen. Doch bisher hatte sich keine solche Gelegenheit ergeben. Der Grieche schien ein gefährlicher Gegner zu sein, sowohl klug wie auch gewandt und kräftig. Und er war auf der Hut. Eine besondere Aggressivität oder Brutalität ließ sich allerdings nicht aus seinen markanten Zügen herauslesen. Jetzt nickte er Giordino zu.

»Lassen Sie das Mädchen frei. Wir wollen uns einmal ihr Gesicht ansehen.«

Ohne seinen Blick von Pitt zu wenden, ließ Giordino Teri langsam von seinen Schultern zu Boden gleiten. Sie trat unsicher von einem Fuß auf den anderen, schwankte ein wenig, und riß, was wegen ihrer Fesseln nur begrenzt möglich war, die Arme hoch, um ihr Gleichgewicht zu bewahren. Giordino knüpfte das Negligé auf, machte es von ihrem Kopf los und ließ es über ihren Körper gleiten. Teri zog den Knebel aus ihrem Mund und starrte ihn wütend-haßvoll an.

»Sie elendes Schwein!« fuhr sie ihn an. »Was hat das zu bedeuten?«

»Es war nicht meine Idee, Schätzchen«, entgegnete Giordino achselzuckend. »Wechseln Sie lieber ein Wort mit Ihrem Freund dort.« Er deutete mit dem Daumen auf Pitt.

Ihr Kopf flog herum, und sie setzte bereits zu einer Schimpftirade an, als sie Pitt erkannte. Die Worte blieben ihr in der Kehle stecken. Für einen kurzen Moment spiegelte sich völlige Verblüffung in ihren Augen wider, die schnell in kalte Wut überging. Einen Augenblick lang sah sie ihn in sprachlosem Zorn an; doch dann glitt freudige Erleichterung über ihr Gesicht. Sie warf sich Pitt in die Arme und küßte ihn innig, für die momentanen Umstände fast zu innig.

»Dirk, du bist es wirklich«, schluchzte sie. »Vorher . . . deine Stimme . . . ich konnte nicht recht glauben. Ich dachte, du wärst . . . ich dachte, ich würde dich nie wiedersehen.«

»Unsere Rendezvous' haben eben stets etwas Überraschendes an sich«, erwiderte Pitt grinsend.

»Onkel Bruno hat mir erzählt, du seist für immer verschwunden.«

»Man darf einem Onkel eben nicht alles glauben.«

Teri entdeckte den Verband auf seiner Nase und tippte leicht darauf. »Hast du dich verletzt?« fragte sie besorgt. »War das Onkel Bruno? Hat er dich bedroht?«

»Nein, ich bin nur beim Treppensteigen gestürzt«, entgegnete er nicht ganz wahrheitsgetreu. »Das ist alles.«

»Was soll das Ganze eigentlich?« fragte der Fremdenführer aufgebracht. Die Pistole in seiner Hand hatte sich bereits gesenkt. »Vielleicht besitzt die junge Dame die Freundlichkeit, mir ihren Namen mitzuteilen.«

»Ich bin die Nichte von Bruno von Till. Und ich wüßte nicht, was Sie das anginge«, entgegnete sie schnippisch.

Ein Ausruf des Erstaunens entrang sich den Lippen des Griechen. Er machte ein paar schnelle Schritte auf sie zu und sah ihr scharf ins Gesicht. Beinahe eine halbe Minute lang stand er da und musterte sie. Langsam und besonnen richtete er die Pistole dann wieder auf Pitt. Er zupfte ein paarmal an seinem Schnurrbart und nickte nachdenklich.

»Möglicherweise sprechen Sie die Wahrheit«, sagte er ruhig. »Aber vielleicht lügen Sie auch, um diese beiden Ganoven da zu dekken.«

»Ihre Verdächtigungen sind geradezu lächerlich!« Empört reckte Teri ihr Kinn in die Luft. »Ich verlange, daß Sie augenblicklich diese gräßliche Pistole wegstecken und uns allein lassen. Mein Onkel ist ein einflußreicher Mann auf dieser Insel. Ein Wort von ihm, und Sie stecken bis zum Hals in Schwierigkeiten.«

»Ich weiß um Bruno von Tills Einfluß«, erwiderte der Führer gelassen. »Dummerweise macht das nur wenig Eindruck auf mich. Die endgültige Entscheidung, ob Sie eingesperrt werden oder nicht, liegt sowieso in den Händen meines Vorgesetzten, Inspektor Zacynthus. Er wird Sie ohne Zweifel sehen wollen. Ich an Ihrer Stelle würde ihm gegenüber nicht allzu forsch auftreten, sonst könnte es ein böses Ende nehmen. Und wenn Sie nun bitte alle drei hinter diese Mauer treten würden. Sie sehen dort einen kleinen Pfad. Den gehen Sie entlang, bis Sie auf einen Wagen stoßen.« Seine Pistole richtete sich von

Pitt auf Teri. »Und Vorsicht, meine Herren, machen Sie keine Dummheiten. Sie wollen doch nicht mit dem Leben dieser Dame spielen. Und nun bitte – marsch!«

Fünf Minuten später langten sie bei dem Wagen an. Es war ein schwarzer Mercedes, der versteckt in einem kleinen Kiefernwäldchen parkte. Die Tür zum Fahrersitz stand offen. Ein Mann in cremefarbenem Anzug saß lässig hinter dem Steuer und ließ einen Fuß aus dem Wagen hängen. Als er sie kommen sah, erhob er sich und öffnete die hinteren Türen.

Pitt betrachtete den Mann aufmerksam. Der Gegensatz zwischen dem elegant geschnittenen und eng taillierten Anzug und dem dunklen, häßlichen Gesicht machte ihn zu einer eindrucksvollen Erscheinung. Er war gute fünf Zentimeter größer als Pitt und besaß die ungeschlachte Statur eines Schwergewichtsboxers. Pitt hatte noch nie so ausladende Schultern gesehen. Er mußte wenigstens 130 Kilo wiegen. Sein Gesicht war grob und abstoßend, doch gleichzeitig ging eine geheimnisvolle Faszination davon aus. Es war ein Gesicht, das jeden Maler sofort zu einem Bild inspiriert hätte. Aber Pitt ließ sich davon nicht täuschen. Er wußte, das war ein Mann, der mit derselben Leichtigkeit einen Menschen töten würde, wie er eine Fliege erschlug. Oft genug war er in seinem Leben mit derartigen Männern zusammengetroffen.

Der Fremdenführer trat zurück und ging in einem weiten Bogen zum Wagen, die Pistole unablässig im Anschlag.

»Wir haben Gäste, Darius. Drei kleine Geißlein, die sich verirrt haben. Wir wollen sie Inspektor Zacynthus vorführen. Sie spielen nämlich ausgezeichnet Theater.« Er wandte sich an Pitt. »In Inspektor Zacynthus haben Sie auch ein dankbareres Publikum als in mir.«

Darius wies auf die Rückbank des Mercedes. »Ihr zwei kommt nach hinten. Das Mädchen nach vorne.« Seine Stimme war tief und rauh.

Pitt ließ sich in die Polster sinken. Sein Gehirn arbeitete fieberhaft. Er erwog mindestens ein Dutzend Fluchtpläne, doch einer war so wenig erfolgversprechend wie der andere. Der Fremdenführer hatte sie in der Hand. Wäre Teri nicht gewesen, hätten sie wenigstens eine gewisse Chance gehabt, den Kerl zu überwältigen und ihm die Pistole zu entreißen. Zwar war er möglicherweise gar nicht skrupellos genug, um Teri einfach über den Haufen zu schießen. Aber dieses Risiko mochte Pitt nicht eingehen.

Der Fremdenführer wandte sich jetzt in einer etwas gezwungenen Höflichkeit an seinen Kameraden.

»Sei ein Gentleman, Darius, und biete der Dame deinen Mantel an. Ihre . . . äh . . . ziemlich unverhüllten Reize könnten sonst allzu ablenkend wirken.«

»Geben Sie sich keine Mühe«, meinte Teri geringschätzig. »Ich ziehe unter keinen Umständen den Mantel dieses Gorillas an. Nebenbei wäre es mir eine große Genugtuung, eine schmutzige Type wie Sie geil vor sich hinschwitzen zu sehen.«

Der Blick des Führers verhärtete sich, dann lächelte er schwach und zuckte die Schultern. »Wie Sie wünschen.«

Teri lüpfte ihr Negligé bis über die Knie und kletterte in den Wagen. Der Fremdenführer stieg hinterher. Sie saß also eingezwängt zwischen ihm und dem grobschlächtigen Darius. Der Dieselmotor des Mercedes sprang nagelnd an, und der Wagen setzte sich langsam in Bewegung. Die enge, kurvenreiche Straße wurde auf lange Strecken von tiefen, schlammigen Bewässerungsgräben gesäumt. Die Augen des Fremdenführers wanderten zwischen Pitt und Giordino hin und her. Die Pistole hielt er unverwandt auf Teris rechtes Ohr gerichtet. Seine nicht nachlassende Wachsamkeit kam Pitt übertrieben vor.

Mit größtem Bedacht zog Pitt eine Zigarette aus seiner Brusttasche – den Blick fest auf den Fremdenführer geheftet, damit der seine Bewegung nicht mißverstand. Dann steckte er sie mit derselben Langsamkeit in Brand.

»Wie heißen Sie eigentlich?« fragte er.

»Polyclitus Anaxemander Zeno«, erwiderte der Fremdenführer. »Stets zu Diensten.«

Pitt versuchte gar nicht, den Griechen mit seinem Namen anzusprechen. »Mich würde außerordentlich interessieren, warum Sie sich eigentlich zum Amphitheater zurückgeschlichen haben«, fuhr er fort.

»Ich bin ein neugieriger Mensch«, erwiderte Zeno mit einem schiefen Lächeln. »Es kam mir nicht ganz geheuer vor, daß Sie und Ihr Freund plötzlich aus meiner Gruppe verschwunden waren. Was hatten zwei so düstere Gestalten wie Sie in den Ruinen zu suchen? Was konnte dort für Sie überhaupt von Interesse sein? In meiner Einfalt konnte ich es mir nicht erklären. Darum habe ich meine Fremdengruppe einem Kollegen übergeben und bin zum Amphitheater zurückgekehrt. Sie waren wie vom Erdboden verschluckt. Dann entdeckte ich die herausgebrochene Stange im Tor. Nun ja, Sie mußten ja irgendwann einmal wieder aus der Höhle herauskommen. Also habe ich mich einfach hingesetzt und gewartet.«

»Und wenn wir nicht wieder herausgekommen wären?«

»Es war allein eine Frage der Zeit. Es gibt nur diesen Ausgang aus dem Hades.«

»Hades?« Das weckte Pitts Interesse. »Warum nennt man die Höhle so?«

»Ihr Interesse für Archäologie erwacht recht plötzlich. Aber wenn Sie fragen . . .« Verwirrung spiegelte sich in Zenos Augen. Er musterte Pitt aufmerksam, dann lächelte er ein schmales, belustigtes Lächeln. »Im Goldenen Zeitalter wurden Gerichtsverhandlungen hier auf Thasos immer im Amphitheater abgehalten. Dieser Ort war deshalb so geeignet, weil das Gericht aus einhundert gewählten Bürgern der Stadt bestand. Man ging nämlich von der klugen Überlegung aus, daß, je mehr Richter ein Urteil fällten, dieses auch um so gerechter ausfiel. Wurde ein Angeklagter schuldig gesprochen, hatte er die Wahl, sofort hingerichtet oder aber in den Hades verbannt zu werden.«

»Wieso war denn dieser Hades so furchtbar?« fragte Giordino, den Blick starr in den Rückspiegel gerichtet. Er musterte abschätzend Darius' Gesicht, das sich darin widerspiegelte.

»Der Hades war ein ausgedehntes unterirdisches Labyrinth«, gab Zeno Auskunft. »Es bestand aus etwa hundert sich ständig verzweigenden und kreuzenden Gängen, besaß aber nur zwei Ausgänge; den Eingang, den Sie bereits kennen, und einen weiteren, versteckten Ausgang. Wo dieser jedoch gelegen war, das war ein streng gehütetes Geheimnis.«

»Aber für die Verurteilten bestand immerhin noch eine Möglichkeit freizukommen.« Pitt schnippte die Asche seiner Zigarette in den Aschenbecher, der in die Armlehne eingelassen war.

»Ja. Allerdings war diese Chance verschwindend klein. Es hauste nämlich auch ein Löwe in dem Labyrinth, ein Löwe, der nur höchst selten etwas zu fressen bekam, und der sich deshalb mit Heißhunger auf alles stürzte, was sich nur bewegte.«

Pitts Blick verdüsterte sich. Er sah den ihn anfeixenden von Till wieder vor sich. In genau demselben Stil hatte der Deutsche versucht, ihn, Pitt, loszuwerden. Er schien eine Schwäche für solche dramatischen Inszenierungen zu haben. Vielleicht war das seine Achillesferse? Pitt lehnte sich zurück und nahm einen tiefen Zug aus seiner Zigarette.

»Eine interessante Sage.«

»Es ist keine Sage«, widersprach Zeno ernst. »Die Zahl der Menschen, die jämmerlich im Hades geendet haben, ist gewaltig. Selbst in jüngster Zeit, bevor man den Zugang versperrte, sind noch Leute, die sich in das Labyrinth hineingewagt haben, verschwunden und nie wieder aufgetaucht. Soviel man weiß, ist es noch keiner Menschenseele gelungen, lebend dem Hades zu entrinnen.«

Pitt schnippte seine Zigarette aus dem offenen Fenster. Er sah Giordino an und wandte seinen Blick dann langsam wieder Zeno zu. Ein überlegenes Lächeln zog sich über sein Gesicht und wurde zum breiten Grinsen.

Zeno sah Pitt forschend an. Dann zuckte er verständnislos die Achseln und gab Darius ein Zeichen. Der nickte, und einen Augenblick später bog der Mercedes auf die Hauptstraße ein. Darius gab Gas. Der Wagen schoß die ausgefahrene Asphaltstraße entlang und hüllte die Bäume am Straßenrand hinter sich in eine Wolke aus Staub und Blättern. Es war inzwischen etwas kühler geworden. Die untergehende Sonne tauchte den kahlen, baumlosen Gipfel des Hypsarion, des höchsten Berges der Insel, in ein kitschiges Orange. Pitt erinnerte sich bei diesem Anblick an die Worte eines griechischen Dichters, der Thasos »einen Eselsrücken, beladen mit Reisig« genannt hatte. 2700 Jahre war dieser Satz nun schon alt, und noch immer traf er ins Schwarze.

Darius schaltete zurück. Sie bogen von der Hauptstraße auf eine holprige Schotterstraße ab, die bald in einen von Bäumen gesäumten Hohlweg überging.

Pitt verfolgte das Manöver mit dem größten Mißfallen. Was hatte es zu bedeuten, daß sie so plötzlich die Straße nach Panaghia verließen? Schon Zenos Verwandlung von einem freundlichen Fremdenführer in eine Art Geheimagent war ihm nicht ganz hasenrein vorgekommen; doch nun wurde ihm wirklich unbehaglich zumute.

Der Mercedes fuhr rumpelnd durch unzählige Schlaglöcher und quälte sich dann eine steile Auffahrt hinauf, die vor einem großen, schuppenartigen Gebäude endete. Der grau-grüne Verputz war zum größten Teil abgeblättert; rissig kamen darunter die verwitterten Holzwände zum Vorschein. Ein gewaltiges Tor, offensichtlich für den Durchlaß von Lastwagen bestimmt, stand offen. Der Mercedes passierte das Tor und kam im düsteren Inneren des Schuppens zum Stehen. Kurz bevor sie die Schwelle überquerten, fiel Pitts Blick auf eine Aufschrift über dem Tor. Sie war in Sütterlinschrift gepinselt. Darius schaltete die Zündung aus. Hinter ihnen wurde quietschend das Tor zugeschoben.

»Die *Greek National Tourist Organisation* scheint ja nur über ein äußerst knappes Budget zu verfügen, wenn das alles ist, was sie sich an Büroräumen leisten kann«, bemerkte Pitt ironisch. Er sah sich mit raschen Blicken in der weiten, leeren Halle um.

Zeno lächelte nur. Es war ein Lächeln, das Pitt eiskalte Schauer über den Rücken jagte. Und plötzlich erkannte er glasklar, daß er wieder in von Tills Fänge geraten war.

Gewöhnliche Fremdenführer tragen keine Waffen. Und schon gar nicht waren sie befugt, Verhaftungen vorzunehmen. Auch der schwarze Mercedes, in dem sie saßen, bestärkte Pitt in seinem Verdacht. Die Wagen der *Greek National Tourist Organisation* waren einer wie der andere bunt bemalte, mit ins Auge springenden Werbesprüchen beschriftete VW-Busse. Die luxuriöse Reiselimousine gehörte wohl kaum zum Wagenpark der GNTO. Pitt krampfte sich das Herz zusammen. Es wurde höchste Zeit, daß er und Giordino etwas unternahmen.

Zeno öffnete die Fondstür, verbeugte sich ironisch und winkte sie mit der Pistole heraus.

»Sie wissen ja«, warnte er mit ruhiger, fester Stimme, »keine Dummheiten!«

Pitt stieg aus dem Wagen, wandte sich zur vorderen Tür und reichte Teri die Hand. Sie sah ihn mit einem seelenvollen Blick an; ihr zärtlicher Händedruck sagte alles. Dann stieg sie ebenfalls aus. Ehe Pitt noch reagieren konnte, hatte sie ihre Arme um seinen Hals geschlungen, zog seinen Kopf zu dem ihren herab und bedeckte sein schweißnasses Gesicht mit Küssen.

Pitt ließ es über sich ergehen und drängte sie dann sanft zurück.

»Später«, murmelte er. »Wenn wir ohne Publikum sind.«

»Genug der Sentimentalitäten«, warf Zeno ungeduldig ein. »Los, gehen wir. Inspektor Zacynthus liebt es nicht, wenn man ihn warten läßt.«

Er trat ein paar Schritte zurück, die Pistole in Hüfthöhe auf seine Gefangenen gerichtet. Dann geleitete Darius die kleine Gruppe quer durch die Halle und eine knarrende Holztreppe hinauf in einen langen Korridor, von dem links und rechts Türen abgingen. Er hielt vor der zweiten Tür links, stieß sie auf und bedeutete Pitt und Giordino einzutreten. Teri wollte nachfolgen, doch Darius' mächtiger Arm versperrte ihr den Weg.

»Sie nicht!« dröhnte er.

Pitt fuhr herum. Kalte Wut stand auf seinem Gesicht. »Wir bleiben zusammen«, zischte er.

»Sehr ritterlich von Ihnen«, bemerkte Zeno spöttisch. Dann sagte er ernst: »Keine Angst. Ich verspreche Ihnen, daß ihr kein Härchen gekrümmt wird.«

Pitt musterte Zeno mißtrauisch. Doch der schien es ehrlich zu meinen. Merkwürdig, Pitt gewann allmählich Zutrauen zu seinem Bewacher.

»Ich nehme Sie beim Wort«, knurrte er.

»Keine Angst, Dirk«, versuchte ihn Teri zu beruhigen und warf Zeno einen bitterbösen Blick zu. »Dieser dumme Inspektor, wer es auch sein mag, wird feststellen, wer ich bin. Dann müssen uns diese Trottel wieder freilassen.«

Zeno ließ sich davon nicht beeindrucken. Er nickte Darius zu. »Behalte unsere Freunde gut im Auge. Sie können unter Umständen ziemlich rabiat werden.«

»Keine Sorge«, erwiderte Darius selbstsicher. Zeno drehte sich um und führte Teri ab. Darius wartete, bis die Schritte der beiden im Korridor verklungen waren, dann schloß er die Tür und lehnte sich träge dagegen, die Arme vor seiner ungeheuren Brust verschränkt.

»Wenn du mich fragst« – das erstemal, seit sie angekommen waren, machte Giordino den Mund auf –, »ich wäre lieber im Gefängnis von San Quentin untergebracht.« Er richtete seine Blicke auf Darius. »Dort wächst das Ungeziefer nicht zu solcher Riesengröße heran.«

Pitt mußte über diese hämische Bemerkung grinsen. Gleichzeitig ließ er seine Augen flink durch den Raum gleiten. Es war ein richtiggehender Holzverschlag, nicht größer als drei auf vier Meter. Die Wände bestanden aus verzogenen Holzlatten, die man roh von außen auf nicht minder verzogene Stützpfeiler aufgenagelt hatte. Die Pfeiler lagen nach innen bloß; die Abstände zwischen ihnen waren unregelmäßig. Der ganze Raum machte einen äußerst verkommenen Eindruck. Er hatte keine Fenster, und Möbel fehlten gleichfalls. Das spärliche Licht drang durch die weiten Zwischenräume zwischen den Latten und durch ein großes Loch im Dach herein.

»Das war wohl einmal ein Speicher?« fragte Pitt.

»So etwas Ähnliches«, bejahte Darius. »Als die Deutschen die Insel zweiundvierzig besetzt hielten, hatten sie hier ein Nachschublager eingerichtet.«

Pitt zog eine Zigarette heraus und steckte sie sich an. Darius ebenfalls eine anzubieten wäre zu plump gewesen. Also trat er einen Schritt zurück und begann, scheinbar spielerisch, sein Feuerzeug hochzuwerfen und wieder aufzufangen. Er tat das vier- oder fünfmal, und jedesmal warf er es ein wenig höher. Darius' Augen folgten der Bahn des Feuerzeugs. Beim fünften Mal glitt es wie zufällig durch Pitts Finger und fiel zu Boden. Er zuckte entschuldigend die Achseln und bückte sich, um es aufzuheben.

Der Rest spielte sich in Sekundenschnelle ab. Pitt behielt die leicht gebückte Stellung bei, suchte mit den Füßen den bestmöglichen Absprung auf dem rauhen Holzfußboden, zog den Kopf zwischen die Schultern und hechtete los. Im letzten Augenblick riß er den Kopf hoch, und dann rammte er mit dem ganzen Schwung seiner neunzig Kilogramm in Darius Bauch. Ihm war, als wäre er mit voller Wucht gegen eine Mauer geprallt. Die Luft blieb ihm weg, und ein Schmerz durchfuhr ihn, als wäre sein Hals gebrochen.

In der Fachsprache des Footballs nennt man so etwas einen »running block«: ein tückisches und brutales Sperren des angreifenden Gegners. Jeden normalen Menschen hätte Pitts »running block« umgehend ins nächste Krankenhausbett befördert, und jeder Football-Spieler wäre erst einmal japsend zu Boden gegangen. Nicht so Darius. Der Koloß grunzte nur, knickte leicht ein und hatte mit einem schnellen Griff Pitt am Arm gepackt und hochgezerrt.

Pitt wußte nicht, wie ihm geschah. Er fühlte einen stechenden Schmerz in seinem Arm und in der Nackengegend. Wie hat Darius diesen Schlag bloß überstehen können? dachte er benommen. Dann spürte er, wie der Grieche ihn gegen die Wand wuchtete, hochhob und mit ungeheurer Kraft gegen einen Stützpfeiler preßte. Wahnsinnige Schmerzen jagten durch Pitts Rücken. Er biß gequält die Zähne zusammen und starrte in Darius' ausdrucksloses Gesicht.

Jeden Augenblick mußte seine Wirbelsäule brechen. Ihm wurde schwarz vor Augen. Darius drückte stärker und stärker ...

Plötzlich ließ der Druck nach. Die Nebel vor Pitts Augen lichteten sich, und er erkannte, daß Darius den Kopf gewendet hatte und nach Luft schnappte. Sein Mund öffnete sich zu einem lautlosen Aufstöhnen, und schwankend sank er in die Knie.

Solange der Riese mit dem Rücken zur Tür gestanden hatte, hatte Giordino dem Kampf nur hilflos zusehen können. Erst als er sich endlich zur Seite wandte und Pitt gegen die Wand preßte, hatte Giordino einen Anlauf genommen und war mit einem gewaltigen Satz dem Griechen ins Genick gesprungen. Beide Beine hochgerissen, rammte er ihm die Füße in die Nieren. Aber der Koloß schüttelte ihn einfach ab. Giordino überschlug sich und landete krachend auf dem Boden. Er spuckte einen Zahn aus und blieb wie betäubt liegen. Erst nach einer Weile begann er sich mühsam hochzurappeln. In seinem Kopf dröhnte es und drehte sich alles.

Als er wieder einigermaßen klar denken konnte, war es zu spät. Darius hatte sich viel zu rasch erholt. Siegeszuversicht lag auf seinem häßlichen Gesicht, als er sich mit seinem ganzen Gewicht auf Giordino warf und den kleinen Mann unter sich begrub. Er grinste ihn böse in sadistischer Vorfreude an. Dann legten sich seine riesigen Pranken auf Giordinos Schläfen und verschränkten sich über seinem Kopf, und Giordino fühlte, wie sein Schädel zusammengepreßt wurde – mit der Kraft eines sich stetig schließenden Schraubstocks.

Lange Sekunden lag Giordino einfach wehrlos da, die mörderischen Schmerzen in seinem Kopf machten jeden Gedanken unmöglich. Endlich besann er sich, hob langsam die Hände, packte Darius bei den Daumen und bog sie mit aller Gewalt nach hinten. Giordino besaß Kräfte wie ein Stier, doch gegen den Mann, der da tonnenschwer auf seiner Brust saß, schien kein Kraut gewachsen. Darius störten Giordinos verzweifelte Anstrengungen offensichtlich nicht im geringsten – der Schraubstock seiner Hände zog sich enger und enger zusammen.

Pitt stand wieder. Nur mit Mühe konnte er sich aufrecht halten, in seinem Rücken tobte ein einziger qualvoller Schmerz. Ohne zu begreifen, starrte er auf den mörderischen Kampf am Boden. Du mußt etwas tun, du Idiot! schrie eine innere Stimme ihm zu, schnell, ehe es zu spät ist. Er lehnte sich zitternd gegen die Wand, um nicht umzukippen. Die Wand gab nach. Er wirbelte herum, und ein Hoffnungsschimmer glomm in seinen Augen auf.

Eine der Holzlatten hatte sich gelockert und hing seltsam schief herab. Wie wild riß er an ihr, bog sie nach vorn und nach hinten, bis endlich die rostigen, altersschwachen Nägel nachgaben. Hastig zerrte er das einen Meter lange und vielleicht drei Zentimeter starke Brett aus der Wand. Hoffentlich war es noch nicht zu spät. Pitt schwang das Brett über den Kopf, und mit einer letzten verzweifelten Kraftanstrengung ließ er es auf Darius' Nacken niedersausen.

Die morsche Latte zersplitterte in tausend Stücke. Darius zeigte sich von dem Hieb ähnlich beeindruckt wie von einem freundschaftlichen Klaps auf die Schultern. Er wendete nicht einmal den Kopf, ließ nur kurz Giordino los und wischte Pitt mit einem gewaltigen Rückhandschlag einfach beiseite. Der Schlag traf Pitt genau in die Magengrube. Pitt torkelte zurück gegen die Tür und sank langsam zu Boden.

Irgendwie gelang es Pitt, sich noch einmal am Türgriff hochzuziehen. Schwankend stand er da. Er fühlte und dachte nichts mehr; weder spürte er den Schmerz in seinem Rücken noch bemerkte er das Blut, das ihm von neuem durch den Verband sickerte. Sein Blick war starr auf Giordinos Gesicht gerichtet, das allmählich blau anlief. Einen Versuch konnte er noch wagen; es würde der letzte sein. Plötzlich fielen ihm die Worte eines Marineoffiziers wieder ein, den er einst in einer Bar in Honolulu getroffen hatte: »Den größten, zähesten und stärksten Burschen der Welt kannst du mit einem gezielten Tritt in die Eier niederstrecken.«

Auf wackligen Beinen stolperte Pitt zu dem dahockenden Darius hinüber, der viel zu sehr damit beschäftigt war, Giordino den Garaus zu machen, als daß er auf ihn geachtet hätte. Pitt zielte und trat dann mit aller Kraft dem Griechen zwischen die Beine. Sein Fuß bohrte sich in etwas Weiches, bis ein Knochen den Schwung bremste. Darius ließ Giordinos Kopf fahren und streckte die im Schmerz verkrampften Hände in die Luft. Dann wälzte er sich auf die Seite und wand sich in stummer Qual auf dem Boden.

»Herzlich willkommen unter den Lebenden«, sagte Pitt und half Giordino auf.

»Haben wir es geschafft?« fragte Giordino heiser.

»Nur knapp. Wie geht's deinem Kopf?«

»Darüber muß ich erst einmal nachdenken.«

»Keine Sorge«, meinte Pitt. »Er sitzt immer noch auf deinem Hals.«

Giordino fuhr mit den Fingerspitzen vorsichtig seinen Haaransatz entlang. »Meine Güte! Mein Schädel fühlt sich an, als hätte er mehr Sprünge als eine gesplitterte Windschutzscheibe.«

Pitt sah sich argwöhnisch nach Darius um. Der Riese, aschfahl im Gesicht, lag zusammengekrümmt auf dem staubigen Boden und preßte die Hände auf seine Weichteile.

»Das wär's also«, stellte Pitt trocken fest. Er half Giordino auf die Beine. »Verduften wir, ehe Frankenstein sich erholt hat.«

In diesem Moment wurde die Türklinke niedergedrückt, und mit einem dumpfen Schlag flog die Tür auf. Pitt und Giordino erstarrten. Nun hatten sie endgültig verloren. Jeder Fluchtweg war ihnen abgeschnitten, und zu einem neuerlichen Kampf waren sie nicht mehr fähig.

Ein großer, schlanker Mann kam hereingeschlendert. Er hatte eine Hand lässig in die Hosentasche seines eleganten, teuren Anzugs geschoben; zwischen seinen Zähnen klemmte eine langstielige Pfeife. Er machte den Eindruck eines höflichen und kultivierten Menschen. Eine Weile sah er Pitt nachdenklich an, dann griff er nach der Pfeife und nahm sie aus dem Mund.

»Verzeihen Sie, daß ich hier so einfach eindringe. Ich bin Inspektor Zacynthus.«

12. Kapitel

Pitt sah Zacynthus verblüfft an. Es war kein Zweifel möglich. Die nuschelnde Sprechweise, die korrekte, kurz geschnittene Frisur, das lässige Auftreten, all das wies den Inspektor eindeutig als Amerikaner aus.

Zacynthus unterzog Pitt und Giordino einer kurzen, eingehenden Prüfung. Dann wandte er langsam den Kopf und sah hinab auf den stöhnenden Darius. Er verzog keine Miene, doch der Klang seiner Stimme verriet seine Verwunderung.

»Bemerkenswert, wirklich bemerkenswert. Ich hätte so etwas nicht für möglich gehalten.« Sein Blick richtete sich wieder auf Pitt und Giordino. Eine Mischung aus Zweifel und Bewunderung lag in seinen Augen. »Jeder Profi-Catcher kann stolz darauf sein, wenn es ihm überhaupt gelingt, an Darius heranzukommen. Aber daß zwei so traurige Figuren wie Sie ihn zu Boden schicken, das grenzt an ein Wunder. Wie heißen Sie, bitte?«

Pitt funkelte ihn schadenfroh an. »Mein kleiner Kamerad hier heißt David, und ich bin Jack der Killer.«

Zacynthus lächelte müde. »Ich habe einen langen, arbeitsreichen Tag hinter mir. Sie haben einen meiner besten Männer außer Gefecht gesetzt. Bitte verschonen Sie mich mit schlechten Witzen.«

»Dann erzähl ihm die Geschichte von dem Gitarrenspieler und dem Weiberheld«, warf Giordino verschmitzt ein.

»Nun macht schon«, sagte Zacynthus in einem Ton, als ob er mit Kindern spräche. »Ich habe keine Lust, meine Zeit mit ödem Geschwätz zu verschwenden. Ich möchte Ihre Aussage, bitte. Fangen wir mit Ihrem richtigen Namen an.«

»Darauf können Sie lange warten«, fuhr Pitt ihn ärgerlich an. »Wir haben diesen Gorilla namens Zeno nicht gebeten, uns hierherzuschleifen. Genausowenig war es unsere Absicht, uns mit King-Kong persönlich herumzuschlagen. Wir haben nichts Verbotenes getan. Etwas Unmoralisches vielleicht, aber nichts, was gegen die geltenden Gesetze verstieße. Ich finde, daß deshalb eher wir das Recht hätten, hier Fragen zu stellen.«

Zacynthus sah Pitt mit zusammengekniffenem Mund an. »Sie legen ja eine erstaunliche Arroganz an den Tag«, sagte er dann scharf. »Aber ich muß zugeben, daß Sie mich zu interessieren beginnen. In meiner Laufbahn habe ich wahrlich genug verschlagene und bösartige Zeitgenossen verhört. Manche haben mir ins Gesicht gespuckt und mir Rache geschworen, manche standen einfach stumm da und rührten sich nicht, und wieder andere haben mich auf Knien um Gnade angefleht. Sie scheinen zu keiner dieser Kategorien zu gehören.« Er deutete mit der Pfeife auf Pitt. »Na schön. Dann habe ich es wenigstens einmal mit einem mir intellektuell ebenbürtigen Gegenüber zu tun.«

Er wurde durch den eintretenden Zeno unterbrochen. Der Grieche setzte soeben an, etwas zu sagen, als sein Blick auf Darius fiel, der noch immer zusammengekrümmt dahockte. Zenos Mund klappte auf, und sein Schnurrbart schien vor Überraschung herabzusinken. »Donnerwetter, was ist denn hier passiert?« stieß er endlich hervor.

»Vielleicht hätten Sie Darius warnen sollen«, meinte der Inspektor.

»Aber ich habe ihn gewarnt«, verteidigte sich Zeno. »Und selbst wenn ich es nicht getan hätte . . . Ich habe es stets für unmöglich gehalten, daß irgend jemand gegen Darius aufkommt.«

»Habe ich auch gedacht«, sagte der Inspektor und klopfte seine Pfeife aus. »Sehen Sie zu, was Sie für unseren armen Freund tun können. Ich werde diese beiden Herren währenddessen mit in mein Büro nehmen. Sie haben sich ja genügend ausgetobt und werden wohl kaum noch Lust zu weiteren Handgreiflichkeiten haben.« Er grinste Pitt herausfordernd an. »Aber um ganz sicherzugehen, fesseln Sie sie doch bitte aneinander. Das Handgelenk des Kleinen an die Fußknöchel des anderen. Das macht die Flucht ein wenig beschwerlich.«

Zeno zog ein Paar verchromte Handschellen aus einem Etui an

seinem Gürtel und tat, wie ihm geheißen. Giordino mußte sich tief hinunterbeugen, als seine Hand an Pitts Fuß angeschlossen wurde.

Pitt sah hinauf durch das Loch im Dach. Die Sonne war bereits untergegangen, und der Himmel wurde zusehends dunkler. Sein Rücken schmerzte noch immer und er war dankbar, daß nicht er es war, der an den Fußknöchel des anderen gefesselt war. Mitleidig sah er auf den gebückt dastehenden Giordino hinab. Dann richtete er seinen Blick auf Zacynthus.

»Was haben Sie mit Teri gemacht?« fragte er ruhig.

»Sie ist in sicherem Gewahrsam«, erwiderte Zacynthus. »Sobald sich herausstellt, daß sie tatsächlich von Tills Nichte ist, wird sie freigelassen.«

»Und was ist mit uns?« fragte Giordino von unten herauf.

»Sie werden sich wohl noch etwas länger gedulden müssen«, erwiderte der Inspektor knapp und wies auf die Tür. »Nach Ihnen, meine Herren.«

Zwei Minuten später betraten sie Zacynthus' Büro. Pitt sah sich verwundert darin um. Es war eine kleine, aber komplett eingerichtete Polizeidienststelle. An die Wände waren Luftaufnahmen von Thasos gepinnt, auf dem verkratzten Schreibtisch standen drei Telephonapparate und daneben auf einem kleinen Tischchen ein Kurzwellenfunkgerät. Pitt kam das Zimmer allerdings etwas zu professionell, zu perfekt eingerichtet vor.

»Das gleicht ja eher dem Hauptquartier eines Generals als der Dienststelle eines kleinen Insel-Inspektors«, meinte er boshaft.

»Sie und Ihr Freund sind sicher tapfere Männer«, erwiderte Zacynthus seufzend. »Aber Sie scheinen auch rechte Hornochsen zu sein.« Er ging um den Schreibtisch herum und ließ sich dahinter auf einen offensichtlich ungeölten Drehstuhl nieder. »Und jetzt will ich die Wahrheit hören. Wie heißen Sie?«

Pitt antwortete nicht sofort. Er war zugleich ärgerlich und verwirrt. Das eigenartige Verhalten des Inspektors machte ihn unsicher.

Unterschwellig fühlte, ja wußte er im Grunde, daß er nichts zu befürchten hatte. Diese Leute konnten keine normalen griechischen Polizeibeamten sein; dazu fielen sie zu sehr aus dem Rahmen. Und wenn sie tatsächlich mit von Till im Bunde waren, wie er ursprünglich angenommen hatte, warum war dann der Inspektor so sehr darauf erpicht, seinen und Giordinos Namen zu erfahren? In diesem Fall hätten sie ihm schon längst bekannt sein müssen. Vorausgesetzt natürlich, der Inspektor spielte nicht Katz und Maus mit ihnen.

»Also?« Zacynthus Stimme hatte einen schneidenden Unterton.

Pitt richtete sich auf. Er wollte es darauf ankommen lassen.

»Pitt, Major Dirk Pitt, Leiter des Sonderdezernats der National Underwater Marine Agency. Und dieser Herr zu meiner Linken ist Albert Giordino, der stellvertretende Leiter dieses Dezernats.«

»Selbstverständlich. Und ich bin der Premierminister von . . .« Zacynthus brach mitten im Satz ab. Er zog die Augenbrauen hoch, beugte sich über den Schreibtisch und sah Pitt scharf in die Augen.

»Wiederholen Sie das! Wie war Ihr Name?« fragte er mit sanfter, liebenswürdiger Stimme.

»Dirk Pitt.«

Zacynthus verstummte. Dann lehnte er sich, sichtlich aus der Fassung, auf seinem Stuhl zurück.

»Sie lügen! Sie müssen lügen!«

»Wirklich?«

»Wie lautet der Name Ihres Vaters?« Zacynthus hielt seinen Blick unverwandt auf Pitt gerichtet.

»George Pitt, Senator von Kalifornien.«

»Beschreiben Sie ihn. Sein Aussehen, seinen Lebenslauf, Familienverhältnisse und so weiter.«

Pitt hockte sich auf die Kante des Schreibtisches und zog eine Zigarette heraus. Er klopfte seine Taschen nach dem Feuerzeug ab, dann fiel ihm ein, daß es noch immer in dem Zimmer lag, wo er es, um Darius hinters Licht zu führen, hatte fallen lassen.

Zacynthus riß ein Streichholz an und gab ihm Feuer. Pitt nickte ihm dankbar zu.

Dann berichtete er über seinen Vater. Er sprach, ohne zu stocken, volle zehn Minuten lang. Zacynthus saß unbeweglich da und hörte aufmerksam zu. Nur einmal, als es im Raum zu dämmerig wurde, stand er kurz auf und knipste die Deckenlampe an. Schließlich schnitt er Pitt mit einer Handbewegung das Wort ab.

»Das reicht. Sie müssen tatsächlich sein Sohn sein. Aber dann interessiert mich erst recht, was Sie hier auf Thasos zu suchen haben.«

»Der Generaldirektor der NUMA, Admiral James Sandecker, hat Giordino und mich hierherbeordert, um eine Reihe merkwürdiger Pannen an Bord eines unserer ozeanographischen Forschungsschiffe aufzuklären.«

»Ah ja, das weiße Schiff, das vor Brady Field vor Anker liegt. Langsam begreife ich.«

»Wie schön«, warf der noch immer tief gebückt dastehende Giordino sarkastisch ein. »Entschuldigen Sie, daß ich mich einmische. Aber wenn ich nicht bald irgendwo mein Wasser abschlagen kann, gibt es auch in diesem Büro eine Panne.«

Pitt grinste Zacynthus an. »Er wäre dazu imstande.«

Zacynthus sah ihn forschend an, dann zuckte er die Achseln und drückte einen unter der Tischplatte verborgenen Knopf. Sofort wurde die Tür aufgerissen, und Zeno, die Glisenti in der Hand, stand im Raum.

»Haben Sie Schwierigkeiten, Herr Inspektor?«

Zacynthus ging überhaupt nicht auf seine Frage ein. »Stecken Sie Ihr Schießeisen weg. Nehmen Sie den beiden Herren die Handschellen ab, und zeigen Sie Herrn – äh – Giordino, wo sich unsere Toilette befindet.«

Zeno zog erstaunt die Augenbrauen hoch. »Sind Sie sicher . . .«

»Es ist alles in Ordnung, alter Freund. Die beiden Herren sind nicht länger unsere Gefangenen. Sie sind unsere Gäste.«

Ohne ein weiteres Wort schob Zeno seine Pistole in den Halfter zurück, löste die Handschellen und führte Giordino in die Halle hinunter.

»Nun müssen Sie mir aber auch ein paar Fragen beantworten«, meinte Pitt und blies eine Wolke bläulichen Rauches in den Raum.

»Woher kennen Sie meinen Vater?«

»Senator George Pitt ist eine hochangesehene Persönlichkeit in Washington. Er arbeitet in verschiedenen Senatsausschüssen mit, darunter auch in jenem, der sich mit dem Drogenmißbrauch befaßt.«

»Und was hat das mit Ihnen zu tun?«

Zacynthus zog einen abgegriffenen Tabaksbeutel aus seiner Manteltasche und stopfte sich gemütlich die Pfeife.

»Auf Grund meiner langjährigen Tätigkeit und meiner Erfahrungen auf diesem Gebiet bin ich oft als Verbindungsmann zwischen dem Ausschuß und meinem Arbeitgeber eingesetzt worden.«

Pitt schaute ihn verwirrt an. »Ihrem Arbeitgeber?«

»Ja. Ich stehe ebenso wie Sie, mein Lieber, in Uncle Sams Diensten.« Zacynthus grinste. »Vielleicht sollte ich mich in der Tat endlich vorstellen. Inspektor Hercules Zacynthus vom *Federal Bureau of Narcotics*. Meine Freunde nennen mich einfach Zac. – Es wäre mir eine Ehre, wenn Sie das auch täten.«

Pitt fiel ein Stein vom Herzen. Aller Zweifel und alles Mißtrauen waren auf einmal wie verflogen. Er entspannte sich – und merkte jetzt erst, wie verkrampft er die ganze Zeit dagesessen hatte, wie zum Zerreißen gespannt seine Nerven gewesen waren. Vorsichtig darauf bedacht, daß seine Hand nicht plötzlich zu zittern begann, drückte er seine Zigarette aus.

»Und was hat Sie hierher verschlagen?«

»Ich bin beruflich hier.« Zac unterbrach sich, um seine Pfeife anzurauchen. »Vor circa einem Monat erhielt unser Dezernat über INTERPOL die Nachricht, daß ein Frachter in Shanghai eine große Ladung Heroin an Bord genommen hat . . .«

»Ein Schiff von Bruno von Tills *Minerva Lines*?«

»Woher wissen Sie das?« fragte Zac mißtrauisch.

Pitt lächelte bitter. »Das war nur eine Vermutung. Entschuldigen Sie, daß ich Sie unterbrochen habe. Bitte fahren Sie fort.«

»Die *Queen Artemisia*, so heißt der Frachter, legte vor drei Wochen in Shanghai ab. Laut Frachtbrief transportierte er Sojabohnen, Schweinefleisch, Tee, Papier und Teppiche.« Zac mußte lächeln. »Eine seltsame Mischung, nicht wahr?«

»Und der Bestimmungshafen?«

Der erste Anlaufhafen war Colombo in Ceylon. Hier wurde die erste Ladung gelöscht und dafür Graphit und Kakao an Bord genommen. Mittlerweile befindet die *Queen Artemisia* sich auf dem Weg nach Marseille, wo sie, um aufzutanken, Station machen wird, und dann nimmt sie Kurs auf Chicago.«

Pitt dachte kurz nach. »Weshalb Chicago? In New York, in Boston, oder überhaupt an der Ostküste existieren doch sicher sehr viel besser organisierte Rauschgiftringe und Verteilernetze als im Binnenland.«

»Warum nicht Chicago?« gab Zacynthus zurück. »Die Stadt ist das größte Handels- und Verkehrszentrum der Vereinigten Staaten. Wo sonst könnte man so einfach einhundertdreißig Tonnen Heroin auf den Markt werfen?«

Pitt sah Zac fassungslos an. »Das ist unmöglich. Kein Mensch bringt diese unvorstellbare Menge unbemerkt durch den Zoll.«

»Bruno von Till schon«, entgegnete Zacynthus mit leiser Stimme. Pitt begann zu frösteln. »Das ist im übrigen natürlich nicht sein richtiger Name. Er hat ihn sich irgendwann in grauer Vorzeit zugelegt, lange bevor er zum Schmuggler avancierte, und zwar zu einem der gerissensten und skrupellosesten dieses Jahrhunderts.«

Zac schwenkte in seinem Drehstuhl herum und starrte mit leerem Blick zum Fenster hinaus. »Selbst ein Käpt'n Kidd könnte ihm nicht das Wasser reichen.«

»Das klingt ja, als wäre er ein regelrechtes verbrecherisches Genie«, warf Pitt ein. »Wie kommt er bloß zu dieser Ehre?«

Zac warf ihm einen raschen Blick zu, dann sah er wieder aus dem Fenster.

»Erinnern Sie sich an den großen Goldraub 1954 in Spanien? Urplötzlich waren die gesamten Goldreserven, die in den Tresoren der Bank von Spanien lagen, verschwunden. Die sowieso schon angeschlagene spanische Wirtschaft wäre damals beinahe zusammengebrochen. Kurze Zeit darauf wurde der indische Schwarzmarkt mit Goldbarren überschwemmt, denen allen das spanische Wappen aufgeprägt war. Wie konnte eine Ladung solcher Größe unbemerkt zehntausend Kilometer weit transportiert werden? Die Sache ist nie aufgeklärt worden. Nur eines weiß man: Am Abend des Goldraubes verließ ein Frachter der *Minerva Lines* den Hafen von Barcelona und ging just einen Tag, bevor das Gold in Indien auftauchte, in Bombay vor Anker.«

Der Drehstuhl quietschte, als Zac sich wieder zu Pitt umwandte. Zac sah Pitt gedankenverloren an.

»Gegen Ende des Zweiten Weltkriegs, unmittelbar vor der Kapitulation Deutschlands«, fuhr er fort, »tauchten in Buenos Aires plötzlich fünfundachtzig hochgestellte Nazis auf. Wie sie dorthin kamen, weiß man nicht. Das einzige Schiff jedoch, das an dem bewußten Tag in Buenos Aires anlegte, war ein Frachter der *Minerva Lines*. Und noch ein Beispiel: Im Sommer 1954 verschwand in der Nähe von Neapel eine ganze Schulklasse sechzehn- bis achtzehnjähriger Mädchen, die mit einem Omnibus eine Ausflugsfahrt unternommen hatten. Man hat nie wieder etwas von ihnen gehört. Doch vier Jahre später griff eine italienische Botschaftsangestellte in Casablanca eines dieser Mädchen auf, als es ziellos in den Slums der Stadt umherstrolchte.« Zac legte eine lange Pause ein, dann sagte er sehr leise: »Sie war vollkommen übergeschnappt. Ich habe Photographien ihres Körpers gesehen. Es hätte einem schlecht werden können.«

»Und was hat sie erzählt?« drängte Pitt.

»Sie erinnerte sich dunkel, daß man sie auf ein Schiff verschleppt hatte, das durch ein großes ›M‹ am Schornstein gekennzeichnet war. Das war alles, was man aus ihr herausbrachte. Alles übrige waren wirre Faseleien.«

Pitt wartete darauf, daß Zac seinen Bericht fortsetzte, doch der verfiel in Schweigen und steckte seine erloschene Pfeife von neuem in Brand. Ein süßlich-aromatischer Duft erfüllte den Raum.

»Menschenhandel ist ein mieses Geschäft«, bemerkte Pitt knapp.

Zac nickte. »Das sind nur drei von hundert ähnlichen Fällen, die alle irgendwie mit der Person Bruno von Tills verknüpft sind. Wollte ich Ihnen vorlesen, was in den Akten der INTERPOL darüber alles zusammengetragen ist, wir säßen in einem Monat noch hier.

»Meinen Sie, daß von Till selbst hinter diesen Unternehmungen steckt?«

»Nein. Der alte Fuchs ist viel zu gerissen, um sich selbst die Finger schmutzig zu machen. Er organisiert bloß den Transport. Er hat sich ganz auf den Schmuggel spezialisiert, auf Schmuggel in ungewöhnlich großem Umfang allerdings.«

»Aber warum zum Teufel hat man diesem Schwein denn noch nicht das Handwerk gelegt?« fragte Pitt bestürzt und erbost zugleich.

»Ich traue mich fast nicht, Ihnen darauf eine Antwort zu geben.« Zac schüttelte traurig den Kopf. »Die Polizei der halben Welt hat bereits versucht, von Till auf frischer Tat zu ertappen – er ist uns noch nie ins Netz gegangen. Seine Schiffe sind wohl schon an die tausend Mal gefilzt worden, nie wurde etwas gefunden. Und jeder Agent, den wir in die *Minerva Lines* eingeschleust haben, war nach kurzer Zeit ein toter Mann.«

Pitt sah gedankenverloren den Rauchkringeln nach, die von Zacs Pfeife aufstiegen. »So klug ist keiner. Jeder Mensch macht irgendwann einen Fehler.«

»Wir haben es weiß Gott oft genug versucht. Jeder Quadratzentimeter seiner Schiffe ist untersucht worden. Wir haben sie Tag und Nacht auf See beschattet, an den Docks überwacht und selbst die Schotts auf Hohlräume hin abgeklopft. Ich kann Ihnen wenigstens zwanzig Zollfahnder aufzählen – Spitzenleute, die ihr Handwerk von Grund auf verstehen –, die es sich zur Lebensaufgabe gemacht haben, von Till hochzunehmen.«

Pitt steckte sich eine neue Zigarette an und sah Zac fest in die Augen. »Warum erzählen Sie mir das alles?«

»Weil Sie uns vielleicht helfen können.«

Pitt saß einen Moment schweigend da. Die Wunde auf seiner Brust begann abermals zu jucken. »Und wie?« fragte er schließlich.

Für einen kurzen Augenblick flackerte es in Zacs Augen tückisch auf. »Soweit ich gesehen habe, haben Sie ein recht gutes Verhältnis zu von Tills Nichte.«

»Ich habe mit ihr geschlafen, wenn Sie das meinen.«

»Wie lange kennen Sie sie bereits?«

»Wir sind uns gestern am Strand zum erstenmal begegnet.«

Zac sah ihn überrascht an, dann zog ein verständnisvolles Lächeln über sein Gesicht. »Entweder sind Sie ein echter Casanova, oder Sie sind ein passionierter Lügner.«

»Betrachten Sie es, wie Sie wollen«, erwiderte Pitt mit Gleichmut. Er stand auf und reckte sich. »Ich weiß, was Sie vorhaben. Sie können es vergessen.«

»Woher wollen Sie das wissen?«

»Es liegt doch auf der Hand.« Pitt lächelte verschmitzt. »Sie wollen, daß ich meine Freundschaft mit Teri vertiefe, damit ich als eine Art Hausfreund in von Tills Familie aufgenommen werde. Dann hätte ich freien Zugang zu seiner Villa und könnte beobachten, was der alte Kerl treibt.«

Zac kniff die Augen zusammen. »Sie begreifen außergewöhnlich schnell, mein lieber Pitt. Also, sind Sie mit von der Partie?«

»Es geht nicht.«

»Darf ich fragen, weshalb?«

»Ich war gestern abend bereits bei von Till zum Essen zu Gast, und wir haben uns nicht im besten Einvernehmen getrennt. Er hat sogar seinen Hund auf mich gehetzt.«

Das war natürlich stark untertrieben. Aber Pitt hatte einfach keine Lust, die ganze Geschichte noch einmal durchzukauen. Er hatte bloß einen Wunsch: einen schönen, eisgekühlten Drink.

»Zuerst schlafen Sie mit seiner Nichte, und anschließend speisen Sie mit Bruno von Till zu Abend.« Zac schüttelte ungläubig den Kopf. »Sie gehen wirklich forsch ran.«

Pitt zuckte nur die Achseln.

»Schade«, fuhr Zac fort. »Sie hätten uns unter Umständen eine große Hilfe sein können.« Er zog an seiner Pfeife. »Wir überwachen die Villa schon seit geraumer Zeit, doch bis jetzt haben wir noch nichts Verdächtiges feststellen können. Wir haben uns allerdings auch nur bis auf zweihundert Meter an das Haus herangewagt. Andernfalls hätten wir von Tills Mißtrauen geweckt. Wir hatten schon gehofft, unsere Tarnung als Fremdenführer hätte endlich Früchte getragen, als Colonel Zeno Sie und von Tills Nichte festnahm.«

»*Colonel* Zeno?«

Zac nickte und legte eine effektvolle Pause ein.

»Ja. Er und Captain Darius sind Beamte der griechischen Gendarmerie. Rein rangmäßig steht Zeno um einige Stufen über mir.«

»Es gibt bei der Polizei den Rang eines Colonels?« fragte Pitt noch einmal. »Das scheint mir ungewöhnlich.«

»Nicht, wenn Sie sich vor Augen halten, wie das griechische Polizeiwesen aufgebaut ist. Mit Ausnahme von Athen und einigen anderen Großstädten, die ihre eigene kommunale Polizei haben, wird die polizeiliche Gewalt im gesamten Land von der Gendarmerie ausgeübt, einer gut ausgerüsteten und ausgebildeten Einheit der Armee.«

Das war Pitt neu. »Deshalb also der Einsatz von Zeno und Darius. Doch wie steht es mit Ihnen, Inspektor? Seit wann darf denn ein amerikanischer Rauschgiftspezialist in Griechenland arbeiten? Das ist doch völlig ungebräuchlich.«

»Normalerweise ja«, erwiderte Zac säuerlich. Sein Blick verdüsterte sich. »Aber von Till ist leider kein normaler Fall. Wenn wir ihn endlich dingfest gemacht haben, verringern sich die großen internationalen Verbrechen um etwa zwanzig Prozent. Vielleicht gibt Ihnen das eine Vorstellung davon, was für einen Gangster wir in von Till vor uns haben.«

Zac hatte sich in Wut geredet. Er brach ab und holte tief Luft. Dann fuhr er mit ruhigerer Stimme fort: »Gewöhnlich arbeitet die Polizei eines jeden Landes für sich. Für die internationale Zusammenarbeit und den internationalen Informationsaustausch ist

INTERPOL zuständig. Erfahre ich also beispielsweise durch einen meiner Verbindungsmänner in der Unterwelt, daß ein Schiff mit einer Ladung Rauschgift unterwegs nach England ist, teile ich das einfach INTERPOL London mit, und die wiederum setzen Scotland Yard davon in Kenntnis. Der Sache nachzugehen und die Rauschgiftgeschichte auffliegen zu lassen ist dann Aufgabe des Yard.«

»Das scheint doch ein reibungslos und effektiv funktionierendes System zu sein.«

»Ist es auch. Mit von Till werden wir auf diese Weise allerdings nicht fertig«, seufzte Zac. »Für einen Verbrecher seines Kalibers arbeitet das System einfach zu schwerfällig. Weiß Gott, wie oft wir schon versucht haben, ihn in eine Falle zu locken. Er hat sich bisher stets unbeschadet aus der Affäre gezogen. Doch das wird jetzt anders.« Zac schlug mit der Faust auf den Tisch. »Die Regierungen aller betroffenen Länder sind übereingekommen, ein überstaatliches Fahndungsbüro einzurichten, dem sämtliche nationale Polizeieinrichtungen zur Verfügung stehen. Die Leitung dieses Büros ist Militärs übertragen.« Der Inspektor brach ab und sah Pitt nachdenklich an.

»Es tut mir leid, wenn ich ein bißchen ausführlich geworden bin, Pitt«, meinte er endlich entschuldigend. »Ich hoffe, ich habe Ihre Frage, weshalb ich hier auf Thasos bin, zu Ihrer Zufriedenheit beantwortet.«

Pitt sah Zacynthus prüfend an. Der Inspektor machte den Eindruck eines erfolgsgewohnten Mannes. Aus seinem ganzen Verhalten sprachen Zuversicht und Selbstvertrauen. Doch gleichzeitig glaubte Pitt in seinen Augen auch eine gewisse Unsicherheit zu erkennen, die uneingestandene Furcht, von Till am Ende doch zu unterliegen. Pitts Verlangen nach einem Drink wurde immer stärker.

»Wo sind denn die anderen Leute Ihres Teams?« fragte er. »Bisher habe ich nur drei von ihnen kennengelernt.«

»Einer, ein britischer Inspektor, verfolgt an Bord eines Zerstörers der Royal Navy die *Queen Artemisia*. Ein türkischer Beamter überwacht sie mit einer alten DC-3 aus der Luft.« Zac ratterte es herunter, als ob er aus einem Telefonbuch vorläse. »Zwei Detektive der französischen Sûreté Nationale halten sich, getarnt als Dockarbeiter, im Hafen von Marseille auf und erwarten dort die Ankunft der *Queen Artemisia*.«

Plötzlich befiel Pitt eine ungeheure Müdigkeit. Nun machte sich bemerkbar, daß er die letzten zwei Tage unentwegt auf den Beinen gewesen war. Zacs Stimme schien unversehens aus weiter Ferne zu kommen, und was er sagte, kam Pitt mit einem Male ziemlich unbedeutend vor. Er fragte sich, wie lange er sich wohl noch würde wachhalten können. Er rieb sich die Augen, schüttelte heftig den Kopf und zwang sich mit Gewalt, aufmerksam zu bleiben.

»Zac, alter Freund.« Zum erstenmal sprach Pitt den Inspektor mit seinem Spitznamen an. »Könnten Sie mir wohl einen Gefallen tun?«

»Wenn es in meiner Macht liegt, *alter Freund*.« Zac lächelte zögernd.

»Wenn Teri freigelassen wird, könnten Sie sie dann vielleicht mir übergeben?«

»*Sie* wollen Teri überwachen?« Zac zog die Augenbrauen hoch und machte große, erstaunte Kinderaugen. Steve McQueen hätte es nicht besser gekonnt. »Haben Sie irgendwelche Schandtaten mit ihr vor?«

»Nein«, erwiderte Pitt ernst. »Aber Sie müssen sie ja wohl oder übel freilassen. Und dann wird sie unverzüglich zu ihrem Onkel stürmen und von ihm verlangen, Schritte gegen Sie zu unternehmen. Niemand ist rachsüchtiger als eine beleidigte Frau. Das wird dem Alten natürlich zu denken geben, und in weniger als einer Stunde hat er Ihren ganzen schönen Polizeiring gesprengt.«

»Sie unterschätzen uns«, entgegnete Zacynthus würdevoll. »Wir haben einen solchen Fall durchaus eingeplant. Natürlich tauchen wir sofort unter, wenn wir Teri freilassen. Bis zum Morgengrauen haben wir uns dann eine neue Tarnung zugelegt.«

»Aber was nützt Ihnen das dann noch?« wandte Pitt ein. »Wenn von Till erst einmal weiß, wie dicht Sie ihm auf den Fersen sind, wird er garantiert nichts mehr unternehmen, was ihn auch nur im mindesten belasten könnte.«

»Das klingt einleuchtend.«

»Das klingt nicht nur einleuchtend – ich habe, verflucht noch eins, bestimmt recht.«

»Und wenn ich Teri Ihnen übergäbe?« fragte Zac zögernd.

»Sobald von Till Teris Verschwinden bemerkt – vielleicht hat er es bereits entdeckt –, wird er ganz Thasos auf den Kopf stellen, um sie wiederzufinden. Das Gescheiteste wäre es deshalb, sie an Bord der *First Attempt* zu verstecken. Dort wird er sie gewiß nicht vermuten, wenigstens so lange nicht, wie er nicht sicher weiß, daß sie sich nicht mehr auf der Insel aufhält.«

Zac sah Pitt lange an. Merkwürdig, dachte er, daß ein Mensch, der aus einer einflußreichen und angesehenen Familie kommt, derartige Risiken und Gefahren auf sich nimmt. Gedankenverloren klopfte er seine Pfeife aus.

»Gut, einverstanden«, murmelte er endlich. »Vorausgesetzt natürlich, die Dame macht keine Scherereien.«

»Das glaube ich nicht.« Pitt grinste. »Sie hat andere Dinge im Kopf als den internationalen Rauschgiftschmuggel. Vermutlich macht es ihr sehr viel mehr Spaß, sich mit mir zusammen auf der *First Attempt* zu verkriechen, als einen weiteren langweiligen Abend mit ihrem Onkel zu verbringen. Und im übrigen: Wenn Sie mir eine Frau zeigen, die sich nicht ab und zu nach einem kleinen Abenteuer sehnt, dann zeige ich Ihnen . . .«

Er brach ab, als sich die Tür öffnete und Giordino, gefolgt von Zeno, hereinspaziert kam. Ein breites Grinsen zog sich über dessen pausbäckiges Gesicht. In der Hand hielt er eine Flasche Metaxa-Brandy.

»Schau, was Zeno gefunden hat.« Giordino schraubte den Deckel von der Flasche und roch probeweise daran. Er schnitt eine verzückte Grimasse. »Eigentlich sind unsere Kidnapper gar keine so unsympathischen Leute. Was meinst du, Dirk?«

Pitt lachte. Zu Zeno gewandt, erwiderte er: »Sie müssen nachsichtig mit Giordino sein. Schon der bloße Anblick von Schnaps stimmt ihn euphorisch.«

»Wenn das so ist«, grinste Zeno, »haben wir ja eine Menge gemeinsam.« Er ging zum Schreibtisch und setzte ein Tablett mit vier Gläsern darauf ab.

»Wie geht's Darius?« fragte Pitt.

»Er ist schon wieder auf den Beinen«, entgegnete Zeno. »Aber er wird wohl noch ein paar Tage humpeln.«

»Sagen Sie ihm, es täte mir leid«, meinte Pitt entschuldigend. »Ich bedaure . . .«

»Sie brauchen sich nicht zu entschuldigen«, schnitt ihm Zeno das Wort ab. »In unserem Beruf kommen solche Dinge eben vor.« Er reichte Pitt ein Glas. Sein Blick fiel auf Pitts blutdurchtränktes Hemd. »Sie haben ja auch Ihr Fett abbekommen.«

»Das habe ich von Tills Hund zu verdanken«, entgegnete Pitt und hielt sein Glas prüfend gegen das Licht.

Zac nickte stumm. Allmählich begann er zu begreifen, weshalb Pitt von Till so haßte. Er lehnte sich gemütlich auf seinem Stuhl zurück und ließ die Arme herunterhängen. Er durfte ihm Teri getrost anvertrauen – Pitt sann auf Rache, nicht auf Sex.

»Solange Sie an Bord der *First Attempt* bleiben, halten wir Sie über Funk auf dem laufenden.«

»Gut«, erwiderte Pitt kurz. Er nippte an seinem Brandy. Wohlige Wärme durchströmte seinen Magen. »Ich muß Sie noch um einen Gefallen bitten, Zac. Könnten Sie vielleicht als Mitglied des Fahndungsbüros ein paar offizielle Anfragen an die zuständigen deutschen Behörden richten?«

»Selbstverständlich. Was möchten Sie denn wissen?«

Pitt hatte sich bereits ein Blatt Papier und einen Stift vom Schreibtisch genommen. »Ich schreibe Ihnen alles auf, einschließlich der Namen und Adressen.« Er reichte das Blatt Zac. »Bitten Sie Ihre deutschen Kollegen, ihre Antwort an die *First Attempt* zu schicken. Ich habe Ihnen die Wellenlänge, auf der die NUMA sendet, beziehungsweise empfängt, ebenfalls aufgeschrieben.«

Zac überflog, was Pitt notiert hatte. »Ich verstehe nicht, was Sie damit bezwecken.«

»Ich folge damit nur einem unbestimmten Gefühl. Übrigens wann kommt die *Queen Artemisia* denn hier in Thasos vorbei?«

»Wie ... Aber woher wissen Sie das?«

»Ich bin ein Hellseher«, erwiderte Pitt knapp. »Wann also?«

»Morgen früh.« Zac betrachtete Pitt nachdenklich. »Irgendwann zwischen vier und fünf Uhr morgens. Warum fragen Sie?«

»Nur so aus Neugier.« Pitt kippte den restlichen Brandy in einem Zug hinunter. Die Tränen schossen ihm in die Augen, und er glaubte, sein Magen stünde in Flammen.

»Mein Gott«, flüsterte er heiser. »Das Zeug brennt ja wie Schwefelsäure.«

13. Kapitel

Die schaumgekrönte Bugwelle wurde flacher und verebbte endlich ganz, als die *Queen Artemisia* an Fahrt verlor und beidrehte. Rasselnd wurde der Anker herabgelassen, und mit einem Ruck stand das alte Schiff still. Die Positionslichter verlöschten, und die *Queen Artemisia* war nur noch als schemenhafte Silhouette gegen die schwarze See zu erkennen.

Etwa fünfzig Meter von ihr entfernt dümpelte eine alte Holzkiste auf den kurzen Wellen – eine jener Kisten, wie sie zu Tausenden und aber Tausenden auf den Meeren und Wasserwegen in aller Welt dahintreiben. Die Aufschrift: »Diese Seite nach oben« stand auf dem Kopf. Alles in allem schien sie ein ganz gewöhnliches Stück Treibgut zu sein. Eins allerdings zeichnete sie aus: Sie war nicht leer.

Im Inneren seines Verstecks fluchte Pitt leise, als eine Welle die Holzkiste gegen seinen Kopf schlug. Dabei schluckte er versehentlich Wasser und mußte entsetzlich husten. Es war wahrhaftig kein Vergnügen, mit diesem Kasten über dem Kopf zu schwimmen. Doch immerhin war er gut getarnt, wenn sehr bald die Sonne ihre ersten Strahlen über das Meer schicken würde. Er blies seine Schwimmweste noch etwas praller auf und richtete dann durch die beiden Gucklöcher seinen Blick erneut auf das Schiff.

Die *Queen Artemisia* lag völlig ruhig da. Nur das schwache Summen ihrer Generatoren und das leise Plätschern der Wellen gegen ihren Rumpf war zu vernehmen. An Bord herrschte Totenstille. Pitt lauschte eine geraume Zeit, doch nichts war zu hören: Niemand schritt über das Deck, keiner bellte irgendwelche Befehle, keine Maschine lief – nichts. Es war geradezu gespenstisch still. Die *Queen Artemisia* glich einem Geisterschiff.

Man hatte den Steuerbordanker herabgelassen. Pitt arbeitete sich an die Ankerkette heran, die Kiste mit dem Kopf ständig vorwärtsschiebend. Die sanfte Brise erleichterte ihm die Arbeit, und schon nach kurzer Zeit stieß die Kiste gegen die Ankerkette. Rasch entledigte Pitt sich seiner Sauerstoff-Flasche und hängte sie mit dem Tragegurt an eines der mächtigen Kettenglieder. Dann streifte er Flossen, Taucherbrille und Schnorchel ab und machte sie am Luftschlauch der Sauerstoff-Flasche fest, so daß das ganze Bündel dicht unter der Wasseroberfläche an der Ankerkette hing.

Er griff nach der Kette und blickte an ihr hoch. Man konnte nicht weit sehen, die Kette verschwand irgendwo in der Dunkelheit. Pitt mußte an Teri denken, die in diesem Augenblick in einer gemütlichen Koje auf der *First Attempt* schlummerte. Er sah ihren zarten, geschmeidigen Körper vor sich und fragte sich, was er zum Teufel eigentlich bei der *Queen Artemisia* zu suchen hatte.

Ihm fiel ein, daß Teri ihm genau dieselbe Frage gestellt hatte, als er sie auf das Forschungsschiff brachte. »Warum verschleppst du mich auf ein Schiff?« hatte sie gefragt. »Was habe ich denn hier zu suchen? Ich kann in diesem Aufzug doch nicht einmal an Deck gehen.« Dabei hatte sie demonstrativ den Saum ihres Negligés bis zu den Schenkeln gelüftet. »Was sollen diese ehrenwerten Wissenschaftler von mir denken?«

»Ich glaube, sie werden sich freuen«, hatte Pitt gelacht. »Du bist vermutlich das hübscheste Mädchen, das sie seit Jahren gesehen haben.«

»Und was ist mit Onkel Bruno?«

»Erzähl ihm einfach, du seist zum Einkaufen aufs Festland gefahren. Erzähl ihm irgend etwas. Du bist schließlich volljährig.«

»Ich werde ganz ungezogen sein«, hatte sie gekichert. »Ach, ich finde das alles herrlich aufregend.«

»So kann man die Sache auch betrachten«, hatte Pitt erwidert. Teri hatte exakt so reagiert, wie er es erwartet hatte.

Pitt hangelte sich die Ankerkette empor. Es dauerte nicht lange, bis er die Ankerklüse erreicht hatte. Vorsichtig spähte er über die Reling und lauschte auf irgendwelche Geräusche. Doch nichts war zu hören, nichts bewegte sich. Das Vordeck war wie leergefegt.

Er schwang sich über die Reling und huschte geduckt zum Fockmast hinüber. Der Umstand, daß das ganze Schiff in völliger Finsternis dalag, machte die Sache einfach. Normalerweise tauchten nachts die Ladelampen das ganze Mittschiff und Vordeck in gleißend helles Licht, was Pitt das Herumschnüffeln erheblich erschwert hätte. Er stellte ebenfalls mit Genugtuung fest, daß auch die Wasserspur, die er über das Deck zog, auf diese Weise unsichtbar blieb. Er verharrte, lauschte nochmals. Wieder nichts. Über dem ganzen Schiff lag eine ungewöhnliche, fast bedrückende Stille. Irgend etwas stimmte nicht. Pitt konnte nicht sagen, was ihn störte, doch er wurde ein unheimliches Gefühl nicht los.

Er zog das Tauchermesser aus der Scheide, die er um seine Wade geschnallt hatte, und bewegte sich, das Messer kampfbereit im Griff, langsam vorwärts.

Vor ihm tauchte die Brücke auf. Pitt konnte sie in ihrer gesamten Breite überblicken. Soweit er erkennen konnte, lag sie vollkommen verlassen da. Rasch schlich er zu ihr hinüber und kletterte geräuschlos die stählerne Leiter hinauf. Das Ruderhaus war leer. Die Speichen des Steuerrads ragten bizarr in die Dunkelheit, und das kupferne Kompaßhaus schimmerte matt ihm fahlen Licht der Sterne. Der Zeiger des Maschinentelegraphen stand auf »Maschinen Stop«, wie Pitt aus dem Anstellwinkel schloß. Sein Blick fiel auf ein Abstellbrett, das man am Sims des Backbordfensters befestigt hatte. Er tastete darüber hinweg; eine Aldis-Lampe lag darauf, ein Leuchtfeuergewehr, Leuchtmunition und eine Stablampe. Danach hatte er gesucht. Eilig zog er seine Badehose aus und wickelte sie um die Lampe, so daß, als er sie anknipste, nur noch ein schwacher Lichtschimmer durch den Stoff drang. Dann durchsuchte er das Ruderhaus Quadratzentimeter für Quadratzentimeter. Er leuchtete das Deck, die Schotts und die Armaturen ab, konnte jedoch nichts von Belang entdecken.

Er ging nach hinten ins Kartenhaus. Dort herrschte eine geradezu peinliche Ordnung. Die Vorhänge waren zugezogen, und auf dem Kartentisch lagen, fein säuberlich aufgeschichtet und mit akkuraten Bleistiftlinien überzogen, die Karten. Pitt schob das Messer zurück in die Scheide, legte die Stablampe auf den Tisch und studierte die Eintragungen auf den Karten. Sie stimmten genau mit dem bekannten Kurs der *Queen Artemisia* überein. Pitt bemerkte, daß die Bleistiftlinien kein einziges Mal korrigiert oder ausradiert worden waren, was sonst bei Kurskorrekturen immer der Fall war. Diese Präzision war eigentlich fast unglaublich.

Das Logbuch lag aufgeschlagen da. Der letzte Eintrag lautete: »3 Uhr 52. Passieren Leuchtfeuer Brady Field. Peilwinkel 312°, Entfernung circa acht Seemeilen. Wind Südwest, Windgeschwindigkeit 2 Knoten. Alles läuft glatt.« Die Eintragung war also kaum eine Stunde, bevor Pitt von der Küste losgeschwommen war, gemacht worden. Aber wo war die Mannschaft? Kein Wachposten war auf Deck, und die Rettungsboote waren sicher in den Davits festgezurrt. Wieso stand niemand am Ruder? Das Ganze war äußerst mysteriös.

Pitt hatte einen trockenen Mund, die Zunge klebte ihm am Gaumen. Sein Kopf dröhnte, er konnte nicht mehr klar denken. Er verließ das Ruderhaus, schloß vorsichtig die Tür hinter sich und ging den Gang zur Kapitänskajüte hinunter. Die Tür war angelehnt. Er stieß sie sacht auf und schlüpfte geräuschlos in die kleine Kammer.

Wie in einem Film, dachte Pitt. Auch die Kajüte war sauber und ordentlich aufgeräumt. Alles befand sich genau da, wo es hingehörte. Am hinteren Schott hing ein dilettantisches Ölgemälde: die *Queen Artemisia* in voller Pracht. Die Farben waren freilich ziemlich geschmacklos: Das Schiff trieb auf einer tiefroten See dahin. Pitt schüttelte sich. Das Bild trug die Signatur einer gewissen Sophia Remick. Auf dem Schreibtisch stand das unvermeidliche Foto einer rundgesichtigen Matrone, die dem Betrachter aus einem billigen Metallrahmen entgegenlächelte. Unterschrieben war das Foto mit »Dem Käpt'n meines Herzens von seiner ihn liebenden Frau«. Wer diese Dame war, konnte man der Unterschrift nicht entnehmen; aber der Handschrift nach zu urteilen, handelte es sich hier abermals um Sophia Remick. Neben der Fotografie lag, gegen einen leeren Aschenbecher gelehnt, eine Pfeife. Das war alles, was auf dem Schreibtisch zu sehen war. Pitt nahm die Pfeife und roch an dem ausgekohlten Pfeifenkopf. Die Pfeife war seit Monaten nicht mehr benutzt worden. Überhaupt: Nichts schien in diesem Zimmer je gebraucht zu werden. Pitt kam sich wie in einem Museum vor.

Er trat wieder auf den Gang hinaus und zog die Tür hinter sich zu. Fast wünschte er, daß ihn plötzlich jemand anschnauzte: Was haben Sie hier zu suchen? Diese absolute Stille verursachte ihm Beklemmung. Schon fing er an, in den finsteren Ecken Gestalten zu sehen. Das Herz schlug ihm bis zum Halse, und er mußte stehen bleiben, um die aufkommende Panik niederzukämpfen.

Bald graut der Morgen, schoß es ihm durch den Kopf. Ich muß mich beeilen. Er hastete den Korridor entlang und riß, ohne seine Zeit mit weiteren Vorsichtsmaßnahmen zu verschwenden, die Türen zu sämtlichen Kabinen auf. Sie glichen sich wie ein Ei dem anderen. Im trüben Licht seiner Stablampe bot sich ihm stets dasselbe Bild dar: nichtssagende Unpersönlichkeit wie in der Kapitänskajüte. Auch im Funkraum entdeckte er nichts, was ihn interessiert hätte. Das Funkgerät war betriebsbereit und auf eine VHF-Frequenz eingestellt; doch vom Funker war weit und breit nichts zu sehen. Pitt schloß die Tür und wandte sich nach achtern.

Es war schwierig, in der Finsternis nicht die Orientierung zu verlieren. Kajütstreppen, Backbord- und Steuerbordkorridore, alles floß in Pitts Vorstellung zu einem einzigen langen schwarzen Tunnel zusammen. Es war grotesk, wie er, nackt und nur mit einer Schwimmweste bekleidet, in diesem Alptraum aus grauer Farbe und stählernen Wänden umherirrte. Er stolperte über die Schwelle eines Schotts und stürzte.

Die Stablampe fiel ihm aus der Hand und schlug auf dem Stahlboden auf. Durch sein Schienbein jagte ein stechender Schmerz. Er fluchte leise.

Das Glas der Lampe war zersplittert und das Licht erloschen. Auf allen Vieren und böse vor sich hinschimpfend, kroch Pitt auf dem Boden herum, um die Lampe wiederzufinden. Wertvolle Sekunden verstrichen, bis er endlich den runden Aluminiumschaft ertastet hatte. Ihm schwante fürchterliches Unheil, als er sie aufhob und das gesplitterte Glas in der Badehose klirren hörte. Doch das Glück war ihm hold gewesen: Er hatte bei seinem Sturz die Lampe nur versehentlich ausgeknipst. Als er sie wieder einschaltete, brannte sie wie zuvor. Ein Stein fiel ihm vom Herzen. Er leuchtete den Gang hinunter. In dem matten Licht tauchte undeutlich eine Tür auf mit der Aufschrift: *Frachtraum 3*.

Der Frachtraum besaß etwa die Ausmaße eines Rittersaales. Die dicht nebeneinander stehenden Regale reichten vom Boden bis hinauf zur Decke und waren über und über mit Säcken vollgestopft. Ein süßer, würziger Duft lag in der Luft. Das mußte der Kakao aus Ceylon sein. Pitt nahm sein Tauchermesser und schlitzte einen Sack etwa einen Zentimeter lang auf. Ein Sturzbach kleiner, harter Bohnen prasselte auf den Boden. Pitt kniete sich hin – es war tatsächlich Kakao.

Plötzlich schreckte er auf. Er hatte ein Geräusch vernommen, schwach, doch nicht zu überhören. Er lauschte angestrengt und versuchte, es zu identifizieren. Doch so plötzlich, wie es entstanden war, erstarb das Geräusch auch wieder, und von neuem breitete sich gespenstische Stille über das Schiff aus. Wie auf einem Geisterschiff, dachte Pitt. Vielleicht war die *Queen Artemisia* ein moderner *Fliegender Holländer*? Eigentlich fehlten nur noch die wilde, aufgewühlte See und ein wütender Orkan, der den Regen über das Deck peitschte, um die Illusion vollkommen zu machen.

Der Frachtraum enthielt nichts weiter von Belang. Pitt ging hinaus und machte sich auf den Weg zum Maschinenraum. Es dauerte ein paar ewig lange Minuten, bis er endlich den richtigen Niedergang gefunden hatte. Das Herz des Schiffes war vom Laufen der Maschinen noch ganz warm, und es roch nach heißem Öl. Pitt blieb auf der Laufplanke über dem riesigen Antriebsaggregat stehen. Im Schein der Lampe schimmerten glattpolierte Rohrleitungen, die sich parallel über die Schotts dahinzogen und in ein Gewirr aus Ventilen und Meßuhren mündeten. Dann fiel der Lichtstrahl auf ein achtlos beiseite geworfenes, öliges Knäuel Putzwolle. Darüber, etwa in Brusthöhe, befand sich ein Abstellbrett, auf dem einige Tassen standen. Sie enthielten noch Reste Kaffee. Ein Werkzeugkasten war ebenfalls auf der Ablage abgestellt; die Werkzeuge lagen kreuz und quer durcheinander und waren mit öligen Fingerabdrücken übersät. Wenigstens in diesem Teil des Schiffes wird also gearbeitet, dachte Pitt sonderbar erleichtert. Es herrschte sogar ein außergewöhnliches Wirrwarr in diesem Maschinenraum. Normalerweise wurde gerade hier auf Ordnung und Sauberkeit geachtet. Aber wo steckten bloß der Maschinist und seine Leute? Sie konnten sich doch nicht in Luft aufgelöst haben!

Pitt schickte sich gerade an zu gehen, als er plötzlich innehielt. Da war es wieder: Das gleiche, seltsame Geräusch wie vorhin durchlief das Schiff. Pitt stand reglos da und hielt den Atem an. Es war ein gedämpfter, kreischender Laut, wie wenn der Kiel eines Schiffes über ein Korallenriff schürft oder Kreide quietschend über eine Schiefertafel fährt. Unwillkürlich überlief Pitt eine Gänsehaut. Das Geräusch hielt vielleicht zehn Sekunden an, dann hörte man dumpf Metall auf Metall krachen, und abermals herrschte Ruhe.

Kalter Schweiß trat Pitt auf die Stirn, und das Herz krampfte sich ihm zusammen. Er war nahe daran, vor Angst hysterisch zu werden. Er glaubte von dem stickigen Dunkel des Maschinenraums erdrückt zu werden; jeden Augenblick erwartete er, Schritte auf sich zukommen zu hören. Er konnte keinen klaren Gedanken mehr fassen. Du mußt abhauen, sofort, jagte es ihm durch den Kopf. In namenlosem Entsetzen rannte er los. Durch endlos lange Korridore, Treppen hinauf, Treppen hinab, bis endlich kühle, klare Luft ihn umfing.

Es war noch immer dunkel. Die Ladekräne streckten sich in den nachtschwarzen Himmel, der übersät war mit unzähligen funkelnden Sternen. Kaum ein Lüftchen wehte. Der Schiffsrumpf ächzte leise in der sanften Dünung, und der Funkmast, der sich über der Brücke erhob, schwankte kaum merklich. Pitt stand einen Augenblick unentschlossen da und sah hinüber auf die kaum eineinhalb Kilometer entfernte Küste von Thasos. Dann glitt sein Blick über die schwarze Wasserfläche. Er mußte sich beeilen.

Die Taschenlampe brannte immer noch. Pitt hatte vergessen, sie auszuknipsen, als er auf das offene Deck getreten war. Er schalt sich selbst wegen seiner Unbesonnenheit. Ich hätte genauso mit einer Leuchtreklame darauf hinweisen können, daß ich hier bin, dachte er. Rasch schaltete er das Licht aus. Dann wickelte er vorsichtig, um sich nicht zu schneiden, seine Badehose von der Lampe, klaubte die einzelnen Glassplitter zusammen und warf sie über Bord. Ein feines Plätschern tönte von unten herauf. Schon wollte er auch die Stablampe hinunterwerfen, als er sich schlagartig besann. Es mußte doch auffallen, wenn die Lampe so plötzlich verschwand. Ebensogut hätte er dem Kapitän der *Queen Artemisia* – sofern es überhaupt einen gab – ein Telegramm mit der Mitteilung schicken können: »Habe kurz vor Tagesanbruch Ihr Schiff von Bug bis Heck unter die Lupe genommen.« Gegenüber diesen gewitzten Gangstern, die bisher sämtlichen Nachstellungen der Polizei entkommen waren, wäre das ziemlich ungeschickt gewesen. Ob nicht schon das fehlende Glas ihr Mißtrauen erwecken würde, blieb ohnehin abzuwarten.

Während er zum Ruderhaus zurückeilte, warf er einen Blick auf seine Uhr. Es war 4 Uhr 13. In Kürze würde die Sonne aufgehen. Er sprang die Treppe hinauf, legte die Stablampe auf das Abstellbrett und hetzte zurück zum Vordeck. Die Zeit drängte. Bis es hell wurde, mußte er von Bord sein, sein Tauchgerät übergezogen und sich bereits gute zweihundert Meter vom Schiff entfernt haben.

Plötzlich raschelte etwas hinter Pitts Rücken. Zu Tode erschrokken wirbelte er herum, und noch im selben Augenblick hatte er sein Tauchermesser hervorgezogen. Er glaubte vor Angst verrückt zu werden. Sie dürfen mich doch jetzt nicht mehr erwischen, dachte er verzweifelt, wo ich schon fast wieder in Sicherheit bin.

Aber es war nur eine Möwe, die sich auf einem Ventilator niedergelassen hatte. Der Vogel starrte Pitt aus einem Auge an und legte den Kopf schief, so, als wäre er äußerst verwundert, daß sich um diese Zeit ein Mann in Badehose auf dem leeren Schiff herumtrieb. Pitt begannen noch im nachhinein die Knie zu zittern. Matt lehnte er sich gegen die Reling und versuchte, seine Nerven wieder unter Kontrolle zu bringen. Diese schauerliche Atmosphäre, die über dem ganzen Schiff lastete, hatte ihm schwer zugesetzt. Wenn das so weiterging, würde er in Kürze entweder einen Herzinfarkt oder einen nervösen Zusammenbruch erleiden. Er holte ein paarmal tief Atem, bis sich die Angst allmählich verflüchtigte.

Ohne sich noch einmal umzudrehen, kletterte er über die Reling und ließ sich langsam die Ankerkette hinab. Erleichtert atmete er auf, als er in das kühle Wasser glitt. Es war wie das Erwachen aus einem Alptraum.

Pitt brauchte nur eine Minute, um sich seine Badehose anzuziehen und das Tauchgerät wieder anzulegen. Es war nicht ganz einfach, im Dunkeln die Sauerstoff-Flasche umzuschnallen, zumal ihn die Wellen wieder und wieder gegen den Schiffsrumpf stießen. Doch Pitt kamen die reichen Erfahrungen zugute, die er während seiner Ausbildung zum Rettungstaucher gemacht hatte – er wurde deshalb relativ leicht mit allen Schwierigkeiten fertig. Dann sah er sich nach der Holzkiste um. Doch die war inzwischen fortgeschwemmt worden; die aufkommende Flut hatte sie zurück zur Küste getrieben.

Eine Weile ließ er sich selbst auch treiben und überlegte, ob er nicht unter der *Queen Artemisia* durchtauchen und ihren Rumpf untersuchen sollte. Das merkwürdig kreischende Geräusch, das er gehört hatte, stammte, wie ihm schien, von außen, zum Beispiel vom Kiel. Dann fiel ihm jedoch ein, daß er keine Taucherlampe bei sich hatte. Und den hundert Meter langen, mit rasiermesserscharfen Entenmuscheln besetzten Rumpf mit bloßen Händen abzutasten war zu gefährlich. Nicht umsonst war das Kielholen, mit dem früher auf britischen Schiffen die Vergehen der Matrosen geahndet wurden, eine gefürchtete Strafe gewesen. Pitt erinnerte sich an die Erzählung von dem englischen Kanonier, der 1786 vor der Küste von Timor kielgeholt worden war, weil er heimlich einen Schluck Brandy aus der Flasche des Kapitäns genommen hatte. Der arme Teufel war unter Wasser über den ganzen Kiel des Schiffes geschleift worden, bis am Ende sein Körper so zerschnitten war, daß bereits das Weiß der Rippen und der Wirbelsäule durchschimmerte. Doch hätte er das überleben können, wäre nicht vom Geruch seines Blutes ein Schwarm Mako-Haie angelockt worden. Noch bevor die Mannschaft ihn wieder an Bord hieven konnte, waren die Fische bereits über ihn hergefallen; vor den entsetzten Augen der Männer rissen sie ihn in Sekundenschnelle in tausend Stücke. Und das war bestimmt kein Seemannsgarn. Pitt wußte, wozu ein Hai fähig war. Er selbst hatte einmal vor der Küste von Key West einen Jungen an Land gezogen, der von einem Hai angefallen worden war. Der Junge hatte noch gelebt, doch von seinem linken Schenkel hing das Fleisch nur noch in Fetzen herab.

Pitt fluchte vor sich hin. Er durfte jetzt keinesfall an solche Dinge denken. In seinen Ohren begann es zu dröhnen. Fingen seine Sinne an, ihm einen Streich zu spielen? Heftig schüttelte er den Kopf. Aber das Dröhnen blieb, ja, es wurde sogar noch lauter. Dann wußte er, woher es kam.

Die Schiffsgeneratoren waren angeworfen worden. Im selben Moment wurden auch die Positionslichter eingeschaltet, und mit gewaltigem Getöse sprang der Dieselmotor der *Queen Artemisia* an.

Es wurde höchste Zeit, daß Pitt sich aus dem Staub machte. Er klemmte sich das Mundstück des Luftschlauches zwischen die Zähne und tauchte weg. Er konnte in dem tintenschwarzen Wasser nicht die Hand vor Augen sehen. Um ihn herum blubberten die aufsteigenden Luftblasen. Bei jeder Schwimmbewegung stieß er mit aller Macht die Flossen nach hinten. Nachdem er etwa fünfzig Meter zurückgelegt hatte, tauchte er auf und sah sich vorsichtig nach dem Schiff um.

Die *Queen Artemisia* lag noch immer unbeweglich vor Anker. Wie ein Schattenriß hob sie sich gegen den langsam heller werdenden Osthimmel ab. Nacheinander leuchteten einzelne Lampen auf, die ein trübes, weißes Licht über das Schiff warfen, vermischt mit dem grünen Schein der Steuerbordnavigationslampen. Einige Minuten lang geschah nichts weiter. Dann wurde, ohne daß irgendein Signal gegeben oder ein Befehl gerufen worden wäre, rasselnd der Anker gelichtet. Mit metallischem Klirren schlug er gegen die Ankerklüse. Im Ruderhaus ging das Licht an – es war noch immer leer. Das gibt es doch nicht! sagte Pitt sich wieder und wieder. Das kann es einfach nicht geben! Doch es kam noch gespenstischer. Leise schrillte ein Signal vom Semaphor der *Queen Artemisia* über die nachtstille See, und das Schiff setzte sich langsam in Bewegung, das Geheimnis ihrer teuflischen Ladung in ihrem stählernen Leib bergend.

Pitt spürte das von der Schiffsschraube aufgewühlte Wasser um sich her vibrieren. Aus sicherer Entfernung beobachtete er, wie das Schiff an ihm vorbeizog. Er hatte nichts zu befürchten: fünfzig Meter waren genug; kein Wachposten konnte ihn in der Dunkelheit entdecken.

Eine unsägliche Enttäuschung bemächtigte sich seiner, als er der langsam entschwindenden *Queen Artemisia* nachblickte. Tatenlos mußte er zusehen, wie das Schiff seinen verhängnisvollen Weg fortsetzte, an Bord genug Heroin, um die ganze Bevölkerung der nördlichen Hemisphäre high zu machen. Er konnte es nicht aufhalten. Einhundertdreißig Tonnen Heroin! Gott allein wußte, welch verheerende Folgen es haben würde, wenn diese unvorstellbare Menge

Rauschgift tatsächlich auf den Markt geworfen würde. Wie viele Menschen würde es in Not und Verzweiflung stürzen? Wie vielen den Tod bringen? Wie viele würden fortan nur noch das erbärmliche Leben eines Fixers führen, immer auf der Jagd nach neuem Stoff, um die tödliche Sucht zu befriedigen?

Aber warum befaßte er sich eigentlich mit dieser ganzen Angelegenheit? Er riskierte Leib und Leben für eine Sache, für die er nicht bezahlt wurde und die ihn im Grunde auch gar nichts anging. Seine Aufgabe war es sozusagen, einer ins Stocken geratenen ozeanographischen Expedition wieder auf die Sprünge zu helfen, nicht mehr und nicht weniger. Warum also jagte er hinter Rauschgiftschmugglern her? War er nicht ein Idiot, wenn er glaubte, ausgerechnet *er* könnte die Gangster hinter Schloß und Riegel bringen? Er schalt sich einen Don Quichotte. Laß doch Zacynthus, INTERPOL und alle Bullen der Welt sich mit von Till herumärgern. Es ist schließlich ihr Beruf und nicht meiner.

Dann besann er sich. Er hatte schon viel zuviel Zeit mit diesen unsinnigen Überlegungen vergeudet. Er mußte zur Küste zurück. Noch einen letzten Blick warf er auf die *Queen Artemisia*, deren Lichter allmählich in der Dämmerung verblaßten, und setzte sich in Bewegung. Als er an Land watete, erhob sich die Sonne bereits über den Horizont und warf ihre ersten Strahlen über die felsigen Gipfel der Berge von Thasos.

Pitt schnallte die Sauerstoff-Flasche ab und ließ sie zusammen mit Schnorchel und Taucherbrille in den weichen, feuchten Sand fallen. Zu Tode erschöpft, ließ er sich niedersinken. Er fühlte sich völlig zerschlagen. In seinem Kopf jedoch arbeitete es.

Er hatte an Bord der *Queen Artemisia* kein Krümelchen Heroin finden können. Auch die Zollinspektoren oder die Rauschgiftfahndung würde dort nichts entdecken, soviel war sicher. Vielleicht verbarg man das Rauschgift unterhalb der Wasserlinie? Das war eine Möglichkeit. Aber die Fahnder waren sicher mißtrauisch genug gewesen, im Dock auch den Rumpf des Schiffes zu untersuchen. Recht überlegt, war es überhaupt unmöglich, eine Ladung dieser Größe irgendwo auf dem Schiff zu verbergen. Und wenn das Heroin vor jedem Anlaufen eines Hafens im Meer versenkt und später wieder geborgen wurde? Doch auch das war unwahrscheinlich. Um einen hundertdreißig Tonnen schweren Container aus dem Meer zu hieven, brauchte es umfangreiche Aktionen. Und die hätten den Beschattern der *Queen Artemisia* unbedingt auffallen müssen. Nein, die Schmuggler mußten eine äußerst raffinierte Methode ausgeklügelt haben, die es ihnen ermöglichte, daß ihnen die ganze Zeit über noch niemand auf die Schliche gekommen war.

Er zeichnete mit dem Tauchermesser nachdenklich die Umrisse der *Queen Artemisia* in den feuchten Sand. Plötzlich kam ihm die Idee, einen Aufriß des Schiffes anzufertigen. Er erhob sich und malte einen etwa neun Meter langen Rumpf in den Sand. Dann fügte er die Brücke, die Frachträume und den Maschinenraum hinzu, alles, woran er sich erinnern konnte. Langsam nahm das Schiff Gestalt an. Pitt war so in seine Arbeit vertieft, daß er gar nicht den alten Mann bemerkte, der mit einem Esel den Strand entlanggewandert kam.

Der Mann blieb stehen und sah Pitt eine Weile zu. Sein runzliges Gesicht blieb völlig unbewegt. Er zuckte nur verständnislos die Achseln und ging dann weiter.

Der Aufriß war inzwischen fast vollendet. Pitt setzte spaßeshalber noch einen winzigen Vogel auf einen der Ventilatoren und trat dann einen Schritt zurück, um sein Kunstwerk zu betrachten. Er lachte laut auf, als er die Skizze sah. Sie hatte weit eher Ähnlichkeit mit einem schwangeren Wal als mit einem Schiff.

Eine Weile hielt er seinen Blick nachdenklich auf die Zeichnung gerichtet. Und plötzlich glitt ein versonnener Ausdruck über seine Züge. Eine phantastische Idee keimte in ihm auf. Sollte es möglich sein? Zunächst kam ihm der Gedanke allzu absurd und abwegig vor, doch je länger er darüber nachdachte, um so plausibler erschien er ihm. Schnell zeichnete er noch ein paar weitere Linien in den Sand, bis die Skizze seiner Vorstellung entsprach. Als er endlich fertig war, zog ein grimmig-zufriedenes Lächeln über sein Gesicht. Verdammt gerissen, dieser von Till, dachte er. Wirklich verdammt gerissen!

Seine Müdigkeit war im Nu verflogen. All die Rätsel, die ihn die ganze Zeit über gequält hatten, waren mit einem Male gelöst. Eigentlich hätte er schon viel früher darauf kommen müssen. Eilig packte er sein Tauchgerät zusammen und stieg die Düne hoch, hinter der die Küstenstraße entlanglief. Sein Vorsatz, sich künftig aus dieser Affäre herauszuhalten, war vergessen. Jetzt wurde es erst richtig interessant! Auf der Düne angekommen, drehte er sich noch einmal um und sah zurück auf die Skizze im Sand.

Die Wellen spülten über sie hinweg. Der Schornstein war bereits verwischt.

14. Kapitel

Giordino lag ausgestreckt neben dem blauen Lieferwagen und schlief tief und fest. Eine Feldstechertasche diente ihm als Kopfkissen, und die Beine hatte er bequem auf einen großen Felsbrocken gelagert. Über seinen zur Seite gestreckten Arm rannten geschäftig Ameisen hin und her. Pitt schüttelte lächelnd den Kopf. Giordino besaß die wirklich einmalige Gabe, immer und überall zu schlafen.

Pitt spritzte Giordino ein paar Tropfen Salzwasser von seinen Schwimmflossen ins Gesicht. Doch der ließ sich davon nicht aufschrecken. Er öffnete nur träge ein Auge und sah mit offensichtlichem Mißfallen zu Pitt hoch.

»Aha! Sie da! Unser Posten macht die Augen auf.« Der Sarkasmus in Pitts Stimme war nicht zu überhören. »Du hältst deine Umgebung ja wirklich mit eiserner Aufmerksamkeit unter Beobachtung.«

Wie eine Jalousie zog sich jetzt langsam auch das Lid von Giordinos zweitem Auge in die Höhe. »Immer mit der Ruhe«, brummte er schläfrig. »Während der ganzen Zeit habe ich das Nachtfernrohr nicht von meinen Augen genommen, als du dir die Holzkiste über den Kopf gestülpt hattest. Aber du kannst doch nicht im Ernst verlangen, daß ich dir auch noch zuschaue, wie du im Sand spielst.«

»Entschuldige, alter Freund«, lachte Pitt. »Wie konnte ich nur an deiner Zuverlässigkeit zweifeln? Ich nehme an, das kostet mich wieder einen Drink?«

»Zwei«, murmelte Giordino.

»Einverstanden.«

Giordino setzte sich auf und kniff gegen die blendende Sonne die Augen zusammen. »Was hast du erreicht?«

»Robert Southey hatte bestimmt die *Queen Artemisia* im Sinn, als er schrieb:

›Kein Lüftchen rührt sich, die See liegt still,
Das Schiff erscheint wie tot.‹

Man könnte es vielleicht so ausdrücken: Dadurch, daß ich nichts entdeckt habe, habe ich etwas entdeckt.«

»Das ist mir zu hoch.«

»Ich erklär's dir später.« Pitt nahm sein Tauchgerät und verstaute es auf der Ladefläche des Lieferwagens. »Hat Zac sich schon gemeldet?«

»Bis jetzt noch nicht.« Giordino richtete den Feldstecher auf von Tills Villa. »Er und Zeno haben zusammen mit einer Abteilung der hiesigen Polizei von Tills Anwesen umstellt. Darius ist im Depot geblieben und überwacht den gesamten Funkverkehr, falls zwischen Schiff und Insel Funksprüche ausgetauscht werden.«

»Ein ganz schöner Aufwand, leider völlig für die Katz.« Pitt rieb sich die Haare trocken und kämmte sich. »Wo kann man denn hier in der Nähe einen Drink und eine Zigarette auftreiben?«

Giordino deutete mit dem Kopf auf das Führerhaus des Wagens. »Mit einem Drink kann ich nicht dienen; aber auf dem Vordersitz liegt ein Päckchen griechischer Lungentorpedos.«

Pitt beugte sich in den Wagen. Auf dem Sitz lag eine schwarzgoldene Schachtel Hellas Special. Er zog eine der flachen Zigaretten heraus und zündete sie an. Er war überrascht von ihrem milden

Geschmack. Aber nach den zermürbenden letzten zwei Stunden hätte ihm wahrscheinlich sogar Seegras geschmeckt.

»Hat dir jemand gegen das Schienbein getreten?« fragte Giordino sachlich.

Pitt blies eine Rauchwolke in die Luft und besah sich sein Bein. Direkt unter dem rechten Knie klaffte eine tiefe Wunde, aus der Blut sickerte. Rund um die Wunde schillerte die Haut grün, blau und violett.

»Nein. Ich bin nur über eine Türschwelle gestolpert.«

»Ich werde dich verbinden.« Giordino stand auf und holte einen Erste-Hilfe-Kasten aus dem Handschuhfach des Wagens. »Eine Operation wie diese ist nur ein Kinderspiel für Doktor Giordino, den weltbekannten Hirnchirurgen. Oder möchtest du lieber, daß ich dein Herz verpflanze? Darin bin ich ebenfalls Meister.«

Pitt versuchte vergeblich, sich das Lachen zu verbeißen. »Paß besser auf, daß du zuerst die Mullbinde auflegst und dann das Pflaster darüberklebst, nicht umgekehrt!«

Giordino zog ein gequältes Gesicht. »Und so etwas muß *ich* mir bieten lassen.« Dann grinste er verschlagen. »Das Lachen wird dir schon noch vergehen, wenn ich dir meine Rechnung präsentiere.«

Pitt zuckte nur ergeben die Achseln, und Giordino begann, sein Bein zu verarzten. Keiner sagte mehr etwas. Pitt sah hinunter auf das tiefblaue Meer und den weißen Sand. Dieser zog sich wie ein breites Band etwa zehn Kilometer nach Süden, bis er, zu einem dünnen Strich zusammengeschrumpft, hinter einer Landzunge verschwand. Die ganze Küste entlang war keine Menschenseele zu erblicken. Wie in einem Reiseprospekt, dachte Pitt. Und in der Tat erinnerte der einsame Strand an die kitschig-romantischen Aufnahmen von einer Südseeinsel.

Pitt beobachtete die Brandung. Die halbmeterhohen Wellen brachen sich schon gute hundert Meter vor der Küste, um kurz darauf an den Strand zu schlagen, wo sie sich in weiten Bögen verliefen. Es mußte herrlich sein, dort zu schwimmen oder zu surfen. Für einen Taucher war der Strand allerdings wenig interessant. Das Wasser war viel zu seicht und der sandige Meeresboden viel zu gleichförmig. Tauchen lohnte sich nur an Küstenstrichen mit einem felsigen Untergrund, auf dem sich die ganze Meeresflora und -fauna entfalten konnte.

Pitt wandte den Blick nach Norden. Hier hatte die Küste ein ganz anderes Aussehen. Schroff ragten hohe, kahle Klippen aus der See empor, von dem ständigen Anprall der Wogen tief zerklüftet. Große Felsbrocken und klaffende Spalte zeugten von der zerstörerischen Gewalt des Meeres. Ein Abschnitt der Steilküste zog Pitts Aufmerksamkeit besonders auf sich.

Merkwürdigerweise waren hier die Klippen nur wenig zerfurcht. Das Meer zu Füßen der jäh abstürzenden Felswand war ruhig und von tiefgrüner Farbe. Die vielleicht einhundert Quadratmeter große glatte Wasserfläche nahm sich inmitten der ringsum tosenden, gischtenden See seltsam unwirklich aus.

Welche Schönheiten mochten sich dem Taucher in diesem Gewässer darbieten? Vermutlich hatte sich vor urewiger Zeit, als der Meeresspiegel noch niedriger lag, die See tief in die Felswand gefressen und unzählige Unterwasserhöhlen geschaffen, in denen sich nun die ganze Gewalt des anbrandenden Meeres fing.

»So, das hätten wir«, meinte Giordino humorvoll. »Dem großen Giordino verdankt die medizinische Wissenschaft einen weiteren Triumph.« Pitt ließ sich von solchen Späßen nicht täuschen: Giordino pflegte dahinter nur seine ernsthafte Sorge um ihn, Pitt, zu verbergen. Giordino erhob sich, bedachte Pitt mit einem langen Blick vom Scheitel bis zur Sohle und schüttelte den Kopf. »Du siehst mit all diesen Verbänden langsam wie das Reifenmännchen aus der Michelin-Werbung aus.«

»Du hast recht.« Pitt stand auf und machte ein paar Schritte, um sein steifgewordenes Bein zu lockern. »Ich fühle mich auch wie ein abgefahrener Pneu.«

»Da kommt Zac«, sagte Giordino plötzlich.

Der schwarze Mercedes kam vorsichtig einen unbefestigten Feldweg aus den Bergen heruntergefahren. Eine braune Staubwolke wirbelte hinter ihm her. Als er noch einen halben Kilometer entfernt war, bog er auf die asphaltierte Küstenstraße ein, die Staubwolke löste sich auf, und bald danach konnte Pitt über dem Tosen der Brandung das Nageln des Dieselmotors vernehmen. Das Auto hielt neben dem Lieferwagen, Zacynthus und Zeno stiegen aus. Hinter ihnen folgte mit schmerzverzerrtem Gesicht Darius. Zacynthus trug eine alte, verschossene Armeeuniform; seine Augen waren gerötet und hatten tiefe Schatten. Er machte den Eindruck eines Menschen, der eine lange, durchwachte Nacht hinter sich hatte. Pitt grinste ihn mitfühlend an.

»Na, Zac, wie war's? Haben Sie etwas Interessantes herausgebracht?«

Zac schien ihn gar nicht zu hören. Müde zog er seine Pfeife aus der Tasche, stopfte sie und steckte sie umständlich in Brand. Dann ließ er sich langsam auf den Boden nieder, legte sich hin und stützte sich auf dem Ellbogen auf.

»Diese Schweinehunde, diese elenden Schweinehunde«, grollte er. »Die ganze Nacht haben wir hinter irgendwelchen Büschen und Bäumen gelegen und gewartet. Die Moskitos haben uns die Hölle heißgemacht. Und was haben wir entdeckt?« Er holte tief Luft, um sich selbst eine Antwort zu geben, doch Pitt kam ihm zuvor.

»Sie haben nichts entdeckt. Weder etwas gesehen noch gehört.«

Zac rang sich ein schwaches Lächeln ab. »Sieht man das so deutlich?« fragte er.

»Ja«, meinte Pitt trocken.

»Es ist zum Verzweifeln.« Zac hieb wütend seine Faust in den weichen Sand.

»Zum Verzweifeln?« gab Pitt zurück. »Ist das alles, wozu Sie noch fähig sind?«

Zacynthus setzte sich auf und zuckte hilflos die Achseln. »Ich bin einfach am Ende meines Lateins. Ich komme mir vor, als hätte ich einen steilen Berg erklommen, nur um festzustellen, daß der Gipfel in einen dichten Nebel gehüllt ist. Ich weiß nicht, ob Sie das verstehen. Aber ich habe es mir zur Lebensaufgabe gemacht, Verbrecher wie von Till zur Strecke zu bringen.« Er hielt inne und fuhr dann fast flüsternd fort: »Bisher habe ich noch jeden Fall gelöst. Ich kann doch jetzt nicht aufgeben. Wir müssen die *Queen Artemisia* aufhalten. Aber keines unserer wunderschönen Gesetze gibt uns die Handhabe dazu. Mein Gott, können Sie sich vorstellen, was geschieht, wenn diese Ladung Heroin je gelöscht werden sollte?«

»Ich habe mir schon meine Gedanken darüber gemacht.«

»Warum scheren wir uns eigentlich um die Verfassung?« fragte Giordino aufgebracht. »Ich würde einfach eine Haftmine am Rumpf des Schiffes anbringen, und *bums*« – er hieb mit der Faust in die hohle Hand – »wäre das ganze Problem aus der Welt geschafft. Sollen sich doch die Fische mit dem Heroin vergnügen.«

Zacynthus nickte nachdenklich. »Sie sind ein Mann der Tat, aber . . .«

». . . leider auch ziemlich einfältig«, fiel ihm Pitt ins Wort. Er grinste Giordino spöttisch an.

»Glauben Sie mir: Lieber wären mir hundert narkotisierte Fischschwärme als ein einziger Schuljunge, der fixt«, fuhr Zacynthus finster fort. »Aber das Schiff in die Luft zu sprengen, das hilft uns ja auch nicht sonderlich weiter. Das wäre so ähnlich, wie wenn man einem Oktopus einen Arm abhackte: Er wächst sofort wieder nach. Von Till könnte mit seiner Organisation ungestört sein mieses Geschäft weiterbetreiben. Ganz abgesehen davon, bliebe dann auch das Rätsel ungelöst, mit welchem – unbestritten genialen – Trick die Gangster ihre Ware Tausende von Kilometern weit transportieren und ungesehen an den Mann bringen können. Nein, wir müssen abwarten. Noch hat die *Queen Artemisia* nicht in Chicago angelegt. Vielleicht haben wir in Marseille Glück.«

»Das glaube ich kaum«, warf Pitt skeptisch ein. »Selbst wenn es einem Ihrer französischen Dockarbeiter gelingen sollte, sich unbemerkt an Bord zu schleichen, er würde dort nichts Verdächtiges entdecken. Das kann ich Ihnen garantieren.«

»Woher wollen Sie das mit solcher Bestimmtheit wissen?« Zacynthus sah überrascht auf. »Sagen Sie bloß, Sie hätten das Schiff bereits durchsucht!«

»Er bringt die unmöglichsten Dinge fertig«, brummte Giordino. »Er ist zur *Artemisia* hinübergeschwommen, als sie vor Anker lag.«

Zacynthus, Zeno und Darius blickten Pitt neugierig an.

Der lachte und schnippte seine Zigarette in den Straßengraben. »Es wird wohl Zeit«, meinte er, »daß ich endlich mit meiner Geschichte herausrücke. Bitte setzen Sie sich, meine Herren. Ich werde Ihnen berichten, was ich erlebt habe.«

Der Major holte sich eine neue Zigarette aus dem Führerhäuschen und steckte sie an.

Als Pitt geendet hatte, herrschte eine lange Zeit betretenes Schweigen. Dann lehnte er sich gegen den Wagen und blickte nacheinander in die sorgenvollen Gesichter um ihn herum.

»So sieht die Sache also aus.« Er lächelte bitter. »Ein hübscher kleiner Plan, nicht wahr? Die *Queen Artemisia* dient in Wirklichkeit nur dazu, alle Welt in die Irre zu führen. Nach außen hin ist sie ein ganz normaler Frachter. Niemand, der diesen alten Pott sieht, schöpft auch nur den geringsten Verdacht. Doch in ihrem Inneren arbeitet eine hochmoderne, automatische Zentralsteuerung. Ich habe ein solches Steuersystem im letzten Jahr auf einem alten Schiff im Pazifik kennengelernt. Es ersetzt eine ganze Schiffsmannschaft; man braucht höchstens noch sechs oder sieben Leute zur Bedienung.«

»Alle Achtung«, murmelte Giordino beeindruckt.

»Sämtliche Kajüten und Kabinen sind deshalb reine Attrappen. Sie sind wie Theaterbühnen eingerichtet. So oft die *Queen Artemisia* einen Hafen anläuft, taucht von irgendwoher eine komplette Schiffsbesatzung auf und spielt Matrosenleben.«

»Verzeihen Sie, wenn ich ein bißchen schwer von Begriff erscheine«, sagte Zeno in bestem Oxford-Englisch. »Aber wozu soll dieses Theater denn gut sein?«

»Sie müssen sich das Leben auf der *Queen Artemisia* wie das auf einem historischen Schloß vorstellen«, erklärte Pitt. »Das Feuer in den Kaminen brennt, die Wasserleitungen sind in Ordnung, und die Fußböden sind stets sauber und blank gebohnert. Aber an fünf Tagen in der Woche wohnt niemand dort; das Schloß öffnet nur am Wochenende seine Pforten für die Touristen. Das heißt in unserem Fall: für die Zollinspektoren.«

»Und der Verwalter?« fragte Zeno, nicht ganz überzeugt.

»Der Verwalter wohnt im Keller.«

»Im Keller wohnen die Ratten«, bemerkte Darius trocken.

»Sehr richtig, Darius«, pflichtete Pitt ihm bei. »Wir haben es hier allerdings mit zweibeinigen Ratten zu tun.«

»Keller, Theaterbühnen, Schlösser. Eine Schiffsbesatzung, die aus dem Nichts auftaucht. Worauf wollen Sie eigentlich hinaus?« fragte Zacynthus unwillig. »Kommen Sie doch endlich zur Sache!«

»Ich bin schon dabei. Um mit der Schiffsbesatzung zu beginnen: Sie taucht keineswegs aus dem Nichts auf, sondern von unterhalb des Rumpfes.«

Zacynthus' Augen verengten sich. »Das ist doch Unsinn.«

»Ganz und gar nicht«, grinste Pitt. »Höchstwahrscheinlich ist unsere gute *Queen Artemisia* nämlich schwanger.«

Einen Augenblick lang herrschte verblüfftes Schweigen. Alle vier starrten Pitt vollkommen verständnislos an. Giordino fand als erster die Sprache wieder.

»Du willst uns zum besten halten. Aber ich glaube, du hast wenig Glück damit.«

»Zac hat selbst zugegeben, daß von Tills Trick genial sein muß«, entgegnete Pitt. »Und er hat recht. Die Genialität liegt in der Unkompliziertheit. Die *Queen Artemisia* wie auch alle anderen Frachter der *Minerva Lines* können von einem Satellitenschiff aus gesteuert werden, das am Außenbord anlegt. Überdenken Sie das einmal. Es ist gar nicht so lächerlich, wie es klingt.« Pitt sprach mit einer so ruhigen Sicherheit, daß der allgemeine Zweifel langsam zu schwinden begann.

»Die *Queen Artemisia* hat diesen zwei Tage dauernden Umweg doch nicht gemacht, um von Till eine Kußhand zuzuwerfen«, fuhr

Pitt fort. »Der Alte muß mit dem Schiff Verbindung aufgenommen haben.« Er wandte sich an Zacynthus und Zeno. »Sie und Ihre Leute haben die Villa überwacht. Sie haben keinerlei Signale bemerkt?«

»Weder das, noch hat jemand das Haus betreten oder verlassen«, erwiderte Zeno.

»Dasselbe gilt für das Schiff«, erklärte Giordino. Er sah Pitt neugierig an. »Niemand außer dir hat seinen Fuß auf den Strand gesetzt.«

»Und gefunkt wurde ebenfalls nicht«, sagte Pitt. »Darius hat nicht einen Funkspruch aufgefangen. Und als ich den Funkraum betrat, war er leer.«

»Allmählich begreife ich, was Sie meinen«, meinte Zac nachdenklich. »Wenn von Till mit der *Queen* Kontakt aufgenommen hat, konnte das nur unter Wasser geschehen. Aber so ganz kaufe ich Ihnen die Geschichte mit dem Satellitenschiff noch nicht ab.«

»Überlegen Sie folgendes«, versuchte Pitt ihn zu überzeugen. »Womit kann man weite Strecken unter Wasser zurücklegen? Womit eine ganze Bordbesatzung transportieren? Wo hundertdreißig Tonnen Heroin verstauen? Und wonach schließlich würden weder der Zoll noch die Rauschgiftfahndung suchen? Es gibt nur eine einleuchtende Antwort: nach einem Unterseeboot.«

»Das würde manches erklären. Aber es kann nicht sein.« Zac schüttelte den Kopf. »Unsere Taucher haben sämtliche Schiffe der *Minerva Lines* auch unterhalb der Wasserlinie abgesucht. Nirgends wurde dabei ein U-Boot entdeckt.«

»Man wird auch nie eines entdecken.« Pitts Mund war wie ausgedörrt. Die Zigarette schmeckte nach Pappe. Er schnippte die Kippe mitten auf die Straße und sah zu, wie der Teer rings um die Glut weich zu werden begann. »Nicht, daß Ihre Taucher blind wären. Sie suchen nur immer zum falschen Zeitpunkt.«

»Sie meinen, das U-Boot wird abgekoppelt, bevor die Schiffe anlegen?« fragte Zacynthus.

»So stelle ich mir das vor«, erwiderte Pitt.

»Und weiter? Wie spielt sich das Ganze Ihrer Meinung nach ab?«

»Dazu muß ich weiter ausholen und bei der *Queen Artemisia* in Shanghai beginnen.« Pitt hielt einen kurzen Moment inne, um sich zu sammeln. »Wenn Sie dort an den Kais des Whangpoo-Flusses gestanden wären und zugesehen hätten, wie das Schiff seine Ladung an Bord nahm, wäre Ihnen das wie eine ganz normale Frachtübernahme vorgekommen. In Säcken verpackt wurde als erstes das Heroin an Bord genommen und sofort hinunter in die Frachträume gebracht. Dort wurde es aber gar nicht erst gestaut, sondern wahrscheinlich gleich durch eine versteckte Luke weiter in das U-Boot verladen. Dann übernahm man die tatsächlich in den Frachtbriefen genannten Waren, um anschließend Ceylon anzulaufen. Dort wurden die Sojabohnen und der Tee gelöscht und statt dessen Kakao und Graphit an Bord genommen, alles ganz legal. Als nächstes folgte der Abstecher nach Thasos, höchstwahrscheinlich, um weitere Instruktionen von von Till einzuholen. Und nun geht es, mit einem kurzen Zwischenaufenthalt in Marseille, weiter nach Chicago.«

»Zwei Dinge sind mir noch nicht ganz klar«, warf Giordino jetzt ein.

»Und die wären?«

»Ich kenne mich nicht sonderlich gut mit U-Booten aus. Deshalb kann ich mir nicht so recht vorstellen, wie man ein U-Boot an einem größeren Schiff festmachen kann. Und zum zweiten: Wo kann man da denn hundertdreißig Tonnen Rauschgift unterbringen?«

»Dazu muß man das U-Boot natürlich umbauen«, räumte Pitt ein. »Es bereitet sicher keine unüberwindlichen technischen Schwierigkeiten, den Turm zu demontieren, damit sich das U-Boot glatt an den Kiel des Mutterschiffs anlegt. Und zu deiner zweiten Frage: Ein durchschnittliches U-Boot des Zweiten Weltkrieges hatte eine Wasserverdrängung von eintausendfünfhundert Tonnen. Es war knapp einhundert Meter lang, drei Meter hoch und neun Meter breit, war also gut zweimal so groß wie ein Einfamilienhaus. Hat man erst einmal die Torpedorohre, die Quartiere für die achtzigköpfige Mannschaft und alles überflüssige Zubehör ausgeräumt, wäre in einem solchen U-Boot durchaus Platz genug für das Heroin.«

Die ganze Zeit über hatte Zacynthus Pitt mit unverhohlener Skepsis betrachtet, doch allmählich schienen auch ihm Pitts Thesen einzuleuchten.

»Sagen Sie, Major«, fragte er nachdenklich, »welche durchschnittliche Geschwindigkeit könnte die *Queen Artemisia* mit einem U-Boot an ihrem Rumpf denn ungefähr erreichen?«

Pitt überlegte einen Augenblick. »Ich würde sagen: zwölf Knoten. Ohne U-Boot ist sie sicher fünfzehn bis sechzehn Knoten schnell.«

Zacynthus wandte sich an Zeno: »Gut möglich, daß der Major tatsächlich auf der richtigen Spur ist.«

»Ich weiß, woran Sie denken, Inspektor«, erwiderte Zeno. Und zu Pitt gewandt fügte er hinzu: »Uns sind nämlich schon häufig die überaus unterschiedlichen Reisegeschwindigkeiten der Schiffe der *Minerva Lines* aufgefallen.«

Zacynthus richtete seinen Blick wieder auf Pitt. »Und wann und wie wird das Heroin entladen?«

»Bei hohem Wasserstand und nachts. Tagsüber wäre es zu riskant. Das U-Boot könnte beispielsweise von einem Flugzeug aus gesichtet werden.«

»Das trifft es genau«, unterbrach ihn Zac aufgeregt. »Von Tills Frachter laufen ihre Zielhäfen regelmäßig erst nach Sonnenuntergang an.«

»Nun zum Entladen selbst.« Pitt nahm von Zacs Einwurf keinerlei Notiz. »Das U-Boot wird unmittelbar nach dem Einlaufen in den Hafen abgekoppelt. Da es weder Turm noch Periskop besitzt, kann es nur von der Wasseroberfläche aus durch das Hafenbecken geleitet werden. Das ist im übrigen auch die Achillesferse des gesamten Unternehmens: daß im Hafen das U-Boot entweder irgendwo aufläuft oder mit einem anderen Schiff kollidiert.«

»Zweifellos befindet sich an Bord des Bootes ein Lotse, der den Hafen wie seine eigene Westentasche kennt«, meinte Zacynthus nachdenklich.

»Ein erstklassiger Lotse ist für ein solches Unterfangen natürlich unabdinglich«, pflichtete ihm Pitt bei. »In der Dunkelheit auf diese

Weise ein U-Boot durch das seichte Gewässer zu dirigieren ist kein Kinderspiel.«

»Das nächste Problem wäre dann, einen Platz ausfindig zu machen, wo das Heroin gefahrlos entladen und fortgeschafft werden kann«, setzte Zac seine Überlegungen fort.

»Wie wäre es mit einer leerstehenden Lagerhalle«, warf Giordino ein. Er hatte die Augen geschlossen und sah aus, als ob er schliefe, doch Pitt kannte ihn gut genug, um zu wissen, daß ihm kein Wort entgangen war.

Pitt lachte. »Der Bösewicht, der um leerstehende Lagerhäuser herumschleicht, ist mit Sherlock Holmes ausgestorben. Grundbesitz im Hafen steht hoch im Kurs. Ein leerstehendes Gebäude würde sofort Verdacht erregen. Nebenbei wird, wie Zac dir sicher bestätigen kann, eine Lagerhalle von der Zollfahndung immer als allererstes durchsucht.«

Ein dünnes Lächeln umspielte die Lippen des Inspektors. »Major Pitt hat recht. Alle Docks und Lagerhäuser werden von unserem Dezernat und vom Zoll scharf überwacht, von der Hafenpolizei gar nicht zu reden. Nein, von Till hat sich auch hier einen raffinierten Trick einfallen lassen, so raffiniert jedenfalls, daß er all die Jahre hindurch gut und reibungslos funktioniert hat.«

Er machte eine längere Pause und fuhr dann leise fort: »Nun, wir haben jetzt wenigstens eine Spur. Zwar nur die Anfänge einer Spur, aber mit ein bißchen Glück werden sie uns am Ende zu von Till führen.«

»Offenbar haben Sie sich die Meinung des Majors zueigen gemacht. Wäre es da nicht das beste, wenn Darius unsere Kollegen in Marseille informierte?« Zenos Stimme klang, als wäre er noch sehr im Zweifel.

»Nein. Je weniger sie wissen, desto besser.« Zac schüttelte den Kopf. »Ich möchte von Till nicht mißtrauisch machen. Die *Queen Artemisia* muß das Heroin ungehindert nach Chicago bringen können.«

»Nicht schlecht«, grinste Pitt. »Sie möchten das Heroin als Köder verwenden?«

»Es liegt doch nahe«, nickte Zac, »daß jede größere Rauschgiftgang ihre Vertreter nach Chicago schickt, wenn das U-Boot dort einläuft.« Er sog an seiner Pfeife. »Das Rauschgiftdezernat wird ihnen einen herzlichen Empfang bereiten.«

»Vorausgesetzt, Sie wissen, wo das Rauschgift gelöscht wird«, fügte Pitt hinzu.

»Das werden wir schon herausbekommen«, versetzte Zacynthus zuversichtlich. »Die *Queen* wird frühestens in drei Wochen in das Gebiet der Großen Seen einlaufen. Damit bleibt uns Zeit genug, jedes Pier, jeden Hafen und jeden Yachtklub entlang der Küste zu filzen. Ganz unauffällig, versteht sich, und ohne das geringste Aufsehen zu erregen.«

»Das wird nicht einfach sein.«

»Sie unterschätzen die Polizei«, erwiderte Zacynthus gekränkt. »Wir sind zufällig Experten auf diesem Gebiet. Aber Sie können beruhigt sein. Mit letzter Sicherheit werden auch wir den Platz der Übergabe nicht ermitteln können. Wir werden uns damit begnügen müssen, ihn einigermaßen einzugrenzen. Aber das U-Boot läßt sich ja auch mittels Radar bis zu seinem endgültigen Ziel verfolgen. Und im geeigneten Moment schlagen wir dann zu.«

Pitt maß ihn mit einem skeptischen Blick. »Sie nehmen viel zuviele Dinge als selbstverständlich an.«

Zacynthus sah erstaunt auf. »Sie überraschen mich, Major. Sie selbst haben mich doch auf diese Fährte gesetzt. Auf die erste erfolgsversprechende Fährte nebenbei, auf die unser Dezernat und INTERPOL im Laufe einer zwanzig Jahre währenden Suche gestoßen sind. Sollten Sie an Ihrer eigenen Theorie schon wieder zweifeln?«

Pitt schüttelte den Kopf. »Nein, ich bin sicher, daß ich bezüglich des U-Bootes recht habe.«

»Woran stören Sie sich dann also?«

»Sie spielen ein Vabanquespiel, wenn Sie erst in Chicago aktiv werden wollen.«

»Wissen Sie einen besseren Ort, um die ganze Bande auf einmal in die Hand zu kriegen?«

»Zac, es können hundert Dinge passieren, bis die *Queen Artemisia* in Chicago ankommt«, redete Pitt leise und eindringlich auf den Inspektor ein. »Sie selbst haben vorhin gemeint, daß drei Wochen Zeit genug wären. Warum wollen Sie sie ausschließlich darauf verwenden, die Küste rings um Chicago abzusuchen? Ich fände es wesentlich ratsamer, erst noch ein Weilchen abzuwarten und weitere Erkundigungen einzuziehen, ehe Sie zum großen Schlag ausholen.«

Zac sah Pitt neugierig an. »Woran denken Sie?«

Pitt lehnte sich an den Wagen; die Sonne hatte das blaulackierte Metall bereits wieder gehörig aufgeheizt. Er warf einen langen Blick auf das Meer und sog die salzige Seeluft tief in seine Lungen. Für einige Augenblicke starrte er nur gedankenverloren vor sich hin. Dann plötzlich wußte er, was zu tun war. Er gab sich einen Ruck und wandte sich an Zacynthus:

»Zac, ich brauche zehn gute Leute und einen erfahrenen Fischer, der sich in den Gewässern um Thasos herum aufs genaueste auskennt.«

»Warum?« wollte der Inspektor wissen.

»Wenn von Till seine Schmuggelgeschäfte tatsächlich von seiner Villa aus lenkt und unter Wasser mit seinen Schiffen Kontakt aufnimmt, ist es höchst wahrscheinlich, daß er das von einem irgendwo auf der Insel versteckten Stützpunkt aus tut.«

»Und den wollen Sie finden?«

»Das habe ich vor«, bestätigte Pitt trocken. Er sah Zac antwortheischend an. »Also?«

Der Inspektor spielte nachdenklich mit seiner Pfeife. »Unmöglich«, antwortete er dann entschieden. »Ich kann das nicht zulassen. Sie sind ein fähiger Mann, Major, intelligent und entschlußkräftig. Und niemand weiß die große Hilfe, die Sie uns waren, höher zu schätzen als ich. Trotzdem: Wir dürfen es einfach nicht riskieren, daß von Till auf irgendeine Weise Wind von der Sache bekommt.

Ich bleibe dabei: Die *Queen Artemisia* muß das Heroin ungehindert nach Chicago bringen.«

»Aber von Till ist bereits gewarnt.« Pitt sprach sehr bestimmt. »Er weiß mit Sicherheit über Sie Bescheid. Der britische Zerstörer und das türkische Flugzeug, die die *Queen Artemisia* beschatten, haben ihn doch unmißverständlich darauf hingewiesen, daß INTERPOL hinter dem Heroin her ist. Legen Sie ihm deshalb jetzt das Handwerk, noch ehe er ein neues schmutziges Geschäft anfangen kann!«

»Von Till bleibt ungeschoren, solange die *Queen Artemisia* nicht von ihrem Kurs abweicht. Ich bestehe darauf!« Zacynthus verstummte, dann fuhr er ruhig fort: »Sie müssen das verstehen. Colonel Zeno, Captain Darius und ich sind Rauschgiftspezialisten. Wenn wir Erfolge haben wollen, müssen wir uns ganz auf diese eine Aufgabe konzentrieren und können uns nicht nebenbei auch noch mit Menschenhandel, Goldraub oder Fluchthilfe beschäftigen. Ich gebe zu, das klingt gefühllos; doch INTERPOL hat für die Verfolgung dieser Verbrechen eigene Dezernate eingerichtet, die ebenfalls über genug fähige Leute verfügen. Nein, tut mir leid. Vielleicht entwischt uns von Till am Ende. Aber dafür zerschlagen wir den größten Rauschgifthändlerring der USA, und der Heroinschmuggel ist für lange Zeit lahmgelegt.«

Eine Zeitlang herrschte Schweigen, dann legte Pitt zornig los: »Verdammt nochmal! Selbst wenn Sie das Heroin beschlagnahmen, selbst wenn es Ihnen gelingt, die Mannschaft des U-Bootes und jeden Dealer in den Vereinigten Staaten festzunehmen, so haben Sie noch immer nicht von Till das Handwerk gelegt. Im selben Augenblick, in dem er neue Abnehmer in den USA aufgetan hat, wird er doch gleich wieder mit einer Schiffsladung Rauschgift erscheinen.«

Pitt wartete gespannt auf die Reaktion, doch nichts geschah.

»Weder Giordino noch ich sind Ihnen unterstellt«, fuhr er fort. »Wir werden in Zukunft also nicht mehr mit Ihnen zusammen-, sondern auf eigene Faust arbeiten.«

Zacynthus' Lippen waren fest zusammengepreßt. Er starrte Pitt finster an, dann warf er einen Blick auf seine Uhr. »Wir vergeuden unsere Zeit. In einer Stunde muß ich auf dem Kavalla-Airport sein, wenn ich die Morgenmaschine nach Athen noch erreichen will.« Mit seiner Pfeife deutete er auf Pitt. »Ich kann mich leider nicht länger mit Ihnen auseinandersetzen. Ich stehe tief in Ihrer Schuld, Major, aber Sie lassen mir keine andere Wahl. So leid es mir tut, ich muß Sie und Captain Giordino wieder festnehmen.«

»Den Teufel werden Sie tun«, entgegnete Pitt kalt. »Wir werden uns einer Verhaftung widersetzen.«

»Dann muß ich Sie mit Gewalt arrestieren.« Zacynthus streichelte die 45er, die in einem Halfter an seiner Hüfte hing.

Giordino erhob sich träge und packte Pitt am Arm. Er grinste. »Soll ich denen einmal zeigen, wie schnell Giordino the Kid eine Pistole in der Hand hat?«

Giordino trug lediglich ein T-Shirt und eine Khaki-Hose. Wo konnte er da eine Waffe versteckt haben? fragte sich Pitt verwundert. Doch er wußte, daß man sich auf Giordino verlassen konnte. Er musterte seinen alten Freund mit einem halb hoffnungsvollen, halb zweifelnden Blick.

»Der Augenblick wäre nicht ungeeignet«, meinte er endlich.

Zacynthus schnallte umständlich die Lasche seines Halfters auf. »Was zum Teufel führen Sie jetzt schon wieder im Schild? Ich muß Sie warnen . . .«

»Warten Sie!« Das kam von Darius. »Wenn Sie gestatten, Herr Inspektor.« Der Grieche fletschte die Zähne, und auf seinem häßlichen Gesicht lag ein boshafter Ausdruck. »Ich habe mit den beiden ohnehin noch ein Hühnchen zu rupfen.«

Giordino ließ sich nicht aus der Ruhe bringen. Er ignorierte Darius und wandte sich mit einer solchen Gelassenheit an Pitt, als ob er ihn bäte, eine Schüssel Kartoffeln herüberzureichen. »Soll ich überkreuz oder aus der Hüfte ziehen?«

»Zieh aus dem Schritt«, erwiderte Pitt mehr neugierig als belustigt. »Das ist immer am eindrucksvollsten.«

»Halt! Schluß jetzt!« Zac fuchtelte irritiert mit seiner Pfeife herum. »Treiben Sie es nicht auf die Spitze!«

»Wie wollen Sie uns eigentlich drei Wochen lang auf Eis legen?« fragte Pitt.

Zacynthus zuckte die Achseln. »Politische Gefangene werden in griechischen Gefängnissen mit Vorzug behandelt. Colonel Zeno könnte vielleicht seinen Einfluß geltend machen und Ihnen eine Zelle mit Blick auf . . .« Zac brach mitten im Satz ab; sein Gesicht erstarrte, und er blieb wie angewurzelt stehen.

Eine winzige Pistole, nicht größer als eine gewöhnliche Schreckschußpistole, lag plötzlich in Giordinos Hand. Die bleistiftdicke Mündung zielte genau zwischen Zacynthus' Augenbrauen. Selbst Pitt riß verdutzt die Augen auf. Giordino hatte meisterlich geblufft; wohl keiner hatte erwartet, daß er tatsächlich eine echte Schußwaffe zum Vorschein bringen würde.

15. Kapitel

Eine Pistole, und ist sie auch noch so klein und unscheinbar, kann Wunder wirken. Aller Augen waren auf einmal wie gebannt auf Giordino gerichtet. Der jedoch stand lässig grinsend da und zielte mit ausgestrecktem Arm auf Zacynthus. Es war eine geradezu klassische Pose. Jeder Schauspieler hätte Giordino um diese gekonnte Show beneidet.

Keiner gab einen Laut von sich. Endlich schlug sich Zeno mit der Faust in die hohle Hand. Ein resigniertes Lächeln zog sich über sein Gesicht. »Ich selbst habe meine Leute vor Ihnen gewarnt; Sie seien gefährlich und gerissen. Und trotzdem war ich dumm genug, Ihnen auch noch Gelegenheit zu geben, mir das zu beweisen.«

»Uns machen diese unangenehmen Auftritte ebenso wenig Spaß wie Ihnen«, erwiderte Pitt kühl. »So, und jetzt müssen uns die Herren leider entschuldigen. Wir dürfen uns empfehlen.«

»Ich habe keine Lust, von einem Schuß in den Rücken niedergestreckt zu werden.« Giordino deutete mit seiner winzigen Pistole nachlässig auf die drei Polizisten. »Nehmen wir ihnen lieber vorher ihre Schießeisen ab.«

»Nicht nötig«, entgegnete Pitt. »Sie werden nicht schießen.« Er sah Zacynthus und dann Zeno tief in die Augen. Er begegnete beide Male einem ernsten und nachdenklichen Blick. »Schließlich sind sie Ehrenmänner. Auch wenn es ihnen schwerfällt, schießen werden sie nicht. Nebenbei wäre es auch nicht sonderlich intelligent. Der ganze Wirbel, den es um unseren Tod gäbe, käme doch nur von Till zugute. Er wäre der einzige, der davon profitierte, wenn wir uns nun gegenseitig zerfleischten. Alles, was ich brauche, sind zehn Stunden Zeit. Ich verspreche Ihnen, Zac, noch vor Sonnenuntergang sehen wir uns wieder. Und dann werden wir uns in einer freundlicheren Atmosphäre unterhalten.« Pitt war sich seiner Sache äußerst sicher. In Zacynthus' Zügen hingegen spiegelte sich vollkommene Verwirrung wider.

Einen Moment lang war Pitt versucht, das Katz-und-Maus-Spiel noch weiter fortzusetzen, doch dann überlegte er es sich anders. Zacynthus und Zeno schienen sich zwar mittlerweile in ihre Niederlage gefügt zu haben, Darius jedoch hatte noch nicht aufgegeben. Der Riese machte zwei Schritte auf Pitt und Giordino zu, sein Gesicht war hochrot vor Zorn, und langsam öffneten und schlossen sich seine gewaltigen Fäuste. Es wurde höchste Zeit, den geordneten Rückzug anzutreten.

Pitt schob sich langsam vorn um den Lieferwagen herum, immer darauf bedacht, daß Darius ihm nicht zu nahe kam. Dann kletterte er hinter das Steuer, zuckte leicht zusammen, als er sich auf dem glühend heißen Sitz niederließ, und startete den Wagen. Dann stieg, mit vorgehaltener Pistole und ohne die drei Männer neben dem Mercedes aus den Augen zu lassen, auch Giordino in das Führerhäuschen. Pitt legte den ersten Gang ein und fuhr, ohne sonderlich zu hetzen, in Richtung Brady Field davon. Mehrere Male sah er noch in den Rückspiegel, bis die Straße in einen Olivenhain einbog und die drei Männer nicht mehr zu sehen waren.

»Es geht doch nichts über ein gutes Schießeisen«, seufzte Giordino und machte es sich auf seinem Sitz bequem.

»Laß deine Minipistole einmal sehen.«

Giordino reichte sie ihm. »Du mußt zugeben, sie kam uns verdammt gelegen.«

Pitts Blick wanderte zwischen Straße und Pistole hin und her. Es handelte sich um eine Mauser des Kalibers 25, eine Waffe, die vor allem von Damen bevorzugt wurde. Sie ließ sich leicht in einer Handtasche oder unter einem Strumpfband unterbringen. Allerdings war sie nicht für größere Schußweiten geeignet. Bereits auf eine Entfernung von drei Metern war ihre Treffsicherheit nur noch gering, selbst in der Hand von Könnern.

»Da haben wir ja unerhörtes Glück gehabt«, murmelte er.

»Was heißt hier Glück?« fuhr Giordino auf. »Allein diese Pistole hat doch das Blatt gewendet.«

»Hättest du geschossen, wenn Zac und seine Jungen aufgemuckt hätten?« wollte Pitt wissen.

»Ohne mit der Wimper zu zucken«, erwiderte Giordino überzeugt. »Ich hätte natürlich nur auf Arme oder Beine geschossen. Schließlich wäre es zu unhöflich, jemanden zu erschießen, mit dem man bereits einen Brandy getrunken hat.«

»Du hast zweifellos noch eine Menge über deutsche Schußwaffen zu lernen.«

Giordinos Augen zogen sich zusammen. »Was willst du damit sagen?«

Pitt bremste, um an einem kleinen Jungen, der einen schwerbeladenen Esel hinter sich herführte, vorbeizufahren. »Zweierlei. Erstens kannst du mit einer 25er kaum einen ausgewachsenen Mann zu Boden schicken. Du hättest dein ganzes Magazin auf Darius abfeuern können – sofern du ihn nicht in den Kopf oder das Herz getroffen hättest, hättest du ihn nicht aufhalten können. Und zweitens hätte ich gern dein Gesicht gesehen, wenn du abgedrückt hättest.« Pitt warf die Pistole zurück in Giordinos Schoß. »Dein Schießeisen war nämlich gar nicht entsichert.«

Pitt sah rasch zu Giordino hinüber. Der starrte nur auf die Pistole in seinem Schoß. Sein Gesicht war völlig ausdruckslos, doch Pitt wußte, was in ihm vorging.

Dann zuckte Giordino die Achseln und lächelte Pitt kläglich an. »Es sieht so aus, als würde Giordino the Kid allmählich alt. Ich habe tatsächlich glatt vergessen, das Ding zu entsichern.«

»Du hast doch noch nie eine Mauser besessen. Wo hast du sie her?«

»Sie gehört deiner Freundin. Ich habe sie entdeckt, als ich das Mädchen durch den Gang geschleppt habe. Sie hatte sie an ihrem Bein festgebunden.«

»Du bist ein Lump«, erklärte Pitt ruhig. »Die ganze Zeit über, die wir uns mit Darius herumgeprügelt haben, hast du also eine Pistole gehabt?«

»Sicher«, nickte Giordino. »Ich hatte sie unter meinen Strumpf geschoben. Nur kam ich nicht dazu, sie zu benutzen. Du hast Frankenstein angegriffen, noch ehe ich darauf vorbereitet war. Und dann war es zu spät. Plötzlich lag ich auf dem Rücken, und dieser Koloß versuchte, mir den Schädel zu zerquetschen. Ich bin einfach nicht mehr an das Ding herangekommen.«

Pitt erwiderte nichts. Seine Gedanken kreisten bereits wieder um von Till. Er konzentrierte sich ganz und gar darauf, sein weiteres Vorgehen gegen den Deutschen zu planen. Hunderte von Fragen und Zweifeln schwirrten ihm dabei durch den Kopf. Er wußte einfach nicht, wo er ansetzen sollte. Geistesabwesend steuerte er den Wagen die Straße entlang, durch die langen Schatten, die die Bäume in der Morgensonne warfen. Schließlich entschied er sich dafür, es einfach mit einem Schuß ins Blaue zu versuchen. Was ihm vorhin im Anblick der Klippenküste eingefallen war, schien ihm nach wie vor die größte Aussicht auf Erfolg zu bieten. Inzwischen war er vor dem Haupttor von Brady Field angelangt. Abrupt brachte er den Wagen zum Stehen.

*

Vierzig Minuten später kletterten sie die Außenbordleiter der *First Attempt* hinauf. An Deck war niemand zu sehen. Aus der Messe jedoch schallte dröhnendes Männergelächter herauf, dem ein helles, weibliches Kichern antwortete. Pitt und Giordino traten ein. Teri hatte die gesamte Schiffsmannschaft und den wissenschaftlichen Stab um sich versammelt. Sie trug ein winziges, bikiniähnliches Etwas, das aussah, als würde es jeden Augenblick von der nächstbesten Brise davongeweht werden. Kokett hockte sie auf der Kante des Eßtisches; sie gab sich wie eine Königin, die Hof hielt. Sämtliche Blicke waren auf sie gerichtet, und sie genoß es sichtlich, so im Mittelpunkt der Aufmerksamkeit zu stehen. Amüsiert musterte Pitt einen Augenblick lang die Gesichter der Männer. Es war nicht schwierig, die Wissenschaftler von der Mannschaft zu unterscheiden. Die Matrosen hielten sich schweigend im Hintergrund und starrten nur unverwandt auf Teris großzügig dargebotene weibliche Reize. Man konnte sich leicht ausmalen, was dabei in ihren Köpfen vorging. Die Unterhaltung hingegen wurde hauptsächlich von den Wissenschaftlern bestritten. Sie führten sich dabei wie Schuljungen auf. Jeder versuchte, den anderen zu übertrumpfen, um so Teris Aufmerksamkeit auf sich zu lenken.

Commander Gunn erblickte Pitt als erster. Er kam zu ihm herüber. »Ich bin froh, daß du wieder da bist. Unser Funker wird bald wahnsinnig. Seit Tagesanbruch gehen pausenlos Funksprüche für dich ein. Der arme Kerl kommt mit dem Schreiben schon gar nicht mehr nach.«

Pitt nickte. »Gut, ich werde mal hinübergehen.« Er wandte sich an Giordino. »Versuche du inzwischen, unsere Prinzessin für ein paar Minuten ihren glühenden Verehrern zu entreißen, und bringe sie dann in Gunns Kabine. Ich möchte ihr gern ein, zwei ganz persönliche Fragen stellen.«

Giordino grinste. »So wie die Kerle sich benehmen, werden sie mich lynchen, wenn ich es versuche.«

»Wenn es haarig wird, kannst du ja einfach deine Pistole ziehen«, entgegnete Pitt spöttisch. »Aber vergiß bloß nicht wieder, sie zu entsichern.«

Giordino klappte der Mund auf. Bevor er noch etwas erwidern konnte, waren Pitt und Gunn schon auf und davon.

Der Funker, ein junger Schwarzer Anfang zwanzig, sah auf, als sie den Funkraum betraten. »Da ist eben etwas für Sie eingegangen«, wandte er sich an Gunn und reichte ihm einen Funkspruch.

Gunn überflog die Nachricht, dann zog sich langsam ein breites Lächeln über sein Gesicht. »Hör dir das an. ›An Commander Gunn, Kapitän des NUMA-Forschungsschiffes *First Attempt*. In was für einem gottverdammten Wespennest stochern Sie da herum? Sie sollen wissenschaftliche Untersuchungen machen und nicht Räuber und Gendarm spielen! Ich erteile Ihnen hiermit den Befehl, die örtliche Vertretung der INTERPOL nach allen Kräften – ich wiederhole: nach allen Kräften – zu unterstützen. Und kommen Sie mir nicht ohne diesen vermaledeiten Hexenfisch heim! Admiral James Sandecker, NUMA, Washington.‹«

»Der Admiral ist auch nicht mehr der alte«, murmelte Pitt. »Er hat nur einmal das Wort ›gottverdammt‹ benutzt.«

»Kannst du mir vielleicht verraten, inwiefern wir die INTERPOL überhaupt unterstützen können?« fragte Gunn sanft.

Pitt überlegte einen Moment. Es war noch zu früh, die Karten offen auf den Tisch zu legen. Er hätte Gunn damit nur vor eine schwierige Entscheidung gestellt.

»Von uns hängt es möglicherweise ab, ob von Till und seiner Organisation der Garaus gemacht werden kann«, antwortete er ausweichend. »Wir müssen dabei natürlich etliche Risiken eingehen, doch was auf dem Spiel steht, lohnt den Einsatz.«

Gunn nahm seine Brille ab und sah Pitt prüfend an. »Um was geht es?«

»Um Heroin. Um so viel Heroin, daß man damit die ganze Bevölkerung der USA und Kanadas in einen Rausch versetzen könnte«, erwiderte Pitt langsam. »Um hundertdreißig Tonnen, genau gesagt.«

Gunn zeigte sich nicht im geringsten überrascht. Ruhig hielt er seine Brille gegen das Licht und suchte nach Schmutzflecken auf den Gläsern. Als keine zu entdecken waren, setzte er sie wieder auf.

»Eine hübsche Menge. Warum hast du mir nicht schon gestern, als du das Mädchen an Bord brachtest, davon erzählt?«

»Ich hatte zu diesem Zeitpunkt noch kaum etwas in der Hand. Zwar weiß ich auch jetzt nur wenig mehr; aber ich habe die berechtigte Hoffnung, das ganze Verwirrspiel mit einem Schlag aufdecken zu können.«

»Und was soll ich dazu beitragen?«

»Ich habe ein kleines Tauchmanöver vor. Dazu brauche ich jeden gesunden Mann, der mit einem Tauchgerät und mit Harpunen, Tauchermessern und ähnlichem umzugehen weiß.«

»Welche Garantie kannst du mir geben, daß keiner von ihnen verletzt wird?«

»Überhaupt keine«, erwiderte Pitt leise.

Gunn sah Pitt unbewegt an. Sein Gesicht war völlig ausdruckslos. »Weißt du eigentlich, was du da verlangst? Die meisten Männer hier an Bord sind Wissenschaftler und keine Kampfschwimmer. Sie sind Experten im Umgang mit Salzwaagen und Mikroskopen, aber ihr Talent, einem anderen Menschen ein Messer in den Bauch zu rennen oder ihn mit einer Harpune aufzuspießen, läßt viel zu wünschen übrig.«

»Und wie steht es mit der Mannschaft?«

»Du könntest dir keine besseren Mitstreiter für eine Saalschlacht wünschen; aber wie die meisten Seeleute haben sie für Wassersport gar nichts übrig. Du wirst sie kaum dazu bringen können, sich eine Tauchermaske aufzusetzen und zu tauchen.« Gunn schüttelte den Kopf. »Tut mir leid, Dirk, ich kann dir deinen Wunsch nicht erfüllen.«

»Nun mach einmal halblang«, schnauzte Pitt ihn an. »Du tust ja gerade so, als bräuchte ich deine Leute für ein Himmelfahrtskommando. Überleg doch einmal: Keine achtzig Kilometer von hier tukkert ein Frachter der *Minerva Lines* durch die Ägäis, an Bord eine Ladung Heroin, die unter Umständen genauso verheerend wirken kann wie eine Atombombe. Stell dir vor, das Zeug kommt tatsächlich in den USA auf den Markt. Die Folgen wären nicht auszudenken.«

Pitt unterbrach sich, um seine Worte auf Gunn einwirken zu lassen. Er steckte sich eine Zigarette an und fuhr dann fort: »Das Rauschgiftdezernat und die Zollfahndung wollen abwarten, bis die *Queen Artemisia* in Chicago anlegt, und sie dort in eine Falle locken. Wenn alles klappt, schnappen sie leicht die Hälfte aller Dealer in den Vereinigten Staaten. Aber ob alles klappt, ist noch höchst fraglich.«

»Wo ist denn der Haken an der Geschichte?« fragte Gunn unwirsch. »Was willst du mit den Tauchern?«

»Ich habe starke Zweifel, daß das Unternehmen gelingt. Bisher ist es noch nie geglückt, von Till auch nur eine entfernte Verbindung zu all diesen Schmuggelaffären nachzuweisen. Und solange sich die *Queen Artemisia* nicht in amerikanischen Hoheitsgewässern befindet, haben unsere Beamten kein Recht, sie zu durchsuchen. Bis dahin hat von Till wahrscheinlich längst mitgekriegt, daß INTERPOL ihm dicht auf den Fersen ist. Und er wird schlau genug sein, entweder das Schiff zurückzurufen oder in letzter Minute das Heroin ins Meer zu schütten. Womit er unseren Rauschgiftspezialisten wieder einmal durch die Lappen gegangen wäre. Nein, das einzig Sichere ist, das Schiff jetzt, bevor es das Mittelmeer verläßt, aufzubringen.«

»Aber du selbst hast doch schon festgestellt, daß das rechtlich nicht möglich ist.«

»Einen Weg gibt es.« Pitt zog an seiner Zigarette. »Wir müssen bis morgen früh ausreichendes Belastungsmaterial gegen von Till und die *Minerva Lines* in der Hand haben.«

Gunn schüttelte den Kopf. »Selbst dann würde es ungeheure politische Scherereien nach sich ziehen, wenn wir ein fremdes Schiff, das noch dazu unter der Flagge einer befreundeten Nation fährt, in internationalen Gewässern aufbringen wollten. Ich bezweifle, daß irgendein Land der Welt sich unter diesen Umständen bereit fände, ein Prisenkommando an Bord der *Queen Artemisia* zu schicken.«

»Das ist ja auch gar nicht nötig«, hielt Pitt ihm entgegen. »Das

Schiff legt noch einmal in Marseille an, um dort Öl zu bunkern. INTERPOL müßte natürlich schnell arbeiten. Wenn sie bis dahin die notwendigen Beweise in der Hand hätten und der ganze bürokratische Papierkram reibungslos abgewickelt sein würde, könnte man das Schiff noch in Marseille festsetzen.«

Gunn lehnte sich gegen die Tür und maß Pitt mit einem durchdringenden Blick. »Und dafür willst du also das Leben meiner Leute riskieren?«

»Es muß sein«, erwiderte Pitt ruhig.

»Ich glaube, daß du mir etwas verheimlichst«, fuhr Gunn nachdenklich fort. »Du steckst bis über beide Ohren in einer völlig undurchsichtigen Geschichte. Bitte laß mich aus dem Spiel. Ich bin der NUMA für dieses Schiff und seine Besatzung verantwortlich. Alles, was mich interessiert, ist, diese Expedition zu einem guten Ende zu bringen. Warum wir? Ich sehe nicht ein, weshalb INTERPOL oder die hiesige Polizei diese Tauchaktion nicht selbst durchführen. Es dürfte kein Problem sein, auf dem Festland Taucher anzuheuern.«

Jetzt wird es schwierig, dachte Pitt noch. Er konnte unmöglich zugeben, daß Zacynthus von Till in Ruhe lassen wollte. Pitt kannte Gunn seit über einem Jahr, und in dieser Zeit waren sie gute Freunde geworden. Der Commander war nicht auf den Kopf gefallen. Wenn Pitt ihm etwas vormachen wollte, mußte er das also geschickt, äußerst geschickt anstellen. Mißtrauisch schielte er zu dem beschäftigten Funker hinüber, dann wandte er sich von neuem Gunn zu.

»Nenn es Schicksal, nenn es Zufall, wie immer du willst, die *First Attempt* jedenfalls ist genau im richtigen Augenblick hier vor Thasos aufgekreuzt, um ein gut organisiertes Verbrechen aufzudecken. Von Tills sämtliche Schmuggelgeschäfte werden mit Hilfe eines U-Bootes durchgeführt. Vielleicht sind es auch mehrere, das wissen wir noch nicht genau. Der Heroinschmuggel nun ist das größte Geschäft, das er je angepackt hat. Für diese Ladung winken ihm, so unwahrscheinlich das klingen mag, schätzungsweise 200 Millionen Dollar Gewinn. Das ganze Unternehmen ist hervorragend vorbereitet; eigentlich kann nichts schiefgehen. Und dann wirft von Till eines Tages einen Blick zum Fenster hinaus und entdeckt ein ozeanographisches Forschungsschiff, das keine drei Kilometer von seinem Haus vor Anker liegt. Als er herausbringt, daß ihr das Meer nach einem fossilen Fisch durchkämmt, jagt ihm das natürlich einen heillosen Schreck ein. Denn es wäre ja durchaus möglich, daß eure Taucher seinen heimlichen U-Boot-Hafen entdecken und, was noch schlimmer ist, hinter das System seiner Schmuggeleien kämen. Er steckt in der Klemme. Er kann die *First Attempt* nicht einfach in die Luft jagen. Das letzte, was er brauchen kann, sind ein paar Hundertschaften Polizei und Militär hier in der Gegend, die nach dem verschollenen Schiff fahnden. Die Einheimischen zu irgendwelchen anti-amerikanischen Protesten anzustiften, ist ebenso unmöglich. Die Bewohner von Thasos sind friedliebende Bauern und Fischer. Es käme ihnen kaum in den Sinn, gegen eine wissenschaftliche Expedition zu protestieren. Wenn sie überhaupt von euch Notiz nähmen, so würden sie euch willkommen heißen. Denn wer verdirbt es sich schon freiwillig mit gutzahlenden Besuchern? Von Till heckt deshalb etwas ganz Raffiniertes aus: Er bombardiert Brady Field in der Hoffnung, Colonel Lewis würde zur Sicherheit dann eure Evakuierung aus dieser Gegend anordnen. Als das fehlschlägt, läßt er alle Vorsicht außer acht und nimmt die *First Attempt* direkt unter Beschuß.«

»Ich weiß nicht«, meinte Gunn zögernd. »Eigentlich klingt das ganz logisch. Nur die Sache mit dem U-Boot will mir noch nicht so recht einleuchten. Als Zivilist kommt man an solche Schiffe doch gar nicht heran.«

»Es gibt nur eine Möglichkeit: Von Till hat ein im Krieg versenktes U-Boot geborgen.«

»Das ist interessant«, meinte Gunn nachdenklich. Er fand allmählich Gefallen an Pitts Theorie.

»Eigentlich ist das eine Aufgabe für professionelle Taucher«, fuhr Pitt fort. »Aber bis INTERPOL eine Mannschaft beisammen hat, ist es schon zu spät.« Das war zwar nicht ganz die Wahrheit, doch ließ sich damit trefflich weiterargumentieren. »Wir dürfen keine Zeit verlieren. Du hast ausgebildete Taucher und eine hervorragende Ausrüstung an Bord. Ich will dir hier nicht mit hohlen Phrasen kommen, daß du ›die letzte Hoffnung der Menschheit‹ seist oder daß man eben einige ›wenige opfern müsse, um Millionen zu retten‹. Alles, was ich will, sind fünf oder sechs Freiwillige, mit denen ich die Klippen unterhalb von von Tills Villa auskundschaften kann. Vielleicht haben wir Pech und finden gar nichts. Aber die Möglichkeit besteht, daß wir Beweise genug sammeln, um das Schiff festsetzen und von Till hinter Schloß und Riegel bringen zu können. Wir sollten den Versuch auf jeden Fall wagen.«

Gunn erwiderte nichts. In Gedanken versunken starrte er vor sich hin. Pitt musterte ihn still, dann spielte er seinen letzten Trumpf aus.

»Es wäre natürlich auch interessant, wenn wir herausbrächten, was aus der gelben *Albatros* geworden ist.«

Gunn sah Pitt an. Nachdenklich klimperte er mit ein paar Geldmünzen in seiner Tasche. Pitt würde nicht lockerlassen, das wußte er. Was der Major sich in den Kopf gesetzt hatte, das führte er aus. Gunn erinnerte sich der Delphi-Ea-Affäre im vergangenen Jahr. Damals hatte er vor einer ähnlichen Entscheidung gestanden und Pitt schließlich nachgegeben. Und er war nicht enttäuscht worden. Er ließ seinen Blick über die blutdurchtränkten, schmutzigen Verbände auf Pitts Nase und Brust gleiten, klimperte erneut mit den Münzen und fragte sich, wie er wohl morgen zur selben Zeit darüber denken würde.

»Okay, du hast gewonnen«, seufzte er. »Ich werde es sicher bereuen, wenn ich vor dem Kriegsgericht stehe. Und daß ich dann endlich einmal Schlagzeilen mache, ist auch nur ein geringer Trost.«

Pitt lachte. »Du bist ein alter Pessimist. Ganz gleich, was passiert, du hast lediglich ein paar Männer beauftragt, irgendwelche wissenschaftlich interessanten Muscheln unterhalb der Klippen zu sammeln. Wenn etwas Unvorhergesehenes eintreten sollte, ist das eben reiner Zufall.«

»Ich hoffe, daß Washington mir das abkauft.«

»Keine Bange. Ich glaube, wir beide kennen Admiral Sandecker gut genug, um zu wissen, daß er uns in einem solchen Falle selbstlos zu Seite steht.«

Gunn zog ein Taschentuch aus der Gesäßtasche und trocknete den Schweiß auf Gesicht und Nacken. »Also gut. Und was machen wir jetzt als erstes?«

»Trommle du die Freiwilligen zusammen«, wies Pitt ihn an. »Sie sollen sich mit ihren Tauchergeräten gegen Mittag am Heck einfinden. Ich werde ihnen noch kurz sagen, was sie zu tun haben, und dann kann es losgehen.«

Gunn sah auf die Uhr. »Es ist jetzt neun. Die Freiwilligen könnten in einer Viertelstunde tauchbereit sein. Warum willst du drei Stunden warten?«

»Ich habe noch ein bißchen Schlaf nachzuholen«, erwiderte Pitt grinsend. »Ich möchte nicht in zwanzig Metern Tiefe im Meer einnicken.«

»Keine schlechte Idee«, sagte Gunn ernst. »Du siehst in der Tat aus, als hättest du die Nacht durchgezecht.« Er wollte schon den Funkraum verlassen, als er sich noch einmal umwandte. »Übrigens, tu mir bitte einen Gefallen: Schaff dieses Mädchen so bald wie möglich wieder von Bord. Ich möchte nicht, daß man mir zu guter Letzt noch vorwirft, ich hätte hier ein schwimmendes Bordell betrieben.«

»Gut; aber nicht, ehe ich vom Tauchen zurück bin. Es ist äußerst wichtig, daß sie so lange hier an Bord bleibt, wo jemand sie im Auge behalten kann.«

»Okay, einverstanden.« Gunn zuckte resignierend die Achseln. »Du wirst deine Gründe dafür haben. Wer ist sie eigentlich?«

»Du wirst es nicht glauben: von Tills Nichte.«

»Du großer Gott«, sagte Gunn betroffen. »Das hat mir gerade noch gefehlt.«

»Reg dich nicht auf«, beruhigte ihn Pitt. »Es geht garantiert nichts schief. Du hast mein Wort darauf.«

»Hoffentlich«, seufzte Gunn. Theatralisch schlug er die Augen gen Himmel. »Mein Gott, warum ausgerechnet ich?«

Dann war er verschwunden.

Pitt starrte gedankenverloren durch die offene Tür auf die blaue See. Der Funker in seinem Rücken war eifrig am Senden, doch Pitt achtete nicht darauf. Eine merkwürdige Erregung hatte sich seiner bemächtigt. Seine Nerven waren zum Zerreißen gespannt, und heftig pochte ihm das Herz gegen die Rippen. Er war nervös wie ein Spieler, der sein letztes Geld auf ein Pferd gesetzt hat, gegen das die Quoten 1 : 10 stehen. Und gleichzeitig mit dieser inneren Erregung war er körperlich total erschöpft. Er fühlte sich matt und wie zerschlagen; der mangelnde Schlaf und der pausenlose Streß waren nicht spurlos an ihm vorübergegangen. Zusätzlich machte ihm die bereits wieder unerträglich werdende Hitze zu schaffen. Er brauchte dringend ein paar Stunden Ruhe.

»Entschuldigen Sie, Major.« Die tiefe, volle Stimme des Funkers schien von weit herzukommen. »Ich habe hier einige Nachrichten für Sie.«

Pitt nahm die Meldungen schweigend entgegen.

»Die aus München ist um sechs Uhr eingegangen.« Der junge Schwarze schien verwirrt zu sein. »Und um sieben Uhr folgten diese zwei Meldungen aus Berlin.«

»Danke«, murmelte Pitt. »Sonst noch etwas?«

»Ja. Diese letzte Nachricht hier, Sir. Es ist . . . es ist wirklich seltsam: kein Rufzeichen, keine Wiederholungen, nur diese Mitteilung.«

Pitt überflog die Zeilen. Ein bitteres Lächeln kräuselte seine Lippen.

›Major Dirk Pitt, *First Attempt*. Eine Stunde ist vergangen, bleiben noch neun. H.Z.‹

»Wollen . . . wollen Sie darauf antworten, Major?« fragte der Funker stockend.

Plötzlich fiel Pitt auf, wie kränklich der Schwarze aussah. »Geht es Ihnen nicht gut?«

»Um ehrlich zu sein, Major, nein. Seit dem Frühstück ist mir hundeelend. Ich mußte mich schon zweimal übergeben.«

Pitt mußte grinsen. »Ein Hoch dem Koch.«

Der Funker schüttelte den Kopf. »Daran kann es nicht liegen. Unser Smutje ist ein Meisterkoch. Nein, wahrscheinlich habe ich Grippe. Oder ich habe eine Flasche schlechtes Bier getrunken.«

»Versuchen Sie durchzuhalten«, sagte Pitt. »Wir brauchen während der nächsten vierundzwanzig Stunden einen guten Mann am Funkgerät.«

»Sie können sich auf mich verlassen.« Der Funker zwang sich zu einem gequälten Lächeln. »Nebenbei gluckt das Mädchen, das Sie mit an Bord gebracht haben, schon den ganzen Tag wie eine besorgte Henne um mich herum. Bei soviel Besorgnis kann einem ja nicht viel passieren.«

Pitt zog erstaunt die Augenbrauen hoch. »Von dieser Seite habe ich sie allerdings noch nicht kennengelernt.«

»Sie ist kein schlechtes Mädchen. Nicht unbedingt mein Fall, aber nicht schlecht. Jedenfalls versorgt sie mich den ganzen Morgen über schon mit Tee – eine echte Florence Nightingale.«

Der junge Neger verstummte plötzlich. Seine Augen weiteten sich, und er preßte eine Hand vor den Mund. Dann sprang er auf, warf den Stuhl um und stürzte aus dem Funkraum. Draußen beugte er sich über die Reling und fing jämmerlich zu würgen und zu stöhnen an.

Pitt folgte ihm und klopfte dem armen Kerl tröstend auf die Schulter.

»So leid es mir tut, alter Freund, aber Sie müssen am Funkgerät bleiben. Ich schicke Ihnen den Schiffsarzt.«

Der Funker nickte mit Mühe, erwiderte aber nichts. Pitt ließ ihn allein.

Nachdem er den Schiffsarzt gefunden und in den Funkraum geschickt hatte, ging er hinüber zu Gunns Kabine. Man hatte die Vorhänge vorgezogen und die kleine Kammer abgedunkelt. Dem Klimagerät entströmte kühle Luft, so daß eine angenehme, freundliche Atmosphäre herrschte. Im Halbdunkel erkannte Pitt Teri, die auf dem Tisch saß, das Kinn auf die hochgezogenen Knie gestützt. Sie sah zu ihm auf und lächelte.

»Wo warst du so lange?«

»Geschäfte«, antwortete er.

»Ihr Männer mit euren ewigen Geschäften«, erwiderte sie und zog eine Schnute. »Was ist mit dem großen Abenteuer, das du mir versprochen hast? Die ganze Zeit über bist du nicht da!«

»Wenn die Pflicht ruft, Schatz, muß ich gehorchen.« Pitt setzte sich rücklings auf einen Stuhl und verschränkte die Arme über der Lehne. »Du bist ja höchst verführerisch gekleidet. Wo hast du denn diesen Bikini her?«

»Es ist kein richtiger Bikini.«

»Das sehe ich.«

Sie lächelte über seine Bemerkung und fuhr fort: »Ich habe ihn aus einem Kissenbezug geschneidert. Der BH wird von einer Schleife hinter dem Rücken gehalten, und das Höschen ist einfach links und rechts zusammengeknotet. Schau!« Sie stieg vom Tisch und löste den Knoten über ihrer linken Hüfte. Das kleine Kleidungsstück glitt zu Boden.

»Sehr hübsch. Und was gibt es als Zugabe?«

»Was wäre dir denn das wert?« gurrte sie.

»Eine alte Straßenbahnfahrkarte.«

»Du bist unmöglich«, schmollte sie. »Nie weiß man, woran man mit dir ist.«

Er zwang sich, seinen Blick von ihrem Körper abzuwenden. »Im Augenblick möchte ich nichts weiter, als daß du mir ein paar Fragen beantwortest.«

Sie sah ihn verdutzt an. Schon wollte sie etwas erwidern, doch dann überlegte sie es sich anders; Pitt schien nicht zum Scherzen aufgelegt. Sie zuckte die Achseln, knotete ihr Höschen wieder fest und nahm auf einem Stuhl Platz.

»Du tust ja sehr geheimnisvoll.«

»Bald bin ich wieder ganz der alte. Aber jetzt, bitte, beantworte meine Fragen.«

Nervös kratzte sie sich über der linken Brust. »Also, schieß los.«

»Erste Frage: Was weißt du über die Schmuggelgeschichten deines Onkels?«

Sie riß die Augen auf. »Ich weiß nicht, wovon du redest.«

»Ich glaube schon.«

»Du bist verrückt«, meinte sie kopfschüttelnd. »Onkel Bruno ist Reeder. Warum sollte er sich bei seinem Verdienst und seiner gesellschaftlichen Stellung mit solchen Kinkerlitzchen abgeben?«

»Seinen Handel mit Schmuggelwaren kann man nicht unbedingt als Kinkerlitzchen abtun«, entgegnete Pitt scharf. Er unterbrach sich einen Augenblick und beobachtete ihr Mienenspiel, um dann fortzufahren: »Zweite Frage: Wann hast du von Till zum letzten Mal gesehen, ehe du nach Thasos kamst?«

»Als ich noch ein kleines Mädchen war«, gab sie unbestimmt Auskunft. »Meine Eltern ertranken, als sie mit ihrem Segelboot vor der Isle of Man in einen Sturm gerieten. Onkel Bruno und ich waren ebenfalls dabei. Er hat mir das Leben gerettet. Seit diesem entsetzlichen Unglück hat er für mich gesorgt. Er war sehr gut zu mir: Ich habe die besten Internate besucht und stets so viel Geld gehabt, wie ich brauchte. Und nie hat er meinen Geburtstag vergessen.«

»Ja, er ist ein herzensguter Mensch«, meinte Pitt sarkastisch. »Ist er nicht ein bißchen zu alt, um dein Onkel zu sein?«

»Er ist der Bruder meiner Großmutter.«

»Dritte Frage: Wie kommt es, daß du ihn bis jetzt noch nie besucht hast?«

»Jedesmal, wenn ich ihm schrieb, ich würde gern nach Thasos kommen, hat er mich mit der Begründung abgewiesen, er sei zu beschäftigt. Stets steckte er mitten in irgendwelchen bedeutenden Unternehmungen.« Sie kicherte leise. »Dieses Mal habe ich seine Ablehnung einfach nicht zur Kenntnis genommen und bin ganz überraschend bei ihm hereingeschneit.«

»Weißt du über seine Vergangenheit Bescheid?«

»Eigentlich nicht. Er spricht nur sehr wenig über sich selbst. Aber ich weiß bestimmt, daß er kein Schmuggler ist.«

»Dein vielgeliebter Onkel ist einer der bösartigsten Verbrecher überhaupt«, sagte Pitt müde. Er wollte Teri nicht verletzen, doch er war überzeugt, daß sie ihn belog. »Gott allein weiß, wie viele Menschen er schon auf dem Gewissen hat; Hunderte, wahrscheinlich sogar Tausende. Und du bist mit ihm ein Herz und eine Seele! An jedem Dollar, den du in den letzten zwanzig Jahren ausgegeben hast, klebte Blut. In manchen Fällen sogar das Blut und die Tränen unschuldiger Kinder; junger Mädchen, die entführt wurden und deren unbeschwerte Kindheit schlagartig auf einem schmutzigen, verlausten Strohsack in einem Freudenhaus in Nordafrika endete.«

Empört sprang sie auf. »Solche Dinge passieren heutzutage nicht mehr. Du lügst! Du lügst! Das stimmt alles nicht!«

Ich habe sie getroffen, dachte Pitt, aber noch fällt sie nicht aus der Rolle.

»Ich habe dir die Wahrheit gesagt. Ich weiß nichts. Nichts!« fuhr sie fort.

»Nichts? Du hast doch gewußt, daß von Till vorhatte, mich zu ermorden. Ich bin zuerst auf dein weinerliches Getue auf der Terrasse hereingefallen, zugegeben. Aber nicht lange. Du hast deinen Beruf verfehlt – du hättest Schauspielerin werden sollen.«

»Ich hatte keine Ahnung.« Verzweiflung lag in ihrer Stimme. »Ich schwöre dir, ich wußte nicht . . .«

Pitt schüttelte den Kopf. »Ich nehme dir das nicht ab. Du hast dich verraten, als wir dich entführt hatten und dann von dem Fremdenführer festgenommen wurden. Du warst nicht nur überrascht, du warst zutiefst erschrocken, mich gesund und munter zu sehen.«

Sie kam auf ihn zu, kniete vor ihm nieder und ergriff seine Hand. »Bitte . . . Mein Gott! Was soll ich tun, damit du mir glaubst?«

»Du könntest vielleicht damit beginnen, aufrichtig zu sein.« Er erhob sich von seinem Stuhl und baute sich vor ihr auf. Dann riß er sich den blutigen Verband von der Brust und warf ihn ihr in den Schoß. »Sieh mich an! Das habe ich davon, daß ich deiner Einladung zum Abendessen gefolgt bin. Ich war als Hauptspeise für den Hund deines Onkels ausersehen. Sie mich an!«

Sie wurde totenblaß. »Mir wird schlecht.«

Pitt hätte sie liebend gern in die Arme genommen, ihr die Tränen fortgeküßt und ihr leise und zärtlich gesagt, wie sehr ihn das alles schmerzte. Doch er zwang sich, hart zu bleiben.

Sie wandte ihren Blick von ihm ab und starrte ausdruckslos auf das Waschbecken in der Ecke, als überlegte sie, ob ihr nun tatsächlich schlecht würde oder nicht. Dann sah sie weinend wieder zu Pitt auf und flüsterte: »Du bist ein Schwein. Und du willst über Onkel Bruno zu Gericht sitzen! Dabei bist du viel schlimmer als er. Ich wünschte, du wärest umgekommen.«

Ihre Worte stimmten Pitt tieftraurig. »Solange ich es nicht anders anordne, bleibst du hier auf dem Schiff.«

»Du kannst mich doch nicht festhalten! Du hast kein Recht dazu!«

»Ich habe kein Recht dazu, das stimmt. Trotzdem bleibst du hier auf dem Schiff. Und da wir gerade dabei sind: Bilde dir in deinem hübschen Köpfchen ja nicht ein, du könntest fliehen. Die Männer an Bord sind alle hervorragende Schwimmer. Du kämst keine fünfzig Meter weit.«

»Du kannst mich nicht ewig gefangenhalten.« Sie starrte ihn haßerfüllt an. Nie hatte eine Frau Pitt so angesehen. Ihm war nicht ganz wohl in seiner Haut.

»Wenn heute nachmittag alles wie geplant verläuft, bist du schon zum Abendessen in Händen der Gendarmerie.«

Plötzlich war sie hellwach. »Bist du deshalb heute nacht unterwegs gewesen?«

Mit Erstaunen stellte Pitt fest, wie schnell ihre großen, braunen Augen den Ausdruck wechseln konnten. »Ja. Ich habe mich vor Tagesanbruch an Bord eines der Schiffe deines Onkels geschlichen. Es war ein äußerst lehrreicher Ausflug. Du wirst nie erraten, was ich dabei entdeckt habe.«

Er beobachtete sie aufmerksam.

»Ich kann es mir nicht vorstellen«, erwiderte sie trocken. »Die einzigen Schiffe, die ich je betreten habe, waren Fähren.«

Er ging hinüber zur Koje und machte es sich auf ihr bequem. Die

Matratze war angenehm weich. Er legte sich zurück und verschränkte die Hände unter dem Kopf. Dann gähnte er laut und lange.

»Verzeih. Ich benehme mich wie ein Flegel.«

»*Also*?«

»Was also?«

»Du wolltest mir erzählen, was du auf Onkel Brunos Schiff entdeckt hast.«

Pitt schüttelte lächelnd den Kopf. »Warum müßt ihr Frauen eigentlich immer so neugierig sein? Aber wenn du es unbedingt wissen willst: Ich habe die Karte einer unterseeischen Höhle gefunden.«

»Einer Höhle?«

»Natürlich. Oder von wo aus, meinst du, betreibt dein Onkel seine widerlichen Geschäfte?«

»Wieso erzählst du mir diese Geschichten?« Ihre rehbraunen Augen blickten wieder gekränkt. »Sie können nicht wahr sein!«

»Ach du lieber Gott! Stell dich doch nicht so dumm! Du weißt genau, wie wahr das alles ist. Von Till hat vielleicht INTERPOL, die Gendarmerie und die Rauschgiftfahndung hinters Licht führen können, aber dich doch bestimmt nicht.«

»Du redest Unsinn«, beharrte sie steif.

»Wirklich?« fragte er nachdenklich. »Genau um 4 Uhr 30 heute morgen ist ein Schiff deines Onkels vor der Küste unterhalb seiner Villa vor Anker gegangen. Das Schiff war randvoll mit Heroin beladen. Du weißt sicher davon. Jeder weiß davon. Es dürfte wohl das schlechtestgehütete Geheimnis des Jahres sein. Das muß man deinem Onkel zugestehen: Er führt seine Verbrechen mit der Geschicklichkeit eines Magiers aus. Das Publikum starrt wie gebannt auf dessen rechte Hand, während der eigentliche Trick mit der Linken vollführt wird. Doch das wird bald ein Ende haben. Ich werde mich selbst um die Angelegenheit kümmern.«

Sie schwieg einen Augenblick lang. »Was willst du tun?«

»Was wohl jeder Mann mit ein bißchen Mumm in den Knochen

tun würde. Ich werde zusammen mit Giordino und einigen anderen Leuten an der Küste entlangtauchen und die Höhle aufspüren. Wahrscheinlich liegt sie zu Füßen der Klippen unmittelbar unterhalb des Landhauses. Wenn wir den Zugang zu ihr gefunden haben, beschlagnahmen wir die Gerätschaften als Beweismaterial, nehmen deinen Onkel fest und holen die Gendarmerie.«

»Du bist verrückt«, wiederholte sie. Ein merkwürdig gefühlvoller Unterton schwang in ihrer Stimme mit. »Dein ganzer Plan ist idiotisch. Er ist undurchführbar. Bitte, glaub mir. Du läufst in dein Verderben.«

»Hör auf, mir die Ohren vollzujammern. Deinen Onkel und dessen schmutziges Geld kannst du vergessen. Wir brechen um ein Uhr auf.« Pitt gähnte abermals. »Wenn du mich jetzt freundlicherweise entschuldigen würdest. Ich möchte noch ein kleines Nickerchen halten.«

Ihre Augen füllten sich erneut mit Tränen. Sie hörte nicht auf, den Kopf zu schütteln. »Es ist idiotisch«, flüsterte sie wieder und wieder. Dann wandte sie sich um, verließ die Kabine und schlug die Tür hinter sich zu.

Pitt lag da und starrte an die Decke. Sie hat recht, natürlich, dachte er. Es war ein vollkommen idiotisches Unternehmen. Aber auf der anderen Seite: Konnte sie sich überhaupt ein Urteil erlauben? Sie wußte ja nur zur Hälfte Bescheid.

16. Kapitel

Tosend und gischtend brachen sich die Wogen an den grauen Klippen. Die Luft war klar und warm; aus Südwest wehte eine leichte Brise. Langsam und stetig schob sich die *First Attempt* der kochenden See entgegen, bis es aussah, als wäre die Katastrophe nicht mehr aufzuhalten. Erst im allerletzten Augenblick nahm Gunn das Ruder hart an Steuerbord, und das Schiff drehte bei. Parallel zur zerklüfteten Küste setzte es seine Fahrt fort. Gespannt beobachtete Gunn abwechselnd die über das Papier huschende Nadel des Echographen und die knapp fünfzig Meter weit entfernte Küste.

»Wie fandest du das Manöver?« fragte er ohne aufzusehen. In seiner Stimme lag keine Spur von Aufregung; er gab sich so gelassen, als ob er in einem Ruderboot über einen stillen Teich paddelte.

»Die Kapitänsschule in Annapolis kann stolz auf dich sein«, erwiderte Pitt. Aufmerksam beobachtete er die See vor der *First Attempt*.

»Es ist nur halb so wild, wie es aussieht«, wehrte Gunn bescheiden ab und wies auf den Echographen. »Das Wasser ist hier gute zehn Faden tief.«

»Der Meeresboden hat ein Gefälle von zwanzig auf hundert Meter? Nicht schlecht.«

»In Gewässern, in denen es keine Riffe gibt, ist das keine Seltenheit.«

»Ein gutes Zeichen«, überlegte Pitt.

»Inwiefern?«

»Das Wasser ist tief genug, damit hier ein U-Boot entlangtauchen kann, ohne von oben gesehen zu werden.«

»Bei Nacht vielleicht. Aber nicht bei Tag«, wandte Gunn ein. »Die Sichtweite im Wasser beträgt fast dreißig Meter. Von den Klippen aus könnte man ein hundert Meter langes U-Boot noch auf eine Entfernung von anderthalb Kilometern ausmachen.«

»Dann dürften die Taucher auch nicht schwer zu entdecken sein.« Pitt drehte sich um und sah hinauf zu der Villa, die sich, einer mittelalterlichen Festung gleich, an den Felshang der Berge schmiegte.

»Du bist verrückt, es zu versuchen«, bestätigte Gunn mit Nachdruck. »Von Till kann doch deine kleinste Bewegung von dort oben beobachten. Ich gehe jede Wette ein, daß er uns schon seit dem Augenblick verfolgt, in dem wir den Anker gelichtet haben.«

»Davon bin ich gleichfalls überzeugt«, murmelte Pitt. Nachdenklich ließ er seinen Blick über die Küste wandern. Es war ein schöner

Anblick: Die Insel wurde von einem azurblauen, hell in der Sonne gleißenden Meer eingerahmt. Oberhalb der felsigen Klippen sah man auf einer grünen, sanft ansteigenden Weide eine Schafherde grasen, ein Bild, das einem Gemälde von Rembrandt hätte entnommen sein können. Zu Füßen der Felsenküste, in den geschützten Buchten, lag von der Sonne gebleichtes Treibholz auf dem mit Muscheln übersäten Sand. In das monotone Dröhnen der Schiffsmotoren mischten sich nur das Toben der Brandung und ab und zu der Schrei einer einzelnen Möwe.

Pitt wandte sich ab. Seine Gedanken richteten sich wieder ganz auf die Aufgabe, die ihm bevorstand. Die geheimnisvoll stille Wasserstelle kam allmählich in Sicht. Sie war kaum noch einen Kilometer entfernt. Pitt legte Gunn die Hand auf die Schulter und deutete voraus.

»Dort, wo die See so merkwürdig glatt ist.«

Gunn nickte. »In Ordnung. Wenn wir unsere Geschwindigkeit beibehalten, müßten wir in zehn Minuten dort sein. Sind deine Leute fertig?«

»Gestiefelt und gespornt«, erwiderte Pitt knapp. »Sie wissen, worauf sie sich einstellen müssen. Sie warten an Steuerbord auf dem Bootsdeck. Von der Villa aus sind sie nicht zu sehen.«

Gunn setzte seine Mütze auf. »Paß auf, daß sie mit genügend großem Abstand vom Rumpf ins Wasser springen. Sie können sonst leicht in den Sog der Schraube geraten.«

»Ich glaube kaum, daß ich sie extra darauf hinweisen muß«, entgegnete Pitt ruhig. »Sie sind samt und sonders fähige Leute. Du hast es selbst gesagt.«

»Stimmt genau«, schnaubte Gunn. Er wandte sich zu Pitt um. »Ich werde noch etwa fünf Kilometer weiter entlang der Küste fahren. Vielleicht können wir von Till damit vortäuschen, daß unsere Kartographen lediglich die seichten Gewässer ausloten wollen. Es ist zwar unwahrscheinlich, daß er darauf hereinfällt, aber einen Versuch ist es immerhin wert.«

»Bald werden wir es genau wissen.« Pitt verglich seine Uhr mit dem Bordchronometer. »Wann treffen wir uns wieder?«

»Ich werde noch ein bißchen auf und ab kreuzen und um 14 Uhr 10 wieder hier sein. Du hast also genau fünfzig Minuten, um das U-Boot zu finden und wieder zurückzutauchen.« Gunn zog eine Zigarre aus seiner Brusttasche und brannte sie an. »Ihr wartet auf mich, falls ihr schon früher zurück seid, hörst du?«

Pitt gab nicht sofort Antwort. Ein breites Lächeln zog über sein Gesicht, und seine grünen Augen blitzten vergnügt auf.

Gunn sah ihn verwirrt an. »Was findest du daran so lustig?«

»Du hast mich für einen Augenblick an meine Mutter erinnert. So oft ich mit meinem Schiff zu Hause einlief, gab sie mir den Auftrag, am Busbahnhof auf sie zu warten.«

Gunn schüttelte sorgenvoll den Kopf. »Na ja, wenn du nicht zurückkommst, weiß ich wenigstens, wo ich nach dir forschen muß. Und jetzt genug geredet. Du solltest dich allmählich fertig machen.«

Pitt nickte, verließ das Ruderhaus und kletterte die Leiter zum Bootsdeck hinunter. Seine fünf Begleiter waren bereits dabei, ihre Taucherausrüstungen anzulegen. Jeder der Männer überprüfte noch einmal das Gerät des anderen, ob die Druckventile richtig eingestellt und die Sauerstoff-Flaschen sachgemäß aufgeschnallt waren. Die freiwilligen Taucher waren einer wie der andere kluge und verläßliche Leute; Pitt hätte sich kein besseres Team für seine Unternehmung wünschen können.

Der Mann, der Pitt am nächsten stand, Ken Knight, sah auf. »Ich habe Ihr Gerät schon für Sie vorbereitet, Major. Ich hoffe, es stört Sie nicht, mit nur einem Atemschlauch zu tauchen. Die NUMA hat uns leider keine Geräte mit doppeltem Atemschlauch bewilligt.«

»Das macht nichts«, erwiderte Pitt. Er legte die Flossen an und schnallte sein Messer an die rechte Wade. Dann setzte er die Taucherbrille auf. Es war ein Modell mit konkav gewölbtem Sichtfenster, das dem Träger ein Blickfeld von 180 Grad verschafft. Pitt rückte den Schnorchel zurecht und schulterte dann die Sauerstoff-Flasche. Während er sich noch mit dem Festzurren der zwanzig

Kilogramm schweren Flasche abmühte, spürte er plötzlich, wie sie hilfreich von hinten angehoben wurde.

»Wie du jemals ohne mich auskommen willst«, erklang Giordinos Stimme, »ist mir ein Rätsel.«

»Und mir ist es ein Rätsel, warum ich dir nicht ein für allemal dein großes Maul stopfe«, entgegnete Pitt lachend.

»Andauernd mäkelst du an mir herum.« Giordino versuchte, beleidigt zu wirken, was ihm jedoch nur schlecht gelang. Er drehte sich um und sah hinab auf das vorbeiströmende Wasser. Nach einer langen Pause sagte er schließlich: »Mein Gott, schau einmal, wie klar das Wasser ist. Durchsichtig wie Glas.«

»Ich habe es auch schon bemerkt.« Pitt zog den Pfeil aus seiner Harpune und strich mit dem Daumen prüfend über die mit Widerhaken versehene Spitze. »Du weißt Bescheid?«

»Klar. Es ist alles bis ins kleinste hier eingespeichert«, erwiderte Giordino und tippte sich an den Kopf.

»Es ist äußerst beruhigend, daß du deiner selbst immer so sicher bist.«

»Sherlock Giordino weiß und sieht alles. Sein Scharfsinn läßt keine Rätsel ungelöst.«

»Hoffentlich hat Sherlock Giordino auch ein gutes Gedächtnis«, entgegnete Pitt ernst. »Du mußt den Zeitplan aufs genaueste einhalten.«

»Überlaß das nur mir«, meinte Giordino mit unbewegtem Gesicht. »Tja, ich glaube, wir müssen uns jetzt verabschieden. Ich wünschte, ich könnte dich begleiten. Viel Spaß beim Schwimmen.«

»Hoffentlich«, murmelte Pitt. »Hoffentlich.«

Die Schiffsglocke ertönte zweimal. Das war das Signal für die Taucher. Unbeholfen stelzte Pitt in seinen Flossen auf die kleine Plattform, die seitlich über den Schiffsrumpf hinausragte.

»Auf das nächste Signal hin springen wir.« Mehr sagte er nicht. Die Männer wußten ohnehin, was sie zu tun hatten.

Die Taucher faßten ihre Harpunen fester und blickten einander wortlos an. Nur ein Gedanke beherrschte sie in diesem Augenblick: Sie mußten weit genug springen, sonst konnte es leicht ein Bein, wenn nicht das Leben kosten. Auf einen Wink von Pitt hin stellten sie sich in einer Reihe hinter der Plattform auf.

Bevor Pitt die Taucherbrille über die Augen zog, musterte er noch ein letztes Mal die Männer um sich herum und prägte sich die besonderen körperlichen Merkmale eines jeden ein, um auch aus größerer Entfernung unter Wasser seine Begleiter identifizieren zu können. Ken Knight, der Geophysiker, war der einzige Blonde aus der Gruppe; Stan Thomas, der untersetzte, kräftige Maschinist der *First Attempt*, trug blaue Flossen und war vermutlich als einziger auch für ein Handgemenge gut. Dann waren da noch Lee Spencer, der rotbärtige Meeresbiologe, und Gustaf Hersong, ein schlaksiger, einen Meter neunzig großer Meeresbotaniker. Die beiden grinsten einander gerade an; sie schienen eng befreundet zu sein. Der Fotograf der Gruppe schließlich war der Bootsmann Omar Woodson, ein verschlossener, unzugänglicher Charakter, den das ganze Theater um ihn herum anscheinend völlig kalt ließ. Anstelle einer Harpune trug er eine 35-mm-Nykonos-Unterwasserkamera. Nachlässig ließ er den teuren Apparat über die Reling baumeln, als handelte es sich lediglich um eine wertlose Taschenkamera.

Leise vor sich hinpfeifend zog Pitt die Brille vor die Augen und blickte noch einmal hinunter auf das Wasser. Es strömte jetzt sehr viel gemächlicher unterhalb der Plattform vorbei als zuvor. Gunn hatte die Geschwindigkeit der *First Attempt* auf drei Knoten gedrosselt – das war langsam genug, um die Männer mit den Füßen voran springen lassen zu können. Pitt sah nach vorn zum Bug und versuchte ungefähr die Stelle auszumachen, an der er in das Wasser eintauchen würde.

Auf der Brücke warf Gunn im selben Moment einen letzten prüfenden Blick auf den Echographen und auf die Felsenküste. Langsam hob er die Hand und langte nach der Glockenschnur. Er zögerte einen winzigen Augenblick, dann zog er sie hart nach unten. Der helle, metallische Glockenschlag durchbrach die nachmittägliche

Stille und hallte als leises Echo von den Klippen zurück.

Pitt vernahm das Echo bereits nicht mehr. Die Taucherbrille gegen das Gesicht gepreßt und die Harpune fest umklammert, sprang er los.

Sowie das Wasser über seinem Kopf zusammengeschlagen war, rollte er sich nach vorn ab, stieß mit aller Kraft die Flossen nach hinten und tauchte eilig davon. Erst als er fünf Meter weit gekommen war, wagte er, den Kopf zu wenden. Schräg über sich sah er den Rumpf des Schiffes davongleiten. Die beiden Schrauben erschienen gefährlich nahe – und viel größer, als sie es in Wirklichkeit waren; ein Phänomen, das mit der Lichtbrechung des Wassers zusammenhing.

Pitt hielt nach den anderen Ausschau. Erleichtert atmete er auf: Gott sei Dank, allen war der Absprung geglückt. Dicht hintereinander kamen Knight, Thomas, Spencer und Hersong auf ihn zugetaucht. Nur Woodson hatte den Anschluß verloren und hing vielleicht sechs Meter weit zurück.

Die Sicht war wirklich erstaunlich klar. In einer Entfernung von ungefähr fünfundzwanzig Metern schwamm ein Krake vorbei, dessen violettfarbene Fangarme selbst auf diese Distanz noch deutlich zu erkennen waren. Unter Pitt huschten geschäftig ein paar häßlich aussehende, gelb-blau leuchtende Spinnenfische über dem Meeresgrund hin und her. Bizarr hoben sich die langen, dünnen Kiemenstacheln von den schuppenlosen Körpern ab. Eine geheimnisvolle, eigenartige Welt eröffnete sich den Tauchern, eine Welt, in deren stillen Tiefen die sonderbarsten Geschöpfe zu Hause waren und die eine solche Fülle phantastischer Formen und Farben in sich barg, daß sie zu beschreiben unmöglich war. Doch hatte diese Welt stets auch etwas Unheimliches und Beängstigendes an sich. Die vielfältigsten Gefahren lauerten hier – von den rasiermesserscharfen Zähnen des Hais angefangen bis zum tödlichen Gift des so harmlos aussehenden Zebrafisches. Die See war in all ihrer Schönheit faszinierend und furchtbar zugleich.

Um den Druck auszugleichen, blies Pitt kräftig durch die Nase in seine Taucherbrille. Als seine Ohren aufklappten, begann er tiefer zu tauchen und sich langsam an den Meeresgrund heranzuarbeiten.

In etwa zehn Metern Tiefe ging der zarte rötliche Schimmer des Wassers in ein weiches Türkis über. Pitt tauchte noch fünf Meter tiefer, dann legte er eine kurze Verschnaufpause ein. Er betrachtete aufmerksam den Meeresgrund, der hier einer unterseeischen Wüste glich: öder, unbewachsener Sandboden, über den sich in langen Wellen winzige Dünen hinwegzogen. Abgesehen von gelegentlich im Sand vergrabenen Seezungen, von denen nur die beiden Augen und ein Teil des Mauls hervorschauten, war keine Spur von Leben zu entdecken.

Sich immer dicht über dem Grund haltend, tauchten Pitt und seine Leute auf die Küste zu. Nach kurzer Zeit schon begann sich der Boden zu heben, und das Wasser wurde trüber – eine Folge der Brandung. Im Zwielicht tauchte eine seegrasbewachsene Felswand vor ihnen auf. Und plötzlich befanden sich die Taucher am Fuße einer jähen Klippe, die fast senkrecht emporstieg und dann die spiegelnde Wasseroberfläche durchbrach. Pitt bedeutete seinen Leuten, nach der Höhle auszuschwärmen.

Die Suche dauerte keine fünf Minuten. Woodson entdeckte sie als erster. Er pochte mit seinem Messer gegen die Sauerstoff-Flasche, um sich bemerkbar zu machen, und winkte die anderen herbei. Dann tauchte er weiter die Klippe entlang, über einen mit Seegras verhangenen Felsspalt hinweg, hielt an und deutete mit ausgestrecktem Arm voraus. Jetzt sah auch Pitt die Höhle: ein schwarzes, gähnendes Loch, nur knapp vier Meter unterhalb der Wasseroberfläche. Sie besaß etwa die Ausmaße eines Lokomotivschuppens – ein U-Boot konnte also ohne Schwierigkeiten in sie einfahren. Langsam und zögernd schwammen die Männer auf sie zu. Gespannt und fragend blickten sie sich an.

Pitt faßte sich als erster ein Herz und schwamm in die Höhle hinein. Die Finsternis verschluckte ihn im wahrsten Sinne des Wortes. Seine weiß schimmernden Fersen waren alles, was die anderen draußen noch von ihm wahrnahmen.

Vorsichtig tauchte er den Tunnel entlang. Ein leichter Sog zog ihn sanft vorwärts. Rasch ging das helle Türkis der sonnenbeschienenen See in ein dämmriges, dunkles Blau über. Es dauerte eine Weile, bis Pitts Augen sich an das Halbdunkel gewöhnt hatten und er seine Umgebung genauer erkennen konnte.

Normalerweise hätte die Höhle ein Tummelplatz aller möglichen Meerestiere sein müssen. Man hätte hier unzählige Taschenkrebse, Muscheln, Schnecken und hin und wieder auch einen vereinzelten Hummer erwarten dürfen. Doch nichts von alldem war zu sehen. Die Felswände waren ohne Bewuchs und mit einer seltsam weichen, rötlichen Masse überzogen, die, wenn Pitt sie berührte, in einer Wolke aufwirbelte. Er wandte das Gesicht nach oben und sah zu der gewölbten Decke der Höhle hinauf. Auch sie war mit diesem merkwürdigen Schlamm bedeckt.

Pitt schwamm weiter. Nach kurzer Zeit hob sich die Decke unvermittelt; der Tunnel war zu Ende, und Pitt befand sich in einer riesigen Höhle. Er tauchte auf und sah sich gespannt um. Es war nichts zu erkennen; dichter Nebel lag über dem Wasser. Verwirrt zog er den Kopf wieder zurück und tauchte tiefer. Kobaltblaues Licht drang durch den Tunnel herein und leuchtete die Grotte aus. In dem kristallklaren Wasser war jeder Winkel zu erkennen. Dicht vor Pitt huschte ein seltsam aussehender Fisch in einen Felsspalt.

Pitt schaute sich nun genauer um. Die Höhle glich einem Aquarium – anders ließ sich das nicht beschreiben. Sämtliche Meerestiere, die man zuvor so vermißt hatte, Hummer, Taschenkrebse, Muscheln und Schnecken, hier fanden sie sich in Scharen versammelt. Schwärme kleiner, bunter Fische zogen vorbei, und selbst der Riementang gedieh üppig.

Pitt war noch ganz in diesen bezaubernden Anblick versunken, als ihn plötzlich jemand am Fuß packte. Er wirbelte herum, doch es war nur Ken Knight, der nach oben deutete. Pitt nickte und schwamm an die Oberfläche. Wieder umfing ihn dichter Nebel.

Er spuckte das Mundstück aus. »Können Sie das erklären?« fragte er. Seine Stimme hallte dumpf von den Felswänden zurück.

»Keine seltene Erscheinung«, erwiderte Knight sachlich. »So oft das Wasser von draußen in die Höhle strömt, steigt hier der Wasserspiegel, und die eingeschlossene Luft wird komprimiert. Wenn das Wasser dann zurückfließt, sinkt der Luftdruck wieder, die hoch mit Feuchtigkeit gesättigte Luft kühlt ab, und der Wasserdampf kondensiert zu einem feinen Nebel.« Er schneuzte sich. »Die Dünung treibt das Wasser alle zwölf Sekunden hier herein. Es müßte also jeden Moment aufklaren.«

Tatsächlich lichtete sich wenige Augenblicke später der Nebel, und die Höhle ließ sich von einem bis zum anderen Ende überblikken. Sie war eine sich zwanzig Meter hochwölbende Grotte, nichts weiter. Von technischen Anlagen, die auf einen U-Boot-Stützpunkt hingedeutet hätten, keine Spur. Die kahlen Wände waren von riesigen Rissen zerklüftet, und die herabgestürzten Felsbrocken am Grund warnten vor der ständigen Gefahr eines Steinschlages. In wachsender Enttäuschung sah Pitt sich um. Dann bildete sich neuer Nebel über dem Wasser.

Pitt wollte zunächst nicht glauben, was er gesehen hatte. Hatte er sich so täuschen können? Plötzlich packte ihn Wut.

»Das gibt es nicht«, murmelte er, »das gibt es einfach nicht.« Er ballte die Hand und schlug mit der Faust voll Verzweiflung ins Wasser. »Mein Gott, wenn diese Höhle nicht von Tills Stützpunkt ist, dann habe ich alles verpatzt.«

»Ich halte Ihre Theorie noch immer für richtig, Major.« Ken Knight legte Pitt beschwichtigend die Hand auf die Schulter. »Der Ort ist für ein Versteck wie geschaffen.«

»Aber es ist eine Sackgasse. Der Tunnel ist der einzige Zugang zur Höhle.«

»Ich habe am hinteren Ende einen Sims gesehen. Vielleicht sollten wir . . .«

»Wir haben keine Zeit«, unterbrach ihn Pitt barsch. »Wir müssen so schnell wie möglich hier verschwinden und weitersuchen.«

»Entschuldigen Sie, Major!« Aus dem Nebel griff eine Hand nach Pitts Arm. Es war Hersong. »Ich habe etwas entdeckt, was vielleicht von Interesse sein könnte.«

Der Nebel lichtete sich wieder, und Hersongs Gesicht tauchte aus ihm auf. Pitt fiel sofort die seltsam aufgeregte Miene des schlaksigen Botanikers auf. Er lächelte ihn freundlich an.

»Okay, Hersong. Aber machen Sie schnell. Wir haben kaum Zeit für einen Vortrag über die Flora des Mittelmeeres.«

»Ob Sie es glauben oder nicht, gerade das hatte ich vor.« Hersong grinste zurück. Das Wasser tropfte aus seinem strähnigen Bart. »Sagen Sie, haben Sie die prächtige Macrocystis pyrifera am jenseitigen Ende der Höhle gesehen?«

»Kann schon sein«, erwiderte Pitt seufzend. »Leider weiß ich nicht, worüber Sie sprechen.«

»Macrocystis pyrifera ist eine Braunalge aus der Familie der Phaeophyten. Sie ist vielleicht eher unter dem Namen Riementang bekannt.«

Pitt sah ihn nachdenklich an. »Und?«

»Ich will es kurz machen. Diese besondere Art des Riementangs wächst nur an der Westküste der Vereinigten Staaten. Die Wassertemperatur in diesem Teil des Mittelmeers ist viel zu hoch, als daß die Pflanze hier gedeihen könnte. Hinzu kommt, daß der Riementang, ähnlich wie die meisten der auf dem Festland wachsenden Pflanzen, für die Photosynthese auf das Sonnenlicht angewiesen ist. Er kann unmöglich in einer Höhle existieren.«

»Wenn es kein Riementang ist, was ist es dann?«

Hersongs Gesicht verschwand im wieder aufsteigenden Nebel. Mit polternder Stimme erwiderte er: »Ein künstliches Gebilde. Zweifellos das vollkommenste Plastikmodell des Riementangs, das ich je gesehen habe.«

»Plastik?« rief Knight ungläubig. »Die Höhle hallte von seiner Stimme wider. »Bist du sicher?«

»Lieber Freund«, erklärte Hersong ungehalten. »Ich zweifle ja auch nicht an deinen Bohrprobenanalysen, oder?«

»Wie erklären Sie sich den roten Schlamm an den Tunnelwänden?« unterbrach ihn Pitt.

»Darüber kann ich keine sichere Auskunft geben«, erwiderte Hersong. »Es sah aus wie irgendein Anstrich.«

»Das kann ich bestätigen, Major.« Das Gesicht von Sten Thomas tauchte plötzlich aus dem verschwindenden Nebel auf. »Es ist ein arsenhaltiger Schutzanstrich für Schiffsrümpfe, der Algenbewuchs verhindern soll. Deshalb wächst auch nichts im Tunnel.«

Pitt sah auf seine Uhr. »Unsere Zeit geht zu Ende. Das hier *muß* der richtige Ort sein.«

»Meinen Sie, daß sich hinter dem Riementang ein zweiter Tunnel verbirgt?« fragte Knight nachdenklich.

»Es deutet alles darauf hin«, erwiderte Pitt ruhig. »Ein getarnter Tunnel, der zu einer zweiten Höhle führt. Jetzt begreife ich auch, weshalb von Tills Stützpunkt nie von irgendeinem Bewohner Thasos' entdeckt wurde.«

Hersong leerte das Wasser aus seinem Mundstück. »Suchen wir also weiter.«

»Es bleibt uns keine andere Wahl«, bestätigte Pitt. »Sind alle bereit?«

»Alles klar«, antwortete Spencer. »Nur Woodson fehlt.«

Just in diesem Moment flammte ein Blitzlicht auf, und die Höhle wurde für Sekundenbruchteile in ein gleißend helles Licht getaucht.

»Keiner hat gelächelt«, bemerkte Woodson säuerlich. Er war zur hinteren Höhlenwand geschwommen, um für sein Foto alle Männer auf das Bild zu bekommen.

»Das nächste Mal ruf uns vorher einen Witz zu!« schlug Spencer vor.

»Das würde wohl kaum etwas nützen«, grunzte Woodson. »So langsam, wie ihr reagiert.«

Pitt grinste nur. Dann schob er das Mundstück wieder zwischen die Zähne, rollte sich ab und tauchte steil nach unten. Die anderen folgten in jeweils drei Metern Abstand.

Der künstliche Riementang schien undurchdringlich zu sein. Die dünnen Stengel verästelten sich zu einem ungeheuer dichten, mächtigen Dickicht, das vom Boden bis zur Wasseroberfläche reichte.

Doch Hersong hatte recht: Die Pflanze bestand aus Plastik; man mußte allerdings bis auf Armeslänge an sie heranschwimmen, um das zu erkennen. Pitt zückte sein Messer und begann, sich einen Weg durch das hin und her wogende braune Gestrüpp zu bahnen. Nur langsam arbeitete er sich voran. Dann gelangte er endlich in einen zweiten Tunnel. Er war von einem größeren Durchmesser, aber sehr viel kürzer als der erste. Pitt hatte ihn rasch passiert. Eine zweite Höhle schloß sich an. Pitt tauchte auf. Wieder lag dichter weißer Nebel über dem Wasser. Ein leises, regelmäßiges Plätschern zeigte an, daß auch die anderen Männer nach und nach auftauchten.

»Können Sie etwas sehen?« Das war Spencer.

»Noch nicht«, erwiderte Pitt. Angestrengt starrte er durch das schummrige Grau. Er glaubte, nun doch etwas zu erkennen. Noch war er sich nicht im klaren, ob es sich nicht nur um eine Einbildung handelte. Doch im sich lichtenden Nebel nahm dieses Etwas allmählich Gestalt an. Und dann gab es keinen Zweifel mehr: Nur wenige Meter vor Pitt lag mattschwarz schimmernd ein U-Boot. Er spuckte das Mundstück aus und schwamm eilig zu ihm hinüber, ergriff das vordere Tiefenruder und zog sich an Deck.

Er hatte also doch recht gehabt! Oft hatte er sich ausgemalt, wie er wohl reagieren würde, wenn er endlich an Bord dieses Schiffes stand. Doch das erwartete Triumphgefühl wollte sich nicht einstellen – angesichts der eisernen Planken erfüllten ihn nur Ekel und Zorn. Wieviel Leid, wieviel Unglück hatten sie wohl schon gesehen?

»Werfen Sie Ihre Harpune auf das Deck und verhalten Sie sich ganz, ganz ruhig.« Die Stimme hinter Pitt klang eisig. Eine Gewehrmündung bohrte sich ihm in den Rücken. Langsam ließ er die Harpune zu Boden sinken. »Gut. Jetzt sagen Sie Ihren Leuten, sie möchten ihre Waffen ebenfalls zu Boden sinken lassen. Und keine Tricks! Sonst muß ich sie mit einer Handgranate eines Besseren belehren.«

Pitt nickte den fünf Männern zu. »Sie haben gehört, was er gesagt hat. Lassen Sie die Harpunen fallen . . . die Messer auch. Es ist wohl sinnlos, diesen Herrschaften Widerstand zu leisten. Tut mir leid, Leute. Es sieht so aus, als hätte ich euch in die Höhle des Löwen gelockt.«

Mehr gab es nicht zu sagen. Pitt hatte die fünf in eine Falle geführt, aus der es höchstwahrscheinlich kein Entrinnen gab. Von Till hatte ihn zum zweitenmal überlistet. Auf Befehl verschränkte Pitt die Hände hinter dem Kopf und drehte sich langsam um.

»Major Pitt, Sie sind wirklich ein ungewöhnlich lästiger junger Mann.«

Breitbeinig stand Bruno von Till an Deck des U-Boots und grinste boshaft. Die Augen unter seinem kahlen Schädel waren nichts als zwei schmale Schlitze. Einmal mehr fiel Pitt auf, wie unglaublich widerwärtig ihm dieser Mann war. Dann erst bemerkte er, daß der Deutsche gar kein Gewehr in der Hand hielt; er hatte beide Hände in den Taschen seiner Jacke vergraben. Das Gewehr trug der Mann neben ihm – ein baumlanger Koloß mit einem erstaunlich häßlichen, rohen Gesicht. Von Tills Grinsen ging in ein spöttisches Lächeln über. Sarkastisch sagte er: »Verzeihen Sie, daß ich Sie einander nicht vorstelle, Major.« Er wies auf seinen Nebenmann. »Aber soweit ich unterrichtet bin, kennen Sie und Darius sich ja bereits.«

17. Kapitel

»Sie scheinen überrascht, mich hier zu treffen, Major«, meinte Darius mit leiser, höhnischer Stimme. »Ich kann Ihnen gar nicht sagen, wie sehr es mich freut, Ihnen unter so glücklichen Umständen wieder zu begegnen.« Er stieß seine Waffe gegen Pitts Kehle. »Keine falsche Bewegung, bitte. Ich müßte Sie sonst, ohne lange zu fackeln, umlegen – und das brächte mich um das große Vergnügen, persönlich an Ihnen spezielle Rache zu nehmen. Ich sagte Ihnen ja bereits, daß ich mit Ihnen und Ihrem häßlichen kleinen Freund noch ein

Hühnchen zu rupfen hätte. Nun ist es so weit. Ihr werdet mir beide für meine Schmerzen büßen.«

Pitt tat sein Bestes, möglichst gelassen zu wirken. »Tut mir leid, Sie enttäuschen zu müssen; aber Giordino ist heute zu Hause geblieben.«

»Dann müssen Sie doppelt bezahlen.«

Darius lächelte gehässig, dann senkte er die Waffe und schoß, ohne mit der Wimper zu zucken, Pitt ins Bein. Der trockene Knall wurde von den Felswänden in einem donnernden Echo zurückgeworfen. Pitt geriet ins Taumeln und wurde zwei Schritte zurückgeschleudert. Ein brennender Schmerz jagte durch sein Bein. Irgendwie – er begriff es selbst nicht – schaffte er es jedoch, stehen zu bleiben. Das Geschoß hatte sich dicht am Knochen vorbei durch die Muskeln gebohrt und war auf der anderen Seite wieder ausgetreten. Aus dem winzigen roten Einschußloch sickerten ein paar Tropfen Blut. Das Brennen der Wunde flaute rasch ab, und der Schock ließ das Bein taub werden. Die wahren Schmerzen, das wußte Pitt, standen ihm erst noch bevor.

»Laß gut sein, Darius«, sagte von Till vorwurfsvoll. »Wir wollen uns nicht in lauter Gemeinheiten verzetteln. Schließlich haben wir wichtigere Dinge zu erledigen. Nachher kannst du deine Wut weiter an ihm auslassen. Sie müssen Darius' Grobheiten entschuldigen, Major Pitt. Aber im Grunde sind Sie selbst schuld. Ihr hinterhältiger Tritt in seine empfindlichste Körperpartie wird ihn wohl noch gut zwei Wochen humpeln lassen.«

»Mir tut bloß leid, daß ich nicht zweimal so fest zugetreten habe«, entgegnete Pitt mit zusammengebissenen Zähnen.

Von Till beachtete ihn nicht weiter. Er wandte sich an die Männer im Wasser: »Lassen Sie Ihre Taucherausrüstungen auf den Grund sinken, meine Herren. Dann kommen Sie herauf an Deck. Aber ein bißchen flott, wenn ich bitten darf. Die Zeit ist knapp.«

Thomas setzte seine Tauchermaske ab und warf von Till einen haßerfüllten Blick zu. »Wir fühlen uns ganz wohl hier unten.«

Von Till zuckte die Achseln. »Na schön, dann muß ich meiner

Bitte eben etwas mehr Nachdruck verleihen.« Er drehte sich um und rief: »Hans, das Licht!«

Eine ganze Batterie von Flutlichtscheinwerfern leuchtete auf. Gleißend weißes Licht erfüllte die Höhle. Pitt bemerkte nun, daß das U-Boot an einem hölzernen Schwimmdock vertäut lag, das sich von einer kleinen Tunnelöffnung in der hinteren Felswand aus etwa sechzig Meter weit über das Wasser erstreckte. Die Höhle selbst war sehr viel niedriger als die erste, dafür aber ein paarmal so groß: Ihre Ausmaße glichen etwa denen eines Fußballfeldes. An der rechten Wand standen auf einem überhängenden Felssims fünf Männer, reglos wie Statuen, und jeder mit einer Maschinenpistole im Anschlag. Alle trugen sie jene Uniform, die Pitt schon zuvor bei von Tills Chauffeur aufgefallen war. Die ruhige Gelassenheit, mit der sie ihre Waffen auf die Männer im Wasser gerichtet hielten, ließ keinen Zweifel an ihrer Entschlossenheit aufkommen.

»Ich glaube, Sie tun lieber, was der Mann sagt«, empfahl Pitt.

Der Nebel kam wieder auf, dank der Scheinwerfer wurde die Sicht jedoch kaum schlechter. An Flucht war nicht zu denken. Spencer und Hersong kletterten als erste an Bord des U-Boots, dann folgten Knight und Thomas. Woodson bildete wie gewöhnlich den Schluß. Ungeachtet von Tills Anordnung hielt er seine Kamera immer noch in der Hand.

Knight half Pitt, die Sauerstoff-Flasche abzuschnallen.

»Lassen Sie einmal Ihr Bein sehen, Major.« Mit Knights behutsamer Unterstützung setzte Pitt sich hin. Knight band seinen Bleigürtel ab, nahm die Bleigewichte heraus und wickelte, um die Blutung zu stillen, den Nylongurt um das verletzte Bein. Er sah auf und grinste Pitt an. »Sie brauchen wohl jeden Tag eine neue Verletzung?«

»Das ist ein Steckenpferd von mir . . .«

Pitt brach unvermittelt ab. Der Nebel schwand und im Licht der Scheinwerfer zeigte sich ein zweites U-Boot, das auf der anderen Seite des Docks angelegt hatte. Verdutzt glitt Pitts Blick zwischen den beiden Schiffen hin und her. Das eine U-Boot – das, auf dem er und seine Männer standen – besaß ein vollkommen glattes Deck, ohne alle Aufbauten. Über dem Rumpf des anderen Schiffes dagegen erhob sich immer noch der Turm; nichts schien demontiert. An Deck lagen die Trümmer eines Flugzeugs; die drei Männer, die mit dem Rücken zu Pitt standen, waren gerade dabei, die beiden Maschinengewehre zu bergen.

»Von hier ist die *Albatros* also immer aufgetaucht!« Pitt fiel es wie Schuppen von den Augen. »Ein altes japanisches Tauchboot, auf dem ein kleiner Aufklärer landen und starten kann. Die gibt es doch schon seit dem Zweiten Weltkrieg nicht mehr.«

»Sie kennen sich aus«, meinte von Till lobend. »Ein hübsches kleines Schiff, nicht wahr? 1945 wurde es vor Iwo Jima von einem amerikanischen Zerstörer versenkt und 1951 von den *Minerva Lines* gehoben. Wenn es darum geht, meine Waren möglichst ungesehen anzulanden, ist diese Verbindung von U-Boot und Flugzeug besonders glücklich.«

»Sie eignet sich natürlich auch hervorragend, um amerikanische Luftwaffenstützpunkte und Forschungsschiffe anzugreifen«, ergänzte Pitt.

»Getroffen, Major«, lächelte von Till. »Bei unserem Abendessen neulich hatten Sie ja bereits die Vermutung geäußert, daß das Flugzeug aus dem Meer aufgetaucht sei. Sie kamen damit der Wahrheit näher, als Sie ahnen konnten.«

»Ich sehe es.« Pitt warf einen raschen Seitenblick zu dem kleinen Tunnel hinüber. Die Maschinenpistolen geschultert, lehnten beiderseits des Eingangs zwei weitere Wachposten an der Wand. Pitt fuhr fort: »Die alte *Albatros* . . .«

»Wenn ich Sie korrigieren darf«, fiel ihm von Till ins Wort: »Es handelt sich hier um einen Nachbau der originalen *Albatros*. Ein gemütlicher Doppeldecker erschien mir das geeignetste Flugzeug, um auf kurzen Strecken, an dunklen Stränden oder auch auf See neben einem Schiff zu landen und abzuheben; die unteren Tragflächen lassen, oder besser: ließen sich nämlich herunterklappen und zu Wassergleitern umfunktionieren. Die *Albatros D-3* entsprach – natürlich erst nach Einbau einer modernen Maschine – genau meinen Ansprüchen. Hinzu kam, daß ein altes, klappriges Flugzeug wohl kaum den Verdacht erweckte, es könnte zu, sagen wir einmal: nicht ganz legalen Zwecken benutzt werden. Zu schade, daß es nie wieder fliegen wird.«

Von Till zog eine Schachtel Zigaretten aus der Brusttasche und zündete sich eine an.

»Eigentlich hatte ich nie vor, mit meinem Transportflugzeug einen Kampfangriff zu fliegen«, fuhr er fort. »Leider blieb mir aber gar nichts anderes übrig, als Brady Field und Ihr schönes Forschungsschiff unter Beschuß zu nehmen. Dieser Commander Gunn ließ sich trotz all meiner kleinen Sabotageakte nicht davon abbringen, seine Expedition fortzusetzen. Ich sah mich einfach zu dieser drastischen Maßnahme gezwungen. Mein U-Boot-Hafen hier liegt gut versteckt, und die Gefahr, daß er von irgendeinem harmlosen Sporttaucher entdeckt wird, ist außerordentlich gering. Wenn aber ein ganzes Team ozeanographisch und meeresbiologisch ausgebildeter Wissenschaftler hier herumtaucht, ist das etwas anderes. Dieses Risiko durfte ich nicht eingehen. Also entwickelte ich eine, wie ich glaubte, todsichere Sache: Colonel Lewis sollte durch den Fliegerangriff gezwungen werden, die ... äh ... *First Attempt* die Küstengewässer räumen zu lassen. Ursprünglich wollte ich gleich nach dem Bombardement des Flugfelds noch eine Attacke gegen das Schiff fliegen. Doch dummerweise sind dann Sie, Major, auf den Plan getreten und haben alles durcheinander gebracht.«

»Zu traurig«, warf Pitt sarkastisch ein.

»Wenn Willy Sie so hörte ...«

»Wo ist denn unser liebenswerter Spanner?« wollte Pitt wissen.

»Willy war der Pilot. Er hat es nicht mehr rechtzeitig geschafft, aus der *Albatros* abzuspringen. Er ertrank, bevor wir noch das Wrack erreicht hatten.« Von Tills Miene verdüsterte sich plötzlich. »Es scheint, als hätten Sie sowohl meinen Chauffeur wie auch meinen Hund auf dem Gewissen.«

»Willys Tod ist nur seiner eigenen Dummheit zuzuschreiben«, entgegnete Pitt ruhig. »Er ist auf den alten, plumpen Ballontrick hereingefallen, der auch schon Kurt Heibert das Leben gekostet hat. Und was den Hund betrifft, so rate ich Ihnen, das nächste Mal erst Ihr Besteck zu zählen, ehe Sie eine Ihrer tollwütigen Bestien auf Ihre Gäste hetzen.«

Von Till sah Pitt einen Moment lang forschend an. Dann begriff er. »Bemerkenswert, wirklich bemerkenswert. Sie haben also meinem Hund mit einem meiner eigenen Messer den Garaus gemacht? Wie geschmacklos, Major. Darf ich fragen, was Sie so mißtrauisch gemacht hat?«

»Eine düstere Vorahnung, nicht mehr und nicht weniger. Sie hätten nie versuchen dürfen, mich umzubringen – das war Ihr erster entscheidender Fehler.«

»Wie man's nimmt. Ihre Flucht aus dem Labyrinth hat Ihr Leben höchstens um ein paar Stunden verlängert.«

Pitt ging darauf nicht ein. Verstohlen sah er wieder zu dem Tunnel hinüber. Die beiden Wachtposten waren verschwunden. Die übrigen fünf standen jedoch nach wie vor unheildrohend an der Höhlenwand.

»Ihrem Empfangskomitee nach zu schließen, waren Sie auf unsere Ankunft offensichtlich vorbereitet?« Pitt sah von Till fragend an.

»Selbstverständlich waren wir darauf vorbereitet«, erklärte von Till kühl. »Unser beider Freund Darius hat mich rechtzeitig davon unterrichtet. Endgültig wußten wir Bescheid, als die *First Attempt* so auffällig dicht an die Klippen heransteuerte. Kein Kapitän der Welt führt grundlos so ein riskantes Manöver durch.«

»Und wie hoch ist Darius' Judaslohn?«

»Der genaue Betrag dürfte für Sie kaum von Interesse sein«, erwiderte von Till. »Immerhin möchte ich Ihnen doch so viel andeuten, daß Darius schon zehn Jahre in meinen Diensten steht. Unsere Organisation hat ihn stets angemessen entlohnt.«

Pitt starrte in die dunklen Augen des Griechen. »Eine hübsche Umschreibung für einen miesen Verrat. Das übrigens ist Ihr zweiter Fehler, von Till: daß Sie auf so eine schmierige Ratte wie Darius vertrauen. Sie werden es noch bitter bereuen.«

Darius zitterte vor Wut. Die Waffe in seiner Riesenpratze richtete sich auf Pitts Nabel.

Von Till schüttelte tadelnd den Kopf. »Sie werden ganz schnell mausetot sein, wenn Sie Darius noch länger so reizen.«

»Was macht das aus? Sie werden uns doch sowieso ins Jenseits befördern.«

»Schon wieder eine Ihrer düsteren Vorahnungen, Major? Sie sind ja der reinste Prophet.« Von Tills heiterer Tonfall gefiel Pitt ganz und gar nicht.

»Ich hasse Überraschungen«, knurrte er giftig. »Wie und wann?«

Mit einem eleganten Schwung zog von Till den Ärmel seiner Jacke zurück und blickte auf seine Uhr. »In exakt elf Minuten. Mehr Zeit kann ich Ihnen leider nicht einräumen.«

»Warum nicht gleich?« fuhr Darius dazwischen. »Wozu warten? Wir haben noch viel zu erledigen.«

»Immer mit der Ruhe, Darius«, wies ihn von Till zurecht. »Du denkst zuwenig. Wir könnten gut ein paar zusätzliche Hilfskräfte für das Verladen gebrauchen.« Er sah auf Pitt und lächelte. »Wegen Ihrer Verwundung sind Sie entschuldigt, Major. Die anderen jedoch«, wandte er sich an Pitts Leute, »verladen umgehend die Kisten, die Sie hier auf dem Dock sehen, in das U-Boot.«

»Wir arbeiten nicht für Verbrecher«, erwiderte Pitt ruhig.

»Sie wollen einfach nicht mit sich reden lassen. Na gut.« Von Till wandte sich an Darius. »Schieß ihm ein Ohr weg. Dann die Nase, dann . . .«

»Halt's Maul, du elender Scheißkerl!« stieß Woodson in äußerster Wut hervor. »Wir beladen deinen Mistkahn ja schon.«

Sie hatten keine Wahl, Pitt hatte keine Wahl. Ohnmächtig mußte er zusehen, wie Spencer und Hersong die Holzkisten vom Stapel nahmen und sie weiter an Knight und Thomas auf das U-Boot reichten. Woodson verschwand im Laderaum; nur seine Arme, die immer wieder aus der Luke heraus nach einer Kiste griffen, waren noch von ihm zu sehen.

Pitts Bein begann ernstlich weh zu tun. Er hatte das Gefühl, als hetzte ein winzig kleines Männchen mit einem Flammenwerfer in seiner Wunde hin und her. Ein- oder zweimal stand er dicht vor einer Ohnmacht; doch durch eine verzweifelte Willensanstrengung gelang es ihm jedesmal, die dunklen Nebel vor seinen Augen wieder zu vertreiben. Er zwang sich, das Gespräch mit von Till in unverbindlichem Plauderton forzusetzen.

»Sie haben mit dem ›Wann‹ nur die Hälfte meiner Frage beantwortet, von Till.«

»Interessieren Sie die Umstände Ihres Ablebens wirklich so sehr?«

»Wie gesagt, ich hasse Überraschungen.«

Von Till warf Pitt einen langen, nachdenklichen Blick zu. Dann zuckte er die Schultern. »Wenn Sie es unbedingt wissen wollen« – Er hielt inne und sah abermals auf seine Uhr –: »Sie und Ihre Männer werden erschossen. Ein grausames Ende, zugegeben; doch, wie ich glaube, immer noch humaner, als bei lebendigem Leibe begraben zu werden.«

Pitt überlegte. »Sie ziehen es vor zu verschwinden, von Till? Aber natürlich: Das Verladen der Ware und der technischen Ausrüstung, die Tatsache, daß Sie sogar die Maschinengewehre aus der *Albatros* ausbauen lassen – das alles kann nur bedeuten, daß Sie Ihre Zelte abbrechen und das Weite suchen. Und sobald Sie hier heraus sind, jagen Sie die ganze Höhle in die Luft. Damit sind alle Spuren verwischt. Unsere Leichen werden unter dem meterhohen Schutt nie gefunden werden.«

Verblüffung und Mißtrauen spiegelten sich auf von Tills Zügen. »Bitte, fahren Sie fort, Major. Ich finde Ihre Überlegungen hochinteressant.«

»Sie stehen unter großem Zeitdruck. Der Boden brennt Ihnen unter den Füßen. Unter uns, in diesem U-Boot, lagern einhundertdreißig Tonnen Heroin – sie wurden in Shanghai an Bord genommen und dann mit einem Frachter der *Minerva Lines* durch den Indischen Ozean und den Suez-Kanal hierhertransportiert. Ich muß Ihnen für Ihren Einfallsreichtum wirklich ein Kompliment machen, von Till.

Jeder andere Gangster hätte versucht, das Heroin klammheimlich durch ein Hintertürchen in die Vereinigten Staaten zu schmuggeln. Nicht Sie! Sie posaunen erst einmal in der ganzen Welt herum, welche Ladung die *Queen Artemisia* an Bord hat und was ihr Bestimmungshafen ist. Verdammt gerissen! Selbst wenn INTERPOL dahinterkäme, daß Sie Ihren Schmuggel mit einem Unterseeboot betreiben – nützen würde das ihnen nichts. Denn INTERPOL hat im Augenblick ausschließlich die *Queen Artemisia* im Auge. Sie verstehen, was ich meine?«

Von Till schwieg.

»Wie Ihnen Darius zweifellos mitgeteilt hat«, fuhr Pitt fort, »vertrödeln Inspektor Zacynthus und das Drogendezernat ihre Zeit gegenwärtig damit, in Chicago eine Falle für die *Queen Artemisia* aufzubauen. Ich möchte nicht deren lange Gesichter sehen, wenn sie feststellen, daß das Schiff nichts als Kakao geladen hat, bis zum Rand.«

Pitt hielt inne, um sein Bein bequemer zu lagern. Er bemerkte, daß Knight und Thomas sich zu Woodson in den Laderaum gesellt hatten.

»Sie können sich beglückwünschen, von Till«, fuhr er fort. »Die Leute von INTERPOL sind Ihnen voll und ganz auf den Leim gekrochen. Sie haben nicht die geringste Ahnung, daß das Heroin in Wirklichkeit letzte Nacht hier an Land gebracht wurde und erst mit dem nächsten Schiff der *Minerva Lines* weitertransportiert werden soll. Wenn ich mich nicht irre, ist das die *Queen Jocasta*. Sie hat türkischen Tabak geladen und ist unterwegs nach New Orleans. In circa zehn Minuten wird sie hier vor der Küste vor Anker gehen. Deshalb sind Sie auch so nervös. Denn weil Sie es so verdammt eilig haben, sich von Thasos abzusetzen, müssen Sie Ihr U-Boot bei hellichtem Tage an die *Queen Jocasta* ankoppeln.«

»Sie haben eine lebhafte Phantasie«, meinte von Till abfällig. Die Miene des alten Mannes verriet jedoch aufs deutlichste, wie betroffen er war. »Es wird Ihnen freilich kaum möglich sein, Ihre wilden Theorien zu beweisen.«

»Wozu auch? In ein paar Minuten bin ich ohnehin tot.«

»Da haben Sie voll und ganz recht«, bestätigte von Till nachdrücklich. »Na gut, warum soll ich es nicht zugeben? Alles, was Sie gesagt haben, stimmt, Major. Sie sind wirklich von einem bestechenden Scharfsinn. Nur in einem Punkt muß ich Sie berichtigen: Die *Queen Jocasta* wird nicht in New Orleans anlegen, sondern in letzter Minute ihren Kurs ändern und Galveston in Texas anlaufen.«

Die drei Männer, die mit den Maschinengewehren der *Albatros* beschäftigt gewesen waren, hatten ihre Arbeit inzwischen beendet und waren verschwunden. Auf dem Dock war im Augenblick nur noch Hersong zu sehen; Spencer war ebenfalls zu den anderen in den Laderaum geklettert. Pitt sprach hastig weiter. Er mußte Zeit schinden.

»Ehe Sie Darius jetzt über mich herfallen lassen, gestatten Sie mir, bitte, noch eine letzte Frage. Als Gentleman können Sie mir das nicht abschlagen.«

In der Tat stand Darius die Mordlust ins Gesicht geschrieben. Mit der erwartungsfrohen, bösen Miene eines Schuljungen, der darauf brennt, einen Frosch zu sezieren, starrte er auf Pitt hernieder.

»Aber bitte, Major«, entgegnete von Till liebenswürdig, »fragen Sie.«

»Wie wird das Heroin vertrieben, wenn Sie es in Galveston gelöscht haben?«

Von Till lächelte. »Es ist nur wenigen Leuten bekannt, daß ich unter anderem auch Besitzer einer Fischereiflotte bin. Finanziell lohnt sie sich natürlich kaum, doch für gelegentliche kleine Einsätze ist sie ganz gut zu gebrauchen. Zur Zeit sind die Boote im Golf von Mexiko auf Fang. Sobald ich den Befehl gebe, ziehen meine Leute die Netze ein und laufen Galveston an. Dort treffen sie gleichzeitig mit der *Queen Jocasta* ein. Der Rest ist einfach: Das U-Boot legt von dem Schiff ab und wird von den Fischkuttern zu einer Konservenfabrik dirigiert. Zusammen mit den Fischen wird das Heroin in die Fabrik geschleust und in Konservendosen gefüllt; als Katzenfutter deklariert wird es dann in die gesamten Vereinigten Staaten verschickt. Das Drogendezernat hat keine Chance: Ehe es überhaupt einen Verdacht schöpfen kann, ist das Rauschgift schon auf dem Markt. Geben Sie zu, Major: Das kalte Entsetzen packt Sie, wenn Sie an all das Heroin denken, das Ihre Landsleute schnupfen, essen und sich spritzen werden.«

Pitt lächelte plötzlich. »Ja, wenn sich tatsächlich alles so abspielte – ich wäre entsetzt.«

Von Till kniff überrascht die Augen zusammen. Das waren ganz und gar nicht die Worte eines Menschen, der mit seinem Leben abgeschlossen hat. »Es *wird* sich so abspielen, das garantiere ich Ihnen.«

»Sie sind auch noch stolz darauf!« Fassungslos schüttelte Pitt den Kopf. »Tausende von Menschen wollen Sie für ein paar lumpige Dollar ins Elend stürzen, und Sie sind auch noch stolz darauf!«

»Ein paar lumpige Dollar sind es gewiß nicht. Ich gehe eher von einer halben Milliarde aus.«

»Sie werden nicht einmal mehr dazu kommen, das Geld zu zählen, geschweige denn, es auszugeben.«

»Und was sollte mich davon abhalten? Sie, Major? Inspektor Zacynthus? Oder werde ich vielleicht von einem Blitz erschlagen?«

»Die Vorsehung wird dafür sorgen, daß Ihre Pläne mißlingen.«

»Jetzt ist aber Schluß!« schaltete sich Darius aufgebracht ein. »Er soll endlich für seine Überheblichkeit bezahlen.« Sein häßliches Gesicht war vor Wut verzerrt. Pitt fühlte sich äußerst unbehaglich in seiner Haut. Er konnte sich nur zu gut vorstellen, wie sich Darius' Finger in diesem Augenblick um den Abzug krümmte.

»Nicht doch«, sagte er langsam. »Mich jetzt schon umzulegen wäre schäbig. Meine elf Minuten sind noch nicht vorbei.« In Wirklichkeit kam es ihm vor, als hätte er schon eine halbe Ewigkeit geredet.

Von Till verharrte einen Moment lang schweigend und spielte mit seiner Zigarette. »Eines würde mich noch interessieren, Major«, meinte er endlich. »Warum haben Sie meine Nichte gekidnappt?«

Ein verschlagenes Grinsen überflog Pitts Gesicht. »Zunächst einmal ist sie gar nicht Ihre Nichte.«

Darius erbleichte. »Das – das können Sie doch gar nicht wissen!«

»Ich weiß es aber trotzdem«, entgegnete Pitt gelassen. »Im Gegensatz zu Ihnen, von Till, besitze ich zwar keine Informationen aus erster Hand, doch ich weiß Bescheid. Zacynthus' Plan war im Grunde gar nicht so schlecht, doch leider schon von Anfang an zum Scheitern verurteilt. Ihre echte Nichte hat er irgendwo in England versteckt. Dann hat er ein anderes Mädchen aufgespürt, das ihr sehr ähnlich sah. Sie brauchte ihr nicht aufs Haar zu gleichen, da Sie die echte Teri ja schon seit über zwanzig Jahren nicht mehr gesehen hatten. Dieses Double schickte er hierher nach Thasos, wo sie dann ›ganz zufällig‹ bei Ihnen hereingeschneit kam.«

Darius sah von Till an und ballte die Fäuste. Der jedoch verzog keine Miene. Er nickte nur nachdenklich.

»Bedauerlicherweise«, fuhr Pitt fort, »war der ganze Aufwand für die Katz. Sie waren von ihrer Ankunft kein bißchen überrascht; Darius hatte Sie schließlich rechtzeitig informiert. Sie hatten jetzt die Wahl: Entweder konnten Sie das Mädchen als Schwindlerin entlarven und hinauswerfen, oder Sie gingen auf das Spiel ein und ließen sie lauter Falschmeldungen übermitteln. Klar, daß Sie sich für das letztere entschieden. Da waren Sie ganz in Ihrem Metier: Sie hielten alle Fäden in der Hand und konnten die Puppen nach Belieben tanzen lassen. Mit Darius auf der einen und dem Mädchen auf der anderen Seite konnten Sie Zacynthus und Zeno leicht in die Irre führen.«

»Ideale Bedingungen. Meinen Sie nicht auch, Major?«

»Sie konnten gar nicht besser sein«, erwiderte Pitt ruhig. »Vom Tage ihrer Ankunft bis zur Entführung aus der Villa wurde Teri ständig überwacht. Unter dem Vorwand, sie brauche einen Leibwächter, wurde ihr Willy beigesellt, und der ließ sie keine Sekunde aus den Augen. Seine Aufgabe hat ihm sicher viel Spaß gemacht – besonders, wenn Teri morgens zum Schwimmen ging. Dieser Frühsport diente übrigens nur dazu, Kontakt mit Zacynthus aufzunehmen. Er bot die einzige Möglichkeit, ihm ihre – natürlich völlig wertlosen – Informationen zu überbringen. Es muß Sie diebisch gefreut haben, daß Teri all den Unsinn, den Sie ihr erzählten, als brandheiße Neuigkeit weitergab. Aber irgendwie hat Zacynthus Lunte gerochen. Wahrscheinlich hatte er sich bei einem morgendlichen Rendezvous einmal verspätet und dabei Willy im Gebüsch entdeckt, der das Mädchen im Bikini beobachtete. Zacynthus drängte sich der Verdacht auf, daß alle ihre Zusammenkünfte bespitzelt worden waren, und plötzlich löste sich sein wunderschöner Plan in Rauch auf. Es schien, als hätten Sie ihn wieder einmal ausgetrickst.«

»Wir hätten ihn auch wieder eingewickelt«, polterte Darius los, »wenn *Sie* nicht gewesen wären . . .«

Pitt zuckte die Achseln. »Tja, ohne daß ich wußte, wie mir geschah, wurde schließlich auch ich in den Strudel der Ereignisse hineingezogen. Mein Leben wäre gewiß sehr viel einfacher verlaufen, wenn ich an dem bewußten Morgen im Bett geblieben wäre. Als Teri mich entdeckte, machte ich gerade, halb im Wasser liegend, ein Nikkerchen. Es war noch dunkel, und so dachte sie zuerst, ich wäre Zacynthus. Sie hat fast einen Herzschlag erlitten, als ich mich plötzlich aufsetzte und ganz unbefangen mit ihr zu plaudern anfing.«

Wieder jagte ein jäher Schmerz durch sein Bein. Gequält umklammerte er es. Er zwang sich, weiterzusprechen und preßte durch die zusammengebissenen Zähne: »Irgend etwas mußte katastrophal schiefgelaufen sein. Von Zacynthus war weit und breit nichts zu sehen. Statt dessen saß da ein wildfremder Mann, der offensichtlich keine Ahnung hatte, was gespielt wurde. Teri war vollkommen durcheinander. Doch sie schaltete schnell: Es war höchst unwahrscheinlich, daß ein Außenstehender morgens um vier Uhr ausgerechnet an diesem gottverlassenen Strand zum Baden ging. Es gab für sie nur eine Erklärung: Ich mußte einer Ihrer Leute sein, von Till. So ratterte sie ihre fabelhaft auswendig gelernte Biographie herunter und lud mich zum Abendessen in Ihr Haus ein. Sie glaubte, sie könnte Sie aus dem Konzept bringen, wenn Sie Ihnen plötzlich einen Ihrer eigenen Sklaven als ihren Freund vorstellte.«

Von Till lächelte. »Ich fürchte, Sie haben sich damals mit Ihrer lächerlichen Lüge, Sie wären Müllmann auf Brady Field, selbst ein

Bein gestellt. Teri hat Ihnen das nicht abgekauft, aber seltsamerweise habe ich Ihnen geglaubt.«

»So seltsam ist das gar nicht«, entgegnete Pitt. »Kein Agent der Welt würde sich wohl eine so unglaubhafte Doppelexistenz zulegen. Das wußten Sie. Nebenbei hatten Sie auch keinen Grund zu der Annahme, ich wäre ein Spitzel; Darius hätte Sie sonst längst vor mir gewarnt gehabt. Ich habe mir damals wirklich nur einen Spaß erlaubt – einen, der für mich recht schmerzhafte Folgen gehabt hat.«

Pitt hielt inne und rückte den Verband um seine Wunde gerade.

»Als ich dann jedoch in Uniform in Ihrer Tür stand und plötzlich zum Major avanciert war, da konnten Sie gar nicht anders, als mich für einen von Zacynthus' Agenten zu halten, der bei Ihnen eingeschleust werden sollte, ohne daß Darius davon wußte. Unwissentlich habe ich Sie sogar noch in Ihrem Verdacht bestärkt, als ich Sie beschuldigte, den Angriff auf Brady Field geflogen zu haben. Damit kam ich der Sache verdammt nahe, viel zu nahe für Ihren Geschmack, von Till. Sie entschlossen sich, mich verschwinden zu lassen. Das Risiko, daß dieser Mord jemals aufgedeckt würde, war gering. Meine Leiche wäre in dem Labyrinth nie gefunden worden. Jetzt ging Teri auf, daß sie einen furchtbaren Fehler begangen hatte. Ich war *wirklich* nur ein harmloser Außenseiter, und ich war *wirklich* nur rein zufällig an diesem Morgen schwimmen gegangen. Doch jetzt war es zu spät, ich war nicht mehr zu retten. Sie mußte den Mund halten und hilflos zusehen, wie Sie sich meiner ungestört entledigten.«

Von Till sah Pitt gedankenvoll an. »Ich glaube, jetzt verstehe ich. Sie nahmen noch immer an, das Mädchen wäre meine Nichte, und um sich an ihr zu rächen, entführten Sie sie.«

»Das stimmt, aber nur zur Hälfte«, erwiderte Pitt. »Ich wollte ihr auch ein paar wichtige Fragen stellen. Wenn jemand versucht, mich umzubringen, möchte ich gern wissen weshalb. Von Ihnen abgesehen, konnte mir nur das Mädchen Auskunft darüber geben. Aber da stand Colonel Zeno vor dem Labyrinth und verhaftete uns. Mit dem Fragenstellen war es da natürlich vorbei. Aber wie sich später zeigte, hatte ich Inspektor Zacynthus einen großen Dienst erwiesen.«

»Das verstehe ich nicht«, warf Darius mit eisiger Stimme ein.

»Zacynthus wollte das Mädchen ursprünglich selbst entführen lassen. Es war ja klar, daß ihr Einsatz fehlgeschlagen war. Und solange sie die Rolle Ihrer Nichte weiterspielte, war ihr Leben aufs höchste gefährdet. Sie mußte also heimlich aus Ihrer Villa geschleust und von der Insel geschafft werden. Diese Arbeit hatte ich ihm abgenommen. Allerdings war Zacynthus damit noch längst nicht aus dem Schneider. Zwei neue, unerwartete Probleme stellten sich ihm mit einem Male: Giordino und ich. Er wußte, daß auch wir Sie hinter Gitter bringen wollten. Die Idee gefiel ihm gut, doch mußte er verhindern, daß wir ihm dabei ins Handwerk pfuschten. Eine rechtliche Handhabe dazu besaß er nicht; auf der anderen Seite konnte er uns auch nicht mit Gewalt festhalten. So tat er das Nächstliegende und bat uns, mit INTERPOL zusammenzuarbeiten. Auf diese Weise konnte er uns gut im Auge behalten.«

»Sie haben recht, Major.« Von Till strich sich über seinen kahlen Schädel. Ein Schweißtropfen perlte ihm von der Stirn. »Ich hatte tatsächlich vor, das Mädchen zu beseitigen.«

Pitt nickte. »Deshalb drang Zacynthus auch so in mich, ich solle Teri an Bord der *First Attempt* unterbringen. Dort war sie vor Ihnen sicher und konnte gleichzeitig Giordino und mich überwachen. Mir dämmerte es erst heute morgen, welches Spiel das Mädchen eigentlich spielte und auf wessen Seite sie stand.«

Darius sah Pitt fassungslos an. »Das gibt es doch nicht, Major. Woher wissen Sie das alles?«

»Ein nettes, naives Mädchen wie Teri schnallt sich einfach keine 25er Mauser ans Bein«, erklärte Pitt bereitwillig. »Das macht nur ein Profi. Als ich sie am Strand traf, hatte Teri keine Pistole bei sich – Giordino entdeckte sie, als er das Mädchen durch das Labyrinth schleppte. Offensichtlich fürchtete sie also, daß ihr in der Villa etwas zustoßen könnte.«

»Sie verblüffen mich, Major«, sagte von Till und runzelte die

Stirn. »Offensichtlich habe ich Ihre Intelligenz unterschätzt. Aber das wird Ihnen im Endeffekt auch nichts mehr bringen.«

»Tatsächlich ist es mit meinem Scharfblick auch nicht allzuweit her.« Pitt lächelte müde. »Oder weshalb, glauben Sie, hätte ich sonst tatenlos zugesehen, wie Teri den Funker der *First Attempt* unter Drogen setzte, um heimlich Inspektor Zacynthus davon zu unterrichten, ich wollte mich auf die Suche nach der Höhle machen.«

»Das ist nicht schwer zu erraten«, lächelte von Till überlegen. »Sie waren im Grunde damit einverstanden. Nur wußten Sie nicht, daß Darius für mich arbeitete. Er hat die Nachricht empfangen und dann geflissentlich vergessen, sie an Inspektor Zacynthus weiterzuleiten. Tja, Major, die Dinge sind Ihnen einfach über den Kopf gewachsen.«

Pitt antwortete nicht gleich. Still kämpfte er mit den Schmerzen in seinem Bein. Sollte er seinen letzten Trumpf ausspielen? Lange würde er nicht mehr durchhalten – schon begann alles, ihm vor den Augen zu verschwimmen. Andererseits durfte er auch nicht zu weit gehen; sonst war das Spiel endgültig verloren. Er wandte den Kopf und sah matt zu Darius auf. Dessen Waffe war unverändert auf seine Nabelgegend gerichtet. Ja, er mußte es riskieren. Er sandte ein Stoßgebet zum Himmel, daß er das Richtige tat.

»Kann schon sein«, meinte er gleichmütig. »Aber auch Sie werden einmal scheitern, *Admiral Heibert*.«

Von Till schien es die Sprache verschlagen zu haben. Starr stand er da; sein Gesicht war wie versteinert. Dann kam ihm langsam die Ungeheuerlichkeit von Pitts Worten zu Bewußtsein. Er machte einen Schritt nach vorn. Um seinen Mund zuckte es.

»Wie – wie haben Sie mich genannt?« zischte er.

»Admiral Heibert«, wiederholte Pitt. »Admiral Erich Heibert, Chef der deutschen Handelsmarine im Dritten Reich; fanatischer Parteigänger Adolf Hitlers; und Bruder von Kurt Heibert, dem Flieger-As des Ersten Weltkriegs.«

Das letzte bißchen Farbe wich aus von Tills Gesicht. »Sie – Sie haben den Verstand verloren.« – »Die U-19 war Ihr letzter Fehler.«

»Blödsinn, völliger Blödsinn.« Ungläubig preßte er die Worte hervor.

»Das Modellschiff in Ihrem Arbeitszimmer hat mich darauf gebracht. Warum stellen Sie sich als ehemaliger Kampfflieger ausgerechnet ein U-Boot ins Zimmer? Warum nicht eine Nachbildung jenes Flugzeugs, das Sie im Krieg geflogen haben? Flieger sind in dieser Hinsicht genauso sentimental wie Seeleute. Meine Neugier war also geweckt. Ich bat deshalb Darius, sich mit dem deutschen Marinearchiv in Kiel in Verbindung zu setzen. Da er um Ihre wahre Identität nicht wußte, tat er das auch, ohne lange zu fragen. Ironie des Schicksals.«

»Darauf zielten Sie also ab«, schäumte Darius. Sein Blick war unverändert lauernd.

»Ich forderte aus Kiel eine Mannschaftsliste der U-19 an. Dann wandte ich mich an einen alten Freund in München – einen Kenner des Luftkrieges 1914/18 – und fragte ihn, ob er je etwas von einem Piloten namens Bruno von Till gehört hätte. Die Antwort war höchst aufschlußreich: Es hatte in den deutschen Fliegerstaffeln tatsächlich einen von Till gegeben. Nur hatten Sie behauptet, Sie wären zusammen mit Kurt Heibert in der Jagdstaffel 73 auf dem Flugfeld Xanthi in Mazedonien stationiert gewesen. Der echte von Till hingegen flog vom Sommer 1917 bis zum Waffenstillstand 1918 in der Jagdstaffel 9 in Frankreich; er kämpfte ausschließlich an der Westfront. Das nächste Indiz war die Mannschaftsliste der U-19. Gleich an erster Stelle stand der Name des Kommandanten – Erich Heibert. Skeptisch, wie ich bin, war mir das jedoch noch nicht Beweis genug. Ich setzte mich erneut mit Kiel in Verbindung und bat, mir alle verfügbaren Unterlagen über Erich Heibert zur Verfügung zu stellen. Die deutschen Behörden sandten mir das Material auch umgehend zu – ich verursachte dort einen Wirbel, als hätte ich Hitler, Göring und Himmler zusammen aufgespürt.«

»Gewäsch, nichts als wirres Gewäsch.« Von Till hatte sich wieder gefangen. Er musterte Pitt kalt von oben herab. »Kein vernünftiger Mensch nimmt Ihnen diese lächerlichen Märchen ab. Aus einem

U-Boot-Modell wollen Sie eine Verbindung zwischen mir und Heibert herleiten? Unfug!«

»Ich brauche gar keine großen Beweise ins Feld zu führen. Die Tatsachen sprechen für sich. Nach Hitlers Machtergreifung wurden Sie zum strammen Nationalsozialisten. Der Führer zeigte sich für Ihre Gefolgschaftstreue erkenntlich und ernannte Sie – nicht zuletzt Ihrer langjährigen Kriegserfahrung wegen – zum Obersten Befehlshaber der deutschen Handelsmarine. Diese Position hatten Sie während des ganzen Krieges inne, bis Sie kurz vor der Kapitulation plötzlich verschwanden.«

»Das alles hat nichts mit mir zu tun«, fiel ihm von Till ärgerlich ins Wort.

»Sie lügen«, entgegnete Pitt kühl »Doch lassen Sie mich fortfahren: Der richtige Bruno von Till heiratete in den zwanziger Jahren die Tochter eines reichen, bayerischen Geschäftsmannes, der – unter anderem – Reeder einer kleinen Handelsflotte war. Diese Handelsflotte fuhr unter griechischer Flagge. Von Till erkannte seine Chance. Flugs beantragte er die griechische Staatsbürgerschaft und wurde Generaldirektor der *Minerva Lines*. Die Gesellschaft stand damals kurz vor dem Bankrott. Von Till krempelte das ganze Unternehmen um und verwandelte es unbemerkt in eine Gangsterorganisation, die unter Umgehung des Versailler Vertrages Waffen und wichtiges Kriegsmaterial nach Deutschland schmuggelte. Von daher kannten Sie von Till auch; Sie halfen mit, dessen Organisation aufzubauen. Zunächst klappte alles wie am Schnürchen. Doch von Till war ein weitblickender Mann. Er erkannte, daß die Achsenmächte den Krieg zuletzt verlieren würden, und deshalb verbündete er sich schon frühzeitig mit den Alliierten.«

»Ich sehe den Zusammenhang nicht«, schaltete Darius sich ein. Er begann Interesse zu zeigen. Das mußte Pitt ausnutzen.

»Das ist der Clou der Sache. Ihr Boß, Darius, überläßt nur ungern etwas dem Zufall. Ein weniger intelligenter Mann hätte an seiner Stelle gegen Kriegsende einfach versucht unterzutauchen. Doch das war nicht Admiral Erich Heiberts Sache. Er hatte einen besseren

Plan in der Tasche. Irgendwie durchbrach er die feindlichen Linien und rettete sich nach England, wo der echte von Till lebte. Heibert brachte ihn kurzerhand um und nahm seine Identität an.«

»Wie war das möglich?« fragte Darius skeptisch.

»Heibert hatte alles aufs exakteste vorbereitet. Er war von etwa der gleichen Größe und Statur wie von Till. So brauchte er sich nur ein paar kleinen Gesichtsoperationen zu unterziehen und sich von Tills Gesten und Sprechweise anzugewöhnen, und schon konnte er in dessen Haut schlüpfen. Warum nicht? Enge Freunde existierten nicht; von Till war immer ein Einzelgänger gewesen. Kinder hatte er auch keine gehabt, und seine Frau war schon lange tot. Der einzige nähere Verwandte von Tills war ein Neffe, der in Griechenland geboren und aufgewachsen war. Selbst dieser Neffe bemerkte jahrelang nichts von dem Rollentausch. Als er dann schließlich doch dahinterkam, kostete ihn das das Leben. Ein Kinderspiel für einen professionellen Killer wie Heibert. Er brachte den Neffen und dessen Frau bei einem vorgetäuschten Bootsunfall ums Leben. Teri dagegen, ihre kleine Tochter, ließ er ungeschoren. Nicht, weil er sie gemocht oder weil er Mitleid mit ihr gehabt hätte. Er brauchte sie für seine Imagepflege: Es kam ihm gerade gelegen, als gütiger, fürsorglicher Großonkel aufzutreten.«

Abermals ließ Pitt einen verstohlenen Blick über Wachtposten und Tauchboot gleiten. Dann fuhr er fort: »In der ersten Zeit war der Schmuggel für Sie, Heibert, nur von untergeordneter Bedeutung. Ihr raffiniertes System dachten Sie sich jedoch schon damals aus. Die Idee, ein U-Boot an ein Mutterschiff zu koppeln, lag für Sie als ehemaligen Admiral ja recht nahe. Nun, eine Zeitlang lief alles hervorragend. Die *Minerva Lines* florierten, und die Umsätze stiegen. Alle Welt hielt Sie für den erfolgreichen Geschäftsmann von Till. Doch allmählich machte Ihnen Ihre eigene Tüchtigkeit Sorgen. Je bekannter Sie wurden, desto größere Gefahr liefen Sie, daß jemand Ihre wahre Identität entdeckte. Sie zogen sich deshalb auf Thasos zurück, richteten hier Ihr neues Zuhause ein und spielten den exzentrischen, eigenbrötlerischen Millionär. Ihr Unternehmen führten Sie aber unverändert weiter. Sie ließen sich in Ihrer Villa einen leistungsstarken Kurzwellensender installieren und leiteten von nun an die *Minerva Lines* von der Insel aus. Das europäische Festland haben Sie nie wieder betreten. Mit der Zeit aber nahmen Ihre verbrecherischen Neigungen immer stärker überhand. Sie ließen die *Minerva Lines* zu einem viertklassigen Frachtunternehmen verkommen und widmeten sich ganz dem Schmuggel.«

»Worauf wollen Sie eigentlich hinaus?« fiel ihm Darius brutal ins Wort.

»Ich ziehe Bilanz, nichts weiter«, erwiderte Pitt. »Bei den Nürnberger Prozessen war auch unser Freund Admiral Heibert angeklagt. Verständlicherweise zog er es aber vor, dort lieber nicht zu erscheinen, und so ist er noch heute einer der nach Martin Bormann meistgesuchten Kriegsverbrecher. Ihr Boß ist wirklich zu bewundern, Darius. Während Eichmann sich mit der Endlösung der Judenfrage beschäftigte, forderte Heibert beim Oberkommando der Wehrmacht für seine Handelsschiffe alliierte Kriegsgefangene an, von denen er jedem seiner Pötte ein paar beigeben wollte, um auf diese Weise die amerikanischen und britischen Bomberpiloten von Angriffen abzuhalten. Daß die Idee nicht verwirklicht wurde, ist nicht ihm zu verdanken. Es gab genug anderes, für das er verantwortlich war. Klar, daß er sich deshalb gegen Kriegsende lieber verdrückte. Er wußte, was ihn sonst erwartet hätte. Bei den Nürnberger Prozessen wurde er deshalb auch *in absentia* zum Tode verurteilt. Bis heute konnte das Urteil leider nicht vollstreckt werden. Aber nun ist es soweit.«

Pitt hatte die Karten auf den Tisch gelegt. Jetzt konnte er nur noch hoffen, daß er von Till lange genug hingehalten hatte.

»Das wär's. Ein paar Fakten, ein paar logische Kombinationen. Ich habe die ganze Geschichte natürlich nur in groben Zügen skizziert. Die deutschen Behörden konnten mir über Funk auch nur in Kurzfassung mitteilen, was sie alles in ihren Akten stehen haben. Einige Details werden nie geklärt werden. Wie dem auch sei, Sie sind ein toter Mann, Heibert.«

Von Till sah Pitt abwägend an. »Kümmere dich nicht um sein dummes Geschwätz, Darius«, sagte er dann. »Das ist nichts als die Hinhaltetaktik eines Verzweifelten . . .«

Er brach ab und lauschte. Das Geräusch, ein fernes, dumpfes Stampfen, war zunächst nur leise zu vernehmen. Dann erkannte Pitt den Tritt schwerer, genagelter Stiefel; über das hölzerne Dock kam jemand auf sie zumarschiert. Der Nebel, der soeben wieder undurchdringlich über dem Wasser lag, verbarg den Betreffenden jedoch. Die Schritte kamen rasch näher; laut hallten sie von den Höhlenwänden wider. Es klang, als rückte ein ganzer Trupp Soldaten vor. Da wurde im Licht der Scheinwerfer allmählich eine schemenhafte Gestalt deutlich. Der Mann trug die Uniform von von Tills Leibwache – mehr war durch das milchige Grau nicht zu erkennen. Vier, fünf Meter vor dem U-Boot blieb er stehen, schlug die Hacken zusammen und schnarrte: »Die *Queen Jocasta* ist vor Anker gegangen, Sir!«

»Idiot«, fuhr von Till ihn wütend an. »Kehren Sie sofort auf Ihren Posten zurück!«

»Wir dürfen keine Zeit mehr verlieren«, drängte Darius. »Ein Schuß in die Weichteile, und der Major wird still und leise verbluten.«

»Wie Sie meinen«, erklärte Pitt ruhig. Sein Blick war vollkommen ausdruckslos, er schien nicht die geringste Furcht zu haben.

Von Till machte eine knappe Verbeugung. »Tut mir leid, Major«, sagte er gemessen, »daß ich unserer interessanten Unterhaltung ein so abruptes Ende setzen muß. Ich hoffe, Sie haben Verständnis dafür, daß ich Ihnen die traditionelle letzte Zigarette nicht mehr zugestehen kann.« Weiter sagte er nichts. Ein giftiges Lächeln lag auf seinem Gesicht. Pitt erwartete den Todesschuß.

18. Kapitel

Es bellte auch ein Schuß auf. Doch hörte man nicht den peitschenden Knall eines Gewehrs, sondern das schwere Donnern eines großkalibrigen 45er Colts. Darius schrie laut auf, die Waffe fiel ihm aus der Hand und glitt ins Wasser. In seiner viel zu weiten Uniform sprang Giordino vom Dock auf das U-Boot und hielt von Till den Colt ans Ohr. Dann drehte er sich um.

»Na, was sagst du nun? Ich habe sogar daran gedacht, den Colt zu entsichern.«

»Du hast wirklich Sinn für Dramatik«, entgegnete Pitt. Die Erleichterung ließ ihn krampfhaft auflachen. »Errol Flynn hätte sich keinen besseren Auftritt verschaffen können.«

Von Till und Darius standen wie versteinert da. Ungläubiges Staunen malte sich auf ihren Gesichtern. Auch die Wachtposten auf dem Felssims bemerkten jetzt, daß sich etwas gänzlich Unerwartetes ereignet hatte. Wie auf Kommando richteten alle fünf ihre MPs auf Pitt.

»Finger weg vom Abzug!« donnerte Giordino. »Ein Schuß, und ihr werdet alle niedergemäht. Das ist kein Bluff! Ihr seid eingekesselt! Da, seht!«

Giordino wies zum Tunneleingang hinüber. Wie aus dem Nichts waren dort zehn MP-Schützen aufgetaucht. Pitt mußte zweimal hinsehen, ehe er die Soldaten in ihren schwarz-braun gefleckten Kampfanzügen gegen den rissigen, felsgrauen Hintergrund richtig erkennen konnte. Es schienen hartgesottene, kampferprobte Männer zu sein, die dort standen und knieten, die Waffen schußbereit. Der martialische Eindruck wurde noch durch die kastanienbraunen Baretts bestärkt: Es waren Angehörige einer Eliteeinheit.

»Und nun wenden Sie bitte Ihre Aufmerksamkeit dem U-Boot hinter mir zu«, forderte Giordino von Tills Leute auf.

Mit einem satanischen Grinsen im Gesicht saß da Colonel Zeno im Turm des Tauchbootes. Das gewaltige Maschinengewehr in seiner Hand brach endgültig den Kampfeswillen der Wachtposten. Langsam ließen sie ihre Maschinenpistolen sinken und hoben die Hände.

Nur einer zögerte noch. Und er bezahlte dafür. Zeno drückte ab. Das MG ratterte kurz auf, der Wachtposten sank lautlos in die Knie und plumpste ins Wasser. Eine große, rote Wolke mischte sich in das leuchtende Kobaltblau.

»Jetzt geht ihr schön langsam zum nächsten Ausgang!« befahl Giordino. »Die Hände hinter dem Kopf verschränkt!«

Seine Schmerzen waren Pitt deutlich anzusehen, als er sich erschöpft an Giordino wandte: Du hast dir ja ganz schön Zeit gelassen.«

»Rom wurde auch nicht an einem Tag erbaut«, versetzte Giordino würdevoll. »An die Küste zu schwimmen, Zacynthus und Zeno aufzuspüren, ihre Sondereinheit zu mobilisieren und dann im Laufschritt durch dieses vermaledeite Labyrinth zu hetzen, das dauerte eben seine Zeit.«

»Hast du dich verlaufen?«

»Nein. Deine Angaben stimmten genau. Wir haben den Aufzugsschacht sofort gefunden.«

Von Till machte einen Schritt auf Pitt zu. Sein Blick war eisig. »Wer hat Ihnen von dem Aufzug erzählt?« zischte er.

»Niemand«, entgegnete Pitt kurz. »Als ich durch das Labyrinth irrte, geriet ich zufällig in einen Seitengang, der an einem Belüftungsschacht endete. Aus diesem Schacht drang das Summen eines Generators. Was das zu bedeuten hatte, wurde mir allerdings erst klar, als ich eine Ahnung von der Existenz der Unterwasserhöhle bekommen hatte. Ihr Haus steht oben auf den Klippen; ein Aufzug bietet sich als geheime Verbindung zwischen Villa und Höhle also geradezu an. Das muß man sagen: Die Phönizier haben Ihnen da ein für Ihre Zwecke einmalig geeignetes Arrangement hinterlasssen, von Till.«

»Entschuldige«, unterbrach ihn Giordino. »Willst du etwa sagen, daß hier bereits vor Christi Geburt geschmuggelt wurde?«

»Du bist wieder einmal nicht informiert«, lachte Pitt. »Wenn du die Broschüre gelesen hättest, die Zeno vor der Führung durch die Ruinen verteilt hat, wüßtest du, daß die ersten Einwanderer auf Thasos die Phönizier waren. Sie haben hier Gold und Silber geschürft. Das Labyrinth ist vermutlich eine ehemalige Goldmine. Die Griechen, die ein paar hundert Jahre später kamen, sahen in ihm dann ein Bauwerk der Götter.«

Aus dem Augenwinkel erhaschte Pitt eine flüchtige Bewegung auf dem Dock. Er wandte sich um und erblickte Zacynthus, der eilig herangelaufen kam. Neben Pitt blieb er stehen und sah lange auf ihn herab.

»Wie geht's Ihrem Bein?« fragte er schließlich.

Pitt zuckte die Achseln. »Es wird wahrscheinlich immer ein bißchen weh tun, wenn das Barometer fällt; aber ich glaube nicht, daß mein Lebenswandel sonderlich davon beeinträchtigt wird.«

»Colonel Zeno hat bereits zwei Leute nach einer Bahre geschickt. Sie müßten in ein paar Minuten da sein.«

»Hat es mit dem Abhören geklappt?«

Zacynthus nickte. »Wir haben jedes Wort mitgekriegt. Die Höhle hat eine Akustik wie ein Konzertsaal.«

»Sie werden all das ja doch nie beweisen können«, sagte von Till verächtlich und seine Lippen verzogen sich zu einem höhnischen Lächeln. In seinen Augen jedoch lag Verzweiflung.

»Wie schon gesagt«, erwiderte Pitt müde, »wir brauchen Ihnen gar nichts zu beweisen. Es sind bereits vier Sachverständige für Kriegsverbrechen des Zweiten Weltkriegs aus Deutschland nach Thasos unterwegs. Die US-Air Force, der natürlich auch sehr daran liegt, daß dem Veranstalter des Schützenfestes auf Brady Field der Prozeß gemacht wird, hat ihnen eine Maschine zur Verfügung gestellt. Die Leute verstehen ihr Handwerk. Sie werden Sie trotz Ihres Alters, trotz Gesichtsoperation und veränderter Stimme identifizieren. Sie haben keine Chance, Admiral.«

»Ich bin griechischer Staatsbürger«, entgegnete von Till herablassend. »Keiner hat das Recht, mich nach Deutschland auszuliefern.«

»Hören Sie doch mit Ihrem dummen Versteckspiel auf!« fuhr Pitt ihn an. »*Von Till* war griechischer Staatsbürger, nicht Sie! Colonel Zeno, könnten Sie den Admiral vielleicht über seine Lage aufklären?«

»Mit Vergnügen, Major.« Zeno war aus dem Turm des U-Boots geklettert und stand jetzt neben Zacynthus. Er lächelte von einem Ohr bis zum anderen und musterte von Till zufrieden. »Wir Griechen sehen es gar nicht gern, wenn jemand illegal in unser Land einwandert, und einem Kriegsverbrecher, der gesucht wird, können wir natürlich unter keinen Umständen Asyl gewähren. Wenn Sie, wie Major Pitt behauptet, tatsächlich Admiral Erich Heibert sein sollten, dann werde ich mich persönlich dafür einsetzen, daß Sie mit dem nächsten Flugzeug ausgeflogen und den deutschen Behörden übergeben werden.«

»Damit wäre die leidige Affäre auf elegante Weise aus der Welt geschafft«, stellte Zacynthus voll Genugtuung fest. »Und uns bleibt ein langwieriger Prozeß wegen Rauschgiftschmuggels erspart. Von Tills Abnehmer sind uns allerdings durch die Lappen gegangen. Schade.«

»Vergessen Sie nicht: Gelegenheit macht Diebe«, grinste Pitt.

»Wie meinen Sie das?«

»Ganz einfach, Zac. Sie wissen jetzt, wo und wie die Übergabe des Heroins stattfinden soll. Es dürfte nicht weiter schwierig sein, die *Queen Jocasta* zu kapern und das Rauschgift persönlich anzuliefern. Ich bin sicher, daß Heiberts Verhaftung noch so lange geheimgehalten werden kann, bis Ihre Falle zuschnappt.«

»Ja, das könnte klappen«, meinte Zacynthus nachdenklich. »Vorausgesetzt, ich treibe ganz rasch eine Mannschaft auf, die Schiff und U-Boot bedienen kann.«

»Im Mittelmeer ist doch die Zehnte Flotte stationiert«, schlug Pitt vor. »Machen Sie Ihren Einfluß geltend und bitten Sie die Marine, Ihnen eine Ersatzmannschaft zur Verfügung zu stellen. Die Männer könnten innerhalb weniger Stunden hier sein. Selbst der Zeitplan der *Queen Jocasta* ließe sich noch einhalten, wenn der alte Kasten Volldampf gefahren wird.«

Zacynthus musterte Pitt beeindruckt. »Ihnen geht wohl selten etwas schief?«

Pitt zuckte die Achseln. »Ich gebe mir eben Mühe, Fehlschläge zu vermeiden.«

»Eines würde ich noch gern von Ihnen erfahren.«

»Und das wäre?«

»Woher wußten Sie, daß Darius ein Spitzel ist?«

»Das erste Mal witterte ich Unrat, als ich die *Queen Artemisia* durchstöberte. Das Funkgerät an Bord war auf genau dieselbe Frequenz eingestellt wie das Gerät in Ihrem Büro. Zunächst hatte ich Sie alle drei im Verdacht. Klar sah ich, als ich zurück am Strand war und Giordino mir erzählte, daß Darius die ganze Nacht über am Funkgerät gesessen habe. Während Sie und Zeno also vor der Villa auf der Lauer lagen und sich mit den Moskitos herumschlugen, schlürfte Darius gemütlich seinen Metaxa und informierte Heibert über jeden Ihrer Schritte. Aus diesem Grund konnte ich mich auf dem Schiff auch völlig ungestört umschauen. Die gesamte Mannschaft war unten im Kielraum damit beschäftigt, das U-Boot abzukoppeln. Weil Darius versichert hatte, daß die Luft rein sei, hatte der Kapitän keine Wachen aufgestellt. Weder Sie, Zac, noch Darius wußten ja von meinem Vorhaben. Ursprünglich hatte ich nur vorgehabt, die *Queen Artemisia* vom Wasser aus zu inspizieren. Als dann jedoch keine Menschenseele an Bord des Schiffes zu sehen war, entschied ich mich anders und kletterte an Deck. Sie müssen entschuldigen, daß ich mich nicht vorher mit Ihnen abgesprochen habe; aber ich war sicher, daß Sie Himmel und Hölle in Bewegung gesetzt hätten, um mich von meinem Plan abzubringen.«

»Ich bin derjenige, der sich entschuldigen sollte«, entgegnete Zacynthus. »Ich komme mir wie ein Vollidiot vor. Wie hatte ich nur so blind sein können? Schon daß es Darius nie gelang, den Funkverkehr zwischen der Villa und den vorbeifahrenden Schiffen der *Minerva Lines* abzuhören, hätte mich stutzig machen müssen.«

»An und für sich hätte ich Sie bereits heute morgen von meinem

Verdacht in Kenntnis setzen können«, fuhr Pitt fort. »Aber in Darius' Gegenwart wäre das wohl wenig klug gewesen. Und solange ich nicht irgendwelche handfesten Beweise hätte vorbringen können, hätten Sie und Zeno mir ja doch nicht geglaubt.«

»Damit mögen Sie recht haben«, gab Zacynthus zu. »Doch gestatten Sie mir noch eine Frage: Woher wußten Sie von der *Queen Jocasta*?«

»Als Giordino und ich heute morgen den Jeep zur Fahrbereitschaft nach Brady Field zurückbrachten, erwartete uns dort Colonel Lewis. Er teilte uns mit, daß eine *Queen Jocasta* von der Frühpatrouille gesichtet worden sei und das Schiff direkten Kurs auf Thasos nehme. Daraufhin setzte ich mich mit der Vertretung der *Minerva Lines* in Athen in Verbindung und erkundigte mich nach Fracht und Zielhafen der *Queen Jocasta*. Die Auskunft, die man mir erteilte, war äußerst interessant. Nicht nur, daß innerhalb von zwölf Stunden zwei Schiffe der *Minerva Lines* vor der Villa haltmachten – beide Schiffe nannten als Ziel auch Häfen in den USA! Der Gedanke drängte sich förmlich auf, daß von Till, oder vielmehr Heibert, plante, das U-Boot von der *Queen Artemisia* auf die *Queen Jocasta* zu überführen.«

»Sie hätten mich in Ihr Geheimnis ruhig einweihen können«, bemerkte Zacynthus säuerlich. »Fast hätte ich nämlich Giordino festgenommen, als er in mein Büro platzte und verlangte, ich solle ihm, zusammen mit Colonel Zenos Männern, in das Labyrinth folgen.«

Pitt sah ihn aufmerksam an. Der Inspektor schien ehrlich verärgert. »Ich hatte schon in Erwägung gezogen, Sie zu informieren«, erklärte er schließlich. »Doch dann dachte ich, es sei besser, Stillschweigen zu bewahren, damit Darius keinen Wind von der Sache bekäme. Deshalb habe ich auch das Mädchen im Dunkeln gelassen. Es war wichtig, daß sie nicht zuviel plapperte, als sie Ihr Büro über Funk von meiner Absicht unterrichtete, nach der Höhle zu tauchen. Schließlich saß Darius am Empfangsgerät. Es blieb mir also gar nichts anderes übrig, als hinter Ihrem Rücken zu handeln.«

»Wenn man sich vorstellt, daß ein gewiefter Kriminalinspektor so von einem Amateur ausgetrickst wird . . .« Zacynthus schüttelte bedauernd den Kopf. Dann plötzlich lächelte er. »Aber es hat sich bezahlt gemacht, Major, voll und ganz.«

Pitt atmete erleichtert auf. Er hatte schon befürchtet, es mit Zacynthus verdorben zu haben. Er drehte sich wieder zu von Till um und begegnete dem haßerfüllten Blick des Deutschen. Pitts Abscheu erwachte stärker als je zuvor. Es war in der ganzen Höhle zu hören, als er sich mit leiser, eiskalter Stimme an den Alten wandte: »Nie werden Ihre Verbrechen wieder gutzumachen sein, Heibert. Keiner der Menschen, die einen qualvollen Tod in den eisigen Fluten der Nordsee starben, kann wieder zum Leben erweckt werden. Keines der Mädchen, das jetzt in irgendeinem orientalischen Freudenhaus dahinvegetiert, wird je seine Heimat wiedersehen. Aber Sie werden dafür bezahlen, Heibert, teuer bezahlen.«

In blindem Zorn stürzte sich von Till auf Pitt. Er stieß unzusammenhängende Wortfetzen hervor, sein Gesicht war zu einer Grimasse verzerrt, und die Gewehre um sich herum schien er gar nicht mehr wahrzunehmen. Doch bevor er zwei Schritte weit gekommen war, versetzte ihm Giordino mit dem Pistolenknauf einen gewaltigen Hieb in den Nacken. Von Till klappte zusammen und blieb wie tot liegen. Giordino sah nicht einmal auf ihn herab, als er den Colt in den Halfter zurückschob.

»Sie haben ein bißchen fest zugeschlagen«, meinte Zacynthus vorwurfsvoll.

»Unkraut verdirbt nicht«, erwiderte Giordino ungerührt. »Der alte Hurensohn wird's überleben.«

Die ganze Zeit über hatte Darius kein einziges Wort gesprochen. Der Koloß stand einfach da und starrte mit leerem Blick vor sich hin. Seine verwundete Hand hing schlaff herab, und schon hatte das herabtropfende Blut zu seinen Füßen eine kleine Lache gebildet. Er schien es nicht zu bemerken. Irgendwie fühlte sich Pitt, als er ihn so dumpf vor sich hinbrüten sah, an einen Gorilla erinnert. Er hätte Darius jetzt nicht allein gegenüberstehen mögen.

»Was geschieht mit ihm?« fragte er dann und deutete auf den

Griechen.

»Ihm wird ein kurzer Prozeß gemacht«, antwortete Zacynthus. »Und dann wird sich ein Exekutionskommando mit ihm befassen . . .«

»Es wird keinen Prozeß geben«, fiel ihm Zeno ins Wort. »Die Öffentlichkeit darf nie von diesem abscheulichen Verrat erfahren.« Tiefe Trauer klang aus Zenos Stimme heraus. »Captain Darius starb in Erfüllung seiner Pflichten.«

Man hätte eine Stecknadel fallen hören können, so ruhig war es plötzlich in der Höhle. Verwirrt sahen die Männer einander an. Warum sprach Zeno in der Vergangenheit?

Darius sagte noch immer nichts. Seiner unbewegten Miene war nichts zu entnehmen, höchstens völlige Ergebung in sein Schicksal. Gleich einem Schlafwandler kletterte er jetzt langsam vom U-Boot herunter auf das Dock und blieb mit gesenktem Kopf vor Zeno stehen.

»Ich kenne dich nun seit vielen Jahren, Darius«, erklärte Zeno mit müder Stimme. »Doch offensichtlich habe ich dich nie richtig gekannt. Gott allein weiß, wie du zu dem geworden bist, der du bist. Es ist schade um dich. Die Gendarmerie verliert einen guten Mann . . .« Zeno stockte, suchte nach Worten, doch er wußte nichts mehr zu sagen. Bedächtig zog er das Magazin aus seiner Pistole und nahm behutsam alle Patronen heraus, bis auf eine. Dann schob er das Magazin zurück und reichte Darius die Pistole, den Knauf voran.

Darius nickte gehorsam. Suchend blickte er Zeno in die Augen, als erwartete er noch ein letztes Wort, doch dieser schwieg beharrlich. Daraufhin nahm Darius die Pistole, wandte sich um und ging schwerfällig das Dock entlang auf den Tunneleingang zu.

»Kein Wort des Abschieds, kein Wort des Bedauerns. Nicht einmal zum Teufel hat er uns gewünscht«, stieß Giordino verständnislos hervor. »Er geht einfach weg und schießt sich eine Kugel in den Kopf. Haben Sie keine Angst, daß er vielleicht türmt?«

»Darius hat sein Leben verwirkt, als er zum Verräter wurde«, erwiderte Zeno ruhig. »Das wußte er damals schon – und heute erfüllt sich sein Schicksal. Noch ein letztes Vaterunser, dann drückt er ab.«

Giordino sah Darius hinterher, bis er im Dunkel des Tunnels verschwunden war. Die Bestimmtheit, mit der Zeno gesprochen hatte, erschütterte ihn. Er konnte es einfach nicht begreifen, daß Darius so selbstverständlich seinem Leben ein Ende setzte.

Er wandte sich wieder Pitt zu. »Wir haben viel Zeit verloren. Gunn bekommt wahrscheinlich schon Zustände, weil seine kostbaren Wissenschaftler nicht zurückkehren.«

»Man kann es ihm nicht verdenken.« Das hatte Knight gesagt. Er kam aus der Ladeluke geklettert und lächelte Giordino spöttisch an. »Große Geister gibt es schließlich nicht oft auf der Welt.«

»Sieh da, der Eierkopf macht Witze«, knurrte Giordino. »So weltbewegend ist Ihre Wissenschaft nun auch wieder nicht.«

Trotz seiner Schmerzen mußte Pitt lachen. »Aber vielleicht färbt Knights Intellekt ein bißchen auf dich ab, wenn du ihn jetzt zusammen mit den anderen zurück zur *First Attempt* geleitest. Bis sie sicher an Bord sind, bist du für sie verantwortlich.«

»Du könntest ruhig auch ein paar Worte der Anerkennung sagen«, brummte Giordino. »Nach allem, was ich für dich getan habe.«

»Du hast ja recht«, meinte Pitt besänftigend. »Und jetzt mach dich auf die Socken. Wenn ihr durch die Höhle zurücktauchen wollt, müßt ihr allerdings erst die Tauchgeräte aus dem Wasser holen.«

Nun kletterte auch Woodson aus der Ladeluke. Er kam zu Pitt. »Vielleicht sollte ich noch bei Ihnen bleiben, Major, bis die Leute mit der Bahre kommen?«

»Danke, nicht nötig«, erwiderte Pitt. Der aufrichtig besorgte Blick Woodsons überraschte ihn. »Mir geht es ganz gut. Der Inspektor wird mich ja bald der Obhut einiger hübscher Krankenschwestern anvertrauen. Habe ich recht, Zac?«

»Tut mir leid«, lächelte Zacynthus. »Da müßte die Air Force erst einmal die Wehrgesetze ändern. Denn ich glaube, daß man auf dieser Insel einzig im Hospital von Brady Field in der Lage ist, eine Schußwunde zu verarzten.«

Die Sanitäter trafen ein und hoben Pitt vorsichtig auf die Bahre. »Na ja«, meinte er. »Wenigstens werde ich erstklassig bedient.« Dann setzte er sich auf. »Verdammt, fast hätte ich es vergessen. Wo ist Spencer?«

»Hier, Major, hier bin ich.« Der rotbärtige Meeresbiologe hatte hinter Woodson gestanden. »Was gibt's?«

»Richten Sie Commander Gunn aus, ich hätte ein kleines Geschenk für ihn.«

Spencer wurde sichtlich blaß, als sein Blick auf Pitts verletztes Bein fiel. »Geht in Ordnung.«

Pitt stützte sich auf den Ellenbogen. »In der äußeren Höhle klaffen in der rückwärtigen Wand mehrere kleine Felsspalte. Vor einer dieser Spalte liegt ein länglicher, flacher Stein. Wenn er sich noch nicht wieder daraus befreit hat, können Sie dort einen Hexenfisch aufstöbern.«

Spencer blieb der Mund offen stehen. »Einen Hexenfisch? Sind Sie sicher, Major?«

»Ich werde doch wohl noch einen Hexenfisch erkennen«, gab Pitt lachend zurück. »Beeilen Sie sich, sonst entwischt er Ihnen noch.«

Spencer pfiff durch die Zähne. »Mir verschlägt's die Sprache. Ich habe fast schon geglaubt, diesen Fisch gäbe es überhaupt nicht.« Er stockte und dachte nach. »Harpunieren geht nicht – wir brauchen ihn lebend. Ein Netz, hätte ich bloß ein Netz dabei!«

»Wozu ein Netz«, grinste Pitt. »Packen Sie den Hexenfisch einfach an den Flossen.«

Er legte sich erschöpft zurück. Der Schmerz hatte etwas nachgelassen; sein Bein war fast gefühllos geworden. Ein Schleier sank vor seinen Augen nieder; die Menschen um ihn herum schienen auf einmal unendlich fern, und ihre Stimmen drangen wie aus einer anderen Welt zu ihm. Die Sanitäter hoben die Bahre und wollten Pitt schon davontragen, als er ein letztes Mal den Kopf hob.

»Zac, eine Frage noch«, flüsterte er. »Wie heißt das Mädchen wirklich?«

Zac sah auf Pitt herunter. In seinem Blick lag ein verhaltenes Lächeln. »Amy.«

»Amy«, wiederholte Pitt leise. »Ein schöner Name.« Dann legte er sich zurück und schloß die Augen. Das letzte, was er wahrnahm, war ein einzelner Schuß, der durch das Labyrinth hallte.

Epilog

Kein Wölkchen stand am sommerlich blauen Himmel, und es herrschte drückende Hitze. Gleich Riesenquadern erhoben sich die Hochhäuser in die flimmernde Luft, und ihre Fensterfronten gleißten im hellen Sonnenlicht. Der Verkehr wälzte sich in dichtem Strom durch die Straßenschluchten, und die Bürgersteige quollen vor Büroangestellten über, die soeben Mittagspause hatten. Pitt stieß die große Glastür auf und hinkte steifbeinig in die klimatisierte Eingangshalle des Bureau of Narcotics, des Drogendezernats.

Das Schöne an Washington D.C., überlegte er, sind die hübschen Mädchen, die hier die Büros bevölkern. Mädchen jeden Alters, mit den reizendsten Figuren und den entzückendsten Launen. Als eingefleischter Junggeselle kam er sich hier wie ein kleiner Junge vor, der, die Taschen voller Geld, in einem Süßwarenladen steht. Er schenkte drei Sekretärinnen, die gerade dem Aufzug entstiegen, ein verwegenes Lächeln. Es wurde nur flüchtig erwidert, mit jener Sprödigkeit, mit der eine Frau gewöhnlich auf die Anbiederungsversuche eines fremden Mannes reagiert. Dann stolzierten die drei an ihm vorbei in die Eingangshalle; allerdings nicht, ohne noch ein oder zwei verstohlene Blicke über die Schulter zurückzuwerfen. Pitt betrat den Lift.

Einige Augenblicke später hinkte er, schwer auf seine Krücke gestützt, in den Vorraum im achten Stock. Ein gutes Dutzend Mädchen saß dort und traktierte seine Schreibmaschinen. Niemand sah auf, als Pitt langsam über den flauschigen Teppich auf eine stattliche Blondine zuhumpelte, deren Schreibtisch das kleine Schildchen »Information« zierte. Interessiert studierte Pitt ihre üppigen Formen, dann räusperte er sich und sagte: »Entschuldigen Sie.«

Der Lärm der klappernden Schreibmaschinen verschluckte seine Worte.

»Entschuldigen Sie«, wiederholte er lauter.

Sie wandte sich um und sah ihn an. »Kann ich Ihnen behilflich sein?« fragte sie kühl. Ihre großen, haselnußbraunen Augen musterten ihn gelangweilt. Pitt mußte sich eingestehen, daß ihre Reserve nicht unberechtigt war. In seinem weißen Rollkragenpullover und seiner grünen Windjacke sah er wirklich nicht aus, als hätte er in der Chefetage des Bureau of Narcotics etwas zu suchen.

»Ich würde gern den Direktor sprechen.«

»Ich bedaure«, antwortete sie und wandte sich wieder ihrer Schreibmaschine zu. »Der Herr Direktor ist sehr beschäftigt.«

Pitt nahm, leicht verärgert, einen zweiten Anlauf. »Inspektor Zacynthus hat mir einen Termin verschafft . . .«

»Inspektor Zacynthus' Büro befindet sich im vierten Stock«, erwiderte das Mädchen, ohne den Blick von den Tasten ihrer Schreibmaschine zu heben.

Es wirkte wie ein Donnerschlag, als Pitt wütend seine Krücke auf den Tisch der Empfangsdame niedersausen ließ. Die Mädchen rissen erschreckt die Köpfe hoch, und ihre Finger erstarrten mitten im Anschlag. Plötzlich herrschte Totenstille im ganzen Raum. Die Blondine starrte Pitt entgeistert an.

»Also, mein Engel«, sagte Pitt drohend, »jetzt setzen Sie einmal Ihren hübschen kleinen Popo in Bewegung und teilen dem Herrn Direktor mit, daß hier ein gewisser Major Dirk Pitt auf eine Unterredung mit ihm wartet.«

»Pitt . . . Major Pitt von der NUMA«, flüsterte das Mädchen. »Oh, das tut mir leid, Sir. Ich dachte . . .«

»Ja, ja, ich weiß«, fiel ihr Pitt ins Wort; seine Wut war bereits wieder verraucht. »Ich bin heute in Zivil.«

Die Blondine schnellte hoch. In ihrer Nervosität rempelte sie gegen den Schreibtisch. »Bitte, folgen Sie mir, Major. Man erwartet Sie bereits.«

Pitt grinste zufrieden. Dann ließ er seinen Blick durch die Runde der ihn halb befremdet, halb bewundernd angaffenden Schreibdamen wandern. Es schmeichelte ihm, so im Mittelpunkt weiblichen Interesses zu stehen.

»Aber bitte, tippen Sie doch weiter, meine Damen«, forderte er die Mädchen aufgeräumt auf. »Ich will Sie nicht von der Arbeit abhalten.«

Die Blondine führte ihn einen langen Flur entlang, hielt dann vor einer nußbaum-fournierten Tür und klopfte. »Major Pitt«, meldete sie und trat beiseite, um ihn einzulassen.

Drei Männer erhoben sich zu seiner Begrüßung. Der vierte, Giordino, blieb gemütlich auf der langen Ledercouch sitzen.

»Ein herzerfrischender Anblick«, meinte er heiter. »Major Pitt auf Krücken.«

»Ich übe nur für meine alten Tage«, gab Pitt zurück.

Admiral Sandecker, der Direktor der NUMA, kam auf Pitt zu. Er nahm seine gewaltige Havanna aus dem Mund und schüttelte ihm die Hand. »Willkommen zu Hause, Dirk. Ich gratuliere Ihnen zu Ihrem Meisterstück.« Die scharf gemeißelten Züge des kleinen, rothaarigen Mannes zeigten einen wohlwollenden Ausdruck.

»Danke, Admiral. Wie geht's dem Hexenfisch?«

»Ich weiß nur, daß er gesund und munter ist«, erwiderte Sandekker. »Ich habe das Tier bis jetzt noch kein einziges Mal zu Gesicht bekommen. Seit Gunn es letzte Woche eingeflogen hat, ist es pausenlos von einer ganzen Horde Wissenschaftler umlagert. Sie wollen mir morgen früh einen vorläufigen Bericht zukommen lassen.«

Auch Zacynthus trat auf Pitt zu. Er sah jünger und sehr viel entspannter aus, seit Pitt ihn vor drei Wochen das letzte Mal gesehen hatte.

»Schön, Sie wiederzusehen«, begrüßte ihn Zacynthus herzlich.

Er nahm Pitt beim Arm, führte ihn hinüber zum Fenster und

stellte ihn dem Direktor des Drogendezernats vor. Pitt mußte unwillkürlich lächeln, als er in das pockennarbige, hagere Gesicht des hochgewachsenen Mannes sah. Der Direktor glich weit mehr einem Mafioso als einem Polizeichef. Seine harten, grauen Augen musterten Pitt ernst, dann sagte er: »Es freut mich, Sie kennenzulernen, Major Pitt. Das Rauschgiftdezernat ist Ihnen für Ihre wertvolle Hilfe zu tiefem Dank verpflichtet.« Er sprach mit ruhiger und klarer Stimme.

»Ich habe nicht viel getan. Den größten Teil der Arbeit haben Inspektor Zacynthus und Colonel Zeno erledigt.«

Der Direktor nickte zustimmend. »Mag sein. Aber Sie haben die Narben davongetragen.« Er bedeutete Pitt, Platz zu nehmen, und bot ihm eine Zigarette an. »Hatten Sie einen guten Flug?«

Pitt zündete die Zigarette an und nahm einen tiefen Zug. »Die Frachtmaschinen der Air Force sind ja nicht gerade berühmt für ihren Service und ihren Komfort. Aber verglichen mit dem Hinflug nach Thasos war es eine wirklich erholsame Reise.«

Admiral Sandecker schaute Pitt verdutzt an. »Warum sind Sie denn mit der Air Force geflogen? Sie hätten doch von Athen aus auch mit einer Linienmaschine fliegen können.«

Pitt lachte. »Souvenirs. Mein Mitbringsel aus Thasos war zu sperrig, als daß es in den Laderaum einer gewöhnlichen Verkehrsmaschine gepaßt hätte. Colonel Lewis hat sich daraufhin für mich eingesetzt und mir einen Platz in einer halbleeren Frachtmaschine der Air Force verschafft, die die Staaten anflog.«

»Und was macht Ihre Verletzung?« fragte Sandecker und warf einen Blick auf Pitts Bein. »Heilt sie gut ab?«

»Das Bein ist immer noch ein wenig steif. Aber das wird ein dreißigtägiger Krankenurlaub schon wieder ins Lot bringen.«

Der Admiral sah Pitt durch eine Wolke blauen Zigarrenrauchs mißtrauisch an. »Zwei Wochen«, sagte er dann streng. »Ich vertraue felsenfest auf die Regenerationskräfte Ihres Körpers.«

Der Direktor räusperte sich. »Ich habe Inspektor Zacynthus' Bericht mit großem Interesse gelesen. Allerdings gibt es da einen

Punkt, über den ich mir gern noch größere Klarheit verschaffen möchte. Im Grunde ist die Frage nebensächlich, aber sagen Sie, Major: Wie sind Sie darauf gekommen, daß die Schiffe der *Minerva Lines* ein U-Boot mit sich führen können?«

Pitt schmunzelte. »Ich will es so ausdrücken, Sir: Des Rätsels Lösung stand in den Sand geschrieben.«

Die Lippen des Direktors verzogen sich zu einem verständnislosen Lächeln. Mit dieser nebulösen Antwort konnte er wenig anfangen. »Eine schöne, poetische Umschreibung, Major. Aber vielleicht könnten Sie das doch noch ein bißchen näher erläutern.«

»So seltsam es klingen mag: Die Erleuchtung kam mir an jenem Morgen, als ich die *Queen Artemisia* erfolglos nach dem Heroin durchsucht hatte. Als ich wieder am Strand zurück war, skizzierte ich den Aufriß des Schiffes mit einem Stock in den Sand. Die Idee, daß ein U-Boot am Schiffsboden festgemacht haben könnte, kam mir zunächst nur sehr vage; doch je länger ich zeichnete, desto klarere Formen nahm dieser Gedanke an.«

Der Direktor lehnte sich in seinen Sessel zurück und schüttelte mißmutig den Kopf. »Vierzig Jahre lang haben rund hundert Agenten versucht, von Till das Genick zu brechen. Sie gingen dabei die größten Risiken ein. Drei von ihnen haben ihren Einsatz mit dem Leben bezahlt.« Er blickte Pitt vielsagend an. »Es kommt mir wie ein schlechter Witz vor, daß wir bei all unserem Eifer die nächstliegende Lösung des Geheimnisses übersehen haben.«

Pitt schwieg.

»Ach, übrigens ...« Der Direktor wurde wieder lebhafter. »Haben Sie schon gehört, wie unsere Razzia in Galveston verlaufen ist?«

»Nein, Sir.« Pitt schnippte die Asche von seiner Zigarette in den Aschenbecher. »Seit wir uns vor drei Wochen auf Thasos verabschiedet haben, habe ich Inspektor Zacynthus nicht mehr gesprochen. Ich habe also keine Ahnung, ob der Einsatz erfolgreich verlaufen ist oder nicht.«

Zacynthus blickte den Direktor an. »Soll ich kurz berichten?«

Der Direktor nickte.

»Alles lief genau nach Plan«, wandte Zacynthus sich an Pitt. »Fünf Seemeilen vor der Hafeneinfahrt trafen wir auf eine kleine Flotte von Heiberts Fischerbooten. Es war eine ziemlich heikle Situation, da wir das Erkennungszeichen der Bande nicht kannten. Doch mit der Drohung, ihn notfalls mit einem Küchenmesser zu kastrieren, brachte ich den Kapitän der *Queen Jocasta* dazu, seine Kumpane zu verraten und mit dem Codewort herauszurücken.«

»Kam jemand an Bord?« wollte Pitt wissen.

»Die Gefahr bestand nicht«, erklärte Zacynthus. »Es wäre für die Heroinhändler viel zu riskant gewesen, längsseits zur *Queen Jocasta* zu gehen. Schließlich mußten sie ständig damit rechnen, daß unvermutet ein Patrouillenboot aufkreuzte. Nein, die Fischkutter hielten Distanz und signalisierten lediglich, das U-Boot sollte ablegen. Es scheint übrigens ein technisches Wunderwerk zu sein, dieses U-Boot. Die Techniker der Navy, die es inspiziert haben, waren tief beeindruckt.«

»Was war denn so sensationell daran?«

»Es ließ sich fernlenken.«

»Es war unbemannt?« fragte Pitt ungläubig.

»Ja. Auch so ein pfiffiger Einfall von Admiral Heibert. Verstehen Sie: Wenn das U-Boot irgendwo aufgelaufen oder von der Hafenpolizei entdeckt worden wäre, hätte sich nicht eine einzige Spur bis zu den *Minerva Lines* zurückverfolgen lassen. Denn wo keine Besatzung ist, kann niemand verhört werden.«

Pitt war beeindruckt. »Es wurde also von einem der Fischerboote aus dirigiert?«

Zacynthus nickte. »Man lotste es durch die Hauptschiffahrtsrinne bis direkt vor die Fabrikgebäude. An Bord befanden sich allerdings mehrere blinde Passagiere: Zehn Matrosen der Zehnten Flotte und meine Wenigkeit. Der Gebäudekomplex selbst war von den dreißig tüchtigsten Agenten des Drogendezernats umstellt.«

»Wenn es in Galveston mehr als eine Konservenfabrik gegeben hätte, wären Sie ja ganz schön in Schwierigkeiten geraten«, meinte

Giordino nachdenklich.

Zacynthus grinste. »In Galveston gibt es insgesamt vier Konservenfabriken. Und alle liegen sie direkt am Hafen.«

Die anderen sahen den Inspektor fragend an.

»Ich will Ihnen auf die Sprünge helfen«, fuhr Zacynthus fort. »Das Bureau of Narcotics ließ die vier Firmen während der zweiwöchigen Fahrt der *Queen Jocasta* rund um die Uhr überwachen. Als dann in einer der Fabriken eine Schiffsladung Zucker angeliefert wurde, wußten wir Bescheid.«

Pitt zog die Augenbrauen hoch. »Zucker?«

»Zucker«, erklärte der Direktor, »ist ein beliebtes Streckmittel für Heroin. Das ursprünglich reine Heroin wird von den verschiedenen Zwischenhändlern und Dealern in der Regel drei- bis viermal verschnitten, so daß sich der Umsatz im Laufe der Zeit verdoppelt, ja verdreifacht.«

Pitt sah den Direktor nachdenklich an. »Die hundertdreißig Tonnen stellten also erst einen Anfang dar?«

»Ganz recht«, bestätigte Zacynthus. »Wenn Sie nicht rechtzeitig Heiberts Plan durchschaut hätten. Wären Sie und Giordino nicht in Thasos aufgetaucht, säßen wir jetzt allesamt in Chicago und schauten dumm aus der Wäsche.«

Pitt schmunzelte. »Danken Sie dem Zufall.«

»Wenn Sie meinen«, erwiderte Zacynthus. »Doch wie auch immer, auf jeden Fall warten derzeit dreißig der größten Rauschgifthändler der Staaten auf ihren Prozeß. Die Leute der Speditionsfirma, die den Transport des Heroins hätte übernehmen sollen, sind ebenfalls festgenommen worden. Doch damit nicht genug. Als wir die Büroräume der Konservenfabrik durchsuchten, fiel uns ein Adreßbuch in die Hände, in dem die Namen von beinahe zweitausend Dealern zwischen Los Angeles und New York verzeichnet standen. Ein einmaliger Glücksfall für das Bureau.«

Giordino pfiff anerkennend durch die Zähne. »Das wird ein mieses Jahr für die Fixer.«

»Richtig«, pflichtete ihm Zacynthus bei. »Nicht nur, daß für den

Augenblick die wichtigste Bezugsquelle für Heroin versiegt ist – wenn die zweitausend Leute erst einmal festgenommen sind, bricht auch das ganze Verteilernetz zusammen. Dem Rauschgifthandel stehen in der Tat schlechte Zeiten bevor.«

Gedankenverloren sah Pitt aus dem Fenster. »Eines würde mich noch interessieren«, meinte er.

Zacynthus blickte ihn fragend an. »Ja?«

Pitt reagierte nicht gleich. Einen Moment lang spielte er mit seiner Krücke, dann gab er sich einen Ruck. »Was ist mit Heibert? Ich habe in keiner Zeitung etwas über ihn gelesen.«

»Bevor ich darauf antworte, sehen Sie sich bitte erst einmal diese Bilder an.« Zacynthus zog zwei Fotografien aus der Brieftasche und legte sie vor Pitt auf den Tisch.

Pitt beugte sich vor und studierte die Bilder aufmerksam. Das erste Foto zeigte einen blonden, deutschen Marineoffizier, der, in den Händen einen Feldstecher, auf der Brücke eines Schiffes stand und nachdenklich hinaus auf die See blickte. Auf dem zweiten Bild starrte Pitt ein Mann mit kurzgeschorenem Haar und einem boshaften Gesichtsausdruck entgegen, der entfernt an Erich von Stroheim erinnerte. Links von ihm stand, leicht geduckt und als ob er gerade zum Sprung ansetzen wollte, ein großer Schäferhund. Unwillkürlich überlief Pitt ein Schauer.

»Sehr viel Ähnlichkeit besteht ja nicht.«

Zacynthus nickte. »Heibert hat sich auf keine halben Sachen eingelassen. Seine Narben, seine Muttermale, selbst seine Zahnfüllungen entsprachen genau denen von Tills.«

»Und wie stand es mit den Fingerabdrücken?«

»Weder von Heibert noch von von Till waren welche registriert.«

Pitt setzte sich erstaunt zurück. »Woher will man dann wissen, daß . . .«

»Selbst der abgefeimteste und gewiefteste Verbrecher macht einmal einen Fehler. Irgendeine Nebensächlichkeit wird ihm zum Verhängnis. In Heiberts Fall war das von Tills Kopfhaut.«

»Das müssen Sie schon näher erklären«, meinte Pitt verständnislos.

»Von Till hatte sich in jungen Jahren eine seltene Krankheit zugezogen, *Alpecia areata*. Diese Krankheit bewirkt einen weitgehenden Haarausfall. Heibert wußte das nicht. Er dachte, von Till hätte sich lediglich gemäß der preußischen Tradition den Schädel kahlgeschoren, und so griff natürlich auch er zum Rasiermesser. In der Gefangenschaft nun begann sein Haar wieder zu sprießen. Lange konnte das nicht unbemerkt bleiben; der erste Schritt zu Heiberts Entlarvung war getan. Später kamen noch andere Indizien hinzu, die schließlich eine einwandfreie Identifizierung ermöglichten.«

Pitt fühlte sich auf einmal sonderbar erleichtert. »Ist er schon verurteilt worden?«

»Vor vier Tagen«, erwiderte Zacynthus trocken. »Sie haben nichts davon gelesen, weil die Deutschen die Sache aus politischen Gründen mit großer Diskretion behandelt haben. Zudem besaß Admiral Heibert auch nicht einen solchen Bekanntheitsgrad wie etwa Bormann oder andere Figuren aus dem Kreis um Hitler.«

»Ich möchte bloß wissen, wie viele von ihnen sich noch in der Welt herumtreiben«, murmelte Pitt.

Die Hitze hatte nachgelassen, und die abendliche Sonne warf bereits lange Schatten, als Pitt wieder auf die Straße trat. Er blieb vor der Tür stehen, in den Anblick des vorbeiströmenden Feierabendverkehrs versunken. Bald würde die City still und menschenleer sein. In der Ferne erhob sich, gold-rot vom Licht der untergehenden Sonne überglänzt, das Weiße Haus. Pitt fiel unwillkürlich ein anderer Abend ein: ein einsamer Inselstrand, eine leise rauschende See und ein weißes Schiff draußen vor der Küste. Es kam ihm vor, als wäre seitdem eine Ewigkeit verflossen.

Giordino und Zacynthus kamen die Treppe herunter und gesellten sich zu ihm.

»Meine Herren«, meinte Zacynthus gutgelaunt, »ich finde, daß wir uns nach all den Aufregungen ein bißchen Amüsement redlich verdient haben. Was halten Sie also von einer kleinen gemeinsamen Zechtour?«

»Keine schlechte Idee«, stimmte ihm Giordino zu.

Pitt zuckte in gespieltem Bedauern die Achseln. »So leid es mir tut, ich muß Ihre liebenswürdige Einladung ausschlagen. Ich bin bereits verabredet.«

»Es konnte ja nicht anders sein«, murrte Giordino.

Zacynthus lachte. »Ich glaube, Sie machen einen großen Fehler. Ich besitze nämlich ein kleines, schwarzes Buch, in dem die Telephonnummern einiger der hübschesten Washingtoner . . .«

Zacynthus brach mitten im Satz ab und starrte entgeistert auf die Straße.

Ein Traum von einem Wagen rollte lautlos heran und hielt direkt vor ihnen. Die Eleganz der schwarz-silbernen Karosserie und die luxuriöse und geschmackvolle Ausstattung hoben ihn hoch über die Einheitsmasse der übrigen Autos hinaus. Doch was noch mehr ins Auge stach, das war das reizende, dunkelhaarige Mädchen, das hinter dem Steuer saß.

»Donnerwetter«, staunte Zacynthus. »Von Tills Maybach.« Er wandte sich an Pitt. »Wie sind Sie denn an den gekommen?«

»Dem Sieger gehört die Beute.« Pitt lächelte verstohlen.

Giordino zog die Brauen hoch. »Jetzt verstehe ich, was du mit deinem sperrigen Souvenir gemeint hast. Das zweite Souvenir gefällt mir allerdings noch wesentlich besser.«

Pitt öffnete den vorderen Wagenschlag. »Ich glaube, ihr kennt meinen bezaubernden Chauffeur bereits.«

»Sie erinnert mich an ein Mädchen, dem ich irgendwann einmal in Griechenland begegnet bin«, erwiderte Giordino ironisch. »Sie sehen nur noch bedeutend hübscher aus, mein Fräulein«, wandte er sich an sie.

Das Mädchen lachte. »Nur um Ihnen zu beweisen, daß auch Höflichkeit ihren Lohn findet, verzeihe ich Ihnen meine rüpelhafte Entführung aus der Villa. Das nächstemal sollten Sie mir freilich wenigstens so viel Zeit lassen, daß ich mich einigermaßen passend anziehen kann.«

Giordino machte ein betretenes Gesicht. »Ich verspreche es.«

Pitt wandte sich an Zacynthus, ein kaum merkliches Lächeln um die Augen. »Würden Sie mir einen Gefallen erweisen, Zac?«

»Wenn es in meiner Macht steht?«

»Ich würde mir gern einen Ihrer Agenten für einige Wochen ausleihen. Meinen Sie, daß Sie das arrangieren können?«

Zacynthus sah das Mädchen an und nickte. »Ich glaube schon. Nach allem, was Sie für das Bureau getan haben!«

Pitt stieg ein und warf die Tür zu. Er reichte Giordino seine Krücke durchs Fenster. »Hier. Ich glaube nicht, daß ich das Ding noch einmal brauche.«

Bevor Giordino noch etwas erwidern konnte, hatte das Mädchen bereits den ersten Gang eingelegt, und die phantastische Limousine fädelte sich in den Verkehr ein.

Giordino sah dem Wagen nach, bis er um eine Ecke bog und verschwand. Dann drehte er sich um und blickte Zacynthus an.

»Können Sie Muscheln mit Champignons in Weißwein zubereiten?«

Zacynthus schüttelte den Kopf. »Meine Kochkünste beschränken sich leider auf des Anwärmen tiefgekühlter Fertigkost.«

»Dann laden Sie mich lieber zu einem Drink ein.«

»Sie vergessen, daß ich nur ein armer Beamter bin.«

»Dann setzen Sie den Betrag einfach auf Ihre Spesenrechnung.«

Zacynthus konnte sich ein Lächeln nicht verkneifen. »Na gut, gehen wir«, sagte er achselzuckend.

Giordino nahm ihn beim Arm, und zu zweit marschierten sie die Straße hinunter auf die nächste Bar zu.